AHMET ÜMİT

Ahmet Ümit, 1960'ta Gaziantep'te doğdu. 1983'te Marmara Üniversitesi Kamu Yönetimi Bölümü'nü bitirdi. 1985-1986 yıllarında, Moskova'da, Sosyal Bilimler Akademisi'nde siyaset eğitimi gördü. Şiirleri, 1989 yılında *Sokağın Zulası* adıyla yayımlandı. 1992'de ilk öykü kitabı *Çıplak Ayaklıydı Gece* yayımlandı. Bunu 1994'te *Bir Ses Böler Geceyi*, 1999'da *Agatha'nın Anahtarı*, 2002'de *Şeytan Ayrıntıda Gizlidir* adlı polisiye öykü kitapları izledi. Hem çocuklara hem büyüklere yönelik *Masal Masal İçinde* (1995) ve *Olmayan Ülke* (2008) kitapları ile farklı bir tarz denedi. 1996'da yazdığı ilk romanı *Sis ve Gece*, polisiye edebiyatta bir başyapıt olarak değerlendirildi. Bu romanın ardından 1998'de *Kar Kokusu*, 2000'de *Patasana*, 2002'de *Kukla* yayımlandı. Bu kitapları *Ninatta'nın Bileziği*, *İnsan Ruhunun Haritası*, *Aşk Köpekliktir*, *Beyoğlu Rapsodisi*, *Kavim*, *Bab-ı Esrar*, *İstanbul Hatırası*, *Sultanı Öldürmek* ve *Beyoğlu'nun En Güzel Abisi* adlı kitapları izledi. Ahmet Ümit'in, İsmail Gülgeç'le birlikte hazırladığı *Başkomser Nevzat-Çiçekçinin Ölümü* ve *Başkomser Nevzat-Tapınak Fahişeleri* ve Aptülika (Abdülkadir Elçioğlu) ile birlikte hazırladığı *Başkomser Nevzat -Davulcu Davut'u Kim Öldürdü?* adlı çizgi romanları da bulunmaktadır. Eserleri yirminin üzerinde yabancı dile çevrilmiştir. Yazarın tüm yapıtları Everest Yayınları tarafından yayımlanmaktadır.

www.twitter.com/baskomsernevzat
www.ahmetumit.com
www.facebook.com/ahmetumitfanclub
www.twitter.com/beyoglununEGA
www.facebook.com/Beyoglunun.En.Guzel.Abisi

KAVİM

Ahmet Ümit

§

Yayın No **1132**
Türkçe Edebiyat **403**

Kavim
Ahmet Ümit

Kapak tasarım: Utku Lomlu
Yazar fotoğrafı: Volkan Doğar

© 2006, Ahmet Ümit
© 2010; bu kitabın tüm yayın hakları
Everest Yayınları'na aittir.

1-22. Basım: 2006-2010, Doğan Kitap
23-34. Basım: Temmuz 2010-Aralık 2013, Everest Yayınları
CEP BOY 1-3. Basım: Ekim-Kasım 2012
4-12. Basım: Şubat 2013-Ekim 2014
13-14. Basım: Haziran 2015

ISBN: 978 - 605 - 141 - 551 - 2
Sertifika No: 10905

Baskı ve Cilt: Melisa Matbaacılık
Matbaa Sertifika No: 12088
Çiftehavuzlar Yolu Acar Sanayi Sitesi No: 8 Bayrampaşa/İstanbul
Tel: (0212) 674 97 23 Faks: (0212) 674 97 29

EVEREST YAYINLARI
Ticarethane Sokak No: 15 Cağaloğlu/İSTANBUL
Tel: (212) 513 34 20-21 Fax: (212) 512 33 76
e-posta: info@everestyayinlari.com
www.everestyayinlari.com
www.twitter.com/everestkitap
facebook.com/everestyayinlari
www.twitter.com/baskomsernevzat
www.ahmetumit.com
www.facebook.com/ahmetumitfanclub

Everest, Alfa Yayınları'nın tescilli markasıdır.

1914 yılında Sarıkamış'ta yaşamlarını yitiren on binlerce askerden biri olan İsmail Dedemin anısına...

Mardin'e ve Antakya'ya yaptığım gezi sırasında yardımını esirgemeyen Coşkun Özdemir'e, gezi boyunca bana eşlik eden Erdinç Çekiç, Oktay Okukçu, Yalçın Kümeli'ye, mesleki bilgilerinden yararlandığım değerli bilimadamı, Adli Tıp Uzmanı Dr. M. Süalp Bengidal'a, Rumlar hakkında bana ayrıntılı bilgi veren Anna Maria Aslanoğlu'na, Arap Aleviliği (Nusayrilik) hakkında araştırma yapmama yardım eden Mehmet Güzelyurt'a, Süryaniler hakkında araştırma yaparken yardımcı olan Hampar Duman'a, soruşturma bölümlerini yazarken beni bilgilendiren Av. Mehmet Ata Uçum'a, tıp konusunda bilgilerinden yararlandığım Dr. Seher Üstün'e, kitabın yazılması boyunca bana her türlü desteği veren Kemal Koçak'a, Ayhan Bozkurt'a ve beni hiçbir zaman yalnız bırakmayan kızım Gül Ümit'e ve eşim Vildan Ümit'e en içten teşekkürlerimi sunarım. Onlar olmasaydı bu kitap da olmazdı.

Öldürmeyeceksin.

Eski Ahit, Çıkış, 20:13.

Genzini yakan koku uyandırdı onu. Bu kokuyu tanıyordu. Yıllarca kapalı kalmış bir kilisenin kokusu. Kilisede yakılan kandillerin, ufalanan taşların, eriyen mermerin, çürüyen ahşabın, yıpranmış sayfaların, küflenen cesetlerin kokusu. Dehşete düşmesi gerekirdi ama sadece çevresine bakındı. Usulca kımıldayan siyah bir leke gördü. Biçimsiz, belirsiz bir leke... Simsiyah bir siluet... Gülümsedi lekeye.

"Mor Gabriel," diye mırıldandı.

Leke yaklaştı, yaklaşınca insan cismine bürünüverdi. Siyahlar içinde bir insan. O insan başucuna geldi, kulağına fısıldadı:

"Beni tanıdın mı?"

"Mor Gabriel," diye mırıldandı yine. Ağzından Mor Gabriel sözcükleri dökülürken müziği duydu; derinden, çok derinden gelen bir ayin müziği. Bilmediği bir dilde yinelenen tutkulu bir mırıltı, kendinden geçmiş birinin söylediği bir tekerleme. Aynı anda haçı fark etti. Gümüşten bir haç. Adam haçı elinde mi taşıyordu, yoksa göğsünde mi, anlamaya çalışırken, boşluğu ikiye bölen bir parıltı yandı söndü. Bir acı hissetti. Parıltı yeniden yandı söndü, acı kayboldu, bütün bedenine bir rahatlık yayıldı, ses uzaklaştı, önce odadaki renkler silindi, sonra o siyah leke kayboldu, sonra oda, sonra da ışık...

İnsan denen bu tuhaf yaratığı uzak tutacak ne bir güç var, ne de bir yasa.

Sorgu odası alacakaranlık. Nazmi, uzun masanın ucuna oturmuş, ben sol yanındaki iskemledeyim, Ali ayakta. Tepedeki lamba sadece Nazmi'nin yüzünü aydınlatıyor. Nazmi'nin geniş alnında ölgün bir parıltı var, çukura kaçmış gözleri karanlıkta...

"Başını öne eğme," diye uyarıyor Ali. Öfkeli değil, görevini yapan bir polisin olağan otoriterliğini taşıyor sesi. Nazmi'nin karşı çıkacak hali yok, usulca kaldırıyor başını; sevincini yitirmiş ela gözleri çıkıyor ortaya. Işık sert gelmiş olmalı, gözlerini kırpıştırıyor. Yüzünde en az iki haftalık sakal. Sakal çizgisinin başladığı yerden bir parmak yukarıda, sol göz çukurunun altındaki yara, siyah bir leke gibi duruyor. Sorgu odasının sessizliğini bizim Ali'nin sözleri bozuyor. Eliyle masanın üzerindeki siyah Browning'i göstererek, "Kendini de bununla mı vurdun?" diye soruyor.

Nazmi'nin ezik bakışları önce Browning'e, sonra Ali'ye dönüyor. Başını usulca sallayarak onaylıyor.

"Onunla..."

"Beylik tabancan mı?" diye giriyorum araya.

"Beylik tabancam..."

"İyi silahmış," diyorum, "Teşkilatta sevilen biriymişsin. Dosyanı okudum, takdirnameler, ödüller...

Amirlerin senden çok memnun. Herkes hakkında iyi konuşuyor."

Hiç tınmadan, öylece dinliyor Nazmi. Bir ara bakışları masadaki sigara paketine kayıyor. Paketi alıp ona uzatıyorum.

"Yaksana..."

Titreyen elleriyle bir sigara çekip kurumuş dudaklarının kenarına yerleştiriyor. Uzanıp yakıyorum. O sigarasından derin bir nefes çekerken, "Kimse senin yaptığına inanmıyor," diyorum. "Nasıl oldu bu iş?"

Feri kaçmış ela gözleri boş boş dolanıyor yüzümde. Sanki çare olurmuş gibi yeniden derin derin çekiyor sigaranın dumanını ciğerlerine.

"Bilmiyorum Başkomiserim..." diyor sonunda. "Bilmiyorum," diye tekrarlarken, ciğerlerinde unuttuğu dumanlar kendiliğinden süzülüyor dışarıya. "Oldu işte..."

"Yani sen yaptın?"

Buruk, pişmanlık yüklü bir sesle yanıtlıyor:

"Ben yaptım..."

Neden onu sorguluyoruz; gerçek gün gibi ortada. Adam da inkâr etmiyor zaten. Niye ona daha fazla acı çektirelim? Ama Cengiz Müdürümüzün uyarısı var. Son günlerde polisler hakkında basında çıkan olumsuz yazılar, kılı kırk yarmamıza yol açıyor. Ali de Cengiz Müdürümüz gibi düşünüyor olacak ki sorguya yeniden başlıyor:

"Neden yaptın?"

Nazmi yanıt vermek yerine sigaraya sığınıyor. Ama Ali onu rahat bırakmıyor:

"Cinayet gecesi karınla tartıştınız mı?"

Ali'nin yüzüne bakmadan yanıtlıyor Nazmi:
"Tartıştık..."
"Konu neydi?"
"Hatırlamıyorum... Son günlerde hep tartışıyorduk..."

Ali, avını kıstırmanın yollarını arayan bir avcı gibi Nazmi'nin tepesinde durmuş, bir açık yakalamaya çalışıyor.

"Kıskanıyor muydun karını?"

Ali'nin sorusunu ben bile yadırgıyorum, Nazmi isyan edecek diye düşünüyorum, yapmıyor.

"Kıskanırdım..." diyor. Sesi yorgun, çaresiz, tükenmiş bir adamın ruh halini yansıtıyor. "Hoşuna giderdi onu kıskanmam..."

Kederle gülümsüyor, içten içe öldürdüğü karısıyla konuşur gibi... Çok sürmüyor bu.

"Yanlış iz üzerindesin Komiserim," diyor. Başını kaldırmış, Ali'ye bakıyor. Ne söylediğini bilen bir adamın kararlılığı var yüzünde. "Karımı kıskandığım için öldürmedim. Sandığın gibi değil..."

"Peki ne o zaman?"

"Oldu işte," diyor Nazmi... "Kader..."

Yeniden sigarasından derin bir nefes çekiyor.

"Nasıl kader?" diyor Ali.

"Nasıl olacak, bildiğin kader..." Artık boş vermiş bir adamın özgüveni var sesinde. Bana dönüyor. "Başkomiserim, siz daha iyi bilirsiniz, bizim meslek zordur."

Sessiz kalarak onaylıyorum onu. Ali bana hiç katılmıyor.

"Polislik zor," diye gürlüyor, ama çekip karımızı, kızımızı öldürmüyoruz, diyecek oluyor, söyleyemiyor.

Bakışlarını Nazmi'den kaçırarak, "... ama her kafamız bozulduğunda silahımızı çekip yakınlarımızı vurmuyoruz," diye tamamlıyor.

Nazmi'nin güveni anında kayboluyor, başını öne eğerek gözlerini saklamayı seçiyor. Ali'nin ona fırsat vermeye hiç niyeti yok.

"Onları niye vurdun?" diye acımasızca yapıştırıyor soruyu.

Nazmi ölü gibi; ne kıpırdıyor, ne de soruyu yanıtlıyor. Ali adamı fena örseleyecek, izin vermemek için ben giriyorum araya:

"Bak Nazmi, sorguyu tamamlamak zorundayız... Bize olanları anlatsan iyi olur."

Yeniden başını kaldırıyor, hareketleri öyle yavaş ki kıpırdadığında sanki canı yanıyor.

"Zaten anlattım Başkomiserim. Ama mademki istiyorsunuz, tekrar anlatayım: O gece eve geldim... Yemek hâlâ hazır değildi. Aynur yandaki komşunun bulaşık makinesi aldığını, bizim ne zaman alacağımızı soruyordu. Yirmi dört saattir görev yapmıştım. Kapkaççılar bir diplomatın karısının çantasını kapmışlar. Tarlabaşı'nda bütün gün kapkaççı kovaladık. Üzerimize ateş açtılar. Bir arkadaşım yaralandı, zamanında eğilmesem ben de vurulacaktım. Neyse, sokağı olduğu gibi kuşattık. Kimi gördüysek topladık ama kadının çantasını bulamadık. Akşamüzeri emniyete döndüğümüzde müdürden de sağlam bir fırça yedik; ne beceriksizliğimiz kaldı, ne salaklığımız... Anlayacağınız, o kafayla geldim eve. Karım ne zaman bulaşık makinesi alacağız diye karşıladı beni. Üstelik daha yeni aldığımız televizyonun taksidi bile bitmemişken... Tartışmak istemedim... İçeri yürüdüm, içerde kızım ağlıyordu, iki yaşındaydı... Acıkmış olmalıydı. Ben aç değildim, yorgundum. Kafamın içi arı kovanı gibi vızıldıyordu. Karım, 'Şu çocuğu kucağına al, görmüyor musun, ben yemek hazırlıyorum,' dedi. Yüzümü asmışım. Karım, kızımı kucağıma almak istemediğimi sandı. Halbuki ben sadece yorgundum, kızıma sarılıp uyumak istiyordum. Kızımı kucağıma aldım ama susmadı. Karım da susmadı. Onları dinlemiyordum, onları duymak istemiyordum, sadece uyumak istiyordum, bir de kafamın içindeki vızıltılar dinsin istiyordum. Olmadı, sanki biri kafamın içindeki kovana çomak sokmuş gibi vızıltılar arttı. Çocuğu yatağın üzerine bırakıp ellerimle kulaklarımı tıkadım. Ama boşuna, vızıltılar dineceğine giderek artıyordu. Hayır, artık çocuğumun da, karımın da sesini duymuyordum. Oysa kızım katıla katıla ağlıyordu, karım ise karşıma dikilmiş, çocuğu göstererek bağırıp çağırıyordu. Ona susmasını söyledim... Belki söylemedim de söylediğimi zannettim ama o üzerime yürüdü. Elleriyle bana vurmaya başladı. Bilmiyorum, belki vurmadı da bana öyle geldi. Vursa bile önemsemedim, önemsemezdim... Benim kurtulmak istediğim karım, kızım değil, kafamın içindeki arıların vızıltılarıydı... Elim ne zaman tabancama uzandı, ne zaman kılıfından çıkardım, ne zaman tetiğe bastım, bilmiyorum. Ardı ardına patlayan mermilerin gürültüsü kafamın içindeki arıları korkutup kaçırıncaya kadar ateş ettiğimi biliyorum sadece. Ben karım ile kızıma ateş etmiyordum, sadece arıları kaçırmak istiyordum. Ama gözlerimi açtığımda, onların kanlar içinde kıvranan bedenleriyle karşılaştım. Ne yapacağımı bilemedim, bu kez tabancayı kendime çevirdim, bastım tetiğe. Ama olmadı, ölmedim. Öldürmeyen Allah, öldürmüyor işte."

Bir süre sessiz kalıyor, gözlerini yüzüme dikerek tamamlıyor:

"İşte böyle oldu Başkomiserim. Gerçek bu. Ama tutanaklara nasıl isterseniz öyle yazın, fezlekeyi nasıl isterseniz öyle düzenleyin. Kaybedecek neyim var ki? Hiçbir hâkim, kendime verdiğimden daha ağır bir ceza veremez ki bana."

Ali'ye bakıyorum; tamam mı, duymak istediklerimiz bunlar mıydı? Ama Ali'nin yüzündeki, o çok iyi tanıdığım, katı polis ifadesi değişmiyor. Sanki, "İyi de Başkomiserim, o zavallı kadının, o iki yaşındaki masum çocuğun suçu ne?" demek istiyor. Haklı, haklı ama genç. Hele bizim mesleğimiz için çok genç... Katilleri yakalayarak, yasayı uygulayarak suçu, kötülüğü önleyebileceğine inanıyor. Bana gelince, suçu önlemek için suçluyu yakalamanın, adaleti sağlamak için yasayı uygulamanın hiçbir işe yaramadığını karşılaştığım yüzlerce olayda birebir yaşayarak öğrendim. Keşke öğrenmemiş olsaydım, diyorum çoğu zaman, keşke yalan da olsa dünyada adalet diye bir şeyin var olduğuna inanabilseydim. Ama inanamıyorum. Çünkü insan denen bu tuhaf yaratığı kötülükten uzak tutacak ne bir güç var, ne de bir yasa. Aklımdan bunlar geçerken kapı açılıyor. Açılan kapının aralığından önce floresanların sıkıcı aydınlığı, ardından Zeynep'in güzel yüzü görünüyor.

"Başkomiserim, acil bir durum var," diyor. Biçimli kaşları çatılmış, koyu renk gözleri ciddiyetle bakıyor yüzüme. Bir an bakışları Ali'ye kayacak oluyor. Benim soru, işte o ana denk geliyor:

"Mesele ne?"

"Bir cinayet işlenmiş Elmadağ'da... İlginç bir olay..."

Olayın ilginçliğini Nazmi'nin önünde tartışacak halimiz yok. Dahası, buradan ayrılmak hoşuma gidecek.

"Geliyoruz," diyorum.

Ali hayal kırıklığı içinde yüzüme bakıyor.

"Yazılı ifadeyi sonra alırız, Nazmi hepsini anlattı zaten."

Ali ısrar etmiyor. Ceketini giyip peşim sıra geliyor. Kapıdan çıkarken Nazmi'ye dönerek, "Geçmiş olsun," diyorum.

Nazmi'nin dudaklarında acı bir gülümseme beliriyor.

"Sağ olun Başkomiserim, ama geçmez..."

Yıllardır aradığı türden bir cinayet.

Sokağa çıktığımızda gece karşılıyor bizi. Soğuk, nemli, karanlık bir kış gecesi. Cadde boyunca ilerleyen otomobillerin stop lambalarından yayılan puslu ışıklar iyice kederlendiriyor geceyi. Küçük damlacıklar beliriyor arabanın ön camında, silecekleri çalıştıran Ali, dışarı bakarak söyleniyor:

"Nasıl da kararmış ortalık. Saat beş bile değil."

"Normal," diye açıklıyor Zeynep. "Aralık ayındayız. Kışın geceler uzun sürer."

Ali yanıt vermiyor, yanındaki koltukta oturan Zeynep'e şöyle bir bakmakla yetiniyor. Zeynep, bu gergin bakışa aldırmıyor, aracın kaloriferi yeni ısınmaya başladığından, üşümüş, paltosuna sıkı sıkı sarınmış. Ben arka koltuktayım, en az Zeynep kadar üşüyorum. Pardösüm ince geliyor, koltuğun köşesine büzülüyorum. Telsizden yayılan cızırtılar tek müziğimiz.

"Olay Yeri İnceleme'den Komiser Şefik haber verdi," diyerek anlatmaya başlıyor Zeynep. Bedeni yarı bana dönük, parfümünün kokusunu alıyorum belli belirsiz. Yüzünü profilden görüyorum. Enikonu güzel bir kız bu bizim Zeynep. Anlatırken ister istemez Ali'ye bakıyor ama onu görmüyor gibi... "Tuhaf kanıtlar bulmuşlar cinayet mahallinde..."

"Nasıl tuhaf?"

Bana bakmaya çalışıyor ama boynunu yeterince çeviremiyor.

"Şefik ayrıntıya girmedi Başkomiserim. Ama, 'Hemen gelirseniz iyi olur,' dedi."

Yeniden Ali'ye bakıyor, bu kez onu görüyor, gülümseyerek sürdürüyor:

"Sana da özel bir mesaj bıraktı. 'Ali'ye söyle, yıllardır aradığı türden bir cinayet onu bekliyor' dedi."

Ali gözlerini yoldan ayırmıyor bile. Nazmi'nin sorgusunu bırakıp yeni işe gitmemizi hâlâ içine sindirebilmiş değil.

"Her zaman öyle söyler," diye mırıldanıyor memnuniyetsizlikle. "Ama her seferinde o sıradan cinayetlerden biri çıkar karşımıza."

"Bu sefer farklı galiba... Burada görmeniz gereken kanıtlar var, derken sesi titriyordu."

"Hiç sanmıyorum. Şefik ne zaman ceset görse heyecanlanır."

Ali haksızlık ediyor. Şefik, Olay Yeri İnceleme'nin en deneyimli komiserlerindendir. Bir kuyumcu titizliğiyle çalışır, hiçbir ayrıntıyı kaçırmaz. Bir saç telinden, bir parça tükürükten, bir kan damlasından yola çıkarak katili bulmamızda çok yardımı dokunmuştur. Sadece bize mi, adli tabipler de minnetle söz eder ondan. Sevgili kriminologumuz Zeynep de Şefik'i takdir etmiştir hep. Ama bu kez nedense sessiz kalmayı seçiyor. Belki cinayet mahallinde göreceklerimizin yeterince etkili olacağını düşündüğünden. Ya da emin olmadan konuşmak istemediğinden. Doğrusu, benim de Ali'yle tartışacak halim yok. Cinayet mahalline gidene kadar gözlerimi dinlendirsem iyi olacak, çünkü oradan bizim Evgenia'nın meyhanesine gideceğim. Ne zamandır uğramıyorum yanına, çok içerlemiş. Dün sabah iyi bir zılgıt yedik. Gidip gönlünü almalı...

Pardösümün içine gömülüp, çok da uzun sürmeyecek yolculuğumuzu böyle değerlendirmeye hazırlanırken, "Şu çocuk katili harekete geçmiş olmasın," diye mırıldanıyor Ali. Her ne kadar aldırmaz görünse de, Şefik'in sözleri onu da etkilemeye başlamış olmalı. Ali'nin tahminleri beni de uyarıyor, yine de açmıyorum gözlerimi. Kapalı gözkapaklarımın içindeki karanlıkta yedi yaşlarında üç erkek çocuğun cesedi beliriyor. Önce tecavüz edilmiş, sonra boğularak öldürülmüşler. Kırılmış oyuncak bebekler gibi boyunları bükük, gözbebeklerinde kurumuş kalmış korkularıyla öylece bakıyorlar yüzüme... Görüntüleri dağıtan Zeynep'in sesi oluyor:

"Şekerci'nin işi olduğunu sanmıyorum."

Ali'nin sorusu yetişiyor hemen:

"Niye, Şefik bir şey mi söyledi?"

Bizimkiler, katile Şekerci adını taktılar. Oysa öldürülen çocukların yanlarında ne şeker kâğıdı bulduk, ne de midelerinde şeker. Şekerci lakabını kimin koyduğunu hatırlamıyorum. Çocukları şekerle kandıran sapık klişesinden yola çıkan bir arkadaşımız olmalı. Pek yaratıcı olmadığı açık. Ama Şekerci lakabının kullanışlı olduğu da bir o kadar gerçek.

"Yok canım, Şefik sadece, ilginç bir cinayet, dedi. Her zamanki gibi hiç açıklama yapmadı. Şekerci'nin işi olduğunu sanmıyorum, çünkü tarih tutmuyor."

"Tutmuyor mu?" diyor Ali.

"Tutmuyor," diye yineliyor Zeynep. "Son cinayetten bu yana üç ay geçmedi. Üstelik bugün cuma değil."

"Belki herif kuralı bozmuştur. Hep tarih sırasına göre öldürecek değil ya!"

Söylediklerine kendi de inanmıyor; sesinde güvensiz bir tını var. Kapalı gözkapaklarımın içindeki karanlıktan daha karanlık bir dünyanın adamını düşünüyorum. Tespit ettiğimiz, -tespit ettiğimiz diyorum, çünkü cesedi bulunmamış başka çocuklar da olabilir- üç cinayeti de üç ay arayla, üçüncü ayın son cuması işledi. Üç ayda bir, o ayın son cuması yedi yaşında bir çocuğa önce tecavüz eden, sonra canını alan biri nasıl bir insandır? Zeynep, "Aynı yaşlardayken tecavüze uğramış biri olabilir," diye açıklamıştı. Neden üç ayda bir, neden ayın son cuması? Katilin mutlaka bir nedeni vardır. Bize anlamsız, tuhaf, aptalca gelse de onun için haklı bir neden. Bir gün öğrenebilecek miyiz acaba? Belki. Ama bildiğim şu ki: Öğrendiklerimiz öldürülen o çocukları geri getirmeyecek... Belki Şekerci'nin başka çocukları öldürmesini engelleyecek... Ama sadece Şekerci'nin... Başka katiller, çocuk olsun, genç olsun, yaşlı olsun, insanları öldürmeye devam edecek... Dünya kurulalı beri böyle olmuş, ne yazık ki böyle sürecek... Bu, olayların bize öğrettiği ilk ve en önemli gerçek. Şu anda gitmekte olduğumuz olayın kesin gerçeği ise, henüz olay mahallini görmemiş olmama rağmen işlenen cinayetin Şekerci'nin marifeti olmadığı. Aklımdan bunlar geçerken cep telefonum çalmaya başlıyor. Ekranda bizim müdürün numarasını görünce açıyorum.

"Alo, buyrun Müdürüm?"

Müdürüm lafını duyunca, Ali ile Zeynep dikkat kesiliyorlar.

"Merhaba Nevzat," diyor Cengiz, "nerdesin?"

"Olay yerine gidiyorum, Elmadağ'a. Bir cinayet varmış."

"Hep bir cinayet vardır," diyor. Sesi yorgun, belki biraz da bıkkın. "Oradan nereye gideceksin?"

Kurtuluş'a, Evgenia'nın meyhanesine, diyecek halim yok ya.

"Bilmiyorum, olay yerindeki duruma bağlı."

Sonunda baklayı ağzından çıkarıyor.

"Nevzat seninle dertleşmek istiyordum biraz. Bu akşam şöyle iki kadeh içip..."

Eyvah, Cengiz'i atlatmanın bir yolunu bulmalı hemen, yoksa Evgenia öldürecek beni.

"Çok iyi olurdu Müdürüm ama işim uzun süreceğe benziyor. Yarın sabah sizin odanızda yapsak bu konuşmayı..."

Kısa bir sessizlik oluyor. Cengiz'in canını sıktık anlaşılan... Ama Evgenia'nın kalbini kırmaktan iyidir.

"Tamam," diyor sonunda Cengiz, "yarın sabah odamda buluşuruz. Rakı olmadı, birer acı kahve içeriz."

"Tamam, yarın sabah odanızdayım."

"İyi görevler."

"Sağ olun Müdürüm."

Telefonu kapatırken, ne konuşmak istiyor bu adam benimle diye düşünüyorum. O kadar samimi değiliz. Gerçi severim Cengiz'i, protokol dışı bir adamdır. Ekibindekiler için riski göze alır. Emekli olmamı önleyen de odur. Yoksa çoktan sepetlemişlerdi bizi teşkilattan.

Son günlerde Cengiz'in tayin meselesi dolaşıyordu dillerde. Bir üst göreve getirilmesi bekleniyor. Onu mu konuşacak acaba? İyi de, ben bu işlerden anlamam ki. Yukarıdakiler de pek sıcak bakmazlar bana. Neyse, göreceğiz bakalım.

"Cengiz Müdürüm mü, Başkomiserim?" diye soruyor Ali.

O da merak etmiş olmalı bu telefon konuşmasının nedenini.

"Evet, Cengiz Müdürümüz."

"Cinayeti mi soruyor?"

"Yok, dertleşmek istiyormuş biraz..."

Sevecen gülüyor Ali.

"İyi adam şu bizim Cengiz Müdür."

"Bir kötülüğünü görmedik," diyorum.

"Yok Başkomiserim yok, çok iyi adam. Ondan daha iyisini görmedim..." Duraksıyor. "Tabii sizi saymazsak."

Yalakalık olsun diye söylemiyor, içten olduğunu biliyorum. Yine de böyle konuşması hoşuma gitmiyor. Çünkü o kadar da iyi biri olmadığımı biliyorum. Ama şimdi bunu tartışmanın bir yararı yok. Cep telefonumu pardösümün cebine koyup yeniden gözlerimi kapıyorum. Ne kadar uyursam, o kadar kâr.

> **Uyan ey Kılıç! Çobanıma, yakınıma karşı harekete geç.**
>
> Eski Ahit, Zekarya, 13:7

"Burası Vatikan Konsolosluğu değil mi?"

Zeynep'in sorusuyla aralanıyor gözlerim. Uyumuş olmalıyım. Önce uçuşan görüntüler geçiyor gözümün önünden, ardından sokak lambalarının ışıkları. Doğrulup camdan dışarı bakarken soruyorum:

"Neresi?"

Zeynep eliyle, önünden geçtiğimiz binayı gösteriyor:

"Şurası Başkomiserim."

Bakıyorum ama sadece uzun ve yüksek duvarlar görüyorum. Ali'nin sözleri konuyu değiştiriyor zaten.

"Bakın, ambulans orada... Arkasında da Olay Yeri İnceleme'nin minibüsü var. Aradığımız şu ilerdeki apartman olmalı."

Ali'nin işaret ettiği yöne bakınca, sokağın alt ucunda ışıkları yanıp sönen ambulansı fark ediyorum.

"Ambulans burada olduğuna göre cesedi götürmemişler anlaşılan," diye açıklamasını sürdürüyor Ali.

Bu, iyi işte. Demek ki savcı ve adli tabip henüz gelmedi. Olay yerini ceset kaldırılmadan görmekte yarar var. Cesedin yatış pozisyonu, çevresindeki eşyaların durumu, ölüm morluklarının tespiti, bunları yapmamız çok önemli. Üstelik ceset kaldırılırken kanıtlar, izler kaybolabiliyor.

Ambulansın önüne park ediyor aracı Ali. Biz arabadan inerken üniformalı bir polis yaklaşıyor. Buraya park edemezsiniz, diyecek oluyor, kimliğimi gösterince saygıyla geri çekiliyor.

"Buyrun Başkomiserim..."

Elimle önünde ambulansın durduğu apartmanı gösteriyorum:

"Burası mı?"

"Burası Başkomiserim. Cinayet, en üst kattaki dairede işlenmiş."

Başımı kaldırıp apartmana bakıyorum: En az yüz yıllık olmalı. Yeni yapılmış bej rengi boya bile yaşını gizleyemiyor. İki kanatlı büyükçe bir kapı, geniş merdivenler. Pencerelerde kimse yok, ya farkında değiller ya da olayın şokunu atlatmışlar. Yoksa apartman sakinleri bala üşüşen sinekler gibi toplanırlardı başımıza. Kapıdan içeri giriyoruz. Bize eşlik eden polis, antika, ahşap asansörü gösteriyor.

"Merdivenler dik, asansörü kullansanız iyi olur Başkomiserim."

Hiçbirimize güven vermeyen ahşap asansöre tıkışıyoruz. Asansör tuhaf sesler çıkararak yükselmeye başlıyor. O kadar yavaş ki, içimizden biri yürümeyi seçseydi, asansörden çok daha önce çıkardı yukarıya. Neyse ki sağ salim ulaşıyoruz dördüncü kata. Olay Yeri İnceleme'nin deneyimli komiseri Şefik asansörün kapısında karşılıyor bizi. Yüzünde her zamanki alaycı gülümseme. Olay yerine girerken giydikleri özel giysileri çıkarmış üzerinden.

"Nerde kaldınız Başkomiserim, biraz daha gecikseydiniz, gidiyorduk valla..."

Gülümseyerek elimi Şefik'e uzatıyorum:

"Gitmezdiniz, gitmezdiniz." Şefik, elimi sıkarken soruyorum: "Neymiş şu ilginç olay?"

"Bir cinayet Başkomiserim..."

"Çok şaşırdım," diye takılıyor Ali. "Kan da var mı bari?"

"Dalga geçme Ali!" Şefik artık gülümsemiyor. "Valla garip bir olay. Katil dinsel semboller bırakmış..."

"Dinsel semboller mi?"

"Evet, haç, İncil filan... Hıristiyanlıkla ilgili olmalı..." Tek tek yüzümüze baktıktan sonra anlatmaktan vazgeçiyor. "En iyisi gözlerinizle görün," diyerek dairenin kapısını gösteriyor.

Ellerimize birer plastik eldiven, ayaklarımıza galoşlar geçirerek giriyoruz içeriye. Daha adımımızı atar atmaz, insanın içini bayan bir koku çarpıyor burnumuza.

"Tütsü mü?" diye mırıldanıyorum.

"Tütsü," diye onaylıyor Şefik. "Kiliselerde kullanılan bir buhurdanlıktan yayılmış."

Sadece tütsü değil, başka bir koku daha var. Sormama gerek kalmadan Şefik açıklıyor.

"Esrar da içilmiş. Her yana sinmiş kokusu."

"Esrar içmişler ha..." Ali'nin sesinde şaşkınlık yok. Bir hayal kırıklığı yaşıyor. "Adamlar âlem yapmışlar yani. Sonra biri kafayı bulup ötekini öldürmüş... Nesi ilginç bu olayın?"

Şefik dönüp Ali'ye bakıyor; ciddi, biraz da gergin:

"O kadar basit değil, göreceksin..."
Ali karşı çıkmıyor bu kez.
"Cesedi kim bulmuş?" diyorum kısa bir koridordan geçerken.
"Kapıcının karısı... Merdivenleri siliyormuş. Kapının açık olduğunu fark etmiş. Zili çalmış, yanıt alamayınca içeri girmiş ve..."
"Kapıcının karısı nerede şimdi?"
"Çok korkmuştu, sakinleştirmeleri için hastaneye yolladık. Ama zaten kadının bildiklerini anlattım size."
"Cesedi ne zaman bulmuş?"
"İki saat kadar önce."
Kısa koridorun sonunda geniş bir salon karşılıyor bizi. Ceset orada, divanın üzerinde yatıyor. Salonun perdeleri kapalı. Ortadaki masanın üzerinde açık duran büyükçe bir kitap var.
"Kutsal Kitap," diye açıklıyor Şefik.
"İncil mi?"
"Kitabı Mukaddes yazıyor üstünde..."
Bir an cesede mi, yoksa Kitabı Mukaddes'e mi bakmak gerektiğine karar veremiyorum, sonra kitaba yaklaşıyorum. Yakın gözlüğümü burnumun ucuna yerleştirip bakıyorum. Sarı kâğıdın üzerinde siyah harfler yan yana sıralanıyor.
"Hem Eski Ahit, hem de Yeni Ahit," diye açıklıyor Şefik. Nasıl yani, der gibi baktığımı görünce, sürdürüyor sözlerini. "Yani hem Tevrat, Zebur gibi İsa öncesi dini kitaplar, hem de İncil var."
Ali hayran kalmış gibi mırıldanıyor:
"Valla helal olsun. Nereden biliyorsun bütün bunları?"

"Kitapta yazıyor Ali. Ama bizim için önemli olan, şu altı çizilen satır." Şefik eliyle metnin ikinci paragrafında, altı koyu renkli bir sıvıyla çizilmiş satırı gösteriyor. Altı çizilen satırda iki cümle yer alıyor. Ali sesli olarak okuyor:

"Uyan ey kılıç! Çobanıma, yakınıma karşı harekete geç."

Bomboş gözlerle yüzüme bakıyor, ben de anlamadığım için sesimi çıkarmıyorum. Satırdakileri yeniden okuyor.

"Uyan ey kılıç! Çobanıma, yakınıma karşı harekete geç." Bu kez Şefik'e bakıyor. "Ne demek şimdi bu?"

"Bilmiyorum," diyerek eliyle yeniden satırın altındaki koyu renkli çizgiyi gösteriyor Şefik. "Ama sanırım satırın altı maktulün kanıyla çizilmiş. Kırmızı, giderek koyulaşmış." Zeynep'e bakarak sürdürüyor sözlerini. "Mürekkebe pek benzemiyor."

Zeynep cetvelle çizilmiş gibi duran çizgiyi inceliyor.

"Olabilir ama laboratuvarda incelemeden konuşmak doğru değil... Bunu gördünüz mü?"

Zeynep sağdaki sayfanın kenarındaki boşluğa, aynı kırmızı mürekkep ya da kan, ne türden bir sıvıysa, işte onunla dikey olarak yazılmış, "Mor Gabriel," sözcüklerini gösteriyor.

"Gördük," diye mırıldanıyor Şefik, "çok düzgün bir yazı, elle yazılmış gibi değil, sanki kalıp kullanmış ama Mor Gabriel kimdir, bilmiyoruz."

"Peygamber, aziz gibi bir şahsiyet olmalı," diye akıl yürütüyor Zeynep. Soru dolu bakışları Şefik'in yüzünde donup kalmış.

"Hiç bana bakma," diyor Şefik, "dini konulardan, hele Hıristiyanlıktan hiç anlamam."

Mor Gabriel diye bir aziz ismi hiç duymadığım için ben de suskun kalmayı seçiyorum.

"Peki bu ne?"

Kutsal Kitap'ın yanında duran, ilk bakışta ince belli bir sürahiyi andıran gümüş buhurdanlığı gösteriyor Ali.

"Buhurdanlık," diye açıklıyorum. "Kiliselerde ayin sırasında kullanılır."

Üzeri renkli taşlarla süslü, gümüş buhurdanlığın yanında bir tutamaç, tepesinde ise kubbeyi andıran küçük bir başlık yer alıyor. Kubbenin yanından üç zincir sarkmakta. Zincirlere bağlı dokuz küçük çan var. Buhurdanlığın güzelliği Zeynep'in de ilgisini çekmiş, hayranlıkla mırıldanıyor:

"Muhteşem bir işçilik... Telkâri ustaları süslemiş..."

Ali meraklı soruyor:

"Telkâri de ne?"

"Bir tür gümüş işçiliği ama çok zor bir iş. Gümüşten ipliklerle nakış işlemek gibi... Çok ince bir iş yani..."

"Telkâri midir, nedir bilmiyorum ama odadaki tütsü kokusu buhurdanlıktan yayılmış." Ali bana dönerek sürdürüyor sözlerini. "Eğer buhurdanlığı kilisede ayinlerde kullanıyorlarsa, burada da bir ayin düzenlendiğini söyleyebiliriz."

Bir ayin? Ne Hıristiyanların, ne de Yahudilerin ayinlerinde insan öldürdüklerini sanmıyorum. Ama herhangi bir konuda fikir yürütmek için çok erken. Elimle hâlâ yanmakta olan lambayı gösteriyorum.

"Işıklar, onları siz mi açtınız?"

"Kapıcının karısı açmış. Perdeler kapalı olduğu için içerisi karanlıkmış."

"Şu kapıcının karısı eşyalara, maktule dokunmamış, değil mi?" diye soruyor Ali.

"Ne dokunması, cesedi görünce korkudan çıldırmış kadıncağız. Başlamış bağırmaya, yandaki komşu yetişmiş. Adam emekli subay, kadını alıp çıkarmış dışarı. Bize haber veren de o."

Bu kadar malumattan sonra nihayet geniş divanın üzerindeki cesede yaklaşıyorum. Gözüme ilk çarpan metal bir haç oluyor. Haç, yandan yansıyan oda lambasının ışığı altında parıldıyor. Önce haçı cesedin elinde tuttuğunu sanıyorum. Hani öleceğini anlamış, son anda Tanrı'ya sığınmak istemiş de canını öylece teslim etmiş gibi. Ama yaklaşınca yanıldığımı anlıyorum. Haçın altındaki metal adamın kalbine saplanmış.

"Çıkarmadım," diye açıklıyor Şefik, eliyle haçı göstererek. "Sizin görmenizi istedim. Tabii savcıyla adli tabibin de..."

"İyi yapmışsın," deyip yeniden maktule dönüyorum. Çok uzun değil ama yapılı biri. İri bedeni, vişneçürüğü rengindeki divanı olduğu gibi kaplamış. Kırk-kırk beş yaşlarında, esmer, yakışıklı bir adam. Yüzüne soğuk bir sarılık yayılsa da, ölüm bile bozamamış adamın erkeksi güzelliğini. Kısa, kırçıl saçlar, biçimli, kalın kaşlar, düzgün bir burun, güçlü bir çene. İnce dudaklarında sadece huzur içindeki insanlarda görülen masum bir gülümseme. Gözleri kalbine saplanan haça takılmış, bakışlarında minnettar bir ifade var. Sanki bir armağan almış da teşekkür ediyor gibi. Oysa kül rengi, kolsuz tişörtün sol yanı olduğu gibi kırmızıya boyanmış. Kuruyan kan tişörtün kumaşını maktulün kaslı bedenine yapıştırmış. Dikkatle bakınca haç kabzalı bıçağın iki santim kadar altında başka bir yara daha görüyorum.

"Katil bıçağı iki kere saplamış," diye açıklıyor hemen yanı başımda dikilen Zeynep. "İkisi de kalbi hedef almış. Saldırgan, öldürmek niyetiyle saplamış bıçağı."

"Kurban, katilini tanıyor olmalı Başkomiserim," diyerek Ali de katılıyor konuşmamıza. "Odada kavga olduğunu gösteren hiçbir belirti yok."

"Haklısın Ali," diyor Şefik. "Kapıda da hiç zorlanma yok. Maktul, katilini kendi almış olmalı içeriye."

"Belki adam öldürüleceğini de biliyordu," diyerek sürdürüyor Ali. Gözleri maktulün gülümsemesine takılmış. "Baksanıza, nasıl da gülümsüyor. Sanki ölmekten mutlu olmuş gibi. Katili kendi kiralamış olmasın?"

Olmayacak iş değil. Bazı insanların intihar edecek kadar cesaretleri yoktur, kendilerini öldürtmek için kiralık katil tutabilirler. On sene önce, Yeşilköy'de böyle bir olayla karşılaşmıştım. İflas etmiş bir müteahhit kendini böyle öldürtmüştü. Ancak Zeynep bizden farklı düşünüyor.

"Maktulün gülümsemesi, ölüm anındaki ruh halini göstermez. Ölümden sonra sinir sisteminin kaslar üzerindeki etkisi kalktığından, maktulün ölüm öncesi ya da ölüm anında neler hissettiği yüzüne yansımayabilir."

"Ya, ne bileyim," diyor Ali. "Adamın hiç de acı çekmiş gibi bir hali yok..."

"Evi de oldukça düzenli," diyerek Şefik'e dönüyorum. "Sahi, bekâr mıymış adam?"

"Komşuları bekâr olduğunu söylüyor. Sessiz biriymiş. Arada sırada gelen bir kadın varmış, başka da kimseyi görmemiş komşular. Ama derin bir soruşturma yapmadık. Sizin işinizi elinizden almaya hiç niyetimiz yok.

Ben Şefik'le konuşurken, Zeynep eğilip cesetle daha yakından ilgilenmeye başlıyor. Ali de bizi dinlemeyi bırakmış, maktulün başucundaki sehpaya yöneliyor.

"Bunlar kimlikleri mi?" diyerek sehpanın üzerindeki şeffaf poşeti gösteriyor. Önce başıyla onaylayan Şefik, sonra açıklama gereği duyuyor.

"Nüfus kâğıdı ve ehliyet."

Ali poşetin içindekileri çıkarırken, "Adı neymiş?" diye soruyorum.

Elindeki nüfus kâğıdının üzerinden okuyor Ali.

"Yusuf Akdağ, 1970'te, Midyat'ta doğmuş."

"Midyat, Mardin'in ilçesi değil mi? Yanılmıyorsam Süryani vatandaşların yaşadığı bir bölge. Din hanesinde ne yazıyor?"

"Hıristiyan. Bu Süryaniler, Hıristiyan mıydı?"

Soruyu maktulün boynunu inceleyen Zeynep yanıtlıyor.

"Hıristiyan. Bir yerlerde okumuştum. Yanılmıyorsam ilk Hıristiyanlar onlar."

İlginç bir konuyla karşılaşmış gibi söyleniyor Ali:

"Demek ilk Hıristiyanlar."

Sesi tiz çıkıyor, bizim Ali heyecanlanmaya mı başlıyor ne?

"Emin değilim," diye yanıtlıyor Zeynep. "Ama maktulün Midyatlı olması telkâri işlemeli buhurdanlığı daha iyi açıklıyor. Çünkü telkâri işçiliği sadece Mardin civarında var."

"O zaman şu Kutsal Kitap'ın yanında ismi yazılan adam, Mor Gabriel'di değil mi?"

"Evet, Mor Gabriel," diye onaylıyor Zeynep.

"İşte o adam," diyor Ali önemli bir bulguya ulaşmış olmanın verdiği coşkuyla. "Demek ki bir Süryani azizi."

Kuşkulu bakışlarımı fark edince geri adım atıyor.

"Yani büyük olasılıkla Süryani azizi."

Bir uzmana danışmadan bu soruların cevabını bulamayacağız, yanıtlayabileceğimiz sorular üzerinde çalışmak lazım.

"Adam 1970 doğumlu mu dedin?" diyerek Ali'ye dönüyorum.

Emin olmak için bir daha nüfus kâğıdına bakıyor.

"Evet 1970, Eylül ayının otuzu."

Maktule bakarak mırıldanıyorum:

"Yani 35 yaşında olmalı. Ama daha yaşlı gösteriyor..."

Şimdi cesedin gözlerini inceleyen Zeynep, biraz geriye çekilip maktulün yüzüne bakıyor.

"Evet, en az kırklarında gösteriyor."

"Adam hakkında başka bir bilgi?" diye soruyorum Şefik'e.

"Nüfus kâğıdı ve bir ehliyet, başka bir şey yok. Ne bir diploma, ne bir tapu, ne de bir fotoğraf."

"Nasıl yani, evde hiç fotoğrafı yok mu?"

"Vesikalık olanlar dışında hiç fotoğraf yok. Ne ailesiyle, ne de arkadaşlarıyla çekilmiş bir fotoğrafa rastlamadık."

"İlginç! Ne iş yapıyormuş bu adam?"

"Yandaki komşuya ticaretle uğraştığını söylemiş."

Sorumu yanıtlayan Şefik, cesetle ilgilenen Zeynep'e dönüyor.

"Bilekteki izi gördün mü?"

Zeynep görmemiş, merakla soruyor.

"Nerede?"

"Sağ bileğinin içinde, nabız hizasında."

Zeynep maktulün sağ elini çeviriyor, evet, işte orada. Adamın bileğinin içinde çilek şeklinde bir leke var.

"Dövme mi?" diye soruyor Şefik. Lekeyi inceleyen Zeynep:

"Sanmıyorum" diyor, "doğum lekesi gibi." Zeynep adamın bileğini bırakıyor. Başını kaldırıp önce Şefik'e, sonra bana bakıyor. "Silinmiş bir dövme de olabilir."

"Silinmiş bir dövmeyse işimize yarar, Zeynepçim. Onu bir öğrenelim, olur mu?"

"Emredersiniz Başkomiserim, inceleriz."

Ali sehpanın üzerinde duran cep telefonuna bakıyor, neredeyse dokunacak.

"Henüz üzerindeki parmak izleri saptanmadı," diye uyarıyor Şefik. "Dikkat et, silebilirsin."

"Sadece bakıyorum, maktulün mü?"

"Katil kendi telefonunu unutma salaklığını göstermediyse, maktulün."

Ali ters ters bakıyor, tam Şefik'in ağzının payını verecekken içeri giren polis memuru engelliyor onu.

"Başkomiserim, kapıda bir adam var, Yusuf Akdağ'ı soruyor."

Bu iyi işte, maktulü görmeye gelen bir adam.

Kafasında o kadar çok soru var ki, hiçbir dine inanamıyor.

Maktulü görmeye gelen adam mutfakta ayakta dikiliyor. Ali'yle içeri girdiğimizi fark edince bize dönüyor. İlk dikkatimi çeken, adamın metal çerçeveli gözlüklerinin ardındaki iri ela gözleri oluyor. Genç biri; kısa, sarı saçları kendiliğinden dalgalı, boyu uzun değil ama hafif kamburca duruyor. Bu hali onu olduğundan daha çelimsiz gösteriyor. Dayanıksız bir hanım evladı... Acaba öyle mi? Çünkü bizi fark edince, terslik olduğunu sezinleyen birinin belayı karşılamaya hazırlanan tavrıyla, gövdesini biraz daha kamburlaştırarak, gözlerini cesurca dikiyor yüzümüze.

"Ne oluyor burada? Yusuf Abi nerede?"

"Buyrun, oturun," diyorum, mutfaktaki masanın üç iskemlesinden birini göstererek, "daha rahat konuşuruz."

Teklifime aldırmadan ayakta dikilmeyi sürdürüyor.

"Yusuf Abi nerede?"

Sesi sert, adeta tehditkâr. Eskiden olsa sinirlenirdim, artık aldırmıyorum, apartman boşluğuna açılan pencereden gelen yemek kokuları dikkatimi dağıtıyor. Bir an karşımdaki adamı unutup eski evimi hatırlıyorum. Eski evimdeki akşam yemeklerimizi. Karımın gülümseyişi, kızımın neşeli sesi... Boğazıma bir yumruk düğümleniyor. Bu küçük mutfağa, karşımda dikilen bu metal çerçeveli gözlüklü adama, içerdeki cesede, yanımdaki Ali'ye, herkese yabancılaşıyorum, buradan çekip gitmek istiyorum. Ali'nin adama sorduğu soru beni kendime getiriyor.

"Yusuf'un nesi oluyorsun?"

Sesi en az adamınki kadar sert, bir o kadar da otoriter.

Adam çıkış karşısında şaşalıyor.

"Arkadaşı... Arkadaşı sayılırım."

Ali, adamın burnunun dibine kadar sokuluyor.

"Arkadaşı mısın, arkadaşı mı sayılırsın?"

"Arkadaşı... Arkadaşıyım."

Daha fazla beklemeden ben de katılıyorum muhabbete.

"Adın ne?"

"Can?"

"Can ne?"

"Can Nusayr Türkgil."

İlginç bir isim. Ali de benim gibi düşünüyor olacak ki soruyu yapıştırıyor hemen.

"Hıristiyan mısın?"

"Hayır, değilim."

"Müslüman mısın?"

"Agnostikim."

Ali'yle birbirimize bakıyoruz. Ali alaycı bir tavırla soruyor.

"Buyur?"

Hiç umursamadan yineliyor Can:

"Agnostik..."

"O dediğin nedir?"

"Bilinemezci," diye açıklıyor aceleyle. "Din, Tanrı konusunda kuşkuları olan. Kafasında o kadar çok soru var ki, hiçbir dine inanamıyor."

"Dinsiz desene şuna."

"Değil, bir yaratıcının olmadığına da inanamıyor. Dedim ya, kafası karışık. Çok soru var. Ne tam dinsiz, ne de inançlı biri."

Ali anlamamış, bu yüzden de karşısındaki adamı iyice yadırgamış, ters ters bakarken:

"İkinci ismim ne demiştin?" diye soruyorum Can'a.

"Nusayr."

"Evet, Nusayr? Anlamı ne?"

"Suriye'de bir dağ adı."*

Suriye de nereden çıktı şimdi?

"Sen nerelisin Can? Yani nerede doğdun?"

"İstanbul'da ama merak ediyorsanız söyleyeyim, annem, babam Antakyalı, yani ben Arabım." Bunları açıklarken sesi giderek yükseliyor, sonunda dayanamayıp sormaya başlıyor. "Bana neden böyle davranıyorsunuz? Niye bu soruları soruyorsunuz? Yoksa Yusuf Abi'ye bir şey mi oldu?"

Ama yanıt yerine Ali'nin sorusuyla karşılaşıyor.

"Yusuf'a bir şey mi olması gerekiyor?"

Gözlerinden bir ürküntü geçiyor Can Nusayr'ın.

"Yok, bir şey olması gerekmiyor da..."

"Neden öyle söyledin o zaman?"

Can ha panikledi, ha panikleyecek.

---

* Günümüzde Ensari Dağları olarak geçmektedir.

"Ne bileyim, siz... Bu kadar polis... İnsan endişeleniyor haliyle."

Ela gözleri, değil mi, dercesine bakıyor. Aldırmıyorum.

"Yusuf'u ne kadar zamandır tanıyorsun?"

"Bir yıldır... Belki biraz daha fazla..."

Yarı bıçkın, yarı otoriter havasıyla Ali yine giriyor araya:

"Bir yıl mı, daha mı fazla? Sen de hep muallak konuşuyorsun birader."

Can'ın yüzündeki telaş, korkuya dönüşüyor. Kendine güveni yıkılmak üzere ama yine de direnmekten vazgeçmiyor.

"Ne bileyim, günü gününe hatırlamıyorum... Hem neler oluyor? Yusuf Abi nerede?"

"Yusuf öldürüldü," diye açıklıyorum.

Açıklamamı yaparken bir yandan da Can'ı inceliyorum. Sözlerim, pürüzsüz yüzünün çarpılmasına, gözlerinin kısılmasına, dudaklarının aralanmasına neden oluyor.

"Öldürüldü mü?"

"Evet, öldürüldü, kalbine saplanmış bir bıçakla içeride yatıyor."

Bir an inanmakta güçlük çekiyor ama sonra anlıyor. Hayır, sanırım üzüntü duymuyor, şaşırmış gibi. Ya da öyle görünmeye çalışıyor. İskemleyi göstererek, teklifimi yineliyorum:

"Buyrun oturun."

Oturmak yerine sormayı seçiyor:

"Ne zaman olmuş?"

"Henüz bilmiyoruz. Saatler önce diyebilirim."

Sanki önemli bir ayrıntıyı anımsayacakmış gibi Can'ın gözleri derinleşiyor. Ali, onu kendi haline bırakmıyor:

"Yusuf'u en son ne zaman görmüştün?"

"Ne? Ne dediniz?"

Anlamadı mı, zaman mı kazanmak istiyor?

"Yusuf'u diyorum, en son ne zaman gördün?"

Can yanıtlamak için acele etmiyor, az önceki teklifimi şimdi hatırlamış gibi iskemleye çöküyor. Sonra güçlükle mırıldanıyor:

"Birkaç gün önce... Malik Amca'nın dükkânında."

"Malik Amca da kim?"

"Antikacı. Kapalıçarşı'da Orontes diye bir dükkânı var. Yusuf Abi'yle onun sayesinde tanıştım."

"Sen de mi antikacısın?"

"Yoo, üniversitedeyim. Mimar Sinan'da..."

"Öğrenci misin?"

"Yardımcı doçentim."

"Hocasın yani. Ne öğretiyorsun peki?"

"Sanat tarihi."

"Şu Malik'le ilişkin ne?"

"Arada bir Malik Amca'ya yardım ederim. Uzman olarak."

"Nasıl uzman?"

"Eski metinler konusunda. Hıristiyanlığın ilk dönemlerindeki metinler... Yunanca, Latince bilirim, Aramice de."

"Ya Yusuf? O da mı üniversitedeydi?"

"Yusuf Abi mi, yok, o üniversitede değildi."

"Antikacı mıydı?"

"Yoo..."

"Malik Amca'nın yanında ne arıyormuş?"

Can yutkunuyor:

"Yusuf Abi'nin eski kitaplara, Hıristiyanlıkla ilgili dinsel metinlere merakı vardı," diye açıklamaya çalışıyor. "Biz de o yüzden arkadaş olduk zaten. Mesleğimi öğrenince peşimi bırakmadı."

"Peşini bırakmadı."

"Yani görüşmek isteyen o oldu. 'Soracaklarım var, seninle konuşmak istiyorum,' dedi."

"Ne konuşmak istiyormuş?"

"Hıristiyanlıkla ilgili konular."

"Özellikle de Süryaniler, değil mi?" diyerek araya giriyorum.

"Evet, Süryani tarihi de ilgisini çekiyordu." Birden gözlerini yüzüme dikiyor. "Kim öldürmüş Yusuf Abi'yi?" Yanıt alamayınca kendi tahminini yapıyor: "Katili yakalanmadı yani."

Yardımcım bu fırsatı kaçırmıyor.

"Kim söyledi yakalanmadığını?" Can anlamamış, şaşkın bakınca, Ali sakin açıklıyor. "Belki de şu anda onunla konuşuyoruz."

Can tokat yemiş gibi oluyor, karşı çıkmak için, oturduğu iskemleden kalkmaya çalışıyor.

"Ben... Benden mi şüpheleniyorsunuz?"

Ali eliyle Can'ın göğsünden iterek yeniden oturtuyor. İskemleye otururken savunmaya geçiyor genç adam:

"Yanlış yapıyorsunuz, ben katil değilim. Katil olsam burada ne işim var?"

Ali'nin keyfi yerine gelmiş, pek de hoşlanmadığı bu "entel" oğlanla oynamayı sürdürüyor:

"Cinayet masasında yaygın bir inanış vardır. Katiller suç işledikleri yere geri dönerler."

"Hayır, ben kimseyi öldürmedim. Hem Yusuf Abi'yi neden öldüreyim ki?"

"Bilmem, anlayacağız."

Soruşturma tıkanmak üzereyken yeniden söze karışıyorum:

"Yusuf, Süryani'ydi, değil mi?"

"Süryani'ydi. Ama Süryanilik hakkında fazla bilgisi yoktu." Yüzümüze bakıyor, biz sormadan açıklamasını sürdürüyor. "Çok küçükken ayrılmışlar Midyat'tan. Annesini babasını bir trafik kazasında kaybetmiş. Onu akrabaları büyütmüş, sonra çocuk denecek yaştayken İstanbul'a gelmiş. Burada Süryani cemaatiyle bağlarını kaybetmiş. O yüzden ne Süryaniler hakkında, ne de öteki Hıristiyan mezhepleri hakkında bilgisi yoktu. Öğrenmek istiyordu. Sürekli sorular sorardı bana."

"İyi o zaman, biraz da biz yararlanalım bilgilerinden," diyerek yeniden sorguya katılıyor Ali. "Şimdi, Hıristiyanların bir sürü mezhebi var, diyorsun, Yusuf'un anlaşamadığı, düşman olduğu böyle bir mezhep var mıydı?"

Ali'ye bakıyorum, uzun zamandan beri ilk kez bu kadar iştahla bir soruşturma yürüttüğünü fark ediyorum. Sanırım sonunda o da ikna oldu. Galiba bu kez ilginç bir cinayet davası yakaladığını düşünüyor. Ali'ye bakarken kendi gençliğimi hatırlıyorum. Elbette Ali'den çok değişiktim, bizim aldığımız terbiye, yetiştiğimiz ortam çok farklıydı. Farklıydı derken daha olumluydu demek istemiyorum, değişikti. Giysilerimiz, saç şeklimiz, hatta tabanca taşıyışımız bile deşişikti. Haliyle düşüncelerimiz de. Bizimki mi iyiydi, Ali'ninki mi, sahiden bilmiyorum. Dünya eskiden de o kadar iyi bir yer değildi, şimdi de değil. Sadece o zamanlar ben daha iyimserdim, en az bizim Ali kadar. Şu an onun gözlerindeki ateşin aynısı bir zamanlar benim gözlerimde de yanardı. Ama eskidendi, çok eskiden.

"Ee neden cevap vermiyorsun?" diyor Ali. Sanki Can'a değil de bana soruyor gibi: "Peki Başkomiserim, neden artık heyecan duymuyorsun?"

Can'la birlikte ben de toparlanıyorum.

"Anlamadım ki," diyor Can. "Yani siz, Yusuf Abi'yi gizli bir Hıristiyan tarikatının öldürdüğünü mü söylüyorsunuz?"

"Söylemiyoruz," diyor Ali, "olabilir mi diye soruyoruz. Tabii, katilin sen olabileceğin ihtimalini de unutmadan."

Can'ın kaşları çatılıyor. Ali'nin de, benim de beklemediğim bir tepkiyle, "Bakın," diye uyarıyor, "eğer suçluysam gözaltına alın. Ben de avukatımı çağırayım."

Can haklı. Ne yanıt verecek diye Ali'ye bakıyorum, yardımcım hiç duraksamıyor:

"Avukatını hemen çağırabilirsin ama bu senin üzerindeki şüpheleri kaldırmaz. Senin üzerindeki şüphelerin kalkması için çok iyi nedenlerinin olması lazım. Daha da önemlisi, o nedenlere bizim inanmamız lazım."

Aslında boş konuşuyor ama boş konuşsa da Can gibi okumuş yazmış bir adamın üzerinde bile söylediklerinin etkisi oluyor. Can daha uzlaşmacı bir sesle açıklamaya çalışıyor:

"Ben masumum. Yusuf Abi'nin katilinin yakalanması için size her türlü yardımı yapmaya da hazırım. Ama beni neden zanlı olarak gördüğünüzü anlayamıyorum. Tek suçum Yusuf Abi'yi tanımak. Onu tanıyan herkesten şüphe mi edeceksiniz?"

"Evet, hepsinden şüphe edeceğiz," diyor Ali. "Ama senin cinayet mahallini ziyaret ettiğini de unutmayalım. Belki de cinayet mahalline düşürdüğün sana ait bir şeyi almaya geldin. Belki delilleri karartacaktın."

"Yanılıyorsunuz... Ben sadece Yusuf Abi'yi görmeye geldim. Bugün öğleden sonra buluşacaktık, gelmedi. Telefonla aradım, yanıt vermedi, kalkıp evine geldim."

"Farkında mısın Can," diyerek yeniden araya giriyorum, "size yardımcı olmaya hazırım, diyorsun ama Ali'nin sorduğu soruya hâlâ yanıt vermedin."

"Hangi soruya?"

"Yusuf'u gizli bir Hıristiyan tarikatı öldürmüş olabilir mi?"

Yanıtlamadan önce bir süre düşünüyor.

"Sanmıyorum," diyor ama kuşkuları var. "Hıristiyanlığın birçok mezhebi olduğu doğru. Ama onlar neden öldürsün Yusuf Abi'yi? Hem böyle bir tarikat olduğundan bile emin değilim."

"Belki tarikat değil de fanatik bir Hıristiyan..." diye düşünmesine yardımcı oluyorum.

Ela gözlerinde bir parıltı beliriyor, açıklayacak diye düşünüyorum, yapmıyor, parıltı belirdiği gibi çabucak sönüveriyor.

"Bilmiyorum... Yusuf Abi'nin böyle bir düşmanı olduğunu da sanmıyorum. Varsa da benim haberim yok."

Sözleri biter bitmez bakışlarını kaçırıyor. Bizden bir şeyler mi saklıyor, yoksa sadece soruşturmanın yarattığı gerginlik mi?

"Peki, şu Yusuf'u anlat biraz," diyerek Ali yeniden başlıyor sorguya. "Bu adam kimdir, ne iş yapar?"

"Söylediğim gibi, İstanbul'da kimi kimsesi yokmuş. Sadece Mardin'de birkaç akrabası kalmış. Bir ara Merter'de bir tekstil atölyesi açmış, sonra bu işlerin kendisine göre olmadığını anlayıp bırakmış. Yani bana öyle söyledi."

Aklımdaki soruyu Ali dile getiriyor:

"Geliri neredenmiş?"

"Miras kaldığını söylüyordu. Ailesi trafik kazasında ölmüş ya, reşit olunca Mardin'e gitmiş, bağlarını filan satmış, akrabalarıyla bölüşmüş. Ona da yüklüce bir pay kalmış. Öyle geçim sıkıntısı filan çektiğini görmedim. Cebinde hep parası olurdu."

"Bekâr mıydı bu Yusuf?"

"Bekârdı."

"Kız arkadaşı filan?"

"Bir kız arkadaşı vardı, Meryem."

"Meryem," diye mırıldanıyorum gülümseyerek. "İsmi de ilginçmiş. İsa Peygamber'in annesi Meryem gibi."

"Evet, İsa'nın annesi gibi." Gözlerinde muzip bir ifade beliriyor. "Yusuf da İsa'nın babasının ismi. Yani Tanrı babayı saymazsak."

Ali umutlanıyor, hatta ben bile ona katılıyorum:

"Yani?"

"Yok yok, bunlar tümüyle rastlantı," diye düzeltiyor Can. "Yusuf Abi'nin Hıristiyanlığa duyduğu merakla kız arkadaşının adının Meryem olmasının hiçbir ilgisi yok."

"Peki, şimdi nerede bu Meryem?"

"Bardadır. Ortaköy'de Nazareth diye bir bar işletiyor."

"Nazar et," diye yineliyor Ali. "Amma tuhaf isim. Millet nazar etme der, bunlar nazar et diye isim koymuşlar mekânlarına."

Can'ın gözlerinde Ali'yi küçümseyen bir ifade beliriyor.

"Nazar et, değil, Nazareth. Anlamının da nazarla filan bir ilgisi yok. Nazareth İsa'nın bir dönem yaşadığı yerin adıdır. Uzun yıllar Nazarethli İsa olarak anılmıştır."

"Orası Nasıra değil mi?" diye itiraz ediyorum. "Benim bildiğim, İsa Peygamber'e Nasıralı İsa diyorlardı."

Bunu nereden biliyorsunuz türünden bir bakış fırlattıktan sonra yanıtlıyor Can:

"Haklısınız, İngilizce adını söyledim. Barın ismi İngilizcesinden esinlenerek konuldu çünkü." Yeniden o cin ifade beliriyor yüzünde. "Barın isminin Nazareth olması öteki isimler gibi bir raslantı değil, çünkü Meryem Ortaköy'deki barı altı ay önce açtı. İsmini Nazareth koyan da bizim Yusuf Abi'ydi."

İsa'nın kan damlayan ayaklarının dibinde Mecdelli Meryem ağlıyor.

Ortaköy'de Nazareth'i bulmak zor olmuyor. Bar, günün her saati taşıt seliyle çalkalanan anacaddeden denize doğru uzanan dar sokaklardan birinde yer alıyor. Nazareth'i bulmak kolay ama ulaşmak zor. Dar sokak, tıpkı cadde gibi ana baba günü. Ali'yle birlikte kendimizi kalabalığın akışına bırakıyoruz. Evet, yanımızda Zeynep yok, cinayet mahallinde kaldı. Savcı ile adli tabibi bekleyecek. Laboratuvara incelenmesi gereken kanıtları götürecek. Belki gece çalışacak, cinayeti aydınlatmamız için bize yeni veriler çıkaracak. Can'ı ise şehirden ayrılmaması koşuluyla serbest bıraktık. İlginç bir genç Can. Bizden bir şeyler sakladığı da kesin ama katil olduğunu söylemek şimdilik zor. Ali de benim gibi düşünüyor olacak ki, ondan pek hoşlanmasa bile Can'ın elini kolunu sallayarak gitmesine karşı çıkmadı. Üstelik Can, bu davada bize yardımcı da olabilir. Tabii, olay göründüğü kadar karmaşıksa... Çünkü bunun gibi gizemli bağlantılarla başlayıp iki günde basit bir alacak verecek meselesi olduğu açığa çıkan öyle çok olay gördüm ki. Meslek dışından olanlar, hep acayip olaylarla uğraştığımızı sanır. Çözülmeyecek kadar karmaşık cinayetler, dünyanın en zeki katilleri, insanın kanını donduracak kadar ustalıkla gizlenmiş entrikalar. Birçok genç de böyle olayları çözme sevdasıyla atılır mesleğe. En karmaşık suçları çözecek, gerçek suçluyu bulacak, adaleti sağlayacak. Henüz yaşamın örseleyemediği, kirletemediği, yenemediği genç insanların güzel idealleri. Kuşkusuz, polis olmak isteyen gençlerin hepsinin böyle idealleri yoktur. Büyük çoğunluğu, ekmeğin aslanın ağzında olduğu bu memlekette garantili bir iş bulmak için girer polis kolejine. Hem maaş alacaklar, hem de o gösterişli üniformaların içinde devletin gücünü taşıyacaklar. İşlerini yapacaklar, suçluları yakalayacaklar, zalimlerle savaşacaklar. Ama ister idealist düşüncelerle, ister meslek sahibi olmak için polis olsunlar, her iki grupta da çok sürmez bu duygular. Polisin rüyası sokaklara inince sona erer. Yani genellikle öyle olur. İlk günkü heyecanını sonuna kadar koruyan, elinde bulundurduğu gücün olanaklarını kullanarak çıkar sağlamayanlar da vardır kuşkusuz. Ama onlar o kadar az ki. Ben onlara, gerçek kahramanlar, diyorum. Bizim Ali de şimdilik onlardan biri gibi görünüyor. Şimdilik diyorum, çünkü çok genç. Eğer öldürülmezse -ki Ali gibiler gözlerini budaktan sakınmadıkları için pek uzun yaşamazlar- nasıl bir polis olacağını hep birlikte göreceğiz.

Ali ne düşündüğümden habersiz, heyecanla yürüyor yanımda. Kalabalıkla birlikte sürüklenirken, eski, ahşap bir kapının önünde kırmızı neon harflerle yazılı Nazareth yazısını okuyorum. Nazareth'in t'si öteki harflerden biraz daha büyük ve bir haç biçiminde tasarlanmış. Ali, bir an duraksayarak, gördünüz mü Başkomiserim, dercesine yazıyı işaret ediyor. Başımı sallayarak yanıtlıyorum sorusunu. Ali neden isteksiz olduğumu anlamamış, tuhaf bir ifadeyle bakıyor yüzüme. Yıllardır aradığı karmaşık cinayeti sonunda bulmuş, neden aynı heyecanı paylaşmadığımı merak ediyor. Ama paylaşamıyorum işte. Ali yeniden bara yürümeye başlıyor. Hayır, artık beni beklemiyor, birkaç adım önde, aceleyle kalabalığı yararak ilerliyor. Ama arada bir bana bakmaktan da vazgeçmiyor: "Geride kalıyorsunuz Başkomiserim." Onu anlıyorum; içi kaynıyor, olayın bütün bilgilerine bir an önce ulaşmak için acele ediyor, oysa ben bir kez daha, bir insana yakınının öldüğünü söyleyecek olmanın tedirginliğini taşıyorum. Bu işi defalarca yapmış olmama rağmen bu meslekte alışamadığım rutinlerden biridir. Demek ki bir işi defalarca yapmış olmak, alışmak için yeterli olmuyor.

Nazareth'in önüne geldiğimizde, kafalarını kazıtmış, siyahlar içinde iki çam yarması karşılıyor bizi. Biri at suratlı, öteki kirli sakallı. Tipleri tip değil anlayacağınız. Onlar da bizim tipimizden pek hoşlanmamış olacaklar ki, kendilerinden emin bir tavırla iri gövdelerini antika görünümlü ahşap kapının önüne siper etmeye çalışıyorlar. Ali iplemiyor, aralarına dalıyor hızla. Ama herifler kararlı, üstelik kalıpları da neredeyse bizim Ali'nin iki katı.

"Hoop birader," diyor kirli sakallı olanı, "nereye giriyorsun böyle, selamsız sabahsız?"

Ali yanıt vermek yerine kaşlarını çatarak, bir adım geriliyor. Gözlerinde öyle derin bir öfke var ki, "Eyvah," diye geçiriyorum içimden, "şimdi herifin suratına bir tane çakacak." Ama korktuğum olmuyor. Ali sadece başını sallamakla yetiniyor, sonra kimliğini çıkarıp gösteriyor.

"Polis! Çekil bakalım."

Çam yarmasının suratındaki ifade anında yumuşuyor.

"Kusura bakmayın, bilmiyorduk memur bey."

"Memur değil," diye tersliyor, Ali. Başıyla kimlik kartını gösteriyor. "Komiser... Komiser... Okuman yazman yok mu senin?"

Aslında Ali hiç de öyle rütbe düşkünü biri değildir ama heriften hoşlanmadı ya, çektirecek.

Kirli sakallı eleman pişkin pişkin sırıtıyor, at suratlı olanında da aynı aptal gülümseme.

"Adın ne senin?" diye soruyorum kirli sakallıya.

"Tonguç Amirim."

"Meryem Hanım içerde mi Tonguç?"

Tonguç ne diyeceğini bilemiyor, yardım et, dercesine arkadaşına bakıyor. O da kararsız. Ne desinler şimdi? Ya patroniçenin polisle başı beladaysa? Bu kadar duraksadıklarına göre kadın içerde olmalı. Onların verecekleri yanıtı beklemeden dalıyoruz içeriye. Tonguç da peşimizden. Bu arada arkadaşına da seslenmeyi ihmal etmiyor.

"Hemen dönerim Tayyar."

Kapıdan girer girmez, loş bir dehliz açılıyor önümüzde. Dehlize girmemizle birlikte derinden bir müzik çalınıyor kulağımıza; ağıta benziyor, çok eski bir ağıt. Daha önce hiç dinlememiş olsam da tanıdık geliyor ezgileri. Bakışlarım dehlizin birbirine paralel uzanan duvarlarına kayıyor. Duvarlar, tıpkı işittiğimiz müzik gibi, eskiden, çok eskiden kalmış izlenimi veriyor.

Duvarda ışıklarla aydınlatılan resimler var. Resimleri aydınlatan ışıklar güçlü değil, yumuşak, adeta ilahi bir kaynaktan yayılan huzmeler gibi. Tam böyle düşünürken, duvardakilerin birer fresk olduğunu fark ediyorum. Dikkatli bakınca bunların İsa Peygamber'in yaşamı hakkında resimler olduğunu anlıyorum. Meryem ve Çocuk İsa... İsa'nın Yahya tarafından vaftiz edilmesi... İsa'nın Lazarus'u diriltmesi... İsa'nın denizin üzerinde yürümesi... Son akşam yemeği... Yahuda'nın Zeytinlik Dağı'nda İsa'yı yakalatması... İsa'nın, kendi çarmıhını taşıması... İsa'nın yere düşmesi... İsa'nın Kafatası denilen yerde çarmıha gerilmesi... Kadınlar, İsa'nın boş mezarının başında... Mecdelli Meryem'in İsa'yla karşılaşması... Havarilerin takdisi ve görevlendirilmesi... İsa'nın göğe çıkışı... Bu resimleri açıklamama bakarak, sakın Hıristiyanlık konusunda derin bilgilere sahip olduğumu sanmayın. Hayır, bunları bizim Evgenia da anlatmadı bana. Evgenia Ortodoks'tur ama öyle dinle filan arası pek yoktur. Arada bir kiliseye gider, bir iki mum yakar, dilekte bulunur, o kadar. Hıristiyanlıkla ilgili bilgileri Dimitri Amca anlatırdı bana. Balat'taki Patrikhane'de papazdı. Herkes ona papaz efendi derdi, ben Dimitri Amca derdim. Karısı Madam Sula'yla bahçeli küçük bir evde otururlardı. Bahçelerinde bahar aylarında erikler, kayısılar, dutlar olurdu, kışın ise iri sulu ayvalar. Madam Sula çok güzel ayva reçeli yapardı. Bir de kabak tatlısı. Çocukları yoktu, yaz aylarında bahçelerinden çıkmazdım. İsa Peygamber hakkındaki bilgilerin hepsini Dimitri Amca'dan öğrendim. Hayır, Dimitri Amca beni Hıristiyan yapmak için anlatmadı, hatta meraklı sorularımı bir süre geçiştirdi. Sanırım, bizimkilerin yanlış anlamasından korkuyordu. Ama o kadar inatçı bir çocuktum ki, İsa Peygamber'in yaşamının bilinen yönlerini ayrıntısına kadar öğrenmeden bırakmadım zavallı adamın yakasını. Sonra unuttum gitti işte. Ama yine de bu resimlerin neyi anlattığını anlayabilecek kadar aklımda kalmış öğrendiklerim.

Dar dehlizden çıktığımızda bizi büyük bir şaşkınlık bekliyor: Çünkü bara değil, adeta bir kiliseye giriyoruz. Ali şaşkınlıkla ellerini açarak söyleniyor:

"Bu ne ya?" Sorusuna yanıt alamayınca, Tonguç'a dönüyor: "Ne oğlum burası böyle? Bar mı, kilise mi?"

"Bar Komiserim, bar."

"Nasıl bar ya? Düpedüz kilise burası."

Tonguç yutkunarak, "Aman Komiserim, ne kilisesi?" diye açıklamaya çalışıyor. "Elhamdülillah hepimiz Müslümanız."

"Müslümanız da kardeşim, nedir bu böyle? Misyonerlik mi yapıyorsunuz burada?"

"Misyonerlik yapar mıyız hiç! Allah'a şükür, biz kitabımıza, bayrağımıza bağlı insanlarız. Ama millet böyle eksantrik işleri seviyor. İsa Peygamber hakkında kitaplar filan çok modaymış şimdi. Meryem Abla da atmosfer yaptı. Bana kalsa boş iş, müşterimiz filan da artmadı ama Meryem Abla böyle istedi."

Tonguç açıklamasını sürdürürken içeriyi süzüyorum. Sonradan yapıldığı belli olan sütunlar, tavanda nakışlı bir kubbe, duvarlara gömülmüş gibi duran yapay mezarlar. Oturma biçimi bile kilisedeki gibi düzenlenmiş. Hiç iskemle yok, sadece sıralar var. Tek fark, sıralar arka arkaya değil de yüz yüze konulmuş; tabii aralarına birer masa yerleştirilecek kadar da açıklık bırakılmış. Aralara konulan masaların hepsi ahşap ve gösterişsiz, yani genel dekorla uyum içinde. Masaların sadece ikisi dolu. Dışarıdaki kalabalık buraya pek rağbet etmiyor anlaşılan. Masaların birinde üç, ötekinde dört müşteri var; kendi aralarında konuşuyorlar. Konuşmuyorlar da, adeta birbirlerine fısıldıyorlar. Hani camide ya da kilisede saygı gereği sesini yükseltmeden konuşursun ya, tıpkı öyle. Bar tezgâhı tam karşıda duruyor. Yani papazın ya da pederin bulunması gereken kürsünün yerinde. Tezgâhın başında siyahlar giyinmiş bir barmen var. Barmenin hemen arkasında, en az iki metre boyunda, bir buçuk metre eninde kocaman bir pencere yer alıyor. Pencerenin dört camını birleştiren çerçevelerin iç tahtaları fosforlu bir boyayla kırmızıya boyanarak doğal bir haç oluşturmuş. Tezgâhın sol tarafında ahşaptan yapılma bir günah çıkarma yeri bile var. Ama etrafta yönetim odası gibi bir yer göremiyorum.

"Eee, nerede şu senin patroniçe?" diyorum Tonguç'a.

Eliyle günah çıkarma yerini gösteriyor.

"Ofisi şu küçük odanın arkasında."

Ali gülüyor.

"Demek burada günah, senin patroniçeye çıkartılıyor."

Duraksamamızı fırsat bilen Tonguç, küçük bir hamleyle önümüze geçiyor.

"Ben geldiğinizi haber vereyim," diyerek günah çıkarma yerinin koyu tül perdesini kaldırıp içeri dalıyor; durur muyuz, biz de arkasından. İçeri girdiğimizde ahşap bir kapının başka bir odaya açıldığını görüyoruz. Tonguç önde, biz arkada giriyoruz odaya. Küçük ama bardan daha aydınlık bir mekân burası. Siyah, ahşap masanın başında bir kadın oturuyor. Masanın önünde siyah dört koltuk. Kadın otuz yaşlarında, kızıl saçlı, güzel. Güzel değil de, çekici. İçeri girdiğimizi fark etmiş, o da bize bakıyor. Yüzünde şaşkınlıktan çok keder var. Ama barın koruması, kadının durumunu anlamamış, açıklamaya çalışıyor.

"Meryem Abla, beyler polis."

Kadının yüzünde ne bir ürküntü, ne bir telaş beliriyor. Oturduğu yerden öylece bakıyor bize.

"Tamam," diyor sonra titrek bir sesle, "buyursunlar."

Sesi titriyor!.. Evet, bu kadın ağlamış. Elindeki mendil yargımı kesinleştiriyor.

"Buyrun oturun," diyor burnunu çekerek. Metin görünmeye çalışıyor. "Buyrun, sanırım Yusuf için geldiniz."

Gösterdiği koltuklara otururken, demek öğrenmiş diye geçiriyorum içimden. Kimden acaba? Ali'nin aklından da aynı soru geçiyor olmalı ki, birbirimize bakma gereksinimi duyuyoruz. Ama gerçeği öğrenmenin tek yolu var: Sormak. Ali de onu yapıyor.

"Kimden öğrendiniz?"

"Bunun ne önemi var?" diyor Meryem. "Yusuf öldükten sonra..." Daha fazla sürdüremiyor, elindeki mendili ağzına kapatarak sessizce ağlamaya başlıyor yeniden.

"Yusuf Abi öldü mü?" diye şaşkınlıkla soruyor Tonguç. "Daha geçen hafta buradaydı."

Ali, eliyle sus işareti yapıyor korumaya. Yardımcımın tavrı öyle kesin ki, Tonguç merakını bastırıp susuyor. Susmasa ne olacak, ona yanıt verecek tek kişi olan Meryem Ablası, şu anda içinden köpürüp gelen hıçkırıkları bastırmaya çalışmakta. Ama hiç de başarılı olduğu söylenemez. Ali ile ben karşılıklı koltuklara oturmuş, Tonguç ayakta, kadının durulması için bekliyoruz. O arada bakışlarım kadının arkasındaki duvara yapılmış freske kayıyor. Freskte İsa Peygamber'in çarmıha gerilme sahnesi canlandırılmış. Çarmıhın hemen önünde dört kadın var: Bunlardan biri İsa'nın annesi Meryem, öteki ikisini tanımıyorum ama kızıl saçlı olanının Mecdelli Meryem olduğunu biliyorum. İsa'nın kan damlayan ayaklarının dibinde Mecdelli Meryem ağlıyor. Resmin hemen altında, sanatın bittiği, gerçeğin başladığı yerde ise bizim Süryani Yusuf'un sevgilisi, kızıl saçlı Meryem ağlıyor. Kuşkusuz Ortaköylü Meryem ile Mecdelli Meryem'in bir ilgisi yok ama yine de tuhaf bir duyguya kapılmaktan kendimi alamıyorum. Sonunda Ortaköylü Meryem toparlanıyor, mendille burnunu, yüzünü siliyor. Mendili indirince kadının yüzüne daha yakından bakma fırsatım oluyor. Çekici kadın, ama nasıl desem, yüzünde edepsiz, edepsiz değil de cüretkâr bir taraf var. Meydan okuyan siyah gözler, küstah kalın dudaklar, konuşurken kanatları tutkuyla açılan dik bir burun. Ama galiba burnunda bir yapaylık var, büyük olasılıkla bir estetik cerrahının neşteri değmiş. İlgili bakışlarımdan utanan Meryem,

"Özür dilerim..." diye kekeliyor. "Sizin önünüzde... Böyle hüngür hüngür..."

Kadının sahici bir kederi var. İçim burkuluyor.

"Öncelikle başınız sağ olsun," diyorum. Meryem, derinden bir iç çekişle karşılık veriyor. Bırakırsam yeniden ağlamaya başlayacak. "Kusurumuza bakmayın, böyle apar topar geldik. Ama siz de katilin bir an önce yakalanmasını istersiniz."

Yüzü değişiyor, burun kanatları öfkeyle açılıyor, gözlerindeki keder yerini derin bir kine bırakıyor.

"Kimin öldürdüğü belli mi?"

"Değil, sizin yardımcı olacağınızı umuyoruz."

Kadın düşünmeye başlıyor, zeytin karası gözleri, kızarmış göz aklarının içinde nereye gideceğini bilmeyen balıklar gibi huzursuz, kıpırtılı.

"Düşmanı, kavgalı olduğu biri var mıydı?" diye soruyor Ali. "Alacak verecek meselesi, gönül işleri."

Meryem ters ters bakıyor, son iki sözcüğe takılmış, "Gönül işleri filan yok," diyor gergin bir sesle. "Borcu da yoktu, alacağı da."

Kadının sinirleniyor olması Ali'nin umrunda değil.

"Ya burası? Ortak mıydınız? Galiba barın adını Yusuf koymuş."

"Ortak değildik," diye çıkışıyor kadın. "Benim olan ne varsa hepsi Yusuf'undu."

"Yusuf'un olan her şey de sizin miydi?"

"Ne demek istiyorsunuz?"

"Bir şey demek istemiyorum, sadece anlamaya çalışıyorum."

İyi polis olarak araya girme zamanım geldi.

"Yusuf sık gelir miydi bara?"

Meryem bana dönüyor ama sorumu anlayamamış.

"Ne?"

Onun yerine Tonguç yanıtlamaya kalkıyor soruyu.

"Yusuf Abi gün aşırı uğrardı." Duraksıyor, gözleri dolmuş, neredeyse ağlayacak. "Delikanlı adamdı..."

Ne söyleyeceğini bilmiyor. "Yani öyle böyle adam değildi." Sağ gözünde bir damla yaş beliriyor. "Zor gelir dünyaya Yusuf Abi gibi adamlar."

Meryem korumasına bakıyor. Hayır, öfkeyle değil, şefkatle ama yine de kontrolü elden bırakmıyor. Yüzündeki keder dağılmasa da, hükümran patroniçe rolüne geri dönüyor.

"Hadi sen dışarı çık Tonguç." Ses buyurgan ve kendinden emin. Tonguç gıkını çıkarmadan kapıya yöneliyor. Ama patroniçe yeniden sesleniyor adamın arkasından. "Dur, dur." Bize dönüyor. "Kusura bakmayın, sormayı da unuttuk. Ne içersiniz?"

"Teşekkür ederiz, bir şey içmeyiz," diyecek oluyorum.

"Alkol olması gerekmez, çayımız, kahvemiz de var."

"O zaman sade bir Türk kahvesi."

"Ya siz?" diyerek Ali'ye dönüyor kadın.

"Varsa sert bir neskafenizi içerim."

"Yeşim'e söyle de getirsin," diyor Meryem, odanın ortasında dikilen gözü yaşlı Tonguç'a. Kadının karşısında hazır olda duran koruma, saygıyla başını öne eğiyor:

"Tamam Abla."

Tonguç çıkar çıkmaz sorumu tekrarlıyorum:

"Yusuf diyorum, sık gelir miydi bara?"

"Tonguç'un da söylediği gibi, gün aşırı uğrardı ama işlerime karışmazdı."

"Karışmazdı diyorsunuz da," diyor Ali, "isminden dekoruna kadar barla Yusuf ilgilenmiş."

Meryem soğukkanlılığını korumaya çalışıyor.

"Gerektiğinde yardımıma koşmaktan çekinmezdi. Barla ilgili yardım isteği de ondan değil, benden geldi. Buraya işler için değil, beni görmeye gelirdi."

"Ama bir haftadır uğramamış," diyor Ali. Belki bunu yapmak istemiyor ama sesinde alaycı bir ton var. Meryem'in bakışlarındaki öfke kıvılcımlarını fark edince açıklamak zorunda kalıyor. "Adamınız öyle söyledi. En son geçen hafta gelmiş Yusuf buraya."

Meryem'in öfkesi geçer gibi oluyor.

"Doğru... Geçen haftadan beri uğramıyordu." Kısa bir suskunluk oluyor ama uzatmıyor Meryem, biz sormadan yanıtlıyor. "Tartışmıştık. Kızmıştı bana..." Konuşamıyor. Gözlerinde yeni damlalar beliriyor, elindeki mendille kirpiklerinden yanaklarına uzanan ıslaklığı kurulayarak sürdürüyor sözlerini. "Hiç yüzünden onu kırmıştım. Barda işler kötü gidiyordu. Gergindim. Mesele çıkardım. O da çekip gitti. Sonra gururuma yedirip arayamadım, o da aramadı. Bilseydim..."

Kadın yeniden gözyaşlarına boğuluyor, yine onun sakinleşmesini bekliyoruz. Çok sürmüyor, Meryem burnunu çekerek, masanın üzerindeki sigara paketini alıyor. İçinden sigara çıkarmaya çalışırken duraksıyor, aklına yeni gelmiş gibi bize uzatıyor.

"İçer misiniz?"

Almıyoruz. Meryem bir tane yakıyor. Ardı ardına birkaç derin nefes çekiyor. Yanmış tütünün kokusu odaya yayılırken, "Yusuf, Hıristiyanlık konusunda oldukça bilgiliymiş," diyorum. Bir yandan sözlerime nasıl bir tepki verecek diye onu süzüyorum. "Evinde Tevrat, İncil bulduk, bir de buhurdanlık."

Anımsamış, dalgın gülümsüyor.

"Evet, tütsü kokusunu çok severdi."

"Sevdiği için mi tütsü yakardı, yoksa başka kokuları bastırsın diye mi?"

Meryem bir an ne söyleyeceğini bilemiyor. Ali kendinden emin, açıklıyor.

"Yusuf'un evinde esrar içilmiş. Yusuf tütsüyü esrar kokusunu bastırmak için mi yakardı?"

"Hayır," diyor Meryem, "sevdiği için yakardı."

"Peki siz?"

"Ben de severim tütsü kokusunu."

"Ya esrarı?"

"Ben esrar içmem. Sadece sigara..."

"Ama Yusuf içerdi..."

"Onu bilmem ama ben içmem."

İnatlaşmanın anlamı yok.

"Şu Hıristiyanlık meselesi Meryem Hanım..."

Kadın, esrar konusunun kapanmasından memnun, bana dönünce sorumu tamamlıyorum. "Siz de Hıristiyan mısınız?"

"Hayır," diyerek sigarasını önündeki küllüğe bırakıyor Meryem, "Yusuf da öyle dindar biri değildi. Kiliseye gittiğini filan hiç görmedim."

Ali, kadının açığını yakalar yakalamaz, yapıştırıyor soruyu.

"Ama burayı bir kilise gibi düzenlemekten çekinmemiş."

"Niye çekinsin ki. Biz esnafız. Burada iş yapıyoruz. Ne tutarsa, müşteri neyi isterse, barımızı ona göre düzenleriz."

"Bu sefer pek tutmamış galiba."

"Henüz erken, müşteri alışamadı." Bir an uzanıp kül tablasındaki sigarasını alıyor. Derin derin birkaç nefes çektikten sonra açıklıyor. "Bazen de tutmuyor işte."

"Can da gelir miydi buraya?" diyerek konuya dönüyorum yeniden. "Can'ı tanıyorsunuz, değil mi?"

Meryem bir an suskun kalıyor.

"Hani şu Antakyalı," diye açıklamak zorunda kalıyorum. "Hıristiyanlık konusunda uzmanmış. Yusuf'un evinde karşılaştık. Söylediğine göre iyi arkadaşlarmış."

"İyi arkadaşlardı," diye onaylıyor Meryem. "İyi çocuktur Can. Altın gibi bir kalbi vardır."

"Yusuf'un öldürüldüğünü de ondan öğrendiniz, değil mi?"

Tahmin edeceğiniz gibi, bu iğneleyici soru da Ali'den geliyor.

"Evet, Can'dan öğrendim. Suç mu?"

"Yok... Niye suç olsun ki? Nasıl öldürüldüğünü de anlattı mı?"

"Hayır, bıçaklandığını söyledi sadece. Öyle değil mi?"

Meryem'in yüzü karışıyor, neredeyse metanetini yitirecek.

"Ne yazık ki öyle," diyorum. Meryem sigarasına sığınıyor. Fırsattan yararlanıp yeni bir soruya geçiyorum. "Yusuf'un kiliseye pek sık gitmediğini söylediniz ama o bir Hıristiyan'dı. Anladığım kadarıyla da Hıristiyanlık üzerine kafa yoruyormuş. Can'la öyle arkadaş olmuşlar, değil mi?"

Meryem başını sallayarak onaylayınca konuşmayı sürdürüyorum.

"Yani diyorum ki, bu araştırmaları sırasında bazı Hıristiyan mezhepleriyle takışmış olabilir mi? Onların arasından bir mezhep ya da çılgının biri Yusuf'a düşmanlık duymuş olabilir mi?"

Yanıtlamadan önce sözlerimi kafasında tartıyor:

"Yoo," diyor, "sanmıyorum. Tanıdığı pek Hıristiyan yoktu. Hıristiyan olarak ona en yakın olan kişi, Malik'ti."

"Kuyumcu Malik mi?"

"Antikacı," diye düzeltiyor Meryem. "Kapalıçarşı'da dükkânı var. İlginç bir adamdır. Rüya âleminde yaşıyor gibi. Anlattıklarının hangisi hayal, hangisi gerçek anlayamıyorsunuz. Hıristiyanlıkla kafayı bozmuş. Normal bir adam değil anlayacağınız."

Önemli bir bulguyla karşılaşmış gibi geriliyor Ali'nin yüzü.

"Nasıl normal değil?"

Meryem, bizim Ali'nin ne düşündüğünü anlamış gibi:

"Sandığınız gibi değil. Malik kimseyi öldüremez. Hem Yusuf'u da çok severdi."

"Nasıl tanışmışlar Malik'le?"

"Onu bilmiyorum. Ama nasıl olsa Malik'le konuşacaksınız, size anlatır."

Soru nöbetini yeniden ben devralıyorum.

"Başka tanıdığı Hıristiyan yok muydu Yusuf'un? Kiliseye pek sık gitmediğini söylediniz ama bayramlarda, özel günlerde filan giderdi, değil mi?"

"Bir kere birlikte gittik. Şu Beyoğlu'ndaki büyük kiliseye. Hani Galatasaray Lisesi'ni geçip Tünel'e giderken sol tarafta."

"Saint-Antoine mı?"

"Evet, adı oydu galiba. Caddenin üzerindeki en büyük kilise. İçerisi de çok güzeldi. İki yanda mum yakılacak yerler var. Yusuf dua etti, ben de dilekte bulundum."

Ali'nin bir münasebetsizlik edip kadının dileğini sormaya kalkışmasından çekinerek sorulara devam ediyorum:

"O kilisede tanıdığı kimse var mıydı? Papaz, peder, yani din adamlarından birileri?"

"Sanmıyorum. Varsa da ben bilmiyorum."

"Yusuf'la konuşmalarınız sırasında ismini duyduğunuz birileri yok muydu?"

Meryem anımsamaya çalışırken kapı vuruluyor, ardından elindeki tepside kahvelerimizi taşıyan genç bir kız giriyor içeri. Girer girmez de gözlerini bizim yakışıklı Ali'ye dikiyor.

"Neskafe sizin mi?"

Bizimki kızı etkilediğini anlamış, kasılıyor ama hiç yapmacık değil, çocuğun içinden geliyor: Ee ne de olsa delikanlı. Kendisini izlediğimi fark edince toparlanıp yanıtlıyor garson kızın sorusunu: "Neskafe benim, sade kahve de Başkomiserimin."

Kız, Ali'nin başkomiserini hiç umursamıyor, önce onun kahvesini, sonra benimkini veriyor. Sigarasından birkaç nefes alan Meryem de onlara bakıyor ama olanın bitenin farkında değil, Yusuf'un Hıristiyan bir tanıdığı var mıydı, büyük olasılıkla onu düşünüyor. Garson kız kahvelerimizle birlikte aklını da odada bırakıp çıktıktan sonra, Meryem Hanım açıklıyor:

"Aslında Yusuf'un sık sık bahsettiği biri vardı," diye açıklıyor bana dönerek. "Ama Hıristiyan mıdır, bilmiyorum?" Artık izmarit haline gelen sigarasını kül tablasına bastırıyor. "Adını hatırlamaya çalışıyorum. Hah hatırladım. Timuçin... Evet, Timuçin. Yusuf konuşmalarında Timuçin diye birinden bahsederdi."

"Timuçin adında birinin Hıristiyan olacağını sanmıyorum," diyor Ali kahvesinden bir yudum aldıktan sonra. "Bir Türk, nasıl Hıristiyan olabilir?"

"Yanılıyorsunuz," diyor Meryem. "Dünyada Hıristiyan olan binlerce Türk var."

Ali'nin kafası karışmış, itiraz etmeye hazırlanıyor ama buna izin vermeye hiç niyetim yok.

"Peki kimmiş bu Timuçin?"

"Bilmiyorum. Aslında adam hakkında hiç konuşmadık. Yusuf birkaç kez, 'Yarın meşgulüm, Timuçin Abi'yle görüşeceğim,' demişti. Bir keresinde de ruhsat sorunumuz çıkmıştı, 'Timuçin Abi'ye söylerim, o halleder,' demişti."

"Halletti mi?" diyorum.

"Halletti. Sanırım, Yusuf zaman zaman Timuçin'le görüşüyordu. Aralarında bir iş bağlantısı da olabilir."

Timuçin, cinayetin çözümünde önemli bir bağlantı olabilir. Ali de benimle aynı kanıda olacak ki, olayın üzerine gidiyor.

"Ama siz bu Timuçin'i hiç görmediniz?"

Sesi kuşku yüklü, yoksa bize yalan mı söylüyorsunuz, der gibi.

"Görmedim," diyor Meryem. Ali'nin imasını anlamış, sesi sert çıkıyor. "Hiç görmedim. Kimdir, kaç yaşındadır, ne iş yapar, bilmiyorum."

"Yusuf," diyorum, "sever miydi Timuçin'i? Onu görmemiş olabilirsiniz ama onunla telefonda konuşurken yanındaymışsınız. Yusuf'un Timuçin hakkında neler düşündüğünü anlamışsınızdır."

"Belki Yusuf da anlatmıştır size," diye ekliyor Ali.

Meryem Ali'ye bakıyor, artık gözlerinde öfke yok.

"Pek bir şey anlatmadı, sanırım ondan biraz çekiniyordu. Saygı da duyuyordu. Yusuf için önemli biri olduğunu düşünürdüm..."

Bu bilgi işimize yarayacak mı bilmiyorum ama hiç yoktan iyidir. Soğumaya yüz tutmuş kahvemden ilk yudumu alıyorum. Kahve pek güzel değil.

"Hiç sormadınız mı Yusuf'a?" diye sürdürüyor Ali. "Bu Timuçin kim diye?"

"Sormadım. Aramızda ilan edilmemiş bir anlaşma vardı. Geçmişimiz hakkında hiç konuşmazdık."

Soluk almadan ikinci soruyu yetiştiriyor Ali:

"Neden?"

Meryem'in kaşları çatılıyor:

"Bunun sizi ilgilendirdiğini sanmıyorum."

Biliyorum Ali üsteleyecek, belki öğrenecekleri işimize yarayacak ama kadını karşımıza almanın şimdilik bir anlamı yok.

"Yani sadece Timuçin değil, Yusuf hakkında da çok fazla bir şey bilmiyorsunuz," diyorum.

"Aynen öyle."

"İşte bunu anlayamıyorum," diyor Ali. Sanki isyan eder gibi. "İyi tanımadığınız biriyle nasıl arkadaş olabilirsiniz?"

Meryem gözlerini kısarak Ali'yi süzüyor. Bakışlarında düşmanlık yok, küçümseme var, biraz da alaycılık.

"Sizin kız arkadaşınız var mı?" diye soruyor.

Ali toparlanıyor, yanıtlamayacak diyorum ama yanıtlıyor.

"Yok."

"Şaşırmadım... Böyle giderse hiç de olmayacak."

Bizimki anlamamış, öylece bakıyor.

"Olmayacak," diye sürdürüyor Meryem, "çünkü şu dünyada tümüyle tanıyacağın biri yoktur." Ali'nin susması kadını iyice cesaretlendiriyor. "Söyler misiniz bana, siz kendinizi ne kadar tanıyorsunuz?" Başıyla beni işaret ediyor. "Yanınızda Amiriniz var. Eminim onunla tehlikelere atıldınız, ölümlere göğüs gerdiniz. Mesleğiniz gereği diyorum. Mesela onu ne kadar tanıyorsunuz?" Meryem başını iki yana sallıyor. "Kimse kimseyi tanıyamaz. Tanıdığımızı sanırız. Tanıdığımız kadarına inanırız. Eğer gerçekten tanısak, bırakın aşkı filan, kimse kimseyle arkadaş bile olamaz."

Kadının söyledikleri ne kadar doğru bilmiyorum ama görmüş geçirmiş biri olduğu kesin. Ali'yi etkilemiş olduğu da kesin, çünkü bizimki, dut yemiş bülbül gibi, ne diyeceğini bilemeden bel bel Meryem'e bakıyor. Soruyu sormak da bana kalıyor.

"Doğru söylüyorsunuz da Meryem Hanım," diyorum. "Sözlerinizde kafamı kurcalayan bir nokta var. Özür dilerim, isterseniz yanıtlamayın ama Yusuf'u merak etmiyor muydunuz? Gerçekte kim bu adam? Kimlerle görüşüyor, ne işle uğraşıyor?"

Kısa bir kararsızlığın ardından yanıtlıyor Meryem:

"Bir kısmını biliyordum zaten. Timuçin gibi hiç tanımadığım, hiç görmediğim arkadaşlarını ise merak ediyordum elbette. Eminim Yusuf da onunla tanışmadan önceki hayatımı merak ediyordu. Ama bana hiç soru sormadı, ben de ona soramazdım. Açık konuşmak gerekirse, biraz da duyacaklarımdan korkuyordum. Duyacaklarımın kafamdaki, yüreğimdeki Yusuf'la uyuşmayacağından korkuyordum." Bakışlarını Ali'ye çeviriyor. Kendinden emin, açıklıyor. "Gerçekler her zaman güzel olmayabilir. Bazen ne kadar az şey bilirsen, o kadar iyidir."

Müslüman mahallesinde salyangoz satıyorsunuz.

Meryem'in odasından çıkınca, derinden gelen o müziği yeniden duyuyorum, bir tütsü kokusu çalınıyor burnuma; tıpkı Yusuf'un evindeki koku. Birkaç adım atmaya kalmıyor, Tonguç beliriyor yanımızda. İri pençelerini saygıyla önünde kavuşturmuş, kederli gözleri yüzümüzde.

"Buyrun, sizi geçireyim Amirim," diyor.

Buna bir itirazım yok, hatta seviniyorum çünkü ona soracaklarım var.

"İyi o zaman, hadi gidelim," diyorum ama gözleri barın içini tarayan Ali, kulağıma eğiliyor:

"Başkomiserim, şu garson kızla bir konuşayım, diyorum."

Ali'nin gerçek niyetini kestirmek zor ama ne kadar çok insandan bilgi alırsak o kadar iyi.

"Tamam," diyorum, "çok uzatma, kapıda bekliyorum."

Merakla bizi izleyen Tonguç'un koluna girerek, benden en az bir baş daha uzun olan bu iri adamı çıkışa doğru sürüklüyorum.

"Hadi gidelim, o bize yetişir."

Tonguç'un bakışları Ali'de kalıyor, soru sormasına fırsat vermeden konuyu açıyorum.

"Yusuf'u severdin, değil mi?"

Tonguç durup yüzüme bakıyor.

"Severdim Amirim," diyor, kalıbından umulmayan duygusal bir sesle. "Öyle yiğit, öyle iyi bir adam görmedim ben. Sessiz, sakin ama çok sağlam biriydi."

Yeniden yürümeye başlıyoruz, boş sıraların arasından geçerken soruyorum:

"Sence kim yapmıştır bu işi?"

Bu kez durmuyor, yürürken loş ışıkta bile parıldamayı sürdüren kabak kafasını sallayarak yanıtlıyor sorumu:

"Bilmiyorum Amirim... Deminden beri bunu düşünüyorum. Yusuf Abi'yi kim öldürmek isteyebilir? Hadi öldürmek istedi, buna nasıl cesaret edebilir?"

"Neden cesaret edemesin?"

"Yusuf Abi'yi tanısaydınız, bunu sormazdınız Amirim. Acayip bir adamdı. Gözü kara, bileğine sağlam, ordunun içine sal, adam alıp çıksın. Kimse ona bulaşmak istemezdi."

Yusuf'un kanepenin üzerinde yatan kaslı bedeni geliyor gözlerimin önüne.

"Ama," diyorum, "el elden üstündür. Bak onu da öldürdüler."

"Kahpeliktir Amirim. Tuzak kurmuşlardır, başka türlü yapamazlardı."

"Tanıdığı birileri olabilir mi? Mesela Nazareth'ten birileri."

Şaşırmış, yüzüme bakıyor.

"Yok... Yok Amirim, buradan öyle biri çıkmaz. Hem burdaki herkes çok severdi Yusuf Abi'yi."

"Başta da Meryem Hanım."

Dazlak başını sallayarak onaylıyor:

"Başta da Meryem Abla. Nasıl yıkıldı kadıncağız. Bakmayın öyle metin göründüğüne, artık nasıl toparlar bilmiyorum."

"Araları pek iyi değilmiş. Bir haftadır görüşmüyorlarmış..."

Tonguç sanki biri duyacakmış gibi ürkek gözlerle çevresine bakındıktan sonra, "Kabahat Meryem Abla'nındı Amirim," diye fısıldıyor. "Önce Yusuf Abi'den yardım istedi, barı kilise gibi düzenleyelim diye. Yusuf Abi de o sarışın oğlanı getirdi. Üniversitede hoca mıymış neymiş."

"Can mı?"

"Evet Can. Benim pek kanım ısınmadı oğlana. Şu entel yavşaklardan biri. Burnu bir karış havada. Anlayamadığım, Yusuf Abi gibi bir adamın böyle bir dallamayla ne işinin olduğu."

"Neyse," diyorum, "barın dekorasyon işini anlatıyordun."

"Evet, Amirim. Meryem Abla ısrar edince, Can denen bu oğlan geldi. Yanına karı kılıklı bir de mimar almış. Çizdiler, yazdılar, sonra da barı bu hale getirdiler. O zaman da söyledim. 'Bu iş tutmaz. Siz Müslüman mahallesinde salyangoz satıyorsunuz,' diye. Ama Meryem Abla dinlemedi. Sonunda dediğim çıktı. Bakın içerde sadece iki masa dolu. Her akşam böyle. İş tutmayınca Meryem Abla'nın kimyası bozuldu. Sanki bu işi Yusuf Abi yapalım demiş gibi bozuk çalmaya başladı. Yusuf Abi onurlu adam, yemedi bu lafları. Ceketini kaptığı gibi çıktı gitti bardan. Meryem Abla da gururlu kadın. Bir türlü arayıp özür dileyemedi. Yazık oldu. Küskün kaldılar."

Dehlizi yarıladık, neredeyse yolun sonuna gelmek üzereyiz. Oysa öğrenmek istediğim birkaç şey daha var.

"Timuçin diye birini duydun mu? Yusuf'un arkadaşıymış."

İlk kez işitiyormuş gibi garipsiyor Tonguç.

"Timuçin? Yok Amirim, öyle birini duymadım. Yusuf Abi'nin böyle bir arkadaşı varsa da ben bilmiyorum."

"Peki sen, burada mı tanışmıştın Yusuf'la?"

"Yok, burada değil Amirim, Beyoğlu'nda. O zamanlar Beyoğlu'nda bir bar çalıştırıyorduk. Yani Meryem Abla çalıştırıyordu. Cazip Bar. Sakin bir yerdi. Müşterileri belliydi. Çok iş yapmıyorduk ama buradan daha iyiydi. Süslü Saksı Sokağı'nda. Kocaman yer. Bir Rum Vakfı'nın malı mıymış neymiş, yok pahasına oturuyorduk. Yusuf Abi'yi orada tanıdım."

"Yalnız mı gelirdi?"

"Yalnız gelirdi. Bir de şu Can denen lavuk takılırdı bazen yanına. Ha, bir de Malik diye bir adam var. Kel, sakallı, zayıf biri. Kelimelerin üzerine basa basa konuşur. Arap mıymış neymiş. Kafayı biraz sıyırmış ama zengin adammış. Kapalıçarşı'da dükkânı var diyorlar, onunla da gelirdi. Ama genellikle tek gelirdi." Gülümseyerek başını sallıyor. "Önce Yusuf Abi'yi polis zannettim. Sivil polis, narkotikçi filan. Gelip gidiyor ya... Ulan adam sivil polis ama kendini gizleyememiş diye düşündüm. Ama tanışınca anladık ki değil. Adam tam bir gönül adamı."

"Şu bileğine sıkılık, cesaret işi ne?"

"Spor yapmış gençliğinde, yakın dövüş filan. Hâlâ günde birkaç saat çalıştığını söylüyordu."

"Sen nereden biliyorsun Yusuf'un bileğine sıkı olduğunu? Kendisi mi anlattı?"

"Yok Amirim, gözlerimle gördüm. Yusuf Abi kendinden bahsetmeyi sevmezdi. Şimdi bizim Beyoğlu'ndaki Cazip Bar, bir Rum vakfının malı ya. Bizim sokağa dadanan bir Kürt var. Bingöllü Kadir. Eskiden PKK'lıymış, sonra itirafçı olmuş. Günahı söyleyenin boynuna ama yukarıdakiler bu Bingöllü'yü kolluyormuş."

"Kimmiş bu yukarıdakiler?"

"Ne bileyim Amirim, öyle söylüyorlar. Emniyet, MİT filan. Belki de başkaları. Yani ben öyle duydum. Bingöllü de, Beyoğlu'nda ne olup bitiyor, hepsini yukarıdakilere okuyormuş. Neyse, işte bu Bingöllü bizim başımıza bela oldu. 'Buradan çıkın, burasını ben kiralayacağım,' diye sabah akşam kapımızı aşındırıyor. Meryem Abla insanca konuştu, herif anlamadı, her gece bizim barda, her gece Meryem Abla'nın masasında. Meryem Abla'nın sonunda kafası attı. Bunu bardan kovdu. Bingöllü çok öfkelenmiş, ertesi gün bar kapanmaya yakın dört adamıyla çıktı geldi. Biz böyle bir kalleşlik yapacağına ihtimal vermediğimiz için hazırlıklı değildik. Geceyarısı, bar da kapanmak üzere, ben artık içeri girmiştim. Birden ensemde bir sertlik hissettim. Bingöllü'nün adamlarından biri dayamış namluyu ensemize. Öylece kaldık. Bizim öteki koruma Tayyar'ın hali de benden farklı değil. Onun da arkasında bir adam, ensesinde bir silah. Ulan kim bunlar diye düşünürken, Bingöllü Kadir'i gördüm. Yanında iki çakalı, İstanbul'u fetheden Fatih edasıyla Meryem Abla'nın masasına doğru yürüyor. Barda bizden başka beş müşteri var: Köşebaşındaki masada tek başına oturan Yusuf Abi ile pencere kenarındaki masada oturan iki çift. Çiftler durumun vahim olduğunu fark edince usuldan tüymek istediler.

Ama Bingöllü, 'Oturun lan oturduğunuz yerde,' diye bağırınca, zavallılar kuyruklarını kısıp sandalyelerine büzüldüler. Yusuf Abi sakin sakin rakısını içmeye devam ediyordu. Bingöllü, Meryem Abla'nın masasına yaklaşınca, 'Hadi bu gece de kovsana beni,' diye söylendi.

Meryem Abla şöyle bir yüzüne baktı Bingöllü'nün, sonra rakı kadehine uzanıp bir yudum aldı. Umursanmadığını gören Bingöllü iyice öfkelendi. Masaya yaklaştı, eliyle Meryem Abla'nın çenesini tutarak, 'Konuşsana amcık,' diye ululudu, 'niye sesin çıkmıyor?'

Bingöllü daha ağzını yeni kapamıştı ki, Meryem Abla masada duran rakı şişesini kaptığı gibi herifin alnının ortasına indiriverdi. Önce kırılan şişenin sesini duydum, sonra Bingöllü'nün geniş alnını kızıla boyayan kanı gördüm. Bingöllü, eliyle alnını tutarak gerilerken, arkadaki iki adamı şaşkınlıklarını atlatıp Meryem Abla'nın üzerine saldırdılar. Daha doğrusu saldırmayı denediler, çünkü bir anda Yusuf Abi çıktı sahneye; sandalyeyi ne zaman aldı, ne zaman heriflerin kafasına indirdi bilmiyorum ama iki çakalın da yere düştüğünü gördüm. Adamlardan biri toparlanmak istedi, Yusuf

Abi atmaca gibi çöktü tepesine. Ahşabı parçalanmış sandalyenin demir gövdesiyle herifin kafasına kafasına indirmeye başladı. Ama öteki çakal boşta kaldı ya, belinden kocaman bir avcı bıçağı çıkardı. Yusuf Abi'nin arkası adama dönük, öteki herifi pataklıyor. Meryem Abla, 'Dikkat et,' demese, belki de herif şişleyecek Yusuf Abi'yi. Ama Yusuf Abi, Meryem Abla'nın sesini duyar duymaz yana çekildi. Çakalın savurduğu bıçak da boş gitti. Yusuf Abi, elindeki sandalye parçasını herifin kafasına indirdi. Adam başını yana çekti, sandalye parçası adamın omzuna çarpıp yere düştü. Adam sendeledi ama çabuk toparlandı. Yusuf Abi'nin elinin boşta kaldığını gören adam pis pis sırıttı. Bıçağını elinde terazileyerek Yusuf Abi'ye yeniden saldırdı. İşte ne olduysa o anda oldu; Yusuf Abi zarif bir hareketle sola kaydı, adamın bıçak tutan kolunu bileğinden yakalayıp sert bir hareketle yukarı çekti. Kırılan kolun çatırtısını Bingöllü, adamları, dört müşteri, ben, bizim Tayyar ve Meryem Abla, yani bardaki herkes duydu. Adamın elindeki bıçak yere düşerken, Yusuf Abi Yaradan'a sığınıp herife soldan bir yumruk yerleştirdi. Herif taş gibi hızla indi yere. Bir daha da kalkmadı. O sırada Bingöllü yüzünü kaplayan kanı eliyle silip Yusuf Abi'ye saldıracak oldu. Yusuf Abi bir tekmeyle onu barın öteki köşesine yolladı. Beni yakalayan çakal da şaşkınlık içindeydi. Silahı ensemden çekmiş, ateş etsem mi, etmesem mi modunda, öylece bakınıyordu. Fırsat bu fırsat, hızla geriye döndüm, sol elimle tabancasının namlusunu benden uzaklaştırıp, ya bismillah deyip, koca burnunun tam ortasına yapıştırdım kafayı. Önce herifin burnundan boşalan kanı gördüm, sonra çuval gibi yere yığıldığını. O yere yığılırken elinden tabancayı aldım. Baktım, bizim Tayyar'ı tutan lavuk, silahı Yusuf Abi'ye doğrultmuş. 'Bırak lan o silahı,' diye bağırdım. 'Bırak, yoksa sikerim ananı.'

Lavuk iyice şaşkaloz oldu. Bizim Tayyar uyanık çocuk, hemen dönüp kaptı silahı. Lavuk öylece bakıyor hâlâ. Şimdi bu adamlar mekânımıza böyle gelmişler, onları süslemeden göndermek olmaz, Tayyar elindeki silahın kabzasını lavuğun çenesine indirdi. Lavuk sola savruldu. Ama Tayyar bırakmadı. Adamı omzundan yakalayıp hayalarına sağlam bir diz çıktı. Herif iki büklüm oldu. Ama Tayyar'ın öfkesi geçmedi. Herifi kulaklarından yakaladı, bu kez suratına bir diz yerleştirdi. Adam sırtüstü düştü bizim barın cilalı ahşap zeminine. Tayyar ile ben elimizdeki silahları Bingöllü'ye çevirdik. Bingöllü bir yandan görmesine engel olan kanı eliyle siliyor, bir yandan da ayakta durmaya çalışıyordu. Meryem Abla, Bingöllü'ye yaklaştı, kırık şişe hâlâ elinde. Bingöllü vuracağını sanarak yüzünü korumak için sağ elini kaldırdı ama Meryem Abla vurmadı.

'Bak Bingöllü,' dedi. 'Seni şimdi, şuracıkta bitiririm. Ama yapmayacağım, gidip bunu kendini bir bok sanan zibidilere anlatman için seni sağ bırakacağım. Fakat bir daha bu barın kapısından içeri adım atarsan, seni de, çakallarını da lime lime doğrar, Beyoğlu'ndaki sokak köpeklerine yedriririm.'

Bingöllü öylece dinliyor ama kanlı kirpiklerinin arasından parıldayan gözleri, Meryem Abla'nın elindeki kırık rakı şişesine takılı hâlâ. Meryem Abla'nın vurmaya niyeti yok. Köpeğe vuracağına ürküt, demişler. Meryem Abla da onu yaptı.

'Anladın mı?..' diye yürüdü üstüne. Bingöllü iki adım geriledi.

'Şimdi siktir git buradan!'

Bingöllü ağır ağır geriledi, sonra dönüp çıktı bardan. Meryem Abla bize baktı, elindeki kırık rakı şişesiyle yerde kıvranmakta olan çakalları göstererek, 'Atın şu ibneleri de dışarı,' dedi... İşte böyle Başkomiserim, Yusuf Abi böyle sağlam bir adamdı."

"Sonra ne oldu? Bingöllü'yü polis kolluyor, diyordun. Bingöllü misilleme yapmadı mı?"

"Yapmadı Amirim... Yapmadı değil de yapamadı. Bakmayın kadın olduğuna, Meryem Abla'nın da arkası güçlüdür. Belki Yanık Fehmi adını duymuşsunuzdur. Eski kabadayılardan. Meryem Abla onun kızıdır. Âlemdeki lakabı Kınalı Meryem'dir. Benim diyen erkeği suya götürür, susuz getirir. O da sağlam kadındır yani."

"Böylece Yusuf'la dost mu oldular?"

Utanır gibi oluyor Tonguç.

"Öyle oldu Amirim," diyerek bakışlarını kaçırıyor. "Tahmin ediyorsunuz artık, sevda durumları filan."

Benim aklım, şu mafya bozuntusu herifte.

"Şu Bingöllü," diye soruyorum, "sonradan intikam almak istemiş olmasın? Herkes olayı unutmuşken, Yusuf kendini kollamayı bırakmışken..."

Yanıtlamadan önce bir an düşünüyor Tonguç.

"Cık," diye kafasını sallıyor. "Yok Amirim, Bingöllü bunu göze alamaz. Eğer Bingöllü'de o cesaret olsaydı, yaptığımızı yanımıza bırakmazdı." Düşünüyor. "Gerçi... Yok yok, olamaz."

"Neymiş olmayacak olan?"

"Amirim, hani şu bizim Beyoğlu'ndaki bar var ya."

"Cazip Bar mı?"

"Evet, anlattığım olayların geçtiği yer. Şimdi orayı bir başkası çalıştırıyor. Ama barın kontratı bizim üzerimize. Adamlar bizim kiracımız. Geçenlerde Meryem Abla anlatıyordu. Bu Bingöllü, barı çalıştıran adamı ziyaret etmiş. Burdan çıkın filan diye. O da bizi aradı. Meryem Abla da Bingöllü'ye, itlik yapma diye haber gönderdi. Bingöllü de yine köşesine çekildi. Yani bilmiyorum, hani bu Bingöllü..."

"Anladım, anladım Tonguç. Bir yoklarız herifi. Bak bunlar çok önemli. Eğer bildiğin başka bir şey varsa..."

"Hepsi bu Amirim..."

Cebimden kartımı çıkarıp uzatıyorum.

"Burada telefon numaralarım var, bir şey hatırlarsan ya da bir gelişme olursa hemen ara. Tamam mı, gece gündüz fark etmez."

"Tamam Amirim."

Tonguç kartvizitimi cebine atarken Ali de yetişiyor. Tonguç'u at suratlı arkadaşı Tayyar'la baş başa bırakıp çıkıyoruz bardan. Dışarıda hava ayaza çevirmiş. Bir ürperti sarıyor bedenimi. Pardösüme sarınırken, "Ne öğrendin?" diye soruyorum Ali'ye.

"Henüz bir şey öğrenemedim Başkomiserim. Kızın mesaisi birde bitiyormuş. Gelip alacağım."

"Geceyarısı mı?"

Alaycı bir ifadeyle bakıyor yüzüme.

"Başkomiserim, unuttunuz mu, burası İstanbul, yirmi dört saat yaşayan şehir."

"Hiç unutur muyum," diyorum ben de yarı şaka, yarı ciddi, "yalnız sen de şunu unutma, yirmi dört saat yaşayacağım filan diye uyuyup kalırsan, canına okurum. Yarın saat sekizde odamda bekliyorum seni."

Şımarık bir oğlan çocuğu gibi sitem ediyor hemen:

"Aşk olsun Başkomiserim, ne zaman geç kaldık mesaiye?"

Tam yanıt verecekken, cep telefonum çalıyor, arayan Evgenia.

"Nerde kaldın?" diyor. Sesi sitem yüklü. "Yoksa yine beni atlatacak mısın?"

Ali'nin yanında konuşacak olmam canımı sıkıyor ama başka çare de yok.

"Hiç olur mu Evgenia, yoldayım, geliyorum."

Evgenia lafını duyan Ali kulak kabartıyor konuşmalarıma. Allah'tan Evgenia'nın neler söylediğini duymuyor.

"Bilirim ben senin geliyorumlarını," diye sürdürüyor Evgenia.

"Yok yok, geliyorum," diyerek kapatmaya çalışıyorum konuyu. "On beş dakikaya kadar Kurtuluş'tayım."

Sesindeki sitem, yerini tatlı bir sırnaşıklığa bırakıyor.

"Geç kalma, mezeler bitecek sonra. Bak karides böreği yaptırdım senin için."

"Ciğer yahni de var mı?"

"Olmaz mı? Gözlerim kapıda, hadi çabuk gel."

Telefonu kapatırken Ali'nin bıyık altından güldüğünü görüyorum. İt, "biz çapkınlık yapınca söz oluyor ama sen yapınca mesele yok ha," demeye getiriyor. Henüz bunları açıkça söyleyemiyor ama böyle giderse yakındır yüz göz olmamız. Şunu biraz sıkıştırsam iyi olacak:

"Ne düşünüyorsun?" diye soruyorum.

Bir an neden bahsettiğimi anlamıyor. Bıyık altından gülümsememi kastettiğimi sanıyor.

"Ne? Nasıl Başkomiserim?"

"Şu Meryem," diyorum, "sence bizden bir şeyler mi saklıyor?"

Anında rahatlıyor kopuk herif.

"Meryem mi Başkomiserim? Aslında kadının davranışı tuhafıma gitti. Sizce de öyle değil mi Başkomiserim, sevdiği adam öldürülmüş. Bunu duyuyor ama barında oturmaya devam ediyor. İnsan hemen Yusuf'un evine gitmez mi?"

"Ben ona çok takılmadım. Böyle anlarda insanlar tuhaf davranabilir. Ama kadının bize her şeyi anlatmadığını sanıyorum."

"Yani Yusuf'u kimin öldürdüğünü biliyor mu?"

"O kadarından emin değilim."

"Ama çok güçlü bir kadın olduğu kesin. Bu işlere uzak değil."

"Uzak olur mu? Kadın, Yanık Fehmi'nin kızıymış."

"Yanık Fehmi, şu iki sene önce öldürülen kabadayı değil mi?"

"Evet, onun kızı. Lakabı da var: Kınalı Meryem."

"Kınalı Meryem ha... Bu ismi daha önce duydum galiba Başkomiserim... Demek kadın yeraltı dünyasından."

"O dünyadan bir herif daha var. Bingöllü Kadir. Eski teröristmiş, itirafçı olmuş. Şimdi Beyoğlu'nda kabadayıcılık oynuyormuş. Yusuf'la kapışmış aylar önce..."

Ellerini ovuşturarak hevesle söyleniyor Ali:

"Yeraltı dosyasını karıştıracağız desenize Başkomiserim."

Dedim ya, bu çocuğun ölümü eceliyle olmayacak.

"Öyle görünüyor ama balıklama dalmak yok. Sakin sakin ve usulüne göre yapacağız her şeyi."

"Hiç merak etmeyin Başkomiserim," diyor ama havaya girdi bile. Gözlerini kısarak başını sallıyor. "Şu Bingöllü meselesi ilginç geldi bana. Meryem niye ondan bahsetmedi bize?"

"Herifin böyle bir işe kalkışacağına ihtimal vermemiştir. Bingöllü'nün gözünü iyice kırdığını düşünüyordur."

"Ne bileyim Başkomiserim. Ben olsam ilk ondan şüphelenirdim. Öyle değil mi?"

"Aynı kanıda değilim Ali. Bu tür herifler işlerini doğrudan görürler. Birini öldürecekler, sonra polisi yanıltmak için Tevrat, İncil filan, Hıristiyan düzeneği kuracaklar. Pek mantıklı gelmiyor bana. Bu heriflerin kafası böyle inceliklere çalışmaz."

"Ama herif PKK'lıymış. Okumuş yazmış takımındansa..."

"Hiç sanmıyorum. Adam bildiğin tetikçi. Ne işi olur okumuş yazmış adamın mafyayla."

"O da doğru. Ama şunu da unutmayalım: Meryem cinayet mahallinde neler bulduğumuzu bilmiyor. Tek bildiği Yusuf'un bıçaklanarak öldürüldüğü. Bıçağın kabzasının haçtan yapılma olduğunu, Kutsal Kitap'taki altı çizilmiş satırlardan habersiz. Bunları bilmediği halde yine de Bingöllü'den bahsetmedi bize."

Söyleyecek söz yok, Ali haklı.

"Bir dahaki karşılaşmamızda ilk işimiz Meryem'e bu meseleyi sormak olsun," demekle yetiniyorum.

"Şu Malik de tuhaf bir adammış Başkomiserim. Herif Hıristiyan'mış, bir de kafayı yemiş, diyorlar. Belki de o yapmıştır bu işi..."

"Belki," diyorum, "adamı sorgulamadan karar vermek zor... Can'ı da unutmayalım."

"Bence de ilk araştırılması gereken adam o. Ha, bir de Timuçin var. Şu meçhul arkadaş..."

"Yaa, bir de o var. Bu şahısların hepsini detaylı etüt etmemiz lazım." Yüzümde manidar ifadeyle yardımcıma bakıyorum. "Yani Alicim, sabah erken gel, derken şaka yapmıyordum. Yarın çok işimiz olacak."

"Emredersiniz Başkomiserim, sabah erkenden ofisinizdeyim." Duraksıyor, dudaklarında yine o hınzır gülümseme beliriyor. "Siz de isterseniz dışarıda çok kalmayın bu gece, dediğiniz gibi, yarın zor bir gün olacak."

Hâlâ takılmayı sürdürüyor, serseri. Aslında kızmıyorum ona, hatta böyle alttan alta didişmek hoşuma da gidiyor ama ölçüyü kaçırmamak koşuluyla.

> **"Kimseye etmem şikâyet,
> ağlarım ben halime."**

Evgenia'nın meyhanesi Kurtuluş Caddesi'nin sonunda yer alıyor. Meydana ulaşmadan, sağa uzanan sokağın içinde. Meyhanenin adı Tatavla, Kurtuluş semtinin eski adı. Kapıdan içeri girince, meyhanenin ortasına kurulu devasa odun sobasından yayılan sıcaklık yalıyor yüzümü. Sigara dumanına boğulmuş masalarda demlenen akşamcıların arasında gözlerim Evgenia'yı ararken, Müzeyyen Senar'ın sesi doluyor kulaklarıma: "Kimseye etmem şikâyet / Ağlarım ben halime / Titrerim mücrim gibi / Baktıkça istikbalime."

Dudaklarıma bir gülümseyiş yayılıyor. Bu meyhanenin öyle bir havası var ki, daha adım attığı anda değiştiriyor adamı.

"Nevzat," diyor arkamdan o çok iyi tanıdığım ses, "Nevzat..."

Müzeyyen Senar'dan sonra duymak isteyeceğim tek ses. Evgenia'nın su damlası gibi duru sesi.

Sesin geldiği yöne dönerken, Taksim'deki Çingenelerden aldığım kırmızı gülleri arkama saklıyorum. Evgenia'nın Rum olması muhtemel, orta yaşlı iki kadını pencere kenarındaki masada bırakıp bana yaklaştığını görüyorum. Gülümsüyor, zaten onun gülümsemediğini hiç görmedim ki. Urfa'da, karakolda ilk tanıştığımız o sıcak yaz gününde de, yıllar sonra İstanbul'da yeniden karşılaştığımız yağmurlu bahar gecesinde de gülümsüyordu. Belki gülümsemiyordu da, yüzündeki ışık öyle sanmama yol açıyordu. Gerçekten de Evgenia'nın yüzünde hep bir ışık vardır. Bu ışık, açık kumral saçlarından mı, geniş alnından mı, iri yeşil gözlerinden mi yansır, anlayamazsınız. Evgenia'nın yüzü, sanki kafasının içinde ilahi bir ışık varmışçasına göründüğü her yerde aydınlık saçar. Yok, İsa ya da azizlerin başlarının üzerindeki haleden söz etmiyorum, bu dünyaya ait olmayan bir aydınlık değil bu, tersine, dünyanın güzel bir yer olduğunu anlatan, yaşam dolu bir ışık. Yani insanın gövdesinden yayılabilen en kutsal, en güzel, en anlamlı ışık. Evgenia böyle bir ışığın içinden bakar işte. Bunu ona söylediğimde, o güzelim İstanbul Türkçesiyle -evet, bizim Evgenia Rum olmasına rağmen aksansız bir Türkçeyle konuşur- "Kuzguna yavrusu şahin görünürmüş," der geçer. Ama ben geçemem, onu ne zaman görsem, bir süre ışığına tutunur, ışığıyla sersemler, bu esrikliğin tadını çıkarmak isterim. Öyle de yapıyorum, Evgenia yaklaşırken, bedeninin tek bir devinimini bile kaçırmadan, keyifle izliyorum onu. Evgenia geliyor, ışığının içine alıyor beni, sımsıkı sarılıyor bana. Önce kır çiçeklerini anımsatan hafif parfümünü hissediyorum, sonra sıcaklığını.

"Çok özlemişim," diye fısıldıyor.

"Ben de," diyorum. Bir süre öylece kalıyoruz. Sonra meyhanenin ortasında durduğumuzu fark ediyorum, müşteriler ilgiyle bize bakıyor. Böyle meyhanenin orta yerinde, sağ elimde arkaya saklamaya çalıştığım güller ve boynuma sarılmış Evgenia'yla kendimi bir tuhaf hissediyorum, itiraf etmek gerekirse utanıyorum. Evgenia hiç utanmıyor. Bizi izleyenler umurunda bile değil. Usulca çözülüyorum bedeninden. Ama o bırakmıyor, bedenimden çözülünce koluma giriyor, o anda fark ediyor gülleri.

"Bana mı?"

Çiçekleri ona uzatıyorum.

"Başka kime olacak?"

Gülleri sanki canlı birer varlıkmış gibi, sanki inciniverceklermiş gibi, dokunmaktan korkarcasına usulca alıyor eline.

"Çok güzeller," diye mırıldanıyor. Yüzüne yaklaştırdığı güllerin kızıllığı yansıyor tenine. "Teşekkür ederim," diyerek yeniden bana dönüyor, uzanıp yanağıma kocaman bir öpücük konduruyor. Sonra elimden tutup beni meyhanenin sol köşesindeki masaya sürüklüyor ama sürüklerken iğnelemeyi de ihmal etmiyor: "Zavallı mezeler saatlerdir seni bekliyor."

Adımlarımı hızlandırarak bir an önce masaya geçip müşterilerin meraklı bakışlarından kurtulmak isterken, bir yandan da kendimi affettirmek için Evgenia'ya mazeretlerimi sıralıyorum.

"Son dakika işi. Tam geliyordum... Öyle bakma bana, valla doğru söylüyorum. En geç saat yedide burada olacaktım."

"Neymiş bu iş?"

"Boş ver, duymak istemezsin."

"Neden duymak istemezmişim?"

"İşin içinde cinayet var da ondan." Birden aklıma geliyor. "Sahi Evgenia, Süryaniler hakkında ne biliyorsun?"

"Fazla bir şey bilmem. Tanıdığım birkaç kişi vardı, o kadar. Niye soruyorsun?"

"Süryani bir adam öldürüldü. Belki Süryanileri bilirsin dedim."

"Ohoo, Hıristiyanlıkta o kadar çok mezhep var ki... Hangi birini bileceksin?"

Masanın başına geliyoruz. Masayı süsleyen mezeleri görünce, öldürülen adamı da, Süryani bağlantısını da unutuyorum; derin bir mahcubiyet kaplıyor içimi. Lakerdadan topiğe, taratordan radikaya, deniz börülcesinden közlenmiş patlıcana, çiroz salatasından uskumru dolmasına, pamuk ahtapottan kalamar salatasına kadar masanın üzeri Rum, Ermeni mezeleriyle dolu. Biliyorum, çok geçmeden karides böreği ile ciğer yahni de ara sıcak olarak şereflendirecek masamızı. Evgenia böyledir işte, ne yapıp eder, değerli biri olduğunuzu hissettirir size.

"Sen otur," diyor, kucağındaki gülleri göstererek ekliyor: "Ben şu kızlara bir vazo bulayım."

İskemleye yerleşirken bakışlarım karafakideki rakıya kayıyor. Canım fena halde rakı istiyor. İki rakı bardağını alıp yan yana koyuyorum. Karafakiyi kaldırıp bardakları eşit miktarlarda dolduruyorum. Benim bardağımdaki rakının üzerine su koyuyorum, sakız gibi beyazlaşıyor mübarek. Evgenia'nınkini öylece bırakıyorum, rakıyı sek sever. Su bardaklarımızı da doldururken, ayağına çabuk Evgeniam, geçen yaz Atina'dan aldığı kahverengi nakışlı, beyaz vazoya yerleştirdiği güllerle geliyor masaya.

"Herkesin gözü güllerde kaldı..." diyor vazoyu masanın ortasına yerleştirirken, "Nereden bulursun böyle güzel çiçekleri?"

"Kurtuluş'un girişindeki mezarlıktan."

İskemleye oturmak üzereyken bir an duruyor. Sözlerimin gerçek olabileceğini sanıyor. Evgenia böyledir işte. Birini sevmişse, onun her söylediğine inanmaya meyillidir. Ama sesimdeki muzip tını ele veriyor beni. Gözleri yüzümde. Anlıyor şaka yaptığımı, en azından kuşku duyuyor. Başını sallayarak oturuyor tam karşıma.

"Dalga geçiyorsun. Gecenin bu saatinde nasıl gireceksin mezarlığa."

"Unuttun mu, ben polisim. Canım nereye isterse girerim."

Bir an yeniden inanır gibi oluyor bana, sonra kahkahaları koyuveriyor.

"Nevzat çok kötüsün."

Kadehime uzanıyorum.

"Hadi o zaman kötülüğün şerefine içelim."

İsteğime uyuyor, kadehi eline alıyor ama, "Kötülüğün şerefine içmeyelim," diyor. "Kötülük hiç olmasın."

"Ne yaptın be Evgenia, o zaman işsiz kalırım."

"Kalmazsın, kalırsan da ben sana bakarım."

"Teşekkür ederim. Peki neye içeceğiz. İyiliğe mi?"

"Yok..." Buğulanmış yeşil gözleri kırmızı güllere kayıyor. "Güzelliğe içelim. Güzel olan iyidir."

Ne kadar çok güzel katil gördüm, hiçbiri iyi değildi, diyesim geliyor, gecenin tadını kaçırmanın manası yok.

"Tamam, hadi güzelliğe o zaman."

İçiyoruz. Gözlerimi kapıyorum, damağımı yakan rakının tadını çıkarıyorum.

"Şeker gibi mübarek," diye mırıldanıyorum. "Papaza mı okuttun, ne yaptın?"

Koca kadın, çocuk gibi kıkırdıyor.

"Papazların rakıyla işi olmaz, şarap desen belki."

Gözlerimi aralayıp masadaki mezelere bakıyorum yeniden.

"Mezeler de muhteşem." Elimle müzik dolabını gösteriyorum. "Müzeyyen de pek güzel söylüyor bu akşam."

"Bu gece her şey güzel," diyor buğulanmış gözlerini yorgun yüzüme dikerek. "Sen geldin ya..."

Evgenia'ya bakıyorum. Ne zaman girdi yaşamıma, sanki onu hep tanıyormuş gibiyim. Oysa bundan on küsur yıl önce, Urfa'daki karakolun küçük odasında onu ilk gördüğüm günü dünmüş gibi hatırlıyorum. Elinde kumaştan küçük bir çanta vardı sadece. Onu odama getiren polis memurunun açıklamalarını daha fazla beklemeyerek öne çıkıp, "Bana yardım edin," demişti. Sözlerinden çok, kızgın Urfa güneşinin esmerleştirdiği yüzünde iyice belirginleşen açık renk gözleri dikkatimi çekmişti. "Beni İstanbul'a yollayın. Yoksa Kerdani aşireti beni öldürecek."

Hayır, yardım dilenmemişti. Hakkı olanı isteyen birinin kararlılığıyla dikilmişti karşımda. Onu bir iskemleye oturtup derdini dinlemeye çalıştım. Ama kaybedecek zamanı yoktu, korkuyordu, bir an önce bu şehirden kaçmak istiyordu.

"Beni öldürecekler," demişti. "Beni İstanbul'a yollayın."

"Kimse seni öldüremez, biz seni koruruz," diye yatıştırmak istedim. "Önce şu meseleyi bir anlat."

Baktı başka çaresi yok. Anlatmıştı. Evgenia, babası Yorgo'nun meyhanesine, yani şu anda oturduğumuz Tatavla'ya takılan, Murat adında bir Kürt delikanlısına âşık olmuş. Murat, Urfa'da Kerdani aşiretinin önde gelen ailelerinden birinin oğlu. Kan davası yüzünden kaçmış, İstanbul'a gelmiş. Dolapdere'de benzin istasyonu işleten amcasının yanında kalıyor. Amca akşamcı, yeğeniyle birlikte Tatavla'ya dadanmışlar. Evgenia burada görmüş Murat'ı. Görür görmez de sevdalanmış bu kara yağız, uzun boylu Kürt delikanlısına. Ama babası Yorgo -annesi, Evgenia liseye giderken ölmüş- bu sevdaya hiç sıcak bakmamış. Baba onaylamayınca ateş iyice alevlenmiş. Murat ile Evgenia gizli gizli buluşmaya, sevdalarını gözlerden ırak yaşamaya başlamışlar. Böyle gitse iyiymiş ama gün gelmiş, Kerdani aşiretinin hasımlarıyla arası düzelmiş, Urfa'daki kan davası barışla sonuçlanmış. Böylece Murat'ın Urfa'ya dönmesi gerekmiş. Evgenia sevdiği adamın gitmesini hiç istemiyormuş ama Murat gitmek zorundaymış.

"Sen de benimle gel," demiş Murat. "Orada evleniriz."

Evgenia o zamanlar çok gençmiş, o zamanlar hayatı aşktan ibaret sanıyormuş. O zamanlar başında kavak yelleri efil efilmiş. Ama babasını da kırmak istemiyormuş. Fakat biliyormuş ki babası bu evliliğe asla izin vermeyecek. Bir süre kararsız kalmış. Bir yanda babasının koruyucu bakışları, şefkat dolu sözleri, öte yanda Murat'ın insanın içine işleyen kara gözleri, sıcacık elleri, heyecan veren sesi. Aşk hep ağır basar derler ya, yine öyle olmuş. Evgenia sonunda Murat'ı seçmiş. Yaşlı babasını yaşlı meyhanesiyle Kurtuluş'ta bırakıp Murat'la, hayatında hiç görmediği, belki merak edip fotoğraflarına bile bakmadığı Urfa'nın yolunu tutmuş. Evet, bir anda tüm yaşamını değiştirmeyi göze almış, üstelik birlikte yaşayacağı adamı daha doğru dürüst tanımadan.

Evgenia böyledir işte. Birini sevdi mi, gülümsemesini, bedenini, ruhunu öylece bırakır ona, birini sevdi mi sonuna kadar inanır. Hayat, acı deneylerle bunu yapmaması gerektiğini defalarca gösterse de insanlara inanmaktan vazgeçmez. Onu uyarmaya kalktığımda, "Ne yapayım yani," der, "sevdiklerime, dostlarıma, arkadaşlarıma inanmazsam, yaşamın ne anlamı kalır? Doğru, kimi zaman sevdiklerimin ihanetine uğrarım, kimi zaman arkadaş bildiklerimce arkadan hançerlenirim, kimi zaman hayal kırıklıkları yaşarım ama dostlarımdan asla vazgeçmem. Onlardan vazgeçersem, yaşamaktan vazgeçmiş gibi olurum. Sevdiklerin olmadan, paylaşmadan yaşamanın ne anlamı var? Bana kızma ama Nevzatçım, kendini aptal gibi hissetmek, yalnız olmaktan daha iyidir."

Yok, Evgenia'nın dünyası pembe düşler, beyaz yalanlar üzerine kurulu değildir, aslında son derece gerçekçi bir kadındır. Ama onda, hani derler ya, peygamber sabrı, derviş hoşgörüsü, keşiş inancı vardır. "Dinle ki onlar da seni dinlesin, gülümse ki onlar da sana gülümsesin, ver ki onlar da sana versin." Kuşkusuz bu alanda eşitlik yoktur. Çoğu zaman terazi Evgenia'nın aleyhine bozulur ama o aldırmaz. Çünkü insanların kusursuz olmadığını bilir, bu gerçeği bildiği için de onlarla daha iyi anlaşır.

Neyse, biz hikâyemize dönelim, Evgenia, babası yaşlı Yorgo'yu terk ederek Murat'la Urfa'ya kaçarken, geride sadece tek satırlık bir mektup bırakmış.

"Baba, beni affet."

Babası Yorgo, -ben tanımadım- toprağı bol olsun, iyi adammış. Daha Evgenia onu bırakıp gittiği anda affetmiş kızını ama onun için korkmaktan, kaygılanmaktan da kendini alamamış. Nasıl kaygılanmasın, gözü gibi baktığı, üzerine titrediği biricik kızı, huyu başka, suyu başka, geleneği, göreneği, dini, imanı başka insanların arasına gelin gidiyor. Ama biliyor ki sevda bu, biliyor ki Evgenia'nın inadını kırmak imkânsız. Çaresiz kabul etmiş durumu.

Fakat çok geçmeden Yorgo'nun kaygıları gerçek olmuş. Bizim iki âşık daha Urfa'ya iner inmez sorunlar başlamış. Çünkü Murat birdenbire değişmiş. Yok, Murat hâlâ Evgenia'yı sevmekteymiş, ancak Urfa'daki Murat, İstanbul'daki Murat değilmiş. Sanki Urfa'nın güneşi Murat'ın siyah saçlarına dokunur dokunmaz, Evgenia'nın sevdiği o uçarı, o naif delikanlı bambaşka biri olup çıkmış. Ne o mahcup gülümsemesi kalmış, ne de sevimli bakışları. Murat'ın yüzü, Urfa kalesindeki taşlar gibi sertleşmiş, gözleri karanlık bir mağara gibi ışıltısını yitirmiş, bedeni yaşlı bir çoban köpeğininki gibi ağırlaşmış.

Önce neler olup bittiğini anlayamamış Evgenia. Muratların iki katlı, dokuz odalı, geniş bahçeli, taş evi bir masal mekânı gibi geliyormuş ona. Kendisini masalın içindeki prenses gibi hissediyormuş. Binlerce yıl önceden bugüne uzanan bu büyülü kültürün alışkın olmadığı atmosferinde, hep güzel hayaller kurarak, olayları hep iyi yanından alarak, yarı düş, yarı gerçek içinde yaşamış ilk haftalar. Ev halkı da onu el üstünde tutmuş bir süre. "Misafirdir, yabancıdır, kimsesizdir, gariptir, yazıktır," lafları çınlamış odaların taş duvarlarında. Kadınların sıcaklığını sevmiş Evgenia, insanların içtenliklerini. Erkekler sertmiş, biraz da uzak ama aldırmamış, nasıl olsa alışırlar, beni kabul ederler diye düşünmüş.

Murat önce bir imam nikâhı yapmış ona. Resmi nikâh ardından gelecekmiş. Ama imam nikâhı kıyılır kıyılmaz büyü bozulmuş, Evgenia'nın misafirliği sona ermiş. Ev halkının tavrı aniden değişivermiş, onun da öteki kadınlar gibi olması istenmiş. Evgenia bundan hiç hoşlanmasa da, istenenleri yapmaya başlamış, bulaşıktı, yemekti, ne varsa, yüksünmeden üzerine düşeni yerine getirmiş. Ona en ağır gelen, artık Murat'ı sadece akşamları görebilmesiymiş. Üstelik sadece odalarına çekildiklerinde. Ailenin yanında yakınlaşmaları hiç hoş karşılanmıyormuş. Sonunda kocasını karşısına alıp konuşmuş.

"Murat ne oluyor?" diye sormuş

Murat anlamamış, şaşkınlıkla bakmış yüzüne.

"Ne oluyormuş?"

Evgenia açıklamaya çalışmış:

"Murat görmüyor musun? Artık bir arada olamıyoruz."

Murat yine anlamamış.

"Niye? Her akşam aynı yatakta yatıyoruz ya."

Evgenia sakin sakin anlatmış sıkıntılarını:

"Muratçım, ben burada mutlu değilim, burada hapis hayatı yaşıyorum."

Genç kocanın kaşları çatılmış:

"Bizim evimiz hapishane değildir," demiş. "Annem, bacılarım hapiste mi yaşıyor?"

Murat kendince haklı, bu yörede insanlar böyle yaşamakta. Ama Evgenia da haklı. İstanbul'da doğmuş, orada büyümüş. Bugüne kadar hiç kısıtlama olmadan, özgürce yaşamış.

"Onlar alışmışlar," diye açıklamaya çalışmış Evgenia. "Ben böyle yaşayamam. Boğuluyorum, sıkılıyorum Murat."

"O zaman hafta sonu Balıklıgöl'e gezmeye gideriz," diyerek kestirip atmış Murat.

O gece Evgenia ilk kez Murat'la farklı dillerden konuştuklarını anlamış ama artık çok geçmiş. Yine de umut etmeyi sürdürmüş, Murat'a duyduğu aşkın hatırına her geçen gün daha da ağırlaşan sıkıntılı günlere, sıkıntılı gecelere katlanmaya çalışmış ama olmamış. Sonunda böyle yaşayamayacağını anlamış. Bu arada resmi nikâh hazırlıkları da sürüyormuş. Nikâha bir hafta kala Murat'la yeniden konuşmuş. Bu kez daha kararlıymış.

"Bu iş olmayacak Murat," demiş.

Murat'ın kara gözleri kederle harelenmiş, yüzüne Evgenia'nın o çok sevdiği ifade gelmiş oturmuş, Murat yeniden Evgenia'nın sevdiği adam oluvermiş.

"Beni istemiyor musun?" demiş boynunu bükerek.

Evgenia sevgiyle bakmış.

"Seni istiyorum Murat, ben burada yaşamak istemiyorum."

Alınmış genç koca, bakışları önüne düşmüş, kalın dudakları somurtmuş.

"Sen benim ailemi beğenmiyorsun," demiş. "Sen bizi küçük görüyorsun."

"Küçük görmüyorum, onları seviyorum ama onlar gibi yaşayamam, İstanbul'a dönelim, orada evleniriz."

Murat, başını sallamış:

"Olmaz."

"O zaman, tek başıma İstanbul'a dönüyorum," demiş Evgenia.

Murat yine başını sallamış.

"Olmaz. Sen artık benim mahremimsin, gidemezsin."

Sevdiği adama ilk kez korkuyla bakmış.

"Murat sen ne diyorsun?"

Sevdiği adam çorak topraklar gibi katıymış.

"Olmaz. Sen geldin, benimle evlendin. Öyle çekip gidemezsin. El âleme ne deriz? Bu namus meselesidir. Kerdani aşiretinin haysiyeti, şerefi söz konusudur."

Evgenia ağlamaya başlamış. Murat onu teselli etmeye bile kalkışmamış. İmam nikâhlı Rum karısını gözyaşları arasında bırakıp gitmiş. Evgenia sabaha kadar ağlamış, gözyaşlarıyla birlikte Murat'a duyduğu aşkı da damla damla boşaltmış bedeninden. Sabah olunca da evdekilere sezdirmemek için sadece küçük çantasını kapıp, o sıralar görev yaptığım merkez karakolunda almış soluğu.

O sıcak yaz sabahında Evgenia bana bunları anlattı işte. Söyledikleri son derece açıktı, yine de sormadan edemedim.

"Gitmek istediğinden emin misin?"

Öfkeyle baktı yüzüme.

"Eminim, siz oyun oynadığımı mı sanıyorsunuz?"

Hemen emniyet müdürünü aradım, durumu anlattım.

"Nazik bir durum Nevzat," dedi. "Adamlar, kadını ailelerinden biri gibi görüyorlar. Bu işi namus meselesi yaparlar. Biz kadını İstanbul'a yollasak bile peşini bırakmazlar. Bu adamların büyükleriyle konuşup işi yukarıdan halletmemiz lazım."

"Kim halledecek müdürüm?"

"Kim olacak, sen."

"Ama müdürüm, ben cinayet masasındayım."

"İyi ya, böylece bir cinayeti işlenmeden önlemiş olacaksın, daha ne istiyorsun?"

Sonunda kabak yine bizim başımızda patlamıştı. Gerçi o sıralar çok yoğun değildik. Elimizde, amcaoğlundan hamile kaldığı için taşlanarak öldürülen on beş yaşında bir genç kızın davası vardı ama biz soruşturmamızı tamamlamış, olayı savcılığa intikal ettirmiştik. Yine de istesem ufak tefek bürokratik işler çıkarır, bu meseleden yakamı sıyırırdım ama müdür iyi bir adamdı, onu kırmak istemiyordum, daha da önemlisi, aşk uğruna başını belaya sokan İstanbullu hemşerime de yardım etmek istiyordum. Öncelikle şu Murat'ın mensup olduğu Kerdani aşiretinin reisiyle konuşmak gerekiyordu. Burada devletin koyduğu yasanın yanında, belki de ondan daha önemli başka kurallar vardı. Kaç bin yıldır süregelen kurallar. Adına ister töre densin, ister gelenek, insanlar devletin koyduğu yasalardan çok bu kurallara inanıyor, onlara göre yaşıyorlardı. Bu kuralları aşiret koyuyordu, şeyh koyuyordu, bizzat günlük hayatın kendisi koyuyordu. Doğu'da görev yapan polisin öncelikle bu gerçeği bilmesi gerekiyordu.

Evgenia'yı polis evine yerleştirdikten sonra, Kerdani aşiretinin reisi Nebi'yi uçsuz bucaksız bir pamuk tarlasının kenarındaki çardakta çay içerken buldum. Son model, siyah BMW cipini kara bir küheylan gibi bir ceviz ağacının altına park etmişti. Henüz kırkında bile yoktu, kapkara bir teni, yeşile çalan ela gözleri vardı. Siyah bıyıklarının ucu sigara içmekten sararmıştı. Gülünce önden biri eksik, kararmış dişleri görünüyordu. Beni görür görmez ayağa fırladı. "Köye haber göndereyim. Sana bir kuzu keselim Amirim," dedi. Kibarca reddettim ama insanın ağzını buran kaçak çayından iki bardak içtim. Bitlis tütününden sarılmış sert sigarayı da geri çevirip derdimizi anlattım. Genç aşiret reisi Nebi, hiç şaşırmadan dinledi beni.

"Valla bu Murat'ın babası Mahmut inat adamdır," dedi. "Siz büyüğümüzsünüz, devlet kapımıza gelmiştir, isterseniz konuşuruz ama bu Mahmut bizi pek saymaz."

"Peki ne yapacağız?" dedim.

"Mahmut bizi saymaz lakin Şıh Mehdi'den çekinir. Onun dediğinden çıkmaz. Gelin bizim Şıh'a gidelim."

Nebi'yle birlikte Şeyh Mehdi'nin evinin yolunu tuttuk. Şeyh Mehdi, Urfa'nın eski, yoksul mahallelerinden birinde, toprak damlı bir evin en küçük odasında oturuyordu. Başında yöre insanlarının kefi dedikleri beyaz bir örtü, bu örtüyü tutan egal adında, kumaştan siyah bir çember ve üzerinde abiye -evet modacıların gece elbiselerine verdiği adı Urfalılar bu giysi için kullanıyorlardı- adını verdikleri, ayağa kadar uzanan beyaz bir elbise vardı. Şeyh Mehdi, bir hasırın üzerine yayılmış, gösterişsiz döşeğin üzerinde oturuyordu. Çok yaşlıydı, sanki bilmem kaç bin yıllık, bu büyülü kentin doğal bir parçası gibi görünüyordu. Bir gözü kördü, yüzünün sol tarafında kocaman bir halep çıbanının izi vardı ama çirkin değildi. Konuşmaya başlar başlamaz adamın yüzüne bir sevimlilik yayılıyordu. Önce bize mırra ikram etti, ardından dileğimizi sordu. Ben anlatırken, hiç sesini çıkarmadan, gören tek gözünü yerdeki hasıra dikerek meseleyi dinledi. Anlatacaklarım bitince başını kaldırdı, kapının önünde oturan oğluna döndü:

"Git şu Mahmut'u bana getir," dedi. Delikanlı kapıya yönelirken ekledi. "Oğlu Murat'ı da alsın gelsin."

Yeniden bize döndü:

"Haydi siz de hayırlısıyla yolunuza gidin. Allah'ın ruhsatıyla ben bu işi hallederim. O kadıncağızı da gönderin gitsin memleketine. Bundan sonra kimse ona dokunmayacak."

Ne yalan söyleyeyim, önce inanmadım Şeyh Mehdi'nin söylediklerine ama ertesi sabah Murat elinde Evgenia'nın eşyalarını koyduğu valizle karakola gelince ikna oldum. Yine de hemen bırakmadım Murat'ı. Çay ısmarlayıp ruh halini anlamak, gerçek niyetini öğrenmek istedim. Murat üzüntülüydü, kederliydi, onuru kırılmış bir erkeğin ezikliğini taşıyordu. Açıkça sordum:

"Söyle bakalım Murat, şimdi sen sahiden bu kadından vazgeçtin mi?"

Murat umutsuzca baktı yüzüme.

"Başka ne yapabilirim ki Amirim. Şıhımız dedi: 'Bu kadın Hıristiyan'dır, sen Müslüman'sın. Bu kadın sana caiz değildir. Kadın hem Hıristiyan, hem de seni istemiyor ama sen onu istiyorsun. Sen de izzetinefis yok mudur? Sen neden onu istersin? Sen nasıl erkeksin, sen nasıl Müslüman'sın, sen nasıl insansın?' O böyle deyince, babam da üstüme geldi. 'Sen bu karıyı hemen boşayacaksın,' dedi. 'Ben bir daha o kadının evime girmesini istemiyorum.' Ben de ne yapayım, çaresiz kabul ettim. Eğer Allah bizim birleşmemizi istemiyorsa, eğer şıhımın katında bu iş caiz değilse, ben de ondan vazgeçerim dedim. Şıhımız dün bizi Allah katında boşadı. Artık Evgenia benim karım değildir."

"Yani tümüyle vazgeçtin."

"Vazgeçtim Amirim... Esasında da olmuyordu zaten. İstanbul başka, bura başka. O İstanbul kızı, eğlence istiyor, gezmek istiyor, tozmak istiyor. Bizim burada bunu yapana, affedersin, orospu diyorlar. Doğru mu, yanlış mı ben de bilmiyorum Amirim ama öyle diyorlar işte. Siz de buradasınız, yaşıyorsunuz, görüyorsunuz. Belki de hakkımızda hayırlısı budur."

Murat böyle konuşunca rahatladım, şimdi tam olarak kurtulmuştu kadıncağız. Ertesi gün Evgenia'ya akşam otobüsüne bir bilet aldım, onu otogara ekip arabasıyla götürdüm. Evgenia otobüse binmeden önce, "Çok teşekkür ederim," dedi. "Siz olmasaydınız buradan kurtulamazdım."

"Ben olmasam başka biri yardım ederdi, yine kurtulurdunuz," dedim.

"Yok," dedi. "Biliyorum. Bir komşu kadın vardı. Süryani'ymiş. Arada Muratların eve geliyordu, onunla dertleşiyordum. 'Artık İstanbul'u unut kızım,' diyordu, 'senin bu evden ölün çıkar.' Siz olmasaydınız, eminim öyle olurdu."

"Neyse, geçti artık. İstanbul'a gidin, yeni bir hayata başlayın. Benim için de doya doya denize bakın."

"Bakarım," dedi Evgenia. "Hatta daha da iyisini yapar, sizin için bir kadeh de içerim."

"İçin, afiyet olsun."

Evgenia birden sağ elimi tuttu, avucumu açıp içine küçük bir haç bıraktı.

"Bu haç uğurludur," dedi. "Bana annem vermişti, ona da anneannesi vermiş, insanı belalardan koruyor. Ben beladan kurtuldum, artık ona ihtiyacım olmayacak ama siz hep belanın içindesiniz. Sizde dursun."

Kararsızca elimdeki haça baktım, yanlış anladı.

"Ama sizin için uygun değilse, yani siz Müsleman'sınız..."

Gülümseyerek aldım.

"Çok teşekkür ederim, uğur getiren her şeye ihtiyacımız var."

Elimi sıkıp, otobüse bindi, İstanbul'a, yaşlı babasının yanına döndü. Onu uzun süre görmedim. Aradan beş yıl geçti, ben de İstanbul'a döndüm. Bir yıl sonra o korkunç olay başımıza geldi. Karımı, kızımı bir bombalama olayında kaybettim. Cenazede kalabalığın arasında bir kadın gelip başsağlığı diledi. Yüzü tanıdık geliyordu ama kim olduğunu çıkaramıyordum. O sıralar ben, kendimin bile kim olduğunu bilemiyordum. Aklımı yitirmiş gibiydim. Birkaç ay sonra bir kadının aradığını söylediler. Karımın, kızımın katilinin peşindeydim, kimseyle ilgilenecek halim yoktu. Ama kadın ısrarla aramayı sürdürünce kimmiş diye merak ettim. Evgenia'ydı. Adını duyunca cenazedeki kadının o olduğunu anladım. Telefonla aradım. Konuştuk. Yeniden başsağlığı diledi, "Yapabileceğim bir şey var mı?" diye sordu. Teşekkür ettim. Onun da babası geçen sene ölmüş. Şimdi meyhaneyi o işletiyormuş. "Beklerim," dedi.

"Şu sıralar gelemem," dedim.

"Gelseniz iyi olur," dedi. "İçinize kapanmayın."

Sözlerini umursamadım, karımın, kızımın katillerini ne pahasına olursa olsun bulmalıydım. Ama bulamadım. Evet, karmaşık cinayetleri çözmekle tanınan ben, hayatın komikliğine bakın ki kendi karım ve kızımın katillerini bulamamıştım. İşin acısı artık bulacağımdan da emin değildim. Bir yıl kadar sonra, yağmurlu bir bahar günü Evgenia yine aradı. Sanki dün konuşmuşuz gibi, "Niye gelmedin?" dedi. Artık sizli bizli konuşmayı bırakıp kırk yıllık ahbabımmış gibi hitap ediyordu bana. Önce yadırgadım böyle konuşmasını, sonra hoşuma gitti, yine de davetini hemen kabul etmedim.

"Bu gece gelemem," dedim. "Bir cinayet soruşturması var."

"Sahi, sen polistin değil mi?"

"Polistim ya. Unuttun mu, ben polis olduğum için tanışmıştık."

"Unutmadım tabii. Ama bana hiç polismişsin gibi gelmiyor."

"Ne gibi geliyorum?"

"Arkadaş gibi, çok eski, görmüş geçirmiş bir arkadaş gibi..."

Gülmeye başladım.

"Neden gülüyorsun?"

"Sen hiç akıllanmayacaksın," dedim.

Anlamamıştı.

"Akıllanmayacak mıyım?"

"Düşünsene, Murat'ı daha doğru dürüst tanımadan, adama kapılıp Urfa'ya gittin. Şimdi de topu topu üç beş kere gördüğün bir adamı kendine arkadaş seçiyorsun."

Bir süre konuşmadı, sonra alıngan bir sesle fısıldadı:

"Haklısın, neden bu kadar ısrar ediyorum ki?"

Telefonu kapatacaktı...

"Dur dur," dedim, "Bozulmaca yok. Madem beni eski bir arkadaş olarak görüyorsun, sözlerime de katlanacaksın. Ne demişler: Dost acı söyler." Evgenia'dan yanıt alamayınca sürdürdüm. "Bu gece işim var ama yarın gelebilirim. Ver bakalım şu meyhanenin adresini."

Adresi aldım, ertesi gece erkenden damladım Tatavla'ya. İşte o günden sonra Evgenia'nın da, Tatavla'nın da müdavimi oldum.

Aklımdan bunlar geçerken Evgenia merakla ışıldayan gözlerini yüzüme dikerek soruyor:

"Ne oldu Başkomiserim, daldın gittin? Neler düşünüyorsun?"

"Hiç..." diyerek yeniden rakı kadehini kaldırıyorum. Evgenia da aynısını yapıyor ama gözlerindeki merakın kıyısına, kendinden emin bir sevinç gelip oturuyor.

"Sana içelim," diyorum.

Ama onun umurunda değil, boş elini uzatıp kadehimin üstüne koyuyor. Önemli bir gerçeği açıklar gibi cesurca konuşuyor:

"Doğru söyle," diyor, "beni düşünüyordun, değil mi?"

Nedense o anda gözlerine bakmaktan çekiniyorum.

"Neyini düşüneceğim senin," diyerek kadehimi kurtarıyorum elinden. Kallavi bir yudum alıyorum rakıdan. O içmiyor, elinde kadehi durmuş öylece bana bakıyor. Sanki ilk karşılaşmamızdan bu yana yaşadıklarımız yeniden canlanıyor gözünde.

"Nevzat," diyor birdenbire. "Nevzat," diyor, duruşunu, bakışını, yüzündeki ifadeyi yitirmeden, "neden benimle evlenmiyorsun?"

Ağır bir darbe almış gibi sendeliyorum; karımın gelinlikli hali geliyor gözlerimin önüne. Polis evindeki mütevazı tören. Müzik, insan yüzleri. Büyük bir kalabalık. Büyük bir gürültü. Gürültü toparlanıyor, önce bir uğultuya, sonra patlamaya dönüşüyor. Kalabalık dağılıyor, dağılan kalabalığın arasından patlayan bir araba. Karım! Kızım! Bir bulantı yükseliyor içimden. Olmaz, bunu Evgenia'ya yapamam, başımı sallıyorum, bütün görüntüleri, bütün sesleri, bütün anıları siliyorum. Rakı, evet, yeniden bu sihirli, beyaz sıvının şifasına sığınıyorum. Rakımı ağır ağır yudumlarken, tek çıkış yolu var, diyorum kendi kendime, işi mavraya vurmak. Kadehimi masaya koyarken gülümsemeye çalışıyorum. Gülümserken gözlerim yanıyor, cam kırıkları batıyor dudaklarıma ama başarıyorum. Kusursuz bir gülümseyiş olmasa da gülümsediğimi görüyor Evgenia. Ama yetmez, bir de cümle gerek, dalga geçen, alaycı, muzip, hiçbir derdi olmayan, rahat bir adamın söyleyeceği türden bir cümle. Onu da buluyorum.

"Seninle evlenirim ama," diyorum, "Müslüman olman lazım."

Durumu kurtardım galiba, çünkü Evgenia da ciddiyetini yitirip katılıyor şakaya.

"Niye ben Müslüman oluyormuşum, sen Hıristiyan olsana."

Bunu söyledikten sonra rakısından bir yudum alıp kadehi masanın üzerine koyuyor.

"Ama evlenmeyi isteyen sensin," diyorum oyunu sürdürerek, "fedakârlığı da senin yapman gerekir."

"Yani sadece ben mi istiyorum?"

"Eee, evlenelim diyen sensin."

Birden, gözlerindeki parıltı yerini kederli bir ifadeye bırakıyor. Yoksa anladı mı ruh halimi?..

"Şaka yapmıyorum Nevzat," diyor yaralı bir sesle, "sahi benimle neden evlenmiyorsun?"

Rahatlıyorum, anlamamış. Aslında aramızdaki duygudan pek konuşmayız. Onu tahlil etmeye de çalışmayız. Bazen laf açılınca, basit sözcüklerle birbirimiz için önemli olduğumuzu söyler geçeriz. Ama ne olduysa, Evgenia bu gece tuhaf bir kararlılık içerisinde. Belki de günlerdir bu konuyu konuşmak isteyip de konuşamamanın verdiği gerginlikle böyle pat diye girdi lafa. Üstelik vazgeçeceğe de benzemiyor. Bu soru dolu güzel gözlerden kolay kolay kurtuluş yok bize. Ama ben de ne diyeceğimi bilmiyorum, biraz zaman kazanmak için bakışlarımı kaçırıp elimle boşalan kadehimi gösteriyorum:

"Hani geleneksel Rum sofra adabı," diyorum. "Lafa geldi mi, biz Türklerden daha konukseveriz, dersin. Kadehimiz boşalmış, hanfendi rakıyla ilgileneceğine bizi sıkıştırıyor."

"Tamam, rakı geliyor," diyerek karafakiye uzanıyor, kadehimi doldururken sürdürüyor. "Buyrun, işte rakınız. Bu da suyunuz." Kendi kadehine uzanıyor, kaldırıyor, "Şimdi de şerefinize."

Birlikte içiyoruz. Kadehler yeniden konuyor masaya. Kederle derinleşmiş gözler yeniden dikiliyor yüzüme, dedim ya, bu gece bize kurtuluş yok.

"Biz evlenemeyiz çünkü," diye başlıyorum ama arkasını getiremiyorum. Kısa bir suskunluk, yeşil gözler, yağmura hazırlanan bir deniz gibi içe doğru açılıyor. Yeniden deniyorum:

"Biz evlenemeyiz... Yani... Bak Evgenia, aslında şunu demek istiyorum." Bütün bu girizgâh denemelerimi gülmeden, gözünü kırpmadan, merakını yitirmeden, hep aynı yüz ifadesiyle dinliyor. Onun bu ısrarcı hali canımı sıkıyor. Çünkü karımı unutmadım, o varken, ona duyduğum sevgi varken seninle evlenemem, demek geçiyor içimden. Sonra bunun Evgenia'ya haksızlık olacağını anlıyorum... Sonra bunun gerçeği o kadar da yansıtmayacağını fark ediyorum. Ona, seninle evlenirsem, seni de öldürürlerse ben ne yaparım, demek geliyor içimden. Bunun da gerçeği o kadar yansıtmadığını anlıyor, vazgeçiyorum. Sonra sözcükler kendiliğinden dökülüyor ağzımdan, ne olduğunu kendim de bilmeden, gerçek durumu açıklamaya çalışıyorum. "Hayat, o kadar da güzel değil," diye başlıyorum. "Belki güzel de, bana o kadar iyi davranmadı. Belki de mesleğimle ilgili... Her gün cinayet, her gün ölüm, her gün kötülük. Dönüp geriye baktığımda, fazla güzel bir şey yok. Vardı, olabilirdi ama olmadı. Bilmiyorum, yani bana öyle geliyor. Öte yandan, bütün bunlara rağmen yaşamaya değer. Ama beni hayata bağlayan çok az bağ var. İşte o bağlardan biri sensin Evgenia. Seni özlemek güzel şey. Beni hayata bağlayan, hayatın hâlâ yaşanabilir olduğunu kanıtlayan duygulardan biri seni özlemek. Eğer seninle evlenirsem, eğer her gün birlikte olursak, eğer her akşam şu masada buluşursak, seni özleyememekten korkuyorum. Daha kötüsü, senin beni özleyememenden korkuyorum. O zaman, yaşamak için elimde çok daha az nedenim kalacak. Kendimi öldürmekten söz etmiyorum, intihardan nefret ederim ama herhalde o zaman hayat iyice çekilmez bir hal alacak."

Evgenia'nın gözlerindeki derinlik büyüyor, beni, bu meyhaneyi, bütün dünyayı kucaklayacak kadar büyüyor. Uzanıp elime dokunuyor. Eli sıcacık:

"Teşekkür ederim Nevzat," diyor, sesi de eli kadar sıcak. "Teşekkür ederim."

Yine uykumuzu bölen telefonlar, yine geceyarısı çıkılan görevler.

Balat'taki babadan kalma fakirhaneme geceyarısına doğru geliyorum. Evgenia'nın bu gece bende kal önerisini sabah erken kalkmak zorunda olduğumu söyleyerek kibarca reddettim. Zavallı Evgenia, o da alıştı artık böyle yaşamaya. Yine de son kadehi, "Birlikte geçirmediğimiz, birlikte geçiremeyeceğimiz güzel gecelere," diye kaldırarak beni iğnelemekten de geri kalmadı. Çok içtik ama sarhoş değilim, tatlı tatlı başım dönüyor sadece.

Çirkin apartmanların arasına sıkışmış, iki katlı kâgir evime girerken Bahtiyar'la karşılaşıyorum. Soğuktan korunmak için evin sundurmasına sığınmış, tüylü, iri gövdesi benim paspasın üzerinde. Beni görünce hiç istifini bozmuyor, sadece yattığı yerden kuyruğunu usulca sallayarak küçük bir selam vermekle yetiniyor. Bahtiyar, bizim mahallenin köpeği, kangal bir anne ile sokak köpeği bir babanın şanslı yavrusu. Şanslı, diyorum, çünkü bizim sokakta Bahtiyar'ı sevmeyen hane, el üstünde tutmayan kimse yoktur. Bu yüzden de arkadaş biraz şımarıktır, bir kedi kadar da cüretkâr. Canının istediği yere uzanıp yatar, tıpkı şimdi bizim kapının önüne yayıldığı gibi. Yayılsın, bir diyeceğim yok ama kapıyı açmam lazım.

Sesimi sertleştirip, "Hadi bakalım Bahtiyar, toparlan," diyorum.

Kahverengi gözlerini yüzüme dikerek bakıyor, sonra hiç acele etmeden usulca kalkıyor paspasın üzerinden.

"Aferin oğlum."

Üzerime sinen mezelerin kokusunu aldığından mıdır nedir, yaklaşıp ellerimi, giysilerimi kokluyor. Ben de başını okşuyorum. Hoşuna gidiyor sevilmek ama içeri girmem gerekiyor. Bahtiyar'ı bırakıp anahtarı çıkarıyorum, kapıyı açıp, içeri girerken, sesleniyorum:

"Gel, yat, artık kimse rahatsız etmez seni."

Yine kahverengi gözleri yüzüme dikiliyor. Çok sürmüyor bu, yeni ve ilginç bir koku almış gibi burnunu havaya dikiyor, sonra küçük merdivenden sokağa iniyor. "Bahtiyar nereye?" diye arkasından sesleniyorum. Tınmıyor bile. Aldığı koku neyse, ona soğuğu unutturmuş, sokak boyunca uzaklaşıp gidiyor. Yapabileceğim bir şey yok, kapıyı kapatıp, her adımda gıcırdayan basamaklardan yukarı çıkıyorum. İçerisi soğuk olmalı ama ben üşümüyorum. Işığı bile yakmadan yatak odasına geçiyorum. Üzerimdekileri çıkarıp fazla oyalanmadan kendimi yatağa atıyorum. Yarın zor bir gün olacak. Yine de hemen uyuyamıyorum, Evgenia'nın sözleri uçuşup duruyor kafamın içinde. Nereden çıktı bu evlilik lafı şimdi? Doğru dürüst bir yanıt bulamadan sağa sola dönüp duruyorum. Sonra nedense Kınalı Meryem geliyor gözlerimin önüne. Etkileyici bir kadın, her zaman, her yerde karşılaşabileceğiniz insanlardan biri değil. Babası Yanık Fehmi eski usûl babalardan biriydi, öldüğünde, "Eski İstanbul Kabadayılarının Son Temsilcisi," diye yazmıştı gazeteler. Tanıyanlar iyi bir adam olduğunu söylüyorlardı. Öyle miydi, bilmiyorum. Bir de öldürdüğü insanların yakınlarına sormak lazım.

Sonra uyumuşum, zil sesine uyanıyorum. Yatak odası mavi bir aydınlığa bürünmüş. Zil sesi odanın içinden geliyor. Başucumda karım ile kızımın fotoğrafının bulunduğu çerçevenin önündeki telefonun ahizesini kaldırıyorum.

"Alo?"

"Alo Başkomiserim..." Ali'nin sesi. "Kusura bakmayın, geceyarısı sizi rahatsız ediyorum."

"Önemli değil Ali, söyle?"

"Bingöllü Kadir'i vurdular Başkomiserim."

Bingöllü Kadir?.. Çıkaramıyorum.

"Kimi?"

"Yusuf'un kavga ettiği herif... Hani Tonguç anlatmış. Bana da siz anlattınız. Meryem'in Beyoğlu'ndaki barı basmaya gelmişler de Yusuf dövmüş adamları..."

Ayılmaya, anlamaya başlıyorum.

"Şu PKK itirafçısı mı?"

"Ta kendisi Başkomiserim. Ferhat adındaki bir şahısla birlikte bardan çıkarken kurşunlanmış... Bingöllü olay yerinde ölmüş, Ferhat yaralı."

"Anlattı mı kendilerini kimin vurduğunu?"

"Henüz ifadesini alamadık, şu anda hastanede. Ama katil gelip teslim oldu."

Birden ayılıyorum.

"Meryem mi?"

"Yaklaştınız, Tonguç."

Tonguç. Kaç saat oldu onunla konuşalı? Hiç de öyle adam öldürecek bir hali yoktu. Meryem... Kınalı Meryem yaptırmış olmalı. Peki nasıl emin oluyor Yusuf'u bu Bingöllü Kadir'in öldürdüğünden? Bize anlatmadıkları ne var? PKK itirafçısı Kadir'in İncil'le, haçla ne ilgisi olabilir? Kafam hızla çalışmaya başlıyor. Urfa'da görev yaparken dönmelerden söz edildiğini duymuştum: Önceden Ermeni, Süryani, Rum olup baskı altında isimlerini değiştirerek Müslüman olmayı seçenler. Yoksa şu Bingöllü Kadir onlardan biri mi? Belki ailesi Süryani'ydi de din değiştirdi. Kadir de yeniden eski dinine, ulusuna döndü. Ama adam itirafçı olmuş, devlet için çalışmış. Karışık, çok karışık...

"Başkomiserim," diyor telefonun öteki ucundaki Ali. Bu kadar suskunluğun nedenini anlayamamış. "Orada mısınız?"

"Kusura bakma Ali, düşünüyordum. Sen şimdi neredesin?"

"Taksim Karakolu'ndayım Başkomiserim. Tonguç' un yanında."

Sorgu için seni bekleyelim mi, demek istiyor.

"Tamam, ben de geliyorum."

Yataktan kalkarken, komodinin üzerindeki çerçevedeki fotoğraftan beni izleyen karım Güzide ile kızım Aysun'a takılıyor gözlerim. Aysun birinci sınıfı bitirdiğinde çektirmişlerdi bu fotoğrafı. Ben yokum aralarında, son anda bir iş çıkmış, gidememiştim. Hep bir işim çıkardı zaten. Güzide'yle az takışmadık bu yüzden. Artık kızmıyorlar, sadece fotoğrafların içinden bakmakla yetiniyorlar, hem de gülümseyişlerini hiç yitirmeden. Ben de onlara gülümsüyorum, fark etmeyeceklerini bile bile.

"Görüyorsunuz, değil mi?" diye mırıldanıyorum. "Değişen hiçbir şey yok. Yine uykumuzu bölen telefonlar, yine geceyarısı çıkılan görevler."

Hep olduğu gibi yine sessizce dinliyorlar beni. Olsun, yanıt vermeseler de ben onlarla konuşmayı sürdürüyorum, sürdüreceğim. Aysun, hep az konuştuğumdan yakınırdı. "Baba eve geldiğinde bize hiç vakit ayırmıyorsun, hiç konuşmuyorsun." Artık konuşuyorum, kızım duymasa bile. Çünkü konuşmazsam çıldıracak gibi oluyorum.

Banyoya geçiyorum, soğuk su iyi geliyor, içimdeki kederi değil ama gözümdeki son uyku kırıntılarını da alıp götürüyor. Odaya döndüğümde eşyaları saydam bir mavilikle kaplayan aydınlık yeniden dikkatimi çekiyor. Pencereye bakıyorum, karanlıkta uçuşan beyaz zerrecikler görüyorum. Kar yağıyor. Eskiden olsa severdim karı. Annem, "Kar yağması uğurdur," derdi. Elindeki gazetenin bulmacasını çözen babam gözlüklerinin üzerinden bakar, "Onu yakacak odunu, kömürü olmayana sor," diye yanıtlardı annemi. Yakacak odunu, kömürü olmayanlar için üzülürdüm ama yine de severdim karı. Şimdi hiçbir anlamı yok benim için. Yine de pencereye yaklaşıp sokağa bakmaktan kendimi alamıyorum. Sokak lambasının aydınlığında beyaz zerrecikler sakince uçuşuyor. Bizim evin birkaç sokak altındaki Rum Patrikhanesi'nin, köhnemeye yüz tutmuş yaşlı evlerin, yeniyetme biçimsiz apartmanların çatıları inceden inceye beyaz bir örtüyle kaplanmış. Sokak da öyle; doğa kimseden izin almadan, kimseye haber vermeden, sermiş beyaz örtüsünü arnavutkaldırımlarının üzerine.

Sokağa çıktığımda içim ürperiyor, hızla evin önündeki emektar Renault'ma yöneliyorum. Kapıyı açıp arabaya giriyorum, içerisi daha soğuk. Kontak anahtarını takıp çeviriyorum, bir iki homurdanıyor. Eyvah çalışmayacak diye düşünürken, bizim ihtiyar cılız bir öksürüğün ardından çalışmaya başlıyor.

Sokaklar ıssız. Yağan kar, bu ıssızlığa derin bir keder katıyor. Unkapanı Köprüsü'nden geçerken bu kederin bütün İstanbul'u sardığını, bu yaşlı, bu yorgun, bu talan edilmiş kentin bir parçası haline geldiğini fark ediyorum. Sağ tarafta, köprünün altından Marmara'ya uzanan Haliç'in dingin, karanlık suları, kırmızı ışıkların aydınlığında bir masaldan çıkmış izlenimi veren Topkapı Sarayı, karşımda gökyüzüne saplanmış kalın bir mızrağı andıran Galata Kulesi, solda Pera'nın birbirine yaslanmış gibi duran biçimsiz binaları... Bu kış gecesinde hepsinin üzerine beyaz zerrecikler halinde aynı kederli ıssızlık yağıyor.

Sokaktaki ıssızlığın tersine, Taksim Karakolu pürtelaş. Gecenin bu saatinde bile karakol, kapanmasına beş dakika kalan ganyan bayii gibi tıklım tıklım. Yüzü gözü kan içinde bir travesti dikkatimi çekiyor. Üniformalı iki polis, iki kolundan tutmuş, karakolun koridorunda sürüklemeye çalışıyorlar. Travesti çıldırmış gibi, bedeninin üst tarafı olduğu gibi çıplak, ağzından akan kan, silikondan yapılma iri göğüslerinin arasından süzülerek göbeğine kadar sızıyor. Polisler onu tutmakta güçlük çekiyor. Tutamayınca iyice sinirlenip vurmayı sürdürüyorlar.

"Vurmayın lan," diye bağırıyor travesti, "ne vuruyorsunuz." Sonra bana dönüyor, üzerimde üniforma yok ya, halktan biri sanıyor. "Bu şerefsizler beni sikmek istediler..." diye bağırıyor. "Valla benim hiçbir suçum yok. Bunlar beni sikmek istediler... Bedava olmaz deyince dövdüler. Vurmayın lan, ahh."

Polisleri uyarmam iyi olacak ama daha ağzımı açmadan, Muammer'in davudi sesi yankılanıyor koridorda.

"Ne oluyor burada?"

Sesin geldiği yöne bakınca Muammer'in iri cüssesini görüyorum.

"Ne bu patırtı be? Dingonun ahırı mı lan burası?"

Polisler, travestiye vurmayı kesiyor. Travesti kurtarıcısını bulmuş gibi şişko Muammer'e atılıyor ama polisler izin vermiyorlar. Travesti, Muammer'e birkaç metre uzak olsa da yere çöküyor.

"Şikâyetçiyim Amirim, bu polisler bana saldırdılar."

Muammer tiksintiyle bakıyor travestiye.

"Bağırmadan konuş," diye uyarıyor. "Bağırmadan söyle ne diyeceksen."

Travesti titreyen eliyle iki polis memurunu gösteriyor.

"Ama dövüyorlar Amirim, nasıl bağırmayayım! Bunlarda din iman yok. Habire vuruyorlar."

"Kalk çabuk yerden," diyor Muammer. "Senin kazağın, ceketin yok mu?"

"Arabada Başkomiserim," diyor memurlardan biri. "Hepsini üzerinden çıkarıp attı."

Hemen araya giriyor travesti:

"Konuşmak istiyorum Amirim."

"Tamam ama bağırma." Memurlara dönüyor. "Elbisesini giydirin, sonra getirin yanıma."

Dönüp içeri girecekken beni görüyor. Karanlıkta kaldığım için yüzümü tam seçemiyor.

"Nevzat... Nevzat sen misin?"

"Benim ya," diyorum gülümseyerek. "Kolay gelsin."

Muammer de gülüyor.

"Kolaysa başına gelsin."

Sarılıyoruz.

"Şu Bingöllü'yü vuran adam için geldin, değil mi?" diye soruyor.

"Evet, sizde değil mi?"

"Bizde... Bizde..." Koluma girip beni odasına sürüklerken ekliyor. "Nezarette seni bekliyor."

"Sahi ya, nasıl olmuş şu olay?"

"Anlatırım," diyerek, koridorda dikilen polis memurlarından sarışın olanına dönüyor. "Evladım bize iki kallavi kahve yap."

"Emredersiniz Başkomiserim," diyor sarışın polis.

"Haa Sarı, geçen sefer şekerli yapmıştın, bir yudum alıp bıraktım. Ben de, Nevzat da kahveyi sade içeriz, ona göre."

"Tamam Başkomiserim, hiç merak etmeyin."

Yeniden odasına yöneliyoruz.

"Yahu Nevzat, bu seninki komik bir vaka be!" diye konuya dönüyor. "Karışık gibi başladı, basit bir şekilde çözüldü."

"Nasıl ya, biraz anlatsana."

"Abi şimdi bizim mobil ekip, olay mahalline gittiğinde bu Bingöllü ile Ferhat adlı şahsı buluyor, ikisi de kanlar içinde. Bingöllü çoktan sizlere ömür, Ferhat ise baygın. Şanslı adammış, kurşun kafasını sıyırmış, herif ikinci kurşundan korunayım derken, başını bir yere çarpıp bayılmış olmalı. Olayı duyunca, tamam, dedim, PKK'lılar temizledi herifi. Biliyorsun, Bingöllü PKK itirafçısı. Bir saat geçmedi, o şahıs geldi. Kel olan, adı Tonguç'muş. Silahıyla birlikte teslim oldu. Anlayamadım aslında: Niye teslim oluyor bu? Ortalıkta görgü tanığı filan yok. Sadece şu yaralı var, belki kendine gelince bir şeyler anlatabilir ama Tonguç denen herifin teslim olması için bir neden yok."

Muammer sözlerini sürdürürken odasına giriyoruz. Bizimki iri göbeğini masanın üzerinden kaydırarak koltuğuna yerleşirken, ben de iskemlelerden birine oturuyorum.

"Neden var aslında," diyorum. "Bir tür mafya hesaplaşması."

"Tamam o zaman," diyerek masanın üzerinde duran Marlboro paketini uzatıyor. "Yaksana bi tane."

"Yok abi bıraktım, öleceksem kurşunla ölürüm, kanser olmaya niyetim yok."

"Ben de bırakacam da," deyip bir tane sigara çekiyor paketten. Yakarken tamamlıyor cümlesini. "Konsantre olmak lazım, bir türlü fırsat bulamıyoruz işte."

Sigaradan yayılan acı duman kokusu küçük odayı doldururken anlatmayı sürdürüyor:

"Sonra şu senin genç komiser geldi."

"Ali..."

"Evet Ali... Aslında iyi çocuk, biraz aceleci ama iyi çocuk. Ben de bilmiyorum seninle çalıştığını. İçeri geldi, bu bizim dosyamız filan diye konuşuyor. Başta tersledim, sonra baktım senin adın geçiyor, yardım ettik oğlana."

"Sağ olasın, nerede şimdi Ali?"

"Az evvel hastaneye gitti. Şu Ferhat adındaki şahıs, Bingöllü Kadir'in yanındaki, kendine gelmiş, ifadesini alacak."

"Adam kendine geldi demek, bu iyi haber."

Muammer anlamamış, yüzüme bakıyor.

"Niye iyi habermiş? Daha ne öğreneceksin? Katil kendi ayağıyla gelip teslim oldu, olay kapandı, daha neyi merak ediyorsun?"

"Biraz karışık be Muammer."

Muammer'in tombul yüzü geriliyor, mavi gözleri kısılıyor. Sigarasından derin bir nefes çektikten sonra, "Yoksa katil o kel herif değil mi?" diye soruyor.

"Olmayabilir. Biraz kurcalamak lazım."

"Kurcala abi. Ben de şu emeklilik gelse de yakamı kurtarsam diye gün sayıyorum. Ya sahi, sen niye emekli olmuyorsun Nevzat? Sen benden daha evvel başlamadın mı mesleğe?"

"Bırakmıyorlar ki Muammer. Yıllar önce emekli olmalıydım. Bizim Cengiz Müdür, teşkilatın ihtiyacı var, dedi. Kaldık işte."

"Külahıma anlat sen bunları. Yok teşkilatın ihtiyacı varmış da... Yok bırakmıyorlarmış da... Sanki kendi istemiyor. Sen dünden hazırsın kalmaya be."

"Yok Muammer, valla ben de yoruldum artık. Çok sürmez, bir iki yıla kalmaz, isterim emekliliğimi."

İnanmayan gözlerle süzüyor beni.

"Hiç sanmıyorum abi." Sigarasından derin bir nefes çekiyor. "Şu Ali, yanımdan aradı seni. Buraya gelmen gerekmiyordu. Hiç üşenmeden, geceyarısı kalktın geldin."

"Şahsı sorgulamam lazım."

"Niye sen sorguluyormuşsun abi? Aslan gibi çocuk var yanında. O beceremez mi? Yok Nevzat yok, bana hiç anlatma. Sen bu teşkilatı bırakamazsın. Aha buraya yazıyorum, yapamazsın. Boş yere kendini kandırma."

Yanıt vermeye hazırlanırken kapı vuruluyor, kahvelerin geldiğini sanan Muammer, "Gel," diyor. Ama içeriye kapıda gördüğüm travestiyle dört polis giriyor. İkisi travestiyi döven polisler, diğerleri, bir komiser ile komiser yardımcısı.

"Ne oldu Ragıp?" diye soruyor bizim Muammer.

Ragıp adındaki komiser öne çıkıyor.

"Bu şahısla görüşmek istemişsiniz Başkomiserim."

İriyarı bir adam Ragıp ama gövdesinde bir oransızlık var, bacakları kısa, üst tarafı daha yapılı duruyor.

"Sen de mi onların yanındaydın Ragıp?" diyor Muammer.

"Yok Başkomiserim, ben yanlarında değildim. Ama biliyorsunuz, bunlar benim ekip..."

Muammer ters ters bakıyor Ragıp'a. Adamı sevmiyor anlaşılan. Başıyla travestiyi göstererek, çıkışır gibi soruyor:

"Tamam tamam, neymiş bunun derdi?"

"Başkomiserim bu, Harbiye civarında bir bara takılıyor. Yani o bardan müşteri bulup fuhuş yapıyor. Bar Vali Konağı'na yakın. Daha evvel ona bu barı kullanma diye söyledik. Ama dinlemedi. Ekip de bunu almaya kalkınca, olmaz rezaleti çıkarmış. Şimdi de ekipteki arkadaşlara iftira ediyor."

"Yok Başkomiserim," diye atılıyor travesti. Artık üzeri çıplak değil, kürklü bir kadın paltosu geçirmiş sırtına, yüzünü de temizlemiş. Sol gözünün altındaki hafif morluğu saymazsak normal görünüyor. "Bunlar beni arabayla parka götürmek istediler. Maksatları parka götürüp sikmek."

"Doğru konuş," diye gürlüyor Muammer. "Burası devlet dairesi, küfürlü sözcük kullanma."

"Kusura bakmayın Başkomiserim... Yani benimle cinsel ilişkiye girmek istediler."

"Bunlar dediğin kim?"

Travesti, eliyle komiser yardımcısı ile memurları gösteriyor.

"Komiser Ragıp da var mıydı aralarında?"

Travesti bir an ne diyeceğini bilemiyor:

"Yoktu, bu sefer yoktu ama daha önce..."

Muammer öfkeyle doğruluyor masasından:

"Yalan söylüyorsun lan," diye gürlüyor, sonra devlet dairesinde olduğunu kendisi de unutarak içinden geldiği gibi sözlerini bağlıyor: "Bak ağzına sıçarım senin. Doğru konuş."

Travesti bir an çekinir gibi oluyor ama hemen toparlanıyor.

"Yalan söylemiyorum Başkomiserim," diyerek eliyle komiseri gösteriyor, "Daha önce Takoz Ragıp..." Yutkunduktan sonra açıklıyor. "Aramızda adı Takoz Ragıp'tır. Beni ve arkadaşlarımı defalarca sikti." Ağzından küfürlü laf çıktığını anlayınca yeniden yutkunup düzeltiyor: "Yani defalarca cinsel ilişkiye girdi bizimle, hem de beş kuruş para ödemeden, hem de ekip otosunun içinde. Şimdi de bunlar."

Muammer'in kan beynine çıkıyor ama ne desin? Kendi adamlarına bağırsa, fahişelik yapan bir travestinin sözüne inanıp bizi azarladı, diyecekler. O da travestiye yükleniyor:

"Bana bak, ne soruyorsam ona cevap ver. Ben Ragıp'ı mı soruyorum? Ben sana bu çocukları soruyorum."

Travesti de ne diyeceğini bilmiyor, yediği sopayla zaten serseme dönmüş olan adamcağız iyice salaklaşıyor, yine de anlatmak istiyor ama Muammer izin vermiyor.

"Adın ne senin?"

"Kamelya..."

"Ne Kamelya'sı lan? Tepemi attırmadan gerçek ismini söyle?"

"Yani Abdurrahman..."

"Ha şöyle."

Muammer sigarasından son bir nefes alıp izmariti kül tablasında ezdikten sonra kan çanağına dönmüş gözlerini Abdurrahman'a dikiyor:

"Bak Abdurrahman. Şimdi sen böyle rahat rahat konuşuyorsun ya, bence konuşma. Niye biliyor musun? Çünkü seni aldıkları sokakta kameralar var. Çünkü orada Vali Bey oturuyor. Kamera var ne demek, ne oldu bittiyse, hepsi orada kayıtlı demek. Getirtirim kameraları, Türk filmi izler gibi burada hep beraber seyrederiz olanı biteni. Eğer yalan söylüyorsan, işte o zaman..."

Abdurrahman olduğu yerde büzülmeye başlıyor.

"Ne oldu?" diyor Muammer, "sesin kesildi."

"Başkomiserim," diyor Abdurrahman yutkunarak, "biz ekmeğimizi kazanmaya çalışıyoruz. Bunlar bize engel oluyorlar."

"Oğlum, başka yerde kazan ekmeğini. Koca İstanbul'da göt meraklıları bir tek orada mı var? Memleket sapık dolu. Nereye tezgâh açsanız, düzinelerce müşteri gelir. Gitmeyin o bara. Bizim başımızı da belaya sokmayın. Bizim başımızı belaya sokmadan siktirin götünüzü..."

Abdurrahman yanıt vermek yerine başını öne eğiyor.

"Aloo, duydun mu dediğimi?" diye üsteliyor Muammer. "O bara gitmeyeceksiniz. Tamam mı?"

"Tamam," diyor Abdurrahman. "Gitmeyeceğiz Başkomiserim."

"İyi o zaman, çıkın artık. İki laf edemiyoruz arkadaşımızla şurada."

Çıkarlarken Ragıp biraz arkada kalıyor. Başıyla, Abdurrahman'ı göstererek, "Bunu ne yapalım Başkomiserim?" diye soruyor.

"Ne bileyim ne yapacaksınız," diye azarlıyor Muammer. "Nezarette yer varsa atın, yoksa gönder gitsin."

Ragıp kapıyı kapatıp çıkınca, "Valla şaşırdım ne yapacağımı Nevzat," diye başlıyor dert yanmaya. "O memurlar masum, hepsini tanıyorum ama bu Ragıp var ya, şu komiser olanı, işte o orospu çocuğunun Allahı. Bıraksak şu İstanbul'da ne kadar ibne varsa hepsinin üstünden geçer. Öyle şerefsiz, öyle tıynetsiz bir herif. Gül gibi de karısı var. Bakmaya kıyamazsın. Ama herif sapık. Travestinin onun hakkında söylediği doğru, parkta ekip arabasında iş bitiriyormuş. Çok şikâyet aldım. Ama temkinli orospu çocuğu. Bir açığını arıyorum, bulur bulmaz, düreceğim defterini."

İşte bizim meslek böyledir, sadece dışarıdaki kötülükle uğraşmazsın, bir de kendi içimizdeki pislikle baş etmen gerekir. Üstelik kendi içindeki pisliklerle mücadele etmek, dışarıdakilerle uğraşmaktan çok daha zordur. Çünkü herkesin yukarılarda bir tanıdığı, bir akrabası vardır. Herkes meslektaşına toleranslı yaklaşır. Teşkilat içindeki hataların hoşgörülmesini diler; kol kırılsa bile yen içinde kalmalıdır.

"Yaa... Nevzatçım işte böyle," diye sürdürüyor sözlerini Muammer. "Şimdi ben bu sapığın açığını yakalasam, meslekten men ettirsem, bir sürü insan bana düşman olacak. Bak meslektaşına ne yaptı diye? Öyle değil mi?"

"Öyle ama bu seni caydırmamalı. Böyle herifleri temizlemezsek, adaleti temsil ettiğimize nasıl inandırabiliriz vatandaşı? Daha da önemlisi, biz nasıl inanabiliriz adaleti temsil ettiğimize?"

"İnanamayız, kimseyi de inandıramayız. Böyle herifleri temizlesek de inandıramayız ya. Hiç kimse hakkımızda iyi düşünmüyor abi. Hiç öyle halkın kurtarıcısıyız, suçluların amansız düşmanıyız filan gibi boş hayallere kaptırma kendini. Öyle bir şey yok. Vatandaş da sahtekâr. İşi düştü mü, korkuyla saygı gösteriyor bize, arkamızı döner dönmez basıyorlar küfürü. Sen de içindesin işte, hep böyle oluyor. Daha iyi olabilir mi, belki. Ama dünyanın her yerinde böyle bu. Polis sevilmez abi. Eşyanın tabiatı Nevzatçım, kömür taşıyanlar mutlaka kirlenir."

Kapı yeniden çalınıyor, Muammer'in gel demesini bile beklemeden sarışın polis elinde kahveleri taşıdığı tepsiyle içeri giriyor.

"Tam istediğiniz gibi yaptım Başkomiserim," diyor Muammer'e bakarak. "Köpüğü, telvesi yerinde."

Başını sallayarak gülümsüyor Muammer, az önce olanları sanki bir anda unutuveriyor.

"İnsan kendini över mi evladım?" diye takılıyor genç polise. "Dur, önce kahveyi bir tadalım, bir bakalım nasıl olmuş, iyiyse biz övelim seni."

Sarışın polis önce benim kahvemi ve suyumu veriyor, sonra Muammer'inkini. Aynı anda dudaklarımıza götürüyoruz fincanları. Kahve sahiden enfes olmuş. Olaylarla dolu bu soğuk kış gecesinin belki en iyi şeyi bu kahve. Muammer işi ağırdan alıyor, kırk yıllık kahve tiryakisiymiş gibi bilmiş bir tavırla başını sallıyor:

"Aferin Sarı, sen bu işi öğrenmeye başladın." Bana dönüyor: "Ne diyorsun Nevzat?"

"Nefis, ellerine sağlık. Çok güzel olmuş."

Sarışın polisin yüzü ışıyor.

"Teşekkür ederim Başkomiserim," diyerek çıkıyor odadan. Kahvemden bir yudum daha aldıktan sonra asıl merak ettiğim konuya geliyor sıra.

"Muammer..." diyorum, "şu Bingöllü Kadir kimdir, neyin nesidir? Ne biliyorsun bu herif hakkında?"

Muammer bir sigara daha çekiyor paketten, dudaklarına yerleştirmeden yanıtlıyor sorumu.

"Dedim ya, önemli bir herif değil aslında. PKK itirafçısı olmuş Güneydoğulu gençlerden biri. Bölgede bunlara ihtiyaç kalmayınca kaçmış İstanbul'a gelmiş. Burada kendi gibi ipten, kazıktan kurtulma herifleri bulmuş, küçük çaplı karanlık işler çevirmeye başlamış." Sigarasını yakıyor, ardı ardına birkaç nefes çekip odanın havasını iyice bozduktan sonra sürdürüyor sözlerini.

"Uğraştığı kişiler de hep sabıkalı herifler. Bingöllü'nün

onlardan farkı, bize daha yakın durması. Yapma dediğimizi yapmadı, kimin hakkında bilgi istersek verdi. Bize hep yardımcı oldu. Ama sonuçta itin biriydi. Bugün sana yardım eder, öbür gün kurşun sıkar."

"Peki bu herifle nasıl ilişki kurdunuz, yukarıdan birileri mi önerdi?"

İnce kaşları çatılıyor.

"Yok abi, ne yukarısı? Öküz altında buzağı arama Nevzat. Yok öyle bir şey. Herifi ilk yakaladığımızda kendi anlattı. 'Size bir yardımım dokunursa sevinirim,' dedi. Biz de, 'Bakarız,' dedik. Ufak tefek işlerde bilgi verdi. Hepsi bu. Sen seversin yukardakilerle dalaşmayı. Karıştırma yukarıyı, onların bu işle ilgisi yok abi."

"Tamam tamam, amma korktun be."

"Korkarım abi, emekliliğime ne kaldı şurada? Sen kafadan çatlaksın diye ben de mi deli olacağım? Yüzdük yüzdük kuyruğuna geldik, puşt bir itirafçı yüzünden niye emekliliğimden olayım?"

"Abarttın be Muammer. Merak etme, kimse seni meslekten atamaz..."

"Sen öyle san, kapıya koyarlarsa görürüz günümüzü."

"Neyse neyse, dosyası filan var mı bu Bingöllü'nün?"

"Dosyası mı?" Önce sigarasından bir nefes çekiyor, sonra kahvesinden bir yudum içiyor. "Var var," diyor. "Ben okumuştum."

"Okuduysan bilirsin," diyorum. "Bu Bingöllü Müslüman mı?"

Sorumu yadırgıyor.

"Müslüman mı? Müslüman'dır herhalde. Ne bileyim abi! Ama öğrenmek kolay. Bingöllü'nün üzerinden çıkanlar burada."

Muammer uzanıp yandaki çekmeceyi açıyor. İçinden delilleri koyduğumuz bir poşet çıkarıyor. Poşetten üzerinde kan damlaları olan bir nüfus kâğıdı çıkarıyor. İyi göremediği için ışığa tutup okuyor.

"Adam Müslüman'mış, al sen de bak."

Nüfus kâğıdını alıp bakıyorum, Muammer'in söylediği gibi din hanesinde İslam yazıyor.

"Sen tam olarak neyi öğrenmek istiyorsun Nevzat?"

"Öğrenmek istediğim, bu adamın ailesinin eskiden Hıristiyan olup olmadığı. Süryani filan."

"Süryani mi? İyi de niye öyle olsun?"

"Dün başka bir cinayet daha işlenmişti Muammer. Bingöllü'yü öldürenler, bu cinayeti onun işlediğini düşünüyorlardı. Bingöllü, o cinayetin zanlısı olduğu için öldürüldü."

"Tamam olabilir de, bunun Süryanilikle ne ilgisi var?"

"Dün öldürülen adam kabzası haçtan yapılma bir bıçakla öldürülmüştü, adam Mardinli bir Hıristiyan. Başucunda da Kutsal Kitap vardı. Tevrat, İncil filan..."

Muammer'in mavi gözleri parıldamaya başlıyor.

"Vay be, şu Amerikalıların çevirdiği cinayet filmleri gibi desene..." Ama ilgisi çok sürmüyor. "Yok yok Nevzat, bizde öyle cinayetler olmaz. Bak görürsün, bu işin altından ya basit bir alacak verecek davası ya da karı meselesi çıkar." Yine de emin olamıyor, sözlerim kafasını karıştırmış olmalı. "Değil mi Nevzat?"

"Öyle, ben de senin gibi düşünüyorum ama araştırmakta fayda var," deyip yeniden kahve fincanıma uzanıyorum. Muammer de kahvesine uzanıyor ama eli fincanın kulbunda kalıyor. Bu cinayetler, Ali gibi onu da heyecanlandırmaya başladı.

"Valla Nevzat," diyor, "adamın dosyasında böyle bir şey okuduğumu hatırlamıyorum. Dosyayı bulur anlarız ama böyle bir bilginin orada olacağını da sanmıyorum. Nüfus kütüğüne filan bakmak lazım. Belki şu Ferhat da bir şeyler anlatır. İstersen arayalım Ali'yi, bu konuyu da sorsun."

İyi fikir, Ali'nin telefonu ikinci çalışında açılıyor.

"Buyrun Başkomiserim?"

"Ferhat'ın yanında mısın Ali?"

"Doğrudur Başkomiserim."

"Nasıl, durumu iyi mi?"

"İyi, rahatça konuşabiliyor."

"Ondan öğrenmemiz gereken önemli bir konu var. Bingöllü'nün ailesinin Süryani olup olmadığı... Çaktırmadan sor bakalım, Bingöllü'nün dinle arası nasılmış? İncil filan okur muymuş? Anladın değil mi ne demek istediğimi?"

"Anladım Başkomiserim, hiç merak etmeyin. Size söylemek istediğim bir konu var. Ferhat, Tonguç'un yanında bir kadın gördüğünü söylüyor. Yüzünü tam seçememiş ama muhtemelen..."

"Meryem," diye tamamlıyorum sözünü. "Kınalı Meryem. İşte resim ortaya çıktı. Bütün ayrıntıları öğren Ali. İşin bitince de karakola gel, seni bekliyorum."

Telefonu kapatırken Muammer'e dönüyorum:

"Eh, artık şu Tonguç'la görüşsem."

"İyi olur valla, avukatı az sonra damlar."

"Sahi yahu, avukatı nerede? Tonguç kendi ayağıyla teslim olduğuna göre avukatı da çoktan gelmiş olmalıydı."

Hınzırca gülüyor Muammer.

"Geldi aslında, Tonguç'u merkeze yolladık deyip başımdan savdım. Bir saate kalmaz düşer yeniden. Elini çabuk tut."

"Tamam, o zaman getirt şu Tonguç'u da konuşalım."

Devir, ciğeri beş para etmez adamların devri.

Muammer, öğrendiklerimi kendisine de aktaracağım sözünü aldıktan sonra odasını bana bırakıp yan tarafa geçiyor. Fırsat bu fırsat, odayı havalandırmak için pencereyi açıyorum. Buz gibi bir rüzgâr doluyor içeriye. Temiz havanın tadını çıkarmak için fazla zamanım yok, Tonguç gelmeden önce üzerinden çıkanları gözden geçirmeliyim. Muammer'in verdiği zarfın içindekileri masaya döküyorum. Üzerinde üç anahtar bulunan kafatasından bir anahtarlık, bir paket uzun Camel, siyah Zippo bir çakmak, gümüş bir tespih, boyna takılan altın bir zincir, nüfus kâğıdı ve ehliyet. Nüfus kâğıdında önce din hanesine bakıyorum, Bingöllü'nünki gibi bunda da İslam yazıyor. Gözlerim doğum yeri hanesine kayıyor, Malatya yazısını görünce seviniyorum. Sorgu için iyi bir koz olacak. Tonguç'un eşyaları arasında ilgimi çeken başka bir şey yok. Hepsini yeniden zarfa dolduruyorum. Zaten birkaç dakika sonra da bize kahve getiren sarışın polis, elleri kelepçelenmiş Tonguç'u sokuyor odaya. Onlar girerken, artık içerisi iyice serinlediği için ben de kalkıp pencereyi kapatıyorum. Döndüğümde göz göze geliyoruz Tonguç'la. Beni görünce yüzündeki gergin ifade dağılıyor, rahatlıyor, hatta gülümsüyor.

"Gel bakalım Tonguç," diyorum, "geç otur şöyle."

"Merhaba Amirim, kaderde yine görüşmek varmış."

Sesi eski bir dostu görmüş gibi neşeli. Sanki birkaç saat önce bir adamı öldürüp ötekini yaralayan ya da bu suçu üstlenen o değil. Çünkü Bingöllü Kadir gibi hafifsıklet bir mafya şefini öldürmenin namını artıracağını biliyor, çünkü içerde Meryem Ablasının ona bakacağını düşünüyor, çünkü bu ülkede her on yılda bir olduğu gibi üç beş yıla kalmadan yeni bir afla dışarı çıkacağına inanıyor. Tek derdi, bileklerindeki kelepçe. Karşımdaki koltuğa otururken zorlanıyor. Elimle kelepçeleri işaret ediyorum.

"Sıkıyor mu?"

Yardım isteyen bir ifade beliriyor yüzünde.

"Fena sıkıyor be Başkomserim."

"Eğer PKK'yla ilgili olmasaydın çıkartırdım," diyorum. Bu konuda yargımın kesin olduğunu bilmesini istediğim için, Tonguç'un ne diyeceğini beklemeden, sarışın polise dönüyorum. "Tamam, sen gidebilirsin, işimiz bitince haber veririm."

Tonguç'un neşesi bir anda tedirginliğe dönüşüyor. Sarışın polisin dışarı çıkmasını bile beklemeden soruyor:

"Ne PKK'sı Amirim? Benim PKK'yla alakam yok."

Sarışın polis, bize bakıyor. Elimle çıkmasını işaret ediyorum. Kapı kapanır kapanmaz, uzlaşmaz bir ifade takınarak, "Benimle oyun oynama Tonguç," diye uyarıyorum. "Senin kim olduğunu, bu işi niçin yaptığını biliyorum."

"Tabii biliyorsun Amirim. Buradakiler de biliyor, her şeyi anlattım, silahı da teslim ettim. Evet,

Bingöllü'yü de, adamını da ben vurdum. Çünkü Yusuf Abimi öldürdü."

"Senin karşında çocuk mu var Tonguç? Sen benimle alay mı ediyorsun?"

Kafası allak bullak... Neden bahsettiğim konusunda en ufak bir fikri bile yok.

"Estağfurullah Amirim. Sizinle niye alay edeyim?"

"Alay etmesen böyle saçma sapan konuşmazsın." Bir an suskun kalıyorum. Derin bir nefes alıp soruyorum. "Yahu Tonguç, söyler misin, Yusuf senin neyin? Kardeşin mi? Akraban mı? Senin için ne yaptı? Hıı, söyle bakalım, bu Yusuf ne yaptı da sen bu adam için elini kana buladın?"

"Yusuf Abi..." diye açıklayacak oluyor.

"Yusuf Abi delikanlı adamdı, iyi adamdı, deme bana," diyerek kesiyorum. "Ne beni, ne de başkasını inandırabilirsin buna... Bak oğlum, senin tek şansın benim. Başın büyük belada. Olay duyulduktan sonra telefon üstüne telefon geliyor. Herkes seni istiyor."

"Herkes de kim?"

Çileden çıkmak üzere olan bir adam gibi ellerimi yana açarak yüksek sesle söyleniyorum:

"Kim olabilir Tonguç? MİT, Genelkurmay İstihbaratı, Jandarma İstihbaratı. Hepsi seni istiyor. Hem de hemen, hem de şimdi."

İyice sersemliyor ama hâlâ söylemek istediklerimi anlamış değil. Böylesi daha iyi; tedirginlik yavaş yavaş artmalı, önce kuşku ve kaygı, ardından korku ve panik.

Zavallı Tonguç safça soruyor:

"Neden beni istiyorlar Amirim?"

Pes artık dercesine gözlerimi iri iri açarak bakıyorum.

"Bir de bilmiyormuş gibi yapma."

"Bilmiyorum Amirim," diyor kalın boynunu bükerek, "valla bilmiyorum."

"Nasıl bilmiyorsun Tonguç? Bingöllü Kadir PKK itirafçısı değil mi? PKK'lılar kaç yıldır adamın peşindeymiş. Birkaç kez saldırıya da uğramış. Sonunda adamı öldürdünüz işte. Bir de bilmiyorum diyorsun. İnsan neden cinayet işlediğini bilmez mi?"

Güçlükle yutkunuyor Tonguç, ağzı bademciklerine kadar kurumuş olmalı.

"Yani onlar beni PKK'lı mı sanıyor?"

Yanıt vermek yerine, inanmayan gözlerle onu süzüyorum.

"Siz... Siz de mi?" diye kekeliyor.

Tonguç'u korkuya sürüklemek için artık konuşmama gerek yok, suskunluğum daha etkili.

"Ben PKK'lı değilim Amirim," diyor yalvaran bir sesle. "Ben milletime, vatanıma, bayrağıma bağlı bir insanım. Benim o şerefsizlerle ne işim olabilir?"

Geriye yaslanarak, alacağım yanıttan emin bir halde soruyorum:

"Sen Malatyalı değil misin Tonguç?"

Lafın nereye gideceğini anlamayan Tonguç, hiç sakınmadan açıklıyor:

"Babam Malatyalı, ben küçükken gelmişler İstanbul'a."

"Her neyse, sen Malatyalı mısın, değil misin?"

"Malatyalıyım. Bunda ne var ki Amirim?"

"Yahu Tonguç, sen gerçekten salak mısın, yoksa benimle dalga mı geçiyorsun? Bunda ne varmış! Daha ne olsun, PKK var oğlum, PKK. Sen Kürt değil misin?"

Tonguç'un yüzü önce beyaza, sonra kırmızıya kesiyor.

"Kürt mü? Ben... Biz... Biz Türk'üz."

"Yalan söyleme, kütüğüne bakar, köyünü öğrenir, önüne getiririm."

Tonguç şimdi ne yapsın?

"Tamam, dedem Kürt'müş, babam da biraz Kürtçe bilir ama biz kendimizi hep Türk saydık Amirim. Zaten annem Maraşlı, özbeöz Türk yani. Ben de Türk'üm, Kürtlük, mürtlük yok bende Amirim. Hem, her Kürt PKK'lı olacak diye bir kural mı var? Yani Kürt olup da PKK'ya düşman olan milyonlarca insan var şu memlekette. Yanlış mı konuşuyorum?"

Zor bir meseleyle karşılaşmış birinin sıkıntısıyla, derinden iç geçiriyorum.

"Bilmiyorum Tonguç, doğru mu konuşuyorsun?"

"Doğru konuşuyorum Amirim," diye üsteliyor. "Siz beni tanıyorsunuz?"

"Hoop hop, bir dakika. Bunu da nereden çıkardın? Seni tanımıyorum. Sakın mahkemede filan beni şahit gösterme."

"Niye Amirim?"

"Niye olacak, beni aldattın. İlk konuştuğumuzda ben sana inandım. Bu Tonguç delikanlıymış, dedim. Ama konuşmamızın üzerinden on iki saat bile geçmeden, gittin Bingöllü'yü vurdun. Oysa benimle konuşurken hiç de öyle bir halin yoktu. Yalan mı, öyle olmadı mı? Yok Tonguç, sakın beni şahit filan gösterme, açık söyleyeyim, mahkemede aleyhine konuşurum."

Hayal kırıklığı içinde omuzları iyice çökerken, onu paniğe sevk edecek cümleyi söylüyorum.

"Mahkemeye çıkabilir misin, ondan da pek emin değilim ya."

"Nasıl yani, mahkeme olmayacak mı?"

"Olacak mı? Terörle mücadele birimlerinin, PKK tetikçilerine neler yaptıklarını bilmiyor musun? Seni bu işe azmettirenler, başına neler geleceğini anlatmadılar mı? Eğer seni terörle mücadeleye teslim edersem, kurtuluş yok Tonguç. Oraya bir kere düştün mü, mahkemeyi, hapishaneyi unut. Her şeyi anlatıp samimi itirafta bulunursan başka. Yani örgütteki arkadaşlarını ele verirsen, daha da iyisi, onlara yönelik operasyonlara bizzat katılırsan belki bir şeyler yaparlar. Aksi takdirde kurtuluş yok. Oradan ancak iki yere çıkış var: Biri hastaneye, öteki tahtalı köye..." Kederli bir yüz ifadesi takınıyorum. "Biliyorsun işte."

Bir çocuk gibi telaş içinde çırpınıyor.

"Yani beni öldürecekler mi? Mahkemesiz filan?"

Bakışlarımı kaçırıyorum, hiç ilgilenmiyormuş gibi yapıyorum.

"Ama benim haklarım var... Avukat tutacağım..."

"Elbette hakların var. Örgüt, avukat da gönderebilir sana. Ama bunların hepsi kâğıt üzerinde. Terörle mücadele edenler için vatan hainlerinin hiçbir hakkı yoktur. Bir gecede bitirirler seni. Yaşadın mı, yaşamadın mı, belli bile olmaz." Aniden sesimi yükseltiyorum. "Farkında değil misin oğlum, bu ülke için, bayrağı için dövüşen birini öldürdün. Sen vatansever birini öldürdün."

Söylediklerim Tonguç'a bile fazla geliyor.

"Kim vatansever Amirim?" diye soruyor haklı bir tepkiyle. "Bingöllü mü? Yapmayın, adam bildiğiniz mafya, yaralama işi onda, karı pazarlama işi onda, kapkaç çetesi çalıştırmak onda. Bu nasıl vatanseverlik?"

"Adam bir kahraman Tonguç," diye sürdürüyorum oyunu. "Dosyasını okudum az önce. Güneydoğu'da Mehmetçikleri korumak için canını siper etmiş. Madalyaları bile var." Yine o suçlayan ifadeyi takınıyorum. "Sana niye anlatıyorum ki bunları? Zaten biliyorsun. Bunları bildiğin için vurdun adamı."

"Büyük yanlış yapıyorsunuz Amirim," diye açıklamaya çalışıyor. Sesi bedeninden et koparılan bir adamınki gibi acı dolu ve telaş içinde. "Yusuf Abi'yi öldürdüğü için vurdum Bingöllü'yü. Bana ne PKK'dan, bana ne Kürtlerden."

Bir süre umutsuzca yüzüne baktıktan sonra, "Bunları JİTEM'e anlatırsın," diyerek ayağa kalkıyorum. "Beni ikna edemedin, belki onları ikna edersin."

Gitmemden korkarak soruyor:

"JİTEM nedir Amirim?"

Tepeden, küçümseyen bir ifadeyle süzüyorum onu:

"Bilmiyormuş gibi yapma."

"Valla bilmiyorum Amirim, Kuran mushaf çarpsın bilmiyorum."

Beni kandıramazsın diyen bir bakışı fırlattıktan sonra, "Bal gibi biliyorsun ama hadi açıklayayım," diyorum. "JİTEM, jandarma istihbaratıdır ama MİT gibi yasal değildir. Ne Genelkurmay, ne Jandarma Komutanlığı varlığını asla kabul etmez. Ama JİTEM'in geçtiği yerde, senin gibi pek çok PKK'lının cesedi vardır. İşkence edildikten sonra öldürülmüş cesetler... Senin gibi, belki senden çok daha cesur onlarca genç adam. JİTEM'in varlığı kabul edilmediği için, cinayetleri bu örgütün işlediği de kabul edilmez. Anlıyorsun değil mi?"

Kontrolünü tümüyle yitiriyor, artık derisinin altına yayılan dehşeti görebiliyorum.

"Yıllarca onlara hizmet etmiş Bingöllü Kadir gibi bir adamı öldüren katile de hoşgörü göstereceklerini hiç sanmam."

"Büyük yanlış yapıyorsunuz Amirim," diye yineliyor. "Benim PKK'yla filan ilgim yok. Vallahi, billahi yok."

"O zaman niye öldürdün Bingöllü'yü?"

Tam konuşacakken uyarıyorum:

"Bak, Yusuf Abi'yi seviyordum filan diyeceksen hiç zahmet etme. Bu palavralara karnım tok benim."

"Amirim..." diyor. Gözlerinde direncin kırıldığını görüyorum. "Amirim," diye yineliyor. Ama hâlâ karar vermiş değil.

"Bak Tonguç, bak evladım," diyorum. "Eğer bana gerçeği anlatırsan yarın sabah buradan doğru savcılığa gidersin. Bana anlattığın gerçeği savcı beye de anlatır, efendi efendi hapishanenin yolunu tutarsın, cezanı yatar çıkarsın. Ama yalan söylemeye devam edersen, başka seçeneğim kalmaz. Seni bir saat içinde onlara teslim ederim."

Ne yapacağını bilemiyor. Sık sık bakışlarını kaçırıyor. Onu biraz cesaretlendirmem gerek.

"Bir de kadın militan varmış yanında," diyorum, gözlerimi yüzünden ayırmadan. Tonguç zaten iğreti oturduğu iskemlede iyice tedirginleşiyor.

"Kimdi o kadın? Seni azmettiren o muydu?"

Kısa bir suskunluk anından sonra, "O kadın, militan değildi Amirim," diyor. "Ne o kadın militandı, ne de ben PKK'lıyım."

Çözülmeye başladı, yine de bunlar kritik anlar, yanlış bir soru her şeyi bozabilir.

"Peki kimdi o kadın?"

Sıkıntıyla masanın üzerine bakınıyor.

"Sigara, bir sigara yok mu Amirim?"

Zarftan Camel paketini çıkarmak zaman alabilir, sıkışmışlık duygusundan kurtulmaması gerek.

"Önce sorumu yanıtla," diyorum, "sonra sigara bulacağım sana. İstediğin kadar içersin."

Bir süre önüne bakarak düşünüyor. Yoksa vaz mı geçiyor? İtiraf etmeyecek mi? Artmaya başlayan kuşkum, Tonguç'un, "Meryem Abla'ydı," diyen cılız sesiyle son buluyor.

Ne dediğini çok iyi duydum ama yenilgisini kesin hale getirmeliyim.

"Kimdi?"

"Meryem Abla," diyor kelepçeli ellerini kucağına indirerek. "O kadın Meryem Abla'ydı. Bingöllü'nün mekânına gidelim diyen de oydu. Çünkü Yusuf Abi'yi deliler gibi seviyordu. Yusuf Abi'nin intikamını almak için vurdum Bingöllü'yü. Yani ne ben, ne de Meryem Abla PKK'lı değiliz. Bizim Kürtlerle hiçbir ilgimiz yok. Anlıyor musun Amirim, bizim bölücülerle bir ilgimiz yok."

"Doğru anlatırsan anlayacağım. Tetiği kim çekti?"

Nerdeyse tahmin ettiğim gerçeği söyleyecek, çok yaklaştım ama bir yanlış yapıyorum, acele edip soruyorum:

"Meryem'di değil mi? Kınalı Meryem... O yaptı değil mi?"

Kınalı Meryem'i suçlamam bile onu korkutmaya yetiyor, bakışlarını kaçırıyor, evet yalan söyleyecek.

"O değildi, tetiği ben çektim."

"Yalan söylüyorsun," diye sertçe çıkışıyorum, "Bingöllü'yü Meryem vurdu."

"Hayır, ben vurdum."

"Tonguç bana yalan söyleme. İkimiz de çok iyi biliyoruz, bu işi yapan Meryem'di."

Oturduğu koltukta iyice büzülüyor, iri bedenini bir sümüklüböcek gibi yeraltı raconun acımasız kurallarından oluşan o sağlam zırhın içine çekerek korunmaya çalışıyor. Biliyorum, artık konuşmayacak. Onu ne kadar zorlarsam zorlayayım, bir sonuç alamayacağım, yine de soruyorum:

"Tamam, tetiği sen çektin diyelim. Anlat bakalım, nasıl oldu bu olay?"

Onuru elinden alınmış bir adamın anlamsız bakışlarıyla süzüyor beni.

"Önce sigara," diyor. "Söz vermiştiniz."

Zarftan kendi sigara paketini çıkarıp uzatıyorum. Elleri titreyerek çekiyor bir tane. Sigarasını da ben yakıyorum, yine onun siyah Zippo çakmağıyla. Sanki bütün dertlerine derman olacakmış, bütün sorunlarını çözecekmiş gibi açlıkla, tutkuyla derin bir nefes çekiyor. Dumanı bir süre tutuyor içinde, sonra salıveriyor.

Gri duman spiral şeklinde odanın ortasında yükselirken, "Nazareth kapandıktan sonra, Beyoğlu'na geldik," diye başlıyor anlatmaya. "Meryem Abla'yla ben. Yanımızda başka kimse yoktu."

"Niye geldiniz Beyoğlu'na?"

"Meryem Abla, 'Bingöllü'yle konuşmak istiyorum,' dedi. Ben de, 'Tamam,' dedim. Neyse işte, Beyoğlu'na geldik. Taksim'den Bingöllü'nün barına yürürken, 'Yusuf Abi'yi o mu öldürdü?' diye sordum. 'Başka kim olabilir Tonguç?' dedi Meryem Abla. 'Senin aklına gelen başka biri var mı?'

Yoktu. 'Yok Abla,' dedim. 'Ama Bingöllü'de bunu yapacak cesaret nerde...'

'Önce ben de öyle düşünüyordum Tonguç,' dedi, 'ama yanılmışım. Bingöllü'de o cesaret varmış. Babam rahmetli, devir değişti kızım, derdi, anlamazdım. İki hap alan, iki nefes esrar çeken, kendi gibi üç beş çapulcu bulup kıyıcı kesiliyor başımıza, derdi, anlamazdım. Babamı pusuya düşürüp vurdular, yine anlamadım. Ama Yusuf ölünce anladım babamın ne demek istediğini. Devir ciğeri beş para etmez adamların devri olmuş Tonguç. Devir, sinsice, kalleşçe arkadan vuranların devri. Boyuna posuna, bıyığına baksan erkek zannedeceğin, ama aklı, yüreği kahpe olanların devri. Artık aslanlar öldü Tonguç, devir çakalların devri.'

Meryem Abla bunu söyleyince ağrıma gitti.

'Eğer bu işi Bingöllü çakalı yaptıysa, onun devrini sona erdirmek de bizim boynumuz borcudur,' dedim. 'Devir çakalların devri olabilir ama aslanlar daha tükenmedi,' dedim.

Bingöllü'nün barının bulunduğu Nane Sokak'a yürüdük. Hava iyice soğumuştu ama kar henüz başlamamıştı. Bara yaklaşırken her ihtimale karşı tabancayı çıkardım, ağzına mermi verip paltomun cebine koydum."

"Meryem ne yaptı?" diye kesiyorum Tonguç'un sözünü. Yanıtlamak için hiç acele etmiyor. Sigarasından bir nefes daha çektikten sonra, "Meryem Abla," diyor, "tabancayı cebime koyduğumu gördü ama bir şey söylemedi. Ne desin? Neyse, biz Bingöllü'nün sokağına girdik. Sokak iyice tenhalaşmış, barlar tek tek kapanıyor. Barların, kafelerin ışıkları söndükçe sokak karanlıklaşıyor. Vakit de gecenin ikisi. Sokakta ilerlerken, baktım, Bingöllü ile yanındaki koruması, yani olayda yaralanan eleman, karşıdan geliyor. Meryem Abla önce görmedi onları. 'Abla,' dedim, 'seninki karşıda.' Meryem Abla başını kaldırıp onlara bakarken, Bingöllü de bizi gördü. Aramızdaki mesafe yirmi adım var yok. Bingöllü birden panikledi, döndü adamına bir şeyler söyledi. Adamı önce bize baktı, sonra elini beline attı. Artık duracak zaman değildi, Meryem Abla'yı yana itip tabancamı çektim. Adam tetiğe basmadan, ben bastım. Herif tek kurşunda yere yıkıldı. Bingöllü'ye döndüm, karanlıkta tam göremiyorum ama elini beline atıyor gibi geldi. Yine bastım tetiğe. Şarjördeki kalan kurşunları boşalttım üstüne."

Tonguç yeniden sigarasına sığınıyor. Bırakıyorum, gönlünce içsin. Benden yeni bir soru gelmeyince, "İşte hepsi bu Amirim," diyor. "Olay böyle oldu. Yoksa bizim PKK'yla, Kürtlükle bir ilgimiz yok. Ben Meryem Abla için yaptım bu işi. Rahmetli babasının çok iyiliği

dokunmuştur bizim ailemize. İkinci babam olmuştur
o benim. Kızı da Ablam. Bingöllü, Meryem Abla'nın
canı kadar sevdiği bir adamı aldı, ben de onun canını.
Gerçek bundan ibaret."

Kaybettiği güveni yeniden kazanmış gibi görünüyor. Meryem'in azmettirdiğini söyledi ama anlattıkları belirsiz. Zaten savcılıkta bu ifadesini inkâr edecek, mahkemede ise karakolda baskıyla böyle konuştum diyecek. Eğer Ferhat, Meryem'i teşhis ettiyse, hele ateş ederken gördüyse, o zaman durum değişir, anlamak için Ali'nin gelmesini bekleyeceğiz.

Suskunluğum Tonguç'u rahatsız ediyor.

"Evet Amirim, başka sorunuz varsa onları da yanıtlayayım."

"Yani, istersen başka yalanlar da uydurayım, diyorsun."

"Ne yalanı Amirim. Neler olup bittiyse hepsini harfi harfine anlattım size."

"Tonguç," diyorum gözlerinin içine bakarak.

"İnanmıyor musunuz Amirim? Valla doğruyu söylüyorum."

"Tonguç, sen daha bu dünyada yokken, ben Beyoğlu'nda senin gibileri içeri tıkıyordum. Onun için doğruyu söylüyorum filan deme. Anlattıklarında doğruluk payı var ama sen gerçeği anlatmadın. Kınalı Meryem gibi bir kadın, Bingöllü'den intikamını almak isterse, bunu senin gibi adamlara bırakmaz. Belki Ferhat'ı sen vurmuşsundur. Belki o kargaşada Bingöllü de yere düşmüştür, bilmiyorum ama şundan adım gibi eminim ki, Bingöllü'yü öldüren kurşunları sen sıkmadın. Onları Meryem sıktı. Muhtemelen de başucuna gidip Bingöllü'nün gözlerinin içine bakarak yaptı bu işi."

Kelepçeli ellerini kaldırıp burnunun ucunu kaşıyor, yüzünde arsız bir gülümseme var.

"Şahane senaryo yazıyorsunuz Amirim."

Gülümsemediğimi fark edince toparlanıyor.

"Kusura bakmayın Amirim... Saygısızlık etmek istemedim."

Bütün konuşman tepeden tırnağa saygısızlıktı, demek geliyor içimden ama vazgeçiyorum.

"Şu Meryem Ablan nerede şimdi?"

Evet, işte Tonguç'un ablak suratı yine karıştı. Ablasıyla onun hakkında konuşacak olmam, Meryem'in ismini vermiş olması gerçeğini, yani argo deyimle, kısmen ötmüş olması gerçeğini hatırlattı ona. Ne diyeceğini bilemiyor.

"Ablanın nerede olduğunu bilmediğini söylemeyeceksin değil mi? Daha birkaç saat önce birlikteydiniz."

"Eve gitmiştir herhalde Amirim. Yani tam olarak nerede olduğunu bilemem ama evine gitmiş olmalı. Başka nereye gidecek?"

Not defterimi çıkarıp Muammer'in kalemliğinden bir kalem çekiyorum.

"Nerede bu ev?"

Elimde kalem, bir süre bekliyorum. Tonguç'ta tık yok.

"Nerede bu ev?" diye yineliyorum. "Adresi bilmiyorum deme."

"Yok, adresi biliyorum... Etiler'de, Ulus Mahallesi'nde..."

Adresi yazmayı bitirince, Tonguç yalvaran gözlerle bakıyor.

"Amirim her şeyi anlattım, bana yardım edeceksiniz değil mi?"

"PKK'lı olmadığına inandım. Seni terörle mücadele birimlerine vermeyeceğim. Öteki konuya gelince, bana hiç güvenme Tonguç. Gerçeği söyleseydin yardım ederdim ama sen yalan söyledin."

"Amirim lütfen," diye sesleniyor arkamdan, aldırmıyorum ama onu nezarethaneye götürecek sarışın polisi çağırmak için kapıya yönelirken, yine de Tonguç'un umutsuz bakışlarının ağırlığını sırtımda hissediyorum.

Uygarlık kadar eski bir acı.

Tonguç'un sorgusunun ardından geliyor Ali. Biz yardımcımla kısa bir değerlendirme yaparken, Muammer yine bir iyilikte bulunup, morgda bu kış sabahından daha soğuk bir buzdolabında kalıbı dinlendiren Bingöllü Kadir'in dosyasını getiriyor bize. Tabii, dosya elinin altındaydı da bize okutma konusunda ancak karar verebildi, diye de düşünebiliriz. Neyse, önemli olan Bingöllü'nün dosyasını okumamız. Dosyayı Ali ve Muammer'le birlikte okuyoruz.

Bingöllü Kadir'in dosyası, tipik bir itirafçı hikâyesi anlatıyor. Yoksul ama kalabalık bir köylü ailesinin üçüncü çocuğu olarak dünyaya geliyor. Babası, annesi ve sekiz kardeşiyle birlikte bir göz evde yaşıyor. Köydeki ilkokulda geçirilen beş sene, sonrası kıraç tarladan alınacak mahsul, üç beş koyun ile keçinin ardında yapılan çobanlık, mevsimlik işçilik. Derken köye gelen PKK yanlısı bir öğretmen. Kadir'in bu öğretmenle başlayan dostluğu. Kış geceleri boyunca öğretmenin evinde uzayan sohbetler. Hayatında hiç duymadığı ama ona bambaşka bir dünyanın kapılarını açabilecek, onu bambaşka bir insan yapabilecek konular. Yoksulluğunu, yalnızlığını, yalıtılmışlığını anlatan, ezikliğini öfkeye dönüştüren, köklerinden utanç değil, gurur duymasını sağlayan konular. Böylece on altı yaşında PKK'ya katılıyor. Hemen dağa çıkmıyor ama. Önce köyün yakınlarındaki jandarma karakolu hakkında örgüte bilgi sağlıyor. Çünkü jandarmalarla arası iyi Kadir'in. Zaten köyde herkesle arası iyi. Jandarmaların köyden bir ihtiyacı olursa, ayağına çabuk bu kara yağız delikanlı anında getiriyor onlara. Jandarmalar bu yüzden seviyorlar onu. Kadir bu yüzden rahatça girip çıkabiliyor karakola. Ve karakoldaki yaşamı saati saatine örgüte bildiriyor: Ne kadar asker var, ne kadar mühimmat var, nöbetçiler ne zaman gevşer, ne zaman tetikte dururlar, karakolun saldırıya açık yerleri neresidir, hepsini ayrıntılarıyla örgüte rapor ediyor. Bu bilgilerinin ışığında, bir akşam yemeği sırasında PKK saldırıyor karakola. Biri asteğmen dört asker ölüyor, yedisi yaralanıyor. Kendisinden kuşkulanacaklarını anlayan Kadir, dağ kadrosuna katılmaya karar veriyor. Belki de örgüt böyle istiyor. Önce Kuzey Irak'ta bir kampta gerilla eğitimi görüyor. Sadece silah eğitimi değil, dağda nasıl saklanılır, nasıl savaşılır, nasıl hayatta kalınır, hepsini öğreniyor. Türkiye'ye geçer geçmez ses getiren eylemlere katılıyor. Karakol baskınları, yol kesme, jandarma devriyelerine saldırı, yola mayın döşeme, uzaktan kumandayla araç havaya uçurma... Liste uzayıp gidiyor. Ama Kadir'in dağ macerası pek uzun sürmüyor. Türkiye sınırları içinde eylemlere başladığının ikinci yılında yaralı olarak yakalanıyor. Aynı grupta yer alan on bir arkadaşı ölüyor, bir tek o sağ. Askeri hastaneye yatırıyorlar onu. Bir ay hastanede kalıyor. Sonra sorgu... İki gün sonra yeniden hastaneye yatırılıyor. Gerekçe yaralarının tam iyileşmemiş olması. Bu kez bir hafta kalıyor hastanede. Yeniden sorgu. İkinci sorguya inanmış bir PKK militanı olarak giren Kadir, üç gün sonra PKK düşmanı olarak çıkıyor. "Sonunda yanlışı anladım," diyor ifadesinde. "PKK yıllarca bizi kandırmış. Bizi devletimize, milletimize, bayrağımıza düşman etmiş." Samimi olduğunu göstermek için de bayrağa ve Kuran'a el basarak, ölünceye kadar devlete bağlı kalacağına yemin ediyor. Yeminine sadık kalıyor, uzun, kanlı çatışmalar döneminden sonra PKK yenilince de köyüne dönmek yerine, İstanbul'a geliyor. En iyi bildiği yöntemle, yani silah ve kaba güçle ekmeğini kazanmak için. PKK itirafçılığının getirebileceği olanakları kullanmayı da ihmal etmeyerek. Bingöllü Kadir'in bu geceyarısı son bulan öyküsü kısaca böyle. Bu öykü bana hiç yabancı değil. Haksızlıklara isyanla başlayan, öfkeyle, şiddetle büyüyen, korku ve pişmanlıkla dolu, acı bir öykü. Yüzlerce Güneydoğulu delikanlının öyküsü. Sadece onların değil, hepimizin öyküsü. Hepimizin zalimliği, hepimizin öfkesi, hepimizin pişmanlığı, hepimizin utancı ve hepimizin acısı. Nerede, nasıl ve ne zaman biteceğini bilmediğimiz bir acı. Uygarlık kadar eski bir acı.

Bingöllü Kadir'in dosyasının kapağını kapatırken, "Ferhat'ın ifadesi de burada yazılanları doğruluyor Başkomiserim," diyor Ali. "Kadir'in Süryanilikle, Hıristiyanlıkla hiçbir ilgisi yokmuş. Onların köyleri yüzlerce yıldır Müslüman'mış."

"Bu Ferhat, akrabası mı Kadir'in?" diye soruyor Muammer.

"Dayısının oğluymuş. Hepsi aynı köyden. Dini inançları da çok güçlüymüş. Şeyhleri varmış, bunların PKK'ya tavır almasında da o şeyhin etkisi olmuş."

"Zaten başından beri Kadir'den çok şüphelenmemiştim," diyerek pardösümü sırtıma geçiriyorum.

"Nereye gidiyorsunuz ya," diyor Muammer, "oturun kahvaltı yapalım."

"Gidelim Muammer, burada hafakanlar bastı."

"Hafakanlar basmış, ulan şurada iki saat oturdun, dayanamadın. Biz ne yapacağız? Tam on iki saattir görevdeyiz be!"

"Bekleyeceksin Muammer. Emekliliğine kaç gün kaldı şurada. Ne demiş derviş, tekkeyi bekleyen çorbayı içer."

Muammer'in arkamızdan homurdanmasına aldırmadan kendimizi dışarı atıyoruz. Beyoğlu'nun tenha sokaklarındayız işte. Bir yerlerden ezan sesi geliyor. Hava hâlâ karanlık ama kar durmuş. Kulaklarımızda sabah ezanı okuyan müezzinin yanık sesi, erimeye başlayan karların üzerinden kaymamaya çalışarak yürüyoruz. Hiç sevmem bu ıslaklığı.

"Bir çorba içelim mi Ali?" diyorum.

Yüzünü ekşitiyor ama, biliyorum, ben istediğim için çorbacıya gelecek. Bu çocukla zevklerimiz niye uyuşmuyor?

"Vazgeçtim," diyorum, "şimdi çorba ağır gelecek. Şu köşedeki pastane açılmıştır, sabahçı kahvesinin karşısındaki. Oradan poğaça alalım ya da börek."

Bizimkinin gözleri ışıyor.

"Çayı da Dolmabahçe'nin orada içeriz Başkomiserim."

Dolmabahçe'nin orada dediği yer, Saray ile Dolmabahçe Camii arasında, deniz kıyısındaki küçük büfe. Bu saatte sakindir.

"İyi fikir" diyorum, "hadi gidelim."

Yavaşça eriyen kar suları gibi usulca uyanıyor İstanbul. Henüz tenha olan yolların tadını çıkararak iniyoruz Dolmabahçe'ye. Benim emektar Renault'dayız ama Ali kullanıyor. Aldığımız poğaçaların, peynirli böreğin kokusu içeriyi tutmuş. Karnımın acıktığını hissediyorum. Belki Ali de acıkmıştır ama belli etmiyor. Bir yandan aracı kullanıyor, bir yandan da dün gece benden ayrıldıktan sonra yaptıklarını anlatıyor.

"Geceyarısı garson kızla buluşacağız ya Başkomiserim, Ortaköy'de şu bar senin, bu kafe benim dolaşıp vakit öldürdüm."

"Saat bire kadar orada bekledin yani."

"Bekledim Başkomiserim. Bire doğru köşedeki kafeye geçtim, Nazareth'in kapısını gören bir masaya oturdum. Bir kahve söyledim, kapıyı gözlemeye başladım. Çok sürmedi, Kınalı Meryem ile Tonguç'un aceleyle bardan çıktıklarını gördüm. Bir an peşlerine takılsam mı diye düşündüm, sonra garson kızı kaçıracağımdan korktuğum için vazgeçtim. Keşke gitseymişim, belki Bingöllü'nün vurulmasını engellerdim."

Hemen sokuyorum lafı.

"Ya da kendini vurdururdun."

"Neyse, gitmedik işte Başkomiserim. Bir on dakika sonra bizim kız da çıktı. Hesabı ödeyip kalktım. Kız barın önünde bekliyor, tam yaklaşıyordum ki saçlarını turuncuya boyatmış, punkçı bir oğlan belirdi. Üzerinde deri bir ceket, kulakta at nalı gibi bir küpe, her tarafından zincirler sarkıyor. Önce rahatsız ediyor sandım ama baktım, kızın hiç öyle bir havası yok. O soğukta hiç üşenmeden, sarılıp oğlanı öptü. Hem de ne öpüş. Hani Fransız öpücüğü denilen türden. Olduğum yerde kaldım. Şimdi kızın yanına gitsek, olmayacak. Belli ki kız bizi ekecek. Kızı durdurup, bir beş dakika soracaklarım var, desem, kız korkacak. Bu arada punkçı oğlan ters bir laf edecek, herifi pataklamak zorunda kalacağım. Baktım olacak gibi değil, vazgeçtim. Madem öyle yapacaktın, bari daha evvel çıksaydın da patroniçeni kaçırmasaydın diye de düşünmeden edemedim. Yapacak bir şey yoktu. Canım sıkılmıştı, eve gitmeyi de istemiyordum. Beyoğlu'na geldim. İstiklal Caddesi'ne girmiştim ki silahlar patladı. Önce umursamadım, Beyoğlu'nda olur böyle şeyler diye düşündüm ama Vakko'nun oraya gelince, Nane Sokak'taki kalabalığı gördüm. Bingöllü'nün buralarda bir yerlerde takıldığını hatırladım. Meryem ile Tonguç'un aceleyle bardan çıkışları geldi gözlerimin önüne. Jeton düşer gibi oldu. Kalabalığın arasına daldım. Olay mahalline vardığımda, biri çoktan ölmüş, öbürü baygın iki adam gördüm. O sırada mobil ekip de olay yerine intikal etmişti. Kimliğimi gösterip kurbanların kim olduğunu öğrenmek istedim, güçlük çıkarmadılar. Ölen Bingöllü'ydü. Sonra karakola gittim, Muammer Başkomiserime durumu anlattım. Biz konuşurken Tonguç geldi. Elindeki silahı masaya koyup teslim oldu. Sonrasını biliyorsunuz zaten."

"Peki şu yaralı adam, Ferhat, neler söylüyor?"

"Hiçbir şeyin farkında değil Başkomiserim. Kendilerine kimin ateş ettiğini bile bilmiyor. Sokakta yürüyorlarmış, Bingöllü ona, 'Dikkat et,' demiş. Karşıya baktığında, karanlıkta bir kadın ile erkeğin onlara doğru geldiğini görmüş. Adamın eli paltosunun cebindeymiş. O daha elini silahına atamadan, adam tabancasını çekip ateş etmeye başlamış. Vurulup düşmüş. Gözünü açtığında hastanedeymiş. Karanlıkta Meryem'i bile tanıyamamış. Ben Meryem'den bahsedince şaşkına döndü. 'Bizim onlarla bir husumetimiz yoktu. Ufak bir mesele çıkmıştı ama çözdük,' dedi. 'Yusuf'u tanıyor musun?' diye sordum. Sadece Bingöllü'yle kavga ettikleri gece gördüğünü söyledi. 'Yusuf sizi fena benzetmiş, neden intikam almayı düşünmediniz?' diye sordum. 'Kadir Abi, bu Yusuf denen adama bulaşılmayacak diye bizi uyardı. Biz de bulaşmadık. Ama Yusuf denen o herif, ne Kadir Abi'ye acıdı, ne de bana. Bizi görür görmez bastı kurşunu.'

Ferhat böyle deyince, kendilerine Yusuf'un ateş ettiğini sandığını anladım. Emin olmak için sordum:

'Sizi Yusuf mu vurdu?'

'Başka kim olabilir Komiserim. Tabii o herif vurdu,' dedi. Yusuf'a büyük bir kin duyuyordu."

Ali'nin anlattıkları düşüncelerimi doğruluyordu.

"Yani Yusuf'un öldüğünü bilmiyordu," diye sordum.

"Bilmiyordu Başkomiserim. Bilse, Yusuf ateş etti, der mi?"

"Yalan söylemiyordu değil mi, samimiydi."

"Samimiydi Başkomiserim," diyor Ali. "Yani öyle görünüyordu. Emin olmak zor ama bana samimi geldi."

Böylece kafamdaki resim tamamlanıyor. Ama Ali'ye bundan söz etmek istemiyorum. Zaten Dolmabahçe'deki ışıklara gelmişiz. Kırmızı yanıyor, duruyoruz. Karşımızda olanca görkemiyle Dolmabahçe Camii.

Yeşil yanıyor, karşıya, caminin yanına geçiyoruz. Ali arabayı büfenin yanına park ediyor. Park ettiğimizi gören gençten bir garson büfeden çıkıp yanımıza geliyor. Büyük bardakta iki çay istiyoruz. O kadar çok acıkmışım ki, çayı beklemeden başlıyorum yemeğe. Ali de hiç nazlanmadan bana katılıyor. Deniz kenarında iki araç daha var. Biri siyah bir Mercedes, pencereleri buğulandığından içindekileri göremiyoruz ama büyük olasılıkla zengin bir kalantor ile metresi. Öteki İzmir plakalı beyaz bir Opel, üzerinde bir ilaç şirketinin logosu var, yani şirket aracı. Sağ ön camı açık, kırmızı ojeli bir hanım eli arada bir sigarasının külünü silkeliyor dışarı. Sürücü koltuğundaki arkadaş, anlaşılan çalıştığı şirketin aracıyla çıkmış hovardalığa. Ben ikinci poğaçaya, Ali böreğine geçmeden önce çaylarımız da geliyor.

Kahvaltımızı tamamlayıp keyif çaylarımızı içerken karşı kıyıdaki evlerin karla kaplı çatılarının üzerine çekingen bir kızıllık yayıldığını fark ediyorum. Bakışlarımı gökyüzüne çeviriyorum; iri pamuk balyalarını andıran kar bulutlarının arasından süzülen ışık huzmelerini görüyorum. Güneş ışığı denizin rengini sütbeyazından sakin bir maviliğe dönüştürüyor. O kadar güzel ki, dayanamayıp mırıldanıyorum:

"Şu güzelliğe bak Ali... Biz nelerle uğraşıyoruz, doğa neler yaratıyor..."

Çayını yudumlamakta olan Ali, ne demek istediğimi anlamıyor.

"Buyrun Başkomiserim, bir şey mi dediniz?"

"Manzara diyorum, güzel değil mi?

Ali ilk kez görüyormuş gibi bakıyor. Benim kadar etkilenmediği belli:

"Başkomiserim," diyor, "geçen yıl teşkilat bizi on beş günlüğüne Amerika'ya götürmüştü ya. Orada olacaktınız, bir de New York'u görecektiniz."

Ne diyeyim şimdi ben bu çocuğa.

"Lüzumu yok Alicim. Hakiki sevgiler kıyas kabul etmez. Eminim New York da güzeldir ama ben şehri İstanbul'u seviyorum. Şairin söylediği gibi: 'Nice revnaklı şehirler görünür dünyada, lakin efsunlu güzellikleri sensin yaratan...'"

Ali ilgiyle dinliyor Yahya Kemal'in dizelerini ama hiçbir şey anlamıyor. Ayıp olmasın diye mırıldanıyor:

"Doğrudur Başkomiserim."

Gözlerimi denizden alamıyorum.

"Başkomiserim," diyor Ali.

"Evet Alicim."

"Başkomiserim, şu Bingöllü, Yusuf'un katili olmadığına göre, gerçek katil..."

"Dur Alicim, dur," diyorum. "Unut şimdi cinayeti, katili... Şu manzaranın tadını çıkaralım biraz."

Adalet, vicdanımız ile yasa arasında bir yerde duruyor.

Odasına girdiğimde, Cengiz Müdür'ü pencerenin önünde buluyorum. Sırtı bana dönük, sigarasını tüttürerek camdan bakıyor. İçeri girdiğimi biliyor, az önce sekreteri telefonla söyledi ama o duruşunu hiç bozmadan dışarıyı seyrediyor. Dalgın, aklını kurcalayan bir mesele var.

"Kar ne kadar çabuk eridi değil mi Nevzat?" diyor birdenbire, "Sadece kirli bir ıslaklık kaldı geriye, öğleye kalmaz o da kurur."

"Normal, ilk kar... Babam, İstanbul'un ilk karını gelgeç sevdalara benzetirdi, ne gönülde, ne yürekte iz bırakmadan çabucak geçer, derdi."

"Güzel benzetme," diyerek dönüyor. "Mesleği neydi babanın?"

"Öğretmen, edebiyat öğretmeni."

"Güzel meslek," diyor yaklaşırken. "Polis olmasaydım, öğretmen olmak isterdim."

Cengiz sağ adımını atarken ayağı hafifçe aksıyor, Güneydoğu'daki bir çatışmadan armağan. Uzunca bir süre terörle mücadelede çalışmış.

"Şöyle otursana Nevzat," diyor eliyle masasının önündeki koltuğu göstererek. Geçip oturuyorum. O da masasına geçmiyor, sigarasından bir nefes daha çekip sehpadaki metal küllükte söndürdükten sonra, sanki onunla eşit rütbeden biriymişim gibi karşımdaki koltuğa oturmayı tercih ediyor.

"Söyle bakalım, kahveyi nasıl içiyorsun?"

"Sade..."

Telefonu kaldırıp iki sade kahve söylüyor. Telefon ahizesini yerine koyduktan sonra, "Ne oldu dün geceki cinayet?" diye soruyor. Ne yüzünde, ne de sesinde merak var.

"Biraz karışık bir iş, aynı olayla bağlantılı bir cinayet daha işlendi." Bu yeni haber bile ilgisini uyandırmaya yetmiyor. Ben de daha fazla anlatmıyorum zaten. "Uğraşıyoruz, zaman alacak ama çözeceğimizi umuyorum."

"Raporlar, tutanaklar belli olunca ben de bir bakayım."

"Emredersiniz Müdürüm," diyorum.

Gülümsüyor, içten, kırk yıllık ahbapmışız gibi.

"Böyle konuşma Nevzat. Şu müdürüm lafına gerek yok. Aslına bakarsan, benden daha kıdemlisin... Sabri Müdürümle telefonla konuştuk bugün. Sınıf arkadaşıymışsınız, Vefa Lisesi'nde birlikte okumuşsunuz, bilmiyordum."

Sabri dediği, emniyet müdürümüz, lisede birlikte okuduk. Öyle hanım evladıydı ki, lakabını "sümsük" koymuştuk. Kimse onun polis olacağını düşünmüyordu. Ama hepimizi yanılttı, hukuk fakültesinden sonra teşkilata girdiği yetmezmiş gibi, başımıza müdür bile oldu. Yine de iyi adamdır, politik hesapların içinde olsa bile kendince bir dürüstlüğü vardır. Ne yalan söyleyeyim, üstlerimle didiştiğimde beni hep korumuştur.

"Sabri Müdürüm," diye sürdürüyor Cengiz, "senden çok iyi bahsediyor. 'Eğer işleri ters gitmeseydi,' diyor, 'şimdi benim yerimde Nevzat olurdu.'"

"Sağ olsun ama kibarlık yapmış, bu konu açıldığında öteki amirlerim, müdürlerim, 'İşleri ters gitmeseydi,' yerine açıkça, 'Dik başlılık etmeseydi,' derler."

Güçlü bir kahkaha patlatıyor Cengiz.

"Açık sözlüsün Nevzat. En sevdiğim yanın da bu zaten. Ama Sabri Müdürüm doğru söylüyor. Senin yerin burası değil, daha yukarılarda olmalıydın. O yüzden, yalnızken bana müdürüm filan demene gerek yok. Tabii personel varsa iş değişir. O zaman teşkilatın saygınlığı için, prosedür neyi gerektiriyorsa öyle hitap edeceğiz birbirimize."

"Anlıyorum, sağ ol."

Yüzünde aynı içten gülümsemeyle beni süzüyor.

"Yasalara inanır mısın Nevzat?"

Ne demek istiyor şimdi bu adam?

"Yani yasaların adaleti sağlayacağına mı?"

"Öyle diyelim, yasaların adaleti sağlayacağına inanır mısın?"

"Yasa ile adaletin aynı şey olmadığını biliyorum. Yasalar, adaleti korumak için varsa da, çoğu zaman başarılı olamadıklarını da biliyorum. Daha doğrusu, böyle olmadığını her gün yaşayarak öğreniyorum. Çünkü mükemmel yasa yok. Belki de bu yüzden yasalar sürekli değişip duruyor. Belki hep değişecek. Sanırım adalet, vicdanımız ile yasa arasında bir yerde duruyor. Bu nedenle yasa, adaleti sağlamakta tek başına yeterli olamaz. Ama adaleti sağlamak için yasalara inanmaktan başka da çaremiz yok."

"Doğru," diye karışıyor lafa. "Çünkü suçu, suçluyu, cezayı herkes kafasına göre belirlemeye kalkarsa anarşi olur. Ortalık suçludan geçilmez. Ama söylediğin gibi, adaletin gerçekleşmesini sadece yasayla sağlamak pek mümkün değil. Çünkü yasa belirsiz, esnek bir şey, istediğin yere çekilebilir. Tıpkı bilim gibi, evet bilim gibi... Sözgelimi şu kriminalistik bilimini düşün. Son dönemlerde hepimiz, suçluyla mücadelede bu yöntemleri kullanmalıyız, diyoruz. Güzel de, kriminalistik yöntemleri, yani bilimi kullandığımız zaman bile yanlış sonuçlara ulaşmaktan kurtulamıyoruz. Sana başımdan geçen bir olayı anlatayım.

Yıllar önce Kayseri'de görev yapmıştım. İlginç bir cinayet olayı vardı. On beş yaşında bir delikanlı, altmış yaşında bir kadını bıçaklayarak öldürmüştü. Çocuğu bizzat ben sorguladım; hâlâ olayın etkisi altındaydı, doğru dürüst konuşamıyordu. Neyse, sakinleştirdik. Kadının komşuları olduğunu, zaman zaman kendisinin kadına alışverişlerinde yardım ettiğini anlattı. Olayın olduğu gün de kadın, çocuktan, ekmek almasını istemiş. O da her zamanki gibi kadının isteğini yerine getirmiş. Ekmeği götürünce, kadın onu içeri davet etmiş. Çocuk, bunda bir sakınca görmeyerek daveti kabul etmiş ama kadın içeride çocuğa sarkıntılık yapmaya başlamış. Bunun üzerine çocuk, evden çıkmak istemiş, ne var ki kadın, ekmek bıçağını çekerek, buna izin vermemiş. 'Benimle birlikte olacaksın,' diye tehdit etmeye başlamış. Çocuk, kadına karşı koymuş, elinden bıçağı almaya çalışmış, işte o sırada sol omzundan yaralanmış.

Aldığı yarayla canı yanan ve kendini kaybeden çocuk, bıçağı kadının elinden alıp rasgele saplamaya başlamış. Kadını öldürmüş.

Olayı inceledik, hem de bizim kriminalistik biliminin yöntemlerini kullanıp kılı kırk yararak inceledik. Kadının çocukla sevişip sevişmediğini, cinayet silahı olan bıçağın kime ait olduğunu, çocuğun omzundaki yarayı kendisinin açmış olup olamayacağını, maktulün daha önce kimseye sarkıntılık yapıp yapmadığını araştırdık. Biraz hafifmeşrep bir kadın olduğunu, daha önce de köşedeki manavın oğluyla ilişkiye girdiğini öğrendik. Delikanlının ise sicilinin tertemiz, çevresinde sevilen bir çocuk olduğu bilgisine ulaştık. Sonuçta çocuğun söyledikleri gerçeğe yakın çıktı. Ben de bu kanıdaydım. Ekipte Tahsin diye orta yaşlı bir polis memuru vardı. 'Bu çocuk yalan söylüyor,' dedi. 'Konuşurken gözlerine dikkat ettiniz mi? Güya size bakıyor ama gördüğü başka bir şey. Oğlan samimi değil. Bence olay anlattığı gibi olmadı.' 'Nasıl oldu peki?' diye sorduk. Açıklayamadı. Tahsin'inki sadece önseziydi. Neyse, sonuçta çocuk nefsi müdafaadan yakayı sıyırdı.

Aradan altı yıl geçti, tayinim Mardin'e çıktı. Terör zamanı, uyku, dur durak yok, operasyon üzerine operasyon. Bir gün dağda yemek yiyoruz, yere eski bir gazete parçası serdiler. Gözüm gazetedeki bir habere takıldı. Daha doğrusu bir fotoğrafa. Yirmi yaşlarında bir delikanlı... Gözüm bir yerden ısırıyordu. Hatırlamak için haberi okudum. Fotoğraftaki şahsın, komşularının sekiz yaşındaki kızını kendi evlerine çağırarak, önce tecavüz ettiğini, sonra öldürdüğünü yazıyordu. Haberi okurken tanıdım fotoğraftakini. Bu, Kayseri'deki cinayetin zanlısı olan çocuktu. Yoksa bizim Tahsin haklı mıydı? Eğer haklıysa, büyük bir yanlış yapmıştık, hem de bilimi kullandığımız halde, hem de yasayı kullandığımız halde... Vicdan azabı mıdır, merak mıdır, bu olay aylarca kafamı kurcaladı. Bir izin dönüşü, Kayseri'ye uğradım. Emniyette arkadaşlar var. Onlara bu olayı sordum. Tam olarak hatırlamıyorlardı. Üşenmeden mahkeme dosyalarına baktım. Delikanlının avukatı, bir psikoloğun değerlendirmesine dayanarak şöyle diyordu: 'Müvekkilim yıllar önce, henüz reşit bile değilken cinsel bir saldırıya uğramıştır. Kendisini taciz eden kimseyi öldürmek zorunda kalmıştır. O yaşta bir çocuk için bu çok ağır bir travmadır. Bu travma sonucu müvekkilimin ruhsal yapısı bozulmuş, akli melekelerini kullanamaz hale gelmiştir. Müvekkilim yaptığı fiilin korkunç sonuçlarını değerlendirmekten âcizdir. Bu nedenle hapse atılmaması, bir hastanede tedavi görmesi gereklidir.'

Sonuçta mahkeme, savunma makamının isteği doğrultusunda, bizim katili hastaneye yollamış. Sonrasını bilmiyorum, delikanlı iyileştirip topluma kazandırıldı mı, yoksa bir yerlerde başka bir komşu kızına tecavüz edip öldürme planları mı kuruyor, belli değil. İkinci ihtimal doğruysa bizim Tahsin haklı demektir. Eğer onun görüşlerine önem verseydik, o kız şimdi yaşıyor olacaktı. Ama Tahsin'in söylediklerini dikkate almadık. Bu yüzden ben, bizim meslekte öncelikle insana inanırım. Bilim, yasa elbette, gerekli, ama hepsinden önce, aynı anlayışa sahip olduğumuz, sonuna kadar güvenebileceğimiz insanlar gerekli..."

Kendini konuşmanın heyecanına kaptırmışken kapı vuruluyor. Lafının bölünmesine sinirlenen Cengiz, sertçe bağırıyor:

"Girin!"

Elinde kahve tepsisiyle bir görevli görünüyor kapıda. Kahvelerimizin geldiğini görünce sakinleşerek arkasına yaslanıyor. Belli ki görevlinin yanında konuşmak istemiyor. Görevli, kahvelerimizi sehpanın üzerine bırakırken, Cengiz'in bütün bunları bana neden anlattığını anlamaya çalışıyorum. Nereye varmak istiyor bu adam? Yeterince uyum içinde çalışmadığımızı mı düşünüyor? Böyle bir diskurdan sonra, sen artık bize ayak uyduramıyorsun mu diyecek? Olabilir. Böyle düşünüyorsa, beni emekli mi edecekler, yoksa bu uyarıdan sonra bir kez daha denemeyi mi tercih edecekler? Görevli dışarı çıkınca söze hemen başlamıyor Cengiz, sigarasını tazeliyor, ardından uzanıp kahvesinden bir yudum alıyor. Onu izlemekle yetiniyorum. Kahve fincanını sehpanın üzerine bırakırken, "Bunları sana niye anlattığımı merak ediyorsundur," diyor.

"Herhalde birlikte çalışmamızla ilgili..."

"Evet, öyle... İki sene önce de bu odada buluşmuştuk. Hatırlıyorsun, değil mi?"

"Elbette, hatırlıyorum."

"Konuştuklarımızı da hatırlıyorsundur o zaman. Senin emekli olman gerekiyordu, ama ben sana kalmak istiyor musun diye sormadan, kalmanı istemiştim. Sen de ince eleyip sık dokumadan, kaldın. İyi de oldu. Başarılı işler yaptık ama..."

O konuşurken, tamam, diyorum içimden, demek buraya kadarmış. Demek, teşkilat artık işi bırakma zamanımın geldiğini düşünüyor. Kim düşünmüyor ki, baksana Evgenia'ya, o da işi bırak benimle evlen, demiyor mu? İşi bırak filan demedi, sadece, benimle neden evlenmiyorsun, dedi. Neyse, hepsi aynı kapıya çıkmaz mı? Açıkçası artık ben de yoruldum. Bayrağı gençlere devretmenin zamanı geldi de geçiyor bile. İyi de, neden tadım kaçtı böyle, neden canım sıkılmaya başladı?

"Birçok karmaşık cinayeti birlikte çözdük," diye sürdürüyor Cengiz, "daha doğrusu sen ve ekibin çözdü..."

Hizmetlerin için teşekkür ederiz ama artık taze kana ihtiyacımız var, demesini beklerken, "Ama henüz işlerimiz bitmedi," diyor. "Ben teşkilatın İstanbul'da senin gibi tecrübeli birine ihtiyacının olduğunu düşünüyorum. Tecrübeli insanlar kolay yetişmiyor. Yetişenler de çalıştıkları kenti, insanlarını tanımıyorlar. Sen bu şehri, bu şehrin insanlarını, semtlerini, sokaklarını, yani bu şehrin ruhunu biliyorsun. O yüzden konuşuyorum seninle. Çünkü önümüzdeki günlerde teşkilatta yeni düzenlemeler, görev dağılımları bekleniyor. Senin görevde kalmanı istiyorum. Ama sana haksızlık etmek de istemiyorum. Hani artık yoruldum filan diye düşünüyorsan. O yüzden bu kez soracağım. Birkaç yıl daha bizimle kalmaya ne dersin?"

İçimdeki sıkıntı geldiği gibi kayboluveriyor, bütün gecenin yorgunluğu sanki bir anda uçup gidiyor. Heyecanımı, sevincimi Cengiz'in anlamasından korkuyorum. Hemen yanıt vermek yerine kahve fincanına uzanıyorum, küçük bir yudum alıyorum. Dün gece içtiğim kahvenin yanında bu bulaşık suyu kalır ama kimin umrunda. İçim lunaparka gitmeye hazırlanan bir çocuk yüreği gibi kıpır kıpır. Aslında bu sevinç, derinden derine korkutmuyor da değil beni, bugün değilse birkaç yıl sonra bu iş bitecek, ben de emekli olacağım. Bu sona kendimi hazırlamam gerek. Fakat görüyorsunuz halimi. Oysa çoğu zaman, olaylar üstüme üstüme yürümeye başladığında, cinayetler dayanılmaz bir hal aldığında, kötülüğü en saf haliyle karşımda gördüğümde, herkesi, her şeyi bırakıp kaçmak geliyor içimden. Sahiden istiyorum bunu. Ama mesleği bırakmak gündeme gelince de, işte böyle oluyor, elim ayağım tutuluyor, bu korkuyu, bu kederi hissediyorum. Belki teşkilattaki herkes benim gibi değildir. Belki ben yapabileceğim başka bir iş olmadığı için hemen vazgeçemiyorum meslekten. Çünkü kolay bir iş değil bizimki. Kaç kişi biliyorum istifayı basıp giden ya da bizim Şişko Muammer gibi emekliliğini dört gözle bekleyen. Bende bir yanlışlık var herhalde. Suskunluğumun sürdüğünü gören Cengiz'in ince uzun yüzüne kaygı dolu bir ifade yayılıyor. Elindeki sigarayı kül tablasına bırakırken, "Benden buraya kadar demeyeceksin, değil mi?" diye soruyor.

Dememesine demeyeceğim de, sevincimi de belli etmesem iyi olacak. Ayrıca, nicedir Cengiz'in davranışlarında sezinlediğim bir anlayışa katılmadığımı belirtmenin tam zamanı. Yoksa bu evet, onun her düşüncesini onaylıyormuşum anlamına da gelebilir.

"Hayır, buraya kadar demeyeceğim. Görevde severek kalırım..."

Duraksadığımı gören Cengiz, "Ama..." diyor bir açıklama bekleyerek.

"Ama mesleki profesyonelliğin dışına çıkmamak şartıyla... Şunu demek istiyorum Cengiz. İki yıl önce biz cinayet masasında bir ekip kurduk. Ben, Ali ve Zeynep. Senin de söylediğin gibi başarılı da olduk. Bu ekip çalışmasına hiçbir itirazım yok. Ali'den de, Zeynep'ten de son derece memnunum. Seninle de hiçbir sorun yaşamadım. Aslına bakarsan hiçbir amir ya da müdür benimle çalışmak için can atmaz. Açıkçası, ben istenmeyen bir adamımdır. Bunu bildiğin halde benimle çalışmayı kabul ettin. Dahası, bana karşı hep hoşgörülü davrandın, bunun için ayrıca teşekkür ederim. Ama anladığım kadarıyla şimdi senin terfin gündemde. Hani, teşkilatta yeni düzenlemeler, görev dağılımları bekleniyor, dedin ya, aslında o sözlerinin anlamı bu." Aynı soruyu gözlerimle de soruyorum. "Yanılıyor muyum?"

Gülümsüyor, uzanıp kül tablasındaki sigarasını alıyor, dudaklarının arasına yerleştirmeden önce yanıtlıyor:

"Yanılmıyorsun, senden saklayacak değilim."

"Mademki birbirimize karşı açık davranıyoruz, şunu bilmeni istiyorum. Beni artık tanıyorsun. Benim öyle amirlikte, müdürlükte gözüm yok. Ben şu an yaptığım işi seviyorum. Kalırsam yapacağım iş de bu olmalı. 'Biz bir ekibiz, birbirimizi kollamalıyız,' filan gibi yaklaşımları benimsemiyorum. Cinayetleri çözmede, suçluyu yakalamada, yani sahada ekip çalışmasına evet ama teşkilat içinde politika oluşturmak, birlikte davranmak, birilerinin adamı olmak gibi işlerde, kusura bakma ama ben yokum. Meslek hayatım boyunca böyle işlere girmedim, bundan sonra da girmem."

Beni dinlerken Cengiz ardı ardına derin nefesler çekiyor sigarasından. Belki de, 'Yeter artık be,' diyecek. 'Senin kaprislerini çekecek halim yok. Tamam, istemiyorsan yollarız gidersin.' Ama Cengiz'in hiç de öyle bir hali yok. Yüzünü kaplayan dumanlar seyrelince, gözlerinde hayranlık yüklü parıltılar seçiyorum. Davranışımı takdir ettiğini anlıyorum ama buranın sorumlusunun kendisi olduğunun da unutulmasını istemiyor. Bu yüzden sitem etmekten de geri durmuyor:

"Aşk olsun Nevzat, senden böyle bir şey isteyen oldu mu hiç. Tek amacım, senin işin başında kalman. Hem teşkilat içi politika yapmak, grup kurmak filan, ben de sevmem bu işleri."

Uzatmasına izin vermiyorum:

"O zaman mesele yok. Ben görevimin başındayım. Seninle bu şekilde konuştuğum için de kusura bakma ama açıkça anlatmam gerekiyordu."

"Kusura bakacak bir şey yok Nevzat, kalmana sevindim." Sonra manidar bir tavırla ekliyor. "Ama bir terfi gelirse, bunu da reddetmezsin herhalde..."

Artık iyice soğumaya başlayan kahvemden bir yudum alıyorum. Onun manidar ses tonuna karşılık, "Terfisine bağlı," diyerek ben de işi mavraya vuruyorum. "Büyük bir ilin emniyet müdürlüğü olursa, niye karşı çıkalım?"

Kılıç harekete geçmiş, bizim Yusuf'u öldürmüş.

Cengiz'i terfi hesapları, tayin politikaları, bir sürü ıvır zıvır konuyla baş başa bırakıp, utangaç kış güneşinin aydınlattığı odama geri dönüyorum. Kendimi, aşınmaktan artık tiftiği çıkmış, kumaş döşemeli, kirli koltuğumun rahat kollarına bıraktıktan birkaç dakika sonra Zeynep ile Ali de damlıyor. Meğerse deminden beri Cengiz'in odasından çıkmamı bekliyorlarmış.

Zeynep gri bir takım giymiş, siyah bir bluz. Yüzünde hafif bir makyaj var. Kumral saçlarını arkada toplamış, ince kaşlarının altındaki kahverengi, badem gözleri, buğday tenine çok yakışıyor. Zarafetiyle çelişen tek görüntü, kucağındaki dosyalar. Anlaşılan o da gece boyunca boş durmamış.

Yirmi üç yıl önce Türkiye'ye göçen Bulgar göçmeni bir ailenin kızı Zeynep. Babası Veli bugüne kadar tanıdığım en çalışkan adam. Bulgaristan'dan gelince hemen bir fabrikaya girmiş, iki yıl önce emekli oldu. Ama çalışmayı bırakmadı, şimdi bir takside şoförlük yapıyor. Zeynep'i ve iki küçük kardeşini böyle okutmuş.

Bir gün Zeynep'in babasına, "Bu çalışkanlık nereden geliyor Veli Bey?" diye sormuştum.

"Nereden gelecek Başkomiserim be," demişti. "Sosyalizmden geliyor. Sen şimdi kızacaksın bana ama ben gerçeği derim. Sosyalizm öğretmiştir bize çalışmayı, disiplini, dürüst olmayı."

"Ama yıkıldı bak senin sosyalizmin," deyince, "Yöneticiler fena çıkmıştır be Başkomiserim..." diyerek susturmuştu beni. "Türkiye'deki gibi be... Yiyici adamlar geçmiştir partinin, devletin başına. Hırsızlar baş olmuştur millette. Bir de ırk davası başlatmışlardır. Bulgar, Türk, Pomak diye ayırmışlardır insanları. Biraz özgürlük olsaydı, az bi' nefes alsaydı halk, yıkılmazdı sosyalizm be."

Babasının böyle konuştuğunu duyan Zeynep rahatsız olmuştu.

Oysa adamcağız bütün içtenliğiyle düşündüklerini söylüyordu. Söylediklerinde ne kadar haklıydı bilmiyorum ama Veli Bey çalışkanlığıyla, disipliniyle, dürüstlüğüyle benim takdirimi kazanmıştı; kızı da öyle. Zeynep'e verdiğim hiçbir işin yarıda kaldığını hatırlamam, kusursuz çalışır. Mesela bizim Ali sallapatidir, düzensizdir. Sadece Ali mi, ben de pek düzenli sayılmam. Ama Zeynep ne kadar farklı konular olursa olsun, hepsini derler toplar, bir düzene sokar. Ali benim elim ayağımsa, Zeynep de mantığımdır. Bakın işte, şu anda da akşam ev ödevini tamamlamış liseli bir kızın heyecanıyla dikiliyor karşımda, bizim delibozuk Ali de her zamanki gibi ayakta.

"Otursanıza çocuklar," diyorum elimle koltukları göstererek.

Zeynep, masamın sağ köşesine yakın koltuğa oturuyor, dosyaları hâlâ kucağında. Ali ayakta kalmayı seçiyor.

"Ali olanı biteni anlattı mı sana?" diye soruyorum.

"Anlattı," diyor Zeynep. Sesinde önemli bir şeyler kaçırmış olmanın gerginliği var. "Keşke beni de çağırsaydınız."

"Olay Yeri İnceleme halletmişti meseleyi. Ben bile yetişemedim. Artık onlardan alırsın bilgileri... Sen ne yaptın? İşe yarar bir şeyler bulabildin mi?"

Hemen başlamıyor söze, önce kucağındaki dosyaları masamın üstüne koyuyor.

"Otopsi henüz yapılmadı, Başkomiserim. Ama dün cesedin arkasındaki ölü lekelerine bakma fırsatım oldu. Ceset taşınmamış. Yusuf, bulduğumuz divanın üzerinde öldürülmüş. Ölüm nedeni de bıçak yaraları olarak gözüküyor."

"Bıçağın sapında parmak izi var mı?" diye soruyorum. "Ya da Kutsal Kitap'ın üzerinde."

"Bıçağın üzerinde yok, katil ya silmiş ya da eldiven kullanmış. Kutsal Kitap'ta bol miktarda maktulün parmak izine rastladık. Yusuf sık sık bakıyormuş kitaba demek ki. Kapıda, evin diğer yerlerinde, birçok parmak izi var. Ama bunlar kimindir, ayıklamak gerek. Şu ana kadar çıkan sonuçlardan, katilin geride hiçbir ipucu bırakmadığını söyleyebilirim. Dün siz gittikten sonra kapıcı kadınla da, komşularla da konuştum. Kuşku uyandıracak kimseyi görmemişler. Hatta Yusuf'u da görmediklerini söylediler. Belki maktul evden dışarı hiç çıkmadı."

"Şu Kutsal Kitap'taki satır," diyorum. "Hani altı çizili olan..."

Daha açıklamama fırsat kalmadan, Ali ezbere okuyor altı çizili satırda yazılanları:

"Uyan ey kılıç! Çobanıma, yakınıma karşı harekete geç."

Bu kez gülümsüyor Zeynep.

"Bravo Ali, valla eksiksiz okudun."

Ali başını geri atarak, şımarık bir sesle mırıldanıyor:

"Övünmek gibi olmasın ama belleğim biraz güçlüdür de."

Zeynep'in gülümsemesi alaycı bir ifadeye dönüyor:

"Bellek güçlü ama işlemcin yavaş. İşlemci yaşlı bir ihtiyar gibi yavaş olunca büyük bir hard disk ne işe yarar?" Aslında ne dediğini tam anlamıyorum, çünkü bilgisayar terimleriyle konuşuyor ama Ali'nin asılan suratından, Zeynep'in sözlerinin hedefini bulduğu anlaşılıyor. Bıraksam dakikalarca atışacaklar.

"Çocuklar, şu bellek, işlemci tartışmalarını bir kenara bıraksak da işimize dönsek..."

İkisi de anında toparlanıyor.

"Evet Başkomiserim," diyerek açıklamaya başlıyor Zeynep. "O satırın altı maktulün kanıyla çizilmiş. Analizler öyle söylüyor."

"Yani katilin bir mesajı var," diye mırıldanıyor Ali. Yorgun gözleri merakla sonuna kadar açılmış. "Uyan ey kılıç! Çobanıma, yakınıma karşı harekete geç," diyerek altı çizili satırı yeniden okuyor. "Ne demek istiyor acaba?"

"Bir ihanet meselesini çağrıştırıyor," diyorum. "Birlikte iş yapılan birinin, belki de bir arkadaşın ya da aileden birinin ihaneti. Ve bu ihanetin cezalandırılacağını söylüyor. 'Uyan ey kılıç'ın başka ne anlamı olabilir ki?"

"Ve kılıç harekete geçmiş," diyerek sözlerimi destekliyor Ali. "Kılıç harekete geçmiş, bizim Yusuf'u öldürmüş. Yani çoban ya da yakın olarak adlandırılan kişi Yusuf."

Zeynep dosyalarının arasından bir kâğıt çıkarıyor.

"Bu sözler Kutsal Kitap'ın Zekarya Peygamber bölümünden."

Ali şaşkın, biraz da çaresiz söyleniyor:

"Zekarya Peygamber de kim ya? İlk kez duyuyorum adını."

"Nereden bileceksin Ali," diyorum. "Dinle ilgili konular bunlar."

"Ama şaşırmadığınıza göre, siz biliyorsunuz Başkomiserim?"

"Zekarya Peygamber'in adını duydum. Dine meraklı olduğumdan değil, komşumuz Papaz Dimitri anlatmıştı. Zekarya önemli bir peygambermiş."

"Önemliymiş ha?" diye mırıldanıyor. Hayret, dinin Ali'yi bu kadar etkileyeceğini hiç sanmazdım. Demek en uçuk kaçık olanımızın içinde bile bir inanma ihtiyacı var. Galiba yaşama en kolay, en kestirme anlam bulma yolu bu; yani din. Belki de güvenliğimizle ilgili bir şey. Anne babasını küçük yaşta yitiren Ali, polis olmayı seçerek bu dünyada güvenliğini sağlamanın yolunu bulmuş ama ya ölümden sonrası için? Şairin, "bitmeyen sükûnlu gece," diye tanımladığı o karanlık zamanda güvenliği nasıl sağlayacak? Bunun yanıtını sadece din veriyor işte. İyilik yaparsan cennet, kötülük yaparsan cehennem. En cahil insanın bile anlayacağı kadar basit. Basit olduğu kadar da etkili. Belki de din, bu yüzden hep insanoğlunun ihtiyaç duyacağı bir kurum.

"Aslında ben Allah'a inanırım," diyor Ali. Bir cinayet soruşturması içinde olduğumuzu unutmuş gibi, sanki kendisi için kaygılanıyor. Oysa dün ilginç bir cinayet olayı bulduk diye sevinçten havalara uçuyordu. "Yurttayken birkaç çocuk, namaza bile gittik," diye açıklamasını sürdürüyor. "Müdür de bizi desteklemişti. Namaz ilmuhaberi, dualar filan öğrenmiştik. Ama hepsini unuttum şimdi. Kaç peygamber biliyorsun desen, doğru dürüst sayamam bile. Bir Hazreti Muhammed'i sayarım, Musa Peygamber'i sayarım, İsa'yı, bir de şu oğlunu kesecekken, Allah'ın koç gönderdiği peygamber..."

"İbrahim Peygamber mi?"

"Evet, işte o, bir de İbrahim Peygamber'in adını sayarım. Başka da peygamber bilmiyorum valla."

"O zaman biraz Tevrat'a bak," diyerek tartışmayı kesiyor Zeynep. Ali'nin bu din konusuna takılmış olmasını pek anlamlı bulmuyor anlaşılan. "Bilmediğin peygamberlerin hayatı orada var." Bana dönüyor. "Başkomiserim, katilin altını çizdiği satırın bulunduğu paragrafın tümünü yazdım. İsterseniz okuyabilirim."

"İyi olur," diyorum, "belki bir fikir verir."

Ali gözlerini Zeynep'e dikmiş, merakla dinlemeye hazırlanıyor.

"'Uyan, ey kılıç! Çobanıma, yakınıma karşı harekete geç,' diyor her şeye egemen Rab. 'Çobanı vur da koyunlar darmadağın olsun. Ben de elimi küçüklere karşı kaldıracağım. Bütün ülkede,' diyor Rab. 'Halkın üçte ikisi vurulup ölecek, üçte biri sağ kalacak. Kalan üçte birini ateşten geçireceğim, onları gümüş gibi arıtacağım, altın gibi sınayacağım. Beni adımla çağıracaklar, ben de onlara karşılık vereceğim..."

Zeynep'in okuması sona erince, "Bunu yazan Zekarya Peygamber mi?" diye soruyor Ali.

"Zekarya Peygamber," diye onaylıyor Zeynep. "Ama bu kelimeler onun değil, Tanrı'nın sözleri. Kelimeleri kendisine Tanrı'nın yazdırdığını söylüyor, insanları suçtan ve günahtan arındırmak için Tanrı'nın gözdağı verdiğini anlatıyor."

"Tanrı şu çobanlara fena kızmış olmalı," diye yorumluyor Ali. "Onların yerinde olmak istemezdim."

Yok, din konusu bu çocuğu salaklaştırıyor kesin. Yoksa böyle aptal aptal konuşmazdı. Yüzünde öyle saf bir ifade var ki, kendi yorumumu söylemekten çekiniyorum ama Zeynep hiç duraksamadan açıklıyor fikrini:

"Çobanlar sadece bir simge Ali. Gerçek çobanlardan bahsetmiyor. Çobanlar, günahkâr kralları, yoldan çıkmış kötü yöneticileri simgeliyor. Sürüler de onların halkları."

"Her kimse canım," diye kapatıyor açığını Ali. "Çoban ya da kral, fena kızdırmış Tanrı'yı."

"Yusuf'un bizim katili kızdırdığı gibi." İkisi de yüzüme bakıyor. "Ne dersiniz, Yusuf da Zekarya Peygamber'in uyardığı insanlar gibi günahkâr biri miydi? Gerçi, tanıyanlar öyle olmadığını söylüyor ama..."

Tonguç ve Meryem'le hiç karşılaşmadığı için bir an kimden söz ettiğimizi anlayamıyor Zeynep.

"Tanıyanlar mı, onlar da kim?"

"Bingöllü cinayetini üstlenen Tonguç, Yusuf'u uğruna katil olmayı göze alacak kadar çok seven Meryem."

"Ya apartmandaki insanlar, onlar ne diyor Zeynep?"

Soruyu soran Ali, dinin gizemli labirentlerinde dolaşmaktan tuhaf bir zevk duyan aklını sonunda kurtardı demek.

"Onlar da kötü konuşmadı. Kapıcının karısı, komşular, herkes memnunmuş Yusuf'tan. Sessiz, kendi halinde biriydi diyorlar."

Başını kaşıyarak mırıldanıyor Ali:

"Ya bu adam kendini yanlış tanıtıyor ya da katil onun hakkında yanılıyor."

"Her neyse," diyorum, "hangi ihtimal olursa olsun, sonuç değişmiyor. Yakalamamız gereken bir katil var. Evet, Zeynepçim, başka ne bulduk?"

"Şu yazı Başkomiserim... Kutsal Kitap'ın kenarındaki boşluğa yazılan iki sözcük. Onlar da Yusuf'un kanıyla yazılmış."

Yusuf'un evinde, Kutsal Kitap'ın kenarındaki boşluğa yazılmış iki sözcük geliyor gözlerimin önüne. Zeynep açıklıyor.

"Mor Gabriel yazısından söz ediyorum."

"Hatırlatmanıza gerek yok Zeynep Hanım," diye sitem ediyor Ali. "Daha bunamadık."

Araya girmek zorunda kalıyorum.

"Peki kimmiş bu adam? Öğrendik mi?"

"Henüz tam araştıramadık Başkomiserim," diye açıklıyor Zeynep. "Büyük olasılıkla bir Süryani azizi. Çünkü Süryanicede Mor sözcüğü, azizler için kullanılıyor. İngilizlerin Saint'i gibi."

"Yazının karakteri nasıl? Şefik harflerin çok düzgün olduğunu, şablon kullanılmış olabileceğini söylüyordu."

"Doğru söylüyormuş, şablonla yazılmış. Plastik şablonu da, kana batırarak kullandığı dolmakalemi de çöp sepetinde bulduk. Üzerlerinde parmak izi yok."

"Olsaydı şaşardım zaten," diye mırıldanıyorum. "Katil çok titiz çalışıyor. Ama Mor Gabriel meselesi önemli. Böylece maktulün hangi Hıristiyan mezhebine bağlı olduğunu saptayabiliriz."

"Şu uzmana sorarız," diye atılıyor Ali. "Can adındaki gözlüklü heriften söz ediyorum. Adam Hıristiyanlık hakkında her şeyi bildiğini söylüyordu."

Can'la konuşmaya pek hevesli görünüyor. Oysa dün ondan hiç hoşlanmamıştı. Eminim konu dışına çıkıp Hıristiyanlık hakkında da bir yığın abuk sabuk soru soracak. Ama Can'la konuşmak gerçekten de işimize yarayabilir.

"İyi fikir Ali, yarın Can'ı buraya çağıralım. Meryem konusunda da ona soracaklarım var zaten." Yeniden Zeynep'e dönüyorum. "Peki bu Süryanilik neymiş? Bir mezhep mi, ulus mu, kavim mi, ne?"

Zeynep yanlış bilgi vermekten çekinirmiş gibi, not aldığı kâğıtlardan birini açıyor. O kâğıda göz atarken, Ali de ayakta dikilmekten vazgeçerek koltuklardan birine yerleşiyor. Kolay değil, bütün gece gözünü kırpmadı, genç ama dayanıklılığın da bir sınırı var.

"Süryaniler bir ulusmuş Başkomiserim," diye anlatmaya başlıyor Zeynep notlarını kontrol ettikten sonra. "Anavatanları da Mezopotamya olarak kabul ediliyor. Kimileri, onları Arami olarak da adlandırıyor. Söylencelere göre bu halkın kökleri, ta Nuh Peygamber'in oğlu Sam'a kadar uzanıyormuş. Büyük Tufan'dan sonra Nuh Peygamber dünyayı üç oğlu arasında bölüştürmüş.

Oğullardan Sam'a da Süryanilerin bugün oturdukları bölge de içinde olmak üzere büyük bir kara parçası vermiş. Sam da bu toprakların bir bölümünü oğlu Aram'a bırakmış. Kendilerine Arami demelerinin nedeni bu. Aramilerin dini paganlıkmış. Ancak İsa'nın havarilerinden Aziz Petrus'un çabalarıyla Aramilerin bir kısmı Hıristiyanlığı seçince, kendilerini putperest Aramilerden ayırmak için Süryani adını kullanmaya başlamışlar. Kimi kaynaklar ise, Süryani isminin kökenini, MÖ 1400-1500 yılları arasında Antakya şehrini kuran, Arami kralı 'Sürrüs'e dayandırıyor."

Kafası karışmaya başlayan Ali, "Bu son görüş bana biraz saçma geldi," diye itiraz ediyor. "Bu adamlar Antakya'da yaşıyorlarsa, Mardin'le ne ilgileri varmış?"

"Ne ilgileri varmış olur mu? Mardin de onların yaşadığı şehirlerden biri. Ama Diyarbakır, Elazığ, Urfa, Adıyaman, Malatya, Gaziantep, Kahramanmaraş, Adana gibi başka şehirlerde de yaşamışlar. Antakya'dan yıllar önce göç etmişler. Şimdi Antakya'da neredeyse hiç Süryani yokmuş. Sadece Antakya'yı değil, terör ya da başka nedenlerle Süryanilerin büyük çoğunluğu yaşadıkları bölgeleri terk etmişler. Bugün Anadolu'da Süryanilerin yoğun olarak yaşamlarını sürdükleri tek yer Mardin ve civarı. Ama orada da sayıları çok az. Türkiye'de toplam on beş bin civarında Süryani kalmış. Bu insanların çoğu İstanbul'da yaşıyormuş. Düşünebiliyor musunuz, sadece on beş bin kişi."

"Bir eksikle," diyor Ali. "Unuttun mu, dün birini daha kaybettiler. Midyatlı Yusuf da öldü."

Yoo, şaka yapmıyor, sadece durumu biraz yalın bir biçimde ifade ediyor. Eğer bir zamanlar bu ülkede nüfusları milyonla ifade edilen Süryanilerden sadece on beş bin kişi kaldıysa, her ölüm bu halkın geleceği için sahiden büyük önem taşıyordur.

"Ya suç meselesi," diyorum. "Yani Süryanilerde öne çıkan bir suç... Ne bileyim, kaçakçılık, uyuşturucu filan..."

Zeynep yine notlarına bakmak ihtiyacı duyuyor. Ali fırsattan yararlanıp bir tahminde bulunuyor:

"Ben bir şeyler duymuştum galiba. Altın kaçakçılığı mıydı, yoksa tarihi eser kaçakçılığı mı? Öyle bir şey... Hatta Kapalıçarşı'da bir cinayet işlenmişti..."

Zeynep notlarından başını kaldırıp açıklamaya başlıyor:

"Onu bilmiyorum ama Süryanilerin kuyumculuk işinde öne çıktıkları bir gerçek. Gümüş, altın işçiliğinde adamlar çok ustaymış, hatta son dönem pırlanta işine bile el atmışlar. Ama öyle suça meyilli bir halk değil. Tarihe baktığımızda da barışçıl bir halk olduklarını görüyoruz. Cumhuriyet'ten önce İngiliz misyonerlerin kışkırtmasıyla bir ayaklanma girişimleri olmuş, Osmanlı Devleti Kürt beylerini kullanarak kanla bastırmış bu isyanı. Süryanilerin bir kolu olan Nasturi halkını adeta yok etmişler."

"Şu Malik," diyorum Ali'ye bakarak, "hani Can da, Meryem de adamın Hıristiyan olduğunu söylemişlerdi."

Anında hatırlıyor.

"Antikacı... Kapalıçarşı'da dükkânı varmış."

"Evet, işte o. Muhteşem zihnini bir yokla bakalım. Can ya da Meryem ondan bahsederken Süryani olduğunu söylediler mi?"

Ali'nin alnı kırışıyor ama gözleri bomboş bakıyor:

"Yok Başkomiserim, sadece adamın Hıristiyan olduğundan bahsettiler. Hatta Meryem, herifin biraz çatlak olduğunu filan ima etti ama Süryani olduğunu kimse söylemedi."

"Belki de sorulmadığı için söylememişlerdir," diyor Zeynep. "Kapalıçarşı'da dükkânının olması, Hıristiyan olması... Adam Süryani olabilir bence..."

"Neyse anlayacağız. Bugün ziyaret edeceğim adamı."

Ali'nin yüzünde bir hayal kırıklığı beliriyor.

"Tek başınıza mı Başkomiserim?"

"Sen Kınalı Meryem'in peşine düşeceksin Ali, ben de adamla konuşurum. Haa Zeynepçim, unutmadan, Yusuf'un ailesine haber vermemiz lazım. Bu işi de sen hallet."

"Tamam Başkomiserim, adresleri var mı?"

"Ne adresleri var, ne de kim olduklarını biliyoruz. Seni biraz uğraştıracak ama Midyat Nüfus Müdürlüğü'nden onlara ulaşabilirsin. Gerekirse Mardin Emniyeti'nden yardım iste."

"Merak etmeyin, hallederim Başkomiserim."

"Güzel, yeniden Yusuf'a dönelim. Evde bulduğunuz başka bir şey var mı?"

"İş Bankası'nda açılmış bir hesap var. Banka cüzdanını bulduk, bugün araştıracağız. Telefon kayıtlarını da bugün soracağız."

"Telefon kayıtları önemli. Yusuf başka kimlerle görüşüyormuş bilmemiz lazım. Bankadaki hesap da önemli. Bakalım kimden ne almış, kime ne vermiş?"

Zeynep, plastik, şeffaf bir kanıt poşetinin içine konmuş, üzerinde el yazıları olan bir dosya kâğıdı çıkarıyor.

"Son olarak bu var Başkomiserim. Bir mektup. Cesedin yattığı divanın altında bulduk."

Parmak izlerini bozmamak için delil poşetiyle birlikte alıyorum mektubu. Ama poşetin üzerinden yazıları okumak zor oluyor. Yeniden Zeynep'e uzatıyorum.

"Sen okusana, hep birlikte öğrenelim yazılanları."

"Sevgili kardeşim," diye başlıyor okumaya Zeynep:

> Nasılsın, iyi misin? İnşallah iyisindir. Beni soracak olursan, her geçen gün biraz daha iyiye gidiyorum. Başıma gelenleri kabullenmeye başladım. Kabullenmek beni rahatlatıyor. Ama mektubundan anladığım kadarıyla sen pek rahat değilsin. Mektubun isyan dolu, hastaneye ilk geldiğim günlerde ben de öyleydim. Ama sonra bunun kaderim olduğunu anladım ve Allah'a sığındım. Şimdi onun kutsal kitabını okuyorum. Onun sözlerini okumak bana huzur veriyor. İnan bana, ağrılarım bile azalmaya başladı. Sen de oku, huzuru ancak böyle bulabilirsin. İsyan etmek, küfür etmek, dünyaya kızmak çözüm değil. Bu bizim kaderimiz, üstelik bu kaderi biz seçtik. Başına gelenleri kabul et, inan bana rahatlayacaksın.
>
> Hastaneye gelmek istediğini yazmışsın, bu doğru olmaz. Buna gerek de yok. Sağ olsun, Timuçin beni hiç yalnız bırakmıyor, yapılması gereken ne varsa, hepsini yapıyor. Sen kendine dikkat et, yeter. Hiç değilse senin iyi olduğunu bileyim.
>
> Timuçin biraz para sorunun olduğunu söyledi. Sakın bir delilik yapma. Sakın emaneti kimseye gösterme. Yakında elime toplu para geçecek, sana yol-

larım. Timuçin de bir şeyler ayarlayacağını söylüyor. Ona kızıyormuşsun, bu yanlış. Timuçin bize hep ağabeylik yaptı, bizim hep iyiliğimizi istedi. Onun söylediklerini yapsaydık, başımıza bunlar gelmezdi. O ikimizden de tecrübeli, ikimizden de akıllı. Söylediklerini dinlersen iyi olur.

Aslında ben de seni çok özledim. Ne kadar oldu görüşmeyeli, ama çok sürmeyecek, yakında beni taburcu edecekler, o zaman eve gelirsin, rahatça görüşür, hasret gideririz. Şükran Yengen de sevdiğin musakkadan yapar.

Allah'ın selamı ve rahmeti üzerine olsun.

Kardeşin Fatih

Mektubu okumayı bitiren Zeynep, güzel gözlerinde soru dolu pırıltılarla bize bakıyor. Her zamanki gibi ilk soru Ali'den:

"Mektubun kime yazıldığı belli mi?"

"Değil," diyerek başını sallıyor Zeynep, "mektubu yazan hitap ettiği kişinin adını belirtmemiş."

"Ama kendi adını yazmakta bir sakınca görmemiş," diye fikir yürütüyor Ali. "Bir rastlantı mı? Yoksa mektup yazdığı kişinin adını belirtmeyi uygun mu bulmadı? Baksanıza, 'hastaneye gelme,' diyor. Çekindiği belli... Sonra şu emanet meselesi. Kimseye gösterme diyordu, değil mi? Bunlardan yola çıkarak adamın ismini özellikle yazmadığını söyleyebiliriz."

Bu bulguyu çok önemsemiyor Zeynep:

"Yani?"

"Yanisi, mektup yazılan adam bir suçlu ya da kaçak olabilir. Mektubu yazan da, adı Timuçin olan öteki herif de, adamın suç ortakları. En azından ona yataklık yapmış kişiler."

"Mantıklı," diyor Zeynep, "ama asıl bilmemiz gereken, bu mektubun Yusuf'a yazılıp yazılmadığı."

Ali kendinden emin:

"Bence Yusuf'a yazılmış," diyor. "Neden dersen, birincisi, onun evinde, yatağının altında bulundu. İkincisi, dün Meryem bize Yusuf'un Timuçin adında bir arkadaşı olduğundan söz etti." Bana bakıyor. "Gerçi şu mektubu yazan Fatih'in lafı hiç geçmedi ama belki de Meryem onu tanımıyordu bile."

"Söylediklerine gönül rahatlığıyla katılabilirdim," diyor Zeynep. "Çünkü mektupta Yusuf'un çok sayıda parmak izini de bulduk. Ama önemli bir ayrıntıyı atlıyorsun." Eliyle mektubun son satırını göstererek ekliyor. "'Allah'ın selamı ve rahmeti üzerine olsun,' cümlesi. Bu cümle, pek Hıristiyan üslubuna benzemiyor. Bu, bir Müslüman'ın yazacağı cümle..."

İlgiyle dinliyorum konuşmalarını. Artık gereksiz tartışmaları bir kenara bırakmış, benim de düşüncelerimi açan, önemli noktalara parmak basıyorlar.

"Tamam, diyelim ki öyle..." diyor Ali. "Mektubu yazan kişi, yani Fatih, Müslüman." Kendi kendine gülüyor. "Zaten Fatih adında bir Hıristiyan olacağını da sanmıyorum ya. Ama bu, bir Hıristiyan arkadaşına mektup yazarken, ona Müslüman geleneklerine göre dileklerde bulunmasına engel değil ki. Yani Yusuf ile Fatih arkadaşlar ama biri Müslüman, öteki Hıristiyan. Niye olmasın?" Bir an bana dönüyor. "Mesela Başkomiserim Müslüman ama onun en yakın..." Kullanacağı sözcüğü bulmakta güçlük çekiyor. "En yakın arkadaşı, Evgenia Hıristiyan..." Yoksa baltayı taşa mı vurduk dercesine şöyle bir bakıyor bana. Durumu kurtarmak için bana soruyor: "Öyle değil mi Başkomiserim?"

Alıngan davranmıyorum.

"Haklısın Ali," diyorum. "Ben de senin gibi düşünüyorum. Büyük olasılıkla bu mektup Yusuf'a yazıldı. Ama yine de bundan emin değiliz." Elimle Zeynep'i gösteriyorum. "Onu ikna etmemiz için biraz daha kanıta ihtiyacımız var. O yüzden, artık bu yararlı tartışmayı sona erdirip işe bakmayı öneriyorum. Sen Kınalı Meryem'i bul, buraya getir, ben de gidip şu Malik'le konuşayım."

Çünkü öç, Tanrı'nındır.

Eski Ahit, Nahum, 1:2

Benim emektar Renault'yu meydandaki otoparka bıraktığım için Beyazıt Kapısı'ndan giriyorum Kapalıçarşı'ya. İçeri girerken, hâlâ yerinde mi diye kapının üzerine bakıyorum; Evet, II. Abdülhamid'in tuğrası da, altındaki Osmanlıca yazı da duruyor: "Allah ticaret yapanı sever." Rahmetli kayınpederim Fethi Bey göstermişti bu yazıyı bana. Anlamını söyleyen de oydu. Çok iyi Osmanlıca bilirdi. Hesap kitap işlerini de Osmanlıca yapardı. Ressamdı ama sanırım başarılı değildi, bu nedenle olsa gerek, eski tabloların onarım, tamir işlerini yapardı. Dükkânı, Beyazıt Kapısı'ndan girdiğinizde, ortalarda, sol tarafta kalan Perdahçılar Sokağı'ndaydı. Birkaç kez karımla gelmiştik yanına, bir kere de kızımla. Bizi görür görmez ayaklanırdı. O yaşlı haline bakmaz, çaydı, kahveydi, gazozdu, ağırlamak için çırpınır dururdu. Vefat ettikten sonra sattılar dükkânı. Nur içinde yatsın, iyi adamdı. Kapalıçarşı'nın ilk bedesteninin Fatih Sultan Mehmed tarafından yapıldığını da o anlatmıştı bana. Ayasofya Kilisesi'ni camiiye çeviren hükümdar, gelir getirsin diye daha sonra bu devasa çarşıya dönüşecek bir bedestenin yapımına karar vermiş. Fethi Bey daha bir sürü bilgi vermişti çarşı hakkında ama çoğunu unuttum, aklımda kalan bunlar sadece. Ne zaman Kapalıçarşı'ya gelsem, karım Güzide'nin babası, kızım Aysun'un dedesi, o iyi huylu, İstanbul beyefendisi Fethi Bey'i, onun sıcak gülümsemesini hatırlarım.

Dışarının soğuğundan sonra Kapalıçarşı'nın ılık havası iyi geliyor. Işıltılı vitrinleri rengârenk mallarla dolu dükkânların arasından geçerek aşağılara iniyorum. Malik'in dükkânı, çarşının öteki ucunda yer alan Sandal Bedesteni'nde. Sandal Bedesteni'nde eskiden müzayede salonları vardı. Bir cinayet soruşturmasının peşinde, önemli bir kanıt olan kayıp bir gerdanlığı bulmak için ben bile katılmıştım müzayedeye.

Malik'in antikacı dükkânının adı Orontes. Ne anlama geliyor, bilmiyorum, Latince ya da Yunanca bir isim olmalı. Adreste yazılan yerde, antikacı dükkânını buluyorum ama üzerinde Orontes diye bir levha yok. Yine de giriyorum dükkâna. Dar bir cephesi var, içerisi de öyle, tren vagonu gibi uzayıp gidiyor. Derinden gelen ilahi bir ezgi okşuyor kulaklarımı. Orada çalınan müzikle aynı olmamasına rağmen, bu ezgi, Nazareth Bar'ı çağrıştırıyor bana. Loş bir ışıkla aydınlanan dükkânın içi geniş görünsün diye duvarlara karşılıklı, gümüş çerçeveli aynalar yerleştirilmiş. Dükkânda sergilenen eşyaların suretleri aynaların içinde: Heykel başlarından eski parfüm şişelerine, Acem işi ipek halılardan Hint şallarına, gümüş şamdanlardan dövme demirden yapılma kandillere, Fransız konsollarından elişi örtülere, eski paralardan bakır tepsilere, enfiye kutularından ahşap duvar saatlerine kadar ne ararsanız var. İriyarı, esmer bir genç karşılıyor beni. Kalın dudaklarında müşterilere göstermesi gereken yapay bir gülümseme:

"Buyrun, neye bakmıştınız?"

"Buranın adı Orantes mi?" diye soruyorum.

Hemen düzeltiyor delikanlı:

"Orontes." Bununla kalsa iyi, sanki sormuşum gibi açıklıyor. "Yani Asi Irmağı'nın eski adı. Evet, burası Orontes..."

Irmakların eski ya da yeni isimlerinin ilgimi çekmediğini anlaması için, "Malik Bey'le görüşmek istiyordum," diyorum.

Delikanlı şöyle bir süzüyor beni. Sanırım Orontes adını yanlış söylememin de etkisiyle Malik Bey'le görüşecek niteliklere sahip olmadığıma karar vermiş olmalı ki, "Ben yardımcı olsaydım," diyor.

İşi daha fazla uzatmanın anlamı yok, kimliğimi gösteriyorum:

"Başkomiser Nevzat. Malik Bey'le derhal görüşmem lazım."

Esmer delikanlının yüzünden bir huzursuzluk bulutu geçiyor:

"Neden görmek istiyorsunuz babamı? Kötü bir şey yok değil mi?"

"Adın ne senin?"

"Zekeriya..."

Ali bu ismi duysa tüyleri diken diken olurdu herhalde.

"Korkacak bir şey yok Zekeriya... Konu Malik Bey'le ilgili değil. Birkaç soru soracağım sadece."

Sözlerim Zekeriya'nın kuşkusunu gidermiyor.

"Yusuf Abi'nin öldürülmesiyle mi ilgili?"

"Kim söyledi Yusuf Abi'nin öldürüldüğünü?"

Yanıtlamasam mı diye geçiyor aklından.

"Can mı aradı?" deyince teslim oluyor.

"Evet, Can Abi aradı. Dün gece..."

"Sık gelir miydi Yusuf Abin buraya?"

Bu Zekeriya hiç de aptal bir çocuk değil; bakışlarını kaçırarak, "Gelirdi..." demekle yetiniyor.

"En son ne zaman geldi?"

"Bilmiyorum," diyerek olduğu yerde kıpırdanıyor. Yanlış bir şeyler yapmaktan korkuyor. "Babama haber vereyim, en iyisi siz onunla konuşun, o daha iyi bilir."

Dükkânın içine yürüyor. Çağrılmamış olmama rağmen ben de peşi sıra ilerliyorum. Dar koridorun sonunda, sanki satılacak antika mallardan biriymiş gibi duran, üzerinde çeşitli motifler, figürler kazınmış, iki kanatlı, ahşap bir kapının önüne gelince, gözlerinde rica dolu bir bakışla bana dönüyor:

"Biraz beklerseniz, babama geldiğinizi haber vereyim."

"Tamam, beklerim..."

Zekeriya kapının sağ kanadını açıp içeriye giriyor. Kapının kanadı yeniden yüzüme kapanıyor, böylece üzerindeki figürleri daha iyi seçebiliyorum. Her kanatta bir adam resmi yer alıyor. Dikkatli bakınca sol kanattaki kişinin İsa olduğunu fark ediyorum. Yüzü profilden görünüyor; başının üstünde ışıktan bir hale var, uzun saçları omuzlarına kadar iniyor, sağ elini avucunun içi yere bakacak şekilde öne doğru uzatmış. Sağ kanattaki kişi dizlerinin üzerinde duruyor. Saçları dökülmüş, geniş bir alnı var, ince yüzünü bir sakal süslüyor. Adam bir aziz olmalı çünkü onun da başının üzerinde bir hale yer alıyor. Ancak, İsa'dan af diler gibi bir hali var; yüzünde pişmanlık, acı ve keder okunuyor. Doğrusu yontucunun ustalığı takdire değer, çizgiler biraz kaba kaçmış olsa da ayrıntıları ahşabın üzerine başarıyla resmedebilmiş.

Birden kapı açılıyor, İsa'nın eli, bana odayı işaret etmeye başlıyor, İsa'nın gösterdiği yerden, az önce ahşap kapıdaki kabartmasını gördüğüm adamın canlısı beliriyor.

"Buyrun efendim, size nasıl yardımcı olabilirim?"

Hayır, şaka yapmıyorum, kapının üzerindeki adama tıpatıp benzeyen bir kişi, az ötemde durmuş bana sesleniyor. Şaşkınlığımı çabucak atlatıp, karşımdaki kişinin Malik olduğundan emin olmama rağmen sormadan edemiyorum:

"Malik Bey siz misiniz?"

"Evet, lütfen içeri girin, burada daha rahat konuşuruz."

Kapıya yaklaşıyorum. Kibarca yana çekilerek bana yol veriyor. Uzun boylu biri değil ama sağlam yapılı. Solgun bir teni var, günlerce güneş görmemiş insanlar gibi. Kırlaşmış uzun sakalları, ince yüzüne saygın bir hava veriyor. Gözlerinde ne tedirginlik, ne de bir heyecan var. Kendisiyle, herkesle, her şeyle barışık insanlar vardır ya, onlardan biri. İçeri girerken, kapının üzerindeki resmi gösteriyorum:

"Siz misiniz?"

Eski bir dosta bakar gibi sevecen gözlerle süzüyor resmi:

"Onun ismi Pavlus... yani Aziz Pavlus..."

Aziz Pavlus adını duymuştum. Papaz Dimitri büyük bir saygıyla bahsederdi ondan, havari olmadığı halde aziz kabul edilen kişi. Misyonerlik çalışmaları ve Hıristiyanlıkla ilgili düşünceleri İncil'de yer alacak kadar önemli biri...

"Akraba filan mısınız? Pavlus'la yani." Sözcükler ağzımdan çıktıktan sonra anlıyorum saçmaladığımı. Neredeyse iki bin yıl arayla yaşamış iki insandan bahsediyoruz. Malik yüzündeki sakin ifadeyi hiç bozmadan bakmakla yetiniyor yalnızca. "Yani çok benziyorsunuz da..." diye toparlamaya çalışıyorum.

"Fark etmeniz ne kadar güzel. İlginize teşekkür ederim."

Sorumun yanıtını almış değilim ama ısrar etmesem iyi olacak, yoksa komik duruma düşeceğim. İçeri giriyorum. Oda mis gibi ıhlamur kokuyor. Fişe takılı elektrik ocağının üzerinde kaynayan çaydanlığı görünce anlıyorum kokunun nereden geldiğini. Malik'in odası, dükkânın çıfıt çarşısı görünümünün tersine, son derece yalın döşenmiş, en küçük bir karışıklık bile yok. Gözü yormayan, yumuşak bir ışıkla aydınlatılıyor. Yerde eski bir halı, küçük bir masa, masanın hemen arkasında bir İsa resmi, üzerleri siyah deriyle döşenmiş üç iskemle, kapakları, siyah, kırmızı, yeşil cilt bezleriyle kaplanmış kalın kitaplarla dolu küçük bir kitaplık. Malik eliyle kitaplığın önünde duran iskemleyi gösteriyor.

"Buyrun şöyle oturun." Daha ben oturmadan, hâlâ ayakta dikilen oğluna dönüyor. "Zekeriya evladım, bizi biraz yalnız bırakır mısın?" Gözleri bana kayıyor. "Sanırım Nevzat Bey baş başa konuşmayı tercih eder."

"Evet," diyorum, "öylesi daha iyi olur."

Zekeriya çıkarken, Malik, kütüphanenin altındaki dolabı açıyor. Küçük bir tepsiye iki bardak, bir şekerlik koyuyor, doğrulurken soruyor:

"Ihlamur içersiniz değil mi Nevzat Bey?"

"İçerim, sağ olun."

Küçük tepsiyi masanın üzerine koyuyor.

"Biraz bekleyeceğiz ama," diyor özür diler gibi. "Ihlamur henüz olmadı da."

Masanın arkasındaki iskemlesine otururken yüzü acıyla buruşuyor. Elleri aşağıya, sanırım dizlerinin üzerine iniyor.

"Dizlerim," diye açıklıyor sonra. "Havalar soğuyunca başlıyor ağrımaya. Yaşlılık işte."

"Pek yaşlı göstermiyorsunuz."

İltifat olsun diye söylemiyorum, sahiden de dinç görünüyor.

"Teşekkür ederim ama yaşlıyım. Bu beden altmışı çoktan devirdi Nevzat Bey... Ama üzüldüğümü sanmayın sakın. Ne bu dünyaya..." Eliyle kendini gösteriyor. "Ne de bu bedene güvenirim ben. Bunlar geçici. Bu dünyayı da, bu bedeni de Tanrı yaratmış olsa bile, gerçek dünya, gerçek yaşam bu değil. O nedenle yıpranmalarını sevinçle bile karşılarım, çünkü bedenin dayanıksızlığı ilahi bir mesajdır aslında. 'Bu bedene inanma, onun arzularının esiri olma, daha derindekine, daha içerdekine bak. Onu görmeye çalış, çünkü o hiç yaşlanmaz,' diyen bir mesaj."

Aksanlı konuşuyor Malik ama etkileyici bir ses tonu var. İyi bir vaiz olur bu adamdan. Beni şaşırtan nokta ise, Yusuf'un ölüm haberini almış olmasına rağmen bu kadar sakin olması. Fazla uzatmadan giriyorum konuya:

"Sanırım Yusuf'u duydunuz."

Solgun yüzü, kederle gölgeleniyor.

"Tanrı taksiratını affetsin... İyi adamdı Yusuf, severdim."

"Sizce kim öldürmüş olabilir Yusuf'u? Hiç düşmanı var mıydı?"

Sakinliğini zerre kaybetmeden, "Bunu Meryem Hanım'a sormalısınız," diyor. "Dün gece olayı duyunca başsağlığı dilemek için onu aradım... Yusuf'u öldüren kişiyi bildiğini söyledi."

"Kimmiş, sordunuz mu?"

"Sormadım. Çünkü merak etmiyorum. Kötülüğün giydiği elbise ne olursa olsun, kötülüğü kim yaparsa yapsın, bu, kötülüğün iblisin marifeti olduğu gerçeğini değiştirmez. İblisin ise merak edilecek bir yanı yoktur. O yüzden sormadım. Ama Meryem Hanım'la konuştum. Acı çekiyordu, öfke duyuyordu, intikam almak istiyordu. Ona Tanrı sözünü hatırlattım: 'Öldürmeyeceksin,' dedim. Ona, 'Bırak, Tanrı'nın öfkesi alsın öcünü. Çünkü öç, Tanrı'nındır, karşılığını ancak o verir,'* dedim. 'Kötülüğe yenilme, kötülüğü iyilikle yen,'** dedim."

Anladığım kadarıyla Malik'in Bingöllü'nün öldüğünden haberi yok. Demek ki dün geceden sonra Meryem'le konuşmadı.

"Peki ikna oldu mu Meryem Hanım?" diye soruyorum.

Umutsuzca ellerini yana açıyor:

---

* Yeni Ahit, Pavlus'un Romalılara Mektubu, 12:19.
** a.g.e., 12:21.

"Bilmiyorum, umarım olmuştur. Yoksa kan dökülecek..."

Çaydanlıktan elektrik ocağının üstüne düşen damlaların çıkardığı cızırtı kesiyor sözünü. Usulca kalkıyor:

"Ihlamurumuz kıvamını buldu," diyerek çaydanlığı alıyor, iki bardağı da bal rengi sıvıyla dolduruyor. Tepsiyi uzatırken ekliyor. "Şeker, limon..."

"Tek şeker lütfen, limon istemez."

Küçük bir tutamakla bir şeker atıyor bardağıma.

"Teşekkür ederim."

Ben bardağa uzanırken uyarıyor:

"Dikkat edin, çok sıcak."

Üzerinden hoş kokular yükselen ıhlamur dolu bardağı alıp masada elimin ulaşabileceği bir yere koyarken soruyorum:

"Siz Yusuf'la nasıl tanışmıştınız?"

Bardağıyla ilgilenen Malik, başını kaldırmadan yanıtlıyor:

"Buraya gelmişti... Ticari işlerimiz vardı, oradan tanırım Yusuf'u. Sonra arkadaş olduk..."

"Hıristiyan'dı değil mi Yusuf?"

Soruyu yanıtlamadan önce, bardağına attığı şekeri eritmek için ıhlamurunu karıştırıyor:

"Bakın Nevzat Bey," diyor sonra, "insanlara inançlarını sormam ben. Birine, Hıristiyan mısınız diye sormak güzel değil. Müslüman mısınız diye sormak da hoş değil. Ben insanlara kendi düşüncelerimi, kendi inancımı anlatırım ama onlara siz şu musunuz, bu musunuz diye sormam. Aslına bakarsanız, bir zamanlar ben de inançlı biri değildim. Hatta günahkârdım. On yıl önce yanlış bir hayat yaşadığımı fark ettim. Değişmeye başladım."

Konudan uzaklaşıyor. Soruyu başka biçimde tekrarlıyorum:

"Yusuf da Hıristiyan mıydı? Nüfus kâğıdında öyle yazıyor da."

Hiç acelesi yok Malik'in.

"Gerçek inanç nüfus kâğıdında yazmaz Nevzat Bey. Gerçek inanç yüreğimizdedir. Gerçek inanç, ruhumuzun ta kendisidir."

"Yani Yusuf'un inancı güçlü değil miydi?"

Ölçülü bir biçimde başını sallayarak:

"Öyle demek istemedim, Yusuf da Tanrı'ya inanıyordu ama benim gibi değil. Dini konulara ilgisi son bir yıldır artmıştı."

"Neden son bir yıl?"

Ihlamurundan bir yudum alıyor, yüzünde hoşnut bir ifadeyle, derinden bir oh çekiyor:

"İçilecek kıvama gelmiş." Başıyla bardağımı gösteriyor: "Soğutmayın."

Ben de bir yudum alıyorum. Nefis olmuş. Bardağımı masanın üzerine koyarken, "Rüyasında hep bir azizi görüyormuş," diye açıklıyor Malik. "Son bir yıldır hep aynı aziz görünüyormuş ona."

Yusuf'un evindeki kitapta adı yazılı olan azizi hatırlıyorum.

"Mor Gabriel mi?"

Malik'in yüzündeki dinginlik bir an bozulur gibi oluyor ama çok sürmüyor bu, yeniden o dünyayla barışık, hep gülümseyen ifadeyi takınıyor:

"İsmin ne önemi var. Önemli olan isim değil zaten, belki o aziz de değil, önemli olan azizin ne söylediği."

"Ne söylemiş?"

"İsa Mesih'in yolunu seçmesini söylemiş. Bu dünyanın esaretinden, bu bedenin esaretinden kurtulmasını, sevgiye gelmesini söylemiş. Çünkü bu dünya sonludur, çünkü bu beden günahkârdır, kirlidir. Saf ve ölümsüz olan sadece sevgidir. Bizi gerçek kurtuluşa götürecek olan da bu sevgidir..."

Malik açıkça vaaz vermeye başlıyor. Bıraksam, belki İncil'deki bütün sözleri sıralayacak.

"Bu aziz çok etkilemiş olmalı Yusuf'u," diye konuya dönmeye çalışıyorum. "Nasıl biriymiş bu aziz?"

Neden anlamıyorsunuz, der gibi bakıyor ama öfkeli bir ifade değil bu, kendi meramını anlatamamaktan kaynaklanan çaresizliği yansıtıyor gözleri.

"Nasıl biri olduğunu bilmiyorum. Doğrusu bunu merak da etmiyorum. Tanrı bize farklı görünümlerde seslenebilir. Önemli olan görüntü değil, önemli olan ses değil, sesin söyledikleri..."

"Yusuf dindar olmaya bu rüyalardan sonra mı karar verdi?"

"Hemen değil, daha çok anlamaya çalıştı. Bana sorular sormaya başladı."

"Neden size? Yusuf da Hıristiyan'dı, neden kendi kilisesindeki kişilere başvurmadı?"

"Bilmiyorum. Doğrusu bunu sormadım da. Sanırım güvendiği biriyle konuşmak istedi. Din adamı da olsa, kuşkularını hiç tanımadığı birine anlatmaktan çekindi herhalde. Evet, kuşkuları da vardı. Onları da soruyordu."

Malik'in bu kaya gibi sağlam dinginliği, her soruya verdiği mantıklı yanıtlar canımı sıkmaya başlıyor. Ihlamurdan bir yudum daha alıp, "Peki kuşkularını giderebildiniz mi bari?" diyorum.

"Kısmen... Kısmen çünkü inanç, yalnızca mantıkla kavranamaz. İnanç evreninde yolculuğa çıkan biri için mantık, kötü bir kılavuzdur, inanmak için içgörünüzün gelişmesi gerekir. Beş duyunuzun algılayamayacağı gerçekler vardır. Yusuf bunu anlamıyordu. Gerçeği sadece mantığıyla arıyordu, duyularıyla... Gerçeğe ulaşmanın tek yolunun görmek, işitmek, dokunmak, tatmak, koklamak olduğunu sanıyordu. Yani kullandığı yol yanlıştı. Onlarla gerçeğe asla ulaşılamaz. Ben bunu anlatmaya çalıştım..."

"Anlattıklarınız yeterli olmamış galiba. Yusuf başkalarına da başvurmuş. Can'dan bahsediyorum. Onunla da Hıristiyanlık üzerine sohbet ediyorlarmış."

Malik yeniden o uysal ifadeyi takınıyor:

"Onları ben tanıştırdım. Can, hemşerimdir. İkimiz de Antakyalıyız. Can bilgili bir çocuk, özellikle de Hıristiyanlık konusunda. Dayısı Antakya Katolik Kilisesi'nde papazdı. Onu Vatikan'a yolladı. Can üç yıl Vatikan'da ilahiyat eğitimi gördü..."

İşte bu ilginç. Can bundan hiç bahsetmedi bize.

"Yani Can da mı Hıristiyan?"

"Hayır, o inançsızdır. Kendisine agnostik diyor, yani bilinemezci. Bana sorarsanız düpedüz Tanrı'yı inkâr ediyor ama iyi çocuktur. Ondan hâlâ ümitliyim."

"Dayısı papazdı, dediniz, Can'ın ailesi Hıristiyan'dı yani?"

"Orası biraz karışık. Babası Nusayri'ydi..." Can'ın soyismi de "Nusayri" gibi bir şeydi galiba diye düşünüyorum, emin olamıyorum. Malik anlatmayı sürdürüyor. "Yani Arap Alevisi. Nusayrilik, Antakya yöresinde yaygın bir inançtır. Benim ailem de öyledir..."

Kafam iyice karışıyor...

"Bir dakika... Bir dakika... Siz de mi Nus..."

"Nusayri," diye tamamlıyor söyleyemediğim sözcüğü. "Evet, benim ailem de Nusayri'dir..."

Yanlış mı anlıyorum diye kendimden kuşkulanıyorum.

"Alevi... Müslüman yani..." diye mırıldanıyorum.

"Evet, ailem Müslüman'dı. Ben Hıristiyan olmayı seçtim. Daha doğrusu, Hıristiyan olduğumu anladım."

"Anladınız!" diyorum şaşkınlıkla.

Bitişik kaşlarını yukarı doğru kaldırıyor:

"Çarpıcı bir tecrübeyle," diyor sözcüklerin üzerine basarak.

"Yoksa siz de Yusuf gibi rüyalar mı görüyordunuz?"

Yüzünde alınganlığa benzer bir ifade beliriyor.

"Çok özür dilerim," diyorum, "niyetim alay etmek değil. Konu bana o kadar uzak ki, sadece anlamaya çalışıyorum."

İçten olduğumu anlayınca, "Yusuf'unkinden daha sarsıcı bir tecrübeydi benimkisi..." diyor. Yeniden ıhlamur bardağını alıyor. Benim elim de kendiliğinden bardağıma uzanıyor. Malik, bardağı dudağına götürmeden ekliyor. "Kapıdaki kabartmada anlatılan türden bir tecrübe..." Ihlamurunu içiyor. Ben içmeden öylece kalıyorum. Gözlerim kapıya takılıyor. Dışardaki kabartmanın aynısının içeride de olduğunu şimdi fark ediyorum. Yere diz çökmüş, İsa'dan af dileyen Aziz Pavlus. Bu konuşma giderek daha ilgi çekici bir hal almaya başlıyor. Sonunda heyecan beni de mi sarmaya başladı ne? Yok yok, sakin olmalıyım, en az şu karşımdaki adam kadar sakin. Ihlamurumdan bir yudum içtikten sonra, "Sakıncası yoksa," diyorum, "yaşadığınız tecrübeyi duymak isterdim."

Hiç beklemediğim bir davranışta bulunuyor, kesin bir ifadeyle başını sallayarak, "Olmaz," diyor. "Lütfen bunu benden istemeyin. Bunu açıklamaya yetkili değilim."

Malik'in sözleri, merakımı iyice kamçılıyor. Söyleyeceklerinin soruşturmaya ne kadar yararı olacağını bilmiyorum ama yaşadığı tecrübeyi öğrenmek için can atıyorum. Elimle kapıdaki Pavlus kabartmasını göstererek, "Aziz Pavlus ismini duymuştum," diyorum, "ama nasıl bir tecrübe yaşadığını bilmiyorum. Sanırım onun yaşadığı tecrübeyi anlatmanızda bir sakınca yoktur."

Manidar bir gülümseme beliriyor Malik'in yüzünde:
"Siz çok akıllı bir adamsınız Nevzat Bey," diyor. "Peşine düştüğünüz suçlulardan biri olmak istemezdim. Sorunuza gelince, elbette anlatırım. Aslında herhangi bir İncil'de de sorunuzun yanıtı bulabilirsiniz. Aziz Luka'nın yazdığı 'Resullerin İşleri' adlı bölümde..." Bir an düşünüyor. "Aziz Pavlus'un yaşadığı muhteşem bir tecrübeydi," diyor sonra. Sanki o anı kendi yaşamış gibi bir hali var. Sakinliğinin gerçek anlamda ilk kez bozulduğunu görüyorum, gözlerinde tuhaf bir ışık beliriyor, yüzündeki kaslar geriliyor. "Şam yolundaki tecrübe..." diyor yeniden... "Saul, yani Pavlus Şam'a gidiyordu..."

Merakıma yenilip sözünü kesiyorum.
"Saul kim? Pavlus'la aynı kişiden mi söz ediyoruz?"

"Aynı kişiden söz ediyoruz. Çünkü Aziz Pavlus, hem Yahudi'ydi, hem de Roma vatandaşı. Saul İbranicedir, dini kökenli bir isim, Pavlus ise Romalıların kullandığı türden bir isim. Aslında ses olarak ikisi de birbirine benzer. Tabii Türkçedeki gibi Pavlus olarak değil, dünyada bilindiği gibi Paul diye okuyacaksın, İbranice isim ise Saul. Paul ya da Saul. Sesler benziyor, değil mi?"

"Evet, benziyor..."

"Aziz Pavlus'un Tarsuslu olduğunu biliyor muydunuz?"

"Hayır, bilmiyordum... Yani Anadolu'da yaşamış..."

"Evet, Anadolu'da, benim doğduğum topraklarda yaşamış."

Söyledikleri değil de, ses tonundaki o tuhaf tını tüylerimi diken diken ediyor. Yoksa bu adam kendisinin Pavlus olduğuna mı inanıyor?.. Belki de bu düşünceyi kafamdan kovmak için dudaklarım kendiliğinden mırıldanıyor:

"Ama uzun yıllar önce..."

"Çok uzun yıllar önce," diye onaylıyor. Ancak ne sesindeki o ürkütücü tını kayboluyor, ne gözlerindeki o tuhaf parıltı. Yüzündeki solgunluğun arttığını görüyorum, sakalları derinden gelen bir ürperişle hafifçe titriyor.

"Şam'a gidiyordu," diye başlıyor yeniden. "O zamanlar Pavlus, İsa Mesih'in düşmanıydı. Yahudilerin başkâhininden mektuplar almıştı. Mektupları Şam'a götürecek, Mesih'in yolunda yürüyenleri kadın, erkek ayrımı yapmadan tutuklayarak Kudüs'e getirecekti. Çünkü Saul henüz gerçeği görmemişti. Henüz gözleri karanlığın görünmeyen kumaşıyla örtülüydü. Saul bu amaçla çıktı Şam yolculuğuna. Ancak Şam'a yaklaşırken gökte ansızın bir ışık belirdi. Saul şaşkın şaşkın bakınırken ışık onu içerisine aldı. Işık'ın parlaklığından gözleri kamaşan Saul yere yığıldı. Aynı anda bir ses duydu. Yaralı bir ceylanın derinden gelen sesi, aynı zamanda genç bir aslanın öfkeli sesi.

'Saul, Saul neden bana eziyet ediyorsun?'

Şaşkınlık içinde kıvranan Saul sonunda cesaretini toplayıp, 'Sen kimsin, ya Rab?' diye sordu.

Aldığı yanıt şöyleydi:

'Ben senin eziyet verdiğin İsa'yım.'

Saul ne yapacağını bilemeden, yattığı yerde korkuyla titredi. Göklerden gelen ses yeniden gürledi:

'Şimdi ayağa kalk, kente gir. Ne yapman gerektiği sana bildirilecektir.'

Saul'un yanındakiler de şaşkınlık içindeydi. Sesi onlar da duymuşlardı. Saul güçlükle doğrularak ayağa kalktı ama gözleri görmüyordu. Yanındakiler koluna girerek onu Şam'a götürdüler. Şam'da üç gün boyunca ne gördü, ne içti, ne de yedi.

Şam'da Hananya adında biri vardı. İsa Mesih ona göründü:

'Ey Hananya,' dedi, 'kalk, Yahuda'nın evinde Tarsuslu Saul'u sor. Kendisi şu anda gözleri yeniden görsün diye dua ediyor. Git ve ona yardım et.'

Hananya şöyle yanıt verdi:

'Ya Rab, bu adamın Kudüs'te senin kutsal insanlarına karşı yaptığı kötülükleri duydum. Üstelik bu adam, sana bağlılıklarıyla bilinen kişileri tutuklamak için başkâhinlerden yetki almıştır.'

Rab hiç duraksamadan yineledi:

'Sen oraya git,' dedi. 'Çünkü o adam ulusların, kralların ve İsrailoğulları'nın önünde adıma tanıklık etmek için seçilmiş aracımdır. Adıma bağlılığı yüzünden çekeceği işkencelerin tümünü kendisine göstereceğim.'

Bunun üzerine Hananya kalkıp o eve gitti. Saul'un gözlerinin üstüne ellerini koyarak, 'Saul kardeş,' dedi, 'seninle karşılaşan Rab İsa, gözlerin yeniden görsün ve için Kutsal Ruh'la dolsun diye beni gönderdi.'

O anda Saul'un gözlerinden balık puluna benzer kabuklar düştü. Yeniden gördü. Ayağa kalkıp vaftiz edildi ve yemek yedikten sonra kendine geldi.*

Böylece Saul, yani Tarsuslu Pavlus, Tanrı yoluna girdi, İsa Mesih'in elçiliğini yapmaya, kutsal müjdeyi yaymaya başladı. Böylece Aziz Pavlus oldu."

Sözlerinin sonuna doğru Malik'in sesi titremeye başlıyor, gözlerinin nemlendiğini fark ediyorum. Sözleri bitince de yüzünü benden kaçırıp elini cebine sokarak bez bir mendil çıkarıyor. Saklamaya çalıştığı gözyaşlarını silecek...

"Malik Bey, iyi misiniz?" diyorum.

"İyiyim... İyiyim... Ne zaman bunları anlatsam, yeniden yaşar gibi oluyorum. O kadar güçlü bir duygu ki insanı altüst ediyor..."

"Çok özür dilerim, bilseydim anlatmanızı istemezdim."

Gözyaşlarını sildiği mendili cebine koyarken, "Özür dilemenize gerek yok," diyor. "O anı yeniden yaşamak bile muhteşem bir tecrübe..."

---

* Yeni Ahit, Resullerin İşleri, **9:4-19**.

Yok, bu adam kendini kesinlikle Pavlus sanıyor... Bu nasıl olabilir? Zavallı, herhalde kafayı sıyırdı. Ne kadar da inanıyor anlattıklarına, beni bile etkiledi.

"Sanırım siz de benzer bir tecrübe yaşadınız," diyerek ikinci kez şansımı denemek istiyorum. "O da muhteşem olmalı."

Kesin bir ifadeyle başını sallıyor:

"Lütfen Nevzat Bey, bu konuda konuşmak istemiyorum."

Artık kibarlığı bırakmanın sırası geliyor:

"Bakın Malik Bey, isteğinize saygı duyuyorum. Ama burada bir arkadaşınız ya da meraklı biri olarak bulunmuyorum. Ben bir cinayeti soruşturuyorum. Hunharca işlenmiş bir cinayet. Siz de beni anlamalısınız..."

"Sizi anlıyorum Nevzat Bey... Ama bu cinayetin Hıristiyanlıkla ne ilgisi var?"

"Çünkü Yusuf, kabzası haçtan yapılma bir bıçakla öldürüldü. Çünkü yanında sayfaları açık bir İncil vardı. Çünkü İncil'in bir satırının altı kanla çizilmişti, Yusuf'un kanıyla."

Malik'in ne o sağlam sükûneti kalıyor, ne de kendine güvenen gülümsemesi. Yüzü dehşet içinde kasılıyor.

"Haç mı, İncil mi?"

"Evet, haç, İncil ve Yusuf'un kanı... Sizce de bu cinayetin Hıristiyanlıkla bir ilgisi yok mu?"

Donmuş gibi öylece yüzüme bakıyor.

"Yusuf'u tanıyorsunuz," diyorum, "belki onun çevresindeki insanları da tanıyorsunuzdur. Onu öldürmek isteyen, bir Hıristiyan tarikatı ya da başka biri. Din konusunda anlaşamadığı, tartıştığı biri ya da birileri..."

Başını sallıyor, gözlerindeki dehşet yerini derin bir kaygıya bırakıyor.

"Yok," diyor. "Yok, Nevzat Bey. Ne öyle bir tarikat var, ne de öyle biri... Kim yapmak ister böyle bir şeyi? Bu... Bu iblisin işi."

Belki hatırlamasına yardımcı olur diye, "Kutsal Kitap'ın kenarında iki sözcük vardı," diyorum. "Yusuf'un kanıyla yazılmış iki sözcük. Bir Süryani azizin adı: Mor Gabriel..."

Malik'in yüzündeki kan çekilir gibi oluyor. Mor Gabriel konusunda bir şeyler bildiğini düşünüyorum. Ama hiçbir açıklamada bulunmuyor. Israrımı sürdürmekten başka çare kalmıyor:

"Bu Mor Gabriel, Yusuf'un rüyalarında gördüğünü söylediği aziz olabilir mi?"

Bakışlarını kaçırarak, "Evet o ama hakkında fazla bilgim yok," diyor Malik. "Bu konuda bir uzmanla görüşseniz daha iyi olur."

Malik'in benden bir şeyler gizlediğinden eminim ama şu anda bunu kanıtlayacak durumda değilim. Üstelemenin bir anlamı yok. Tanıdığınız biri var mı diye sormaya hazırlanırken masanın üzerindeki telefon çalıyor. Telefonun çalması Malik'i biraz rahatlatıyor. Benden özür dileyerek kaldırıyor ahizeyi.

"Alo... Alo... Ah Meryem Hanım siz misiniz?"

Malik'in huzursuz bakışları yüzümde geziniyor. Kınalı Meryem bu! Demek Ali henüz ulaşamadı ona.

"Nasıl oldunuz?" diye konuşmayı sürdürüyor Malik. "Evet, olayı duyduğumdan beri benim de içim yanıyor... Öyle Meryem Hanım. Kader diyeceğiz... Ne gelirse Tanrı'dan." Malik'in bakışları hep üzerimde. "Yanlış bir şeyler yapmayacaksınız değil mi Meryem Hanım?" Bunu özellikle yanımda söylüyor ki, kendisinin bu işlerle hiçbir ilgisi olmadığını anlayabileyim. "Öyle mi? Konuşmak mı istiyorsunuz? Ben dükkândayım. Siz? Efendim, Yusuf'un evinde mi? Ne yazık ki bugün gelemem. Birazdan bir görüşmem var... Yarın buluşsak olur mu? Yok, yarın kesin... Tamam... Yarın sizi buraya bekliyorum. Tekrar başınız sağ olsun..."

Malik benden hiç bahsetmedi. Aslında bu da bir mesaj, bakın ben her zaman kanunlardan yanayım, demek istiyor. Yoksa başka bir neden mi var? Acaba Meryem'den mi kuşkulanıyor?

Telefonu kapattıktan sonra, "Meryem Hanım," diye açıklıyor. "Sesi daha iyi geliyordu. Sanki öfkesi geçmiş gibi. İnsan her şeye alışıyor..."

Alıştığı filan yok, sadece sevgilisinin intikamını aldığı için kendini iyi hissediyor. Bunu açıklamıyorum Malik'e. Çünkü Yusuf'un katili olan Bingöllü öldüğüne göre, mesele kalmamış, deyip çıkar işin içinden.

"Ne için aramış Meryem Hanım?" diyorum.

"Söylemedi, sadece, 'konuşmak istiyorum,' dedi. Belki nasıl bir dini tören yapılması gerektiğini soracak."

Yine yalan söylüyor, adım gibi eminim bundan. Ama çok sürmez, yakında anlarız Malik'in sakladıklarını.

Hıristiyan bir ölünün ardından
okunan Müslüman duası.

Kapalıçarşı'dan çıktığımda gün ışığının kaybolduğunu görüyorum. İri, kül rengi bulutlar, dün olduğu gibi bugün de gökyüzünü kaplamış. Hava biraz daha soğumuş; kar yeniden başlayacak galiba. Pardösümün önünü sıkı sıkı ilikledikten sonra, cebimden telefonumu çıkarıp Ali'nin numarasını tuşluyorum. Zavallım, hâlâ Meryem'in peşinde...

"Kadını bulamadık Başkomiserim," diyor gergin bir sesle. "Evine baktık, yok. Barın yakınlarına postu serdim, bekliyorum."

"Gerek yok Alicim, Kınalı Meryem Yusuf'un evinde. Yarım saat sonra orada buluşalım. Ben gelmeden içeri girme."

"Anlaşıldı Başkomiserim."

Görevi tamamlayamadığı için sesi iyice tatsız.

Beyazıt Meydanı'ndaki kalabalığa karışırken, Malik'in söylediklerini düşünüyorum, daha doğrusu söylemediklerini. Sahiden de kafayı mı sıyırmış bu adam? Yoksa rol mü yapıyor? Hiç rol yapar gibi bir hali de yok. Açıkça söylemese de Aziz Pavlus olduğuna inanıyor galiba... Baksanıza, yaşadığı tecrübeyi bile anlatmaktan çekindi. Buna yetkili değilmiş. Yetkiyi veren kim acaba? Kim olacak, Tanrı ya da İsa Mesih. Gerçi Malik'in inancına göre her ikisi de aynı kapıya çıkar ya: Tanrı ve İsa aynı ilahi varlık... Aslında Malik aradığımız katilin profiline uyuyor. Hıristiyanlık için cinayet işlemekten çekinmeyecek kadar çılgın biri. Adam bundan yaklaşık iki bin yıl önce yaşamış biri olduğuna inanıyorsa, bir gece gelen esinle kalkıp Yusuf'u neden öldürmesin? Ama bu türden cinayet işleyen biri kendini gizler mi? Din adına işlenen cinayetler, bir cezalandırma, bir ibret işlevi taşır; bu nedenle katiller, eylem gerekçelerinin herkes tarafından bilinmesini ister. Herkesin kendisini tanımasını, cesaretini, adanmışlığını öğrenmesini ister. Dahası, bu tür suçlarda katil gerçek adaleti mahkemede değil, Tanrı katında bulacağına inanır. O nedenle, yeryüzündeki mahkemelerin onu yargılaması, cezaya çarptırması hiç önemli değildir. Önemli olan ilahi yargı, ilahi adalettir. Ama Malik henüz misyonunun bitmediğini düşünüyorsa, henüz tamamlayamadığı ilahi işleri varsa, üstelik bu ilahi işler bir dizi cinayetten oluşuyorsa? O zaman kendini gizlemek için elinden geleni yapacaktır. Çünkü ilahi görevini yerine getirememek ya da eksik bırakmak çok büyük günahtır, Tanrı katında suçlu konumuna düşmektir. Öte yandan, Malik hiç de cinayet işleyecek birine benzemiyor. Cinayet işleyecek kişi nasıl biridir diye soracak olursanız, aslında ikna edici bir yanıt verebileceğimi sanmıyorum ama bir zanlıyla konuştuğumda, onun cinayet işlemeye ne kadar yatkın olduğunu söyleyebilirim. Elbette yanılma payını da koyarak, ki tahminlerimde birçok kez yanıldığımı da itiraf etmeliyim.

Arabama girene kadar bu düşünceler geçiyor aklımdan. Motoru çalıştırdıktan sonra arkayı görmek için başımın üstündeki aynayı ayarlarken, birden kendi gözlerimle karşılaşıyorum: Dalgın gözbebeklerimde tuhaf bir kıpırtı, yıllardır görmediğim, meslekteki ilk günlerimden kalma bir parıltı fark ediyorum. Neler oluyor, Ali'yle dalga geçerken bu dava beni de mi etkilemeye başladı ne? Yok canım, ben sadece görevimi yapıyorum. Ama aynadaki gözler benimle aynı düşüncede değil... Hem etkilenmiş olsam ne çıkar? Yeniden heyecan duyabiliyorsam, bunun neresi kötü? Belki de sevinmeliyim, çünkü bu değiştiğimi gösterir... Ve unutmaya başladığımı... Karımı, kızımı, onların faili meçhul bir suikasta kurban gitmesini... Dün gece Evgenia, "Neden benimle evlenmiyorsun?" diye sorduğunda her ne kadar bakışlarımı kaçırıp işi şakaya vurdumsa da, içimden bir ses, "Sahi neden evlenmiyorsun onunla?" diye fısıldamadı mı? Bendeki vefa bu kadar mıymış? Bu kadar mı sürermiş sevdiklerinin ölüm acısı? Onların katillerini bile bulmadan... Yeniden bakıyorum aynadaki gözlerime... Yok, az önce gördüğüm parıltı kaybolmuş. Tuhaf bir rahatlık duyuyorum. Huzursuzca kıpırdanan vicdanım, içimde büyüyen merakı acımasızca boğduktan sonra eski soğukkanlılığıma yeniden dönüyorum. Ama arabamı caddeye çıkarırken, Ali'ye geç kalmamak için saatime bakmaktan da kendimi alamıyorum.

Yusuf'un oturduğu sokak son derece sakin. Vatikan Konsolosluğu dikkatimi çekiyor. Dünyadan yalıtlanmış, korunaklı bir kaleyi andıran binanın duvarlarına bakarken, Yusuf'un evinin Vatikan Konsolosluğu'yla aynı sokakta bulunmasının rastlantı olup olmayacağını düşünüyorum. Düşüncelerim cep telefonumun ziliyle bölünüyor. Arayan Zeynep.

"Şimdi otopsiden çıktım Başkomiserim," diyor heyecanlı bir sesle, "önemli bir ayrıntıyı fark ettim."

"Ne o, yoksa Yusuf bıçakla öldürülmemiş mi?"

"Bıçakla öldürülmüş, iki darbe de kalbe isabet etmiş. İlk darbe değilse bile ikincisi ölüme neden olmuş. Söyleyeceğim o değil Başkomiserim, bu Yusuf Hıristiyan değil miydi?"

"Kimliğinde öyle yazıyor, tanıyan herkes öyle olduğunu söylüyor."

"Ama adam sünnetli..."

"Nasıl yani?"

"Basbayağı Başkomiserim, Yusuf sünnetli." Sesi mahcuplaşıyor. "Gözlerimle gördüm."

"Bu tuhaf işte."

"Bir de maktulün sağ bileğindeki şu çileğe benzeyen leke," diyerek konuyu değiştiriyor Zeynep. "Dövme değilmiş, doğum lekesiymiş."

"Tamam Zeynepçim," diyorum. "Haber verdiğin için teşekkür ederim. Ben de Meryem'le konuşmaya gidiyordum. Bir de ona soralım, bakalım nasıl açıklayacak bu durumu. Ha Zeynep, şu Malik'i de bir araştırır mısın? Bizde dosyası filan var mı? Nasıl bir adammış anlayalım."

Apartmanın önüne geldiğimde Ali'yi beklerken buluyorum. Meryem çıkacak filan olursa, gözden kaçırmayayım diye arabasını apartman kapısının önüne park etmiş. Beni görünce çıkıyor araçtan. Suratı asık, Meryem'i neden kendisinin bulamadığını dert ediyor hâlâ. Emektarı, onun arabasının önünde durduruyorum. Ali'nin elinde cızırdayan bir telsiz var. Arabadan inerken, "Şunun sesini kıs Alicim," diyorum. "Bizi karşılarında görmeden, kim olduğumuzu anlamasınlar."

"Emredersiniz Başkomiserim," diyerek kapatıyor telsizi. Suskun, beni takip ediyor. Apartmanın iki kanatlı büyük kapısından içeri girerken, "Meryem yalnız mıymış?" diye soruyor sadece.

"O kadarını bilmiyorum Ali. Yalnız değilse de bize karşı koyacaklarını sanmıyorum. Kadın intikamını aldı, gereksiz yere polisle çatışmaya niye girsin?"

"Yine de..."

"Haklısın," diyorum, "yine de tetikte olmakta fayda var."

Kapıdan içeri girince silahlarımızı çıkarıp namluya kurşun sürüyoruz. Horozları düşürüp silahlarımızı elimizin kolayca erişebileceği yerlere koyuyoruz. Yukarı çıkarken bu kez antika asansörü değil, merdivenleri tercih ediyoruz. Ali genç olmanın verdiği güçle hızla çıkıyor, ben de geri kalmamaya çalışıyorum ama ne yalan söyleyeyim, daha üçüncü kata gelmeden nefesim kesilmeye başlıyor. Bir an önce Meryem'le karşılaşmak isteyen Ali, halimden habersiz ikişer ikişer tırmanıyor merdivenleri. Keşke asansöre binseydik diye düşünerek yetişmeye çalışıyorum arkasından. Üçüncü kata ulaştığımda derinden gelen bir ses duyuyorum. Bir insan sesi, yanık, ahenkli bir ses. Ne söylediğini tam olarak duymuyorum ama türkü ya da şarkı olmalı. Ali de sesin farkında, beş basamak yukarıda durmuş, bana bakıyor. Yanına gelince, "Bu da nedir Başkomiserim?" diye soruyor.

"Biri şarkı söylüyor galiba."

"Şarkı değil Başkomiserim, ilahi gibi bir şey."

Anlamak için yaklaşmamız gerekiyor. Bir an soluklanıp yeniden çıkmaya başlıyoruz merdivenleri. Ali her zamanki gibi yine önde. Her adımda ses biraz daha belirginleşiyor. Ali haklı, bu şarkı değil, türkü de değil. İlahi, daha doğrusu dua. Dördüncü kata vardığımızda, sözleri anlamaya başlıyoruz. Sözlerin anlamlarını değil de hangi dilde söylendiklerini. Evet, bu sözcükler Arapça. Anlamını bilmesek de, çocukluğumuzdan beri belki yüzlerce kez dinlediğimiz için artık aşina olduğumuz bu seslerin Kuranıkerim'den alınma bir dua olduğunu anlıyoruz. Muhtemelen ölülerin ardından okunan bir dua. İşin tuhafı, güzel sesli bir hocanın okuduğu duanın bizim maktulün evinden gelmesi. Hıristiyan bir ölünün ardından okunan Müslüman duası. Kapının önünde Ali'yle birbirimize bakıyoruz. Daha fazla beklemenin anlamı yok. Ardı ardına üç kez zile basıyorum. Ama zil sesi içerideki duayı bölmüyor. Yoksa kapıyı açmayacaklar mı, derken açılan kilidin sesini duyuyoruz. Aralanan kapıda, dün gece Nazareth'in kapısında karşılaştığımız öteki korumanın uzun suratı görünüyor. Adı neydi bu herifin yahu? Ali'nin muhteşem belleği anında çalışıyor, hemen hatırlıyor korumanın adını:

"Merhaba Tayyar," diyor alaycı bir sesle. "Mevlit mi var?"

Tayyar yutkunarak yanıtlıyor:

"Dua okunuyor, Yusuf Abi için..."

Ali eliyle kapıyı iterek, "Bak şimdi olmadı Tayyar," diyor. "Biz niye davetli değiliz."

Ali'nin iyice araladığı kapıdan giriyorum içeri. Tayyar çaresiz, kenara çekiliyor.

"Amirim," diyor durumu kurtarmak için. "Salonda dua okunuyor... İsterseniz ben haber vereyim Meryem Abla'ya."

Ben de Ali'nin espirili tavrını takınıyorum:

"Okunsun Tayyar, ne sakıncası var evladım. Hepimiz Müslüman değil miyiz elhamdülillah."

Tayyar yine de içeri yöneliyor. Ali omzundan yakalıyor onu.

"Nereye Tayyar? Dön yüzünü şu duvara... Bir mühimmat dökümü yapalım bakalım."

Tayyar'ın gözlerinde kararsız bir ifade beliriyor. Ali anında çekiyor silahını:

"Duvara yaslan dedim sana. Yusuf Abi'nin üzüntüsü seni sağır mı etti yoksa?" Sesini yükseltiyor. "Hadii."

Tayyar yüzünü duvara dönerek ellerini kaldırıyor. Ali aramaya başlıyor. Tayyar'ın belinden dokuz milimetrelik bir Beretta çıkıyor, üç de şarjör.

"Ne kadar ayıp Tayyar, insan mevlide silahla gelir mi?" diye takılıyor Ali.

Tayyar'dan çıt çıkmıyor.

"Bunun ruhsatı var değil mi Tayyar?"

"Var," diyor Tayyar ama sesi cılız çıkıyor.

Ali, silahın namlusunu adamın böğrüne gömüyor.

"Hıı ne dedin Tayyar? İyi duyamadım."

"Var... Var dedim Komiserim."

"Aferim Tayyar, yoksa bu şarjörlerdeki kurşunları tek tek yedirirdim sana."

Tayyar'ı hafiflettikten sonra önümüze katıp salona yöneliyoruz. Salonda önce Meryem'i görüyorum, kızıl saçlarını siyah bir başörtüsünün altına saklamış, gözleri kapalı, avuçlarını açmış, pencerenin önündeki koltukta oturuyor. Yanındaki koltuk Can tarafından parsellenmiş, onun duayla, mevlitle hiçbir ilgisi yok, şu iş bitse de gitsek, der gibi sıkıntılı bir ifadeyle önüne bakıyor. Bu küçük törenin başaktörü olan hocamız ise dün İncil'in durduğu masanın üzerine Kuranıkerim'i açmış, takkeli başını hafifçe sallayarak okumayı sürdürüyor. Kendini o kadar kaptırmış ki, bizim içeri girdiğimizi bile fark etmiyor. Salonun ortasına doğru birkaç adım atınca Can görüyor bizi. Bizi görünce yüzündeki sıkıntı anında endişeye bırakıyor yerini. Hemen Meryem'e fısıldıyor:

"Polisler geldi!"

Meryem hiç acele etmiyor, gözkapaklarını usulca aralayarak bize bakıyor. Gözlerinde en küçük bir şaşkınlık belirtisi yok. Sanki gelmemizi bekliyormuş gibi bir hali var. Hiç konuşmadan, eliyle boş koltukları göstererek, oturmamızı istiyor. Bir an ne yapacağıma karar veremiyorum. Ali'nin de benden farkı yok. Gözlerini yüzüme dikmiş, ne yapacağız dercesine bakıyor. İkimizin de yardımına hoca yetişiyor, avuçlarını yukarı doğru açarak duanın son sözlerini söylemeye başlıyor. Duayı bildiğimden değil, hocanın sözcükleri söylerken yaptığı vurgudan anlıyorum bunu. Hoca, son olarak odadakileri Fatiha okumaya davet ederken bizi fark ediyor. Ters bir durum olduğunu anlıyor hemen. Duayı kesmiyor ama şaşkın gözlerle önce bize, sonra Meryem'e bakıyor. Meryem başıyla duayı tamamlamasını işaret ediyor. Hoca'nın sesi gerginleşiyor, artık sözcükleri aceleyle okumaya başlıyor. Anlaşılan

Meryem hakkında epeyce bilgiye sahip. Sonunda duayı tamamlayıp avuçlarını yüzüne sürüyor. Belki önde Tayyar arkada Ali ile ben böyle salonun girişinde durmasak, ölen kişi için başka dualar da okuyacak, töreni tamamlayacak başka sözler de söyleyecek ama varlığımız onu huzursuz ediyor.

"Allah rahmet eylesin," diyerek Kuranıkerim'in kapağını kapatıyor. Başındaki takkeyi özenle katlayarak ayağa kalkıyor.

"Allah rahmet eylesin," diyorum ben de, sonra Meryem'e dönüyorum. "Hoca efendiyi gönderseniz de, artık dünya meselelerine dönsek."

Önerim en çok hoca efendiyi sevindiriyor, sağ eliyle ince bıyığını sıvazlayarak kadına bakıyor. Meryem'in gözü bende:

"Hoş geldiniz Nevzat Bey," diyor. "Ziyaretiniz biraz vakitsiz oldu ama yine de hoş geldiniz."

"Haklısınız Meryem Hanım, vakitsiz geldik. Ama ne yaparsınız, vakitsiz cinayetler, vakitsiz ziyaretlere yol açıyor."

Neden bahsettiğimi çok iyi bilmesine rağmen hiç umursamıyor. Can'ın yüzündeki bütün kan çekilirken, Meryem son derece sakin bir tavırla Tayyar'a sesleniyor:

"Hoca Efendi'yi kapıya kadar geçiriver."

Tayyar'ın kararsız gözleri Ali'de.

"Neden öyle bakıyorsun Tayyar?" diyor Ali, alaycılığını yitirmeden. "Sevap bize de lazım oğlum. Hadi, Hoca'yı birlikte yolcu edelim. Sonra kaldığımız yerden devam ederiz muhabbete."

Hoca Efendi iyice rahatlayarak Meryem'e yaklaşıyor. Kadının elini sıkarak, "Tekrar başınız sağ olsun

Meryem Hanım kızım," diyor. "Rahmetlinin mekânı cennet olsun."

Meryem ağırbaşlılığını hiç yitirmiyor:

"Amin... Dostlar sağ olsun Hoca Efendi, dilinize sağlık."

Hoca Efendi, Ali ve Tayyar'la birlikte salondan çıkarken, ben Meryem'in karşısındaki koltuğa geçiyorum.

"Yalnız anlamadım," diyorum, "Hıristiyan biri için Müslüman duası biraz abes değil mi?"

Meryem hiç alınmıyor.

"Hıristiyan, Müslüman fark etmez. Dua duadır. Hepimiz aynı Tanrı'ya inanmıyor muyuz?"

"Orası doğru da, bir başka doğru daha var. Hepimizin inandığı Tanrı, kimseyi öldürmeyeceksin, diyor. Kulun canını kulun almasına asla izin vermiyor..." Oturduğum koltukta öne eğilerek Meryem'in gözlerinin içine bakıyorum. "Öyle değil mi?"

Meryem bakışlarını kaçırmıyor; dünyadan vazgeçmiş gibi, öyle korkusuz bir hali var ki, açıkçası ürküyorum. Şimdi sağ yanındaki komodinin üzerinde duran çantasına uzanacak, içinden silahını çıkarıp üzerime boşaltacak diye geçiyor aklımdan ama sözlerimi sürdürüyorum:

"Sanırım artık rahatlamışsınızdır Meryem Hanım?"

"Neden rahatlayacakmışım?"

"Ne demek istediğimi gayet iyi anladınız."

"Bingöllü'den mi bahsediyorsunuz?"

"Başka kimden olacak?"

Hiç istifini bozmuyor Meryem.

"Bingöllü'yü Tonguç vurdu," diyor sadece. "O da dün gece teslim oldu."

"Nerden biliyorsunuz?"

"Çünkü yanındaydım." Ciddi bir ifadeyle yüzüme bakıyor. "Yapmayın Nevzat Bey, bunların hepsini biliyorsunuz. Tonguç olanı biteni anlatmış size."

"Evet anlattı. Onu sizin azmettirdiğinizi de söyledi."

İnanmayan bir gülümseme beliriyor solgun dudaklarında.

"Sadece azmettirmekle kalmamışsınız," diyorum sinirlendirmeye çalışarak. "Bingöllü'ye bizzat siz ateş etmişsiniz, hem de yakın mesafeden."

Dudaklarındaki gülümsemeyi yitirmeden arkasına yaslanıyor:

"Boşa uğraşıyorsunuz Nevzat Bey. Tonguç'un size neler anlattığını biliyorum. Avukatından öğrendim. Olaylar sizin anlattığınız gibi olmadı. Evet, Tonguç'la birlikte Bingöllü Kadir'i görmeye gittiğimiz doğrudur."

Hemen kesiyorum sözünü:

"Neden görmeye gidiyordunuz Bingöllü'yü?"

"Neden olacak Yusuf'un katilini sormaya..."

"Yani, Yusuf'u sen mi öldürdün, diyecektiniz?"

'Evet, onu da soracaktık. Ama bara giderken Bingöllü ve adamıyla yolda karşılaştık. Onlar da bizi gördü. Bingöllü'nün adamı elini beline atarak silahını çekti, bunun üzerine Tonguç kendini korumak için ateş etti. Adamının vurulduğunu gören Bingöllü de silahını çekti, Tonguç onu da vurdu. Olay bundan ibaret. Tonguç da size bunları anlatmış zaten."

"Ama gerçek bu değil," diyorum başımı sallayarak. Sesim gergin, neredeyse öfkeli. Ne oluyor bana, Meryem'i sinirlendirmem gerekirken, kadın benim asabımı bozdu. "Gerçek, şu ki, Bingöllü'yü siz öldürdünüz. Doğru, onlarla yolda karşılaştınız. Doğru, sizi görünce Bingöllü'nün adamı Ferhat'ın eli refleks olarak beline kaydı. Ama ateş etmeye filan niyeti yoktu. Oysa siz niyetliydiniz, Bingöllü'yü kesinlikle öldürecektiniz. Bu yüzden dün Nazareth'e geldiğimizde, Bingöllü'den hiç bahsetmediniz. Çünkü kendi intikamınızı kendiniz almak istiyordunuz. Yanık Fehmi'nin kızı Kınalı Meryem olarak buna mecburdunuz. Bingöllü'yü vurmasaydınız, zaten bir kadın olarak güçlükle ayakta kaldığınız bu âlemden silinip giderdiniz... Evet, Tonguç'un Ferhat'ı vurduğu da doğru ama sonra silahı siz aldınız. Ve Bingöllü'yü öldürdünüz. Yeraltı yasası burada da değişmedi, racon yürürlüğe girdi, cinayeti Tonguç üstlendi."

Meryem siyah eşarbını çözüyor, başını usulca sallayarak, ona Kınalı Meryem lakabını kazandıran kızıl saçlarını özgür bırakıyor.

"Tonguç neden yapsın ki bunu?" diye soruyor. "Başka biri için neden hapse girsin?"

"Ona ve ailesine yaptığınız iyiliklerin bedeli olarak. Sadece bedel değil kuşkusuz, Tonguç bu cinayetin kendisine iyi bir kariyer kazandıracağını da düşünüyordu. Kim bilir, belki ilerde sizin yerinize bile geçebilirdi. Bu yüzden işlemediği bir cinayeti seve seve üstlendi. Sizin için de en iyi çözüm buydu. Polise cinayetin Tonguç tarafından işlendiğini söylemenize rağmen yeraltı dünyası tetiği çeken kişinin aslında siz olduğunuzu bilecekti, yani namınıza leke sürülmemiş olacaktı. Öyle de oldu, eminim şu anda sizin âlemde bu cinayeti duymayan kalmamıştır."

"Yusuf Abi'yi, Bingöllü mü öldürmüş?" Soruyu soran Can. Şaşkınlıkla bir bana, bir Meryem'e bakıyor. Olanları kendisine açıklamak istercesine söyleniyor. "Sonra da Tonguç, Bingöllü'yü mü öldürmüş?" Gözlüklerinin ardındaki ela gözleri sitemle Meryem'e kayıyor. "Neden bunlardan benim haberim yok?"

Yanıt Meryem'den değil, Tayyar'la birlikte salona dönen Ali'den geliyor:

"Sen yeraltı dünyasından mısın? Biz seni entel sanıyorduk."

Entel lafına bile kızmayan Can bütün içtenliğiyle durumunu açıklamaya çalışıyor:

"Ben sadece olayları duymadığımı söylemek istedim. Yeraltıyla filan ilgim yok. Yani Yusuf Abi'den sonra bir kişi daha öldürülmüş." Bakışları yine Meryem'e kayıyor. "Kimse bana söylemedi."

Meryem'in umrunda bile değil, çözdüğü başörtüsünü katlamakla meşgul. Ama genç adam ısrar ediyor:

"Gerçekten de Yusuf Abi'yi Bingöllü mü öldürmüş?"

Usulca başını kaldırıp Can'a bakıyor Meryem:

"Bunu bana değil, Nevzat Bey'e soracaksın. Burada kanunu o temsil ediyor."

Can'ın bakışları bana çevriliyor; gözlerinde derin bir merak. Açıklamadan önce ben de Meryem gibi arkama yaslanıyorum:

"Sen okumuş çocuksun Can, bilirsin," diyorum. "Şu dünyada iki tür insan vardır. Gördüğüne inananlarla, gördükleriyle yetinmeyip gerçeği arayanlar. İkinci türden insanlar, duyduklarıyla, gördükleriyle yetinmezler, gerçeği bulmak için hep yeni deliller ararlar. Kendi inançlarını, kendi düşüncelerini, kendi dünyalarını yıkmak pahasına da olsa, korkunç da olsa, olayların perdelediği gerçeği bulmaya çalışırlar.

Gördüğüne inanan ilk türden insanlara gelince, onlar hayata, olaylara bakarken gerçeği değil, inandıklarını doğrulayacak deliller ararlar. Yaşananların içinden kafalarındaki düşünceyi onaylayacak olayları cımbızla çekip alırlar. Çünkü başka türlüsüne inanmak, onların inançlarını, düşünce tarzlarını, dünyalarını yıkacaktır. Dünyalarının yıkılmasını göze alamazlar. Bütün o cesur havalarına rağmen, aslında içlerinde büyük bir korku vardır. Onları yönlendiren bu korkudur işte. Korktukları için hata yaparlar. Tıpkı Meryem'in Bingöllü Kadir'i öldürerek yaptığı gibi."

Can, kulaklarını açmış, ilgiyle sözlerimi dinlerken, Meryem neler saçmalıyor bu adam dercesine bakıyor. Ali ile Tayyar'ın da Meryem'den çok farkları yok. Her ne kadar Ali, bizim Nevzat Başkomiser boş konuşmaz inancını koruyorsa da, Tayyar'ın yorgun bir öküz gibi boş boş bakan gözleri, söylediklerimden hiçbir şey anlamadığını gösteriyor. Meryem'e dönüyorum, sesimi de biraz yükselterek anlatmayı sürdürüyorum.

"Evet Meryem Hanım, Yusuf'u Bingöllü öldürmedi. O cinayet, Bingöllü gibi birinin tasarlayamayacağı kadar karmaşık bir olay. Bingöllü günlük ekmeğini çapulculukla çıkarmaya çalışan, hayatı kaymış, zavallı bir adamdı. Yusuf'u öldürmek isteseydi, bunu kendi bildiğince yapardı. Yani herkesin gözü önünde, muhtemelen de sizin eski barın içinde. Çünkü racon bunu gerektiriyordu. Evet, racon diyorum. Bu kelime sizin için de çok önemli. Çünkü siz de racon yüzünden öldürdünüz Bingöllü'yü. Kusura bakmayın, belki biraz ileri gidiyorum ama bana kalırsa Yusuf'a duyduğunuz sevgi azalmıştı. Baksanıza, günlerdir görüşmüyormuşsunuz. Belki Yusuf ölmese ondan ayrılacaktınız. Ama ne yazık ki Yusuf siz ayrılmadan önce öldü. Ve racon, artık sevmeseniz bile, âlem sizi sevgili bildiği için onun katilini öldürmenizi emrediyordu... Evet... Hiç öyle aldırmıyormuş gibi bakmayın yüzüme. Sözlerimin gerçek olduğunu siz de biliyorsunuz. Bingöllü'nün öldürülmesinin Yusuf'a duyduğunuz sevgiden çok sizin piyasadaki namınızla alakası var. Ama Yusuf'un katili Bingöllü değil. Boş yere öldürdünüz Bingöllü'yü. Zavallı Tonguç'u da boş yere hapse yolladınız."

Meryem pürdikkat beni izliyor; doğru mu söylüyorum yoksa onu tuzağa mı düşürmek istiyorum, anlamaya çalışıyor. Elindeki eşarbı yandaki komodinin üstüne bırakarak, "Bingöllü değilse kim öldürdü Yusuf'u?" diye soruyor.

Gülümseyerek Can'a bakıyorum.

"Ve böyle acelecidirler. O yapmadıysa, öteki yapmıştır. Bir an önce öğrenip onu da ortadan kaldırmak isterler. Daha önce de söylediğim gibi, racon böyle emretmekte çünkü. Oysa hayat bu kadar basit değildir. Cinayetler ise hiç basit değildir. En sıradanmış gibi görünen cinayette iç içe geçmiş onlarca neden bulabilirsin. Hele Yusuf'unki gibi son derece karmaşık bir cinayette..."

Bakışlarımı yeniden Meryem'e çeviriyorum.

"Hayır Meryem Hanım, henüz Yusuf'u kimin öldürdüğünü bilmiyorum. Ama size garanti verebilirim, onu Bingöllü öldürmedi."

Gözlerini kuşkuyla kırpıyor.

"Yanlış adamı öldürdünüz Meryem Hanım. Yakında siz de anlayacaksınız bunu."

Meryem'in siyah gözleri yüzüme saplanmış öylece kalırken, Can hayretler içinde mırıldanıyor:

"Bütün bunlar dün gece oldu ha!"

"Ne o Can Efendi, yoksa üzülüyor musun?" diyor Ali.

Can burnunun üstüne düşen gözlüklerini sağ elinin ortaparmağıyla yukarı iterek Ali'ye bakıyor:

"Neden üzüleyim ki?"

"Neden olacak, Meryem Hanım'la Beyoğlu'nda itirafçı safarisine çıkamadım diye."

"Yok canım, ne ilgisi var. Ben olanlardan haberim olmadığını söylemek istedim sadece."

"Nevzat Bey," diyor Meryem. Sesi duygu yüklü, artık o aldırmıyorum tavırlarını bırakmış. Size yardım edeceğim demesini bekliyorum ama, "Yanılıyorsunuz, ben Yusuf'tan ayrılmayacaktım," diyor. "Onu seviyordum. Racon meselesi değil bu. Babamdan sonra kimsenin ölümüne bu kadar çok üzülmedim." Nemlenen siyah gözlerini kaçırıyor. "Onu Bingöllü öldürmedi diyorsunuz ama elinizde ne bir delil, ne de şahit var. Size neden inanayım ki? Üstelik Yusuf'un Bingöllü'den başka düşmanı yoktu..."

"Sizin bildiğiniz yoktu," diyerek kesiyorum sözünü. "Söyler misiniz Meryem Hanım, Yusuf'u ne kadar tanıyordunuz?"

"Tanıyordum..."

"İnkâr etmeyin, daha önce siz de söylediniz, tanımıyordunuz. Can ile Malik dışında hangi arkadaşını tanıştırdı sizinle? Timuçin diye birinden bahsediyorsunuz, adamın yüzünü bile görmemişsiniz. Yusuf'un Hıristiyan olduğunu söylüyorsunuz ama adam sünnetli..." Can'a bakıyorum. "Hıı Can, sünnetli Hıristiyan olur mu?"

Genç adam iyice şaşırmış durumda.

"Ne? Nasıl?.."

"Sünnetli Hıristiyan olur mu diyorum?"

"Olmaz," diyor. "Gerçi Hıristiyanlığın ilk yıllarında önce Yahudi olup sonra İsa'ya inanan kişiler sünnetliydi. Çünkü hepsi Yahudi'ydi. Hatta İsa bile sünnetliydi. Aslında bu konu Hıristiyanlığın ilk yıllarında önemli bir tartışma konusu olmuştu. Antakya yöresinde dini yayan Aziz Pavlus sünnetin gerekli olmadığını savunuyordu, Kudüs'teki Hıristiyanlar ise Yahudilik'te var olan bu uygulamanın Hıristiyanlıkta da sürmesini istiyorlardı. Sonuçta Aziz Pavlus'un dediği oldu, sünnet gerekli bir uygulama olmaktan çıkarıldı."

"Sağlık nedeniyle yapmışlar," diye araya giriyor Meryem. Yüzü kızarmış, bu konuyu konuşmak onu utandırıyor olmalı. "Ben de sormuştum. Çocukken ameliyat olmuş."

Bu, sorumuzu yanıtlıyor, eğer Yusuf, Meryem'e yalan söylemediyse.

"Şu Malik," diyorum. "Onunla ne tür bir ilişkisi vardı Yusuf'un?"

"Sanırım bazı ticari işleri olmuş. Son yıllarda Malik kendini iyice dine verdiği için, sadece dostluk ilişkileri vardı," diyor Meryem.

"Severler miydi birbirlerini?"

"Severlerdi," diyerek Can yanıtlıyor soruyu. "Malik Amca'nın yanında huzur bulduğunu söylerdi Yusuf Abi."

Malik geliyor gözlerimin önüne. Bir zanlı olarak değil, dünyanın, kendi bedeninin ağırlığından kurtulmuş, yüzü huzur dolu bir ermiş olarak. Neredeyse başının üzerindeki haleyi bile göreceğim. Bu görüntüyü kendi sözlerimle kovuyorum kafamdan:

"Senin hemşerinmiş Malik, öyle mi Can?"

"Evet, o da Antakyalı. Aslında Müslüman bir ailenin çocuğudur. Sonradan Hıristiyan oldu..."

Malik hakkında Can'dan öğrenmek istediğim çok şey var ama Meryem'in önünde konuşmak istemiyorum.

"Meryem Hanım," diyorum yeniden kadına dönerek, "bir konu daha var. Şu Timuçin denilen adam. Bize Yusuf hakkında çok şey anlatabilir. Onu nasıl bulabiliriz, telefonu, adresi, yani adamın hakkında herhangi bir şey..."

"Bilmiyorum Nevzat Bey, hiçbir şey bilmiyorum."

"Ya sen," diyerek Can'a sesleniyor Ali. "Sen de tanımıyor musun Timuçin'i?"

"Adını duydum, yanımda da birkaç kez telefonla konuştu. Ama hiç görmedim. Kim olduğunu da bilmiyorum. Bir keresinde sordum. Bir arkadaş, deyip geçiştirdi Yusuf Abi."

"Peki, Fatih adında birini duydunuz mu?" diye bu kez ikisine de soruyorum. "Bu evde bir mektup bulduk. Yusuf'a yazılmış olduğunu düşünüyoruz. Mektubu Fatih adında biri yazmış. Adam bir ara hastanede yatmış, rahatsızlığı filan olmalı. Yusuf size böyle birinden bahsetti mi?"

Can başını sallayarak, "Yusuf Abi arkadaşlarından söz etmeyi pek sevmezdi," diyor. Ne arkadaşlarından, ne de ailesinden." Meryem'e bakıyor. "Ailesinden hiç bahsetmedi bana. Sana anlatmış mıydı?"

"Yok, bana da anlatmadı. Mardin'de akrabaları varmış, ama onlardan da kimseyi tanımadım."

"Biz tanırız artık," diyor Ali. "Yusuf'un cenaze törenine geleceklerdir herhalde."

"Yusuf akrabalarından pek hoşlanmazdı. Törene onlar gelmese de olur. Zaten cenazeyi ben kaldıracağım."

"Ama," diyor geniş alnı kırışan Can, "Yusuf Abi'ye Hıristiyan töreni yapmak lazım."

"Ne gerekiyorsa yaparız," diye kestirip atacak oluyor Meryem.

"Korkarım bu imkânsız," diyorum.

Tokat yemiş gibi sarsılıyor kadın:

"Nedenmiş o?"

"Sizi gözaltına almak zorundayız. Çünkü Tonguç dün geceki ifadesinde, onu sizin azmettirdiğinizi söyledi. Olay yerinde olduğunuzu siz de gizlemiyorsunuz zaten. Tutuklanıp tutuklanmayacağınıza savcılık karar verecek. Savcılık sizi salıverse bile maktulle hiçbir akrabalığınız yok. Yani Yusuf'un naaşını size vermezler. Onu ancak akrabaları alabilir. Tören için akrabalarından izin almanız gerekecek."

"Gerekirse alırım ama onu sonra konuşuruz, şimdi avukatımı aramam gerek."

Meryem cep telefonundan avukatını ararken, sizi gözaltına alacağız, dememi yanlış yorumlayan Can:

"Başkomiserim, beni de mi gözaltına alacaksınız?" diye soruyor.

"Korkma Can, seni gözaltına almayacağız ama sakıncası yoksa bizimle emniyete gelmeni istiyorum. Konuşmak istediğim birkaç şey var."

Ben senin eziyet verdiğin İsa'yım.

Yeni Ahit, Resullerin
İşleri, 9:5

Merkeze geldiğimizde kar yeniden başlıyor; yoğun bir sis gibi ansızın bastıran koyu beyazlığın içinden geçerek giriyoruz emniyete. Meryem'in avukatı Sıtkı elinde çantasıyla kapıda bizi bekliyor. Müvekkilini görür görmez başlıyor yaygaraya. Saygıdeğer Meryem Hanım'ı ne hakla gözaltına alıyormuşuz, elimizde kanıt var mıymış, tanık var mıymış? Hiç tınmadan üzerimdeki karları silkeliyorum. Sonra bu kısa boylu, şişman avukatı, saygıdeğer müvekkilini ve cesur görünmeye çalıştığı halde gözlerindeki korku giderek büyüyen Tayyar'ı Ali'ye havale edip Can'la birlikte odamın yolunu tutuyorum. Ali hiç itiraz etmiyor bu duruma, bayılır böyle belalı işlere. Şimdi avukatla çene yarıştıracak, ifadesini yazarken Meryem'e bulaşacak, Tayyar'la alay edecek...

Asansörle çıkarken, yeni farkına varmış gibi, Can da omzundaki karları temizliyor. Gözlerindeki endişe yerini meraka bırakmış, karları temizledikten sonra asansörün içinde hangi katta, hangi emniyet biriminin bulunduğunu belirten tabelaya bakıyor.

"Emniyete ilk gelişin mi?" diye soruyorum.

"İlk... Birkaç kez karakola gitmişliğim vardır ama buraya ilk kez geliyorum."

"Pek sevimli değil ha..."

Gerçeği mi söyleyeyim, yoksa kibarlık mı yapayım dercesine bakıyor.

"Çekinme, çekinme söyle..."

"Evin sıcaklığı yok burada," diyor gülümseyerek. "Allah'tan sizin konuğunuzum."

Odama geçtiğimizde eşyaların üzerinde gezinen bakışlarındaki yabancılık duygusundan, ev sıcaklığını burada da bulamadığını anlıyorum, onu rahatlatmaya çalışıyorum.

"İstediğin yere geç... Aç mısın, yiyecek bir şeyler söyleyeyim?"

"Teşekkür ederim," diyor masama en yakın koltuğa yerleşirken. "Karnım tok, çay, kahve de istemem."

Anlaşılan kendini bana yakın hissetmeye başladı. Çünkü çoğunlukla bu odaya soruşturma için gelenler masaya en uzak koltuğa yerleşirler.

"Peki o zaman... Seninle açık konuşacağım Can."

Anlamak istercesine ela gözlerini yüzüme dikiyor.

"Bugün Malik'in dükkânındaydım. İlginç şeylerden bahsetti."

Tatlı bir gülümseme yayılıyor Can'ın aydınlık yüzüne.

"Öyledir, ilginç bir adamdır Malik Amca..."

"Senin hakkında da ilginç şeyler söyledi. Özellikle dayın hakkında..."

Gülümsemesi donuyor, bedenini kasarak hafifçe öne eğiliyor.

"Dayın Katolik Kilisesi'nde papazmış..."

"Bunda ne var Başkomiserim?"

"Seni İtalya'ya yollamış, ilahiyat eğitimi için... Yani Hıristiyanlığı öğrenmen için."

Can önemsememiş gibi omuzlarını silkiyor:

"Doğru..."

"Bize bunlardan hiç bahsetmedin."

"Yeri gelmemiştir... Ne bileyim, önemli bulmamışımdır. Hem siz de sormadınız. İstiyorsanız anlatırım."

Koltuğumda geriye yaslanıyorum.

"İstiyorum, anlat o zaman."

"Tamam anlatayım... Arap olduğumu söylemiştim. Annem de, babam da Arap'tı, ikisi de Antakyalı'ydı. Annem Hıristiyan'dı, babam ise Nusayri, yani Arap Alevisi. Lisede tanışmışlar, tanıştıkları anda da birbirlerine âşık olmuşlar. Dinlerinin farklı olmasının hiçbir önemi yokmuş. Ne babam annemden dinini değiştirmesini istemiş, ne de annem babamdan. Onlar için önemli olan tek şey aşklarıymış. Ama insanlar onlar gibi düşünmüyormuş, başta da Antakya Katolik Kilisesi'nin Başpapazı Daniel Dayım. Babam Eğitim Enstitüsü'nü bitirip de annemle evlenmek isteyince ilk dayım karşı çıkmış bu işe. Tek kızkardeşi Elizabeth'in bir Müslüman'la evlenmesini içine sindiremiyormuş. 'Bu evlilik olmaz,' demiş. Dedem ile ninem yıllar önce öldüğü için de evde onun sözü geçiyormuş. Annem de çok severmiş abisini fakat bu kez onu dinlememiş. Abisinin kendisini dışlamasını göze alarak babamla evlenmiş. Annemin ailesinden kimse katılmamış düğüne, çok üzülmüş kadıncağız. Bunları bana yıllar sonra Daniel Dayım anlattı. Pişman olmuştu yaptıklarına. Belki de o pişmanlığının bedeli olarak beni yanına aldı. İtalya'ya yolladı, iyi bir eğitim almamı sağladı."

"Ama dini bir eğitim," diye vurguluyorum.

"Öyle, Hıristiyanlık eğitimi."

"Baban ne dedi bu işe?"

İnce bir hüzün dalgası kaplıyor yüzünü:

"Babam ile annem ben küçükken öldüler. İkisi birlikte..."

Bu hiç beklemediğim bir yanıt.

"Üzüldüm..." diyorum, "Trafik kazası mı?"

Acı bir gülümseme beliriyor Can'ın dudaklarında:

"Onun gibi bir şey... Terör kazası. İstanbul'da bir arabada kurşunlandılar."

Gözlerim şaşkınlıkla yüzünde takılı kalırken, anlatmayı sürdürüyor:

"Askeri darbe öncesi dönem. Ülkede kan gövdeyi götürüyormuş. Babam o sıralar Kadıköy'de bir okulda görevliymiş. Okulda adı çıkmış komünist diye. Sonradan öğreniyorum ki, sadece sosyal demokratmış. Hayal meyal hatırlıyorum, babamın külüstür bir arabası vardı: Murat 124. Bir sabah bizimkiler alışverişe gitmek için arabaya binmişler, olacaklardan haberleri yok ama birileri mahallenin çıkışında pusu kurup onları bekliyormuş. Tam mahalleden çıkarken taramışlar babamın arabasını. Babam olay yerinde ölmüş, annem hastanede..." Dudaklarındaki buruk gülümseyişi yitirmeden bakıyor. "O günleri siz benden daha iyi bilirsiniz Başkomiserim. Her gün birkaç kişi ölüyormuş. Annem ile babam da kim vurduya gitmiş işte."

Yaşananların etkisini atlatmış gibi sakin sakin anlatıyor Can ama bunun o kadar kolay olduğunu sanmıyorum.

"Senin için zor olmalı... Kaç yaşındaydın o zaman?"

"Dokuz filan... Zordu herhalde, fazla bir şey hatırlamıyorum. Dayım yalnız bırakmadı beni. Hemen alıp Antakya'ya götürdü. Orada bir okula yazdırdı. Ne istediysem yerine getirdi. Liseden sonra da Roma'ya yolladı."

"İtalya'ya yollamasını da sen mi istedin? Yani şu Hıristiyanlık eğitiminden söz ediyorum."

Yanıtlamadan önce biraz düşünüyor.

"Yok, onu ben istemedim ama karşı da çıkamadım. Zaten dayımın yanında Hıristiyanlıkla ilgili bir sürü şey öğrenmiştim. Öğrendiklerim çok da ters gelmiyordu bana. İsa'yı seviyordum. İyi bir adamdı, barıştan yanaydı, yoksuldan ve sevgiden yanaydı. Aslına bakarsanız hâlâ seviyorum; Musa'yı da, Muhammed'i de sevdiğim gibi... Kendi dönemlerinde hepsi iyi adamlar."

"O halde görüşlerin İtalya'da değişti," diyorum.

Gözleri dalıyor; sanki İtalya günlerini yeniden yaşıyor gibi.

"Öyle oldu... Üçüncü sınıfa geçmiştim. Roma Üniversitesi'nden Alessandra diye bir kızla tanıştım. Kız, Arapça'ya merak sarmıştı, sanat tarihi okuyor ve İslam felsefesiyle ilgileniyordu. Sanırım benimle de Arapça öğrenmek için arkadaşlık kurmak istedi. Her neyse... O bana Aquino'lu Aziz Tommaso'yu anlattı. Bu Aquino'lu Tommaso, Hıristiyanlar için çok önemli bir adam. İslamiyet'in bir türlü gerçekleştiremediği reformu, Hıristiyanların gerçekleştirmesini sağlayan kişilerden biri. Onun görüşlerini öğrenince aklım karıştı. Çünkü Aquino'lu Tommaso'nun bazı önemli meselelerde kendine örnek aldığı kişi İbn Rüşd'dü. Yani bir İslam felsefecisi. İbni Rüşd'ün kitaplarını okuyan Aquino'lu Tommaso, onun sayesinde Aristoteles'i yeniden keşfetmişti. Evet, şaşılacak şey ama Aristoteles gibi önemli bir felsefeciyi yeniden gün ışığına çıkaran kişi, bir Batılı felsefeci değil, İbn Rüşd'dü. O zamanlar Batı dünyası Ortaçağ'ın en karanlık günlerini yaşıyordu. Hıristiyanlık kara bir duman gibi çökmüştü Avrupa'nın üzerine. Kilise, akla dayalı tüm düşüncelerle birlikte, Antik Yunan filozoflarını pagan olmakla suçlayıp düşman ilan etmişti."

Can'ın söylediklerinin bir kısmını anlıyorum, söz gelimi Aristoteles'in adını duymuştum, Ortaçağ'ın karanlığını biliyordum ama ne Aquino'lu Tommaso'dan haberim vardı, ne de İbn Rüşd'den. Belli ki, Can çok önemli konulardan bahsediyor, ne var ki bir cinayet soruşturmasının ortasında bu konular bana önemsiz birer ayrıntıymış gibi geliyor.

Yüzümdeki sıkıntıyı fark edince, "Kusura bakmayın Başkomiserim, bunlar biraz ağır konular," diye açıklamak zorunda kalıyor. "Fazla akademik, ilginizi çekmemesi doğal. Şöyle özetleyebilirim: İslam filozoflarının Aquino'lu Tommaso gibi önemli bir Hıristiyan din adamını etkilediğini, değiştirdiğini öğrenince kafam karıştı. Buna Alevi bir babanın oğlu olmamı da eklersek, uzun saçlı, iri gözlü, masum yüzlü İsa'dan uzaklaşmaya başladım. İslam filozoflarının kitaplarına yöneldim. Ardından ötekiler geldi, bir de baktım bilinemezci olup çıkmışım." Sessizce gülmeye başlıyor.

"Şu bilimsellik işini de fazla abartmayalım, tamam, o sıralar din felsefesiyle filan ilgileniyoruz ama kafamızı asıl karıştıran şey Alessandra'nın esmer teninde, iki iri zümrüt gibi parlayan yeşil gözleri. Çünkü bütün bunları Alessandra sayesinde öğreniyordum. Bütün bunları onunla tartışıyordum. Üstelik bu tartışma, kısa sürede üniversite kantininden Alessandra'nın evine taşınmıştı."

Ben de gülmeye başlıyorum. Samimi bir çocuk bu Can, kendini bir bok zanneden, o çokbilmiş entelektüellerden değil.

"Dayın ne dedi bu işe?"

"O sıralar beni en çok endişelendiren dayımdı zaten. Acaba ne diyecekti bu işe? Yaz tatilinde Antakya'ya dönünce, hiç kıvırmadan, çekinmeden gerçeği olduğu gibi anlattım. Zaten heykel yapmaya, resme filan merakım var. 'Ben artık ilahiyat değil, sanat tarihi okumak istiyorum,' dedim. Dayım hiç kızmadı, sadece, 'Âşık oldun değil mi?' diye sordu. Ne diyeceğimi bilemedim, yüzüm kızardı. Çünkü dayım hiç evlenmemişti, ruhuyla birlikte bedenini de İsa'nın ideallerine adamıştı. Böyle bir adamın karşısında ne yapayım, Alessandra'nın yeşil gözlerine, uzun bacaklarına vuruldum, demek biraz hafif kaçacaktı. Azarlamasını, hatta aşağılamasını, 'Hemen git günah çıkar,' demesini bekledim, yapmadı. Elini omzuma koydu.

'Tanrı'nın sınavları bitmez evladım,' dedi. 'Sen şimdi Âdem Babamızın karşılaştığı cinsten zor bir sınava girdin. Biliyorsun, Âdem Babamız o sınavdan geçememiş, Havva Anamızla birlikte cennetten kovulmuştu. Ama bunun sayesinde insanoğlunun büyük macerası başlamış oldu. Eğer Âdem Babamız, Tanrı'nın yasakladığı o meyveyi yemeseydi, şimdi ne sen olurdun, ne de ben. Çünkü günah diye bir şey olmazdı. Âdem Babamız ile Havva Anamız hâlâ cennette ne kendilerini, ne de cenneti bilmeden dolaşıyor olurlardı. O yasak meyveyi yedikleri için Tanrı'dan bağımsızlaştılar, günah işlediler. Bir başka deyişle, günahı yarattılar. İşte o günah olduğu içindir ki, İsa Efendimiz bizi kurtarmak amacıyla dünyaya geldi. O günah olduğu içindir ki, biz İsa Mesih'in yolundan yürüyoruz. O günah olduğu içindir ki, sen genç bir adam olarak her adımda yeni bir sınava giriyorsun. Çünkü o ilk günahla birlikte bedenin istekleri ile ruhun istekleri birbirinden ayrıldı. O yüzden utanma! Bedenin ile ruhun arasındaki bu savaş sonsuza kadar sürecek. Ta ki İsa Efendimiz'in söyledikleri gerçekleşinceye, ruh bedenin hapishanesinden kurtuluncaya, gerçek özgürlüğü buluncaya kadar.'

Evet Başkomiserim, Daniel Dayım bunları söyledi. Aslında ne demek istediğini çok iyi anlıyordum. Ama duyduğum sevinç söylediklerinin bir kulağımdan girip ötekinden çıkmasına neden olmuştu. Demek dayım artık bana karışmayacaktı. Demek artık özgürdüm, demek artık istediğim okulda okuyabilecek, resimle, heykelle uğraşabilecek, Alessandra'ya daha yakın olabilecektim. Oldum da, ta ki Alessandra beni İslam felsefesi uzmanı, keçi sakallı Amerikalı bir profesör için terk edinceye kadar."

Kin yok sesinde, keder de yok, yaşadığı yenilgiyi kabullenmiş birinin ezikliği var sadece.

"Alessandra seni terk edince düşüncelerin değişmedi mi?"

"Hıristiyanlık meselesinde mi? Yok değişmedi, işin içine akıl, düşünce girince tercihleriniz kolay değişmiyor Başkomiserim. O kadar şey okuduktan, o kadar şeyin farkına vardıktan sonra, eh sevdiğimiz kız da bizi terk etti, yeniden İsa'ya dönelim bari diye düşünmüyorsunuz. Hem Alessandra gitti, yerine başka kızlar geldi. İnsan yaşadıkça aşkın da geçici bir duygu olduğunu anlıyor."

İkimiz de gülüyoruz.

"Babanın dini de mi çekmedi seni?" diye soruyorum sonra.

"Nusayrilik mi? Yok çekmedi. Kafamdaki sorular sadece Hıristiyanlıkla değil, bütün dinlerle ilgiliydi. Yani Tanrı'yla."

"Ama Malik senden hâlâ umutlu," diyorum konuyu antikacıya getirmek için. "Günün birinde senin yeniden Hıristiyan olacağına inanıyor."

Düzgün dişleri görününceye kadar gülümsüyor:

"Evet, Malik Amca'nın öyle bir beklentisi var. Fakat yanılıyor, öteki dinler gibi Hıristiyanlık da çekmiyor beni. Zaten ben hiçbir zaman Hıristiyan olmadım ki. Kimse beni vaftiz bile etmedi. Hıristiyanlığı öğrenmeye çalıştım, olmadı işte. Pişman da değilim, hatta beni bırakıp gitmiş olmasına rağmen Alessandra'ya bir teşekkür borcum bile var. Malik Amca bunu anlamak istemiyor. Sonradan Hıristiyan olmasına rağmen, Daniel Dayımdan daha inatçı biri."

"Sahi nedir şu Malik'in hikâyesi?"

Yüzü sıkıntıyla buruşuyor.

"Ne oldu," diyorum, "anlatmak istemiyor musun yoksa?"

"Anlatırım da Başkomiserim, biraz ayrıntılı bir konu."

"Olsun, vaktim var."

"O kadar çok insana anlattım ki bu konuyu. Yıllarca dinle ilgisi olmamış, üstelik baba dini Nusayrilik olan bir adamın birden çıkıp ben Hıristiyan oldum demesini anlayamıyordu kimse. Oğlu Zekeriya'ya bile ben açıkladım babasının durumunu. O da işin içinden çıkamıyordu."

"Zekeriya'yla ben de tanıştım, bugün Malik'le konuşmaya gittiğimde dükkândaydı. O da mı Hıristiyan?"

"Yok, Zekeriya annesinin dininden ayrılmadı. Çünkü kadın ölüm döşeğinde oğluna yemin ettirdi, 'Asla babanın dinine girme,' diye... Zavallı kadıncağız, kocasının nasıl olup da böyle birdenbire değiştiğini hiçbir zaman anlayamadı. Zaten Malik Amca Hıristiyan olunca, karısıyla ilişkisini bitirdi. Evini bırakıp Kumkapı'da başka bir ev satın aldı."

"Peki neden değişti Malik?"

"Şimdi Başkomiserim, bu olay doğrudan Nusayri kültürüyle bağlantılı. Daha doğrusu, Nusayriliğin düşünce tarzıyla. Nusayrilerin Arap Alevisi olduğunu söylemiştim ya, bu inanç biçimi Anadolu'daki Alevilikten oldukça farklı. Onları buluşturan tek nokta Ali düşüncesi. Bir de politik olarak her iki kesim de sola daha yalandır. Anadolu Aleviliği, Türk Şamanizmi, Antik Yunan felsefesindeki bazı öğretiler, son olarak da Ali'nin adaletli düşünce sisteminin birleşmesinden oluşur. Nusayrilik ise temelde Ali'nin düşüncesi üzerinde yükselir. Nusayriliğin kökleri İslamiyet'in gelişme dönemlerine kadar uzanır. O dönem Müslüman askerler dinlerini yaymak için, dünyanın birçok yerine olduğu gibi Mısır'a da akınlar düzenlemişlerdi. Mısır'da hâlâ binlerce yıl önceki inanışlarını sürdüren çoktanrılı rahipleri Müslüman yapmışlardı. Ancak insanların dinlerini değiştirmek sanıldığı kadar kolay değil. Ve din değiştiren insanlar da eski inanışlarını tümüyle terk edip yeni inanışa sarılamazlar. Yeni bir dini benimseseler bile, eski inançlarını da yanlarında sürüklerler. Eski ile yeni dini kendi içinde birleştirmeye çalışırlar. Buna en iyi örnek Ayasofya'daki bir İsa mozaiğidir. Hıristiyanlıktan önce Anadolu'daki çoktanrılı din kültüründe Apollon ışığın tanrısıydı, yani dünyayı onun aydınlattığı söylenirdi. Bugün Ayasofya'nın kapısının üzerindeki İsa mozaiğine bakarsanız, İsa'nın sol elinde bir İncil tuttuğunu görürsünüz. İncil'in üzerinde, 'Ben dünyanın ışığıyım,' yazmaktadır. Yani eski dinler, eski inanışlar birdenbire yok olmazlar, kültürel değişimler içinde yeni olanla birleşerek, başka bir inanç biçimi olarak ortaya çıkarlar..."

Can'ın söyledikleri sahiden merak uyandırıyor, ancak bizim konumuzla ne ilgisi var, hâlâ tam olarak anlayamıyorum. Yine de sabırla onu dinlemeyi sürdürüyorum.

"Bence Nusayrilik, eskiyi içinde taşıyarak yeni inançla birleşebilen kültürlerden biri... Çünkü İslamiyet'te reenkarnasyon, yani öldükten sonra başka biri olarak yeniden dünyaya gelme inanışı yoktur. Oysa bizim Antakya yöresinde, yani Nusayrilerin yaşadığı bölgede, neredeyse insanların tümü reenkarnasyona inanır. Bu inanış o kadar yaygındır ki, her aileden bir kişi böyle bir deneyim yaşadığını size anlatabilir."

Kafamdaki sisler aralanmaya başlıyor: Malik'in ailesi de Nusayri olduğuna göre, demek ki kendisinin önceki yaşamında Pavlus olduğuna inanıyor... Gözlerimdeki parıltıdan mı, yüzümün gerilmesinden mi, ne düşündüğümü sezinleyen Can beni onaylıyor:

"Evet, Malik Amca'nın başına gelen de tam olarak buydu."

Ama bu kadar basit olmamalı, merakla atılıyorum:

"İyi de, nasıl olmuş bu olay? Yani Malik eskiden Pavlus olduğunu nasıl anlamış?"

Can'ın sevimli yüzünde ciddi bir ifade beliriyor.

"Aslında oldukça uygun bir ortamda, Şam yolunda..."

"Pavlus'un İsa'yı gördüğü yerde," diye mırıldanıyorum.

"Tam olarak aynı bölge mi, bilmek zor ama Şam'a giderken..."

"Niye gidiyormuş Şam'a?"

"Elyazması bir İncil'i satın almak için."

"Yasadışı bir iş..."

"Öyle, Malik Amca'nın geçmişi pek temiz değildir, ta ki kendini Pavlus sanıncaya kadar. Neyse, biz gelelim Şam yolculuğuna. Karayoluyla gidiyorlarmış, oldukça uzun bir yolculuktan sonra mola vermişler. Malik Amca bunaldığını söyleyip biraz yürümek istemiş, işte o anda bir ışık görmüş. Işığın altında da tıpkı kendisine benzeyen bir adam. Ama adamın giysileri binlerce yıl öncesini çağrıştırıyormuş. Malik Amca durmuş, şaşkın şaşkın, benzerini izlemeye başlamış. Benzeri olan adam, Malik Amca'dan habersiz, kendisini içine alan ışığa bakıyormuş. Işık o kadar parlak, o kadar güçlüymüş ki, zavallı adam yere yığılmış. Yere yığılan adamı izleyen Malik Amca, aynı anda bir ses duymuş. Yaralı bir ceylanınki gibi derin, genç bir aslanınki gibi öfkeli bir ses...

'Saul, Saul neden bana eziyet ediyorsun?' diyormuş ses.

Şaşkınlık içinde yerde kıvranan adam sonunda cesaretini toplayıp, 'Sen kimsin, ya Rab?' diye sormuş.

Aldığı yanıt şöyleymiş:

'Ben senin eziyet verdiğin İsa'yım.'

Zavallı adam ne yapacağını bilemeden, yattığı yerde korkuyla titrerken, göklerden gelen ses yeniden gürlemiş:

'Şimdi ayağa kalk, kente gir. Ne yapman gerektiği sana bildirilecektir.'

Malik Amca, bu anı daha önce yaşadığını hatırlamış. Hatırlar hatırlamaz da ortalık birdenbire kararmış. Gözünü açtığında kendini mola verdikleri restoranın içinde bulmuş, yol arkadaşları onu ayıltmaya çalışıyorlarmış. Yaşadıklarını yol arkadaşlarına anlatmış, 'Siz bir şey duymadınız mı, görmediniz mi?' diye sormuş. Ama ondan başka kimse bu olaya tanık olmamış. İşte o günden sonra Malik Amca geçmişini didiklemeye başlamış. Araştırması onu ilginç sonuçlara götürmüş. O da Pavlus gibi Tarsus'ta doğmuş, sonradan Antakya'ya göçmüşler. Onun da babası tıpkı Pavlus'unki gibi çadırcıymış. Bunları da öğrenince iyice emin olmuş geçmiş yaşamında Pavlus olduğundan. Ve insanlardan kaçarak bir tür inzivaya çekilmiş, bugünün bilgilerinden kurtulup geçmişi hatırlamaya çalışmış. Hatırladığı geçmiş, Pavlus'un yaşamıymış. Ama olanları tam olarak çıkaramıyormuş, bu nedenle İncil'e başvurmuş. İncil'den Resullerin İşleri ile Pavlus'un Romalılara Mektubu'nu okumuş. Okudukça daha iyi hatırlamış, okudukça daha çok emin olmuş kendisinin geçmişte Pavlus olarak dünyaya geldiğine. İşte o günden sonra Malik Amca sıkı bir Hıristiyan oldu. Ancak onu Hıristiyanlar hiçbir zaman ciddiye almadılar. Daniel Dayım bile -ki ikisi iyi arkadaştırlar- Malik Amca'nın, geçmişte işlediği suçlardan dolayı vicdan azabı duyduğunu, Şam yolunda kafasına güneş geçince de kendisini Aziz Pavlus sanarak bir tür arınma yaşadığını söyledi. Reenkarnasyonla iç içe yaşamalarına rağmen, Malik Amca Hıristiyanlığı seçtiği için Nusayri akrabaları da ona inanmadılar. Ama Malik Amca ne Hıristiyanlara, ne de Nusayrilere aldırmadı. O kendisinin Pavlus olduğuna inandı..."

Sözlerini tamamlayan Can, işte böyle Başkomiserim, Malik Amca'nın Şam yolunda yaşadığı deneyim bu, dercesine bakıyor.

"Ya sen," diyorum, "sen inanıyor musun Malik'e?"

Hiç duraksamadan yanıtlıyor:

"Malik Amca'nın yalan söylediğini sanmıyorum. O bir sahtekâr değil. Anlattıklarını sahiden de görmüş olabilir. Ama onun gördüklerinin gerçek olduğuna inanmıyorum. Daha doğrusu, inanmam için bir neden yok. Büyük olasılıkla Daniel Dayımın söyledikleri doğru. Yani Malik Amca'nın başına güneş geçti ya da hastalandı. Zaten düşüp bayılmış. Malik Amca'nın Şam'a elyazması bir İncil almaya gittiğini biliyoruz. Yani Kutsal Kitap'ı ticaret için kullanıyordu. Bu hem yasadışı bir işti, hem de günahtı. Gözünü para hırsı bürümüş olmasına rağmen, Malik Amca alttan alta bir tür korku duymuş da olabilir. Buna reenkarnasyonun olabilirliğine duyduğu inancı da eklersek, Malik Amca'nın nasıl olup da kendini Pavlus sandığını açıklayabiliriz. Ancak sonuçta bu açıklama da bir varsayımdan öteye gidemez. Gerçek nedir, bunu kesin olarak bilmek imkânsız."

Doğru söylüyor ama ben daha basit düşünürüm; basit ve kanıtlarla. O yüzden, Daniel'in varsayımı bana daha gerçekçi geliyor.

Benden ses çıkmadığını gören Can, "Malik Amca'nın Hıristiyan olması neden bu kadar önemli Başkomiserim?" diye soruyor. Yüzünde kuşku, merak karışımı bir ifade var. "Benim Hıristiyanlıkla olan ilgimi de unutmayalım. O kadar sorduğunuza göre, işin içine benim bir zamanlar Hıristiyanlık eğitimi almam da giriyor. Bunlar neden önemli? Yusuf Abi'nin cinayetiyle Hıristiyanlığın ne ilgisi var?"

"Çok ilgisi var. Yusuf, kabzası haç olan bir bıçakla öldürüldü. Ayrıca, cesedin bulunduğu odada, açık bir Kutsal Kitap vardı. Kitabın bazı satırlarının altı Yusuf'un kanıyla çizilmişti. Kitabın kenarına ise yine Yusuf'un kanıyla Mor Gabriel yazılmıştı."

"Mor Gabriel mi?" diye soruyor. Sesi korku, şaşkınlık yüklü. "Emin misiniz, Mor Gabriel mi yazıyor?"

"Öyle yazıyordu."

Heyecanla sözümü kesiyor.

"Kitap burada mı? Ben de bakmak isterdim."

"Kitap burada, getirtiriz ama önce şu Mor Gabriel'den konuşalım biraz. Kim bu adam?"

Söze başlamadan önce gözleri endişeyle bir süre yüzümde kalıyor ama beni görmüyor, belki söyleyeceklerini toparlamaya çalışıyor, belki de olanlara bir açıklama arıyor.

"Mor Gabriel bir aziz," diyor sonunda. "Bir Süryani azizi. Önemli bir adam, mucizeler yaptığı söyleniyor. Onun adına bir manastır bile var."

"O manastırda mı yaşıyor bu adam?"

Zoraki bir gülümseme yayılıyor Can'ın dudaklarına:

"Ne yaşaması Başkomiserim, Mor Gabriel yaklaşık bin dört yüz yıl önce öldü."

Bir an ne diyeceğimi bilemiyorum, Kutsal Kitap'ın kenarına kanla yazılmış yazı geliyor gözlerimin önüne, tüylerimin diken diken olmasına engel olamıyorum. Aklımdan bu tuhaf düşünceleri kovarak, "Eceliyle mi ölmüş?" diye soruyorum.

"Eceliyle ölmüş, üstelik zamanına göre oldukça da uzun bir ömür sürerek; tam yetmiş dört yıl yaşamış."

"Peki gerçekleştirdiği mucizeler neymiş?"

Hatırlamaya çalışıyor:

"Hastalıkların iyileştirilmesiyle ilgili bir mucizesi var... Ha bir de, uzun yıllar cesedi hiç bozulmamış."

"Nereden biliyorlar cesedinin bozulmadığını?"

"Mor Gabriel Manastırı'nda anlatılan bir efsane var. Mor Gabriel öldükten yüzlerce yıl sonra birileri onun cesedini çalmış. Manastırdaki rahiplerin olaydan haberi yok. Ancak ertesi sabah hırsızların hepsi manastırın dışında ölü bulunmuş, yanlarında da Mor Gabriel'in cesedi. Bir de bakmışlar ki Mor Gabriel'in cesedi öldüğü günkü gibi taptaze."

Bunları anlatırken Can'ı da bir heyecan dalgası kaplıyor, yüzü geriliyor, sesi boğuklaşıyor.

"Sen inanıyor musun bunlara?"

"İnanmıyorum." Bakışlarını kaçırıyor. "İnanmıyorum ama," diye söyleniyor. Yeniden bakışlarını yüzüme dikiyor. "Yusuf Abi bana hep gördüğü bir rüyayı anlatınca biraz kafam karıştı doğrusu."

"Neymiş bu rüya?"

"Aslında bir rüya mı, yoksa halisünasyon mu, ondan emin değilim." Bir an kararsızlaşıyor. "Siz de tespit etmişsiniz. Yusuf Abi esrar içerdi."

"Bizim tespit ettiğimizi nereden biliyorsun?"

"Meryem Abla söyledi. Ona sormuşsunuz. Öyle değil mi?"

"Öyle, sanırım Meryem de içiyormuş." Sessiz kalarak onaylıyor tahminimi. "Ya sen, sen de içer misin?"

Yüzünde masum bir ifade beliriyor; işlediği küçük suçtan dolayı bağışlanmayı bekleyen bir çocuğun sevimliliği.

"Size yalan söylemeyeceğim Başkomiserim. Ben de içerim ama her zaman değil. Hani ortam filan olursa, canım da çekerse. Öyle kendimi kaybedecek kadar da değil. Herkes çekiyorsa, ben de çekerim..."

"Yusuf la birlikte de içtin mi?"

"İçtim ama bir yere kadar. Ben nerede duracağımı bilirim. Yusuf Abi'nin sorunu, nerede duracağını bilmemesiydi. Başladı mı, donup kalıncaya kadar içiyordu ya da sızıncaya kadar. Sanki unutmak istediği kötü bir anı vardı da, esrardan yardım umar gibi çaresizce içiyordu. O yüzden belki de bana rüya diye anlattığı olay, esrarın etkisiyle gördüğü bir hayaldi..." Sanki o hayali şimdi kendisi görüyormuş gibi bir süre susuyor. "Ama tuhaf bir hayal," diye açıklamaya çalışıyor. "Genzini yakan bir koku duyuyormuş önce. Tanıdığı bir koku.

Bu koku ona yüzyıllarca kapalı kalmış bir manastırı çağrıştırıyormuş, manastırda yakılan kandilleri, ufalanan taşları, eriyen mermeri, çürüyen ahşabı, yıpranmış sayfaları, küflenen cesetleri. Evet cesetleri... Böyle anlatmıştı Yusuf Abi. Ama hiç korkmuyormuş, sadece çevresine bakınıyormuş. O anda usulca kımıldanan siyah bir leke görüyormuş. Biçimsiz, belirsiz bir leke... Simsiyah bir siluet... Lekeye gülümsüyormuş, aynı anda, 'Mor Gabriel,' sözleri dökülüyormuş ağzından. Hayır, o karar vermiyormuş bu iki sözcüğü söylemeye. Adeta sözcükler kendiliğinden çıkıyormuş ağzından. Bu sözcükleri söyleyince, leke usulca yaklaşıyormuş. Yaklaşınca da insan cismine bürünüveriyormuş. Sakallı, siyahlar giyinmiş bir insan. O insan başucuna gelip kulağına fısıldıyormuş: 'Beni tanıdın mı?' 'Mor Gabriel,' diye mırıldanıyormuş yine Yusuf Abi. Ağzından Mor Gabriel sözcüğü dökülürken, bir müzik duyuyormuş; derinden, çok derinden gelen bir ayin müziği. Süryani dilinde yinelenen tutkulu bir mırıltı, kendinden geçmiş birinin söylediği bir tekerleme. Aynı anda haçı fark ediyormuş. Gümüşten bir haç. Adam haçı elinde mi taşıyor, yoksa göğsünde mi, anlamaya çalışırken boşluğu bölen bir parıltı görüyormuş. Bir acı hissediyormuş. Parıltı yeniden yanıp sönünce acı kayboluyormuş. Bütün bedenine bir rahatlık yayılıyor, ses uzaklaşıyor, odadaki renkler siliniyor, en son da o siyah leke kayboluyormuş. Siyah leke kaybolduğu anda Yusuf Abi de uyanıyormuş..."

"Parıltıyı iki kere mi görüyormuş?" diye soruyorum.

"Evet iki kere, öyle söylemişti. Niye sordunuz Başkomiserim?"

"Çünkü Yusuf'un vücudunda iki bıçak darbesi vardı."

Ela gözlerini kısarak anlamaya çalışıyor.

"Düşünsene," diyorum, "saplamak için yukarı kalkmış bir bıçak hızla aşağıya iniyor; havayı ikiye bölen parıltı bu işte."

"Galiba haklısınız Başkomiserim. Ama beni irkilten bıçağın kabzasındaki haç. Çünkü Yusuf Abi rüyasında haçı gördüğünü açıkça söylemişti."

Bunları söylerken adeta fısıldar gibi konuşuyor.

"Ne yani, Yusuf ölümünü önceden mi gördü?"

"Bilmiyorum Başkomiserim," diyor, gözleri endişeli, huzursuz. "Ne diyeceğimi bilemiyorum gerçekten. Siz ne düşünüyorsunuz?"

"Ne düşüneceğim, büyük ihtimalle katil, Yusuf'un bu rüyayı anlattığı kişilerden biri."

Tam olarak öyle demek istemediğim halde, kendisini suçladığımı düşünen Can masadan uzaklaşıyor, iskemlesine yaslanıyor:

"O zaman işiniz zor değil," diyor buruk bir sesle. "Yusuf Abi'nin rüyasını çok fazla insana anlattığını sanmıyorum."

"Ben de sanmıyorum. Senden başka, Meryem'e anlatmıştır, belki şu meçhul Timuçin ile Fatih'e de... Ve elbette Malik'e."

Malik'e derken onu izliyorum, bakalım ne söyleyecek.

"Malik Amca'ya anlattı," diyor safça. "Ben yanlarındaydım. Meryem Abla'ya da anlatmış ama Timuçin ile Fatih'i bilmiyorum."

"Çünkü onları tanımıyorsun," diyorum bakışlarıma manidar bir anlam yükleyerek. "Öyle değil mi?"

"Tanımıyorum Başkomiserim, daha önce de söyledim..."

Can'ı biraz daha sıkıştırmak niyetindeyim ama masanın üzerindeki telefon çalmaya başlıyor. Telefona bakıyorum, arayan bizim Zeynep.

Ceylan derisi üzerine Aramice yazılmış bir metin.

Zeynep'in telefondaki sesi heyecanlı. Öğrendiklerinin verdiği hevesle aceleyle konuşuyor:

"İlginç bazı bilgilere ulaştım Başkomiserim, uygunsanız rapor vermek isterim."

"Öyle mi? Neler buldun?"

"Telefonda mı anlatayım?"

Can'ın yanında anlatmasından daha iyi.

"Evet, dinliyorum."

"Yusuf'un banka hesabına yüz bin dolarlık bir havale gelmiş. Havaleyi gönderen kişi Malik Karakuş..."

"Havalenin ne için gönderildiği belli mi?"

"Hayır Başkomiserim, hiçbir açıklama yok. Ama Yusuf ile Malik'in aralarında bir para ilişkisi olduğu kesin. Ayrıca Malik hiç de temiz bir adam değil. Suç dosyası oldukça kabarık biri. Tarihi eser kaçakçılığından tutun, silah kaçakçılığına kadar ne ararsanız var adamda."

"Son yıllarda hiç suç işlemiş mi?"

"Yok Başkomiserim, son yıllarda hiçbir vukuatı yok ama yüz bin dolarlık havale ilginç geldi bana..."

Zeynep haklı, bakışlarım Can'a kayıyor, kendi halinde, sakin sakin oturuyor, gözleri dizlerinin üzerinde kavuşturduğu ellerinde. Şu yüz bin dolar meselesini biliyor mu acaba? Bilse anlatırdı. Anlatır mıydı? Anlayacağız.

"Peki başka ne bulduk Zeynep?" diye soruyorum.

"Önemli bir bulgu daha var. Yusuf'un cep telefonunun dökümleri. Sık sık Meryem'i aramış, Can'ı, Malik'i, bir de emniyeti."

İşte bu gerçek bir sürpriz.

"Emniyeti mi? Emin misin?"

"Kesinlikle, hem de defalarca..."

"Kimi aradığı belli mi?"

"Ne yazık ki hayır, sadece santralın numarası var."

İşte bu kötü. Kimi aradığını bulmak zor olacak.

"Anladım Zeynepçim" diyorum, "sağ ol." Telefonu kapatmak üzereyken aklıma geliyor. "Ha şu cinayet mahallinde bulduğumuz Kutsal Kitap, onu bana getirir misin? Hıristiyanlık konusunda uzman bir arkadaş var yanımda. Bir de o baksın."

"Emredersiniz Başkomiserim."

Telefonu kapatırken, "Arkadaşlar ilginç bir bilgiye ulaşmışlar," diyorum suçlayan bakışlarımı Can'a dikerek. "Senin bize anlatmadığın bir bilgiye."

Huzursuzca kıpırdanıyor.

"Ne bilgisi Başkomiserim?"

Yanıtlamak yerine sertçe soruyorum:

"Yusuf ile Malik ne tür bir iş çeviriyorlardı? Seni uyarıyorum Can. Sakın bana yalan söyleme."

Rengi atıyor, söze başlamadan önce yutkunuyor.

"Yalan yok," diye uyarıyorum. "Unutma, hâlâ zanlılar arasındasın."

"İnanın benim bir ilgim yok Başkomiserim," diyor, beyazlaşan yüzü şimdi kıpkırmızı. "Ben sadece eksperlik yaptım."

"Neyin eksperliğini yaptın?"

"Antika değeri olduğu söylenen elyazması bir kitabın. Ceylan derisi üzerine Aramice yazılmış bir kitap."

"İncil mi?"

"İncil sayılmaz. 'Diatessaron.'"

"O ne demek?"

"Aslında bir müzik terimi. 'Dört ezginin harmonisi' anlamına geliyor. Hıristiyanların bugün kabul ettiği İncil, dört ayrı İncil'in birleşmesinden oluşur: Matta, Markos, Luka ve Yuhanna İncilleri. Diatessaron, bu metinlerden alınmış parçalarla Tatiyan adlı bir Süryani tarafından yazılmış. Bu metnin bir elyazması nüshası 1933 yılında Salihiye'deki kazılar sırasında bulundu. Orijinal metnin MS 170'li yıllarda yazıldığı sanılıyor."

"Yusuf elindeki nüshayı nereden bulmuş, onun kiliseye ait olması gerekmiyor mu?"

"Bence de kiliseye ait olması gerekiyor ama Yusuf Abi ailesinden miras kaldığını söylemişti."

"Kilisenin malı nasıl olur da Yusuf'a miras kalır?"

Can bakışlarını kaçırıyor.

"Yusuf, tarihi eser kaçakçılığı yapıyordu desene şuna..."

Can suçüstü yakalanmanın verdiği utançla sessiz kalıyor.

"Öyle değil mi Can? Neden konuşmuyorsun?"

"Bilmiyorum Başkomiserim, ben sadece eksperlik yaptım."

"Yani hırsızlarla suç ortaklığı yaptın..."

"Hayır Başkomiserim, ben kimseyle suç ortaklığı yapmadım. Çünkü Yusuf Abi'nin getirdiği Diatessaron'un değerli olup olmadığını bile bilmiyordum."

"Ama Malik emin olmuş," diyorum, "çünkü Yusuf'a yüz bin dolar yollamış."

"Yüz bin dolar mı?" diyor dudak bükerek. "Eğer, o eser gerçekse, yüz bin dolar çok küçük bir miktar."

"Belki kalanını sonra ödeyecekti... Belki de kalanını ödememek için Yusuf'u öldürdü."

"Malik Amca mı?" diyor. Sesi hayret yüklü. "Hiç sanmıyorum Başkomiserim, Malik Amca kimseyi öldüremez."

Bir an Malik'in kendiyle, dünyayla barışık yüzü geliyor gözlerimin önüne ama ne melek yüzlü katiller gördük biz.

"Niye? Kendini Pavlus sandığı için mi?" diye çıkışıyorum. "Adamın suç dosyasında ne ararsan varmış. Belki bu Pavlus olma meselesi kendini gizlemek için uydurduğu bir yalandır."

Hiç katılmıyor bu fikrime.

"Yok Başkomiserim, Malik Amca söylediklerine inanıyor. Siz tanımadığınız için..."

"Bak işte bu doğru," diye kesiyorum sözünü. "Ne seni, ne de Malik Amcanı tanıyorum. Belki de bu işte birliktesiniz..."

Yüzündeki kan çekilir gibi oluyor.

"Ne diyorsunuz siz Başkomiserim..." Sözlerini tamamlayamıyor, çünkü kapı açılıyor, içeri Cengiz giriyor. Girer girmez, "Şu cinayet," diyor ama odamda yabancı biri olduğunu görünce lafı değiştiriyor. "Odama gelebilir misin Nevzat, biraz konuşalım. Acele edersen iyi olur, çünkü çıkmam lazım."

Can gözlerinde tuhaf bir ifadeyle önce Cengiz'e, sonra bana bakıyor.

"Başüstüne Müdürüm, hemen geliyorum," diyorum.

Cengiz çıkarken kapıda Zeynep görünüyor. Kucağında Yusuf'un evinde bulduğumuz Kutsal Kitap.

"Gel Zeynep." Elimle Can'ı göstererek ekliyorum. "Uzman arkadaşımız bu... Bir baksın şu kitaba. Sen de yanında dur. Ben Cengiz Müdür'ün odasına kadar gidip geleceğim. Sonra oturur hep beraber değerlendiririz."

Zeynep'in kahverengi gözlerinden geçen parıltı ne demek istediğimi anladığını gösteriyor. Gönül rahatlığı içinde Cengiz'in odasına yollanıyorum.

Cengiz'i odasında, tıpkı sabahki gibi pencerenin önünde beni beklerken buluyorum. Yine sigara içiyor ama bu kez pencereden dışarı değil, bana bakıyor. Üzerindeki kıyafet de aynı değil, lacileri çekmiş. Resmi birileriyle buluşacak herhalde. Odasında hep bir yedek elbise bulunduruyor. Bizim meslekte belli bir rütbeden sonra protokole önem vereceksin, yükselmenin ilk şartlarından biridir bu. Lacivert kaşmir paltosu askıda değil, koltuğun üzerinde, demek ki gerçekten acelesi var.

"Gel Nevzat," diyor. Sesi gergin, telaşlı. "Şu Süryani cinayeti... Haberlerde hep o var. Beyoğlu'ndaki çatışma da onunla ilgiliymiş. Neden benim haberim yok?"

"Sabah anlattım ya..."

Hatırlamaya çalışıyor.

"Doğru ya, anlattın," diyor sonra... "Ne bileyim, o kadar çok olay var ki insan karıştırıyor... Sahi neymiş şu Süryani cinayeti?" Açıklamama fırsat vermeden sürdürüyor. "Buradan yemeğe gideceğim. İçişleri bakanı da gelecek, emniyet müdürü, vali filan herkes orada. Bu olayı soracaklar. Daha şimdiden Sabri Müdürüm iki kere aradı. Ölen herif Hıristiyan ya, Avrupa'nın, Kilise'nin bize baskı yapmasından çekiniyorlar."

Canım sıkılıyor.

"Maktulün Hıristiyan olduğunu kim söyledi?" diye soruyorum.

"Değil mi? Bütün televizyon kanalları bundan bahsediyor."

"Adamın Hıristiyan olduğu doğru da, bunu basına kim sızdırdı, onu merak ediyorum."

Cengiz, bunu bana mı soruyorsun, der gibi ters ters bakıyor:

"Kim olacak, sizden biri söylemiştir."

"Bizden kimse söylemez; Ali de, Zeynep de basına konuşmaz. Olay Yeri İnceleme'den biri gevezelik etmiştir..."

"Şefik mi?"

"Sanmıyorum, adamlarından biri olmalı..."

"Neyse, hep bir sızıntı olur. Nedir bu iş?"

Ayaküstü olayı anlatıyorum. Büyük bir dikkatle beni dinliyor. Ayrıntıları öğrenince gerginliği azalmaya başlıyor.

"Kınalı Meryem'in gözaltında olması iyi," diyor, rahat bir nefes alarak. "İki adamı da elimizde. Demek ki üç zanlımız var. Zaten biri itiraf etti diyorsun..." Henüz yarısını içtiği sigarasını aceleyle kül tablasına bastırırken sürdürüyor. "Yusuf'u Bingöllü Kadir öldürdü, onu da Meryem'in azmettirmesiyle Tonguç adlı şahıs vurdu. Eee olay neredeyse çözülmüş. Cinayetlerin Hıristiyanlıkla da bir ilgisi yok. Elinizi biraz çabuk tutarsanız, yarın basına açıklama bile yapabiliriz. Hatta belki açıklamayı vali yapmak isteyecektir." Durumdan memnun, belli belirsiz aksayan sağ ayağını hafifçe sürükleyerek paltosuna yöneliyor. "Valla bravo Nevzat, iyi iş çıkardınız."

"Keşke düşündüğün gibi olsa."

Cengiz'in paltosuna uzanmış eli öylece kalıyor. Hızla bana dönüyor. Açık kahverengi gözlerinde derin bir endişe:

"Ne demek düşündüğüm gibi olsa?"

"Yusuf'u Bingöllü'nün öldürdüğünü sanmıyorum. İşin içinde başka bir şey olmalı. Yeni bilgilere ulaştık, tarihi eser kaçakçılığı olabilir. Malik diye bir antikacı var, kuşkular onun üzerinde toplanıyor."

Cengiz'in canı sıkılıyor, gözlerindeki endişe bütün yüzüne yayılıyor. Ne güzel, bu akşam müjdeyi verecekti üstlerine. Adamcağızın sevincini kursağında bıraktık. Asıl kötü haberi de açıklıyorum ki tam olsun:

"Bir de Yusuf defalarca emniyeti aramış."

İrkiliyor, kalın kaşlarının altındaki gözlerini kısarak bana bakıyor:

"Hangi emniyeti?" Bana fırsat vermeden kendisi mırıldanıyor. "Burayı mı?"

"Burayı... Ama kiminle konuştuğunu bilmiyoruz. Santralı aramış, oradan bağlamışlar kiminle konuşmak istediyse."

"Tespit edemiyor musunuz?"

"Edemiyoruz. Binlerce telefon geliyor santrala..."

"Kimi aradı acaba?"

"Belki bir tanıdığı vardı. Belki ölüm tehdidi alıyordu, bu yüzden tanıdığı polisi arayıp kendisini korumasını istedi."

"Olabilir, soruşturalım bakalım, Yusuf'u tanıyan var mı aramızda."

"Varsa da inkâr edecektir. Yusuf pek sağlam ayakkabıya benzemiyor."

"Yine de soruşturmakta fayda var." Şimdi daha iyi görünüyor Cengiz. Kendini toparlamış, yaklaşıyor.

"Bak Nevzat, şöyle yapalım. Basına şu Tonguç'u verelim, adamın cinayeti itiraf ettiğini söyleyelim. Yusuf'un katilinin Bingöllü Kadir olduğunu açıklamayalım ama Tonguç'un böyle sandığı için onu öldürdüğünü duyuralım. Böylece basının olayı didiklemesini engelleriz. Sen de soruşturmanı rahatça sürdürürsün. Ha, ne dersin, iyi olmaz mı?"

Bravo Cengiz, bu politik zekâyla sen yakında emniyet müdürü de olursun, vali de, hatta seçimlere girer, içişleri bakanı olarak memleketi bile yönetirsin, demek geçiyor içimden ama söylemiyorum tabii.

"Tamam," diyorum, "anlaştık. Ancak basın toplantısı düzenlemeseniz iyi olur. Çünkü işin altından ne çıkacağı belli değil."

Elini omzuma koyuyor, sigara kokan nefesi yüzümü yalıyor:

"Merak etme Nevzat," diyor ustaca sağ gözünü kırparak, "basın toplantısı düzenlemeyeceğiz. Ama herkes bu iş tümüyle çözüldü sanacak. Eğer hâlâ yakalanmayan bir katil varsa, o da öyle sanacak. Bu da senin işine gelir, değil mi?"

"Sağ ol, çok işime gelir."

"Ha, bu arada Sabri Müdürüm seninle de görüşmek istiyor." Kaçamak bir bakış atıyor yüzüme. "Eğer gelmek istersen..." Dili böyle söylüyor ama gözleri, aslında gelmesen daha iyi olur, diyor. "Bu akşamki yemeğe diyorum. Sabri Müdürüm seni de çağırdı."

"Yok Cengiz sağ ol, ben şu işleri toparlayayım. Ama sen Sabri'ye çok selam söyle. Buyursun bir akşam konuğum olsun. Balat'taki Agora Meyhanesi'ne gideriz. Tabii sen de davetlisin."

"Tamam söylerim," diyor yeniden paltosuna yönelirken, "ama bu defa zamanı yok herhalde. Biliyorsun, bakanlar filan burada."

"Ne zaman isterseniz, teklifim her zaman geçerli."

"Teşekkürler Nevzat. Ben artık şu yemeğe gidip üstlerimizin sıkıntılarını gidereyim, sen de soruşturmanın başına dön." Paltosunu alıyor. Ondan önce davranıp kapıya yürüyorum. Tam çıkacakken sesleniyor arkamdan. "Ha Nevzat, şu soruşturmayı mümkün olduğu kadar sessiz yürüt, olur mu? Basın yeniden başımıza tebelleş olmasın."

"Elimden geleni yaparım," diyerek çıkıyorum odasından.

Hıristiyanlığı kuran kişi İsa değil, Tarsuslu Pavlus'tur.

Beyaz floresanlarla aydınlanan sakin koridorda yürürken iyi ki Sabri doğrudan arayıp çağırmadı beni diye düşünüyorum. Reddetmek biraz zor olurdu. O toplantıya katılmak zorunda kalırdım. İçişleri bakanı, vali... Samimiyetsiz konuşmalar, üstlere yaranmak için söylenen küçük yalanlar, üstü kapalı hesaplaşmalar... Bir de yemek yenecek. İnsan ne yediğinin tadını alır, ne içtiğinin. Yemek deyince acıktığımı hissediyorum. Sahi ben sabahtan beri ağzıma lokma koymadım yahu. Şu Can işini halledip bir şeyler atıştırmalı.

Odama yaklaşırken yarı aralık kapıdan gelen konuşmalar duyuyorum. Can'ın sesini ayırt etmek zor olmuyor.

"Hıristiyanlığı kuran kişi İsa değil, Tarsuslu Pavlus' tur," diyor.

Böyle bir iddiayı ilk kez duyuyorum. Ne yalan söyleyeyim, ilgimi çekiyor, adımlarımı hızlandırıyorum.

"İsa bir Yahudi'ydi, kendi misyonunun da yozlaşan dinini düzeltmek olduğunu söylüyordu."

"İsa Peygamber Yahudi miydi?" diye soruyor şaşkın bir erkek sesi. Bu, ne Yahudilikten, ne de Hıristiyanlıktan haberi olan bizim Ali'den başkası değil.

Demek Meryemlerle işini bitirdi. Can açıklayacakken giriyorum içeri. Bıraktığım koltukta oturuyor Can, karşısında Zeynep var, yanında da Ali. Bizimkilerin gözleri genç bilimadamının üzerinde. Ama beni fark eder etmez hemen toparlanıp ayağa kalkıyorlar. Sadece Can istifini bozmuyor.

Sanki konuştuklarını duymamışım gibi Ali'ye dönüyorum:

"Aşağıda durum nasıl?"

"Hiçbir sorun yok Başkomiserim, prosedür işliyor, yarın sabah savcılığa çıkacaklar."

"İyi," diyerek yerime geçerken, masamın üzerinde açık duran Kutsal Kitap'ı görüyorum. Altı, Yusuf'un kanıyla çizilmiş olan satırların bulunduğu sayfalar açık. Başımla kitabı işaret ederek soruyorum. "Ne yaptınız? Baktın mı Can?.."

Can uzanıp yeniden, kanla yazılmış iki sözcüğe bakıyor:

"Evet, baktım Başkomiserim."

"Peki şu altı çizili yerler, özel bir anlamı var mı o satırların?"

Kitabı önüne çekiyor. Sesli olarak okumaya başlıyor.

"'Uyan, ey kılıç! Çobanıma, yakınıma karşı harekete geç.'" Yeterli olmuyor, o cümleyi de tekrarlayarak okumayı sürdürüyor. "'Uyan, ey kılıç! Çobanıma, yakınıma karşı harekete geç,' diyor her şeye egemen Rab. 'Çobanı vur da koyunlar darmadağın olsun... Ben de elimi küçüklere karşı kaldıracağım. Bütün ülkede,' diyor Rab. 'Halkın üçte ikisi vurulup ölecek, üçte biri sağ kalacak. Kalan üçte birini ateşten geçireceğim, onları gümüş gibi arıtacağım, altın gibi sınayacağım. Beni adımla çağıracaklar, ben de onlara karşılık vereceğim...'" Gözleri satırların üzerinde gezinirken, olumsuz anlamda başını sallıyor. "Bu sözcüklerin özel bir anlama geldiğini sanmıyorum. Zekarya Peygamber yazmış ya da söylemiş... İnsanları suçtan ve günahtan arındırmak için Tanrı'nın gazabını hatırlatan sözler. Kötüleri kutsal yasayla korkutuyor ki, bu Tevrat'ta sık kullanılan bir yöntem. Yahudilik, insanoğlunu temelde kötü olarak kabul eder, onları düzeltmenin en iyi yolu ise kutsal yasayı uygulamaktır."

"İsa da mı öyle düşünüyordu?"

Soru Zeynep'ten geliyor. Anlaşılan bizim zeki kızımız da Ali kadar etkilendi bu Hıristiyanlık muhabbetinden.

"Yok, İsa daha farklı düşünüyordu. İsa ceza yerine sevgiyi ve bağışlamayı öneriyordu."

Ali konuya merakını yitirmemesine rağmen Zeynep'in Can'a ilgiyle bakmasından pek hoşlanmamış olacak, o her zamanki iğneleyici tavrını takınıyor hemen:

"Az önce İsa'nın başka bir din için gelmediğini, yozlaşan Yahudiliği düzeltmeye çalıştığını söyledin. Yahudiliği yeniden eski haline getirmeye çalışan biri, nasıl olur da o dinin temel anlayışından vazgeçer? Kendi dini, insanı günahkâr sayıyorsa, İsa'nın da böyle düşünmesi gerekmez mi?"

Soru gayet mantıklı ama Can sözlerinde hiçbir çelişki yokmuş gibi kolayca açıklıyor:

"İsa, yüzyıllardır beklenen kurtarıcıyı temsil ediyordu. O çağlarda Yahudi din adamları tam bir çürümüşlük içindeydiler. Kutsal şehir Kudüs, Roma

İmparatorluğu'nun işgali altındaydı, daha da kötüsü, Yahudi din adamları işgalcilerle uyum içinde yaşıyordu. Yahudilerin büyük tapınağı ile Roma garnizonu yan yanaydı. Halk, din adamlarından umudunu kesmiş, kendilerini kurtaracak Mesih'i bekliyordu. İsa, bu beklenen Mesih oldu işte. Birden olmadı kuşkusuz; başta kendisi bile inanamamıştı buna. Ama süreç onu da, başkalarını da inandırmayı başardı. Zorlu bir mücadeleydi. Sürekli bir çatışma yaşanıyordu. Ferisi denilen tutucu din adamları, İsa'ya karşı çıkıyorlardı. İsa da onlarla düşünsel bir çatışmaya girdi. Bir tür ideolojik mücadele. Bu mücadele sırasında İsa, tutucu Yahudilerden daha farklı bir dil benimsemeye başladı. İnsanı korkutan değil, yücelten bir dil. Ceza yerine sevgiyi, bağışlanmayı ve barışı öne çıkaran bir dil."

"Ama onu çarmıha gerdiler," diye mırıldanıyor Zeynep. Sesi, bunu niye yaptılar ki, dercesine üzgün çıkıyor.

"Öyle oldu," diye onaylıyor Can. 'Biri sana vurursa öteki yanağını da çevir,' diyen adamı çarmıhta acımasızca öldürdüler. Ama eğer İsa çarmıhta ölmeseydi, bugünkü Hıristiyanlık olmazdı."

"Saçma!" diye kesiyor Ali. "İsa Peygamber çarmıhın üzerinde ölmeseydi, Hıristiyanlık doğmayacak mıydı? İsa Peygamber, Allah tarafından gönderilmedi mi?"

Soruyu yanıtlamadan önce Ali'ye bakıyor Can. Hayır, küçümseyen bir bakış değil bu, seni anlıyorum diyen bir bakış, aynı zamanda bu konuda hiçbir bilgin yok, sana nasıl anlatacağım, diyen bir bakış. Bilmenin çaresiz hale soktuğu bir adamın sıkıntılı bakışı. Galiba geri adım atacak, böylece bu tartışmayı kapatacak ama derin bir nefes aldıktan sonra, "Din açısından bakarsan öyle oldu," diyor. "İsa, Tanrı tarafından gönderildi. Gerçi bu konuya dinlerin bakışı da oldukça farklı. Yahudilik, İsa'yı ne peygamber, ne de Tanrı olarak kabul eder; Hıristiyanlık içinse İsa sadece bir peygamber değil, Tanrı'nın kendisidir. Müslümanlığa göre ise İsa sadece peygamberdir. Ama çarmıhın üzerinde ölmemiştir. Onun yerine, Allah muhbir Yahuda'yı çıkartmıştır çarmıha, düşmanları kandırmak için de İsa görünümü vermiştir bu hain adama. İsa'yı ise yanına almıştır. Çünkü Allah, peygamberinin ölmesine izin verecek kadar âciz değildir."

Bu açıklamadan sonra itiraz gelecek mi diye bakıyor. Ancak Ali duyduklarını henüz sindiremediğinden sesini çıkarmıyor. Tepki almayınca Can ellerini yana açarak sürdürüyor sözlerini:

"Dinler olaya böyle bakıyor. Bu bir inanç meselesi. Tartışılacak bir şey yok. İnanılacak, onunla kaynaşılacak, onun bir parçası olunacak düşünce var. O düşüncenin kendisi bizzat Tanrı ya da Allah'tır. İnanç sistemindeki akıl sadece bunu kavrar, bunu kavramaya yarar."

Sonunda Can'ın bir açığını bulduğunu düşünen Ali, "Ne yani," diye sataşıyor. "İnanan insanların aklı kıt mı diyorsun?"

Duyan da bizim Ali'yi dindar biri sanacak. Bu olaya kadar ağzından dinle ilgili tek bir sözcük çıktığını hatırlamıyorum. Şimdi ise yeryüzünde ne kadar din varsa hepsinin savunucusu oldu çıktı. Ey aşk sen nelere kadirsin! Can ise bu komiserin kendisine neden böyle saldırdığından habersiz, açıklamaya çalışırken, "Bütün bunlar ayrıntı," diyerek kesiyorum bu anlamsız sürtüşmeyi, "bu meselede bizi ilgilendiren kişi Pavlus..."

Anlayamadığı bir sorunun gölgesi düşüyor Can'ın gözlerine.

"Ben odaya girerken Hıristiyanlığı İsa'nın değil, Pavlus'un kurduğunu söylüyordun. Bunu ilk kez duyuyorum. Böyle bir teori mi var? Yoksa sen mi geliştirdin?"

"Benden önce de bu düşünce vardı. Ama bu, aynı zamanda benim üniversitedeki ödev konularımdan biriydi."

"Bize biraz anlatsana şu Aziz Pavlus'u..."

İsteğim, Can'ın yakışıklı yüzünün asılmasına yol açıyor. Belli ki nasıl anlatacağını, söze nereden başlayacağını bilemiyor. Karşısındaki insanlar Hıristiyanlık konusunda bilgili olsa, işi kolaylaşacak ama şimdi nasıl anlatsın bu polislere meselenin ayrıntısını.

"Biraz karışık," diyor elinden geldiğince nazik olmaya çalışarak, "yani siz Hıristiyanlığı ne kadar biliyorsunuz?"

"Bizi o kadar da küçümsemeyin Can Bey," diyor Zeynep. Hiç sitemkâr bir havası yok. Genç adamın sıkıntısını anlamış, onu rahatlatmaya çalışıyor. Bunu yaparken Can'ın kafasındaki bildik polis imajını yıkmayı da amaçlıyor. "Öğrenmeye açığız. Aslında biz de işimizi bilimsel olarak yapmak zorundayız. Karşılaştığımız her olayda yeni şeyler öğreniyoruz. Üç ay önce üniversitede rekabet sonucu meslektaşını öldüren bir kuantum fizikçisinin davasıyla ilgilenmiştik. Olay gereği kuantum fiziğini öğrenmek zorunda kaldık, en azından temel teorisini. Yani Hıristiyanlık tarihini anlamayız diye kaygılanmayın, anlarız."

Ali'nin koyu renk gözlerindeki gerginlik yerini tatlı bir ışıltıya bırakıyor. Zeynep'in bu çıkışı hoşuna gitti. İçimden "Aferin Zeynep," diyorum.

"Yok," diye kırılıp bükülüyor Can, "öyle demek istemedim. Yani..."

"Hadi Can, kibarlığı boş ver de anlatmaya başla," diyorum, "açlıktan kan şekerim düşmeye başladı zaten, anlat da gidip bir şeyler atıştıralım."

"Peki," diyor Can, kaderine razı olarak, "tamam o zaman..."

Ama bu, "tamam o zaman" biraz manidar çıkıyor ağzından.

"Bir dakika," diyerek yine sözünü kesmek zorunda kalıyorum, "Zeynep'in kuantum fiziğini öğrendik filan dediğine bakıp, karmaşık bir konuşma yapma, öğrencilerine nasıl anlatıyorsan bize de öyle anlat."

"Tamam Başkomiserim, tamam," diyor gülerek, "basit anlatacağım." Yine de hemen başlayamıyor konuşmasına... "Aslında..." diyor, "aslında, durumu kavramak için tarihsel İsa ile Pavlus'u karşılaştırmak lazım."

Ama Ali daha fazla konuşturmuyor onu:

"Ne demek tarihsel İsa? Kaç İsa var?"

"İki İsa var. İlki her insan gibi bir anneden doğan, bizim gibi beslenen, giyinen, yaşayan, sonunda da ölen İsa. Ona tarihsel İsa diyoruz, öteki ise kutsal bir görevle dünyaya gelen, görevini tamamladıktan sonra Tanrı olan İsa. Neyse, tarihsel İsa bilindiği kadarıyla öyle kültürlü biri değildi. Yahudi din adamlarının yanında bir din eğitimi almıştı, o kadar. Zaten insanları da derin bilgisiyle değil, basit, naif davranışları, sevgi dolu yüreği ve gerçekleştirdiği mucizelerle etkilemişti. İnsanları sevgiye çağırırken başvurduğu öğreti ise Yahudilik öğretisiydi. Herkesten yasalara uymasını, kutsal On Emir'in yerine getirilmesini istiyordu." Kutsal Kitap'a uzanıyor, parmakları alışkanlığın getirdiği ustalıkla sayfaları çeviriyor, kitabın sonlarında bir yerde duruyor. "Burada da, Markos İncili, İsa'nın Kudüs'teki Yahudilerin Büyük Tapınağı'na girdiğinde neler yaptığını anlatıyor. 'Tapınakta sığır, koyun, güvercin satıcılarıyla, oturmuş para değiştirenleri gördü. İplerden bir kamçı yapıp tümünü -koyunları, sığırları da- tapınaktan dışarıya attı. Para değiştirenlerin paralarını çevreye saçıp masalarını devirdi. Güvercin satıcılarına, bunları buradan kaldırın, dedi. Babamın evini pazar yerine dönüştürmeyin.'* Çünkü o tapınak bir Yahudi olarak kendisinin tapınağıydı ve İsa orayı temizlemek istiyordu. Yani o kendini Hıristiyan filan değil, bal gibi Yahudi hissediyordu.

Hıristiyanlık sözcüğünü ilk kullananlar da İsa değil, onun karşıtlarıdır. Kutsal Kitap'taki Resullerin İşleri adlı bölümde, Pavlus'la tartışan Kral II. Herodes Agrippa'nın alaycı bir üslupla, 'Kısa zamanda beni Hıristiyan olmaya ikna edersin,' dediği yazılıdır. Hıristiyanlık terimi yaygın olarak İsa sonrası dönemde Antakya'daki Yahudiler ve İsa karşıtları tarafından kullanılmıştı. Yani İsa hiçbir zaman, ben Hıristiyanlık diye

---

* Yeni Ahit, Markos İncili, 11:15; Yeni Ahit, Matta İncili, 21:12.

bir din getirdim, dememişti. Zaten İsa, Tanrı ile insan arasında herhangi bir aracı kabul etmez. Oysa Hıristiyanlık, Tanrı'ya ulaşmanın Mesih aracılığıyla mümkün olduğunu söylemektedir. Yani bu durumda İsa'ya Hıristiyan demek imkânsızdır."

"Daha neler," diye isyan ediyor Ali. "Nerdeyse İsa'nın Hıristiyanlıkla hiçbir ilgisi yok diyeceksin."

"Olmaz mı? Çarmıha gerili İsa, Pavlus'u esinleyen en önemli olaydır. Pavlus, çarmıhtaki İsa'dan yola çıkarak sistemli bir din, yani Hıristiyanlığı yaratmıştır."

Ali gibi ben de bu sözlerin doğruluğundan emin olamıyorum.

"Yani İsa, Hınstiyanlık için sadece bir figür müydü?" diyorum.

Sözlerinin önemini vurgulamak istercesine işaretparmağını sallayarak yanıtlıyor:

"Çok önemli bir figür. Çünkü haç, birbirine çakılı iki kalas parçasından çok daha derin bir anlam taşır. Yaşamı oluşturan dört elementten söz ediyorum: Toprak, hava, ateş ve su. Haçın dört ucu bu dört elementi, yani yaşamı simgeler. Pavlus da bu simgelerden yola çıktı. Haçın temsil ettiği yaşam ve bu yaşamın tam ortasında, insan kardeşlerinin acısını sırtlanmış bir adam: İsa."

Zeynep gözlerini Can'a dikmiş, büyük bir ilgiyle, hatta hayranlıkla dinliyor. Onun ilgisi arttıkça Ali'nin kıskançlığı da büyüyor.

"Boş laf bunlar," diye kükrüyor. "İsa bu acıyı neden çeksin?"

"İnsanlığı kurtarmak için. Daha önce de söylediğim gibi, Tevrat'a göre insan günahkârdır. Âdem

Babamızın hikâyesini hatırlayalım. Âdem ile Havva yenmemesi gereken meyveyi yemiş, cennetten kovulmuş. Ama bu sürgün Âdemoğullarını akıllandırmamış, kötülük yapmayı sürdürmüşler. Tanrı bu yüzden tufanı yaratmış. Nuh Peygamber ve çocukları dışında yeryüzündeki herkesi ölümle cezalandırmış, ancak insan yine doğru yola gelmemiş. İnsanı düzeltmek için Allah nice peygamberler göndermiş yeryüzüne, ama Âdemoğlunun bencilliği, zalimliği, yalancılığı, yıkıcılığı hiç eksilmemiş. Sonunda Musa Peygamber aracılığıyla On Emir'i yollamış. Aslında bu çok sert bir uyarıymış. Allah, Âdemoğlunun gözünü korkutmak için On Emir'i oluşturan sözcükleri ateşle kazımış tabletlere. Böylece Tanrısal hukuk, Tanrısal ceza yürürlüğe girmiş. Ama Âdemoğlu yine bildiğini okumuş. İşte tarihin o noktasında İsa çıkmış sahneye. Roma işgali altındaki Yahudi topluluğuna seslenmiş, sevgiden, hoşgörüden, bağışlamadan söz etmiş. Onun saflığı, iyi niyeti ve şifacılığı insanları etkilemiş, İsa'yı bir tür devrimci, bir tür iyilik dağıtıcı, hepsinden önemlisi de, yıllardır gelmesi beklenen Mesih olarak kabul etmişler.

Pavlus işte bu figürü alarak, yarattığı dine eksen yaptı. Ve insanlara şöyle seslendi: İsa çarmıha gerilerek sizin için öldü. O bir kurbandı, Tanrı'nın insanları bağışlaması için verilmesi gereken bir kurban. O bir kurtarıcıydı, insanoğlunu kutsal hukukun ağır yükümlülüklerinden kurtarıp Tanrısal sevgiyi geçerli kılan bir kurtarıcı. O bir özgürleştiriciydi, insanoğlunu bedensel isteklerin hapishanesinden kurtarıp ruhun sınırsız dünyasında yaşamaya çağıran bir özgürleştirici..."

Sözlerinin etkisini görmek ister gibi tek tek yüzümüze bakıyor.

Ali aldırmaz, hatta küstah bir tavırla, "Söylediklerin bana hiç mantıklı gelmiyor," diyor. Eliyle Kutsal Kitap'ı göstererek sürdürüyor. "Dört kitap, o kadar peygamber, onların söyledikleri hepsi boş, bir senin söylediklerin doğru." Konuştukça öfkesi daha da artıyor. Aslında tam olarak ne söylediğini kendisi de bilmiyor ama konuştukça daha çok hınç duyuyor Can'a. Kıskançlığını adeta kendi sözcükleriyle bileyliyor. "Bence zırvalıyorsun Can Efendi. O Pavlus dediğin adam bu bilgileri nereden almış? İsa Mesih olmasaydı öyle bir adam olur muydu? Bir de tutmuş İsa Mesih'e dil uzatıyorsun."

Can gözlerinde alaycı bir ifadeyle dinliyor Ali'yi.

"İsa Mesih mi dediniz?" diyor sonra.

Aslında şu Mesih lafı benim de dikkatimi çekti, Ali neden İsa Peygamber'i böyle tanımladı ki? Ali'nin yanıtlamasına fırsat vermeden başka bir soru soruyor Can:

"Sahi siz Hıristiyan mısınız Komiserim?"

Aslında bu sorunun yanıtını ben de bilmiyorum, Ali'ye hiç sormadım. Ama o da bana sormadı, Müslüman olduğumu biliyor. Ben de onun Müslüman olduğunu biliyorum. Ya din değiştirdiyse? Yok canım, mutlaka söylerdi bana. Aklımdan bunlar geçerken, Ali koltuğunda öne doğru eğiliyor, gözleri Can'a kenetlenmiş, yüzünde patladı patlayacak bir öfke... Tükürür gibi yanıtlıyor:

"Sana ne?"

Can kibarca geri çekiliyor:

"Beni yanlış anlamayın ne olur, kimseyi sorgulamıyorum. Sadece İsa Mesih deyişiniz ilgimi çekti. Her ne kadar Kuran'da İsa Mesih diye geçse de günlük yaşamda Müslümanlar, İsa'dan genellikle Hazreti İsa ya da İsa Peygamber diye bahseder."

Ali ters ters bakıyor.

"Valla meraktan Komiserim," diyor Can, "sahiden, sizde Hıristiyanlık yok değil mi?"

"Yok Hıristiyanlık mıristiyanlık," diye çemkiriyor Ali. "İsa Peygamber'i savunmak için illa Hıristiyan olmak gerekmez..." Öyle sert bakıyor ki, iyi ki buradayım diye düşünüyorum, olmasaydım çoktan patlatmıştı yumruğu çocuğun suratına... "Hem burada soruları biz sorarız. Sen değil, anladın mı?"

Can yüzündeki muzır ifadeyi yitirmeden bana dönüyor:

"Ben size yardım için burada olduğumu sanıyordum, sorgulandığımı bilseydim..."

"Ya arkadaşlar konuyu yine dağıttınız," diyerek toparlamaya çalışıyorum. Can'ı da kendisiyle birlikte arkadaşlar diye adlandırmış olmam Ali'yi hayal kırıklığına uğratıyor. Ama ne yapabilirim? Can'ı döverek konuşturacak halimiz yok ya. "Şu Pavlus," diyorum Can'a dönerek, "Hıristiyanlığı kuran kişi o diyorsun. Eğer öyleyse, şaka değil, koca bir dini oluşturmuş adam. Bütün bu bilgileri nereden almış?"

"Evet, işte sorulması gereken soru bu," diyor Can. Bu tavrıyla Ali'yi biraz daha sinirlendiriyor. Ama bizimki sesini çıkarmıyor, tavrıma bozulduğu için olsa gerek, kollarını göğsünde kavuşturmuş, arkasına yaslanıp öylece oturmayı seçiyor. "Pavlus zaten kültürlü bir adamdı Başkomiserim," diye sürdürüyor Can. "O hem bir Roma vatandaşı, hem de bir Yahudiydi. Ancak pagan dinini benimseyen insanlarla birlikte yaşıyordu. Tarsus o dönemde önemli bir kültür merkeziydi. Önemli felsefe okullarına sahipti. Böylece Pavlus hem Yunan felsefesini, hem Tarsus'un, Suriye'nin sır dinlerini öğrendi ve bir Yahudi olarak da Yahudiliği. Bir varsayıma göre ailesi onu Kudüs'e yolladı, Ferisilerden din eğitimi almasını sağladı. Hepsinden önemlisi Pavlus, adına ister hermetizm, ister gnostizm densin, gizli bilgiye inanıyordu."

Hermetizm, gnostizm, gizli bilgi... Üçümüzün de soru dolu bakışlarından bu konuda hiçbir şey bilmediğimizi fark edince açıklıyor Can:

"Hermetikler ya da gnostikler dünyayı farklı bir biçimde algılar, farklı biçimde yorumlar. Onlara göre iki dünya vardır: İlki beş duyumuzla algıladığımız dünya, ikincisi ise duyularımızla algılayamadığımız, ancak sezebileceğimiz bir dünya. Yani Türkçeye uygulayacak olursak, gönül gözüyle görebileceğimiz, sezebileceğimiz sır dünya. Görülebilir dünya, maddi olanla sınırlıdır ve değersizdir. Sır dünya ise sınırsız ve değerlidir. Maddi dünya günahkâr ve sonluyken, sır dünya saf ve sonsuzdur. Maddi dünyada Tanrı'yı görmek imkânsızken, sır dünyada Tanrı sizinle birlikte, sizin içinizdedir. Ancak sır dünyayı herkes göremez, insanın bedensel isteklerden kurtulması, aklın bildik kurallarını bir yana koyması, sezgisel algıya yönelmesi gerekir. Sadece sezgisel algıları yüksek olan kişiler, derin, çok derin düşünebilme yetisine sahip olan insanlar bu dünyanın kapısından geçebilir. Bu düşünme öyle derindir ki, sadece bedenin ağırlığından değil, bildik aklın ağırlığından da kurtulmak gerekir. İşte Pavlus'u besleyen kültür budur. Pavlus'un Hıristiyanlık projesi de bu anlayışın üzerinde yükselir. İnsanın bedensel sınırlardan ve isteklerden kurtularak, ruhun sonsuzluğuna ve yüce isteklerine ulaşması. Yani Tanrı'yla buluşması, belki Tanrı olması. Pavlus, İsa'nın çarmıhta ölerek Tanrı'ya dönüştüğünü söylerken bunu kastetmektedir aslında. Bu, yalnızca Hıristiyan düşüncesi için geçerli bir önerme değil, kökleri Antik Mısır'a, Antik Yunan'a, İran'daki Zerdüşt Tapınağı'na, Brahma'ya ve Kabala'ya kadar uzanır. Bizde ise İslam tasavvufunu kapsar. Allah'la bir olmak, onunla özdeşleşmek, onun bir parçası olmak, bizzat Allah olmak. Hallac-ı Mansur'un dediği gibi: 'Enel Hak.'"

Sözünün burasında Kutsal Kitap'ın sayfalarını karıştırmaya başlıyor. "Size yine bir parça okumak istiyorum. Pavlus'un Mektupları adlı bölümde, Korintoslulara yazdığı mektupta Pavlus şöyle diyor. 'Önce gelen ruhsal olan değildir, doğal olandır. Ruhsal olan sonra gelir, ilk insan yerdendir, topraktandır, ikinci insan göktendir. Topraktan olan insan nasılsa, topraktan olanlar da öyledir. Göksel olan nasılsa, göksel olanlar da öyledir. Topraktan olan insana nasıl benzediysek, göksel olana da benzeyeceğiz. Kardeşlerim şunu belirteyim: Etle kan Tanrı'nın hükümranlığını miras alamaz. Çürüyen de çürümezliği miras alamaz.'"*

Yine bize dönüyor, hevesle açıklamayı sürdürüyor:

---

* Yeni Ahit, Korintoslulara I. Mektup, 15:47-50.

"Burada Âdem ile İsa'nın karşılaştırılması yapılıyor. Âdem önce gelendir, günahkârdır. İsa ise ikinci insandır, gökten gelendir, kutsaldır. Pavlus maddi dünyayı toprakla, kutsal dünyayı ise göksel olanla simgeliyordu. İnsan tıpkı İsa'nın bize gösterdiği gibi, sevgi yolunu seçerse, bedenin hapishanesinden kurtulursa göksel olana ulaşabilir, diyordu."

Belli ki bu çocuk konu hakkında bilgi sahibi, belli ki önemli konulardan bahsediyor ama tam olarak ne söylemek istediğini anlamıyorum, üstelik açlığım da giderek artıyor. Başımın hafifçe döndüğünü hissediyorum, Can'ın konuşmalarına dikkat vermekte zorlanıyorum, artık toparlaması için, "Yani..." diyorum.

"Yanisi şu Başkomiserim, Hıristiyanlığı kuran adam Pavlus'tur. Daha da önemlisi, önceden de söylediğim gibi, hiçbir şey tümüyle yeni değildir yeryüzünde. Her yeni düşünce, her yeni inanç kendinden öncekileri taşır içerisinde."

Ali yine dayanamayıp atlıyor:

"Senden başka kim söylüyor bunu?" Duramıyor, öfkeyle sürdürüyor. "Ya kardeşim, İsa Peygamber'in yaşadığını gösteren kanıt yok, diyorsun. Pavlus'un Hıristiyanlığı kuran adam olduğunu gösteren bir belge var mı?"

Can yine o sinir bozucu dinginliğinin içine çekilerek, eliyle Kutsal Kitap'ı gösteriyor:

"İşte kanıt. Hıristiyanlığın iki çok önemli azizi vardır. Biri Petrus ki, aynı zamanda İsa'nın havarisidir. İsa'nın en yakın yoldaşlarından biridir. İsa, evimi senin üzerine kuracağım, diye iltifat etmiştir ona. İkincisi ise İsa yaşarken onun düşmanı olan Pavlus'tur.

Pavlus, azizlik mertebesini düşünceleriyle ve yaptığı misyonerlik çalışmalarıyla kazanmıştır. Söylediğim kadar önemli düşünceleri olmasaydı, kilise babaları ona böyle önemli bir paye verirler miydi? Kutsal Kitap'a göz atacak olursanız, Hıristiyan diniyle ilgili en ayrıntılı bilgilerin Pavlus'un yazdığı metinlerde verildiğini görürsünüz... Pavlus bu kadar önemli bir adam olmasa onun yazdıklarını Kutsal Kitap'a alırlar mıydı?"

Asıl kafamı kurcalayan soruyu sormazsam ne Ali susacak, ne de Can ona laf yetiştirmekten geri duracak:

"Şu bizim Tarsuslu Pavlus," diyorum, "misyonerlik çalışmaları yapmış. Kutsal görevini yerine getirmek için birçok ülkeye gitmiş. Bu seyahatleri sırasında, herhangi birini öldürmüş mü?"

Can'ın yüzünde şaşkın bir ifade beliriyor:

"Aziz Pavlus mu?"

"Evet, çoğu putperest insanların arasında misyonerlik yapmak, hem de henüz dini Hıristiyanlık olmayan Roma İmparatorluğu'nun sınırları içinde bu faaliyeti yürütmek o kadar da kolay bir iş olmasa gerek. Bu faaliyeti sürdürürken bin bir türlü bela gelmiştir başına. Pavlus da kendini korumak isterken birilerini öldürmüş olamaz mı? Yani böyle bir olay var mı?"

Düşünmeye bile gerek duymadan karşı çıkıyor:

"Hayır, sanmıyorum, yani böyle bir olay olduğunu gösteren ne bir metin, ne de bir anlatı var. Haklısınız, o dönemde misyonerlik yapmak çok zordu. Kaç kez ölümlerden dönmüştür Pavlus. Ama kimseyi öldürmemiştir. Çünkü Pavlus kutsal yasayla uyum içinde yaşayan biriydi. Aynı zamanda dünyevi yasalara da, yani Roma İmparatorluğu'nun yasalarına da saygı gösterirdi. Pavlus'un kimseyi öldürdüğünü sanmıyorum. Niye sordunuz Başkomiserim?"

"Malik," diyorum sadece...

Anında kavrıyor Can:

"Ha... Malik Amca'nın da Pavlus'u örnek alıp cinayet işleyip işlemeyeceğini anlamak istiyorsunuz."

Susarak onaylıyorum tahminini.

"Yanılıyorsunuz Başkomiserim, daha önce de söylediğim gibi, Malik Amca kimseyi öldüremez. Ama içinizi rahatlatacaksa tekrarlayayım, Aziz Pavlus da kimseyi öldürmemiştir, tersine birçok kez insanları ölümden kurtarmış, onlara şifa dağıtmıştır. En azından yazılanlar böyle. Ancak Roma'nın acımasız imparatoru Neron, Pavlus'un insanlara gösterdiği merhameti ona göstermemiş. Uzun bir tutukluluk ve soruşturmanın ardından Pavlus'un kafasını kestirerek idam ettirmiştir."

Can'ın yüzünde sanki Pavlus'un ölümünden biz sorumluymuşuz gibi suçlayan bir ifade beliriyor. İşin ilginç yanı, ne benim, ne Zeynep'in, ne de Ali'nin sesi çıkıyor. Aziz Pavlus'un kesik başı ortamıza düşmüş gibi öylece kalıyoruz.

Mor Gabriel benden bir şey istiyor.

Ertesi sabah uyandığımda kafamda Can'ın sözleri yankılanıyor: "Malik Amca kimseyi öldüremez." Nasıl bu kadar emin olabiliyor bu çocuk? Yatakta doğruluyorum. Dışarıda güneş var. Sonunda hava açtı demek. O anda gözlerim başucumdaki saate kayıyor. Ne! On buçuk mu? Yanlış mı görüyorum diye yeniden bakıyorum. Yoo doğru, valla saat on buçuk. O kadar uyumuş muyum? Ee kolay değil, iki günün yorgunluğu.

Dün gece emniyette Can'la işimiz bitince, bizim Tekirdağlı Arif'in küçük lokantasına attım kendimi. Küçük dediğime bakmayın, Balat'ın en güzel yemekleri burada yapılır. Evin sıcaklığı yoktur kuşkusuz ama, rahmetli karım gücenmesin, yemeklerin lezzeti onun yaptıklarını aratmaz. Sahile açılan sokağın hemen köşesinde yer alır Arif'in lokantası, benim fakirhaneye yürüyerek beş dakika. Eve erken geldiğim zamanlar, akşam yemeğini çoğunlukla burada yerim. Bomboş bir evde tek başına yemek yemeye alışamadım hâlâ. Sağ olsun, Arif de hatırımı sayar, iyi ağırlar beni. Onun lokantasında hiç yabancılık çekmem. Dün gece de öyle oldu, daha kapıda karşıladı. Önce mercimek çorbası, ardından Tekirdağ köftesi ve cacıkla bir güzel doyurdu karnımı. Yemekten sonra ağırlık çöktü üzerime. Gün boyu aç dolaşmışız, bir önceki gecenin yorgunluğu da var. Kolay değil, uykumuzun en güzel yerinde, sıcak yatağımızdan kalkıp Beyoğlu Karakolu'nun yolunu tuttuk. Kabul etmek gerekir ki pek genç de değiliz artık. Hal böyle olunca, ne Arif'in kendi elleriyle yaptığı bol köpüklü kahve, ne de eve gidene kadar yüzüme çarpıp duran buz gibi Haliç havası aydırmaya yetmedi beni. Gecenin daha ilk saatlerinde öylece düştük yatağa.

Ama artık kalkma zamanı. Hızla çıkıyorum yataktan, soğuk su beni kendime getiriyor. Tıraş olup giyiniyorum, bizim Tevfik'in Kıraathanesinde -Tevfik mekânının böyle adlandırılmasına dikkat ediyor. Burası bir kahvehane değil, kıraathaneymiş- kahvemi de içince uyku mahmurluğunu tamamen atıyorum üzerimden. İlk işim Malik'le konuşmak üzere Kapalıçarşı'ya uzanmak oluyor. Ama Malik dükkânda yok, oğlu Zekeriya, "Babam evde," diyor, "bugün gelmeyecek."

Evin nerede olduğunu soruyorum, Zekeriya temkinli, adresi vermeden önce babasını telefonla arıyor. Adımı duyar duymaz, "Bekliyorum, buyursun gelsin," demiş Malik. Babasının bu davranışı karşısında, Zekeriya açıklamak zorunda kalıyor:

"Kusura bakmayın Başkomiserim, o benim büyüğüm, sormadan adresi veremezdim."

"Önemli değil Zekeriya," diyorum, "doğru olanı yaptın."

Malik'in evi Kapalıçarşı'ya pek uzak değil. Kumkapı'da, iki katlı, müstakil bir evde tek başına oturuyor. Ama arabayla inmek sorun oluyor, sokaklar çok dar, sıkışıp kalıyorsunuz araçların arasında. Daha beteri, arabayı park edecek bir yer bulamamak. Çaresiz, birine soruyorum, o da bana buranın tek park yerini gösteriyor. Benim emektar Renault'yu sağ eli bilekten kesik otoparkçıya teslim ettikten sonra yürüyerek birkaç dakikada ulaşıyorum yaşlı adamın evine. Kapıyı açıp beni görünce rahat bir gülümseme yayılıyor Malik'in yüzüne:

"Buyrun Nevzat Bey, hoş geldiniz, sefalar getirdiniz."

Doğrusu, biraz huzurunun kaçmasını bekliyordum ama hiç öyle bir hali yok. Belki Can dün geceki konuşmalarımızdan bahsetmiştir ona. Belki değil, mutlaka bahsetmiştir, Malik de neler söyleyeceğini bildiğinden, böyle rahat.

Sofaya girince sanki bir eve değil de kiliseye gelmiş izlenimine kapılıyorum. Hayır, sadece duvarlarda asılı İsa tasvirleri değil, pencerelerdeki kırmızı, lacivert rengin hâkim olduğu vitraylar, gölgelerin arasından içeri sızan ışık, eşyalardan yayılan ve sizi çekingen biri haline getiren o tuhaf etki, yani bu alacakaranlık sofada gördüğüm, kokusunu aldığım, dokunduğum her şey böyle hissetmeme yol açıyor. Yusuf'un sürekli gördüğü o rüyayı hatırlıyorum. Can'dan dinlemiş olmama rağmen, sanki o rüyayı ben görmüşüm gibi bütün ayrıntılar beliriveriyor gözümün önünde. Öyle ki, Yusuf'un Mor Gabriel diye fısıldadığını duyar gibi oluyorum. Ama yanılıyorum tabii, konuşan Malik.

"Şöyle geçelim," diyerek giriş katındaki bir odayı gösteriyor. Yürürken başka bir odanın açık kapısını görüyorum. Merakla bakıyorum; içerisinde o kadar çok antika eşya var ki, Orontes'in, yani Malik'in Kapalıçarşı'daki dükkânın bir benzerini gördüğüm hissine kapılıyorum.

"Depo mu?" diye soruyorum duraksayarak. Asıl niyetim, Can'ın bahsettiği, Diatessaron adlı elyazması metnin orada olup olmadığını anlamak.

"Depo değil, oradaki eşyaların benim için özel bir önemi var. Görmek ister misiniz?"

"Çok isterim."

Böylece yolumuzu değiştirip antika eşyalarla dolu odaya yöneliyoruz. Şamdanlar, gümüş, demir, altın kaplama haçlar, ince, kalın zincirlerin üzerinde sallanan buhurdanlıklar, sırmayla haç işlenmiş tören cüppeleri, İsa ve Meryem'in tasvir edildiği ikonalar, simle İsa'nın Son Akşam Yemeği'nin resmedildiği mor renkli büyükçe bir perde, bebeklerin vaftiz edilmesi için mermerden, küçük bir küvet, gümüşten yapılma bir İncil kabı. Sanki görsem tanıyacakmışım gibi Diatessaron adlı elyazması metin içinde mi diye gümüş kaba bakıyorum. Ama yok, kap boş.

"Kutsal Kitabımızı antika bir eşya gibi saklayamam," diye açıklıyor, İncil'e baktığımı sanan Malik. "Bu saygısızlık olur. İncil çalışma odamda."

Diatessaron'u da orada arayacağız demek ki, aklımdan bunlar geçerken, kılıcı fark ediyorum. Duvarda, kucağında bir kuzuyu tutan İsa tasvirinin bulunduğu küçük halının hemen altında duruyor. Kahverengi bir kının içinde, sadece kabzasını görebiliyorum. Malik halıya baktığımı sanmış.

"İpek," diyor. "İranlı bir dostum benim için dokuttu."

"Çok güzelmiş... Peki şu alttaki kılıç?"

Rengi atıyor Malik'in:

"O çok önemli bir hatıra," diyor. "İsa Mesih'in ölümünden altmış yedi yıl sonra gerçekleşen bir olayın hatırası."

Tahmin edilebileceği gibi merakım iyice depreşiyor:

"İsa'yla ilgili bir olay mı?"

"Yeryüzündeki her olay İsa'yla ilgilidir Nevzat Bey," diyor gülümseyerek. "Tanrı'nın bilgisi, onayı olmadan bir tek yaprak bile kımıldayamaz." Gülümsemesini yitirmeden bir süre öylece baktıktan sonra yeniden açıklamaya başlıyor. "Bu bir Romalı celladın kılıcı..." Sesi kısılmış gibi tiz çıkıyor. Sanki boğazında bir basınç var da zor konuşuyormuş gibi. "Özel yapılmış bir kılıç, idamlar için... Bunun gibi yüzlercesi vardır kuşkusuz ama bu hepsinden özel. Çünkü bu kılıçla Pavlus'un başı vuruldu." Çok kötü bir anıyı anımsamış gibi yüzü çarpılıyor, gözlerinde derin bir acı beliriyor. Ama çektiği acıya aldırmadan, adeta kendi duygularına meydan okuyarak, uzanıp kılıcı duvardan alıyor.

"Evet, işte bu, Aziz Pavlus'un başını kesen kılıç."

Kılıcı bana uzatıyor:

"Bakmak ister misiniz?"

Karışık duygular içindeyim, bir yandan kılıca bakmak istiyorum, öte yandan nedenini kendimin de bilmediği bir çekingenlik, adeta bir korku hissediyorum. Sonunda tedirginliğimi yenip kılıcı alıyorum. Epeyce ağır. Yine bir duraksama. Hemen çıkaramıyorum kınından. Sanki çıkarsam, Pavlus'un kurumuş kanlarıyla karşılaşacağım... Ama mademki bu kılıcı bir kez elimize aldık, artık dönüş yok. Usulca çıkarıyorum kınından. Romalı askerlerin filmlerde görmeye alıştığımız türden kılıçlarına hiç benzemiyor. Daha enli, sanki biraz daha uzun, sanırım yanları da daha keskin. Belli ki çok iyi korunmuş, pırıl pırıl yanıyor.

"Onu Lübnan'da buldum," diyor Malik, ben kılıcı incelerken, "bir koleksiyoncunun evinde."

Konunun buraya gelmesine seviniyorum, Diatesseron'a geçiş kolay olacak ama önce kılıçla ilgili bir kuşkumu dile getirmeliyim.

"Bunun Pavlus'u öldüren kılıç olduğuna emin misiniz? O kadar iyi durumda ki, insan bu kılıcın iki bin yıl öncesine ait olduğuna inanamıyor."

Hiç tereddüt etmiyor Malik.

"Eminim. Bunu satan adamı çok iyi tanırım. Asla yalan söylemez. Ama daha önemlisi, görür görmez bu kılıcın Pavlus'u öldüren silah olduğunu hissettim."

"Hissetiniz," diyorum. Sesim manidar çıkıyor ister istemez. Bir insan iki bin yıl önce bir infazda kullanılan kılıcı bugün nasıl hissedebilir? Sesimdeki hafif alaycılığı fark ediyor Malik:

"İnanması güç değil mi? Ama şöyle düşünün, bazen zanlıların arasındayken, ortalıkta henüz delil, şahit filan yokken, içinizden, işte katil şu, dediğiniz olmadı mı?"

"Çok oldu."

"Peki, katil şu dediğiniz adamın gerçekten suçlu olduğu hiç ortaya çıkmadı mı?"

"Çıktı ama her zaman değil. Daha da önemlisi, hiçbir mahkeme benim hislerime güvenerek insanları katil diye yargılayamaz, bırakın mahkemeyi, ben bile katil olduğuna yüzde yüz emin olduğum bir adamı delil, şahit olmadan suçlu sayamam. Bizim mesleğimizde hissetmek yeterli değildir Malik Bey. Derin, gizemli, insanı hayretlere düşürecek bir yöntem değil belki ama ben aklımı, bilimi kullanarak suçluları bulmayı tercih ederim."

Sesimin manidar çıkmasına yine engel olamıyorum, Malik de aldırmıyor zaten.

"Haklısınız, sizin işiniz bu dünyayla ilgili. Bu dünyanın işleri, bu dünyaya ait yöntemlerle çözülmeli ama hislerinizi, sezgilerinizi de küçümsemeyin Nevzat Bey. Sezgileriniz sizi aklınızın asla götüremeyeceği bir gerçeğe götürebilir."

Bu kez ben gülümsüyorum:

"Ben basit bir polisim, o kadarına aklım ermez. Ama önyargılarım da yoktur, yani bu kılıcı gördüğünüz anda hissettiklerinizi anlatırsanız, merakla dinlerim."

"Ne yapıyorsunuz Nevzat Bey, insan hislerini nasıl anlatabilir? Hele bunlar sezgiyle ilgiliyse..."

"Valla bana o kadar zor gelmiyor. Şöyle sorayım: Bu kılıcı ilk gördüğünüz an ne hissettiniz? Şaşkınlık mı, acı mı, keder mi, nefret mi, korku mu?"

"Hepsini, daha da fazlasını..."

Artık bu oyuna bir son vermenin zamanı geliyor:

"Malik Bey siz kendinizi Pavlus mu sanıyorsunuz?" diye doğrudan soruyorum. Yaşlı yüzünde sır dolu bir ifade beliriyor, sonra nazik bir tavırla:

"İsterseniz odama geçelim, orada daha rahat konuşuruz."

Üstelemek kabalık olacak, önerisine uyuyorum. Ben önde, o arkada, kiliseyi andıran sofaya çıkıyoruz yeniden. Yürürken, beş altı basamaklı taş merdivenlerle inilen bir kapı görüyorum. Kapının üzerinde kocaman bir haç var. Kapıya baktığımı gören Malik, durup açıklıyor:

"O kapı bir şapele açılıyor. Çok eski bir şapel. İmparator Constantinus zamanında yaşadığı söylenen Yithzak adında bir keşişin mezarı var içerde."

"Yithzak mı? Yahudi ismi değil mi bu?"

"Başlarda öyleymiş. Tıpkı Aziz Pavlus gibi... Neyse, Yithzak Yahudi olmasına rağmen çok nüfuzlu bir adammış. İmparatora da çok yakınmış. Asıl işi köle ticaretiymiş, ancak imparatora yaranmak için ona dünyanın dört bir yanından soylu, güzel, güçlü atları getirirmiş. İmparator da bu iyiliğin altında kalmaz, ona köle ticaretinde öncelik tanırmış. Yithzak bir gece rüyasında İsa Efendimizi görmüş. İsa Mesih, köle kıyafetleri içindeymiş. Yithzak ona dokunmak istemiş ama elleri yanmış, çünkü İsa Mesih'in bedeninden olağanüstü bir ışık yayılıyormuş. 'Köleleri rahat bırak Yithzak,' demiş İsa Mesih. 'Onlar sana değil, Tanrı'ya aittir.'

'Ama imparator,' diyecek olmuş Yithzak.

'İmparator da Tanrı'ya aittir. İmparatorun hükümranlığı da, senin zenginliğin de geçici, ikiniz de yolunuzu şaşırmış iki zavallı ruhtan başka bir şey değilsiniz. Köleleri rahat bırak, Tanrı yoluna gel. İmparatordan da çekinme, sonunda o da Tanrı yolunu seçecek.'

Yithzak elinin acısıyla uyanmış. Bir de bakmış ki rüyasında İsa Mesih'e dokunduğu eli gerçekten de yanmış. Yithzak işte o an Hıristiyan olmuş, kölelerini serbest bırakmış, malını mülkünü yoksullara dağıtmış, kendini İsa Mesih'in yoluna adamış. İmparator Constantinus da Mesih'in yolunu seçmiş ama politik nedenlerle son ana kadar saklamış bunu. Son nefesini vermeden önce vaftiz olmuş, böylece bir Hıristiyan gibi yaşama gözlerini yummuş. Vakti tamam olunca Yithzak da ölmüş. Onu buraya gömmüşler. Özgür bıraktığı köleleri, Hıristiyanlar, Yithzak'ı ölümünden sonra da yalnız bırakmamışlar, onun mezarını Tanrı'ya seslenmek için bir buluşma yerine çevirmişler."

Malik'in anlattıkları beni hiç şaşırtmıyor. İstanbul böyledir işte, her semt, her sokak, her ev, hatta her oda bir mucizeye, bir efsaneye, bir rüyaya açılır.

"Sizden saklayacak değilim," diye sürdürüyor Malik. "Biraz da şapel için satın aldım burayı. Tanrı'nın evine yakın olmak için..."

"Bir de kapı açtırdınız Tanrı'nın evine."

"Tanrı'nın evine açılan bir tek kapı vardır, o da insanın yüreği. Bu kapıyı ben açtırmadım, evin eski sahibi Kosta Efendi yaptırmış. Huzur içinde uyusun, inançlı bir Hıristiyan'mış. Şapelin bakımını kendisi yapıyormuş. Şimdi de ben yapıyorum. Mahallede iyi çocuklar var, onlar da yardım ediyorlar bana. Yirmi dört saat ibadete açık tutuyoruz şapeli. Müslüman, Hıristiyan, Yahudi fark etmez, isteyen herkes burada dua edebilir. Kapının burada olması hoşuma gidiyor. Bazen, özellikle de geceleri, geçmiş günahlarımın anısı uykularımı kaçırınca şapele inip dua ediyorum, bu beni çok rahatlatıyor."

Evimde yüzlerce yıl önce yaşamış bir keşişin mezarına açılan bir kapı; doğrusu bu beni hiç rahatlatmazdı. Ama kendini Pavlus gibi hissetmek için Malik'in böyle mekânlara, böyle hikâyelere ihtiyacı olmalı. Gözucuyla yaşlı adama bakıyorum. Yanı başımda dimdik duruyor. Sahiden inanıyor mu Pavlus olduğuna acaba? Yoksa bu kimlik, yasadışı işleri için ona bir paravan mı?

Bakalım şu elyazması metin işini nasıl açıklayacak?..
Yeniden odasına yürürken soruyorum:

"Buraya neden geldiğimi biliyor musunuz?"

"Bilmiyorum, sadece akşam Can aradı, soruşturmada adımın geçtiğini söyledi."

"Demek Can sizi aradı. Tuhaf, Can düşüncelerinize hiç katılmamasına rağmen sizi çok seviyor, her fırsatta size yardım ediyor."

"Ben de onu severim. Aslına bakarsanız biz bir madalyonun iki farklı yüzü gibiyiz. Eminim Can, benim gnostik olduğumu söylemiştir size..."

"Sizin değil ama Aziz Pavlus'un gnostiklerden, sır dinlerden etkilendiğini söyledi."

"Her neyse, kendisini de agnostik diye adlandırıyor değil mi? Bu sözcükler Yunanca, gnosi bilgi, gnostik bilen, agnostik ise bilmeyen. Yani ikimiz de aynı anlamın farklı görünümleriyiz."

"O kadarını bilemeyeceğim Malik Bey, doğrusunu söylemem gerekirse din felsefenizi de pek merak etmiyorum. Bu olayda sizin tavrınız daha ilginç geliyor bana."

"Hangi tavrım?"

"Can'la konuşmanız. O sizi arıyor, cinayet davasında adınızın geçtiğini söylüyor ama siz endişeye kapılmıyorsunuz, adım nasıl geçiyor diye sormuyorsunuz bile."

"Neden sorayım? Ben suç işlemedim ki. Hem bütün sorularınızı yanıtlamaya da hazırım."

"Öyle diyorsunuz ama az önce kendinizi Pavlus mu sanıyorsunuz, diye sordum, yanıtlamadınız."

Gülümseyerek başını sallıyor:

"Size İsa Mesih'in yaşadığı bir olayla cevap vereceğim... Ayakta kaldık, önce odama geçelim, buyrun."

Kapıyı aralayarak bana yol gösteriyor. Odanın içini mis gibi çay kokusu tutmuş. Burası da dükkânındaki oda gibi oldukça sade döşenmiş, tek farkı daha büyük bir kütüphanenin olması. Belki bizim elyazması bu kitapların arasındadır.

"Bakın, şöyle oturabilirsiniz," diyerek sağ taraftaki koltuğu gösteriyor. "Orası çok rahattır."

Gösterdiği koltuğa yerleşirken, Malik de ahşap masanın arkasına geçiyor. Masanın üzerindeki tepside, bir tabak kuru pasta, iki bardak ve şekerlik hazır bekliyor. Fokurtular çıkararak kaynayan çaydanlık ise masanın yanındaki elektrikli ocağın üstünde.

"Üşengeçlik işte, elektrikli ocağı buraya aldım, çayımı, ıhlamurumu burada kaynatıp, burada içiyorum. Mutfağa kadar gitmek zor oluyor. Önce sorunuzu yanıtlayayım da, sonra çaylarımızı içeriz.

Matta İncili'nden bir bölüm aktaracağım size: Ferisiler, yani İsa'nın düşmanları bir gün yanına geldiler. 'Ey öğretmen,' dediler, 'Senin gerçek olduğunu, Tanrı yolunu da öğrettiğini biliyoruz. Hiç kimseden çekindiğin yok. Çünkü kayırıcılık yapan biri değilsin. Açıkla bize, düşüncen nedir? Sezar'a vergi ödemek yasal mı, değil mi?'

İsa onların kötü niyetini bildiğinden, 'Ey ikiyüzlüler,' dedi, 'Neden beni denemeye kalkışıyorsunuz? Bana vergi ödediğiniz şu parayı gösterin.'

Kendisine bir dinar getirdiler. İsa sordu: 'Bu gördüğünüz yüz ve yazı kimindir?'

'Sezar'ın,' dediler.

Bunun üzerine İsa, 'Öyleyse,' dedi, 'Sezar'ın hakkını Sezar'a, Tanrı'nın hakkını da Tanrı'ya verin.'*

Bilmem anlatabildim mi Nevzat Bey. Benim, Aziz Pavlus olup olmadığım ilahi bir konudur. Bu konuda fikirlerimi söylemem günahtır. Ama üzerinde yaşadığım bu dünyanın hükümranı olarak devletimin yaptığı bir soruşturmada boynum kıldan incedir. Soruşturmayla ilgili her soruyu yanıtlamaya hazırım. Ama..." Dudaklarından nazik gülümsemesini eksiltmeden sağ elini usulca havaya kaldırıyor. "Ama çaylarımızı doldurduktan sonra."

Malik çaydanlığı almak için ayağa kalkarken, ben de kütüphanedeki kitaplara bakıyorum. Bazıları Türkçe, bazıları Arapça, belki Süryanice de vardır.

"Süryanice biliyor musunuz?" diye soruyorum.

"Çok az, ama Can iyi bilir."

"Anlattı, bazı elyazmalarını satın alırken onu uzman olarak kullanıyormuşsunuz."

"Evet, çok işimize yaramıştı. Ama eskiden, artık o tür metinleri pek satın almıyorum."

Anlaşılan Can, Diatessaron adlı kitabı bana anlattığından söz etmemiş Malik'e. Muhbir olarak anılmak istemiyor, haklı olarak. Bu iyi işte. En azından adamı hazırlıksız yakalayabileceğim. Malik çayı ilk bardağa dökerken, "Biz öyle duymadık ama," diyorum. Aldırmaz görünüyor, bardağı doldurup ötekine geçiyor. "Yusuf size elyazması bir metin satmış." Malik hâlâ sessiz, sanki söylediklerimi işitmiyor. Sakince bardağı dolduruyor.

---

* Yeni Ahit, Matta İncili, 22:16-21.

"Diatessaron, kitabın adı buymuş," diye ben de benzeri bir dinginlik içinde konuşmamı sürdürüyorum. "'Dört ezginin harmonisi' anlamına geliyormuş. Ama müzikten değil, dört İncil'den bahsediyormuş."

"Biliyorum," diyor hiç istifini bozmadan, "Matta, Markos, Luka ve Yuhanna İncillerinden oluşturulmuş bir metin."

Çaydanlığı elektrikli ocağın üzerine koyuyor, sonra bana dönüyor:

"Tek şekerdi değil mi? Dün tek şeker istemiştiniz."

"Doğru hatırlıyorsunuz, bir tane kâfi, teşekkür ederim."

Şekeri bardağımın yanına koyduktan sonra kendi çayına uzanıyor, bir yudum içiyor. Usulca gözlerini kapıyor.

"Hımm, güzel olmuş." Gözlerini aralayarak açıklıyor. "Dört ayrı çayı birleştirip bunu elde ediyorum. Tıpkı Diatessaron gibi..." Başıyla bardağımı gösteriyor. "İçsenize Nevzat Bey, bakalım beğenecek misiniz?"

Bir yudum alıyorum çaydan:

"Güzelmiş," diyorum.

"Güzeldir." Bir yudum daha içiyor, bardağı masaya koyarken, önemsiz bir konudan bahsedermiş gibi soruyor. "Diatessaron'u Meryem Hanım mı anlattı size?"

Ben de acele etmiyorum, bir yudum daha alıyorum çayımdan. Asıl konuya bardağımı masaya koyarken dönüyorum. "Meryem Hanım ya da bir başkası, ne fark eder? Önemli olan, sizin kiliseye ait olması gereken antika bir eseri satın almış olmanız."

"Tarihi eser kaçakçısı olduğumu düşünüyorsunuz..."

Sadece bakmakla yetiniyorum.

"Eminim geçmişimi incelemişsinizdir. Onları okuduktan sonra ben de olsam sizin gibi düşünürdüm. Ama sandığınız gibi değil."

"Yusuf'a tam yüz bin dolarlık bir ödeme yapmışsınız..."

"Doğru, yaptım..."

"Neyin karşılığında?"

"Diatessaron'u ait olduğu manastıra vermemizin karşılığında."

Neden bahsediyor bu adam?

"Evet, Diatessaron'u Yusuf'tan aldım. Sonra da ait olduğu yere, yani Mor Gabriel Manastırı'na yolladım."

Yüzümdeki kuşkunun azalmadığını görünce masanın sağ köşesinde duran siyah kaplı telefon defterine uzanıyor. Defteri açıyor ve bir numarayı gösteriyor.

"Bu Mor Gabriel Manastırı'nın numarası..." Masanın üzerindeki telefonu bana doğru itiyor. "Sizden rica ediyorum, lütfen bu numarayı arayın, onlara Diatessaron'u sorun." Çekingen durduğumu görünce ısrar ediyor. "Lütfen Nevzat Bey, sizden rica ediyorum, arayın şu numarayı."

Ellerim telefona uzanıyor, adres defterindeki numarayı tuşluyorum. Uzun uzun çaldıktan sonra açılıyor telefon.

"Mor Gabriel Manastırı," diyor Türkçeyi aksanlı konuşan yaşlı bir ses. "Kimi aradınız?"

"Yetkili biriyle görüşmek istiyordum..."

"Buyrun, ben Papaz Şamun."

"İyi günler Papaz Efendi. Ben Başkomiser Nevzat, İstanbul'dan arıyorum."

"Evet, Nevzat Bey," diyor Papaz Şamun, sesine çekidüzen vererek. "Buyrun, size nasıl yardım edebilirim?"

"Manastırınızdaki bir kitap hakkında konuşmak istiyorum. Diatessaron adında bir eser. O kitap sizde mi hâlâ?"

Yaşlı adamın sesi gençleşiyor:

"Yıllar önce çalınmıştı. Ama şükürler olsun ki, kitabımız bize geri döndü Nevzat Bey."

"Peki kim çalmış kitabı?"

"Bilmiyoruz ama bir sabah duaya kalktığımızda, kilisenin ilk sırasının üzerinde bulduk Diatessaron'u."

"Kimin koyduğunu görmediniz mi?"

"Görmedik, önemli de değil, kitabımız bize geri geldi ya."

"Hiç merak etmediniz mi kimin koyduğunu?"

"Etmedik..." Bir süre sessizlik oluyor. "Aslında bakarsanız, kimin koyduğunu biliyoruz."

"Kim?"

"Kim olacak, Mor Gabriel. Evet, Diatessaron'u bize Mor Gabriel geri getirdi."

"Mor Gabriel! Şu yüzlerce yıl önce ölen aziz?"

"Ta kendisi Başkomiserim," diyor Papaz Şamun. "Mor Gabriel, manastırımızın koruyucusudur. Onun mucizeleri bitmez."

"Size bırakılan kitabın gerçek Diatessaron olduğundan emin misiniz?"

"Eminiz, nasıl emin olmayalım, biz o kitabın her satırını, her harfini biliriz. Gelen kitap, kesinlikle bizim Diatessaron'umuz."

"İyi o zaman, mesele kalmadı. Teşekkür ederim, Papaz Şamun."

"Ben teşekkür ederim ilgilendiğiniz için. Yolunuz bu taraflara düşerse lütfen manastırımıza uğrayın, konuğumuz olun."

Telefonu kapatırken, soru dolu gözlerimi Malik'e dikiyorum:

"Neden kitabı kendiniz elden vermediniz manastıra?"

"Yusuf'u korumak için..."

"Hırsız diye yargılanmasın diye mi?"

"Evet, Yusuf da hırsız değil zaten, elyazmasını başkasından satın almış. Ama bu da bir suç. Daha da önemlisi, büyük bir günah."

"Yusuf, Diatessaron'u, yaptığının günah olduğunu öğrenince mi verdi size?"

"Öyle de diyebiliriz. Ama önce Mor Gabriel'in Yusuf'u uyarması gerekti. Evet, Yusuf rüyalarında Mor Gabriel'i görmeye başlamıştı. Mor Gabriel kendisine ait olanı istiyordu ondan. Bana geldiğinde panik içindeydi. Rüyasını anlattı. Onu dinlerken gözlerimden yaşlar boşandı. Koca adam hüngür hüngür ağladım."

"Neden?"

Heyecanla yanıtlıyor:

"Tanrı'nın büyüklüğünün yeni bir kanıtıyla karşılaştığım için."

Boş boş baktığımı görünce coşkusu sönüyor.

"Anlamıyorsunuz değil mi Nevzat Bey? Başlarda Yusuf da anlamamıştı. Ama ona da anlattım. 'Farkında değil misin Yusuf?' dedim. 'Tanrı seni arınmaya çağırıyor. Sırtındaki günahlardan kurtulmanın zamanı geldi, diyor. Mor Gabriel'i bunun için gönderdi sana.'

Yusuf korkuyla yüzüme baktı.

'Mor Gabriel onun için gelmedi,' dedi. 'Mor Gabriel benden bir şey istiyor.'

Henüz Diatessaron'dan haberim olmadığı için neden bahsettiğini anlayamadım.

'Bende Mor Gabriel'e ait bir şey var,' dedi. 'Elyazması bir kitap. Diatessaron. Bir günahkârdan aldım onu. Manastırdan çalmış. Mor Gabriel, bu çalınan kitabı istiyor.'

'Büyük günah işlemişsin Yusuf,' dedim. 'Ama telafisi mümkün. Kitabı iade et, bağışlanmayı dile.'

Çaresizce başını salladı.

'Yapamam, Nazareth Bar'ı Meryem'le birlikte açtık. Kız çok borçlandı. Ona parayı bulacağıma dair söz verdim. Diatessaron'u satmak zorundayım.'

'Ne kadar borcunuz var?' diye sordum.

'İki yüz bin dolar kadar...'

Zor durumdaydı, ona yardım etmeliydim.

'O paranın hepsini karşılayamam ama yüz bin dolarını veririm,' dedim. 'Kalanını da sen bulursun...'

Kararsız gözlerle yüzüme baktı. İçinde bulunduğu durumun ciddiyetini hâlâ kavrayamıyordu. Sevdiği kadına verdiği sözü yerine getirmemek ona zor geliyordu.

'Başka çaren yok Yusuf,' dedim. 'Yaptığın büyük günah, Tanrı'dan çalınmış bir kitabı saklıyorsun, eğer sen teslim edip bağışlanmayı dilemezsen, Mor Gabriel kendi elleriyle alacaktır Diatessaron'u. Hem de seni cehennemin en derin köşesine savurarak.'

'Meryem'le konuşmam lazım,' dedi. 'Önce onu ikna etmeliyim.'

'Tamam, konuş ama unutma, bu işten yakayı sıyıramazsın. Tanrı'dan kaçmak mümkün değildir.'

Gitti Yusuf, tam üç gün sesi çıkmadı. Üçüncü günün sonunda Diatessaron'la birlikte yanıma geldi. Perişan bir hali vardı, günlerce uyumamış gibiydi.

'İşte kitap Malik Abi,' dedi. 'Sen haklıydın, ben bu kitabı geri vermeliyim. Aslına bakarsan, hiç almamalıydım, açgözlülük işte.'

'Meryem Hanım ne dedi bu işe?' diye sordum.

Önlerinde iri mor halkalar oluşmuş gözlerini yüzüme dikti:

'O beni anlamıyor Malik Abi, o neler olup bittiğinin farkında bile değil. Onun aklı Nazareth Bar'da. Ben gece uykularını yitirdim Malik Abi, ne zaman gözlerimi kapasam Mor Gabriel karşımda. İçki içiyorum olmuyor, esrar içiyorum olmuyor, hap alıyorum olmuyor. O görüntü beni bir türlü rahat bırakmıyor. Beni bu kâbustan kurtar abi. İşte kitap, nasıl yapar, nasıl edersin bilmiyorum ama başımı belaya sokmadan beni bu işten kurtar. Bunu yaparsan sana minnettar kalırım.'

'Tamam Yusuf,' dedim. 'Mademki sen bağışlanmayı diliyorsun, seni kurtaracağım.'

'Şu yüz bin dolar,' dedi utanarak, 'Onu da...'

'Hiç merak etme, onu da ödeyeceğim, belki Meryem Hanım'ı da mutlu ederiz böylece,' dedim."

"Yusuf'a nasıl güvenebildin?" diye soruyorum Malik'e. "Seni dolandırmadığından nasıl emin olabildin?"

"Yusuf öyle bir şey yapmazdı. Yine de işi sağlama aldım. Diatessaron'u Can'a gösterdim. Gerçi Can metnin orijinal olup olmadığından çok emin olamadı. Yetinmedim başka uzmanların görüşüne de başvurdum. İki ayrı uzman metnin orijinal olduğunu söylediler. Böylece Yusuf'a yüz bin dolar ödeyerek Diatessaron'u aldım, sonra da onu Mor Gabriel Manastırı'na bıraktım."

"Meryem ne dedi bu işe?"

"Önce inanmamış. Yusuf'a, Malik seni kandırdı, demiş. Yusuf onu alıp bana getirdi. Ben Meryem Hanım'a, Mor Gabriel Manastırı'na gitmesini söyledim. Diatessaron orada, Tanrı'nın koruması altında, dedim. Yine inanmadı ama bir adamını yollayıp kontrol ettireceğini söyledi. Bir daha da ses çıkmadı ondan. Sanırım elyazması kitabın Mor Gabriel Manastırı'nda olduğunu öğrenince benimle uğraşmaktan vazgeçti. Ama Yusuf'la da ilişkisini bitirdi."

Demek Meryem ile Yusuf'un arasının bozulmasının nedeni buymuş. Nasıl da gizledi kadın bizden? Yoksa Yusuf'un katili Meryem mi? Zor duruma düşüp borcunu ödeyemeyince...

"Şu yüz bin dolar," diye atılıyorum, "Para Yusuf'ta mı kaldı, yoksa..."

"Meryem'e verdi. Tek kuruş girmedi cebine Yusuf'un."

Şu halde Meryem'in Yusuf'u öldürmesi için bir neden yok. Tabii, bildiğimiz kadarıyla...

"Çayınız Nevzat Bey," diyor, "soğutmayın lütfen."

Malik'in hâlâ çayla ilgileniyor olması artık canımı sıkıyor.

"Soğusun," diyorum, "fark etmez. Madem açık konuşmaya başladık Malik Bey, şimdi söyleyin bakalım, kim öldürdü Yusuf'u?"

Tehdit gibi algılıyor sözlerimi, hayır, istediğim bu değil. "İnanın yardımınıza ihtiyacımız var," diye düzeltiyorum, "bu zor bir dava, bir ipucu bulduk diyoruz, hevesimiz kursağımızda kalıyor, bulduklarımız bizi bir yere götürmüyor. Bize fikrinizi söyleyin. Sizce kim... Kim yapmış olabilir bu işi?"

"Bilmiyorum Nevzat Bey... Yusuf ketum bir adamdı. Konuşmayı fazla sevmezdi..."

Bakışlarını kaçırıyor, bir şeyler gizlediğinden eminim.

"Bakın," diyorum ona doğru eğilerek, "şu ana kadar söylediklerinize inandım. Sizi emniyete götürmeye bile gerek duymadım. Ama benden bir şeyler saklıyorsanız..."

Hiç beklemediğim bir davranışta bulunuyor Malik.

"Lütfen benimle bu tarzda konuşmayın Nevzat Bey. Sizden rica ediyorum, aramızdaki insani ilişkinin bozulmasına izin vermeyelim. Eğer suçlu olduğumu düşünüyorsanız, gereken neyse yapın. İnanın size hiç kızmam, bu sizin vazifeniz. Ama bana bağırmayın, beni tehdit etmeyin lütfen, çünkü bu güzel değil. Bu tür bir davranış sadece beni incitmekle kalmaz, özür dilerim ama sizi de kaba bir insan yapar. Oysa siz öyle biri değilsiniz."

Nasıl biri olduğumu nereden biliyorsunuz, demek geçiyor içimden, sakin ol diye kendimi yatıştırıyorum.

"Sizi tanıyorum Nevzat Bey," diye sürdürüyor Malik. "Soyunuzu sopunuzu, aile yaşamınızı bilmiyorum.

Üstelik sadece iki kez görüştük ama kendiniz hakkında bana yeterince bilgi verdiniz. Polis olduğunuzu söylediğinizde inanamamıştım, biliyor musunuz? Tanıdığım polislere hiç benzemiyorsunuz çünkü."

"Çok mu polis tanıdınız?" diyorum soğuk bir sesle.

"Çoook, biliyorsunuz ben bir zamanlar günahkâr biriydim."

Şimdi bu adamın karakter tahlilleriyle uğraşacak halim yok:

"Neyse, bırakalım bunları," diyorum. "Şu hırsız... Yani Diatessaron'u manastırdan ilk çalan adam."

"Yusuf'un Diatessaron'u aldığı adam mı?"

"Evet o. Kimmiş o adam? Nerede yaşıyormuş?"

"Kim olduğunu bilmiyorum ama ölmüş."

"Ölmüş mü?"

"Yusuf'u korkutan biraz da adamın akıbeti olmuştu zaten. Tanrı taksiratını affetsin, adam gencecik yaşında ölüp gitmiş."

"Siz nereden biliyorsunuz?"

"Yusuf anlattı. Diatessaron'u ondan alırken geride açık kapı bırakmak istemiyordum. Bu yüzden, 'Şu hırsız bir gün yakalanır da, ya senin adını verirse,' diye sordum.

'Veremez,' dedi Yusuf, 'çünkü öldü. Mor Gabriel onu çok ağır bir biçimde cezalandırdı. Bir mağarada boğularak can verdi.'"

Başazizimizi mezarından çıkaralım.

Belki de Malik'i emniyete götürüp adamakıllı bir sorgulamak lazım. En azından şu Diatessaron meselesi için Kaçakçılık Bölümü'ndekilere haber vermek lazım. Ama hiçbirini yapmıyorum. Normal uygulama bu olmasına rağmen, Malik'le yaptığımız konuşmalar mı, adamın saygılı tavrı mı, konunun din olması mı, bir şey engel oluyor bana. Üstelik duyduğum kuşku tümüyle kaybolmadığı halde onu evinde bırakıp emniyete dönüyorum.

Önce laboratuvara uğrayıp Zeynep'le konuşmak istiyorum. Ama Zeynep yalnız değil, yanında Can var. Evet, daha dün akşam burada ağırladığımız, hâlâ zanlılar listesinde yer alan Can. Neler oluyor? Yoksa Ali kıskançlığa kapılmakta haklı mı? Zeynep, konuğuna mikroskopta bir maddeyi incelettiğinden, içeri girdiğimi fark etmiyorlar. Kapanan kapının çıkardığı gürültü uyarıyor onları. Zeynep beni görünce aceleyle toparlanıyor. Eyvah, bu kız gerçekten de hoşlanıyor galiba Can'dan. Eğer öyleyse Ali'nin işi çok zor. Böyle ansızın beni karşısında görmekten Can da huzursuz olmuş.

"Merhaba Başkomiserim," diyor Zeynep'ten önce davranarak.

"Merhaba Can. Hayrola burayı çok sevdin galiba?"

Can'ın yerine bizim kız açıklıyor:

"Süryanilerle ilgili kitaplar getirmiş Başkomiserim."

Yüzüne yayılan kızıllık onu daha da güzelleştiriyor. Kendimi, kızını sevgilisiyle uygunsuz vaziyette basan bir baba gibi hissediyorum. Bu duygu canımı sıkıyor.

"Başkomiserim," diyor Zeynep, "sizi Evgenia Hanım aradı."

Evgenia da bunların ağzına sakız oldu çıktı.

"Niye cep telefonumdan aramamış ki?"

"Aramış ama ulaşamamış. Önemliymiş, aramanızı istedi."

Zeynep'in yüzünde muzip bir ifade mi var, yoksa bana mı öyle geliyor? Konuyu değiştirmek için olanca resmiyetimi takınıp soruyorum:

"Ali nerede?"

"Adli tıbba gitti Başkomiserim. Mardin'den Yusuf'un kardeşi geldi. Cesedi teşhis için onu morga götürdü. Çok oldu, nerdeyse gelir."

Can'la karşılaşmasalar bari diye geçiriyorum içimden.

"İyi, Yusuf'un kardeşi gelince ben de görmek istiyorum ama önce seninle konuşmamız lazım. İşin bitince..."

Soğuk davranışımdan burada istenmediğini anlayan Can, "Ben de fakülteye gidecektim zaten," diyerek ayaklanıyor, "siz işinize bakın."

Hiç gitme filan demiyorum, hatta onu duymamış gibi yapıyorum.

"Seni odamda bekliyorum Zeynep," diyorum. Çıkarken ayıp olmasın diye genç adama dönüyorum. "Görüşürüz."

"Görüşürüz Başkomiserim," diyor. Sanırım alındı. Alınsın, umrumda bile değil. Ali'yi üzmeye hakları yok. Buluşacaklarsa dışarıda buluşsunlar. Sonra böyle düşündüğüm için kendime kızıyorum. Zeynep'e karşı Ali'nin tarafını tutmam doğru mu? Bu kızın illa Ali'den mi hoşlanması gerekiyor? Gerekmiyor ama... Nedense onlara kızmaktan kendimi alamıyorum.

Korktuğum başıma geliyor, koridorda Ali'yle karşılaşıyorum. Yanında esmer, kısa boylu, zayıf, gençten bir adam duruyor. Sanırım Yusuf'un kardeşi. Sırtında eski bir palto, kemikli yüzünde derin bir yorgunluk; Mardin'den buraya otobüsle gelmiş olmalı.

"Başkomiserim, ben de size bakıyordum..." diyor Ali aceleyle. "Bu arkadaş Yusuf'un kardeşi..." Duruyor, karmaşık bir durum varmış da açıklayamıyormuş gibi sağ eliyle başını kaşıyor. "Bu Yusuf'un değil ama..."

Ne söylüyor bu çocuk? Yusuf'un kardeşinin koyu renk gözleri tedirginlik içinde. Gülümseyerek elimi uzatıyorum.

"Merhaba, ben Başkomiser Nevzat..."

Uzattığım eli beceriksizce sıkıyor.

"Merhaba..."

"Adın ne senin?"

"Adım Gabriel."

Gabriel mi? Mor Gabriel'le ilgisi yoktur herhalde. Ama Yusuf'la ilgili olduğu kesin. Ali başka bir şeyden bahsediyordu galiba.

"Cesedi teşhis ettiniz mi?"

Ali başını sallayarak Gabriel'e bakıyor. Genç adam gergin, dudaklarını çiğniyor. Anlatacak ama şu çekingenliği olmasa.

"O ceset abine mi ait?" diye açıkça soruyorum.

"O kişi..." diyor yutkunarak, "o kişi Yusuf Abim değildir."

"Ne?"

"Ben de bunu anlatmak istiyordum Başkomiserim," diye atılıyor Ali. "Cesedi teşhis edemedik."

"Bir dakika... Bir dakika..." Gabriel'e dönüyorum. "Yani Yusuf Akdağ senin abin değil mi?"

Yanlış bir iş yapmış gibi boynunu içine çekiyor:

"Yusuf Akdağ benim abimdir. Ama o ölü benim abim değildir."

"İsim benzerliği mi?"

"İsim benzerliği değil, bu işte bir hata vardır. Ali Komiser'in bana gösterdiği nüfus kâğıdı Yusuf Abimindir. Ama üzerindeki fotoğraf abime ait değildir. O ölü bizden biri değildir. Morgdaki ölü Yusuf Abim değildir."

Böyle ayaküstü olmayacak.

"Hadi odama gidelim de orada konuşalım."

"Zeynep," diye hatırlatıyor Ali, "ona da haber verseydik."

Derhal konuyu geçiştiriyorum.

"Gelecek, ben konuştum..."

Ama daha sözümü bile bitirmeden Can ile Zeynep gülerek dışarı çıkıyor. Onları görür görmez bizim Ali'nin yüzü değişiyor.

"Ben çağırdım," diye yalan söylüyorum. "Süryanilerle ilgili birtakım kitaplar getirmesini istedim."

Yanımıza yaklaşıyorlar; içten bir tavırla gülümsüyor Can.

"Merhaba Komiserim."

"Merhaba..." diyor Ali yarım ağız.

Havadaki gerilim dokunulabilecek kadar yoğun. Zeynep'in fark etmemesi imkânsız ama hiç aldırmıyor.

"Ne oldu, cesedi teşhis ettiniz mi Ali?"

Can'ın yanında konuşmak istemiyor Ali, ben de öyle.

"Odama gidiyorduk. Gabriel'in anlatacakları var."

"Ben de okuluma döneyim artık," diyor Can. "Size kolay gelsin."

Onu yanıtlayan tek kişi Zeynep.

"Sana da kolay gelsin. Kitaplar için teşekkürler..."

Can uzaklaşırken, yoksa Zeynep bizim Ali'yi kıskandırmak için mi böyle yapıyor diye düşünüyorum. Kıskandırıp harekete geçirmek için. Belki o da bu ilişkinin belirsizliğinden sıkılmıştır. Ne olacaksa olsun artık, diyordur. Neyse, anlayacağız... Dördümüz koridor boyunca ilerliyoruz.

"Sen Süryani'sin değil mi Gabriel?" diye soruyorum yürürken.

Gabriel'in kemikli, uzun yüzündeki kan çekilir gibi oluyor.

"Öyleyiz," diyor ezik bir tavırla. "Biz Süryaniyiz."

Elimi dostça omuzuna koyuyorum:

"İyi o zaman, Süryaniler hakkında da bize bilgi verirsin."

Biraz rahatlıyor ama hâlâ çekingen.

"Veririm Başkomiserim. Siz sorun, ben anlatırım." Aksanlı bir dille konuşuyor. Ama Kürt aksanı değil.

Odama girince, dün akşam Can'ın oturduğu koltuğu gösteriyorum ona. Koltuğun ucuna oturuyor. İlk soruyu Zeynep soruyor:

"Senin adın Mor Gabriel'den mi geliyor?"

"Mor Gabriel'den. Mor Gabriel gibi iyi bir adam olmam için koymuşlar." Yüzümüze bakıyor. "Mor Gabriel, bizim kâhinimizdir. Büyük bir azizdir. Manastırımızın koruyucusudur. Manastırımızın adı da Mor Gabriel'dir. Mor Şamuel ve Mor Şamun Manastırı... Kartmin Manastırı... Deyrul-Umur Manastırı..."

Bizim sabırsız Ali'nin kafası karışıyor:

"Ee hangisi Gabriel, bir karar ver artık."

"Hepsi de. Bizim manastırımızın dört adı vardır. Ama biz Mor Gabriel Manastırı deriz. Mor Gabriel." İstavroz çıkardıktan sonra sürdürüyor:

"İsa Mesih gibidir. Mucizeler yaratır. Hastaları iyileştirir, kötüleri cezalandırır, insanlara yardım eder. O büyük azizdir. Babam bu yüzden adımı Gabriel koydu. Onun gibi kutsal biri olmam için. Ama Yusuf Abim benden daha iyi bir adamdı. Benden daha dindardı. Lakin biraz tuhaftı. Köylüler onu deli zannederlerdi, halbuki deli değildi Yusuf Abim, çobandı. Herkesle konuşurdu. Köyün girişindeki ceviz ağacıyla, havadaki bulutla, kayaların arasındaki yılanla, güttüğü koyunla... Ne kadar mahlukat varsa, hepsiyle konuşurdu. Onlar da Yusuf Abimle konuşurlardı. Yusuf Abim, onlara derdi: 'Nasılsınız, iyice misiniz?' Onlar da Yusuf Abime derdi: 'İyiceyiz.' Onca mahlukat Yusuf Abimi anlar, dinler, bir bizim köylüler anlamazdı. Köylüler, 'Bu senin Yusuf Abin delidir. Hiç insan ağaçla, böcekle konuşur mu?' derdi. Ben biraz utanırdım ama babam aldırmazdı, 'Onlara inanma,' derdi bana. 'Senin abin seçilmiştir. Abin kâhin olacaktır, lakin daha vakti gelmemiştir. Vakti gelince, Mor Gabriel ona görünecektir. Vakti gelince Yusuf Abin gerçek bir kâhin olacaktır.'

Sonra vakit geldi, Yusuf Abim kayboldu. Eşeğini, koyunlarını dağ başında bırakıp sırlara karıştı. Herkes nereye gitti diye merak etti. Bir tek babam merak etmedi. Anam, akrabalar hep üzüldük, bir tek babam üzülmedi.

'Müjdeler olsun,' dedi, 'oğlum, Mor Gabriel'in yanına gitti.' Sonra bir gece rüyasında görmüş Yusuf Abimi. Geceyarısı hepimizi kaldırdı. 'Müjdeler olsun, oğlum Mor Gabriel'in yanında,' dedi. 'Oğlum İsa Mesih'in huzuruna çıkacak. Sonra da yere inecek, biz günahkârların arasına geri dönecek. Bizi kurtaracak.'

Sonra babam bekledi. Bir sene geçti, bekledi, abim gelmedi. İki sene geçti, bekledi, abim gelmedi. Üç sene geçti, babam öldü, abim yine gelmedi. Dördüncü sene anam öldü, abim yine gelmedi. Bu beşinci senedir ama abim hâlâ gelmedi. Siz Yusuf Abini bulduk deyince, o ölmüştür deyince korktum. Dedim, babam yanıldı mı? Yusuf Abim, Mor Gabriel'in yanında değil mi? Ama buraya gelince, ölen adamın Yusuf Abim olmadığını görünce sevindim. Tövbe, adamın öldüğüne değil, Yusuf Abim olmadığına. Dedim, demek babam yanılmamıştır. Demek Yusuf Abim, Mor Gabriel'in yanındadır."

Gabriel bunları anlatırken ne düşüneceğimi bilemiyorum, bildiğim tek şey, bu topraklarda yaşamama rağmen, üstelik bu adamın köyüne çok da uzak olmayan bir yerde, Urfa'da görev yapmama rağmen ona yabancı olmam. Ama bu yabancılık, anlattıklarını yadırgadığım için değil, onun azizinin yerine bir ermişi koyarak benzer hikâyeleri, benzer inanışları bir Müslüman köyünde de dinleyebilirim. Sanırım beni şaşkınlığa boğan Hıristiyanlık düşencesinin bu kadar içimizde oluşu, bu kadar bizden oluşu ve benim bu gerçeğin farkında olmayışım. Belki İstanbul'da Rum bir tanıdığım, mesela Dimitri Amca bunları anlatsa yadırgamayacağım. Galiba bir zamanlar İstanbul'un Doğu Roma'nın başşehri olması nedeniyle. Ama Güneydoğu'da birdenbire karşıma çıkan bu kadim kültür beni şaşkına çeviriyor. Fakat şaşkınlığa düşecek sıra değil, çözmem gereken faili meçhul bir cinayet var. Nasıl sonuçlanacağını bilmediğim, bırakın bilmeyi, öğrendiğim her bilginin, aldığım her ifadenin kafamı iyice karıştırdığı bir soruşturmanın içindeyim. Malik, Meryem, Can, Timuçin, Fatih, belki de başka biri, bu insanların arasından gerçek katili bulmaya çalışıyorum ama Gabriel'in şu anlattıklarından sonra anlıyorum ki artık bulmam gereken bir de kayıp adam var: Gerçek Yusuf Akdağ.

"Beni iyi dinle Gabriel," diyorum. Bakışlarımın ağırlığını yüzünde hissedince yeniden çekingenleşiyor. "Bu çok önemli bir dava. O gördüğün adamı, birileri öldürmüş. Ama kimin öldürdüğünü bilmiyoruz. Bildiğimiz tek şey, adamın kimliğiydi. Şimdi sen bunun sahte olduğunu söylüyorsun."

"Sahtedir Başkomiserim. Söylediklerim yalan değildir."

"Biliyorum Gabriel. Sana inanıyorum. Ama anlamadığım nokta şu: Yusuf Abinin nüfus kâğıdı ne arıyor onda?"

Gabriel'in gözleri çaresizlik içinde iri iri açılıyor.

"Bilmiyorum Başkomiserim. Belki o adam, Yusuf Abimin nüfus kâğıdını bir yerde buldu. Çünkü biz Yusuf Abimin hiçbir şeyini bulamadık dağda. Gömleği, pantolonu, ayakkabısı, üzerinde ne varsa hepsiyle birlikte kaybolmuştu."

"Yani bu adamı hiç görmedin."

"Görmedim Başkomiserim."

"Yusuf Abi'nin kaybolduğu tarih... Hangi yıl, hangi ay, hangi gün? Hatırlayabilecek misin?"

Hiç duraksamadan yanıtlıyor Gabriel:

"Beş sene önce 31 Ağustos günü. Yusuf Abim o gün kayboldu."

Gabriel'in bu kadar net olarak hatırlamasına, kıskançlık içinde kıvranan Ali bile şaşırıyor. Kendi duygularını unutarak soruyor:

"Nasıl böyle günü gününe hatırlıyorsun?"

"Çünkü 31 Ağustos günü, Mor Gabriel'i anma günüdür. Daha doğrusu, Mor Gabriel'in sağ elinin kesilişini anma günüdür."

"Sağ elinin kesilişi mi?" diyor Zeynep yüzünü buruşturarak.

"Evet, bizim rahipler anlattılar. Mor Gabriel öldükten sonra bizim yöreye veba hastalığı gelmiş. İnsanlar kırılmaya, sapsız ekinler gibi düşmeye başlamışlar. Hekimler ne yapsa çare etmemiş. Papazlardan biri, 'Mor Gabriel'in mucizeleri vardır. Gelin bu başazizimizi mezarından çıkaralım,' demiş. Böylece Mor Gabriel'i mezarından çıkarmışlar. Görmüşler ki ceset hiç bozulmamış. Onu kilisenin içinde bir duvara dayamışlar, düşmesin diye. Ertesi sabah gelip bakmışlar, Mor Gabriel ayakları üzerinde duruyor. İşte o andan sonra herkes iyileşmeye başlamış. Veba salgını sis gibi dağılmış. Bunun üzerine papazlar karar vermişler: 'Bir daha veba olursa, Mor Gabriel'i rahatsız etmeyelim. Bunun için, onun sağ elini keselim. Çünkü Mor Gabriel'in bedeninin her parçası kutsaldır. Bedeninin her parçası şifa dağıtır.' O günden sonra her 31 Ağustos'ta Mor Gabriel'in sağ elinin kesilişi için tören yapılmaya başlanmış. İşte Yusuf Abim beş sene evvel o tören gününde kaybolmuştu."

"Hiç düşmanınız, hasmınız filan var mı Gabriel?" diyorum.

"Yoktur. Bizim kimseye bir zararımız yoktur. Kimse de bize karışmaz."

Birden yine çekingenliği tutuyor ama yüzündeki heyecan konuşmak istediğini gösteriyor.

"Evet, ne söyleyecektin?" diye cesaretlendiriyorum.

"Altı sene evvel köyümüze dört korucu aile geldi. Bizim akrabalardan bazıları Fransa'ya göçmüştü. Terörden korkuyorlardı.

Onlar göçünce bu korucular geldiler. Gidenlerin evlerine yerleştiler, topraklarını ekmeye başladılar. Biz sesimizi çıkaramadık. Devlet yapıyorsa doğrudur, dedik. Ama bu korucular, topraklarını genişletmek istediler. Bizim bağlarımızı, bahçelerimizi zorla ekip biçmeye başladılar. Biz de onları şikâyet ettik. Onlar da bize bunlar PKK'lı diye iftira attılar. Sonra iyi bir yüzbaşı vardı, adı Rüstem. O geldi, gerçeği gördü. O ailelere dedi, 'Siz rahat durun. Bu insanlara karışmayın.' Ondan sonra kimse bize karışmadı."

Ali her zamanki gibi bodoslamadan dalıyor:

"PKK'yla aranız nasıldı?"

Abin PKK'ya katılmış olabilir mi, demek istiyor. Aslında soru makul, çünkü o bölgede örgüte katılıp dağa çıkan çok insan var. Üstelik bunların arasında Türklerin de, Süryanilerin de, Ermenilerin de olduğunu biliyoruz."

Gabriel huzursuz oluyor. Gabriel'in zorlandığını gören Ali, "Yani PKK sizinle uğraştı mı?" diye yumuşatıyor sorusunu. "Size geldiler mi? Yusuf Abin çobanmış, vakti dağda geçiyordur. Belki onunla konuşmuşlardır. Bize katıl diye, onu sıkıştırmışlardır. İnsanları kaçırıyorlarmış oralarda."

"Yok, Yusuf Abimi PKK kaçırmadı," diyor sonunda Gabriel. "PKK kaçırsaydı Yusuf Abim geri gelirdi... Biz PKK'lıları sevmeyiz. Teyzemizin oğlu Aziz onların yüzünden ölmüştür. Bir mağarada dumandan boğulmuştur."

Mağarada dumandan boğulmuş, sözlerini duyar duymaz Diatessaron'u çalan hırsızın acı sonunu hatırlıyorum. 'Bir mağarada boğularak can verdi,' diye anlatmıştı Malik. Yoksa bu hırsız Gabriel'in teyzesinin oğlu mu?

"Şu olayı anlatsana. Nasıl boğuldu mağarada teyzenin oğlu?"

"Gazetelerde yazmıştır... Altı kişi ölmüştür o mağarada..."

"Nasıl öldü o altı kişi?"

"Özel Timciler götürdü onları mağaraya. Dediler, 'Siz PKK'lısınız' Dediler, 'PKK'lılar nereye saklandı?' Çünkü PKK, Özel Timcileri pusuya düşürdü. İki polis öldü, bir polis yaralandı. Özel Timciler, PKK'lıları takip ettiler. Sonra PKK'lılar kayboldu. Özel Timciler, Mor Gabriel Manastırı'nın kapısını çaldılar:

'PKK'lılar burada mıdır?' diye sordular.

Rahip çıktı:

'Burada PKK'lı yoktur,' dedi. 'Biz onları sevmeyiz. Buraya da koymayız. İsterseniz girin, arayın.'

'Biz aramayacağız ama PKK'lılar buradaysa, onları bize verin,' dediler.

'Yok, burada o adamlar yoktur,' dedi Rahip.

'Tamam, biz size inanıyoruz,' dediler.

Ama gitmediler, manastırın yakınına pusu kurup beklediler. Akşam duasından sonra köylüler manastırdan çıkınca onların yolunu kestiler. Genç olanları çıkardılar. Onlar altı kişiydi. Benim teyze oğlu Aziz de aralarındaydı. Bu altı kişiyi alıp mağaraya götürdüler. O mağara kötüdür. Moğollar geldiğinde, Timurlenk de orada köylüleri yakarak öldürmüştür senelerce evvel. Özel Tim de altı kişiyi oraya götürdü.

'Siz PKK'lısınız,' dediler.

'Biz PKK'lı değiliz,' dedi altı kişi.

'O zaman bize PKK'lıların yerini söyleyeceksiniz,' dediler. 'Biz bilmiyoruz,' dedi altı kişi.

Bir gün onları mağarada tuttular, dövdüler. Ertesi akşam bizim teyze oğlu Aziz'i eve getirdiler. Aziz, anasına, 'Ana korkma,' dedi, 'ben komisere bir şey vereceğim, o da beni bırakacak.'

Aziz evden çıkına sarılmış bir şey aldı. Annesi ne aldığını bilmiyordu. Aziz onu komisere verdi. Ama komiser, Aziz'i bırakmadı. O gece altı kişiye yine sordular:

'PKK'lılar nerdedir?'

Altı kişi bilmiyordu.

'Biz bilmiyoruz,' dediler.

O zaman altı kişiyi içeri sürdüler, mağarayı ateşe verdiler. Altı kişi mağarada böylece boğuldu. Sonra Özel Tim gitti ama Avrupalı rahipler manastırı ziyarete gelmişti. Onlar olayı öğrendiler.

'Burada insanları öldürdüler,' dediler.

O zaman gazeteciler, televizyoncular geldi. Mağarayı televizyona çektiler, köylülere sorular sordular. Benim teyzeye de sordular. Sonra hükümet bu Özel Tim'i mahkemeye verdi. Ama mahkeme olmadan, duyduk ki, teyzemin evine gelen komiser öldürüldü. PKK'lılar onu yakaladı, patos makinesinin içine attı. Orada bedeni parça parça edildi. O zaman da dava düştü... Çünkü mahkeme dedi: 'Emri bu komiser verdi, o da öldü. Öteki polislerin de bir kabahati yoktur.'"

Gabriel'in bu olayı neden güçlükle anlattığı şimdi ortaya çıkıyor. Polislere, meslektaşlarının cinayet işlediğini anlatmanın zorluğunu yaşıyormuş garibim. Ama bizden ters bir tepki gelmeyince sakinleşiyor.

"Şu patos makinesi dediğin şey ne?" diyor Zeynep.

"Toplanmış ekinleri öğütme makinesi. Büyük bir ağzı vardır. Ekini onun içine koyarsın. İçinde bıçaklar vardır. Makine ekini parçalar."

"Alçaklar," diye söyleniyor Ali. Patos makinesinde parçalanan meslektaşını görmüş gibi yüzü dehşet içinde. "Alçaklar, nasıl da acımasızca öldürmüşler adamı."

Benim kafam çok karışık, Zeynep ise gözlerini Gabriel'e dikmiş, derin derin düşünüyor. Sanırım onun da benden farkı yok.

"Şu Aziz, ne vermiş komisere?" diyorum. "Teyzen görmüş mü?"

"Görmemiş. Aziz'in aldığı şey bir çıkına sarılıymış."

"Ne iş yapardı bu Aziz?"

"Köylüydü. Bizim gibi toprakla uğraşırdı."

"Mor Gabriel Manastırı'na gider miydi?"

"Giderdi. Çünkü Aziz orada görevliydi. Çok güzel dua okurdu, ayine katılırdı. Ama sonra babası öldü, o da tarlaya döndü. Manastıra çok gidemedi."

Diatessaron'u çalan hırsızın kim olduğunu bulduk galiba.

"Aziz sağken manastırdan bir kitap çalınmış..." Gabriel'den çok Ali ile Zeynep şaşırıyor söylediklerime. Çünkü bu meseleden onlara hiç bahsedemedim. "Böyle bir şey duydun mu?"

"Duydum. Mor Gabriel Manastırı'nda eskiden büyük bir kütüphane, çok kitap vardı. Çok değerli kitaplar. Azizlerin, kâhinlerin yazdığı kitaplar. Sonra onlar yandı, çalındı, talan edildi. En son çok değerli bir kitap çalındı. Rahip, köylüleri topladı:

'Buradan bir kitap çalınmıştır,' dedi. 'Bu kitap bizim değildir. Bu kitap Mor Gabriel'indir. Eğer bu kitap gelmezse, Mor Gabriel, o kitabı gidip kendisi alacaktır. O kitabı çalanı da cehenneme yollayacaktır. O kişi ateşler içinde kalacaktır.'

Kimse kitabı getirmedi. Ama İstanbul'a yola çıkmadan evvel duydum, kitap manastıra gelmiş. Rahipler sevindi, dualar etti:

'İsa Mesih'e şükürler olsun, koruyucumuz Mor Gabriel kitabımızı geri getirdi.' Hepimiz sevindik. Çünkü kitabımız geri geldi."

"Şu olay," diyor Zeynep, biçimli kaşlarını çatarak, "mağaradaki yangın, ne zaman olmuştu?"

Hemen yanıtlayamıyor Gabriel...

"Yusuf Abim kaybolmadan evvel. Belki iki ay, belki üç ay evvel. Bahardı. Ekinler yeşeriyordu."

Anlaşılan Zeynep de benimle aynı noktaya takılmış, konuyu ayrıntılarıyla öğrenmek istiyor.

"Peki şu patos makinesinde ölen komiser. Onun kafası, yüzü parçalanmış mıydı?"

"Parçalanmıştı. Adam bir top et olmuştu. Eli nerededir, ayağı nerededir, belli değildi. Kafasının derisi olduğu gibi yüzülmüştü, belli değildi."

"Orospu çocukları," diye küfrü basıyor Ali yeniden.

"O komiser olduğunu nereden anladılar?" diye soruyorum Gabriel'e.

"Elbiseleri oradaydı. Silahlarını almışlardı ama kimliğini bırakmışlardı."

"Sen bu komiseri gördün mü?"

"Sağken mi?"

"Sağken... Onu gördün mü, onunla konuştun mu?"

"Konuşmadım. Ama bir kere gördüm, çok uzaktan. Sonra öldürüldüğü tarlaya gittim. Bizim Şaşı Melki'nin tarlasıydı. Patos makinesi oradaydı. Tarla kıpkırmızı olmuştu. Kanla sulanmıştı. Şaşı Melki dedi: 'Bir insandan bu kadar kan çıkar mı?'"

"Kahpe analılar," diye mırıldanıyor Ali. Zeynep ise önemli bir ipucu yakalamanın verdiği heyecanla, kafasındaki resmi tamamlamaya çalışıyor:

"Şu komiseri görsen tanır mıydın?"

"Yok, tanımazdım. Bir kere gördüm, köydeki kilisenin önündeydi. Cipten iniyordu. Korktum, bakmadım. Komiser yanımdan geçerken başımı eğdim. Ama Yusuf Abim konuşurdu onunla. Yusuf Abim kimseden korkmazdı..."

"Adını biliyor musun?" diye sürdürüyor Zeynep.

"Köylü, Yavuz Komiser, derdi. Tanrı taksiratını affetsin, Yavuz Komiser, dendi mi herkes korkardı ondan."

Aslında yanıtını bilmeme rağmen bu soruyu sormadan edemiyorum:

"Bak Gabriel, bize her şeyi anlatabilirsin, tamam mı? Eğer suç işlediğini bildiğin polisler varsa, onları da anlatabilirsin. Çekinecek bir şey yok. Şimdi bu çok önemli. İyice düşündükten sonra cevap vermeni istiyorum." İri gözleri merakla açılmış. "Bugün teşhis için gittiğiniz cesede iyice baktın mı?"

"Baktım..."

"Korkmadın, değil mi?"

"Yok, korkmadım."

"O ceset, şu Yavuz Komiser olabilir mi?"

İri gözler iyice durgunlaşıyor, alt çenesi hafifçe aşağı sarkıyor:

"O ölü..." diye söyleniyor. Sanki kendiyle konuşur gibi. "Yusuf Abimin kimliğini alan adam... Yok... Yok, Yavuz Komiser değildir... Yok, bence değildir."

O şarabı içenlerin ölümsüzlüğe kavuştukları varsayılırmış.

Gabriel yok diyor ama Yusuf'un kaçırılması olayı Yavuz Komiser'le ilgili gibi görünüyor. Ancak bu ilgi tam olarak nedir, şimdilik bilemiyorum. Eğer Diatesseron'u Gabriel'in teyze oğlu Aziz çaldıysa, eğer Diatesseron'u Aziz'den alan kişi Yavuz, patos makinesinde ölmediyse, -bu, patos makinesinde ölen kişinin Çoban Yusuf olması ihtimalini artırıyor- şu morgda yatan ceset büyük ihtimalle Komiser Yavuz olmalı. Sanırım Zeynep de aynı fikirde. Ali'ye gelince, sorgunun sonlarına doğru PKK'lılara küfretmeyi kestiğine göre onun da kafası karıştı herhalde. Bunu anlamak için Ali'nin, Gabriel'in resmi ifadesini almak üzere indiği alt kattan dönmesini beklememiz gerekiyor.

"Galiba Şefik haklı çıkacak Başkomiserim," diyor Zeynep. "Yusuf'un..." Hemen düzeltiyor. "Adı her neyse işte, Elmadağ'daki apartman dairesinde o cesedi bulduğumuzda, Şefik, 'Tuhaf bir olay,' demişti hatırlarsanız." Aslında düşüncelerini açıklamak için girizgâh yapıyor. Ali'nin tersine, hiçbir zaman doğrudan konuya giremez bu kız. "Şu Yavuz adındaki komiser."

"Ben de onu diyecektim Zeynepçim. Şu meslektaşımızı bir araştıralım. Ailesiyle, arkadaşlarıyla konuş.

Sadece Yavuz Komiser'i değil, mağarada boğulan altı kişi kimmiş, olay neymiş, onları da bir öğren. Ayrıca, gerçek Yusuf Akdağ'a ne oldu, onu da bilmemiz lazım..."

Zeynep söylediklerimi önündeki deftere kaydediyor. Ne diyeyim, düzenli kız. Aldığı notlar sona erince, "Bir de bu araştırmadan kimseye bahsetme Zeynepçim," diyorum.

Anlamamış, bakıyor.

"Ne öğrenirsen ilk ben duymak istiyorum. Bu yasağa Ali de, Cengiz Müdürümüz de dahil."

Zeynep huzursuz oluyor.

"Cengiz Müdürüm bu sabah bana uğradı Başkomiserim. Odanıza bakmış, sizi bulamamış, bana sordu. Ben de gelmediğinizi söyledim. Canı sıkıldı, çünkü sizinle konuşmak istiyormuş."

"Önemli değil, ben şimdi uğrarım."

"Boşuna uğramayın Başkomiserim. Cengiz Müdürüm çıktı. Bugün bazı müdürlerle, içişleri bakanıyla birlikte dolaşacakmış, 'Emniyete dönmem zor,' dedi. Sizinle ancak yarın görüşebilirmiş. 'Gerekirse ararım,' dedi. Bir de, 'Soruşturma nasıl gidiyor?' diye sordu. Ben de bildiklerimi anlattım."

Yanlış yapmış gibi mahcuplaşıyor.

"Anlatmasa mıydım?"

"Yoo, iyi yapmışsın. Ama bundan sonra ne öğrenirsen, ilk ben bileceğim. Bana anlatmadan, benim onayım olmadan kimseye bir şey söylemeyeceksin."

"Yusuf'un emniyeti araması yüzünden mi?"

Bir de o vardı, değil mi? Ama şimdi teşkilatta köstebek avına çıkacak halimiz yok.

"Onunla ilgili değil Zeynepçim," diyorum. "İşin aslını öğrenmeden, olayın dallanıp budaklanmasını istemiyorum. Hepsi bu."

"Anladım Başkomiserim."

Zeynep kalkmaya hazırlanırken, "Şu Can..." diyorum. Can lafını duyar duymaz, Zeynep'in yüzüne yine bir kızıllık basıyor. "Ne anlatıyordu sana?"

"Süryanilerle ilgili kitaplar getirmişti Başkomiserim. Akşam siz Cengiz Müdür'ün odasına gittiğiniz zaman ben rica etmiştim. O da sağ olsun, toplamış kitapları, getirmiş..."

"Süryanilerle ilgili kitapları getirdiğini biliyorum Zeynepçim, senin odana geldiğimde söylemiştin. Ben sana ne anlatıyordu diye sordum."

Zeynep'in utangaçlığı, sıkıntıya dönüşüyor:

"Hazreti İsa hakkında Başkomiserim," diyor kısık bir sesle.

"Onu da dün akşam konuşmuştuk..."

Hemen yanıt veremiyor Zeynep ama kendini toparlaması uzun sürmüyor:

"Farklı konulardan bahsetti bu defa..." diye açıklıyor. Artık sesini de kontrol edebiliyor, "İsa'nın öldükten sonra dirilmesi, Tanrı olması filan. Bu ritüellerin Anadolu'daki dinlerden alındığını söylüyor. Alan kişi de Pavlus'muş. İsa'nın öldükten sonra Tanrı olması düşüncesinin, Anadolu'da ve Mezopotomya'da çok eski bir gelenek olduğunu, bunun ta Hititlere kadar uzandığını anlatıyor. Hititlerde ölen krallarından, 'Tanrı oldu,' diye söz edilirmiş. Romalılar ise kimi imparatorlarına, 'Tanrı'nın oğlu,' derlermiş. Ya da kendileri Tanrı'nın oğlu olduklarını ilan ederlermiş. İnsanlar da onlara Tanrı diye taparlarmış. İsa'nın yeniden dirilmesi olayını da farklı yorumluyor. Bu inanış da Tarsus, Antakya yöresindeki bazı dinsel geleneklerden geliyormuş. Mithra diye bir din varmış. Tapınaklarda boğa kurban ederlermiş. Bu ayinlerde içilen şarabın kurban edilen boğanın kanını temsil ettiği düşünülürmüş. O şarabı içenlerin ölümsüzlüğe kavuştukları varsayılırmış. İsa'nın etinin yenildiği, kanının içildiği ayinlerin de bu geleneğin bir devamı olduğunu söylüyor Can. Bu geleneği Hıristiyanlığa kazandıran kişi de yine Pavlus'muş. İşte bunları anlattı Başkomiserim. Çok bilgili bir çocuk."

Çocukmuş! Eşek kadar herifi bir anda çocuk yapıverdi. Kadınlar böyledir işte, birinden hoşlanmaya başladılar mı, hemen dünyanın en sevimli insanı gibi sunarlar onu size. Kuşkusuz önce böyle olduğuna kendilerini inandırırlar.

"Farkında mısın Zeynep, çocuk dediğin o adam hâlâ zanlılardan biri..."

Gözlerindeki yıldızları birer birer söndürüyor sözlerim. Yine de bütün iyi niyetiyle açıklamaya çalışıyor:

"Öyle Başkomiserim ama olay hakkında hiç konuşmadık. Kendinin masum olduğunu ima etmeye bile kalkışmadı. Sadece bizim toplum olarak yanlış yaptığımızı söyledi."

"Ne yanlışıymış o?"

"Büyük bir kültür hazinesinin üzerinde oturmamıza rağmen, bunun farkında olmayışımızmış. Türkiye Cumhuriyeti'nden önce bu topraklarda Hitit İmparatorluğu, Doğu Roma İmparatorluğu, Osmanlı İmparatorluğu varmış ama biz bu kültürlere sahip çıkmıyormuşuz. Batılılar uygarlığın Antik Yunan'dan başladığını söylüyormuş, oysa Sümerler, Hititler olmasa Antik Yunan olur muymuş? Dinleri farklı, ırkları farklı diye üzerinde yaşadığımız, iç içe geçtiğimiz bu kültürleri görmezden geldiğimizi söylüyor. Pavlus üzerinde bu kadar yoğunlaşmasının nedeni de buymuş. 'Pavlus, yani Anadolulu bu adam olmasaydı çağdaş Hıristiyanlık olur muydu?' diyor. Türk'üz, Müslüman'ız gerekçesiyle böylesi önemli insanları dışladığımızı, aynı topraklarda yaşamış olmamıza rağmen onları görmezden geldiğimizi söylüyor. Oysa Antik Yunan'daki filozofları yeniden keşfedenler, İslam filozoflarıymış. Birkaç örnek verdi ama şimdi isimlerini hatırlamıyorum. 'Biz neden bunu yapmıyoruz?' diye soruyor. Ülkemizi seviyorsak, üzerinde oturduğumuz kültürlere sahip çıkmalıymışız. Bunu daha önce, 'Kim olursan ol gel,' diyen Mevlana yapmış, 'Biz neden onun yolunda gitmiyoruz?' diyor."

"Bunlar iyi, güzel de Zeynepçim, ne burası Anadolu uygarlıklarıyla ilgilenen bir kurum, ne de biz felsefe-tarih öğreten hocalarız. Biz burada, giderek daha da çetrefil hal alan bir cinayeti çözmeye çalışıyoruz."

Hiç sesini çıkarmadan dinliyor Zeynep.

"Üstelik sadece Hıristiyanlığın köklerinden bahsettiğinizi de sanmıyorum. Odana girdiğimde Can mikroskobun başındaydı."

Zeynep yutkunarak yanıtlıyor:

"Üzerinde çalıştığımız soruşturmayla ilgili bir konu değildi Başkomiserim..."

"Neyle ilgiliydi peki?"

"İki ay önce iplikçiklerden yola çıkarak çözdüğümüz şu tekstilci cinayetini anlatıyordum. O davada bulduğumuz iplikçikleri gösteriyordum."

"Sokaktan birine de laboratuvarını açar mısın Zeynep?"

"Açmam, Can bize yardım ediyor diye düşündüm."

Başı önde, artık yüzüme bakamıyor, çok mu üstüne gittim kızın. Aslında Zeynep'le aramız hep iyi olmuştur. Belki de onu ölmüş kızımın, Aysun'un yerine koyuyorum farkına varmadan. Sahiplenmem de bu yüzden. Ama uzatmasam iyi olacak.

"Neyse, bundan sonra daha dikkatli davranırsın."

"Emredersiniz Başkomiserim," diyor, içten bir yanıt değil bu. Bir ast olarak üstüyle nasıl konuşması gerekirse öyle konuşuyor. Sanırım beni haksız buluyor.

"Ben artık gidebilir miyim?"

Hâlâ yüzüme bakmıyor, sesi gücendiğini ele veriyor. Anlamamış gibi davranıyorum:

"Tabii gidebilirsin."

Ayağa kalkıyor.

"Ha Zeynepçim," diyorum. Sanki az önce onu sertçe uyaran ben değilmişim gibi. "Meryem ile adamları ne oldu? Bugün savcılığa çıkacaklardı?"

"Tonguç'u tutuklamışlar, Meryem ile öteki adamı, adı Tayyar'dı galiba, o serbest bırakılmış."

"Tahmin ettiğimiz gibi desene..."

"Öyle Başkomiserim, tahmin ettiğimiz gibi."

Doğal tavrım onu da etkiliyor. Gülümsemese de artık gözlerini kaçırmıyor.

"İyi o zaman, sen işinin başına dön," derken telefonum çalıyor. "Hadi kolay gelsin," diye Zeynep'i uğurladıktan sonra açıyorum telefonu. Karşımda Evgenia. Eyvah, onu tümüyle unutmuştum.

"Merhaba Nevzat... Nasılsın?"

"Merhaba Evgenia... Ben de tam seni arayacaktım. Şimdi girdim içeri. Sen nasılsın? Ne yapıyorsun?"

"İyiyim herhalde..."

"Ne demek herhalde?"

"Yok, iyiyim iyiyim... Şey diyecektim Nevzat. Bu akşam sana gelsem..."

"Bana mı?"

"Sana, evine yani..."

Hoppala, bu da nereden çıktı şimdi? Evgeniya'ya bir haller oluyor son günlerde. Benimle neden evlenmiyorsundan sonra şimdi evine geleyim çıktı. Daha önce hiç bu konulardan bahsetmez, böyle isteklerde bulunmazdı. Aslında evime gelmek istemesinden daha doğal ne olabilir? O, benim hayattaki en yakın arkadaşım, sevgilim. Üstelik bir kez bile girmedi evimin kapısından içeri. Çünkü çağırmadım. Çünkü o evde hâlâ karım ve kızım var. Evin her yanına onların anıları sinmiş. Evgenia'yı onlarla birlikte düşünemiyorum. Belki düşünmem gerek ama yapamıyorum.

"Benim ev çok soğuk," diyorum, "rahat edemeyiz..."

Evgenia'dan ses çıkmıyor. Sanki telefonun öteki ucunda kimse yokmuş gibi derin bir sessizlik. Evgenia sessizliği sevmez, konuşmamayı sevmez, suskun kalarak sitem etmeyi sevmez. Sessizliği, soğuklukla, uzaklıkla, ayrılıkla bir tutar. Söyleyecek hep güzel bir sözü vardır onun. Alındıysa da içinde taşımaz, lisanı münasiple anlatır, içini döker size. Ama şimdi sustuğuna göre, baltayı taşa vurduk demektir. Çok alınmış olmalı. Bugün benim, kadınların kalbini kırma günüm galiba. Zeynep'ten sonra Evgenia'yı da incittik. Ama niye? Nerden çıktı şimdi bu duyarlılık? Neyse, o sustuğuna göre, konuşmak, işi tamir etmek bize düşüyor.

"Dışarıda bir yere gidelim... Hani ne zamandır, gidelim, diyordun. Çengelköy İskelesi'ndeki balık restoranına gidelim. Şimdi levrek zamanı... İstersen erken de çıkarım..."

Derinden bir iç geçirdiğini duyuyorum Evgenia'nın:

"Yok Nevzatçım," diyor. "Çengelköy'e gitmeyelim şimdi. Madem erken çıkabiliyorsun, sen Tatavla'ya gel. Burası sakin, daha rahat konuşuruz."

"Tamam, gelirim... Ama sende bir tuhaflık var. Kötü bir şey olmadı, değil mi?"

"Yok, kötü değil... Merak etme." Sözcükler kesik kesik çıkıyor ağzından. "Gel de konuşalım. Hadi görüşmek üzere."

Ağzımı açmama bile izin vermeden kapatıyor telefonu. İlişkimizde bu bir ilk. Yok, ciddi bir mesele olmalı, Evgenia hayatta böyle şeyler yapmazdı. Neyse, anlayacağız bakalım derdini. O sırada Ali giriyor içeri. O da mutsuz. Gözleri Zeynep'in oturduğu koltuğa kayıyor. Yaa, Zeynep gitti Alicim. Bugüne kadar kendini kasar da kızla konuşmazsan, sonunda olacağı budur. Bakmayın böyle düşündüğüme, aslında üzülüyorum çocuğun haline. Ama benim durumum da pek parlak değil. Evgenia kim bilir neler anlatacak? Ali hiç kusura bakmasın, şimdi onun gönül işleriyle uğraşacak halim yok. Zaten o da böyle bir istekte bulunmuyor.

"Gabriel'in yazılı ifadesini aldık," diyor kabaran aşk acısını içine atarak. "Adamı gönderelim mi Başkomiserim?"

"Mardin'e mi dönecekmiş?"

"Yok, birkaç gün daha buradaymış. Feriköy'de akrabaları varmış, onlara gidecekmiş."

"Akrabalarının adresini, telefonunu al, adamı yolla gitsin."

"Başüstüne..."

"Ha Ali, otursana biraz..." Telefona uzanırken anlatmaya devam ediyorum. "Şu Yavuz Komiser'i bir araştıralım. Sen de fark etmişsindir, karışık bir işe benziyor. İstihbarat Dairesi'nden Nusret'i bir arayayım. Bize yardım etsin."

Ali oturmuyor, her zamanki tez canlılığıyla ayakta dikilmeyi tercih ediyor. Üçüncü çalışında açılıyor Nusret'in telefonu. Boğuk bir ses, "Alo," diyor.

"Alo Nusret... Benim, ben, Nevzat..."

"Oo Başkomiserim, sen bizi arar mıydın yav?

"Niye öyle diyorsun, en son ben aramadım mı? Beyoğlu'nda kafayı çektiğimiz gece... Hatırlasana..."

"Öyle miydi?

"Öyleydi tabii. Yaşın benden genç ama hafıza sıfır."

"İşler o kadar çok ki Nevzat, kafa mı kalıyor insanda."

"Bir de şu sigarayı bırak. Sesin boru gibi çıkıyor. Kanser manser olursun maazallah."

"Bırakacam abi, bırakacam da, olmuyor işte bir türlü..."

"Geçen gece bizim Muammer'e uğradım. O da senin gibi bırakacak, bırakacam, diyor ama içmeye devam ediyor."

"Ne yapalım be Nevzat, hayat zor. Neyse, sen emrin nedir onu söyle."

"Ne emri Nusretçim, küçük bir ricamız var, yaparsan."

"Ne demek, başım gözüm üstüne."

"Belki gazetelerde okumuşsundur. Bir Süryani öldürüldü."

"Duydum, şu Elmadağ'daki cinayet."

"Evet, işte o. Bu cinayetin beş sene önce Midyat yöresinde öldürülen bir komiserle ilişkisi olabilir. Komiser de feci bir şekilde öldürülmüş. Patos makinesinde kıyma yapmışlar adamı..."

"Evet... Öyle bir şey duymuştum. Ama orası benim bölgem değildi. Olayı tam hatırlamıyorum şimdi."

"Senden ricam, şu ölen komiser kimdir, tanıyan bilen var mı, o sırada kimlerle çalışıyormuş, bir öğrenebilirsen... Bir de aynı olayla bağlantılı Yusuf Akdağ adında bir şahsı araştırıyoruz."

"Bir dakika dur, adını yazayım. Yusuf ne dedin?"

"Yusuf Akdağ. Şimdi bu şahsın adı PKK'lılar arasında geçiyor mu? Öldürülmüş de olabilir. Hani ifadelerde adı filan geçiyorsa, aranalar listesinde filansa..."

Canı sıkılır gibi oluyor Nusret'in.

"Anlaşıldı, benden iki iş istiyorsun..."

"Zahmet olacak..."

"Zahmet olmaz da biraz zaman alır Nevzat. Eski dosyaları karıştırmak, birkaç kişiyi aramak lazım."

İşi yokuşa sürmesine izin vermiyorum.

"Ben de bugün istemiyorum zaten canım. Sen araştırmanı yap, telefonlarını et, yarın sabah bizim Ali'yi yollarım."

Anında bozuluyor Nusret.

"Yav Ali'yi filan yollama abi. Zaten usulsüz iş yapıyoruz. Bir de üçüncü kişileri sokma araya."

"Üçüncü kişi dediğin benim elim kolum, en güvenilir adamım. Tanımıyor musun Ali'yi? Senin de az işini halletmemiştir."

"Yav tanıyorum, mesele o değil. Abi yukarıdan emir geldi. Her türlü bilgi kayıtla verilecek. Neden istendiği, niçin istendiği, kimin aldığı belirtilecek. O yüzden diyorum."

"Uzatma Nusret, sen bir şey isteyince biz böyle mi yapıyoruz."

"Tamam abi, tamam, gönder o delibozuğu. Ama önce iyice ikaz et, kimseye bahsetmesin."

"Sağ olasın Nusret," diyorum, "bu iyiliğini unutmayacağım."

Neşeli ama manidar bir sesle yanıtlıyor:

"Ne demek Başkomiserim, vazifemiz."

"Eyvallah Nusretçim."

Ahizeyi yerine koyarken, "Söylediklerimi duydun Alicim," diyorum, "yarın öğleden sonra Nusret'e bir uğra. Olayla ilgili bütün bilgileri verecek sana. Eksik bir şey kalırsa başında dikil, alıncaya kadar ayrılma. Çok şikâyet eder ama iyi adamdır. Sana istediğin her şeyi verir."

"Merak etmeyin, yarın o işi hallederim. Şimdi izin verirseniz, ben Gabriel'in yanına ineyim."

"Oldu Ali, ben de birazdan çıkacağım zaten. Artık yarın görüşürüz."

Kendi kendine ağlıyor Evgenia. Tıpkı söylediği gibi, ağlarken bile yalnız.

Tatavla'nın bulunduğu sokağa geldiğimde, gökyüzünün kızıla kestiğini görüyorum. Güneşi perdeleyen iri bulutlar beyazdan kırmızıya, kırmızıdan siyaha dönüyor. Sokak, kül rengi bir aydınlığın içinden ağır ağır karanlığa doğru ilerliyor. Tatavla'nın önünde beyaz bir minibüs var. Şef İhsan, yanına iki garson almış, minübüsten sebze kasaları, rakı kolileri, şarap kutuları indirtiyor. Akşama hazırlık.

"Kolay gelsin," diyorum.

Beni görünce hemen kenara çekilip yolu açıyorlar.

"Sağ olun Başkomiserim," diyor İhsan, "buyrun, hoş geldiniz."

Onları arkamda bırakıp içeri geçiyorum. İçerisi alacakaranlık, soba yine gürül gürül yanıyor. Sobanın ağzından yayılan ışık, bahçeye bakan pencerenin önündeki küçük masada oturan Evgenia'yı aydınlatıyor. Evgenia masada tek başına. Siyahlar giymiş, düşünceler içinde. Yoksa biri mi öldü? Yok canım, öyle olsa hemen söylerdi. O kadar dalgın ki geldiğimi fark etmiyor bile.

"Merhaba Evgenia," diyorum.

"Ah Nevzat," diye irkiliyor. "Sen miydin, korkuttun beni."

"Aşk olsun, ne zamandır benden korkuyorsun?"

"Senden korkar mıyım hiç?" diye mırıldanıyor kollarıma atılırken. "Başkası sandım..."

Sımsıkı sarılıyor bana. Daha önce de böyle sarılır mıydı? Hiç alınmış gibi bir hali de yok, boş yere kuruntu yaptım galiba? Omzumda dağılan saçlarından yayılan lavanta kokusunu içime çekiyorum.

"Ne güzel kokuyorsun bugün böyle?"

"Her zamanki kokum," diyerek çözülüyor bedenimden. "Yeni mi fark ediyorsun?"

Yeşil gözlerde hiç alışık olmadığım bir yabancılık.

"Yok canım, yeni fark eder miyim? Ama bazen insan daha çok hissediyor kokuyu... Sende de öyle olmaz mı?"

"Hadi hadi, bırak şimdi bu lafları da otur şu masaya."

Ben masaya otururken, o da duvardaki düğmeye uzanıp içerisinin ışıklarını açıyor.

Masanın üzeri yine meze şenliği. Beyazpeynirden kalamara, patlıcan salatasından çiroza, deniz börülcesinden midye dolmaya, aklınıza ne gelirse hepsi mevcut. Gülümseyerek oturuyorum iskemleye. Yok, boş yere günahını almışız Evgenia'nın. Her şey yolunda işte. Karafakiyi alıyorum, Evgenia'nın kadehine yöneliyorum, eliyle kadehinin ağzını kapatıyor.

"Teşekkür ederim," diyor, "ben bu akşam içmeyeceğim."

İyimserliğim çabucak dağılıveriyor. Evgenia içerken beni hiç yalnız bırakmazdı. Yok, kesin bir terslik var. Telefondaki suskunluğu gibi bu da ilk kez oluyor. Ne yalan söyleyeyim, biraz bozuluyorum. Ben de içmesem, olmaz şimdi. Kadehimi dolduruyorum. Belki aklını çelerim diye işi şakaya vuruyorum:

"Mis gibi koktu mübarek. İstemediğinden emin misin?"

"Hiç üsteleme Nevzat, bu gece içmeyeceğim."

Üstelemiyorum, kadehimi kaldırıp, "Sana," diyorum.

Tenezzül edip gülümsemiyor bile, sadece ağırbaşlı bir, "Afiyet olsun," dökülüyor dudaklarından.

Artık masanın tadı yok. Kadehimi masanın üzerine bırakıyorum. Elim hiçbir mezeye uzanmıyor.

"Yesene," diyor, "Recai Usta senin için yaptı."

"Sağ olsun, karnım tok."

Anladı galiba bozulduğumu.

"Mezesiz olur mu canım?"

Çatalımın ucuyla yalandan bir parça beyazpeynir alıyorum.

"Bak işte yiyorum."

"Ye, yarasın."

Nihayet gülümsüyor, sanki her şey yolundaymış gibi. Ama değil, Evgenia'nın tenine canlılık veren, gözlerine ışıltı katan sevinç yok yüzünde. Evgenia sevincini yitirmiş. Bu gülümsemeler, sarılmalar, içten olmaya çalışmalar, hepsi numara. Hiç alışkın olmadığım bir durum bu. Evgenia'ya hiç yakışmıyor. İnsanlarla konuşurken duygularımı saklamayı çok iyi bilirim; işimin parçasıdır bu, fakat şu anda ona bunu yapamam.

"Ne oluyor Evgenia?" diye doğrudan soruyorum.
"Sende bir tuhaflık var."

Hemen anlıyor açık konuşmak istediğimi, hiç çekinmeden, duraksamadan yanıtlıyor:

"Ben gidiyorum Nevzat."

Sözleri yeterince açık ama ben anlamıyorum.

"Nereye gidiyorsun?"

"Yunanistan'a..."

"Hayrola, kötü bir haber filan mı aldın?"

"Yunanistan'dan mı?"

Dudaklarında buruk bir gülümsemeyle bana bakıyor. "Hayır..."

"Gezmeye gidiyorsun o zaman. Noel için mi?"

Başını sallıyor.

"Noel'de biz Yunanistan'a gitmeyiz Nevzat, oradakiler buraya gelir."

"Niye?" diye soruyorum saf saf.

"Çünkü Yunanistan'da buradakinden daha uzun bir tatil var... Hayır Nevzat, Noel için gitmiyorum. Ben temelli gidiyorum. Orada kalmak için..."

Ciddi mi, kapris mi yapıyor, anlamaya çalışıyorum.

"Çok ciddiyim, artık Yunanistan'da yaşamak istiyorum."

Kapris yaptığı filan yok, sahiden gidiyor.

"Nasıl yani?" diyorum hayretle. "Nerden çıktı bu birdenbire?"

Son derece sakin, son derece kendinden emin, açıklıyor:

"Birdenbire değil, uzun zamandır düşünüyordum."

"Bana hiç söylemedin!"

Sözlerim sanki canını yakmış gibi yüzüme bakıyor; burun kapaklarının açılıp kapandığını görüyorum, gözleri doluyor ama ağlamıyor.

"Yeri gelmemiştir," diye geçiştiriyor, "işte şimdi söylüyorum."

"Kararını verdikten sonra..."

"Kararımı verdikten sonra..." Derinden bir iç geçiriyor. "Huzur içinde yatsın, babam, 'Kendi kararını her zaman kendin ver kızım,' derdi. Başkalarına dayanarak sonuna kadar yürüyemezsin. Bir kere onun sözünden çıktım. Urfa'da başıma gelenleri biliyorsun. Ama artık akıllandım. En azından babamın sözlerini dinleyecek kadar akıllandım." Sevecen bir ifade beliriyor yüzünde. "Sahi bir keresinde sen de söylemiştin. Hatırlıyor musun? Hani seni sık sık telefonla aradığım günlerdi. 'Hiç akıllanmayacaksın,' demiştin. Anlamayıp sorunca da açıklamıştın: 'Murat'ı daha doğru dürüst tanımadan adama kapılıp Urfa'ya gittin. Şimdi de topu topu üç beş kere gördüğün birini, yani beni kendine arkadaş seçiyorsun.' Haklıydın. Yanlış olan bendim, hayatı hep başkalarıyla birlikte düşünüyorum. Bu doğru değil. Sevgili, arkadaş, dost, aile, hepsi bir yere kadar; tek gerçek, yalnızlığımız." Yüzüme bakıyor; sanki seni anlıyorum, seni bağışlıyorum ama sen de beni anla, der gibi. "Öyle değil mi Nevzat, hepimiz yalnız değil miyiz?"

Benden yanıt yok, kafam karmakarışık.

"Üstelik Nevzatçım, ben her anlamda yalnızım. Bütün akrabalarım Yunanistan'a göçtü. Bir tek ben kaldım burada. Biliyorsun, geçen yıl Hristo Amcam vefat etti. Tek mirasçısı benim, Girit'te buradan daha büyük bir meyhanesi var. Hem o meyhanenin adı da Tatavla. Yabancıların eline kaldı. Gidip orayı çalıştırayım, diyorum. Ne yapalım, bizim mesleğimiz de meyhanecilik, elimizden başka bir iş gelmiyor."

Ağır bir keder çöküyor üstüme. Başlangıçtaki alınganlığın getirdiği girişkenlik, cesaret, öfke, hepsi kayboluyor, tutuklaşıyorum. Doğrudan, gitme, nereye gidiyorsun, burada ben varım diyeceğime, "Burası ne olacak?" diyorum. "Babanın kurduğu meyhaneyi başkalarına mı bırakacaksın?"

"Babama kalsa, ben Urfa'dan geldiğim yıl gidecektik Yunanistan'a. Benim zorumla gitmedi Yunanistan'a. Ölürken bana, 'Yunanistan'a git kızım,' dedi. 'Burada yalnız kalma. Hristo Amcan kendi kızı gibi bakar sana.'

Ama ben gitmedim. Yani ikinci kez de dinlemedim babamı. Artık isteğini yerine getireceğim. Hem gözüm de arkada kalmayacak, Recai Usta var, bizim Şef İhsan var... Yıllardır birlikte çalıştığımız insanlar. Benim kadar onların da emeği geçti Tatavla'ya, burada onların da hakkı var."

"Onlar ne diyor gitmene?"

"Gitme, diyorlar. Tuhaf şey Nevzat, çok da içtenler biliyor musun? Halbuki ben gidersem burası onlara kalacak, meyhane sahibi olacaklar. Ama bunu düşünmüyorlar. Sahiden de gitmemi istemiyorlar. İnsanlık ölmemiş galiba. Bir ara, burada gitmemi istemeyen insanlar var, vaz mı geçsem diye düşündüğüm bile oldu."

Belki beni incitmek için söylemiyor ama sözleri ağır geliyor.

"O ne biçim laf Evgenia," diyorum. "Sadece onlar mı istemiyor gitmeni?"

Şaşırmış gibi bakıyor.

"Başkası da mı var?" Acımasız bir yapaylık yerleşiyor yüzüne:

"Kim o Nevzat? Ben bilmiyorum, sen biliyor musun? Kim o?"

"Yapma Evgenia, kalbimi kırıyorsun."

Oturduğu iskemleden bana doğru eğiliyor. Yeşil gözleri kısılmış, keskin iki bıçak gibi:

"Sahi mi Nevzat, gerçekten kalbini mi kırıyorum? Gerçekten üzülüyor musun gittiğime?"

"Bu ne biçim soru şimdi, herhalde üzülüyorum. Kuşku mu duyuyorsun?"

Yeniden geri çekiliyor, sakin sakin yüzüme bakıyor. "Kuşku duymuyorum Nevzatçım. Elbette üzüleceksin, kolay mı, canın sıkıldığında birlikte kafa çektiğin bir arkadaşı kaybediyorsun. Bazı geceler yatağına girdiğin bir kadını... Yoo yanlış anlama, seninle geçirdiğim hiçbir an için pişman değilim. Her dakikası muhteşemdi. Ama açık konuşmak gerekirse, sen beni hiçbir zaman... Sen beni gerçek anlamda... Ne demekse bu gerçek anlamda... Anlıyorsun işte. Beni gerçek anlamda hiçbir zaman sevmedin..." Umutsuzca başını sallıyor. "Sevmedin Nevzat." Gözlerindeki yeşiller kırılıyor, dalgalanıyor. "Senin bir dünyan var Nevzat. Ölülerinle, anılarınla kutsallaşan, sana yeten bir dünya. Benim o dünyanın kutsallığını, masumiyetini bozmamdan korktun. Beni dünyana kabul etmedin Nevzat... Hiçbir zaman... Hiçbir zaman beni kabul etmedin..." Uzun kirpiklerinin ucundan yaşlar süzülmeye başlıyor. Ama aldırmadan sürdürüyor sözlerini:

"Kafamda ne vardı bilmiyorum. Belki beni kendine layık görmedin. Belki beni kirli, hafif bir kadın olarak gördün... Bilmiyorum, belki bunları söyleyerek sana haksızlık ediyorum. Bilmiyorum, çünkü benimle gerçek anlamda hiç konuşmadın. Hep kendinden emin, hep kendi sorunlarıyla başa çıkan, hep bana gülümseyen bir adam oldun. Bana hiç yaranı göstermedin, acını hiç fark ettirmedin, zayıflığını hiç hissettirmedin, sorunlarını hiç anlatmadın. Çünkü beni umursamadın. Oysa ben seni tuttuğun yasla sevdim Nevzat, acılarınla, karına ve kızına duyduğun özlemle sevdim. Onları kendi ölülerim bildim Nevzat. Senin gibi olmasa bile ben de onları kendimce sevdim..."

Artık kendini tutamıyor Evgenia, hüngür hüngür ağlamaya başlıyor. Ne yapacağımı bilemeden öylece kalıyorum. Kendi kendine ağlıyor Evgenia. Tıpkı söylediği gibi, ağlarken bile yalnız. Biraz sakinleşince uzanıp, masadaki kutudan bir peçete çekip burnunu siliyor, gözyaşlarını kuruluyor. Ben hâlâ susuyorum.

"Seni gerçekten de çok sevdim Nevzat," diyor burnunu çekerken, "hayatta kimseyi sevmediğim kadar. Belki bu yüzden çok kızıyorum sana. Sözlerimi de kızgınlığıma ver. Aldırma. Ben gidince her şeyi unutursun..."

Söylediklerine o kadar inanıyor, sözlerinden o kadar emin ki, ben de kendimi suçlamaya başlıyorum. Bu yüzden ne diyeceğimi bilemiyorum. Ama düşündükçe, Evgenia'nın o kadar da haklı olmadığını anlıyorum. Bunu anlamak bana konuşma gücü veriyor. Yine de ilk sözcükler bu iradenin sonucunda değil de adeta kendiliğinden dökülüyor ağzımdan:

"Seni unutamayacağımı biliyorsun." Islak, yeşil gözlerde inanmayan bir ifade. "Evet, söylediklerinin çoğu doğru... Evet, ben iyi bir sevgili olamadım, belki iyi bir arkadaş bile değilim. Ama yine de bana birazcık haksızlık etmiyor musun Evgenia? Benim nasıl bir adam olduğumu çok iyi biliyordun. En kötü günlerimi gördün. Ben sevgi özürlü bir adamım. Benim o tarafımı dağladılar. Bunu mazeret olsun diye söylemiyorum. Beni affetmen için de söylemiyorum, gerçek bu olduğu için söylüyorum. Seni üzdüğüm için çok özür dilerim. Şu anda en az senin kadar üzgünüm. Ama ben hiçbir zaman güzel bir ilişki vaat etmedim sana. İstemediğimden değil, yapamadığımdan. Haklısın, ben hâlâ karımla, kızımla birlikte yaşıyorum. Ölmüş olsalar bile onları çıkaramadım hayatımdan. Ama seni hiçbir zaman kirli, hafif, değersiz görmedim. Şu anda hayatımdaki en önemli şey sensin."

Alaycı, küçük bir gülüş dökülüyor dudaklarından:

"Biliyorum, geçen gece söylemiştin. Seni hayata bağlayan bağlardan biriyim ben. Yoksa hayat güzel olmazmış senin için..."

"Bu kadar acımasız olma Evgenia. Ben sana içimdekileri söyledim. Söylediklerimin hepsi gerçekti..."

Birden, o bildiğim Evgenia oluyor: Sevgiyle, kederle, şefkatle, çaresizlik içinde bakıyor yüzüme.

"Gerçek olduğunu biliyorum Nevzat. O yüzden gidiyorum ya buralardan. Beni hayata bağlayan bağlardan birisin, diyorsun. Belki bencillik ama ben o hayatın kendisi olmak istiyorum. Çünkü benim için o hayatın kendisi sensin."

Yeniden gözleri yaşarıyor, ağladığını gizlemek için sağ avcuyla yüzünü kapatıyor. Masanın üzerinde unuttuğu sol eline uzanıyorum. Usulca dokunuyorum parmaklarına, elini çekmiyor ama dokunuşlarıma karşılık da vermiyor. Sadece ağlıyor, içini çeke çeke, sessizce.

"Konuşalım Evgenia," diyorum, "oturup konuşalım. Değişebilir miyim bilmiyorum ama senin için denerim. Gitmeni istemiyorum Evgenia. Benim için çok önemlisin. Ben de değişmek istiyorum, bana yardım etmelisin... İzin vermediğimi söyleyeceksin ama bundan sonra farklı olacak. Sana söz, deneyeceğim... Birlikte..."

Cep telefonum işte o anda çalıyor. Aldırmıyorum.

"Birlikte yeniden deneyebiliriz. Yani istiyorsan. İstersen, buradan bana gidelim. Ama ev sahiden soğuk. Şu doğalgaz meselesini halledemedim hâlâ..."

Ben konuşurken telefonum da çalmayı sürdürüyor. Bu kadar ısrarla çaldığına göre önemli bir gelişme olmalı. Belki de alakasız biridir. Evgenia elini çekiyor, yeniden peçete kutusuna uzanırken, "Telefonuna baksana," diyor.

Aslında bu sözler beni rahatlatıyor ama numara yapıyorum.

"Boş ver çalsın."

Peçeteyle gözyaşlarını kurularken, "Hadi Nevzat" diyor, "telefona bakmak istediğini biliyorum."

"Sen istediğin için bakıyorum," diyerek cebimden telefonu çıkarıyorum. Ekranda Ali'nin adı görülüyor. Eğer önemsiz bir şeyse yandın Ali, diyerek açıyorum telefonu.

"Alo?"

"Alo Başkomiserim..." Sesi heyecan yüklü.

"Evet Ali, ne var?"

Bunları söylerken bakışlarım Evgenia'da. "Rahatsız ettiysem kusura bakmayın Başkomiserim. Çok önemli bir gelişme oldu. Bilmek istersiniz diye düşündüm."

"Ne gelişmesi?"

Hâlâ bakışlarım sevdiğim kadının üzerinde.

"Malik öldürüldü Başkomiserim."

"Malik mi?"

Daha bugün konuştum bu adamla ben! Malik'in o huzur dolu, kendinden ve dünyadan emin yüzü geliyor gözlerimin önüne.

"Nasıl? Nasıl öldürülmüş?"

"Tıpkı Pavlus gibi, başı kesilerek."

"Başı kesilerek mi?"

"Evet, evindeki kılıçla..."

Malik'in bana gösterdiği enli Roma kılıcı.

"Ama güzel bir gelişme oldu," diye sürdürüyor coşkuyla. "Katili yakaladık."

Bu haber, Malik'in ölümünden daha çok şaşırtıyor beni. "Katili yakaladınız mı?"

"Evet, Başkomiserim. Katili yakaladık, aslında biz değil, Malik'in iki arkadaşı yakalamış. Mahallenin çocukları..."

Sabırsızlıkla soruyorum:

"Peki tanıdık biri mi? Yani katil? Şüphelilerden biri mi?"

"Evet," diyor Ali. Evet, diyen sesi kin dolu ama aynı zamanda neşeli. "Evet, katil Can'mış Başkomiserim."

"Can mı?" Başından beri ondan kuşkulanmadım değil ama yine de tuhaf bir huzursuzluk duyuyorum. "Emin misin? Can mı?"

"Eminiz Başkomiserim, Malik'in başucunda bulmuşlar. Yandaki şapelin kapısını kırıp girmiş içeri. Kaçarken mahalleli iki gence yakalanmış. Gelince siz de görürsünüz."

"Tamam, gelmeye çalışacağım."
Ali hayrete düşüyor.
"Yani sizi beklemeyelim mi?"
"Tamam Ali, ben seni ararım. Hadi hoşça kal."
Telefonu kapatırken gözlerim yeniden Evgenia'ya kayıyor. Hâlâ sevgiyle, kederle, şefkatle, çaresizlik içinde bakıyor.

"İnanılmaz şey Evgenia. Kendini Aziz Pavlus sanan bir adamcağız vardı, onu öldürmüşler. Tıpkı Aziz Pavlus gibi başını keserek... Hem de Aziz Pavlus'un başını kesen kılıçla..."

Yüzünü buruşturuyor Evgenia, hepsi o kadar, kafası kesilen adam hikâyesi daha fazla etkilemiyor onu.

"Gitmen lazım değil mi?" diye soruyor.
"İstemezsen..."
"Hayır," diyor, "hayır Nevzat, gitmen lazım ama önce rakını bitir." Gülümsüyor. Buruk, acı bir gülümseme. "Bitirmezsen kadehindeki rakı ardından ağlar." Yeniden o katı ifade gelip oturuyor yüzüne. "Rakını bitir, sonra git, çünkü ölüler seni bekliyor Nevzat. Ölüleri bekletmek olmaz."

Duruşunda, bakışında, sesinde öyle bir kararlılık var ki, artık ne desem boş, artık beni dinlemeyecek, biliyorum, Evgenia artık kesinlikle gidecek.

Canavar ve onunla birlikte yalancı peygamber tutsak alındı.

Yeni Ahit, Vahiy, 19:20.

Kurtuluş'tan Malik'in evinin bulunduğu Kumkapı'ya gidiyorum. İçimde acı, içimde keder, tuhaf duygular, tuhaf düşünceler... Sevdiğim kadın beni terk ediyor, belki bir daha hiç görüşemeyeceğiz. Çok önemli bir insanı daha kaybediyorum. Belki de hayatımdaki en güzel ilişki sona eriyor. Belki de hayatıma anlam veren tek şeyi kaybediyorum. Üzülüyorum, hem de çok üzülüyorum. Ama bu üzüntü, aklımın cinayetlere kaymasına engel olamıyor. Evgenia beni terk etmekte haklı galiba. Benden adam olmaz. Yaşamdan çok, ölüm çekiyor beni. Ölüm daha cazip geliyor bana. Ölüm değil de cinayet. Kendi kendime gülümsüyorum. Evgenia yaşama benden daha yakın. Yaşama değil de aşka. Sanırım, benim için cinayet çözmek neyse, Evgenia için de aşk o. Bunu söylesem, aşk ile cinayeti nasıl bir tutabiliyorsun diye kızar bana. Oysa ikimiz de sıradanlığı sevmiyoruz: Evgenia yaşamı, aşkla sıradışı kılmaya çalışıyor, ben ise cinayet çözerek... Normal değil tabii, ama gerçek. Benim gerçeğim. Şunu da rahatlıkla söyleyebilirim ki, cinayet yaşamı olduğu kadar, ölümü de sıradanlıktan kurtarıyor. Öyle değil mi? Eğer Malik eceliyle ölseydi, yakınları, tanıyanları üzülecek, sonra da takdiri ilahi deyip unutacaklardı. Oysa şimdi üzüntünün yanında öfke de duyacaklar, aynı zamanda derin bir merak: Acaba onu kim öldürdü diye düşünecekler. Zekâlarını kullanmaya başlayacak, amatörce olsa da katili bulmaya çalışacaklar. Bulup bulamadıklarının bir önemi yok ama yaşamlarına bir heyecan geleceği kesin. Hem de ne heyecan! Cinayeti çözmek, gerçeği bulmak, katili yakalamak. Cinayet çözmenin insan ruhuna iyi gelen başka ödülleri de var; adaleti sağlamak gibi. Ama gerçek suçlu, gerçek katil bulunursa. Çünkü çoğu zaman gerçek, görünenden oldukça farklıdır. Tıpkı Malik cinayetinde olduğu gibi. Ali'nin telefonda, "Katil Can'mış Başkomiserim," dediğinden beri bunu düşünüyorum. Beni Evgenia'yı kaybetmiş olmanın verdiği üzüntüden koparan belki de bu kuşku. Can'ın Malik'i öldürmüş olması hiç mantıklı gelmiyor bana. Evet, Can ile Malik'in düşüncelerinde, özellikle Hıristiyanlık konusunda büyük bir ayrılık olduğunu biliyorum. Ama genç adam bu nedenle cinayet işleyecek birine hiç benzemiyor. Hem de dini bir ayini yerine getirir gibi, Pavlus'u öldüren kılıçla... Hayır, bu olabilecek bir iş gibi gelmiyor bana. Hem de Malik gibi sevdiği birini... Aralarında da hiçbir sorun yokken. Sorun yok muydu acaba? Olsaydı birinden biri söylerdi herhalde. Malik en ufak bir serzenişte bile bulunmadı Can hakkında. Tersine, her fırsatta onu sevdiğini, hatta onu yeniden Hıristiyanlığa kazanacağını tekrarlayıp durdu. Hayır Can'ın bu cinayeti işlemesi anlamsız... Çok anlamsız... Ama belki de bilmediğimiz, ikisinin de bizden sakladığı başka gerçekler vardır. Sahi Malik bugün, "Aslına bakarsanız biz bir madalyonun iki farklı yüzü gibiyiz," demedi mi? Belki de ikisini birleştiren ortak bir inanıştan, ne bileyim, bir örgütten, bir tarikattan söz ediyordu. Onları ortak kılan ne olabilir ki? Nusayrilik... Evet, ikisi de Arap Alevisi değil mi? Kökenleri öyle. Ama biri inançsız, öteki ise kafayı sıyıracak kadar Hıristiyanlığın içinde. Onların artık Nusayriliği mi kalmış? Belki hiç duymadığımız gizli bir din... Gizli bir öğreti. Sır dinlerden bahsetmiyor muydu Can? Evet, sır dinler... Adana, Antakya, Suriye yöresinde yaygınmış. Ama eskiden, çok eskiden. Sır dinler hâlâ sürüyor olabilir mi? Neden olmasın? Antakya yöresinde reenkarnasyona hâlâ inanılıyormuş. Malik kendinin Pavlus olduğunu düşünebiliyorsa, birçok insan da eski sır dinlere inanıyor olabilir. Kumkapı'ya ulaşıncaya kadar bu düşünceler aklımı kemirmeyi sürdürüyor.

Malik'in evinin bulunduğu sokak hıncahınç insanla dolu. Bütün mahalleli yığılmış. Malik'in evi, bizimkilerin kordonu altında. Polis arabalarının yanıp sönen lambalarından yansıyan ışıklar, öfkeyle çalkalanan kalabalığın üzerine vuruyor. Kendi aralarında yüksek sesle konuşan, bağırıp çağıran kalabalığı yarıp eve ulaşmaya çalışıyorum. Kordonun başladığı yerde üniformalı genç bir polis durduracak oluyor, kimliğimi gösterip geçiyorum.

Evin kapısından içeri adımımı atar atmaz, bu sabah olmayan bir koku, tazeliğini yitiren kanın keskin kokusu doluyor genzime. İçerdeki ışığa alışan gözlerim, koyulaşmaya başlayan kan tabakasının içinde yatan Malik'in başsız cesedini seçiyor. Araya giren biri, cesedi görmeme engel oluyor.

"Merhaba Başkomiserim."

Bu bizim Şefik; yüzünde çetrefil bir olayla karşılaşmış olmanın getirdiği gerginlik var.

"Merhaba Şefik," diyorum, "nasıl gidiyor?"

"Nasıl olsun, olay giderek daha ilginç bir hal alıyor." Eliyle evin içinden şapele açılan kapıyı gösteriyor. "Bizim çocuklar çalışıyor, Zeynep de orada."

Sahi Zeynep ne durumda acaba? Gözlerimi kısarak Şefik'in gösterdiği yöne bakıyorum. Malik'in başsız gövdesinin üzerine eğilmiş, kan gölü içindeki cesedi inceleyen Zeynep'i görüyorum. Kendini o kadar işine vermiş ki, ne düşündüğünü, ne hissettiğini anlamak zor.

"Ali nerede?" diye soruyorum Şefik'e.

"Zanlıyı semt karakoluna götürdü. Halk çıldırmış gibiydi, adamı linç edeceklerdi. Ali güçlükle kaçırdı buradan onu."

"Telefonda hiç bahsetmedi. Ne zaman oldu bütün bunlar?"

"Biraz önce. Ama işin öncesi var. İki genç, zanlıyı şapelin içinde yakalamış. Herhalde kaçmaya çalışıyordu. Hemen atılmışlar üzerine ama zanlı onların elinden kurtulmuş. Fakat kavga gürültüye toplanan halk, yeniden yakalamış onu. Bir güzel pataklamışlar, o sırada yoldan geçen bizim iki memur müdahil olmuş olaya. Zanlıyı alıp evin içine sokmuşlar, merkeze haber vermişler. Biz geldiğimizde kalabalık iyice artmıştı, bağırıp çağırıyorlar, zanlıyı kendilerine teslim etmemizi istiyorlardı. Meğerse bütün mahalleli, Müslüman'ı, Rum'u, Ermeni'si, şapelin uğurlu olduğuna inanırmış. Herkes gelip bu Yithzak adındaki azizden bir dilekte bulunurmuş. Şapelde birinin öldürüldüğünü duyunca çıldırmışlar tabii."

"Malik şapelin içinde mi öldürülmüş? Ali cinayetin evde işlendiğini söyledi."

Şefik, cansız bedeni göstererek, "Adamın kafasını burada kesmişler," diyor, "tam merdivenin orada. Kesilen baş yuvarlanarak şapelin zeminine düşmüş."

"Kapı açık mıymış?"

"Açıkmış... Daha doğrusu, zanlı şapelin içinden kapıyı kırıp girmiş içeri."

Can neden kapıyı kırsın ki? Hem şapelde ne işi var? Malik'i görmek istiyorsa, evin kapısını çalardı, yaşlı dostu da bütün konukseverliğiyle alırdı onu içeri. Bu olayda bir tuhaflık var. Yerde yatan cesede yaklaşıyorum, Şefik de peşimde. Birkaç adım kala Zeynep de fark ediyor beni. Doğruluyor, plastik eldivenleri kan içinde. O kadar çok cinayet görmüş olmasına rağmen yüzü dehşetle çarpılmış.

"Korkunç bir olay," diye açıklıyor. "Maktulü yere yatırmış... Başını merdivenin boşluğuna getirmiş, sonra kılıçla birkaç kez vurmuş. Düzgün bir kesik değil, boyunda birkaç yara izi var. Ama kılıç çok keskin, sonunda başarmış."

Gözlerim Malik'in ayakucunda duran, parlak yüzeyi yer yer kanla lekelenmiş kılıca kayıyor. Daha bu sabah elime aldığım bu keskin metalin ağırlığını yeniden hissediyorum bileğimde. Hemen kovuyorum bu anıyı belleğimden.

"Maktul karşı koymamış mı?" diye soruyorum Zeynep'e. "Kavga, kapışma olduğunu gösteren bir belirti yok mu?"

"Var." Sol duvarın dibinde, yerde duran Meryem ve Çocuk İsa ikonasını gösteriyor. "Maktul kendini savunmuş. İkona o sırada düşmüş olmalı. Ama güçlü bir karşı koyuş olduğunu sanmıyorum. Biliyorsunuz, maktul pek genç değilmiş. Ellerinde yara, darp izi de bulamadım."

"Zanlının durumu hiç de öyle değildi ama," diyerek lafa karışıyor Şefik. "Adamı fena hırpalamışlar."

Zeynep'in sesi neredeyse duyulmayacak kadar cılız çıkıyor:

"Öyle olmuş, kalabalık az kalsın öldürecekmiş onu."

Zavallı kız, Can için mi üzülsün, yoksa bir zanlıyla yakınlaştığı için utanç mı duysun?.. Biraz da onu bu duygudan kurtarmak için soruyorum:

"Başka bir bulgu, kanıt var mı?"

Hevesle anlatmaya başlıyor Zeynep:

"Maktulün sağ elinin ortaparmağındaki tırnağın arasında lacivert bir iplikçik bulduk. Katilin mi, yoksa maktulün kendi giysilerine mi ait, araştıracağız. Laboratuvar işlemlerinden sonra kesin bir şeyler söyleyebilirim."

"Üst kata baktınız mı? Hırsızlık filan olabilir mi?"

"Üst kata baktım," diyor Zeynep. "Her şey çok düzgün. Katilin yukarı çıktığını bile sanmıyorum. Hırsızlık olabilir mi, anlamak zor. Evde o kadar çok eşya var ki. Ama maktulün oğlu Zekeriya'yı aradık, birazdan burada olur. Eksik bir eşya varsa o anlayabilir."

Bir açıklama da Şefik'ten geliyor:

"Bu evde çalışmak zor. Çok fazla parmak izi var."

"Bir yerlerde," diyorum, "özellikle de kılıcın kabzasında benimkilere de rastlarsan şaşırma."

Şefik'in suratı çarpılıyor.

"Öyle şeytan görmüş gibi bakma Şefik. Adamı ben öldürmedim herhalde. Sadece sabahleyin bu evdeydim. Zavallı Malik'le konuşmuştum. Onu öldüren kılıcı elime aldım."

"Elinize mi aldınız? Niye?"

"Adam ısrar etti... Yav şimdi boş ver bunları Şefik, ne yani, benden mi şüpheleniyorsun?"

"Estağfurullah Başkomiserim, siz parmak izim filan deyince şaşırdım biraz."

Merdivenlerde eğilerek, ayak izi, saç teli, katili ele verecek ipucu, delil arayan Olay Yeri İnceleme memurunun sırtının üzerinden şapelin kapısına bakıyorum, ardına kadar açık. Anahtar kısmındaki ahşap kırılmış. Şapelin zemininde kana bulanmış topa benzer bir cisim dikkatimi çekiyor. Anında bakışlarımı kaçırıyorum: Bu, zavallı Malik'in başı.

"Bir de Kutsal Kitap var Başkomiserim," diyor Zeynep. "Evet, bu kitapta da bazı satırların altı maktulün kanıyla çizilmiş."

"Nerde? Görebilir miyim?"

Hep birlikte Malik'in bu sabah beni ağırladığı odaya geçiyoruz. Sabah çay tepsisinin durduğu yerde, tıpkı sahte Yusuf'un evindekine benzer bir Kutsal Kitap'ın açık olduğunu görüyorum. Açık sayfadaki satırlardan birinin altının kanla çizili olduğunu fark etmekte gecikmiyorum. Yakın gözlüğümü çıkarıp, altı çizili satırı okumaya çalışıyorum.

"Canavar ve onunla birlikte yalancı peygamber tutsak alındı."

Başımı kitaptan kaldırmadan soruyorum:

"Yine Zekarya Peygamberin kitabından mı?"

"Yok Başkomiserim, İncillerin sonuna eklenen, Yuhanna'nın yazdığı Vahiy'den." Zeynep kitaba yaklaşıyor. "Üstelik buradaki çizgiler hiç de düzgün değil. Hatırlayacak olursanız, Yusuf'un evindeki kitapta cümlelerin altı sanki cetvelle çizilmiş gibiydi." Eliyle kitabın sağ tarafındaki boşluğu gösteriyor. "Bir fark daha var. Mor Gabriel yazısı da yok burada."

"Olmasın," diye karışıyor lafa Şefik, "çok mu önemli?"

Zeynep kendi varsayımından emin, kararlılık içinde açıklıyor:

"Çok önemli... Bu işaretler katilin imzası gibidir. Ki Kutsal Kitap'ta satırın altını kurbanın kanıyla çizme ritüelini yapmış ama bu kez başka bir bölümü seçmiş. Öncekiyle hiç ilgisi olmayan bir bölüm. Hadi bunun belki bir açıklaması vardır diyelim ama Mor Gabriel yazısı niye yok?"

"Zaman bulamamıştır," diye açıklıyor Şefik, "iki genç iş üzerinde yakalamışlar katili."

Şefik haklı olabilir ama şu anda bunu tartışmayı uzatmanın anlamı yok, benim Zeynep'le konuşacağım daha önemli meselelerim var.

"Anlayacağız Şefik," diyorum, "acele etmeyelim, şu delillerin hepsini bir toplayayım, ondan sonra bir karara varırız."

Uzatmıyor Şefik ama odadan çıkmaya da niyeti yok. Açıkça söylemekten başka çarem kalmıyor:

"Bize biraz izin verir misin Şefik, bir başka dava hakkında konuşacağız da..."

Hiç de hoşnut olmuyor Şefik bu talebimden, ama isteğime uymamazlık da edemiyor. O çıkmak üzereyken, Cengiz'in basına sızan haberle ilgili söylediklerini hatırlıyorum.

"Şefik bir dakika... Şu Süryani cinayetinde, maktulün Hıristiyan olduğuna dair basında haberler çıkmış."

Şefik'te bet beniz atıyor:

"Öyle mi, hiç bilmiyorum Başkomiserim."

"Ben de farkında değildim, Cengiz Müdürüm söyledi."

"Kim sızdırmış acaba?"

Bence kimin sızdırdığını biliyor.

"Bizden sızmadığına göre senin adamlarından biri olmalı."

"Yok Başkomiserim, nereden çıkarıyorsunuz?"

"Benimki dostça bir tavsiye Şefik. Adamlarını uyar, ağızlarını sıkı tutsunlar. Yoksa kabak senin başına patlar."

"Tamam Başkomiserim, tamam," diyor. "Bizden biriyse kulağını çekerim."

Sonra da ne diyeceğimi bile beklemeden bir caka, bir çalım çıkıp gidiyor.

"Hem suçlu, hem güçlü," diye söyleniyor Zeynep. "Bunun Namık adındaki kıvırcık saçlı adamını gördüm. Bir gazeteciyle konuşuyordu."

"Biliyorum Zeynepçim. Sonunda Şefik de anlayacak hatasını. Umarım, iş işten geçmeden anlar da başı yanmaz... Neyse, biz işimize dönelim. Sen buraya ne zaman geldin? Geldiğinde neler gördün, anlatsana."

"Ali'yle birlikte geldik. Geldiğimizde dışarıdakilerden daha kalabalık, daha öfkeli bir topluluk vardı. Bağırıp çağırıyorlar, Can'ın kendilerine verilmesini istiyorlardı. Ali anons yaptı. Destek ekip çağırdı."

"Bu sırada Can neredeydi?"

"İçerdeydi, karşıdaki odada..."

"Antikaların bulunduğu odada..."

"Evet, şu karşıdaki büyük odada. Yanında üniformalı iki memur vardı."

"Can'ın durumu nasıldı?"

"Kötüydü, gözlükleri kırılmış, yüzü, gözü kan içindeydi."

"Konuşabiliyor muydu?"

"Evet, konuşabiliyordu. Bizi görünce sevindi. 'İyi ki geldiniz,' dedi, 'büyük bir yanlış yapıyorlar.'

Ben ne diyeceğimi bilemedim ama Ali inanmadı ona.

'Ulan iş üzerinde yakalanmışsın, hâlâ inkar mı ediyorsun?' dedi.

Can yalvarmaya başladı:

'Malik Amca'yı ben öldürmedim. Ben sadece içeri girmeye çalışıyordum,' dedi.

'Yeter artık,' diye terslendi Ali, 'her şey gün gibi ortada, adamı koyun gibi kesmişsin işte.'

Ali'yi ikna edemeyeceğini anlayan Can, bana döndü:

'Ben yapmadım Zeynep Hanım,' dedi, 'inanın ben yapmadım.'

'Peki kim yaptı o zaman?' diye atıldı Ali. 'Kim öldürdü bu adamı? Şapelin şeytanları mı?'

Can'ın yüzünde kararsız bir ifade belirdi. Katili tanıdığını düşündüm. Şimdi söyleyecek, dedim ama söylemedi. Sizi sordu."

"Beni mi sordu?"

"Evet Başkomiserim, sizi sordu. 'Nevzat Başkomiser gelmeyecek mi?' dedi.

Ali fazla konuşturmadı ama, 'Hiç heveslenme,' diye çıkıştı. 'Oyun bitti, artık hiç kimseyi kandıramazsın.'

Can ısrarlıydı.

'Nevzat Başkomiser gelecek değil mi?' diye sordu yeniden. Ali'nin kızacağını bile bile yanıtladım Başkomiserim. Öyle zavallı bir hali vardı ki, acıdım ona, 'Gelecek,' dedim, 'Nevzat Başkomiserim yarım saate kadar burada olur.'

O sırada dışarıdaki kalabalık yine taşkınlık yapmaya başlamıştı. Can'ı istiyorlardı. Eve taş atanlar bile oldu. Bunun üzerine, onu evden çıkarmaya karar verdik. Can'a polis üniforması ile kurşun geçirmez bir yelek giydirdik, başına da bir şapka geçirdik. Ali, iki polis memuru ve Can dışarı çıktılar. Ancak kalabalıktakiler Can'ı teşhis etti. Hep birlikte öfkeyle saldırdılar. Ali ile iki polis memuru güçlükle koruyabildiler onu. Zavallı bir sürü tekme tokat yedi. Bizim Ali de nasibini aldı bu tekme tokatlardan. Çok korktum Ali'ye bir şey olacak diye. Nerdeyse silahımı çekip ben de dalacaktım kalabalığın arasına. Benim düşündüğümü Ali yaptı, kalabalığı dağıtmak için havaya üç el ateş etti. Anında sindi kalabalık. Fırsattan yararlanan Ali, Can'ı aceleyle ekip arabasının içine atarak semt karakoluna götürdü."

"Ali'ye bir şey olmadı, değil mi?"

"Çok şükür olmadı. Sırtına birkaç yumruk yedi ama kalabalıktan birkaç kişinin çenesini dağıtmayı da başardı. Ekip arabasına binerken kötü görünmüyordu, camdan bana göz bile kırptı."

"Serseri," diye mırıldanıyorum sevecenlikle, "bayılır patırtıya gürültüye."

Aslında Zeynep'in Ali için kaygılanması hoşuma gidiyor. Yok, bu kız seviyor Ali'yi sevmesine de, ne türden bir sevgidir, onu bilemiyorum.

"Can'ı yakalayan şu iki kişi, onlar nerede?"

"Onlar da karakola gittiler Başkomiserim."

"Güzel... Ben de oraya gitsem iyi olacak. Senin işin çok mu?"

Pürüzsüz alnı, çözülmemiş bir problemin verdiği gerginlikle kırışıyor.

"İkinci kata çıkan merdivenin demirlerinde kan lekeleri gördüm. Kesilen boyundan oraya kan fışkırması olanaksız. Ters yönde çünkü... Belki katilin kanıdır. Örnekler alacağım... Biraz daha buradayım Başkomiserim."

Biz konuşurken, dışarıdan yine bağırtılar, çağırtılar geliyor. Nefret ederim bu linççi heriflerden. Tek başlarına hepsi süt dökmüş kedidir ama bir araya gelince aslan kesilirler.

"Dışarıdaki ekiplerin amiri nerede?" diyorum odadan çıkarken, "söyleyelim de dağıtsınlar şu çapulcuları."

Malik Amca'nın kesik başı...

Öfkeli kalabalığı, onları dağıtmaya çalışan üniformalı meslektaşlarımla birlikte Malik'in evinin önünde bırakıp birkaç sokak ötedeki karakola giriyorum. Kapıdan adımımı atar atmaz, Ali'nin sesi çınlıyor kulaklarımda.

"Bir de delikanlı olacaksınız lan. Adam evire çevire dövmüş işte ikinizi de. Bizim memurlar yetişmese, Allah bilir hastanelik edecekti sizi..."

Şu iki tanıkla konuşuyor olmalı. Çirkin bir avizenin yaydığı kırmızı ışıklarla aydınlanan geniş koridoru hızlı adımlarla geçip sesin geldiği odaya giriyorum. Masada oturan, temiz yüzlü genç komiser büyük bir keyifle dinliyor Ali'nin sözlerini. Genç komiserden başka, odada yüzü gözü şiş iki tanık, üniformalı iki polis memuru, kendini iyice muhabbete kaptıran Ali'yle birlikte toplam beş kişi var. Hepsinin ellerinde yarılanmış çay bardakları. Can ortalıkta görünmüyor, nezarette olmalı. Beni ilk fark eden genç komiser oluyor, saygıyla ayağa kalkıyor hemen:

"Buyrun Nevzat Başkomiserim, hoş geldiniz."

Demek tanıyor beni. Genç komiserin sözleri üzerine, Ali toparlanıyor. İki komiser ayağa kalkınca geri kalanlar da mecburen hazır ol vaziyeti alıyor. Hiç hazzetmem bu işlerden.

"Oturun arkadaşlar, oturun."

Ötekiler yeniden iskemlelerine çökerken, genç komiserin kibarlığı tutuyor, kalktığı koltuğu gösteriyor:

"Olmaz Başkomiserim, siz böyle geçin."

Çaresiz, geçiyoruz masanın başına. Genç komiser iskemlelerden birine oturmadan önce soruyor:

"Başkomiserim, çay, kahve, ne içersiniz?"

"Teşekkür ederim, bir şey içmeyeceğim. İşimize bakalım."

Bu, "işimize bakalım," bu kadar sululuk yeter anlamına da geliyor. Genç komiser daha fazla ısrar etmeden, tanıklardan sol gözü morarmış olanın yanındaki iskemleye geçiyor.

Bu iki çocuk fena sopa yemiş anlaşılan. Can tek başına mı yapmış bu işi? Hiç de öyle birine benzemiyordu halbuki. Tanıklara baktığımı gören Ali açıklıyor:

"Zanlıyı yakalayan arkadaşlar bunlar." Biri şişman, öteki kürdan gibi cılız iki tanığa bakarken kendini tutamıyor, gülecek gibi oluyor. "Gerçi bunlar Can'ı mı yakalamış, yoksa Can bunları mı, orası pek belli değil ya."

"Niye öyle söylüyorsunuz Komiserim," diye itiraz ediyor kürdan gibi olanı, "sonuçta yakaladık adamı."

Ali takılmayı sürdürüyor:

"Ben öyle duymadım, o işi mahalleli yapmış."

Can'ın zanlı çıkması Ali'yi çok keyiflendirmiş olmalı ama artık işin tadını kaçırmaya başlıyor. Uzatmasına izin vermiyorum:

"Şu olayı bir de sizden dinleyelim," diyorum tanıklara, "anlatın bakalım, nasıl oldu bu iş?"

Kürdan gibi olanı bardaktaki çayını bir dikişte bitirdikten sonra yanıtlıyor:

"Rahmetli Malik Amca, şapele göz kulak olmak için tutmuştu bizi."

"Para mı ödüyordu yani size?"

"Ödüyordu... Ödemese de yapardık. Malik Amca gelmeden önce bu şapel çok bakımsızdı. Millet gelip dilekte bulunur ama kimse şapelin temizliğiyle, bakımıyla ilgilenmezdi. Bazı geceler tinerciler, şarapçılar yatardı burada. Malik Amca gelince bu işe el attı. Şapelin temizliğini, bakımını, korunmasını üstlendi. Biz de ona yardım etmeye başladık..."

"Şimdi bu korunmasını yaptığınız yer bir şapel. Yani küçük bir kilise... Siz de Hıristiyan mısınız?"

"Ne Hıristiyan'ı Başkomiserim, elhamdülillah Müslüman'ız. Ama sonuçta İsa Efendimiz de Allah'ın peygamberi... Hem o şapelde yatan Aziz Yithzak da ermiş bir adam. Müslüman, Hıristiyan, Yahudi fark etmez, o hepimizin ermişi..."

"Güzel de, Malik sonuçta Hıristiyan. Size hiç Hıristiyan olun gibilerden telkinlerde bulunmadı mı?"

"Hayır Başkomiserim. Malik Amca herkesin dinine saygılı bir adamdı. Hem biz çocuk muyuz, öyle bir şey yapmaya kalksa..."

"Bana Kutsal Kitap verdi," diyerek arkadaşını yalanlıyor tombul olanı. "Kalın bir kitap... Ta Âdem'den başlıyor. Ben okuyordum, evde bizim peder gördü. Kızdı, ben de götürüp geri verdim. 'Sevmedin mi?' diye sordu Malik Amca. 'Sevdim de,' dedim, 'bu kitap bize göre değil.' Üstelemedi bile adamcağız."

"Allah rahmet eylesin, çok iyi adamdı," diyerek yeniden kürdan gibi olanı söz alıyor. "Müslüman değildi ama mahallede herkes severdi onu. Bizim caminin aksi imamıyla bile iyi geçinirdi. Neyse... Bu akşamüstü biz..." Başıyla arkadaşını gösteriyor. "Faruk'la, şapelin önünden geçiyorduk, içeriden sesler duyduk."

Faruk çok önemli bir ayrıntıyı hatırlatır gibi düzeltiyor:

"Yok oğlum, ses duymadık, önce şapelin kapısının açık olduğunu gördük." Faruk bana dönüyor. "Kapıyı açık görünce Başkomiserim, ben Alper'e, 'Oğlum içerde biri var galiba,' dedim. 'Tinerciler girmiş olmasın?'"

"Yok lan, yanlış hatırlıyorsun... Yok Başkomiserim, önce sesi duyduk. Onun üzerine şapele yöneldik. Kapının açık olduğunu o zaman fark ettik."

"Nasıl bir sesti bu?"

Alper yanıtlıyor:

"Birinin kapıyı omuzlamasına benziyordu. Sonra bir çatırtı duyduk. Tahmin edeceğiniz gibi, bu da kırılan kapının sesiydi. Tinerciler, içerisini kırıyor döküyor sandık. Hemen şapele girdik. Bir de baktık ki, adamın biri Malik Amca'nın evine açılan kapının önünde duruyor. Kapı da kırılmış. 'Ne yapıyorsun lan burada?' diye bağırınca adam panikledi. Bize doğru gelmeye başladı, amacı kaçmak. Hemen atıldım üzerine. Ama adam hazırlıklıymış, yana çekilip gözümün üstüne bir yumruk patlattı. Çok da ağırmış puştun eli. Olduğum gibi yıkıldım yere. Bizim Faruk da kaleci gibi ellerini yana açmış, adamın kapıdan çıkmasına engel olmaya çalışıyor. Herif Yaradan'a sığınıp Faruk'un da midesine bir yumruk indirmez mi? Faruk kıçüstü oturdu yere..."

"Herif hazırlıksız yakaladı bizi Başkomiserim," diyerek Faruk alıyor sözü. "Ama ben bırakmadım tabii. Tam kapıdan çıkarken sol paçasından tuttum. Herif çetin ceviz, sağ ayağıyla beni tekmelemeye başladı. Allah'tan Alper yetişti imdadıma."

"Evet Başkomiserim, kendimi toparlar toparlamaz, sandalyelerden birini kapıp savurdum üzerine. Ama herif kedi gibi çevik, yana çekilerek kurtuldu. Hedefini şaşıran iskemle de bizim Faruk'un başına geldi."

"Başıma geldi ya, çok da ağırdı Başkomiserim. Ama herifin ayağını yine de bırakmadım. Zaten adam da dengesini yitirip yere düştü. İşte o anda Alper atladı üzerine."

"Atladım atlamasına da herif yana çekilince ben de yere düştüm, kafayı da kapının çıkıntısına çarptık."

"Bu arada ben de herifin öteki ayağını tutmaya çalışıyordum. Herif cin gibi, ayağını tutayım derken, bir an boşluğumu yakalayıp çeneme öyle bir tekme yerleştirdi ki, gözümün önünde sıra sıra yıldızlar uçuşmaya başladı, işte o anda kendimi kaybetmişim."

"Faruk bayılınca iyice kinlendim Başkomiserim. Faruk'un bıraktığı ayağı ben yakaladım, baktım olacak gibi değil, bütün gücümle ısırmaya başladım. Herif bir yandan avaz avaz bağırıyor, bir yandan da öteki ayağıyla beni tekmelemeye çalışıyor. Gürültüye, köşedeki kahvenin sahibi Durmuş Abi yetişti, garsonlar, kunduracılar derken, tüm mahalle toplandı başımıza. Herifi böyle yakaladık işte. Malik Amca'nın öldürüldüğünü öğrenen mahalleli öfkelendi, adamı linç etmek istedi." O sırada, eliyle üniformalı iki polisi gösteriyor. "Bu polis abiler geldiler, herifi kalabalığın elinden kurtardılar. İşte olay bundan ibaret Başkomiserim."

"Anlaşıldı," diyorum, "şimdi soracaklarıma iyice düşünüp öyle cevap verin. Tamam mı?"

İkisi de olur anlamında başlarını sallıyor.

"Zanlıyı ilk gördüğünüzde, yani şapelin içine girdiğinizde tam olarak ne yapıyordu?"

"Kapının önünde öylece durmuş içeri bakıyordu Başkomiserim," diyecek oluyor Alper, arkadaşı katılmıyor ona.

"Yanılıyorsun oğlum, adam içeri bakmıyordu. Malik Amca'nın kesik başına bakıyordu."

Ötekinin karşı çıkmasına fırsat vermeden soruyorum:

"Malik'in başı neredeydi? Tam olarak görebildiniz mi?"

"Ben gördüm Başkomiserim," diyor Faruk, "görünce de irkildim. Kolay değil, insan bir tuhaf oluyor. Biraz geride kaldım haliyle. Malik Amca'nın başı kan içindeydi, yüzü gözü belli değil. Katilin ayaklarının dibinde patlak bir top gibi duruyor, adam da öylece durmuş, başa bakıyordu."

"Elinde kılıç var mıydı?"

"Yok, kılıç filan görmedik..."

Arkadaşı da destekliyor Faruk'u.

"Yoktu Başkomiserim, olsaydı herif bizi de doğrardı zaten."

"Peki, adamın tam olarak durumu neydi? Yani şaşkın mıydı, öfkeli miydi, telaşlı mıydı?"

"Şaşkındı Başkomiserim. Ne yapacağını bilemiyor gibiydi? Bizi görünce panikledi zaten."

"Ellerinde, giysilerinde kan var mıydı?"

"Valla, benim elime kan bulaştı," diyor Faruk. "Çünkü herifin ayağını tutuyordum. Ayakkabılarının altı kan içindeydi. Ellerinde, elbiselerinde kan var mıydı, o tantanada fark edemedim."

"Galiba vardı," diyor Alper, "ama kavgadan sonra fark ettim, belki de adamın kendi kanıdır. Çünkü çok kötü sopa yedi mahalleliden."

"Dikkatinizi çeken başka bir şey?"

"Yok," diyor ikisi de, "hepsi bu Başkomiserim."

Bardağındaki çayın son yudumunu içen Ali'ye dönüyorum.

"İyi o zaman bir de Can'la konuşalım, bakalım o ne anlatacak..."

Ali'den önce genç komiser atılıyor:

"Zanlıyı buraya mı getirelim Başkomiserim?"

"Başka bir odanız varsa daha iyi olur."

"Karşıdaki oda boş."

"Güzel, oraya geçelim."

Genç komiser, üniformalı polislerden birini Can'ı getirmesi için nezarethaneye yolluyor. Bizim iki kafadar tanık da artık sıkılmış. Faruk gözlerini ricayla yüzüme dikiyor:

"Biz gidebilir miyiz artık?"

"Arkadaşlar ifadenizi alsın, sonra..."

"Biz hallederiz Başkomiserim," diyor genç komiser. Sevdim bu çocuğu; hem terbiyeli, hem de iş bilen birine benziyor.

Ben öteki odaya giderken Ali de teklifsizce takılıyor peşime.

"Nasılsın Ali?" diyorum, "Seni de hırpalamışlar galiba..."

"Bir şeyim yok Başkomiserim. Acı patlıcanı kırağı çalmaz."

Bu oğlan adam olmayacak! Ben de usandım artık nasihat etmekten.

Küçük odanın içi çelik dosya dolaplarıyla dolu. Burası ıvır zıvır odası anlaşılan. Duvarın önünde ahşap bir masa var. Masanın arkasındaki iskemleye geçerken soruyorum:

"Sen ne düşünüyorsun Ali, katil Can mı gerçekten?"

"Başka kim olacak Başkomiserim?" Emin olamayışıma şaşırmış gibi, hayal kırıklığı içinde bakıyor yüzüme. "Adam olay mahallinde yakalandı. Hem de kaçmaya çalışırken..."

"Korkmuş, paniklemiş olabilir."

"Korkan, panikleyen adam yardım ister. Niye kaçsın? Hem orada ne arıyordu? Hatırlarsanız, emniyetten ayrılırken, üniversiteye gideceğim, demişti. Bize yalan söylemiş, Malik'in evine gelmiş... Zaten başından beri şüphelenmiştim ben bu entel heriften. Tamam, bilgili, kültürlü falan ama yüzünde bir şeytanlık, bir sinsilik var."

Kuşkuyla bana bakıyor.

"Yoksa siz onun masum olduğunu mu düşünüyorsunuz?"

Ali daha sözlerini tamamlayamadan, topallayarak Can giriyor içeri. Saç baş darmadağınık, yüzünde gözlük yok, kaşı şişmiş, sağ gözü kapandı kapanacak, öteki gözü kan çanağına dönmüş. Burnunda derin bir sıyrık, altdudağı patlamış, üzerindeki kazak, sırtındaki kaban kan içinde. Üzülüyorum haline. Bu kadarını beklemiyordum doğrusu, öldüresiye dövmüşler çocuğu. Kan çanağına dönen açık gözünü yüzüme dikip, "Sonunda geldiniz Başkomiserim," diyor, "saatlerdir sizi bekliyorum."

"Gel Can gel... Gel otur şöyle."

"Yok Başkomiserim, oturacak sıra değil, hemen konuşmamız lazım. Büyük bir yanlış yapıyorlar. Malik'i ben öldürmedim..."

"Otur Can Efendi," diye bağırıyor Ali. Can'a acıdığımı görmek iyice sinirlendiriyor onu. "Otur dendi mi, oturacaksın."

Açık gözünü korkuyla Ali'ye çeviriyor Can...

"Tamam tamam, oturuyorum..."

İskemleye yerleşirken yüzünü buruşturuyor, canı fena yanıyor olmalı.

"Bakın Başkomiserim," diyor bana dönerek, "Malik'i ben öldürmedim. Neden öldüreyim ki?"

Hemen sokuyor lafı Ali.

"Yusuf'u neden öldürdüysen, aynı sebepten."

Duymazlıktan geliyor Can.

"Başkomiserim sizinle konuşmam lazım, çok önemli..."

Önemli bir sır verir gibi fısıldıyor:

"Gerçeği biliyorum..."

Ne demek istiyor şimdi bu çocuk?

"İyi ya, anlat o zaman, daha ne bekliyorsun?"

Ali'yi ve öteki polisi gösteriyor.

"Yalnız konuşmalıyız Başkomiserim."

Numara mı yapıyor?

"Lütfen Başkomiserim." Titremeye başlıyor. Epeyce kan kaybetmiş, bitkin görünüyor. "Anlatacaklarım çok önemli..."

Polis memuruna, "Sen çıkabilirsin," diyorum.

"Emredersiniz Başkomiserim."

Memur çıkınca, "Ali bu işte benimle birlikte..." diye açıklıyorum kesin bir dille. "Bana anlatacağın her neyse onun da duymaya hakkı var."

"Ama..."

"Aması filan yok. Ya Ali'nin yanında anlatırsın ya da kendine saklarsın bildiklerini."

Tek gözüyle bir Ali'ye, bir bana bakıyor.

"Tamam... İkinizin de dürüstlüğüne, onuruna güveniyorum."

Ali tutamıyor kendini:

"Ya, sen ne diyorsun oğlum? Senin güvenine mi kaldık!"

"Dur Ali, sakin ol," diye yatıştırıyorum. "Dinleyelim bakalım, ne anlatacak!"

Kederle Ali'ye bakıyor Can:

"Bana niye bu kadar düşmansın anlamıyorum. Sana ne yaptım?"

Sağ elini boşlukta savuruyor Ali:

"Ben kimseye düşman değilim. Düşman olsaydım o kalabalığın elinden alır mıydım seni? Sadece adaletin yerini bulmasını istiyorum."

"Beni kurtardığın için çok teşekkür ederim. Benim isteğim de senden farklı değil."

Ali anlamıyor, nasıl yani der gibi bakıyor.

"Ben de sizin gibi adaletin gerçekleşmesini istiyorum. Umarım ikiniz de sonuna kadar bu isteğinize sadık kalırsınız."

Daha uzatacak mı bu çocuk?

"Hadi Can," diyorum, "söyle artık ne söyleyeceksen."

"Anlatıyorum Başkomiserim..." Ağzını açtığında canı yanıyor olmalı ki yüzünü acıyla buruşturuyor ama sözlerini sürdürüyor. "Biliyorsunuz, size fakülteye gideceğimi söylemiştim. Ama yolda Malik Amca aradı.

Kendisini ziyaret ettiğinizi söyledi. 'Vaktin varsa, bana uğra,' dedi. Dürüst olmak gerekirse, ne konuştuğunuzu merak ettim. Bu cinayet soruşturması acayip bir işmiş. İnsanı içine çekiyor. Birkaç gündür konuşuyor, tartışıyoruz ya, ben de kendimi sizlerden biri gibi görmeye başladım herhalde..."

"Katillerden polis olmaz," diye söyleniyor Ali. "İyisi mi sen entel olarak kal."

Sataşmayı yine duymazdan geliyor Can, başka çaresi de yok zaten.

"Fakültede işim olmasına rağmen Malik Amca'nın davetini kabul ettim. Her zamanki gibi büyük bir konukseverlikle karşıladı beni."

"Dur, dur," diyerek kesiyorum sözünü, "yani Malik öldürülmeden önce sen onun yanındaydın."

"Evet Başkomiserim, Malik Amca öldürülmeden bir saat önce yanındaydım. Birlikte öğle yemeği yedik." Bir an gözleri dalgınlaşıyor. "Malik Amca çok güzel yemek yapardı. Hapiste öğrenmiş. Kıymalı ıspanak yapmıştı. Yemek yerken sizinle neler konuştuğunu anlattı. Şu Diatesseron olayını. Kitabı Mor Gabriel Manastırı'na teslim etmesine çok sevindim. Sizin de anlayışlı davranıp onu gözaltına almayışınızı da takdir ettim.

'Sence Yusuf Abi'yi kim öldürmüş olabilir?' diye sordum.

Yüzünü derin bir endişe kapladı, bir süre düşündükten sonra, 'Bilmiyorum,' dedi.

'Bence biliyorsun Malik Amca,' dedim.

'Umarım yanılıyorumdur,' dedi bu defa.

O zaman bir şeyler bildiğinden emin oldum.

'Neden öyle söyledin?' diye sordum.

'Çünkü eğer düşündüğüm gibiyse vay halimize,' dedi.

Endişeye kapıldım ama duyduğum merak daha büyüktü.

'Ne demek istiyorsun Malik Amca?' dedim.

'Boş ver Can, bilmemen daha iyi,' dedi. Sonra saatine baktı. 'Kusura bakma ama gitmeni istemek zorundayım oğlum. Eski bir dostum gelecek. Önemli biri.'

'Gitmeni istemek zorundayım,' dediği anda, cinayetle ilgili bir konudan bahsettiğini anlamıştım. 'Eski bir dostum gelecek,' deyince bu kişinin cinayetle ilgili biri olabileceğini düşündüm. İşte o anda çılgın bir fikre kapıldım. Bir köşeye sinip eve gelecek misafirin kim olduğunu öğrenmeye karar verdim. Hiç itiraz etmeden kalktım. Malik Amca'yla vedalaşıp çıktım. Ama sokağı terk etmedim. Köşedeki kahveye girdim. Kahvenin sokağa bakan penceresinden Malik Amca'nın kapısını rahatça görebiliyordum. Ismarladığım çayımı yeni bitirmiştim ki, sokağın karşısından gelen lacivert paltolu bir adam gördüm. Adamı bir yerlerden tanıyor gibiydim ama çıkaramıyordum. Eğer Malik Amca'nın kapısını çalmasaydı önemsemeyecektim. Ama adam, Malik Amca'nın evinin önünde durdu. Etrafa şöyle bir göz attıktan sonra kapıyı çaldı. Ben bu adamı nerede görmüştüm? Bütün dikkatimi toparlayıp hatırlamaya çalıştım. Bu arada Malik Amca kapıyı açtı, adam içeri girerken hatırladım." Ali'yle ben merakla yüzüne bakıyoruz. "Onu sizin yanınızda görmüştüm Başkomiserim."

Ne biçim bir oyun oynuyor bu?

"Benim yanımda mı?"

"Evet, sizin odanızda..."

"Salla Can Efendi, salla," diye alay etmeye başlıyor Ali. "Belki sana inanacak bir salak bulursun..."

"Uydurmuyorum, namusum üzerine yemin ederim ki doğruyu söylüyorum."

Kimi görmüş olabilir odamda diye aklımdan geçirirken, Yusuf'un emniyeti aradığını hatırlıyorum. Can'ın bahsettiği kişi Yusuf'un telefonla aradığı kişi olabilir mi? Artık dayanamayıp soruyorum:

"Kimdi odamda gördüğün adam?"

"Hatırlamıyor musunuz? Dün biz konuşurken gelmişti. Sizi odasına çağırmıştı. Galiba sizin müdürünüz..."

O isim kendiliğinden dökülüyor ağzımdan:

"Cengiz..." Bu çocuk çıldırmış. "Sen Cengiz'den mi bahsediyorsun?"

"Adını bilmiyorum. Ama bugün Malik Amca'nın evine giren lacivert paltolu adam oydu."

Ben şaşkınlıkla, Cengiz'in lacivert palto giydiğini hatırlarken, "Bu herifi niye dinliyoruz," diye bağırıyor Ali, "gözümüzün içine baka baka yalan söylüyor. Eğer beni dışarı çıkarsaydınız, eminim Cengiz Müdürümün yerine beni gördüğünü söyleyecekti..."

Can'ın açık kalan tek gözü yardım dilercesine bana dikiliyor:

"Yalan söylemiyorum Başkomiserim. Sizin vicdanınıza sığınıyorum. Gördüğüm adam oydu."

Aslına bakarsanız Ali'nin kafası da benimki kadar karışık. Belki de bu yüzden sesli düşünerek Can'ın sözlerinin etkisini azaltmaya çalışıyor:

"Yusuf'un emniyeti aradığını duydu ya, geliştiriyor işte..."

"Yusuf'un emniyeti aradığından haberim yok."

Bu doğru, tabii Zeynep söylemediyse. Öyleyse anlarız. Ama daha önemlisi, Can böyle bir yalanı niye söylesin? Birine iftira atacaksa, seçtiği kişi neden Cengiz gibi nüfuzlu bir adam olsun? Hiç akıllıca bir davranış değil. Öte yandan, Cengiz ile Malik'in ne ilişkisi olabilir?

Sanki düşüncemi okuyormuş gibi, "Belki Zekeriya'ya sormalısınız," diyor Can. "Malik Amca, eski bir dostum gelecek, demişti. Bu eski dostu, Zekeriya da tanıyor olabilir..."

"Tanıyordur canım, Cengiz Müdürümün işi gücü yok, eski sabıkalılarla düşüp kalkacak..."

Ali bunları söylüyor ama sesinde eski kararlılık yok. O da benim gibi düşünmeye başladı. O da benim gibi böyle bir yalanın Can'a hiçbir yarar getirmeyeceğini biliyor. Yine de bir meslektaşını, bir amirini suçlamayı içine sindiremiyor.

"Söylediklerin çok saçma Can," diye başlıyorum konuşmaya. "Belki de gördüğün kişiyi Cengiz Müdürümüze benzetmişsindir. Onu odamda sadece bir anlığına gördün. Öyle değil mi?"

"Haklısınız bir anlığına gördüm ama belleğim çok güçlüdür. Gördüğüm yüzü bir daha unutmam."

"Bu çok ciddi bir şey Can. Bir polisin kaderiyle oynuyorsun."

"Ama o Malik Amca'yı öldürdü. O bir katil."

"Ne kadar da emin konuşuyor ya," diye isyan edecek oluyor Ali. "Duyan da gerçek sanacak."

"Gerçek Ali Komiserim, inan bana, söylediklerim gerçek. Emin olmasam söylemem. Hem araştırırsanız ne kaybedersiniz? Zekeriya'ya bir sorun. Cinayet saatinde Cengiz Müdür neredeymiş, öğrenin. Haklı olduğumu göreceksiniz. Tabii, gerçek suçluyu yakalamak istiyorsanız. Adaleti gerçekten sağlamak istiyorsanız."

Ali yine kabaca kesiyor sözünü:

"Sen şimdi bırak bu adalet laflarını filan da, şapelde ne arıyordun, onu söyle bakalım."

Doğru soru, konuşmasının başından beri Can'ın açıklamasını beklediğimiz belki de en önemli konu. Hiç duraksamadan anlatmaya başlıyor Can:

"Kahvede iki saat kadar oturdum. İnanmıyorsanız, kahveciye de sorabilirsiniz. Ardı ardına dört çay içmek zorunda kaldım. Ama Cengiz bir türlü dışarı çıkmıyordu."

"Cengiz deme şu adama," diye uyarıyor Ali.

"Ama oydu..." Ali'nin sert bakışları etkili oluyor. "Tamam, Cengiz ismini kullanmamı istemiyorsanız kullanmam. Adam dışarı çıkmayınca tedirgin oldum. İçimden bir ses, evde kötü bir şeyler oluyor, diyordu. Aklıma Malik Amca'nın ev telefonunu aramak geldi. Cep telefonumla ev numarasını çevirdim. Açılmadı. İyice telaşlandım. Şapel ile Malik Amca'nın evini birbirine bağlayan kapıyı anımsadım. Şapele girip kapıdan içeriyi dinleyebilirdim. Hesabı ödeyip kahveden çıktım. Şapele girdim. İçerde kimse yoktu. Malik Amca'nın evine açılan kapının önüne geldim, içeriyi dinledim. Ses seda yoktu. O anda ayağıma bir sıvının bulaştığını fark ettim. Baktım, kan. Önce ürktüm, sonra panik içinde kapıyı yumrukladım, bu arada içerde birtakım gürültüler duydum, kapıyı tekmelemeye başladım, baktım olacak gibi değil, bütün gücümle yüklendim, sonunda kapıyı kırmayı başardım. Ama kapı yine açılmıyordu, arkasında bir şey sıkışmıştı, bunun üzerine kırık kapıyı kendime doğru çektim. Kapıyı çekince topa benzer bir şey yuvarlandı bacaklarımın arasına. Bakınca tüylerim diken diken oldu. Bu, Malik Amca'nın kesik başıydı. Öylece donakaldım, tam o sırada şapelin kapısı açıldı, içeri iki kişi girdi. Onları Cengiz'in, yani Malik Amca'yı öldüren adamın arkadaşları sandım. Paniğe kapıldım, kaçmak istedim... İşte olay bundan ibaret."

O kitaba kim dokunduysa
hepsi öldürüldü.

Can'ı nezarethaneye yolladıktan sonra bir süre ne Ali, ne de ben konuşabiliyoruz. Aklım kendiliğinden bir Cengiz dosyası oluşturmuş, sayfalarını sessizce çevirmeye başlamış bile. Cengiz'le dün akşam yaptığımız konuşma geliyor aklıma. Telaşlı gibiydi. Gerçi acelesi olduğunu söyledi, şu resmi yemeğe yetişecekti. Amirlerine Yusuf ile Bingöllü cinayetini açıklaması gerekiyormuş. Gerekiyor muydu, yoksa bana mı öyle söyledi, kestirmek zor. Bunu niye yapsın? Olay hakkında bilgi almak için. Ya da neler bildiğimi öğrenmek için. Belki yukarıdakiler ona bu cinayetleri sormamıştır bile. Aslında anlamak kolay, Sabri'ye bir telefon etsem. Muhtemelen çok memnun olur aradığıma, beni sonuna kadar dinleyeceğine de eminim ama bu Cengiz'e haksızlık olmaz mı? Durduk yere adını zanlıların arasına koymanın ne anlamı var? Belki Can yalan söylüyor. Belki de yanılıyor. Belleğim güçlü diyor ama bir anlığına gördüğü biriyle yeniden karşılaştığında onun aynı kişi olduğundan nasıl bu kadar emin olabilir? Söyledikleri çok tutarlı değil. Üstelik Can'ı tanımıyoruz bile. Tanımadığımız birinin sözlerine dayanarak, sevdiğimiz, güvendiğimiz bir müdürümüzden şüphelenmek doğru mu? Ama ya Can yanılmıyorsa, ya söyledikleri gerçeği yansıtıyorsa? Hayır, müdürümüze iftira ediyor, deyip onun söylediklerini kulak arkası etmek de olmaz. Fakat önce sağlam bir araştırma gerekiyor. Umarım Can haksız çıkar, umarım Cengiz'i suçlamak zorunda kalmam. Ama eğer bunu yapmak zorunda kalacaksam, elimde Can'ın sözlerinden fazlası olmalı. En azından şu üç sorunun yanıtını bulmuş olmalıyım: Birincisi, sahte Yusuf'un emniyetten aradığı adam kimdi? İkincisi, sahte Yusuf gerçekte kim ve kimliğini aldığı çobana ne oldu? Üçüncüsü, Cengiz ile Malik tanışıyorlar mıydı?

"Şu patos makinesinde ölen Yavuz Komiser," diyorum Ali'ye dönerek. "O konuyu araştırabildin mi?"

"Efendim, ne dediniz Başkomiserim?"

Anlaşılan Ali'nin kafası da benimki gibi birbirine bir türlü bağlanamayan düşünceler, ihtimaller, tahminlerle dolu.

"Yavuz Komiser dosyası," diye tekrarlıyorum.

"Fırsat olmadı Başkomiserim. Gabriel'i yolladıktan sonra Malik cinayetini haber aldık. Apar topar buraya geldik. Hem biliyorsunuz, Nusret Başkomiserimle yarın görüşeceğiz."

"Yarın çok geç olabilir Ali. Bu Yavuz Komiser dosyası önemli. Emniyete dönünce senin hemen bu işle ilgilenmeni istiyorum."

Ali ne demek istediğimi tam olarak anlayamıyor.

"Bu gece mi?"

"Bu gece. Şu andan itibaren zamana karşı yarışıyoruz. Bilgisayara mı girersin, emniyet arşivine mi inersin, ne yap et, sabaha kadar bana bir sonuç getir."

Ne düşündüğümden habersiz olan Ali haklı olarak soruyor:

"Kusura bakmayın ama Başkomiserim, Yavuz Komiser dosyası neden bu kadar önemli?"

Aslında ona açıklama yapacak ne halim, ne de zamanım var. Ama düşüncelerimi bilirse belki daha iyi bir araştırma yapabilir diyerek anlatıyorum:

"Olayları şöyle bir gözden geçirecek olursak Alicim, cinayetlerin merkezinde şu Diatesseron adındaki çalınan kitabın olduğunu görürüz. Gabriel'in anlattıklarını duydun, teyze oğlu Aziz'in Yavuz Komiser'e verdiği paket, büyük bir ihtimalle Diatesseron'du."

Ali'nin kısık gözlerinden bir parıltı geçiyor.

"Eğer bu doğruysa," diyor heyecan yüklü bir sesle, "o kitaba kim dokunduysa hepsi öldürüldü. Gabriel'in teyzesinin oğlu Aziz, Komiser Yavuz, sahte Yusuf ve antikacı Malik... Belki de o kitabın içinde bir şey var."

Yine kendini gizemlere kaptırdı bizim oğlan.

"O kitabın içinde bir şey yok Alicim. Hangi kitap, insanı mağarada boğabilir, patos makinesine atabilir, kalbine iki kere bıçak saplayabilir ya da kafasını bir kılıçla koparabilir? Diatesseron, sadece Dört İncil'den alınan parçalardan oluşturulmuş bir kitap. O kitabın içinde bir şey yok ama şu da bir gerçek ki, cinayetler o kitabın çevresinde dolanıyor. O yüzden kitabı Aziz'den alan ilk kişiyi, yani Komiser Yavuz'u bulmamız şart."

Anlamanın verdiği kararlılıkla onaylıyor beni Ali:

"Tamam Başkomiserim, hiç merak etmeyin, emniyete gider gitmez bu işle ilgileneceğim. Birkaç saat içinde raporumu veririm."

"Göreyim seni Ali, bir an önce çözelim şu işi."

"İsterseniz önce Başkomiser Nusret'e uğrayayım. Gerçi yarın gelin dedi ama..."

"Nusret'i boş ver, sen doğru merkeze git, hemen araştırmaya başla."

"Can ne olacak?"

"Senin vaktin yok, buradakiler ilgilensin. Önce bir hastaneye götürsünler, doktorlar bir baksın, sonra merkeze getirsinler. Gözün onun üzerinde olsun, başına bir şey gelmesini istemiyorum."

"Emredersiniz." Ayağa kalkarken, birden duruyor. "Ne dersiniz Başkomiserim, sizce Cengiz Müdürüm..."

"Erken Alicim," diye susturuyorum onu, "konuşmak için çok erken. Senden ricam, bu soruşturmayı olabildiğince gizli yürütmen. Cengiz Müdürümüzün masum olduğunu kanıtlamak için de, gerçeği öğrenmek için de gizliliğe ihtiyacımız var. Anlıyorsun, değil mi?"

"Anlıyorum Başkomiserim."

"Hadi o zaman iş başına."

Ali içerdeki polislerle konuşmaya giderken, ben veda bile etmeden ayrılıyorum karakoldan. Malik'in evine yürürken Zeynep'i arıyorum. Tam altıncı çalışında açılıyor Zeynep'in telefonu.

"Kusura bakmayın Başkomiserim, kan örnekleri alıyordum."

"Önemli değil Zeynepçim. Malik'in oğlu Zekeriya geldi mi?"

"Geldi Başkomiserim. Sizi bekliyor."

"Durumu nasıl?"

"Pek iyi değil ama daha kötü olabilirdi. Allah'tan o gelmeden önce cesedi morga yollamıştık. Babasını o halde görmedi."

"Güzel, sakın gitmesine izin verme."

"Vermem Başkomiserim, zaten zavallının kıpırdayacak hali de yok. Çöktüğü iskemlede öylece kaldı."

"Ben de geliyorum. On dakikaya kalmaz oradayım."

Ama hemen gitmiyorum, önce uğramam gereken iki yer var. İlki otopark; Can, Malik'in evine giren adamın otopark yönünden geldiğini söyledi. Eğer adamın arabası varsa, otoparka bırakmış olmalı, çünkü bu mahallede araba bırakacak yer bulmak imkânsız. Aslına bakarsanız arabamı almaya gittiğimde de kafamdaki soruları giderebilirim, fakat merakım beni sabırsız kılıyor, olanı biteni bir an önce öğrenmek istiyorum.

Otoparka bakan, sağ eli bilekten kesik adam, küçük kulübede oturmuş, televizyondaki pembe dizilerden birini izliyor. Kendini filme o kadar kaptırmış ki, geldiğimi fark etmiyor bile.

"Merhaba," diyorum.

Beni görünce rahatı kaçacak diye canı sıkılıyor ama yine de kalkmaya çalışıyor.

"Arabanızı mı alacaksınız?"

"Yok yok, hiç kalkma, bir şey soracağım sadece. Bu öğleden sonra buraya füme rengi, Nissan bir araba geldi mi?"

Neden bilmem, adamın tersliği tutuyor.

"Niye soruyorsun?" diyor kaba bir sesle. Onun keyfini çekecek halde değilim, kimliğimi gösteriyorum.

"Başkomiser Nevzat! Şimdi, uzatma da soruma cevap ver."

Anında dikiliyor ayağa:

"Kusura bakmayın Başkomiserim, bilemedim, cahillik işte..."

"Tamam, tamam. Sen soruma cevap ver. Bugün akşamüzeri buraya füme rengi, Nissan bir araba geldi mi?"

Tahmin edebileceğiniz gibi, füme rengi Nissan, Bizim Cengiz'in arabası. Plakasını hatırlayamadığım için söyleyemiyorum.

Ama çolak otoparkçı hatırlıyor. Hem de hiç ikircime düşmeden. Otoparka gelen bütün otomobillerin plakalarını hatırlarmış.

"34 ASZ 214..." diye bir solukta okuyor plakayı. "Evet Başkomiserim, o araba bize geldi. Söylediğiniz gibi, öğleden sonra... İki saat kadar kaldı. Sonra adam gelip aldı arabasını. Uzunca boylu, bıyıksız, sizden biraz genç bir adam. Lacivert bir palto giyiyordu."

Tam da bizim Cengiz'i tarif ediyor. Anlaşılan doğru söylemiş Can. En azından Cengiz'i buralarda gördüğü doğruymuş. Belki de onu gördükten sonra bu yalanı uydurdu, iyi de Cengiz'in burada işi ne? Kim bilir, belki bir arkadaşını görmeye gelmiştir, belki bir akrabası vardır burada oturan. Bu semte gelen herkes Malik'in evine gidecek diye bir kural yok ya... Gerekçeler bulmaya çalışmama rağmen, aslında Can'ın doğruyu söylediğine giderek daha fazla ikna oluyorum. Ama olmamalıyım, Cengiz'in masum olduğunu kanıtlayacak bir bilgiye ulaşmayı umarak, Malik'in evinin yanındaki kahvenin yolunu tutuyorum.

Sokak tenhalaşmış, sanki kalabalık bir anda eriyip yok olmuş. Evin önünde tepe ışıkları hâlâ yanıp sönen ekip otosunun yanında sohbet eden iki polis memurundan başka kimse gözükmüyor. Kahvehaneye girince anlıyorum insanların nereye gittiğini. Sokaktakiler buraya doluşmuş. Artık bağıra çağıra konuşmuyorlar, biraz sakinleşmişler. Ama bazı masalarda cinayet üzerine muhabbet hâlâ sürüyor. Yanlarından geçerken işitiyorum, biri diyor ki:

"Yakalanan herif Türk değildi. Görmediniz mi abi, herif sapsarı. Öyle Türk mü olur? Bakın size söyleyeyim, misyoner faaliyeti var bu işin içinde."

"Ne misyoner faaliyeti Kâzım Abi," diye atılıyor öteki, "adamda tam hırsız tipi var. Yüzü kız gibi, kimse şüphelenmez oğlandan. Bir yerlerden duymuştur Malik Amca'nın antikacı olduğunu. Eve girmiş, Malik Amca da üstüne gelince öldürmüş adamcağızı."

Hemen başka biri katılıyor tartışmaya:

"İyi söylüyorsun da Caner, hırsız, adamın kafasını niye kessin? Yok abi, bu iş mafyayla filan ilgili. Zaten bu Malik de eskiden pek sağlam ayakkabı değilmiş. Geçenlerde Kapalıçarşı'dan Ziya Usta gelmişti. Tanırsınız, Kadırgalıdır, eski kuyumcu. 'Bakmayın Malik'in böyle temiz bir adam gibi göründüğüne,' dedi, 'kaçakçılık, silah ticareti, uyuşturucu satıcılığı, her bok vardı bu herifte.'"

Onları tahminleriyle baş başa bırakıp çay ocağına yöneliyorum. Bu defa o sormadan kimliğimi çıkarıp gösteriyorum ocaktaki adama. Bu, şapeldeki gürültüyü duyup Alper ile Faruk'un yardımına ilk gidenlerden biri.

"Doğru Başkomiserim," diyor, "o sarışın oğlan iki saat şu pencerenin önünde oturdu. Mahalleden olmadığı için dikkatimi çekti ama müşteri müşteridir, çayını içip parasını verdiği sürece mesele yok. Ne bilelim biz adamın katil olduğunu? Buradan kalkmış, Malik Amca'yı öldürmüş puşt. Bilseydim..."

"O sırada eve giren çıkan başka birini gördün mü?"

"Malik Amca'nın evine mi? Yok, kimseyi görmedim."

"Peki biri girip çıksa, görür müydün?"

Çay ocağının içinden sokağa bakıyor:

"Buradan göremezdim, millete çay dağıtırken belki... Ama kimse dikkatimi çekmedi Başkomiserim."

Can'ın söylediklerinin ikinci tanık tarafından da doğrulanmış olmasına rağmen hâlâ Cengiz'in masum olabileceğine dair umutlarımı korumaya çalışıyorum. Belki Zekeriya, Can'ın iddialarını geçersiz kılacak bir şeyler söyler beklentisiyle bu kez de Malik'in evine yollanıyorum. Ekip otosunun yanındaki polislerle selamlaşıp giriyorum. İçerisi de sakinleşmiş; Şefikler gitmiş, Zeynep hâlâ sofada, büyükçe bir çantaya delil torbalarını yerleştiriyor.

"Kolay gelsin Zeynepçim. Ne yaptın, bitirdin mi işleri?"

Yorgun yüzü tatlı bir gülümseyişle aydınlanıyor.

"Sağ olun Başkomiserim. Buradaki bitti, ben de merkeze gidecektim, laboratuvarda çalışmam lazım."

"İyi, Ali'yi de merkeze yolladım, şu Komiser Yavuz dosyasıyla uğraşıyor."

Utanır gibi oluyor Zeynep:

"Ben de bakamadım o işe Başkomiserim. Her şey o kadar hızlı gelişti ki..."

Elimle omzuna dokunuyorum.

"Biliyorum Zeynepçim. Ama şimdi bu işi çözmemiz lazım. Can ilginç şeyler söyledi bize. Ali sana anlatır. Bu gece merkezden ayrılma. Ben de geleceğim. Eğer Ali senden yardım isterse, elindeki işi bırak, yardım et. O işin aciliyeti var. Sanırım cinayetlerin düğümü şu Komiser Yavuz'da. Onu öğrenirsek, şu olayı çözeriz. Anlıyor musun Zeynepçim, bu gece çok önemli."

"Anlıyorum Başkomiserim."

"Tamam o zaman, işin bittiyse burada vakit kaybetme, bir an önce Ali'nin yanına git."

Kanıt torbalarını koyduğu çantanın kapağını kapatıyor.

"Hemen çıkıyorum Başkomiserim..."

"Bu arada Zekeriya nerede?"

Eliyle Malik'in çalışma odasını gösteriyor.

"İçerde sizi bekliyor."

Malik'in odasında, Zekeriya bu sabah babasının oturduğu iskemleye öylece çökmüş, yıkılmış bir halde oturuyor. Yüzünde derin bir keder, şaşkınlık ve korku. İçeri girdiğimi fark edince ne ayağa kalkmaya çalışıyor, ne de kıpırdayabiliyor. Babasınınkilere benzeyen gözleriyle yardım dilercesine bakıyor sadece.

"Başın sağ olsun Zekeriya..."

"Siz sağ olun..."

Gözleri doluyor.

"Nasıl oldu Başkomiserim bu iş böyle... Daha bu sabah siz..."

"Evet Zekeriya, daha bu sabah konuştuk... Bana hiçbir tehlikeden filan söz etmedi. Bilseydik, onu korurduk..."

"Tehlike içinde değildi ki Başkomiserim..." Gözlerinden birkaç damla süzülüyor. "Düşmanı yoktu... Yani biz öyle biliyorduk..."

Eliyle gözyaşlarını kuruluyor, kendini toparlamaya çalışıyor.

"Bir zanlı yakalanmış diye duydum."

"Evet, biri var. Aslında tanıdık biri."

"Tanıdık biri mi?"

"Can."

"Ne? Can Abi mi? Yok, yanlışlık var Başkomiserim. Can Abi, babamı niye öldürmek istesin? İkisi de birbirini çok severdi. Yok, kesinlikle bir yanlışlık var."

"Kesin bir şey yok zaten, araştırıyoruz," diyorum gözlerimi Zekeriya'ya dikerek. "Ha bu arada, Cengiz Müdürüm de başsağlığı dileklerini iletti." Önce anlamamış gibi bakıyor yüzüme. "Cengiz Müdürüm diyorum, babanla eski arkadaşlarmış galiba... Sanırım seni de tanıyormuş."

Gözlerindeki dağınık ifade toparlanıyor.

"Cengiz Amca mı?" diyerek bir kere daha haklı çıkarıyor Can'ı.

"Sağ olsun, ne zaman başımız sıkışsa yetişirdi. Ama bu kez..."

Sessizce burnunu çeke çeke ağlamaya başlıyor. Benim aklım Cengiz'de. Demek Can doğruyu söylemiş. Eğer bu varsayım doğruysa, sahte Yusuf'un emniyette aradığı kişi de Cengiz olmalı. İyi de Cengiz neden öldürsün Malik'i? Düğüm yine gelip şu kitaba dayanıyor: Diatesseron. Cengiz de bu antika kitap işine bulaşmış olmalı. Aklımdan bunlar geçerken, Zekeriya gözyaşlarını kurulamaya çalışarak, "Kusura bakmayın

Başkomiserim," diye söyleniyor, "aklıma geldikçe... Bu iş o kadar ani oldu ki..."

"Öyle oldu Zekeriya... Ama biliyorsun, ölenle ölünmez. Şimdi bu işi yapan adamı yakalama zamanı. O katilin yaptığı yanına kâr kalmamalı. Cengiz Müdürüm de öyle dedi: Katil yedi kat yerin dibine de girse, onu bulacağız. Sahi baban bizim müdürle oldukça eski arkadaşmış, değil mi?"

"Eski, çok eski... Babam Cengiz Amca'yı tanıdığında daha ben doğmamışım, yani o kadar eski. Galiba polis bile değilmiş Cengiz Amca o zamanlar."

"İlginç, nerede tanışmışlar acaba?"

"Bizim dükkâna gelip gidermiş. Babamla birlikte iş yapmışlar galiba. Sonra Cengiz Amca, okumaya gitmiş. Polis olmuş, Anadolu'da görev yapmış. İstanbul'a dönünce de babamı bulmuş yine. Çok iyi adamdır Cengiz Amca, başımıza bir iş gelecek olsa, ilk o koşar yardımımıza..."

"Peki Yusuf'u tanır mıydı Cengiz? Yani dükkâna birlikte geldikleri oldu mu hiç?"

Zekeriya sorumu yadırgıyor:

"Niye soruyorsunuz Başkomiserim? Yusuf Abi ile Cengiz Amca'nın ne ilişkisi olabilir ki?"

"Öylesine sordum. Yusuf da babanın eski arkadaşıymış ya, belki birbirlerini tanıyorlardır diye."

"Yok, Cengiz Amca'nın Yusuf'u tanıdığını sanmıyorum. İkisi çok farklı insanlar. Cengiz Amca namuslu bir adam..."

"Ya Yusuf, o namuslu biri değil miydi?"

"Ölen kişinin ardından konuşmak doğru değil ama Yusuf Abi yaramaz adamdı. Sözünde durmazdı. Bir sürü borç aldı bizden, geri ödemedi. Sonra gitti o kadını buldu. Meryem'i diyorum. Siz daha iyi bilirsiniz, kadın mafya. Bir sürü pis işe bulaşmış. Cengiz Amca böyle insanları yanına bile yaklaştırmazdı."

Şu Cengiz işini artık kapatmak lazım, Zekeriya adamı arar filan, bir çuval inciri berbat ederiz sonra.

"Peki sence babanı öldürenlerin bu Yusuf'la bağlantısı olabilir mi?" diye Zekeriya'nın aklını başka bir noktaya çekiyorum.

"Kimsenin günahını almak istemem Başkomiserim ama Meryem denen o kadından her şey beklenir. Aramızda zaten bir anlaşmazlık vardı. Yusuf Abi bize bir kitap satmak istiyordu. İncil gibi bir şey. Hatta gerçek mi, sahte mi diye Can Abi'ye danıştık. O emin olamadı. Babam da almaktan vazgeçti."

Demek Malik olanı biteni oğluna anlatmamış. Ee kolay değil, Yusuf'a gönderdiği yüz bin doları nasıl açıklayacak? Zekeriya kıyameti kopardırdı herhalde.

"Ben de o kitabı istemiyordum zaten," diye sürdürüyor Zekeriya. "Meryem, bu meseleyle ilgili birkaç kez telefonla babamı aradı. Galiba biraz da sert konuştu, babam bana anlatmasa da, kadınla konuşurken sinirlenmesinden anladım."

"Baban sana niye anlatmıyordu?"

"Beni bu işlere bulaştırmak istemiyordu Başkomiserim. Eskiden bazı pis işler olmuş. Belki siz de biliyorsunuz. Eski eser kaçakçılığı, silah satışı filan. Babam bu işlere bulaştığı için pişmanlık duyuyordu. En büyük arzusu, benim namusuyla iş yapan bir adam olmamdı. Birkaç kez o kitabı sordum. 'Biz o meseleyi hallettik,' dedi. Ama ben inanmadım. Muhtemelen başım belaya girmesin diye öyle söyledi."

"Yani sen bu işi Meryem mi yapmıştır diyorsun?"

"Meryem ya da adamları. O kadın çok akıllı Başkomiserim, maşa varken ateşi niye eliyle tutsun."

Zekeriya'nın sözlerini hiç önemsemiyorum, şu anda soruşturmanın ibresi İstanbul mafyasının tek kadın şefi Meryem'i değil, benim müdürümü gösteriyor. Ama Zekeriya'yı yatıştırmak lazım.

"Merak etme, eğer bu işi Meryem yapmışsa bizden kurtulamaz. Bu arada evi gezebildin mi? Çalınan, götürülen bir şey var mı?"

Zekeriya başını sallıyor:

"Hiçbir yere bakamadım. Kafam o kadar dağınık ki Başkomiserim. Şu anda sırtımdan ceketimi çalsalar fark etmeyebilirim. Bir kendimi toparlayayım... Nasıl toparlayacaksam onu da bilmiyorum ya. O zaman eşyaları kontrol ederim."

"Tamam, dikkatini çeken bir şey olursa bana haber ver. Cengiz Müdürüm çok meşgul, ama merak etme, onun yerine ben ilgileniyorum bu olayla."

**Bazı yazılar, okunmak için değil,
okunmamak için yazılır.**

Malik'in evinden çıkar çıkmaz, neler yapmam gerektiğini düşünüyorum. Zamana karşı bir yarış bu. Cengiz çok geçmeden suçlandığını öğrenecek. Biz söylemesek bile Can'ın ifadesinde açığa çıkacak bu suçlama. O an geldiğinde safımı belirlemem gerekecek. Cengiz kendisinin yanında olmamı bekleyecek, hatta bunu açıkça isteyecek benden. O benimle bu konuşmayı yapana kadar eğer elimde yeterli delil olmazsa, Cengiz her türlü ilişkisini kullanarak, her türlü ayak oyununa başvurarak bu işten yırtmanın bir yolunu bulacak. Onu engellemenin tek yolu, aynı zamanda pis işlerine alet olmamanın tek yolu, onun suçlu olduğunu gösteren delillere ulaşmak. Tabii, gerçekten suçluysa... Evet, aleyhindeki bütün delil ve ifadelere rağmen Cengiz suçlu olmayabilir. Onun Malik'in evine girmiş olması, katil olduğu anlamına gelmez. Öyle cinayet vakaları yaşadım ki, artık kesinlikle emin olmadan kimseyi katil diye suçlamamayı öğrendim. Hayır, Cengiz meslektaşım olduğu için böyle söylemiyorum. Kim olsa aynı şekilde düşünürdüm. Öte yandan, elimdeki bulguların kesin olarak gösterdiği bir başka gerçek ise, Cengiz'in bir şekilde bu işin içinde olması.

Üstelik Can'la kıyaslarsak, Cengiz'in katil olma ihtimali çok daha fazla. İşin kötü tarafı, masum olma ihtimali çok daha yüksek olmasına rağmen zanlı olarak görülen kişi Can. Eğer dürüst bir soruşturma olmazsa, Can'ın gençliğini dört duvar arasında geçirmesi işten bile değil. O yüzden elimi çabuk tutmalıyım.

Otoparktaki çolaktan anahtarımı alıp emektar Renault'ma kapağı atınca, önce istihbarattan Nusret'in telefonunu tuşluyorum.

"Alo Nusret! Benim Nevzat."

"Nevzat! Ne oldu oğlum, sabaha kadar sabredemedin mi?"

"Edemedim Nusret. Çok önemli gelişmeler var. Acayip pis bir işe çattık. Bana acil bilgi lazım."

Ses tonumdan işin şakaya gelmediğini anlıyor:

"Sabahki konu mu?"

"Sabahki konu. Ama bir kişi daha var araştırılacak."

Derinden bir iç geçiriyor:

"Yine bizden biri mi?"

"Bizden biri. Benim müdürüm Cengiz... Cengiz Koçan."

"Ne! Cengiz Koçan mı? Cengiz Koçan'ı mı araştıracağız? Yav Nevzat, delirdin mi? Ne yapıyorsun sen?"

"Ben bir şey yapmıyorum Nusret. Yapan zaten yapmış. Ben pisliğe batmamaya çalışıyorum. Eğer karşı çıkmazsam, burnuma kadar boka gömüleceğim."

Kısa bir sessizlik...

"Tamam gel o zaman," diyor gergin bir sesle. "Ama bak yanında kimseyi getirme. Ali filan dinlemem abi. Tek başına gel. Sen gelene kadar ben de şu dosyalara bir göz atayım."

"Sağ ol Nusretçim, tek başıma geliyorum."

"Senin yüzünden bir gün başım fena halde belaya girecek ama bakalım ne zaman?"

Hiç aldırmıyorum sızlanmasına, Nusret'i uzun zamandır tanırım, kendi alanının en iyisidir, Yavuz ve Cengiz hakkında elinde ne varsa toparlayıp verecektir bana. Ama Nusret sadece becerikli bir istihbaratçı değil, daha önemlisi, namuslu kalmayı başarabilmiş bir adamdır, en azından şu ana kadar. Şu ana kadar, diyorum çünkü bizim mesleğin en tehlikeli yerlerinden biri istihbarat alanı. Sadece sıradan vatandaş hakkında değil, politikacılar, işadamları, gazeteciler hatta polis şefleri hakkında da önemli bilgiler orada toplanır. Sizi bir anda zengin edebilecek ya da mezara götürebilecek bilgiler elinizin altında yatar. Böyle bir güce sahip olup da şeytana uymamak irade ister. Bizim Nusret işte bu iradeye sahip ender adamlardan biri. Gerçi şu anda yaptığımız iş de kurallara uygun değil ama eğer teşkilat içi prosedürü uygulamaya kalkarsam belki de bu bilgilere hiç ulaşamayacağım. Kuralların hantal yapısı beni engelleyecek ve gerçeği hiçbir zaman öğrenemeyeceğim.

Bizim emektarı otoparktan çıkarıp Kumkapı'nın dar sokaklarından sahile iniyorum. Sahil yolunda trafik arapsaçı. Adım adım ilerlemeye çalışıyorum. Yenikapı'ya yaklaşırken telefonum çalıyor. Ali mi? Hayır, ekranda Cengiz'in adını görüyorum. Eyvah, umarım, ben merkezdeyim, gel de konuşalım, demez. Hiç açmasam, yok, olmaz. Durduk yerde kuşkulandırmayalım adamı. Belki de yalnızca nabız yoklamak için arıyordur, ne bildiğimi öğrenmek için.

"Alo," diyerek açıyorum sonunda telefonu.

"Nevzat merhaba, benim Cengiz."

"Merhaba Cengiz."

"Geç açtın telefonu. Meşgul filan mısın yoksa?"

"Yok, değilim, arabadaydım, kenara çekmem sürdü biraz."

"Nevzat, telsiz anonsunda duydum, şu Süryani cinayeti... Biri daha öldürülmüş galiba."

"Evet, sana da bahsetmiştim ya, Malik adındaki antikacı..."

Birden hatırlıyorum, sahiden de Malik'i ona ben anlattım. Hatta, şüpheler onun üzerinde toplanıyor, dedim. Yani bir anlamda Cengiz'i Malik'e yollayan bendim. Eğer Malik'i öldüren Cengiz ise, onun bildiklerini, başkalarının, özellikle de benim öğrenmemi istemiyordu. Acaba neydi Malik'in benden sakladığı?

"Eee, sustun," diyen Cengiz'in sesiyle toparlanıyorum.

"Anonsta duymuşsun zaten, Malik'i öldürdüler..."

Daha fazla açıklamıyorum, dayanamayıp soruyor:

"Bir zanlı varmış galiba."

Rahatlamak istiyor. Ben de istediğini yapıyorum.

"Can adındaki şu öğretim üyesi... Hani dün odamdaydı. Sen de gördün. Sarışın, bebek yüzlü bir genç."

"Dün mü? Ha, tamam, seni odama çağırmak için geldiğimde yanındaydı. O muymuş katil?"

"Öyle görünüyor. İki tanık, onu evin girişinde yakalamış. Maktulün kesik başı ayaklarının dibinde duruyormuş. Mahalleli az kalsın linç edecekmiş. Bizimkiler zor almış ellerinden."

Açıklamalarım bir türlü yetmiyor Cengiz'e.

"Yakalanan şahıs ne diyor? Kabul ediyor mu suçunu?"

"Kabul eder mi Cengiz? 'Ben yapmadım, Malik Amca'yı görmeye gelmiştim,' diyor. Biz bırakmadık olayın peşini. Zeynep, Ali, tam kadro herifi içeri atmak için delil topluyoruz."

"Çok iyi Nevzat, daha önce de söyledim: Aman şu işi gazetecilerin ağzına sakız olmadan halledelim. Adamlar öküz altında buzağı aramaya meraklı zaten. Hazır içişleri bakanı, emniyet müdürü buradayken..."

"Sahi bizim Sabri ne yapıyor?"

"Sabri Müdürüm," diyor, müdürüm sözcüğünün üstüne basa basa, "Sabri Müdürüm çok iyi. Bütün gün birlikteydik. Yeni ayrıldık. Onu Polis Evi'ne bıraktım."

Nasıl da yalan söylüyor? Yarın bizim çolak otoparkçıyı karşısına dikince bakalım ne diyecek?

"Yine seni sordu," diye anlatmayı sürdürüyor Cengiz. "Davetini söyledim. 'Bakanlar gitsin de kesin yapalım,' dedi. Çok selamları var. 'Nevzat'a iyi bak, o bizim nazar boncuğumuzdur,' dedi."

Nazar boncuğuymuş, okulda adımız 'Aman Vermez Avni'ydi, şimdi nazar boncuğu mu olduk? Ne olacak, Sümsük Sabri işte, taktığı isimler de kendine benziyor. Bunları Cengiz'e söylemiyorum haliyle.

"Sağ olsun," diyorum, belki yarın ortalık kızıştığında ihtiyacım olur diye de küçük bir gözdağı veriyorum. "Çok sever beni Sabri. Okulda içtiğimiz su ayrı gitmezdi."

"Öyleymiş," diye yalanıma katılıyor Cengiz. "Çok iyi bir grubunuz varmış okulda. Hele ikiniz kan kardeşi gibiymişsiniz."

Bu yalanları Sabri mi uyduruyor, yoksa Cengiz mi, bilemiyorum. Ne kan kardeşi yahu! Sabri o kadar çekingendi ki, öyle topluluğa filan karışamazdı. Herkes alay ederdi onunla. Bir ben etmezdim. Belki o tavrımı abartıyor. Ama kan kardeşliği de denmez ki buna. Aslında abartmasının şu sıralar hiçbir sakıncası yok.

"Öyleydik valla, kan kardeşi gibiydik."

"Senin için ne mutlu Nevzat. Böyle iyi bir insan senin kan kardeşin."

İşler yolunda gidiyor ya, keyfi yerine geldi sevgili müdürümüzün, artık rahat bir uyku çeker bu gece. Birini öldürüp rahat bir uyku nasıl çekilir, onu da hiç anlamam ya. Aman aman, bırakalım da evinde rahat rahat uyusun. Kuşkulanır, endişelenir de merkeze gelmeye kalkarsa halimiz duman. Ama hiç öyle tedirgin olmuş bir havası yok Cengiz'in:

"İyi geceler Nevzatçım."

'Nevzatçım da olduk sonunda. Ama ben iyi geceler Cengizcim diyemiyorum, bu kadarı da fazla.

"Sana da iyi geceler, yarın görüşürüz."

Telefonu kapattıktan sonra hiç kuşkum kalmıyor Cengiz'in bu işin içinde olduğundan. Bir an önce Nusret'e ulaşmak, düğümü çözecek bilgileri almak istiyorum ama gözünü sevdiğimin İstanbul'unun akşam trafiği buna izin vermiyor. Tam bir saat yollarda sürünüyorum. Nusret'in bulunduğu binaya yaklaşırken cep telefonum yeniden çalıyor. Arayan Nusret, nerde kaldın, diyecek herhalde. Ama öyle demiyor.

"Nevzat, istediğin bilgileri aldım. Ama sen buraya gelme. Bizim binaya yaklaşınca telefonumu çaldır, ben inerim. Zaten yemeğe çıkacaktım, senin çıktıları verir, oradan giderim lokantaya."

Sesi gergin, telaşlı. Birine mi yakalandı yoksa? Sanmam, Nusret kaçın kurrası, devenin gözünden sürmeyi çalar da kimsenin ruhu duymaz. Belki bilgileri okudu, tuhaf bir şeyle karşılaştı da ondan tırsıyor.

"Tamam Nusret," diyorum, "ben de çok yaklaştım zaten. İstersen hemen çık. Seni üst sokağın köşesinde bekleyeyim. Şu Tekel büfesinin olduğu yer. Hani bir akşam senin eve giderken rakı, beyazpeynir almıştık."

"Fincancı Büfe. Çok güzel, bu saatlerde tenhadır orası..."

Yok, iyi paniklemiş bu oğlan. Ne buldu acaba? Neyse, birazdan anlarız nasıl olsa. Bizim emektarın burnunu yan sokağa kırıyorum. Fincancı Büfe sokağın sonunda. Büfenin önüne sokulmanın anlamı yok. Işıkta kabak gibi çıkmayalım ortaya. Gülmeye başlıyorum. Sanki birileri bizi izliyor da. Paranoya bulaşıcı bir duygu galiba. Baksanıza, Nusret'in huzursuzluğu bana da geçti. Yine de arabayı büfeden yirmi metre kadar beriye park edip ışıkları kapatarak bekliyorum. Arabanın içerisi havasız, hafiften de başım ağrıyor. Camı açıyorum biraz. Kolay değil, olaylar nasıl hızlandı birden. Aç karnına da bir duble rakıyı mideye indirdik Evgenia'nın orada. Sahi Evgenia ne yaptı acaba? Ondan ayrılalı topu topu birkaç saat olmasına rağmen, sanki birkaç gün önce görüşmüşüz gibi geliyor bana. Ama Evgenia'yı hatırlar hatırlamaz, içimde bir yerlerin sızlamasına engel olamıyorum. Şimdi eşyalarını topluyordur belki, akıl edip ne zaman ayrılacağını bile soramadım ki. Belki onu havaalanına ben götürmeliyim. Yav Nevzat, anlamadın mı hâlâ?.. Evgenia turistik gezi için gitmiyor. Kadın terk ediyor seni... Senden kurtulmak için gidiyor Yunanistan'a. Yine de teklif etsem iyi olurdu. Tam da zamanı, bu koşturmaca içinde sevgilini havaalanına götür. Bir de uçak rötar yapsın, orada oturup beklersin artık saatlerce Evgenia'yla. Bu arada Cengiz Müdürün de sinsice tezgâhını kursun, hem senin, hem de şu entel oğlanın defterini güzelce dürsün. Yok canım, o kadar da kolay değil ama zaten Evgenia'nın ne zaman gideceğini bilmiyorum ki.

Nusret'in hızlı adımlarla büfenin önüne geldiğini fark ettiğimde hâlâ kafamda Evgenia var. Büfenin önüne gelip de beni göremeyen Nusret ise telaşla sağa sola bakınıyor. Arabamın ışıklarını yakıp söndürüyorum. Tamam, işte gördü, bana yöneliyor. Arabayı çalıştırıyorum, bir yandan da Nusret'i izleyen birileri var mı diye etrafı kesiyorum. Bir apartmanın önündeki çöpleri paylaşamadıkları için hırlaşan kabadayı iki sokak kedisinden başka canlı yok ortalıkta. Paranoya bulaşıcıdır dedik ya. Nusret aceleyle giriyor arabamın içerisine. Selam filan vermeden, paltosunun altından çıkardığı sarı zarfı uzatıyor.

"Al Nevzat, istediğin her şey burada."

Sesi de hareketleri gibi telaşlı. Uzattığı zarfı alıp kucağıma koyuyorum.

"Çok teşekkür ederim Nusret. Bu iyiliğini nasıl öderim bilmem."

"Beni bu işe karıştırmayarak. Şu dakikadan sonra bu işle ilgili beni arama Nevzat. Bana yapabileceğin en büyük iyilik bu."

Acayip korkmuş bu oğlan. Ben sormadan konuşmasını sürdürüyor:

"Bana kalırsa, sen de bu işlerle hiç uğraşma. Cengiz önemli bir adam Nevzat, onu gözden çıkarmaları çok zor. Arada sen harcanırsın."

"Ne oluyor Nusret ya? Ne bu korku, ne bu panik?"

"Bir şey yok kardeşim. Ben dostça konuşuyorum sana."

Anlamak istercesine yüzüne bakıyorum.

"Hadi abi, burada durmayalım," diyor eliyle yolu göstererek, "arabayı hareket ettir. Caddeye çıkınca da beni soldaki Adana kebapçısının önünde indir. Sana da güle güle."

Söylediğini yapıyorum, arabamı hareket ettiriyorum, sokağın sonuna gelince dayanamayıp soruyorum:

"Zarftakileri okudun, değil mi?"

Etine ateş basmışım gibi yerinden zıplıyor.

"Yok Nevzat, ne okuması? Nereden çıkarıyorsun bunları? Ben bir şey okumadım."

"Okumadan nasıl biliyorsun içindekileri?"

Kucağımdaki zarfı gösteriyor:

"O zarftaki kâğıtlardan yayılan kokuyu duymak için okumama gerek yok. Sen de okumasan iyi olur aslında."

İşi şakaya vuruyorum.

"O kadar emek vermiş, yazmışlar, okumazsak ayıp olmaz mı?"

"Olmaz Nevzat. Bazı yazılar, okumak için değil, okumamak için yazılır. O yazılar lanetlidir, insanın başına bela getirir."

Nusret'in sözleri bana Diatesseron adındaki kitabı çağrıştırıyor. Ama bundan söz etmenin yeri değil, hem anlatmaya kalksam dinleyen kim? En iyisi şakayı sürdürmek:

"Valla Nusret, ne söylersen söyle, sen bu dosyayı okumuşsun. Okumuşsun ve şu Yavuz Komiser'in ölümü filan korkutmuş seni."

"Hayır, okumadım. Ne Yavuz Komiser'in hikâyesini biliyorum, ne de Cengiz Koçan'ı. Ben hiçbir şey bilmiyorum. Sen de bana bir şey anlatma lütfen. Duymak istemiyorum. Eski bir arkadaşım olarak benden yardım istedin, ben de kuralları çiğneyip sana yardım ettim, hepsi bu. İstediğin dosya hakkında da en küçük bir bilgim yok, olmasını da istemiyorum... Hah, kebapçının önüne de geldik, beni şöyle bırak abi."

Arabayı yanaştırırken sürdürüyor sözlerini:

"Keşke bu olaya hiç bulaşmasaydın Nevzat. Beni dinlersen, yine de kısa yoldan sıvışmaya bak."

"Artık zor be Nusret. Ben sıvışmaya kalksam da bırakmazlar."

Kapıyı açıyor, inmeden bana dönüyor:

"Zor durumda olduğunu biliyorum, ama kusura bakma, elimden başka bir şey gelmiyor."

"Sıkma canını be Nusret, yaptığın da yeter."

Uzanıp elimi sıkıyor.

"Sen iyi bir adamsın Nevzat. Bu işler için fazla iyi. Kendine dikkat et."

Gülümsüyorum, birkaç saat önce Ali'nin bana söylediği sözlerle yanıtlıyorum onu:

"Merak etme, acı patlıcanı kırağı çalmaz."

İnanmıyor ama gülümsemeyi de eksik etmiyor.

"İyi o zaman, Allah yardımcın olsun."

Büyük bir komployla
karşı karşıyayız.

Nusret'ten aldığım zarf kucağımda öylece duruyor. İçindekileri öğrenmek için sabırsızlanıyorum. Benim emektarı kenara çekip şu zarfın içindekilere baksam mı diye geçiriyorum içimden. Ama arkamdan gelen bir arabanın farları dikiz aynama yansıyınca vazgeçiyorum. İzlendiğimden değil ama izlenebileceğimden. Nusret öyle kolay kolay evhamlanmaz. Dosyadaki bilgiler onu ürküttüyse, bu iş sandığımdan daha tehlikeli olabilir. Böyle tehlikeli bir dosyaya sokak ortasında bakmak ise hiç akıllıca değil. En iyisi merkezde okumak, Ali ile Zeynep'in yanında. Yoksa onları bu işe hiç bulaştırmasam mı? Çocukları tehlikeye mi atıyorum? Artık çok geç, istemesem de bulaşmış durumdalar, istemesem de tehlike altındalar. Eğer onları doğru şekilde bilgilendirmezsem, Cengiz yanlış yönlendirir. En güvendiğim iki elemanımı kendi yanına alır, saflarına katar. Evet, bu bir savaş. Zekice davranmayanın, atik olmayanın, ince düşünemeyenin kaybedeceği bir savaş. Benim tek üstünlüğüm, Cengiz'in bildiklerimi bilmemesi. Böylece bir adım öne geçmiş durumdayım. Bu üstünlüğümü yitirdiğim an savaşı kaybederim. Benimle birlikte Ali ile Zeynep de kaybeder. O yüzden, bildiğim her şeyi onlarla paylaşmalıyım, hem de bir an önce. Vites değiştirip bizim emektara gaz veriyorum.

Zeynep'i laboratuvarda, Ali'yi ise bilgisayarının başında buluyorum. Her ikisini de odama çağırıyorum. Önce Ali geliyor, elinde bilgisayar çıktıları. Gözlerinde soru dolu bakışlar:

"Başkomiserim ilginç bir durum var. Şu olayı buldum: Gerçekten de beş yıl önce Midyat'ta PKK'lılar bir komiseri patos makinesinde öldürmüşler. Ama adamın ismi Yavuz değil, Selim. Selim Uludere. Bizim Gabriel yanlış hatırlıyor galiba."

"Gabriel'in yanlış hatırladığını sanmıyorum Ali." Masamın üzerindeki sarı zarfı gösteriyorum. "Sanırım sorularımızın yanıtı bunun içinde. Az sonra her şey açıklığa kavuşacak."

Yüzünde çocuksu bir ifade beliriyor; oğlan çocuklarının hayranlıkla karışık şaşkınlığı.

"Nerden buldunuz bunu, Nusret'ten mi?"

"Nusret'le alakası yok Alicim. Kuşlar getirdi... Üzümünü ye, bağını sorma. Sende ne var?"

"Bu Selim Uludere hakkında bir de dava açılmış. Ama ben bu bilgilere gazete arşivlerinden ulaştım. Davanın neden açıldığı çok net yazılmamış. Köylülere işkence, kötü muamele, ölüm olayları var. Oldukça karışık..."

Zeynep'in odaya girmesiyle susuyor Ali. Hâlâ dargın mı bunlar? Yok canım, işte birbirlerine gülümsediler bile. İyi, barışmalarına sevindim.

"Gel bakalım Zeynep, bir şeyler çıktı mı?"

Ayaküstü açıklıyor:

"Maktulün tırnağındaki iplikçiğin kumaşını tespit ettim Başkomiserim."

"Kaşmir mi?"

"Nerden biliyorsunuz?"

Elimle boş koltuğu gösteriyorum.

"Otur Zeynepçim, otur, birazdan sen de öğreneceksin."

Merakını erteleyip oturuyor Zeynep. Hayret, her zaman ayakta dikilmeyi tercih eden Ali de sessizce yerleşiyor Zeynep'in karşısındaki koltuğa. Hepimiz artık sıradışı bir olayla karşı karşıya olduğumuzu biliyoruz.

"Zeynep'e duyduklarımızı anlattın mı Ali?"

"Cengiz Müdür'le ilgili olanları mı? Evet, anlattım Başkomiserim."

Zeynep inanmamış, başını sallıyor:

"Cengiz Müdürüm böyle bir şey yapmaz," diyor her zamanki sağduyulu tavrıyla. Ama kimi zaman sağduyulu olmak insanı yanıltabilir. "Hayır Başkomiserim," diye ekliyor. "Can yanlış görmüş olmalı."

"Yanlışlık yok Zeynep." Bakışlarım ikisinin de yüzünü tarıyor. "Can'ın söyledikleri doğru çocuklar. Konuştuğum tanıklar onun ifadesini destekliyor. Otoparkçı, Cengiz'in arabasını teşhis etti. Kahvehane sahibi Can'ın iki saat kadar oturduğunu doğruladı. Hepsinden önemlisi, Zekeriya Cengiz'in aile dostları olduğunu söyledi."

Evet, şimdi şaşkınlığa kapılma sırası Zeynep'te.

"Ne? Cengiz Müdürüm, Malik'in arkadaşı mıymış?"

"Öyleymiş Zeynepçim. Sana başka bir tahminde bulunayım: Malik'in tırnağında bulduğun şu iplikçik, Cengiz'in lacivert renkli kaşmir paltosuna ait. Koltuğunu incelersen, aynı iplikçiklerden orada da bulacaksın. Bundan eminim, emin olmadığım şey ise Cengiz'in bütün bunları neden yaptığı." Elimle masamın üzerinde duran zarfa vuruyorum. "Sanırım o da burada yazılı."

"Siz okumadınız mı Başkomiserim?" diye soruyor Ali.

"Okumadım Alicim. Hem fırsat olmadı, hem de birlikte okumayı tercih ettim. Şu anda üçümüz kader birliği yapmış durumdayız. Yarın burada kıyamet kopacak, üçümüzün de gerçeği doğru kavramasını istiyorum. Siz aklına çok güvendiğim insanlarsınız, ben yanılabilirim, tek tek hepimiz yanılabiliriz ama üçümüzün aynı anda yanılması zor. O yüzden dosyayı birlikte okumak istedim, birlikte yorumlamak için." Zarfı Zeynep'e uzatıyorum. "Evet Zeynepçim şunu yüksek sesle okur musun?"

Zeynep şaşkınlıktan kurtulup zarfa uzanırken, Ali de ben söylemeden kalkıp odamın kapısını kapatıyor. Artık dinlemeye hazırız. Zeynep zarfın içinden çıkardığı kâğıtlara göz atıyor.

"'Çok gizli' ibaresi var Başkomiserim..."

"Onları boş ver Zeynepçim. Sen içindekileri oku..."

"Terörle mücadelede yapılan yanlışlıklar... Bölge genelinde terör örgütüne yönelik mücadelede, fevri çıkışların, disiplinsiz davranışların büyük zararları görülmüştür. Bu fevri yaklaşımların çoğu üstün hizmet veren, terör örgütüyle sıcak çatışmaya girmekten çekinmeyen mensuplarımızda tespit edilmiştir. Yapılan mücadelenin niteliği, zorluğu, çoğu zaman bu görevlileri disiplin dışına çıkmaya sevk etmektedir." Okuduğu kâğıttan başını kaldırıyor Zeynep... "Bunların bizim konumuzla ilgisi var mı Başkomiserim?"

Haklı, elinde en az elli sayfa bilgisayar çıktısı var, bizi ilgilendiren bölüm hangisi acaba?

"Ver bakayım," diyerek kâğıtları önüme alıyorum. Sayfaları karıştırıyorum. Üçüncü sayfada "ÖRNEKLER" başlığının altında, "Mardin ili, Midyat ilçesi kırsalında çıkan çatışmada iki polis memurumuz şehit olmuş, biri ise ağır yaralanmıştır," satırları gözüme çarpıyor. Hızla satırları tarıyorum. Önce Komiser Selim Uludere adı dikkatimi çekiyor.

"Şu patos makinesinde ölen komiserin adı neydi?"

"Yavuz," diyecek oluyor Zeynep.

"Yok Zeynep, yanlış biliyoruz, adamın ismi Selim Uludere'ymiş," diye düzeltiyor Ali.

"Tamam, işte bizi ilgilendiren bölümü bulduk," diyorum. Dosyayı tekrar Zeynep'e uzatmadan önce, kafamdaki ismi bulmak için arka sayfaya geçiyorum. Ve karşıma hepimizi şoka uğratacak bir fotoğraf çıkıyor. Bir an öylece kalıyorum. Önemli bir bulguya rastladığımı fark eden Zeynep ile Ali merakla masamın üzerine eğilerek fotoğrafa bakıyorlar. İlk tepki Ali'den geliyor:

"Bu sahte Yusuf değil mi ya?"

"Ta kendisi," diye onaylıyor Zeynep, "ama altında Selim Uludere yazıyor."

Onlar böyle konuşurken ben gözlerimi kısarak, sayfanın en alt satırında yazılmış ismi okuyorum.

"Başkomiser Cengiz Koçan... Evet, sevgili müdürümüz de burada işte."

Sayfayı çeviriyorum, bu kez Cengiz'in fotoğrafı çıkıyor karşımıza. Beş yıl önceki bir fotoğraf ama bugünkü halinden çok farklı değil: Üniformasının içinden büyük bir güvenle bakıyor yüzümüze.

"Selim Uludere'nin amiri Cengiz Koçan. İnanılır gibi değil ya," diye söyleniyor Ali. "Selim'i de tanıyormuş adam. Hiç söylemedi bize..."

Böyle bölük pörçük olmayacak.

"Zeynepçim," diyorum kâğıtları yeniden ona uzatarak, "al şunu da bizi ilgilendiren bölümü oku bakalım."

Zeynep kâğıtları önüne çekerek oturuyor yerine. Ali de kendi koltuğuna yerleşiyor. Ben çenemi sağ avcumun içine alıp, bizi şaşırtacak yeni bilgileri duymayı bekliyorum. Çok bekletmiyor Zeynep, yüzüne düşen saçlarını sağ eliyle geriye atarak, "Galiba bize gereken bilgiler burada Başkomiserim," diyerek okumaya başlıyor. "... tarihinde Midyat'ın yirmi kilometre uzağında, Mor Gabriel Manastırı'nın yakınlarında bir grup PKK'lı teröristle sıcak temas sağlanmıştır. Çıkan çatışmada iki polis memuru şehit olmuş, bir komiser ağır yaralanmıştır. PKK'lı teröristler ise karanlıktan faydalanarak, Mor Gabriel Manastırı istikametine kaçmışlardır. Polis timini kumanda eden Komiser Selim Uludere, şehit düşen iki polis memuru ile ağır yaralı arkadaşı Mehmet Uncu'yu hastaneye yolladıktan sonra terörist grubun peşine düşmüş, ancak PKK'lıların izine rastlayamamıştır. Komiser Selim Uludere, akabinde Mor Gabriel Manastırı'na gitmiş, manastır yetkililerine PKK'lı teröristleri sormuştur. Yetkililerden menfi cevap almış ama bununla yetinmeyip manastır yakınlarında mevzilenerek, teröristleri izlemeyi sürdürmüştür. İki saat sonra manastırın kapısı açılmış, içeriden bir grup insan dışarı çıkmıştır. Teröristlerin bu insanların arasında olduğunu düşünen Komiser Selim Uludere, manastırdan çıkan grubun içinden altı zanlıyı gözaltına almıştır. Sorgu için civarda uygun kapalı mekân bulunamadığından, zanlıları yakınlardaki bir mağaraya götürmüş, yapılan sorgularda zanlılar kendilerine yöneltilen suçlamaları reddettikten gibi, PKK'lıları hiç görmediklerini beyan etmişlerdir. Ancak ertesi gün bu altı zanlı mağarada dumandan zehirlenmiş olarak bulunmuştur. Ölümlerin duyulmasıyla birlikte bölgede büyük bir infial oluşmuş, Mor Gabriel Manastırı'nı ziyarete gelen yabancı basının orada bulunması nedeniyle, olay bir anda bütün dünyanın gündemine taşınmıştır. Savunması istenen Komiser Selim Uludere sorgusunda, o altı zanlıyı serbest bıraktıklarını, kendilerinin de mağaradan ayrıldıklarını söylemiştir. Komiser Uludere bu altı kişiyi öldürenlerin muhtemelen kendilerinin çatıştığı PKK'lılar olduğunu açıklamıştır. Komiser Selim Uludere'nin bu iddiaları, amiri olan Başkomiser Cengiz Koçan tarafından da desteklenmiştir. Ancak olayın uluslararası ve ulusal alanda yankı bulması nedeniyle, bölgeye müfettişler gönderilmiş, yapılan soruşturma ve araştırmalar neticesinde Komiser Selim Uludere'nin ifadesinin çelişkili olduğu saptanmıştır. Bunun üzerine Komiser Selim Uludere ve amiri Başkomiser Cengiz Koçan hakkında soruşturma başlatılmıştır. Ancak ne Komiser Selim Uludere, ne de Başkomiser Cengiz Koçan açığa alınmış, bölgedeki görevlerini sürdürmelerine izin verilmiştir. Yaklaşık üç aylık bir sürenin sonunda olayla ilgili hazırlıklar tamamlanmış, mahkeme aşamasına geçilecekken Komiser Selim Uludere PKK'lı teröristlerce kaçırılmış, bölge halkının patos makinesi dediği bir hasat makinesinde hunharca katledilmiştir. Komiser Selim Uludere'nin ölümünden sonra toplanan mahkeme davayı düşürmüş, Başkomiser Cengiz Koçan hakkındaki suçlama da kaldırılmıştır. Bu olayda da görüldüğü üzre, kimi mensuplarımızın fevri ve duygusal çıkışları, terör örgütüyle mücadelede hem teşkilatımıza, hem de ülkenin iç ve dış itibarına gölge düşürdüğünden..."

"Tamam Zeynepçim, anlaşıldı, bu kadar yeter."

Ali benimle aynı fikirde değil:

"Şu Komiser Mehmet Uncu. Ona ne olmuş, yazıyor mu Zeynep?"

Anlaşılan kafasını kurcalayan bir nokta var. Zeynep hızla sayfalara bakıyor.

"Evet, işte burada. 'Olayda ağır yaralanan Mehmet Uncu ise hayati tehlikeyi atlatmış, ancak kurşun omuriliğini parçaladığından felç olmuştur. Mehmet Uncu, emniyet teşkilatından malulen emekli edilmiştir.'"

Ali heyecanla elini masanın üzerine vurarak, "Bunların üçü arkadaşmış Başkomiserim," diye tahminde bulunuyor.

"Bunu da nereden çıkardın?" diyor Zeynep. "Raporda sadece Selim ile Mehmet'in arkadaş olduğundan bahsediliyor. Cengiz sadece amiri olduğu için Selim'i desteklemiş olamaz mı?"

"Hayır Zeynep, bunların üçü de arkadaş," diye yineliyor Ali. Artık düşünceleri kesinleşmiş, ne söylediğinden iyice emin. "Şu mektubu hatırlasana. Yusuf'un, yani Selim'in evinde bulduğunuz mektup. Hani divanın altından çıkmıştı. Fatih adında birinin yazdığı, içinde Timuçin'den bahsedilen mektup. Hatırladın mı?"

"Hatırladım ama orada Fatih diye biri var, Mehmet'ten hiç bahsedilmiyor."

"Anlamıyor musun Zeynepçim. Takma isim kullanmışlar. Selim, kendine Yavuz diyor. Adam hiç de alçakgönüllü değil, Yavuz Sultan Selim'den esinlenmiş. Ama öteki arkadaşları da yüksekten uçmuş, baksanıza, bizim Cengiz Müdürün lakabı Timuçin, yani Cengiz Han'ın öteki adı, Mehmet'inki ise..."

"Fatih," diye tamamlıyor Zeynep. "Fatih Sultan Mehmed. Haklısın Ali, bunların üçü arkadaş. Cengiz işine devam etti, müdürlüğe yükseldi, Mehmet omuriliği zedelenince tekerlekli sandalyeye mahkûm oldu, Selim ise kendini ölmüş gösterip bir başkasının kimliğiyle..." Ulaştığı sonuç, susmasına neden oluyor Zeynep'in. Gözlerinde tuhaf bir parıltı. Bu, problemi çözdüğü an. Belki daha önce de düşünmüştü bu ihtimali ama artık emin. "Yusuf... Patos makinesinde ölen kişi Yusuf'tu. Gabriel'in abisi. O zavallı çobanı öldürdüler."

"Aynen söylediğiniz gibi arkadaşlar," diye katılıyorum ben de tahminlere. Belki de onlara açıklamaktan çok, kafamdaki resmi tamamlamak için kendime yaptığım bir konuşma bu. "Büyük bir komployla karşı karşıyayız. Selim'in öfkesinin yol açtığı cinneti, katliamı, skandalı, artık adına ne diyeceksek, onu gizlemek için tezgâhlanmış büyük bir komplo. Sıcak temasın sağlandığı gün, iki polisin şehit edildiği, Mehmet'in ağır yaralandığı çatışmadan bahsediyorum. Selim çıldırmış olmalı. Kolay mı, gözlerinin önünde iki adamın ölüyor, bir arkadaşın ağır yaralanıyor. Selim ne pahasına olursa olsun PKK'lıları bulmak istiyor ama bulamıyor. Daha da çılgınlaşıyor, öfke, kör bir intikam duygusu aklını ele geçiriyor. Manastırdan çıkan kalabalıktaki gençleri gözaltına alıyor.

Belki gözaltına aldığı kişiler PKK'lılar hakkında bilgi verse onları öldürmeyecek ama istediğini alamıyor. Alamayınca hepsini öldürmeye karar veriyor. İşte tam o anda bizim Gabriel'in teyzesinin oğlu Aziz, öldürüleceklerini anlıyor. Ölümden kurtulmak için aklına bir fikir geliyor. Aylar önce manastırdan çaldığı Diatesseron'u Selim'e verip canını kurtarmak. Gabriel'in anlattığına bakılırsa, ahıra sakladığı elyazmasını Selim'e veriyor, ancak canını kurtaramıyor. Çünkü oradan sağ çıkacak her kişi Selim için büyük tehlike demek. Selim, kara günler için bir güvence diye düşünerek Diatesseron'u alıyor ama Aziz de içlerinde olmak üzere altı genci ölüme göndermekten çekinmiyor. Fakat işler umduğu gibi gitmiyor. O günlerde manastıra gelen yabancı basın, bu katliamın dünyada duyulmasını sağlıyor. Ve Selim için kötü günler başlıyor; sadece onun için mi, o zamanlar gözü pek bir başkomiser olan Cengiz Müdürümüz için de. Ama raporda yazılanlar ortada, Cengiz arkadaşını satmıyor. Selim'i sonuna kadar savunuyor. Hem basının önünde, hem sorguda. Bununla da yetinmiyor, Selim'le birlikte, hem onu, hem de kendisini kurtaracak bir plan tezgâhlıyor. Kaybolması gürültü koparmayacak bir meczubu kurban seçiyor. Senaryo belli, onu tanınmaz hale getirecek bir yöntemle öldürmek, cinayet mahalline de Selim'in kimliklerini, giysilerini bırakmak. Böyle bir kurban için ideal aday ise, senin de söylediğin gibi Zeynepçim, Gabriel'in saf kardeşi Çoban Yusuf. Mahkeme başlamadan senaryolarını uygulamaya koyuyorlar. Başarısız olduklarını söylemek de zor. Ta ki Selim sorun çıkarmaya başlayıncaya kadar. Selim ilk arızasını ne zaman yapıyor bilmek mümkün değil."

"Büyük olasılıkla Meryem'le tanıştıktan sonra olmalı Başkomiserim," diye atılıyor Ali. "Adam zaten dağıtmaya yatkın biri. Kadın da onu cesaretlendirmiştir."

Kesinlikle katılıyorum. Yeraltında yaşayan adamların yumuşak karnı kadınlardır. Çoğu katil ya da mafya babası bu yüzden yakayı ele verir ya da alnının ortasına kurşunu yer. Kadın hiç iyi gelmez bu adamlara. Belki de yanımızda Zeynep var diye bunları söylemiyorum.

"Haklısın Alicim," diyorum sadece, "Selim'in Meryem'le ilişkiye girmesi onun durumundaki bir adam için hiç doğru değil, eminim Cengiz çok bozulmuştur bu işe. Meryem anlaşmazlıklarını iyice kızıştırmış olmalı."

"Belki Meryem'e gerçek kimliğini bile açıklamıştır," diye iddiasını derinleştirmek istiyor Ali.

"Sanmıyorum," diye karşı çıkıyor Zeynep. "Eğer öyle olsaydı, Meryem Bingöllü'nün katil olduğunu düşünürken biraz tereddüt ederdi. Öyle değil mi? Meryem, Selim ile müdürümüzün gerçek ilişkilerini bilseydi, öncelikle Cengiz'i suçlamaz mıydı?"

"Bundan emin olmak zor," diyorum. "Ama kesin olan bir şey var ki, Selim Meryem'in istediği parayı bulmak için ne zamandır sakladığı Diatesseron'u satmakta bir sakınca görmedi. Ve en büyük yanlışı da o zaman yaptı."

Zeynep gözlerini kırpıştırıyor, sanırım anlamadı.

"Yani sizce Cengiz, Diatesseron'u satmak istediği için mi öldürdü Selim'i?"

"Bana kalırsa Selim'den kurtulmayı hep düşünüyordu. Selim onun sırtında taşıdığı bir kambur gibiydi. Parlak kariyerindeki tek karanlık nokta. Eğer Selim'den kurtulursa yükselmesinin önünde hiçbir engel kalmayacaktı."

Bu kez Ali'den geliyor soru:

"Malik'i niye öldürdü o zaman?"

"Emin değilim ama sanırım yine Diatesseron yüzünden. Büyük ihtimalle Cengiz, Diatesseron'u Malik'in almak istediğini öğrenmişti. Yine muhtemelen Selim, olanları Malik'e anlatmıştı. Ya da Cengiz anlattığını sanıyordu. Üstelik Malik, Cengiz'in geçmişini de biliyordu. Yani sevgili müdürümüzün kirli geçmişinin tümüyle silinmesi için yaşlı antikacının da ölmesi gerekiyordu." Susup ikisinin de yüzüne bakıyorum. "Yoksa Malik'i niye öldürsün?"

"Evet," diye yineliyor Ali, "yoksa niye öldürsün?"

"Olaya da mistik bir hava vermek istedi," diye katılıyor konuşmaya Zeynep. "Şu haç kabzalı hançer, Malik'in kafasının tıpkı Pavlus gibi kesilmesi, Kutsal Kitap'ın satırlarının altının kanla çizilmesi. Hepsi bizi yanlış yönlendirmek içindi."

Ali'nin genç alnı kırışıyor.

"Ya Selim'in gördüğü şu rüya?" diye soruyor.

Zeynep'ten bir açıklama gelmeyince ben kendi varsayımımı ileri sürüyorum.

"Her şeye rağmen Selim inançlı biri olmalı. Malik de sürekli, 'Günah işledin, bu kitaba dokunmayacaktın,' diye fısıldamıştır kulağına. Meryem'le tanıştıktan sonra bağımlısı olduğu esrarın da etkisiyle halüsinasyonlar görmeye başlıyor. Aklının kontrolü yitirdiği anlarda, içindeki suçluluk duygusu Mor Gabriel görünümünde ziyaretler gerçekleştiriyordur ona. Kuşkusuz bu rüyalarını Cengiz'e de anlatmıştır. Sevgili müdürümüz, cinayetlerine mistik bir anlam verme fikrini bu rüyalardan almış olmalı."

"Ya şu Mehmet?" diye hatırlatıyor Ali. "Tekerlekli sandalyedeki adam. Eğer Cengiz kirli geçmişinden kurtulmak istiyorsa, onu sağ bırakır mı?"

Zeynep de, ben de onun kadar endişeli değiliz.

"Belki de Mehmet'in olanların hepsinden haberi yoktur," diyorum. "Örneğin Çoban Yusuf'un öldürüldüğünü, Selim'in de onun kimliğini kullandığını bilmiyordur. Bildiği, mağarada altı gencin boğularak öldürülmesidir sadece. Bunu da savaşın bir gereği olarak görüyordur. Yani bunun için ne Cengiz'i, ne de Selimi suçlayacaktır."

Haklı olarak soruyor Ali:

"Ama Selim'in ölümünü öğrenince ne olacak? Cengiz bunu ona nasıl açıklayacak?"

"Belki PKK'lılar yaptı diyecek... Mağarada boğulan altı kişinin intikamını almak için Selim'in öldürüldüğünü söyleyecek. Böylece dosyayı tümüyle kapatacak."

Aslına bakarsanız, açıklamam bana da yeterli gelmiyor ama Ali daha fazla karşı çıkmıyor. Yine de hiçbir şeyi atlamamakta yarar var:

"Belki de sen haklısın Ali," diyorum geri adım atarak, "yarın ilk fırsatta şu Mehmet'i kontrol edelim."

"Tamam Başkomiserim."

"Zeynepçim, öncelikle senin yapman gereken başka işler var. İlki, Cengiz'in paltosundan alınan iplikçik örnekleri ile Malik'in tırnağından çıkan iplikçiği karşılaştırmak. Gerekirse şimdi Cengiz'in odasına gir."

"Giremem ki Başkomiserim. Cengiz Müdürüm odasını kilitleyip gidiyor. Kapıyı kırmamız ya da birilerinden yedek anahtar almamız lazım. Bunu yapmaya kalkarsak, ona haber verirler."

"Tamam, biraz daha zamana ihtiyacımız var. Palto işi yarına kalsın. Ama şu Gabriel'i buraya çağıralım. DNA örneği almamız gerek. Sahte Selim Uludere'nin mezarını açtırıp oradaki cesedinkiyle karşılaştırmak için."

Ali olanca enerjisiyle atılıyor:

"Hemen hallederiz Başkomiserim. Feriköy'deki akrabalarının telefonu da, adresi de yanımda. Alır getiririm Gabriel'i."

"Çok iyi olur. Yarın burası karışacak, bu gece yapabileceğimiz ne varsa yapalım. Can'ın resmi ifadesini alın, bir de şu otoparkçıyı getirmemiz lazım. Onun ifadesi de çok önemli. Bir an önce hepsi elimizde olmalı. Ben de Sabri'yle konuşacağım. Eğer onu ikna edemezsem bütün çabamız boşa gider."

Bu şehirde işimiz hiçbir zaman bitmez.

Yine bizim emektarın direksiyonunda, yine sokaklardayım. Yollar şimdi daha tenha. Beşiktaş'tan Rumeli Hisarı'na ilerliyorum. Arabamın ön camına damlalar düşüyor. Yağmur başladı galiba. Hafifçe pencereyi aralıyorum. Nemli, temiz bir hava doluyor içeri. Derin derin içime çekiyorum. Baş ağrım hafifledi; merkezden ayrılmadan önce yediğim dönerli sandviçin üzerine içtiğim aspirin iyi geldi sanırım. Ama asıl neden, Sabri'nin görüşme isteğimi kabul etmesi. Çok meşgulüm, diyerek sallamasından korkuyordum, itiraf etmeliyim ki beklediğimden daha sıcak karşıladı beni.

"Hemen görüşelim Nevzatçım," dedi, "Polis Evi'ndeyim, oturuyoruz arkadaşlarla, atla gel."

Bakalım Cengiz hakkında söylediklerimi duyunca ne diyecek? Pek hoşlanılacak bir durum değil. Düşünsenize, müdürlerinizden biri katil çıkıyor. Teşkilat içinde operasyon yürütülüyor. Hangi yönetici ister bunu? Sanki ben istiyor muyum? Cengiz'in en ufak bir kötülüğü bile dokunmadı bana. Ama ortada böyle bir gerçek varken nasıl sessiz kalabilirim? Sabri de kalamaz. Kalmamalı. Elimde güçlü deliller var. Yine de bu işler belli olmaz. Teşkilatta kim kiminle iç içe, kim kimin adamı, anlamak zor. Umarım Cengiz ile Sabri aynı grubun içinde değillerdir. Gerçi bizim Sabri öyle gıllıgışlı işlere bulaşacak adam değil. Çizginin dışına çıkmamaya hep özen göstermiştir. Kendisini asla riske atmaz. Emniyet teşkilatının ortalama yöneticisi, tam bir kural adamı. İyi ya, tam da bu yüzden Cengiz'i tutuklaması gerekir. Çünkü Cengiz gibiler teşkilatın adını kirletiyorlar. Artık bu tür adamları temizleme zamanı gelmedi mi?

Benim emektarı Polis Evi'nin garajına çekip restoran bölümüne yürüyorum. İçerisi kalabalık, nerdeyse bütün masalar dolu.

Sabri manzaralı bir yerde oturuyor olmalı. Gözlerim pencere kenarındaki deniz gören masaları tarıyor. Yanılmamışım, sekiz kişilik bir masada, Sabri'nin ince boynunun üzerinde nasıl durduğuna hep şaştığım iri kafasını görüyorum. Onun masasına yönelecekken gerçek bir sürprizle karşılaşıyorum; gerçek ve çok kötü bir sürpriz: Cengiz, Sabri'nin tam karşısında oturuyor. "Eve gidiyorum," demedi mi bu adam bana? Yok, "Eve gidiyorum," demedi, "Sabri'yi Polis Evi'ne bıraktım," dedi. Sonra kendisi de gelmiş demek. Telefonumun ardından Sabri çağırmış olmasın? Niye yapsın ki bunu, niye olacak, densizliğinden. Sanmam, Sabri öyle şeyler yapmaz. Belki de Cengiz öğrendi hakkında soruşturma yaptığımızı. Nasıl öğrenecek? Öyle olsa, hemen beni arardı. Boş yere paniklemeyelim şimdi. Cengiz tümüyle rastlantı sonucu burada olabilir, işte o da beni gördü. Yüzü nasıl da gerginleşti. Renginin attığını bu uzaklıktan bile fark edebiliyorum. Gözlerindeki kuşku dolu ifadeye bak. Hiçbir şey olmamış gibi gülümsüyorum, hatta hafifçe eğilerek selamlıyorum onu. Bu tavrım kafasını karıştırıyor, o da gülümseyerek, selamıma karşılık veriyor. Cengiz'in birini selamladığını fark eden Sabri başını çeviriyor, beni görür görmez ayağa kalkıyor:

"Vay Nevzatçım, şükür kavuşturana."

Açık konuşmak gerekirse, Sabri'den beklemediğim bir davranış bu. O hiçbir zaman yakın davranmazdı insanlara. Davranmazdı değil de, davranamazdı. Yapısında yoktu bu. Anlaşılan atmış çekingenliğini. Üst düzey yöneticilik kendine güvenini geliştirmiş. İyi de olmuş, hele şu anda onun desteğine, anlayışına, cesaretine o kadar ihtiyacım var ki.

"Merhaba Müdürüm," diye sarılıyorum Sabri'ye. "O kadar ısrar ettin ki dayanamayıp geldim işte."

Allah'tan Sabri yalanımı ortaya çıkarmıyor: "Ne ısrarı oğlum, sen aramadın mı gelmek istiyorum diye," demiyor. Dostça elini omzuma vuruyor:

"Ne iyi ettin be Nevzat! Gel, gel şöyle yanıma otur."

Sabri böyle deyince sol tarafındaki sandalyede oturan, trafikten Yalçın hemen yerini bana bırakıyor.

"Zahmet etmeseydiniz Yalçın Müdürüm," diyecek oluyorum.

"Otur Nevzat, otur." Eliyle sekiz kişilik masanın ucundaki tanımadığım bir polis şefini gösteriyor:

"Ben de Salih'in yanına geçecektim zaten."

Boşalan iskemleye otururken Cengiz'le bakışlarımız karşılaşıyor. Zaten geldim geleli gözü üzerimde.

"Merhaba Müdürüm," diyorum kuşkularını gidermek için. "Nasılsınız görüşmeyeli?"

"İyiyim Nevzat, iyiyim. Seni burada görünce şaşırdım."

Asıl şaşkınlığı sonra yaşayacaksın diye geçiriyorum içimden.

"Son anda karar değiştirdim işte." Dönüp Sabri'ye bakıyorum. "Gidip eski arkadaşımı bir göreyim, dedim."

Sabri sıcacık gülümsüyor bana. Ama Cengiz'in içine kurt düştü ya, bırakmıyor:

"İşleri çabuk halletmiş olmalısın," diyor.

"Bu gecelik hallettik ama bu şehirde işimiz hiçbir zaman bitmez."

"Bilmez miyim," diye araya giriyor Sabri. "Ben de tam beş yıl görev yaptım asayişte. Olaysız gün geçmezdi. Artık usanmıştık." Sevgiyle bakıyor yüzüme. "Okuldan arkadaşları görüyor musun Nevzat?"

"Gördüğüm kimse yok."

"Ne günlerdi yahu. Cengiz, bu Nevzat'ın lakabı Aman Vermez Avni'ydi. Bu hep polisiye romanlar okurdu. Mayk Hammer'lar, Sherlock Holmes'lar, Cingöz Recai'ler. Bizim tarih hocası, Sağır Süleyman, bunu elinde Ebüssüreyya Sami'nin *Aman Vermez Avni'nin Serüvenleri* adlı kitapla yakaladı bir gün. O günden sonra Nevzat'ı, Aman Vermez Avni diye çağırmaya başladı..."

Senin lakabın da Sümsük Sabri'ydi demek var ya, karşımda şu Cengiz ejderha gibi otururken olmaz. Sabri yanımıza gelen garsona benimle ilgilenmesini işaret ettikten sonra sürdürüyor sözlerini: "Cengiz şu Agora Meyhanesi işini söyledi, biraz rahatlayalım, gideriz inşallah."

Aramızdaki muhabbetin dostluk üzerinde döndüğünü gören Cengiz'in bakışlarındaki kuşku, tümüyle kalkmasa da endişesi azalır gibi oluyor. Ama hâlâ neden buraya geldiğimi anlayabilmiş değil. Açıklamama inandığını da hiç sanmıyorum. Öğrenmesi gerek, bunun için de birilerini aramalı. Tam düşündüğüm gibi yapıyor. Benim rakım doldurulup şerefe kadehler tokuşturulduktan sonra, izin isteyip sigara içmeye kalkıyor. Çünkü bizim Sabri masasında sigara içilmesine izin vermiyor. Cengiz uzaklaşır uzaklaşmaz, okul arkadaşıma dönüyorum:

"Sabri, çok önemli bir mesele var."

Önce anlamıyor, rakının mahmurlaştırdığı gözlerle bel bel bakıyor yüzüme. Onun anlamasını bekleyecek vaktim yok.

"Çok önemli Sabri," diye yineliyorum. "Hayat memat meselesi. Sadece benim değil, senin, bütün teşkilatın onuru söz konusu."

Suratı asılmaya başlıyor, sonunda durumun önemini kavradı.

"Sen ne diyorsun Nevzat? Neden bahsediyorsun?"

Kulağına eğiliyorum:

"İçeri geçelim Sabri," diye fısıldıyorum. "Söyleyeceklerim çok önemli."

Karşısındaki boş iskemleye bakıyor:

"Cengiz..."

"Özellikle onun duymaması lazım."

Gözlerindeki mahmurluk kayboluyor. Artık kaç kadeh içtiyse rakının etkisi bir anda siliniyor.

"Şu son cinayetler... Pis bir durum var Sabri... Çok pis... Senin bilmen gerekiyor."

Hâlâ ne yapacağından emin değil.

"Eğer elimizi çabuk tutmazsak, fatura sana çıkacak," deyince, "Tamam, gel içeri geçelim," diye kalkıyor.

Eminim içinden, yine başıma ne işler açtın, diyerek bana küfürler yağdırıyordur. Ama aldıran kim?

Restorandan çıkıp sol taraftaki kafeye giriyoruz. İçeride kimse yok. Köşedeki masaya oturuyoruz. Bizi gören genç bir garson yaklaşacak oluyor, elimle işaret ederek uzaklaştırıyorum onu. Olanları bir çırpıda anlatıyorum Sabri'ye. Adeta ağzı açık dinliyor.

"Çok kötü," diye söyleniyor, "çok kötü..."

"Evet, çok kötü ama ne yazık ki hepsi gerçek..."

Ne yanıt alacağını bile bile, "Emin misin?" diye soruyor. "Cengiz çok değerli bir polis. Teşkilatta seveni çok. Durduk yere adamı suçlamayalım."

Aslında durduk yere başımıza iş almayalım demek istiyor. Onun tereddüt etmesine izin vermiyorum:

"Cengiz'i ben de severim. Daha doğrusu severdim... İyi bir polis, iyi bir yönetici diye düşünürdüm. Ama adam katilmiş. Beni tanırsın Sabri. Boş yere konuşmam. Geride biri eski polis, tam dokuz kişinin cesedi var."

"Dokuz kişi mi? Onlar da kim?"

"Anlattım ya Sabri... Mağarada boğulan altı genç, Çoban Yusuf, sabık Komiser Selim Uludere ve antikacı Malik. Katliam gibi. Üstelik bunların altısı Süryani, yani Hıristiyan."

Gözleri endişeyle büyüyor:

"Hıristiyan mı?"

"Hıristiyan ya. Tam da Avrupalıların, Amerikalıların iştahını kabartacak bir konu. Adamlar zaten bir eksiklerini bulsak da Türkiye'ye yüklensek diye fırsat kolluyorlar."

Zavallı Sabri, ne diyeceğini bilemiyor. Sanki gecesini zindan ettiğim yetmezmiş gibi, inatla sürdürüyorum moralini bozmayı:

"Adamlar şu ana kadar fark etmediler. Ama bu sonuna kadar sürmez. Türkiye'den göçen Süryaniler yurtdışında güçlü lobiler oluşturuyorlar. O lobilerden biri, er ya da geç bu olaya el atar. Onlar el atmadan bizim bu işi halletmemiz lazım. Biz halledelim ki, adamların ellerinde koz kalmasın. Eğer kangren olmuş parmağı kesip atmazsak, çürüme bedenimize yayılacak. Sen de, ben de içinde olmak üzere, tüm teşkilattan hesap sorulacak."

Çaresizlik içinde, adeta yalvarırcasına soruyor:

"Peki, ne yapmamı istiyorsun?"

"Cengiz'i tutuklamama izin vermeni istiyorum. Onu bir zanlı gibi gözaltına almalıyız. Onun konumundaki bir zanlı için ne yapıyorsak, Cengiz'e de aynı prosedürü uygulamalıyız."

Başını önüne eğerek düşünmeye başlıyor. Yok, bu adamdan gözaltı kararı çıkmaz. Müdür olmuş ama sümsüklükten kurtulamamış herif:

"Bence biz bu işi yapmayalım Nevzat." Gözlerinde anlayış bekleyen yumuşak bir ifade. "Tamam, sen soruşturmanı yürüt. Tanıkların ifadesini al, delilleri topla. Onların hepsini savcılığa verelim. Eğer suçluysa, tutuklama kararını savcı versin... Bizi teşkilat içi operasyon yapıyorsunuz diye suçlayanlara, 'Kararı yargı verdi, şeriatın kestiği parmak acımaz,' deriz."

"Güzel de Sabri, adam hepimizin başında. Ya nüfuzunu kullanıp tanıkları korkutursa, delilleri karartmaya kalkarsa..."

Tam o anda bölüyor Cengiz'in sesi konuşmamızı:

"Nevzat sen ne yapıyorsun?"

Evet, sonunda öğrendi işte. Demek ki kartları açmanın zamanı geldi. Başımı usulca çeviriyorum. Cengiz kafenin kapısından, sağ ayağını sürükleyerek hışımla üzerimize geliyor. Her ihtimale karşı, elimi belimdeki Smith Wesson'a yakın tutarak yanıtlıyorum sorusunu.

"Görevimi yapıyorum," diyorum sakin bir tavırla. "Çözülmemiş cinayetleri çözüyorum."

"Yalan söyleme!" eliyor tükürükler saçarak. "Sen görevini yapmıyorsun. Sen bana komplo kuruyorsun." Sabri'ye dönüyor. "Müdürüm bu herif... Böyle konuştuğum için kusura bakmayın ama bu herif... Bu herif, benim arkamdan iş çeviriyor."

Sabri yine beklemediğim bir davranışta bulunuyor:

"Önce sakin ol Cengiz," diye çıkışıyor. "Nasıl geliş o öyle, üzerimize hücum eder gibi. Düşman mı var karşında..."

"Yok, estağfurullah, düşman değil de, bu Nevzat benim kuyumu kazıyor..."

"Ben kimsenin kuyusunu filan kazmıyorum. Bir cinayet soruşturması yürütüyordum. Karşıma sen çıktın."

"Ne diyorsun sen?" diye bağıracak oluyor yine.

"Bağırma Cengiz," diye uyarıyor Sabri. "İkimiz de duyabiliyoruz seni. Gel otur şöyle. Derdin neyse sakin sakin anlat."

Denileni yapıyor Cengiz, bir iskemle çekip oturuyor karşımıza. Ama bir türlü sakinleşemiyor:

"Bu Nevzat, şu Süryani cinayetine beni bulaştırmak istiyor Müdürüm..."

"Bunu neden yapayım Cengiz? Senin bana bir kötülüğün yok ki!"

"Ne bileyim niye yapıyorsun? Belki yerimde gözün var..."

Benim yerime Sabri yanıt veriyor ona:

"Yapma Allah aşkına Cengiz. Unuttun mu, Nevzat emekli olacaktı da sen vazgeçirmiştin."

"Keşke yapmasaymışım, demek ki iktidarın tadını alınca..."

"Saçmalıyorsun," diyorum. Gözlerimi gözlerine dikerek sürdürüyorum. "Çok kötü açık verdin Cengiz. Kurtuluş umudun yok. Yerinde olsam, yaptıklarımı itiraf ederim. Böylece belki biz de yardım edebiliriz sana."

"Ne yapmışım ki?"

"Hiç inkâr etme Cengiz. Ta beş yıl öncesinden, Midyat'tan beri neler yaptığınızı biliyorum."

Cengiz'in alnındaki damar atmaya başlıyor. Bir anda bu kadar çok bilgiye ulaşmış olmam onu hem şaşırtmış, hem de çok öfkelendirmiş olmalı:

"Midyat'ı, Güneydoğu'yu ağzına alma. Ben orada arkadaşlarımı şehit verdim. Ben orada bacağımı sakat bıraktım. Senin gibi züppe şehir polislerinin anlayabileceği bir şey değil bu. Bunu ancak gerçek vatanseverler anlar."

"Bırak bu hamasi lafları Cengiz. Ben de görev yaptım Güneydoğu'da," diyorum soğukkanlılığımı hiç bozmadan.

"Bırakın şimdi Güneydoğu'yu filan. Konumuz o değil ki," diyor Sabri.

Hemen atlıyorum bu lafın üzerine:

"Sabri Müdürüm haklı, önce İstanbul'u konuşalım, sonra döneriz Güneydoğu'ya. Bugün Malik'in evine girerken görülmüşsün Cengiz. Tam cinayet saatinde..."

Siyah kalın kaşları çatılıyor:

"Yalan!" diye bağırıyor, "yalan söylüyorsun."

"Yalan söylemediğimi biliyorsun. Bana, öğleden sonra Sabri Müdürümleyim, dedin." Okul arkadaşıma dönüyorum. "Öyle miydi? Senin yanında mıydı?"

"Yoo," diyor Sabri. "Saat iki gibi emniyete gideceğim diye ayrılmadın mı yanımdan Cengiz?"

"Ayrıldım, gittim, zaten emniyetteydim."

"Konuştukça batıyorsun Cengiz. Hiç inkâr etme, çok güçlü deliller var. Malik'in tırnaklarının arasından senin kaşmir paltonun iplikçikleri çıktı."

Sözlerim ağır birer yumruk gibi patlıyor suratında ama sorguda o da benim kadar deneyimli, çabuk toparlanıyor:

"Koca İstanbul'da lacivert kaşmir paltosu olan bir tek ben varım çünkü."

"Zekeriya'yla konuştum Cengiz, babasının dostu olduğunu söyledi."

"Evet, çocuğu kandırmışsın." Önemli bir açığımı yakalamış gibi Sabri'ye dönüyor. "Çocuğa yalan söylemiş Müdürüm, az önce telefonla konuştum. Ben öyle bir şey söylemediğim halde, 'Cengiz Müdürüm başsağlığı diledi, sizin eski dostunuzmuş,' demiş. Çocuk da ne bilsin, oyununa gelmiş bunun."

Sabri'nin kafası karışıyor ama yine de doğru soruyu soruyor:

"Nasıl bir oyunmuş bu?"

"Güya onu Zekeriya'ya ben yollamışım, benim adıma başsağlığı dilesin diye... Anlıyor musun Müdürüm. Yani beni suçlamak için Zekeriya'yı kandırıyor..."

"Bırak bu boş lafları," diye kesiyorum sözünü. "Sen Malik'i tanıyor muydun, tanımıyor muydun?"

"Tanıyordum."

"O zaman Malik'ten bahsettiğim zaman neden bunu söylemedin?"

"Bana Malik'ten hiç bahsetmedin..."

O kadar çaresiz ki, artık açıkça yalan söylemekten çekinmiyor. Her türlü vuruşun serbest olduğu bir savaş bu.

"Asıl yalanı sen söylüyorsun Cengiz," diyorum. "Senin bu kadar alçalacağını düşünmezdim."

"Doğru konuş!"

Cengiz'in alnındaki damar yeniden atmaya başlıyor ve ani bir kararla elini beline uzatıyor. Ben sadece bakıyorum, değil elimi oynatmak, gözlerimi bile kırpmadan bakıyorum.

"Çeksene Cengiz," diyorum meydan okuyan bir sesle. "Biliyorsun, âdettendir. Elin silaha uzandı mı çekeceksin."

Bir an masada büyük bir sessizlik oluyor.

Sabri, "Ne yapıyorsunuz siz?" diyerek Cengiz'in silaha uzanan elini tutuyor. "Birbirinizi mi vuracaksınız?"

Cengiz yaptığı yanlışın farkına vararak elini belinden çekiyor.

"Baksanıza Müdürüm, insanı çileden çıkarıyor bu adam."

Arkama yaslanarak, onu öfkelendirmeyi sürdürüyorum:

"Yazık Cengiz, yazık. Kendini kaybediyorsun. Oysa cinayetleri işlerken oldukça soğukkanlıymışsın."

İyice köpürüyor Cengiz:

"Ben cinayet işlemedim. Anlıyor musun, ben kimseyi öldürmedim."

"Görgü tanıkları öyle söylemiyor ama..."

"Müdürüm," diyerek Sabri'ye dönüyor Cengiz. "Lütfen, şu adama bir şey söyleyin. Engel olun. Yoksa elimden bir kaza çıkacak."

Sabri biraz da ortamı yumuşatmak amacıyla, "Tamam Nevzat," diyor otoriter bir ses tonuyla, "uzatma artık, tanıklarım, delillerim var, diyorsun, getir görelim. Bak, Cengiz, ben masumum, diyor. Eminim onun da tanıkları, delilleri vardır. O da getirsin. Şimdi burada birbirinizi suçlamanın, birbirinize hakaret etmenin anlamı yok. Belli ki bir yanlışlık var. Yarın oturur hallederiz. Sabah dokuzda sizin oraya geleceğim. İkiniz de elinizdekileri koyarsınız, gerçek ortaya çıkar. El sıkışır, görevinize kaldığınız yerden devam edersiniz." Cengiz'in koluna dostça dokunuyor. "Nevzat'a da çok kızma. Sana karşı kişisel bir kini olduğunu sanmıyorum. O görevini yapıyor. Ama belli ki yanlış bilgilenmiş..."

"Yanlış bilgilenmiş olabilir Müdürüm. Başından bana sorsaydı, mesele kalmazdı. Ben arkamdan iş çevirmesine kızıyorum. Ben onun müdürüyüm. Öğrendiklerini ilk benimle paylaşması gerekmez miydi? Hele birileri beni suçluyorsa bunu ilk bana sorması gerekmez miydi?"

"Haklısın..." Dönüp bana bakıyor. Aslında durumun bal gibi farkında ama oynamayı seçiyor. "Fakat Nevzat'ı da suçlayamıyorum. Belki kendini soruşturmanın heyecanına kaptırmıştır." Sabri'nin bu ikiyüzlü laflarına dayanamıyorum artık:

"Ben soruşturmanın heyecanına filan kapılmadım. Eğer ortalıkta tanıklar, somut deliller olmasa kimseyi suçlamam. Özellikle de kendi müdürümü. Benim alnımda aptal mı yazıyor? Emin olmadığım bir konuda kendi müdürüme iftira edeceğim. Hem de cinayet işledi diye. Siz beni bu kadar salak mı sanıyorsunuz?.. Yok Sabri, bence büyük yanlış yapıyorsun. Eğer bu adamı hemen, şu anda tutuklamazsan, ne yarın sabah görebilirsin, ne de başka bir zaman. Eğer buradan elini kolunu sallaya sallaya çıkarsa, bir daha onu bulmak çok zor olacak."

"Saçmalama," diyor Sabri. "İleri gitmeye başladın ama Nevzat. Yarın, dedim. Yarın sabah bu meseleyi karşılıklı oturup çözeceğiz. Hem sakinleşmiş de oluruz.."

Çobanı vur da, koyunlar darmadağın olsun.

Eski Ahit, Zekarya, 13:7

Cengiz kendinden emin, hâlâ masum adamı oynuyor; içini derin bir endişe kaplasa bile, hiç acelesi yokmuş gibi, hayat normal yolunda akıyormuş gibi Sabri'nin karşısında oturmayı sürdürüyor. Benimle göz göze gelmemeye çalışarak ardı ardına rakısını yudumluyor. Yudumlasın bakalım, oyun oynayacak vaktim yok, benim acelem var. Cengiz'in benden önce davranıp olaya el koymasından, Can ile sağ kolu bilekten kesik otoparkçıyı korkutup ifadelerini değiştirmeye çalışmasından, delilleri karartmasından çekiniyorum. Bu yüzden, Cengiz'in Sabri'yi etkilemesini göze alarak, tartışmamızın üzerinden bir saat bile geçmeden, izin isteyip kalkıyorum. Tahmin edilebileceği gibi Sabri ilk karşılaştığımızdaki gibi sıcak değil. Biraz daha kal bile demiyor. Sadece, "Yarın görüşürüz Nevzat," demekle yetiniyor.

Adam haklı! Oturmuş güzel güzel yemeğini yiyor, astlarıyla sohbet ediyordu, gecesinin içine ettik, iş çıkardık başına. Hem de bütün teşkilatı ayağa kaldıracak bir iş. Neyse, bu artık Sabri'nin sorunu. Polis

Evi'nden çıkar çıkmaz, hızla merkeze dönüyorum. Zeynep'i laboratuvarda Gabriel'in ağız içinden DNA örneğini alırken buluyorum. Ali ise çolak otoparkçının ifadesini yazdırmakla meşgul. Aferin çocuklara, bir dakika boş durmamışlar. Ben de aşağıya, nezarethaneye iniyorum. Üç odadan biri Pakistan'dan gelen kaçak göçmenlerle, öteki asayişi bozmaktan gözaltına alınan zanlılarla dolu. Can'ı tek odaya koymuşlar. Sıralardan birine uzanmış, üzerinde bir battaniye var. Bu, Zeynep'in marifeti olmalı. Beni fark eder etmez doğrulmaya çalışıyor ama canı o kadar yanıyor ki bu işi güçlükle başarıyor. Sanki yüzü biraz daha şişmiş gibi ama açık gözü umutla parlıyor:

"Merhaba Başkomiserim."

Sesi güzel bir haber duyacak olmanın beklentisi içinde.

"Nasılsın Can?" diyorum.

"Daha iyiyim. Hastanede ağrı kesici verdiler. Yalnız tahta biraz sert, her yanım ağrıyor."

"Sana bir battaniye daha versinler, altına serersin."

Açık gözündeki umut anında kararıyor.

"Bu gece burada mı kalacağım?"

"Öyle görünüyor Can. Ama merak etme, yarın seninle işimiz bitmiş olur."

"Benim ifademi aldılar zaten."

"Savcılık da almak isteyebilir."

"Şimdi eve gitsem de yarın..."

"Olmaz Can. Seni bırakamayız. Katil olduğunu söyleyen görgü tanıkları var."

"Ama ben suçsuzum."

"Öyle olduğunu bilsek bile seni bırakamayız. Ne yazık ki bu gece misafirimizsin. Hem burada kalman senin için daha iyi. Dışarısının yeterince güvenli olduğunu sanmıyorum." Can'ın tek gözü endişeyle bakıyor yüzüme. "Korkacak bir şey yok," diye yatıştırıyorum onu. "Biz sabaha kadar buradayız. Uyumaya çalış. Yarın savcılığa çıktıktan sonra her şey belli olur."

Gitmek üzereyken:

"Başkomiserim." Sesinde yardım dileyen birinin ezikliği var. "Başkomiserim, benim suçsuz olduğumu anladınız değil mi?"

"Anladık Can, anladık. Hadi, sen şimdi biraz uyumaya çalış."

Aslında onu yukarıya, odama alabilirim ama işi kitabına göre yapmak istiyorum. Hakkımda soruşturma açılırsa, bu tür küçük yanlışlıklar yöneticilerin gözüne çok batar. Nezarethaneden ayrılırken nöbetçi memuru sıkıca uyarıyorum:

"Eğer Cengiz Müdür buraya gelirse, derhal beni arayacaksın. Ve bundan onun haberi olmayacak. Ben sabaha kadar odamdayım. Anlaşıldı mı?"

"Anlaşıldı," diyor genç memur. "Hiç merak etmeyin Başkomiserim."

Artık Cengiz'in gelmesini beklemekten başka yapacak iş kalmıyor. Ama Cengiz gelmiyor. Odama çıkıp, Nusret'ten aldığım dosyadaki bilgileri yeniden gözden geçiriyorum. Zeynep, Gabriel'in DNA örneği üzerinde çalışıyor, Ali çolak otoparkçının ifadesini tamamlıyor, Cengiz gelmiyor. Zeynep, Malik'in evinde merdivenin altında bulunan kan ile başsız bedenden aldığı kanı karşılaştırıyor, ikisinin de maktule ait olduğunu saptıyor, Cengiz gelmiyor. Ali taze çay demletiyor bize, Zeynep'i karşı çıkışına aldırmadan evine yolluyoruz, Cengiz gelmiyor. Gece sona eriyor, Ali karşımdaki koltukta sızıyor, ben üşüyorum, pardösümü üzerime alıyorum, Cengiz hâlâ yok. Pısırık kış güneşi penceremin camına vuruyor, artık benim de başım düşmeye başlıyor, Ali uykunun en derin yerinde horlamaya başlıyor, Cengiz yok. Kalkıp yüzümü yıkıyorum, lavaboda tıraş oluyorum, Ali uyanıyor, Cengiz gelmiyor. Simit, kaşar, çayla kahvaltı ediyoruz. Can'a da kahvaltı yolluyoruz. Kahvaltıdan sonra Ali, Mor Gabriel Manastırı yakınlarındaki çatışmada felç olan Mehmet Uncu adındaki komiserin evine gidiyor, Cengiz yine ortalıkta yok. Zeynep geliyor, sekreterinin anahtarıyla Cengiz'in odasının kapısını açtırıyoruz, koltuktan iplikçik örnekleri alıyoruz. Zeynep laboratuvarda Malik'in tırnağındaki iplikçik ile Cengiz'in koltuğundan alınan iplikçikleri karşılaştırıyor. Her ikisinin de aynı kumaştan olduğunu saptıyor. Cengiz gelmiyor. Saat dokuz oluyor, Sabri'nin arabası emniyetin bahçesine giriyor. Müdürler kapıda karşılıyor onu ama Sabri onlara fazla yüz vermiyor, Cengiz'in gelmediğini öğrenince doğrudan odama geçiyor, karşılıklı oturup kahvelerimizi içiyoruz, Cengiz hâlâ yok. Artık ikimiz de biliyoruz Cengiz'in kaçtığını. Yine de emin olmak istiyor Sabri. Cep telefonundan arıyor onu. Telefon kapalı. Ama yılmıyor, Cengiz'in sekreterini çağırtıyor. Sekreterin hiçbir şeyden haberi yok.

"Evini bağlayın," diyor, "Cengiz'le konuşmak istiyorum. O yoksa karısı ya da çocuklarıyla, kimi bulursanız."

Karısı çıkıyor telefona. Son derece nazik bir üslupla, kısa bir konuşma yapıyor Sabri. Telefonu kapayınca açıklıyor bana:

"Cengiz kaçmış. Karısına, 'İstanbul dışına, göreve gidiyorum,' demiş. Fazla bir şey bilmiyor kadıncağız. Haklıymışsın Nevzat, adam hakikaten suçluymuş galiba."

Dün gece Cengiz'i gözaltına aldırmadığı için utanacağını, benden özür dileyeceğini sanıyorum, oysa eski okul arkadaşımın akşamdan kalma yüzünde rahat bir ifade beliriyor:

"Böylesi daha iyi oldu Nevzat," diyor, "Cengiz kendi ipini kendi eliyle çekti. Sen soruşturmanı tamamla, tanıkları, delilleri savcılığa ver, bundan sonra mahkeme uğraşsın onunla. Artık teşkilatta hiç kimse bizi suçlayamaz."

İyi de, adamı kaçırdık elimizden diyecekken telefonum çalmaya başlıyor; arayan Ali:

"Başkomiserim buraya gelseniz iyi olacak."

Aklım Cengiz'de olduğundan kafayı toparlamam zor oluyor.

"Sen nerdesin Ali?"

"Mehmet Uncu'nun evinde Başkomiserim. Hani şu Fatih lakaplı, kötürüm komiser..."

"Sahi, oraya gitmiştin değil mi?"

"Evet, Başkomiserim adamın evindeyim..."

Sesi niye böyle tuhaf çıkıyor.

"Yoksa..."

"Evet, Başkomiserim, burası çok kötü kokuyor. Adam birkaç gün önce öldürülmüş olmalı."

"Nasıl öldürülmüş?"

"Şu haç kabzalı bıçaklardan biriyle, Selim Uludere cinayetinde olduğu gibi. Ama bu defa katil bir darbede bitirmiş işini. Başka bir farklılık da, kurbanı çarmıha germiş."

"Adam tekerlekli sandalyede değil mi? Nasıl çarmıha germiş."

"Adam hâlâ tekerlekli sandalyede de, ellerini iki yana açıp ahşaba çivilemiş. Yarım çarmıha geriliş diyebiliriz."

Benim şaka kaldıracak halim yok.

"Kutsal Kitap, altı kanla çizili yazılar, şu Hıristiyan ritüelleri," diye soruyorum ciddi bir sesle. "Katil bize bir işaret, mesaj filan bırakmamış mı?"

"Bırakmış, Kutsal Kitap da var, mesaj da. Hem de mesajı iki kez bırakmış. İlki Kutsal Kitap'taki bir satırın altını çizerek, ikincisi televizyonun camına yazarak. 'Çobanı vur da koyunlar darmadağın olsun,' diyor."

"Zekarya Peygamber'in sözlerinden biri değil mi bu?"

"Evet Başkomiserim, Selim Uludere'nin evinde altı çizilen satırın devamında böyle yazıyordu. Zeynep'te Kutsal Kitap olacaktı. Gelirken o kitabı da alırsanız, kontrol ederiz."

"Tamam Alicim, Zeynep'le birlikte geliyoruz..."

Telefonu kapatırken soruyor Sabri:

"Neler oluyor? Yeni bir cinayet mi?"

"Cengiz'in öteki arkadaşı. Midyat'ta yaralanarak kötürüm kalan komiser. O da öldürülmüş..."

Sabri'nin gözlerindeki sükûnet darmadağın oluyor. Bu davanın öyle kolay kolay kapanamayacağını anlamaya başlıyor.

"Bu da mı Cengiz'in işi?"

"Başka kimin olacak? Sanırım öyle."

Derinden bir iç geçiriyor:

"Nasıl bir olayın içine düştük böyle. En sağlam adamımız katil çıkıyor. Kime güveneceğimizi şaşırdık."

"Hırs insana her şeyi yaptırıyor Sabri. Cengiz'in gözü yükseklerdeydi. Öldürülen üç kişi, ona ayak bağı olacak şahıslardı. Hepsini ortadan kaldırarak sorunu kökünden çözdü."

"İnsanın inanası gelmiyor Nevzat."

"Öyle, ben de ilk duyduğumda inanamamıştım."

"Neyse, bakalım bu çileli baş daha neler görecek." Bir süre sonra oturduğu yerden kalkıyor, "Peki Nevzat, bu iş senin üzerinde. Şu andan itibaren benim desteğim de arkanda. Gözünü seveyim, bir an önce bu meseleyi halledelim. Tabii, basının diline düşmeden."

Bir an Cengiz'le konuşur gibi hissediyorum kendimi. O da her konuşmanın sonunda, aman basın duymasın diye ikaz etmeden duramazdı.

Sabri'yi arabasına bindirip gönderdikten sonra, ben de Zeynep'le birlikte Mehmet Uncu'nun Seyrantepe'deki evinin yolunu tutuyorum.

Ali'nin söylediği kadar var. Kapı açılır açılmaz, çürümekte olan ceset kokusu çarpıyor yüzümüze. Alışana kadar mendillerimizle kapatıyoruz burnumuzu. Henüz Şefik ile ekibi ortalıkta yok. Çok sürmez, birazdan onlar da damlar. Ali ortama alışmış. Maktulün mutfağında kendine bir neskafe bile yapmış. Elindeki kupaya yadırgar gibi baktığımı görünce, "Ayılmak için," diyor, "akşam doğru dürüst uyuyamadık ya Başkomiserim. İsterseniz size de yapayım."

"Sağ ol ben istemem."

"Ben de istemem," diyor Zeynep.

"Sen içeri nasıl girdin?"

"Kapıcı sağ olsun, yedek anahtar varmış."

Bu kez ben soruyorum:

"Ya katil nasıl girmiş?"

"Normal yoldan Başkomiserim. Yani kapıyı çalarak. Tıpkı Selim Uludere cinayetinde olduğu gibi, ne kapı zorlanmış, ne de pencereler. İçeride hiçbir boğuşma işareti yok. Yani maktul, katili tanıyormuş."

"Maktul nerede?"

"Salonda Başkomiserim." Eliyle uzun, karanlık koridoru gösteriyor. "Gelin, şuradan geçeceğiz." Koridordan geçerken, dağınık, büyükçe bir oda görüyoruz. "Yatak odası ama adam salonda yatıp kalkıyormuş. Karısı bunu terk edince iyice bırakmış kendini. Bir bizim Yusuf ziyaret ediyormuş onu, bir de Cengiz Müdürümüz."

"Bunları nasıl öğrendin?" diye soruyor Zeynep.

"Yandaki komşuyla konuştum. Sıdıka Teyze. Çok tatlı bir kadın. Konuşmaya da meraklı. Mehmet vurulmadan önce çok güzel bir evliliği varmış. Karısı Şükran, Mehmet'e deli gibi âşıkmış. Ancak omuriliğini parçalayan şu kurşun, Mehmet'i sadece kötürüm bırakmamış, aynı zamanda erkekliğini de almış. Karısı Şükran bunu önemsemez görünmüş. Ama Mehmet önemsemiş. Hastaneden çıktıktan birkaç ay sonra saldırganlaşmaya başlamış. Adamcağız yeni durumunu kabullenememiş anlaşılan. Bir süre sonra açıkça paranoyaya sardırmış, çarşıya, pazara giden Şükran biraz geç kalsa, 'Neredeydin? Sen beni aldatıyorsun,' demeye başlamış. Yandaki Sıdıka Teyze'ye göre, Şükran hiçbir zaman Mehmet'i aldatmamış. Ama sen bunu Mehmet'e anlat. Bir gece tabancasını çekmiş, Şükran'ı öldürmeye kalkmış. Kadıncağız canını zor kurtarmış. Bu olay birkaç kez tekrarlanınca, Şükran'ın ailesi bakmış bu adam kızlarını öldürecek, boşanma davası açmışlar. Kızlarını da bir daha Mehmet'in yanına yollamamışlar. Araya ricacılar, minnetçiler girmiş, ama Şükran kocasına dönmemiş. 'Allah'tan çocukları yoktu, diyor Sıdıka Teyze, 'sersefil olurdu yavrucaklar.' Karısı evden gidince iyice çıldırmış Mehmet. İşte o sıralarda Selim ziyaretlerini sıklaştırmış..."

"Selim olduğunu nereden biliyorsun?" diye soruyorum.

"İçerdeki dolaplardan birinde Selim, Mehmet ve bizim Cengiz Müdürün birlikte çekilmiş fotoğraflarını buldum. Sıdıka Teyze'ye gösterir göstermez tanıdı ikisini de. Cengiz Müdürümüz de sık sık gelirmiş."

Ali anlatırken koridoru geçip kokunun iyice yoğunlaştığı salonun kapısına geliyoruz.

"Yardım eden kimse yok muymuş Mehmet'e?" diye soruyor Zeynep.

"Kimseyle geçinemiyormuş ki Zeynep. Bir sürü hastabakıcı tutmuşlar. Hepsiyle kavga etmiş." Eliyle salonun sağ tarafını gösteriyor. "İşte cesedimiz de burada."

Eski meslektaşımızın yüzü kireç rengine dönmüş, donuk gözleri sol tarafta bir noktaya kilitlenmiş. Baktığı yöne dönünce, yetmiş ekran bir televizyon görüyoruz. Televizyon çalışmıyor, camında, kurumuş kırmızı bir sıvıyla, Ali'nin telefonda okuduğu sözler yazılı: 'Çobanı vur da koyunlar darmadağın olsun.'

Yeniden cesede dönüyorum. Tekerlekli iskemlesinde oturuyor. Göğsünün sol tarafına Selim Uludere'nin cesedindekine benzer, haç kabzalı bir bıçak saplı. Sarı gömleğinin sol tarafı koyu bir kırmızıyla boyanmış. Kolları, uçmaya hazırlanan irice bir kuşun kanatları gibi yanlara açılmış. İki iri mıhla, arkadaki dolaba çakılan avuçlarında kurumuş kan lekeleri.

Ali, maktulün dizlerinin üzerinde açık duran Kutsal Kitap'ı işaret ediyor:

"Kitabımız da burada."

Zeynep eğilip kitaba bakıyor:

"Aynı satırın altını çizmiş. 'Çobanı vur da koyunlar darmadağın olsun.' Büyük olasılıkla maktulün kanıyla. Evet, işte Mor Gabriel yazısı da sayfanın kenarında."

"Gördüğünüz gibi katilimiz bütün ritüelleri yerine getirmiş," diye açıklıyor Ali.

Zeynep başını kitaptan kaldırarak etrafa bakınıyor:

"Ortalık ne kadar pis, adam buradan çıkmıyormuş galiba."

Kahvesinden bir yudum alan Ali, onaylıyor:

"Haklısın, adam burada yaşıyormuş." Geniş masanın üzerindeki piknik tüpünü, toplanmamış kahvaltı malzemelerini gösteriyor. "Yemeğini burada pişiriyor, burada yiyormuş. Sonra da bütün gün televizyon izliyormuş."

Ali ile Zeynep artık birbirlerini iğnelemiyorlar, Can olayından sonra aralarının düzelmesine seviniyorum. Ama şimdi aşka meşke vakit ayıracak sıra değil.

"Selim'in evinde bulduğumuz mektupta," diyorum, "oldukça aklı başında şeyler söylüyordu. Onları yazan birinin daha makul biri olmasını beklerdim."

"Ama o mektubu yazarken hastanedeymiş Başkomiserim."

"Nerden biliyorsun Zeynep?" diye soruyor Ali.

"Mektupta yazıyordu. Hatırlamıyor musunuz?"

Evet, öyle yazıyordu galiba. Ali ile benim emin olamadığımızı anlayınca geniş çantasını açıyor, içinden Kutsal Kitap ile Selim'in evinde bulduğumuz mektubun fotokopisini çıkarıyor.

"Mektubun bir örneğini yanıma aldım. Ne de olsa Mehmet hakkındaki tek kanıt elimizdeki bu mektup."

"Bravo Zeynep," diyorum. "Şunu bir de okursan, hafızalarımızı tazelemiş oluruz."

İsteğimi hemen yerine getiriyor:

> Sevgili kardeşim, nasılsın, iyi misin? İnşallah iyisindir. Beni soracak olursan, her geçen gün biraz daha iyiye gidiyorum. Başıma gelenleri kabullenmeye başladım. Kabullenmek beni rahatlatıyor. Ama mektubundan anladığım kadarıyla sen pek rahat değilsin. Mektubun isyan dolu, hastaneye ilk geldiğim günlerde ben de öyleydim. Ama sonra bunun kaderim olduğunu anladım ve Allah'a sığındım. Şimdi onun kutsal kitabını okuyorum. Onun sözlerini okumak bana huzur veriyor. İnan bana, ağrılarım bile azalmaya başladı. Sen de oku, huzuru ancak böyle bulabilirsin. İsyan etmek, küfür etmek, dünyaya kızmak çözüm değil. Bu bizim kaderimiz, üstelik bu kaderi biz seçtik. Başına gelenleri kabul et, inan bana rahatlayacaksın.
>
> Hastaneye gelmek istediğini yazmışsın, bu doğru olmaz. Buna gerek de yok. Sağ olsun Timuçin beni hiç yalnız bırakmıyor, yapılması gereken ne varsa,

hepsini yapıyor. Sen kendine dikkat et, yeter. Hiç değilse senin iyi olduğunu bileyim.

Timuçin biraz para sorunun olduğunu söyledi. Sakın bir delilik yapma. Sakın emaneti kimseye gösterme. Yakında elime toplu para geçecek, sana yollarım. Timuçin de bir şeyler ayarlayacağını söylüyor. Ona kızıyormuşsun, yanlış! Timuçin bize hep ağabeylik yaptı, hep bizim iyiliğimizi istedi. Onun söylediklerini yapsaydık, başımıza bunlar gelmezdi. O ikimizden de tecrübeli, ikimizden de akıllı. Onun söylediklerini dinlersen iyi olur.

Aslında ben de seni çok özledim. Ne kadar oldu görüşmeyeli, ama çok sürmeyecek, yakında beni taburcu edecekler, o zaman eve gelirsin, rahatça görüşür, hasret gideririz.

Allah'ın selamı ve rahmeti üzerine olsun.

Kardeşin Fatih

Okumayı bitiren Zeynep, "Gördüğünüz gibi, bu mektubu yazarken Mehmet hâlâ hastanede," diye açıklıyor. "Hatta Selim'e hastaneye gelme diyor." Bana dönüyor Zeynep. "Haklısınız Başkomiserim, henüz bunalıma girmemiş. Kötürüm olarak da mutlu olabileceğine inanıyor. Hastanedeyken henüz umutları kırılmamış. Demek ki hastaneden çıkınca normal yaşamı kaldıramadı."

Zeynep anlatırken, kim bilir Mehmet'in durumunda olan ne kadar çok insan vardır diye düşünüyorum. Güneydoğu'da savaşırken sakat kalan kaç polis, kaç asker, kaç vatandaşımız vardır böyle... O çatışmaların görünmeyen yüzünde ne kadar çok insani dram gizli.

"Üçünün içinde en delisi de Selim'miş galiba."

Tahminde bulunan Ali.

"Öyle olmalı Ali," diyorum. "Herife Yavuz ismini boşa takmamışlar."

Elindeki kupayla cesedi işaret ediyor Ali:

"En garibanı da şu zavallı olmalı. İlk o harcanmış zaten."

Biz konuşurken, Zeynep mektubu katlayıp Kutsal Kitap'ın arasına koyuyor, sonra da eldivenlerini eline geçirip cesetle ilgilenmeye başlıyor. Onun işi uzun sürecek.

"Başka bir şey buldun mu?" diye soruyorum Ali'ye.

"Şu fotoğraf dışında bir şey yok Başkomiserim."

"Ama Mehmet, Selim'e mektup yazdığına göre, öteki de buna yazmış olmalı. Mektup, not falan bir şey görmedin mi?"

"Görmedim. Selim'i korumak için mektupları yırtıp atmıştır. "

Mantıklı, Cengiz de, Mehmet de onu korumaya çalıştılar. Selim'in gerçek kimliğini gizli tutmak için ellerinden ne geldiyse yaptılar. Cengiz'i anlıyorum da Mehmet bunu neden yapsın? Arkadaş oldukları için herhalde. Çünkü Selim'in geçirdiği cinnetin bir nedeni de kendisinin vurulmuş olmasıydı. Belki böyle düşündü. Belki de Selim'i gerçekten seviyordu, tıpkı Cengiz'i sevdiği gibi. Mektupta Cengiz'den büyük bir saygıyla bahsediyor. Belki Cengiz ikisini de derleyip toparlayan adamdı. Ama kaderin cilvesine bakın ki, o adam yakasını kurtarmak için en yakın iki arkadaşını öldürdü. Üzüntü duymuş mudur acaba? Olaydan sonra benimle konuşmalarını hatırlıyorum, Selim'in ölümünü anlatıyordum, umursamıyordu bile. Öyle duyarsız, öyle aldırmazdı ki. Belki de rol yapıyordu.

"Nerede şu fotoğraf?"

Ali deri ceketinin cebinden bir delil zarfı çıkarıyor. Fotoğraf onun içinde. Epeyce eski bir fotoğraf bu; kâğıdı sararmış. Üçü de en az yirmi yaş genç. Sivil giyinmişler, ortada Cengiz, sağ yanında Selim, sol yanında Mehmet. Kollarını birbirlerinin omzuna atmamışlar, son derece ciddi duruyorlar. Yüzlerinde dünyaya meydan okuyan bir ifade. Polis memurlarından çok, inançlı militanlarda ya da kavga adamlarında görülen türden bir ifade bu...

"Bu ceset en az dört günlük olmalı," diyen Zeynep'in sesiyle dağılıyor düşüncelerim. Bir yandan konuşuyor, bir yandan da maktulün gözkapaklarının altına bakıyor. "Gerçi kaloriferi de sıkı yakıyorlar burada ama, evet evet... bu ceset en az dört günlük olmalı. Belki de Selim'in cesedini Elmadağ'da bulduğumuzda Mehmet çoktan öldürülmüştü."

İşte bu çok önemli bir nokta.

"Bundan ne zaman emin olabiliriz?" diye soruyorum. "Birkaç test yapmam lazım. Bu gece söyleyebilirim."

"Çok iyi Zeynepçim."

Bu arada Ali, Zeynep'in getirdiği Kutsal Kitap'ı açmış, Zekarya Peygamber'in sözlerini bulmuş, okuyor:

"'Uyan, ey kılıç! Çobanıma, yakınıma karşı harekete geç.'" Ali bize doğru bakıyor. "Selim'in evindeki kitapta altı kanla çizilen satır buydu. Zekarya Peygamber'in bu paragrafta söylediklerini baştan okuyacak olursam şöyle devam ediyor: 'Uyan ey kılıç! Çobanıma, yakınıma karşı harekete geç,' diyor her şeye egemen Rab. 'Çobanı vur da koyunlar darmadağın olsun.'" Başını okuduğu satırlardan kaldırıyor. "Şu öldürülen çobanı kastetmiyor, değil mi? Gabriel'in abisi Yusuf'u diyorum."

Zeynep'in bakışları bir an cesetten uzaklaşıp Ali'nin elindeki kitaba kayıyor:

"Sanmam," diyor, "neden çobandan bahsetsin ki? Eğer Cengiz, geçmişindeki karanlık sayfaları yok etmek için bu cinayetleri işlediyse, o olayları hatırlatacak satırları niye seçsin?"

Ali'nin yanıtı hazır:

"Kafa karıştırmak için. Cinayetleri Süryanilerin ya da gizli bir Hıristiyan tarikatının işlediğini düşündürmek için. Hatırlasanıza, biz bile bu cinayetlerin gizli bir Hıristiyan mezhebiyle bağlantılı olabileceğini düşünmedik mi?"

"Haklısın, düşündük," diyor Zeynep, gözleri yeniden maktulün solgunlaşmış tenine kayıyor. "Ne bileyim, koca Kutsal Kitap'ta, o çoban cinayetini hatırlatacak bu paragraftan başka altını çizecek bir satır bulabilirdi."

"Belki de Cengiz Müdür bu işe karşı çıktı," diye atılıyor Ali. "Çobanın öldürülmesine yani. Zaten ilk altı cinayet işlenirken orada bulunmuyormuş. Sonra Selim kendini kurtarmak için çobanı öldürme senaryosunu gündeme getirince Cengiz karşı çıkmış olabilir. Belki Selim onu tehdit etti..."

Ali'nin varsayımını inandırıcı bulmuyor Zeynep:

"O da bu tehdide boyun eğdi. Yok canım, Cengiz Müdür öyle kuru gürültüye pabuç bırakacak bir adam değildir."

"Tamam, sağlam adamdır ama bunlar da eski arkadaş. Belki Selim onun bir açığını biliyordu. Belki Mehmet'le birlikte tehdit ettiler onu. Neler olup bittiğini tam olarak bilmiyoruz ki."

"Peki sen ne düşünüyorsun Zeynep?" diye giriyorum araya. "Bu cinayetleri Cengiz işlemedi mi sence?"

"Tam olarak öyle bir şey söylemiyorum Başkomiserim. Sadece kafamdaki soruların yanıtlarını arıyorum. Yani Cengiz'in böyle bir paragrafı seçmesi size mantıklı geliyor mu?"

"Çok saçma gelmiyor aslında. Cengiz, cinayetleri hayali bir Hıristiyan örgütüne yüklemek istiyor. Şu günlerde Hıristiyanlık üzerine filmler, romanlar da modayken, böyle düşüneceğimizi biliyor. Ki, Ali'nin de söylediği gibi, başlarda öyle düşündük zaten."

"Yani siz bu işi kesinlikle Cengiz mi yaptı diyorsunuz?"

"Malik'in ölümünde onun parmağı olduğu kesin. Selim ile bu cinayete gelince, neler olup bittiğini öğrenmeden, katil odur, diyemem. Ama bu, üç cinayette de Cengiz'in baş zanlı olduğu gerçeğini değiştirmiyor."

Bu ülke, gerçekten çok acımasız be Başkomiserim.

Akşama doğru, taşlar yerine oturmaya başlıyor. Delilleri inceleyen, tanıkları dinleyen savcılık, istediğimiz emirleri çıkarıyor, İlki, Selim Uludere'nin sahte mezarında yatan ceset ile Gabriel'in DNA'larının karşılaştırılması için izin emri. Bakalım tahmin ettiğimiz gibi şu zavallı çoban mı çıkacak Selim Uludere'nin mezarından? İkincisi ve en önemlisi ise Cengiz'in tutuklanma emri. İşin en kötü tarafı, öğleden sonra Cengiz'in evinde yaptığımız arama oluyor. Ne kadar nazik olmaya çalışırsak çalışalım, karısı Neslihan Hanım, kötü bir şeyler olduğunu anlıyor.

"Neler oluyor Nevzat Bey?" diye soruyor. "Siz ne yapıyorsunuz burada?" Gözleri sizden bunu ummazdım dercesine bakıyor. "Cengiz, sizi severdi, size büyük saygı duyardı."

"Bir soruşturma yürütüyoruz," demekle yetiniyorum.

Ama Neslihan Hanım yakamı bırakmıyor. İncecik bedeniyle dikiliyor karşıma:

"Benim kocam namuslu bir polistir..." Gözyaşlarına boğulmasına aldırmadan sürdürüyor. "Kaç kere yaralandı, kaç kere ölümlerden döndü."

"Merak etmeyin, eğer suçsuzsa..." diyecek oluyorum.

"Siz ne suçundan bahsediyorsunuz Nevzat Bey?" diye kesiyor sözümü. Elinde buruşturduğu mendille gözyaşlarını silerek sürdürüyor konuşmasını. "Benim kocam suçlu filan olamaz. Ne yaptıysa devleti için yapmıştır. Devlet böyle mi ödüllendiriyor kendisine hizmet edenleri?"

Gözyaşlarının bile yumuşatamadığı bir kararlılıkla yüzüme bakmayı sürdürüyor. Evgenia'yı hatırlıyorum. İşte ona anlatamadığım buydu. Bir polisle evlenmek, onun işiyle de evlenmek demektir. Onun başına gelebilecek her türlü belayla, acıyla, kederle evlenmek demektir. Karşımda dikilen bu çaresiz kadının şu anda yaşadıkları gibi. Sonunda Neslihan Hanım, öfkeyle çekip gidiyor yanımdan, iyi ki gidiyor, çünkü bu zavallı kadına, senin kocan bir katil, diyecek halim yok. Zaten tahmin ettiğim gibi, evde hiçbir şey de bulamıyoruz.

Artık onu yakalamamız çok zor. Tanıdığı birçok polis ona yardım edecek, çünkü zamanında Cengiz de onlara yardım etmiştir. Eğer şansımız yaver gitmezse ya da kendisi gelip teslim olmazsa, onu yakalamamız yıllar sürebilir. Ama yine de aramaya bugünden başlayacağız, en azından kâğıt üzerinde.

Merkeze dönerken, yine o yenilmişlik duygusunu hissediyorum içimde. Hayır, ne Cengiz'i elimizden kaçırdığımız için, ne de evinde delil bulamadığımızdan. Aslında başarılı sayılırız, yıllar önce işlenen yedi cinayet açığa çıktı, adalet gerçekleşmese de, yaptıkları suçluların yanına kâr kalmadı ama bunun ödülü ne? Olan bitenden habersiz, kocasını yitiren bir kadının gözyaşları. Bir keresinde, galiba epeyce de sarhoşken, Evgenia'ya, "Çok param olsa, bir çiçekçi dükkânı açar, gelen geçene bedava dağıtırdım," demiştim. "Hiç değilse yaptığım iş, insanları mutlu eder."

İnce, uzun parmaklarıyla çeneme dokunmuş, "Olmaz be Nevzat," demişti. "İnsanları mutlu etmek için çiçek vermek yetmez, onların ihtiyaçları olan şeyi vereceksin. O da çok zor. Çünkü kimin neye ihtiyacı olduğunu bilemezsin. İnsanlar çoğu zaman kendileri bile bilmiyor neye ihtiyaçları olduğunu. Sen iyisi mi mesleğinin güzel yanlarını düşün. Katilleri yakalıyorsun, suçsuz yere öldürülen kurbanların haklarını koruyorsun, onların yakınlarının çektiği acıyı birazcık olsun hafifletiyorsun, bunları düşün."

Ben de öyle yapıyorum zaten. Neslihan Hanım, "Benim kocam suçlu filan olamaz. Ne yaptıysa devleti için yapmıştır," derken Malik'in yüzünü getirmeye çalışıyorum gözlerimin önüne; Malik'in kendisiyle, bütün dünyayla barışık yüzünü. Patos makinesinde parçalanarak ölen o Süryani çobanı hatırlıyorum. Ama bütün bunlar mutsuzluğumu gidermiyor, tersine daha da derin bir umutsuzluğa kapılmamı sağlıyor. Belki Evgenia haklı, artık bu mesleği bırakmalıyım. Belki hemen, şu anda Evgenia'yı aramalı, "Yunanistan'a gitme. Benimle evlen, Tatavla'yı birlikte işletelim," demeliyim... Aklımdan bunlar geçiyor ama yapamayacağımı da çok iyi biliyorum. İtiraf etmeliyim ki, ben böyle yaşamaya alışmışım, belki bütün bu belalar, acılar, üzüntüler tuhaf bir anlam katıyor yaşamıma. Sanırım bütün bunlardan gizli bir zevk alıyorum, yoksa neden hâlâ burada kalayım? Öyle değil mi? Kendime de defalarca sorduğum ama bir türlü yanıtını bulamadığım bir soru bu.

Akşamüzeri merkezden ayrılırken çıkış kapısının orada Can'ı görüyorum. Bitkin bir hali var; omuzları çökmüş, ayaklarını sürüyerek yürüyor. Arkasından sesleniyorum. Sesimi duyup geriye bakıyor, gözleri endişe yüklü. Beni fark edince tedirginliğinden kurtuluyor:

"Siz miydiniz Başkomiserim? Ben de yine bir şey çıktı sandım."

Bu çocuk bütün gün burada mıydı?

"Daha yeni mi bırakıyorlar seni?"

Gülümsemeye çalışıyor ama altı davul gibi şişmiş dudaklarla biraz zor oluyor.

"Savcılıktan döndük. İfademde eksik bir şeyler varmış..."

"Hay Allah, kusura bakma Can. Sen de zor saatler geçirdin."

Hiç alttan almıyor.

"Öyle oldu Başkomiserim, artık geçmiş olmasını umuyorum."

Kendimi suçlu hissediyorum:

"Eve mi gidiyorsun, istersen bırakayım seni?"

Bir an duraksıyor:

"Eve gidiyorum ama biraz ters. Benim ev Sarıyer sırtlarında."

Uzakmış gerçekten ama yapacak bir işim yok, hem biraz sohbet ederim şu çocukla.

"Olsun, gideriz birlikte."

Benim emektara yöneliyoruz. Arabanın başına gelince: "Arabanız bu mu Başkomiserim?" diyor Can. Küçümsüyor mu, şaşırdı mı, hoşuna mı gitti; bir gözü kapalı, burnu çizik, dudakları şiş olduğu için yüzündeki ifadenin ne olduğunu anlayamıyorum.

"Evet, benim gibi biraz yaşlıdır ama iş görür," diyorum.

"Çok beğendim... Siz de eski eşyalarınızdan vazgeçemiyorsunuz demek. Yok, kınadığımı sanmayın sakın, ben de öyleyim. Eski hiçbir eşyamı atamam. Yaşlandığımda evim çöple dolu olacak herhalde."

Eski eşyalarıma bağlanıp kalma gibi bir saplantım yoktur, ama yine de seviniyorum böyle düşündüğüne. Bizim emektarın kapısını açıp içeri buyur ediyorum. Zavallı çocuk, yaşlı bir adam gibi, ağrıyan belini tutarak oturuyor koltuğa. Kendisini toparlaması en az bir hafta alır. Ben de içeri girip direksiyonun başına geçiyorum. Arabayı çalıştırırken, "Teşekkür ederim," diyor Can. İçerisi soğuk olduğu için paltosuna sarınıp koltuğa büzülerek oturmuş.

"Önemli değil, ben de bir deniz havası almış olurum."

"Yanlış anladınız Başkomiserim, eve götürdüğünüz için de teşekkür ederim ama asıl beni cinayet suçundan kurtardığınız için teşekkür ederim. Siz olmasaydınız, hâlâ içeride olurdum."

Bakın o kadar da kötü değilmiş bizim meslek, Evgenia'nın dediği gibi, mutlu ettiğimiz insanlar da var.

"Ben sadece görevimi yaptım," diyerek emektarı hareket ettiriyorum.

Ara sokaklardan kolayca sıyrılıp anacaddeye çıkıyoruz. Çile de o zaman başlıyor zaten. Anacadde korkunç. Akşam trafiği bir kâbus gibi çökmüş yolun üzerine. Bin pişman oluyorum Can'a götürürüm dediğime; günün yorgunluğu da bastırıyor bir yandan. Ama artık çok geç, çocuğu davet ettik bir kere. Arka arkaya sıralanan taşıtların arasında bizim emektara güçlükle bir yer bulup adım adım ilerlemeye başlarken Can sessizliğini bozuyor:

"Katil o adammış, değil mi? Yani Cengiz..."

Başımı çevirmeden yanıtlıyorum:

"Galiba..."

"Galiba mı?" Can'ın sesi gerginleşiyor. "Gözlerimle gördüm içeri girdiğini."

Usulca ona dönüyorum:

"Ama Malik'in kafasını kılıçla keserken görmedin..."

Hayal kırıklığına uğramış birinin öfkesiyle:

"Yoksa adam masum mu diyorsunuz?"

Son derece sakin yanıtlıyorum:

"Öyle bir şey söylemedim. Sadece, cinayet suçlaması ciddi bir ithamdır, demek istiyorum."

"Cengiz'i boş yere suçladığımı mı düşünüyorsunuz? Evden çıkarken Malik Amca sağdı, sonra bu Cengiz içeri girdi, ardından adamcağızın cesedini bulduk. Siz olsanız ne düşünürsünüz?"

"Haklısın, ben de senin gibi düşünürdüm ama adamı mahkûm ettirmek için daha fazlasına ihtiyacımız var. Aslında epeyce malumat topladık hakkında. Mesela şu senin Yusuf Abi'nin de iyi arkadaşıymış. Hani Timuçin diye bir arkadaşı vardı ya Yusuf'un, sana da sormuştuk."

"Evet..." Açık olan tek gözü yüzüme dikili. "Ne olmuş Timuçin'e?"

"İşte o Timuçin, bizim Cengiz'miş..."

"Ne!" Yara bere içindeki sağ elini dizine vuruyor. "Tabii ya, Timuçin, Cengiz Han'ın öteki adı. Peki niye takma ad kullanıyormuş?"

Olanı biteni ona anlatmak gibi bir niyetim yok:

"Pis işleri varmış," diye geçiştiriyorum, amacım lafı şu sahte Yusuf'a getirmek. "Hem takma ismi sadece Cengiz kullanmıyormuş. Şu senin Yusuf Abi'nin de ismi sahteymiş."

"Yusuf Abi'nin de mi?"

Tam o sırada arkamdaki arabanın sürücüsü, ardı ardına kornaya basıyor. Adam haklı, önümüzdeki lacivert Opel ilerlemiş, neredeyse yüz metrelik bir yol açılmış. Arabamı hareket ettirdikten sonra yanıtlıyorum Can'ın sorusunu:

"Evet, adamın gerçek ismi Selim. Üstelik Hıristiyan filan da değil. Bildiğin Müslüman..."

"Müslüman mı?"

"Müslüman ya. Sen nasıl inanabildin Hıristiyan olduğuna?"

"Öyle söyledi. Yalan söylediğini nereden bileyim?" Tek gözü yüzüme dikili ama beni görmeden düşünüyor. "Demek o yüzden, 'Hıristiyanlık hakkında fazla bilgim yok,' dedi. Kuşku uyandırmamak için. Ama ya bize anlattığı o rüya? Mor Gabriel... Adam Süryani değil ki, niye öyle bir rüya görsün?"

"Vicdan azabından, suçluluk duygusundan... Çünkü Mor Gabriel Manastırı'ndan çalınan bir kitabı satmaya çalışıyordu."

"Diatesseron..."

"Diatesseron ya... Yanılmıyorsam, Yusuf bu kitabın ailesinden kaldığını söylemişti sana."

"Öyle demişti."

"Sen de buna inandın."

Sesim manidar çıkınca açıklamaya çalışıyor:

"İnanmayıp ne yapacaktım? Yusuf Abi'yi, yani sahte Yusuf Abi'yi bana Malik Amca getirmişti. Ona güvenirdim."

"Malik, Yusuf hakkında ne anlattı sana?"

"Fazla bir şey değil. İlk tanıştırdığında milliyetçi duygularının güçlü olduğunu söylemişti. Haklıydı, sonra ben de tanık oldum buna."

"Milliyetçilik! Yani bir Süryani olarak mı?"

"Bir Türk olarak."

"Nasıl yani? Süryani kökenli biri olacaksın ve Türk milliyetçiliği yapacaksın. Peki buna şaşırmadın mı?"

"Şaşırmadım, çünkü Yusuf Abi bu ülkede yaşayan Süryanilerin, Kürtlerin, Rumların, Ermenilerin hepsinin Türk olduğuna inanıyordu."

"Hoşlanmamış olmalısın bu durumdan?"

Anlamamış, yüzüme bakıyor.

"Eee babanı, anneni bu milliyetçiler öldürmedi mi? Yanılmıyorum, değil mi? Baban solcuydu."

"Ha anladım," diyor rahatlamış görünerek, "evet babam solcuydu. Büyük olasılıkla solcu olduğu için öldürdüler onları. Ama o günler geride kaldı. Yusuf Abi, milliyetçi görüşlerini anlatırken aklıma bile gelmedi annem ile babam."

Bense karımın ve kızımın öldürülmelerini hiç unutamadım. Onları hatırlatacak en küçük bir ayrıntı bile dikkatimin o nokta üzerinde toplanmasına yol açıyor. Yüzlerce kez düşünmüş olmama, yüzlerce kez bir sonuca ulaşamamış olmama rağmen, yüzlerce kez karımın ve kızımın öldürülmesini düşünürken buluyorum kendimi. Can nasıl böyle umursamaz olabiliyor? Belki anne babası öldürüldüğünde yaşının küçük olmasından. Olayların sıcaklığını hissedememesinden. Dokuz yaşındaymış o zamanlar. Aslında dokuz yaşında bir çocuk çok da küçük sayılmaz ama. Belki beyni unutmayı seçmiştir, bir tür savunma mekanizması. Baksanıza, olanları doğru dürüst hatırlayamıyor bile. Can, ne düşündüğümden habersiz, anlatmayı sürdürüyor:

"Ama Yusuf Abi, ne zaman milliyetçilikten konuşacak olsa, bu görüşlerin artık geçerli olmadıklarını düşünürdüm. Çünkü artık dünya egemenliği, ulusların ya da ulusal şirketlerin değil, çokuluslu şirketlerin elinde. Onların derdi ise dünyayı herhangi bir ulusun önünde diz çöktürmekten çok, kendi sömürü düzenlerini sürdürmek. Artık bütün hesaplar bunun üzerine yapılıyor. Kanlı çarpışmalar da dahil, bütün senaryolar bu amaçla yazılıyor."

"Peki, Türk milliyetçiliği hakkında ne düşünüyorsun?"

Birden gerginleşiyor, tek gözü benden uzaklaşarak yola bakıyor:

"Lacivert Opel yine ilerledi Başkomiserim."

Ben yeniden önümüzdeki arabaya yaklaşırken, "Aslında bağımsız bir Türk milliyetçiliğinden söz etmek zor," diye açıklıyor Can. "Özellikle Soğuk Savaş döneminde Türk milliyetçileri Amerika'nın uyguladığı politikaların ülke içindeki uzantıları oldular. Bu devletle, onun istihbarat örgütleriyle yakın bağları sürdü hep. Amerikan gizli servisleri hem Türkiye içi operasyonlarda, hem yurtdışında kullandı onları. Ama sadece sivil Türk milliyetçilerini değil, aynı zamanda Ordu'yu da açıkça kullandı. Emekli bir general geçenlerde, Özel Harp Dairesi adındaki teşkilatın giderlerinin uzun yıllar Amerika tarafından karşılandığını açıkladı. Türk milliyetçilerinin Özel Harp Dairesi, Kontr-Gerilla, Ergenekon... İşte adına ne denirse, bu türden örgütlerle birlikte çalıştığı artık bir sır değil. Sovyetler Birliği'nin yıkılmasından sonra Türk milliyetçileri büyük bir şaşkınlık yaşadılar. Çünkü Amerika'nın onlara gereksinimi azalmıştı. Antikomünizm üzerine kurulu stratejilerini şimdi güya antiamerikan bir temele oturtmaya çalışıyorlar ama geçmişlerindeki bağımlılık ilişkileriyle bunu yapabilmeleri çok zor. Artık devlete yaslanmış durumdalar. Devlete değil de, devletin içindeki kimi gruplara. Şimdilerde güya ülkenin bölünmemesini, ayrılmak isteyen Kürtlere karşı toprak bütünlüğünü savunarak ayakta durmaya çalışıyorlar. Başarısız olduklarını söylemek de zor. Ama varlık nedenleri, Kürtlerin silahlı eylemleri. Evet, bir paradoks belki Başkomiserim ama Kürt milliyetçilerinin eylemleri, fanatik Türk milliyetçilerini güçlendiriyor. Güneydoğu'da silahlı eylemler sona erdiğinde Türk milliyetçiliği marjinal bir grup olarak kalmaya mahkûm."

"İlginç görüşlerin var," diye mırıldanıyorum. "Bu konularda da epeyce bilgilisin anlaşılan."

"Yok, o kadar değil. Ama görünen köy kılavuz istemez. Ülkenizden, dünyadan biraz haberdarsanız, böyle olduğunu anlarsınız." Bir süre suskun kalarak yola bakıyor. Söylediklerinin eksik kaldığını düşünmüş olacak ki yeniden başlıyor söze. "Bunları söylediğime bakıp da politikadan hoşlandığımı sanmayın Başkomiserim. Tarihi politikadan daha çok severim. Mesela şu ulus devlet dedikleri şey, ne bir doğa yasası, ne de Tanrı'nın emri. Ulus devletlerin kurulması şunun şurasında birkaç yüzyıllık bir mesele. Muhtemelen birkaç yüzyıl sonra da ortadan kalkacak. Beni asıl ilgilendiren kültür. Özellikle de bu topraklardaki tarihsel kültür. Öyle zengin, öyle derin, öyle çok ki. Yıkılmış şehirlerden, sadece sütunları kalmış saraylardan, Batılıların yağmaladığı tapınaklardan, yani antik kalıntılardan söz etmiyorum. Hâlâ içimizde yaşayan, günlük davranışlarımızı belirleyen, eski kültürlerin vazgeçemediğimiz alışkanlıklarından bahsediyorum. Durum böyleyken, kendimizi sadece İslam'la, sadece Türklükle sınırlamak biraz yanlış olmuyor mu?"

"Ama öyleyiz Can, bu ülkenin çoğunluğu Türk, daha da büyük çoğunluğu Müslüman."

"Buna hiçbir itirazım yok. Zaten öyle. Ama bu topraklarda Türklerden önce de pek çok kavim yaşadı: Hititler, Bizanslılar, Osmanlılar. Evet, Osmanlılar, çünkü onların mirasını bile doğru dürüst sahiplenemedik. Bu topraklarda Müslümanlıktan önce de pek çok dine inanıldı: Paganlık, Yahudilik, Hıristiyanlık. Ve bizim ulusumuz, dinimiz farklı da olsa bizden önce yaşayanların birçok alışkanlığını kendimize miras edindik. Onların kurduğu şehirlerde yaşamayı sürdürüyoruz. Onların içtiği sulardan içiyoruz. Onların ekip biçtiği toprakları ekip biçiyoruz, geleneklerini devam ettiriyoruz. Doğal olanı da bu. Ama hâlâ, Türk olduğumuz için, Müslüman olduğumuz için bizden önceki kültürleri görmezden geliyoruz. Oysa bu yanlış. Bugün Türkiye'de kim ne kadar Türk, kim ne kadar

Ermeni, kim ne kadar Kürt, kim ne kadar Rum, kim ne kadar Süryani, bunu ayırt etmek mümkün mü? Ayrıca, böyle bir şeyi niye yapalım? Ama bu sözleri söylediğim için beni taşa tutacak yüz binlerce fanatik insan yaşıyor bu ülkede. Hayatlarının anlamını sadece ulusal kimlikte ya da dinde bulan insanlar. Bunun için can almaktan, can vermekten çekinmeyen insanlar."

Aslında ne aşırı milliyetçilerden hoşlanırım, ne de fanatik dincilerden. Ama Can'ın konuşmasındaki bir şey beni rahatsız ediyor. Dayanamayıp soruyorum:

"Peki senin yaşamının anlamı ne?"

Gülmeye çalışıyor, beceremeyince tek gözünde buruk bir ifadeyle açıklamayı seçiyor:

"Benim yaşamımın bir anlamı yok Başkomiserim. Bir zamanlar vardı. Önce Hıristiyanlığa merak sarmıştım. İnançlı bir Hıristiyan olmasam bile ilahiyat konusunda bilgili bir akademisyen olacaktım. Ama aklım buna izin vermedi. O kadar çok soru sordu ki, kendime anlam olarak seçtiğim din delik deşik oldu. Sonra Batı uygarlığı ilgimi çekti. Felsefe, bilim, bunlar üzerinde yükselen ideoloji. Ama yine şu kahrolası aklım beni rahat bırakmadı. Her şey yolunda giderken gözlerim görülmemesi gereken şeyi gördü: Yalnız, yabancılaşmış ve mutsuz insanı. Türkiye'ye bu yüzden döndüm, umudun Batı'da olmadığını anladığım için."

Hemen sokuşturuyorum lafı.

"Şu İtalyan kızın adı Alessandra'ydı değil mi? Hani şu İslam felsefesi uzmanı, keçi sakallı Amerikalı profesörle kaçan."

"Evet Alessandra... Kuşkusuz onun beni bırakmasının da etkisi olmuştur," diyor esprime katılarak.

"Böyle olaylar da etkiliyor insanın dünyaya bakışını. O ya da bu nedenle Türkiye'ye döndüm. Ama burada da bir anlam bulamadım kendime. Belki entel bunalımı diyeceksiniz, aydın kaprisi, muhtemelen bunda haklısınız da. Benim gibiler çoğu zaman günlük hayatla bağlarını koparıyorlar. Bir tür düşünce dünyası, hatta hayal âleminde yaşıyorlar. Hem de hiç olmayacak hayallerin dünyasında. Ama bu ülke de çok acımasız Başkomiserim. Bu topraklar çok sert, bu toprakların insanları çok hoyrat, bu ülke gerçekten çok acımasız be Başkomiserim."

Yüzüne bakıyorum, yara yerleri o kadar taze ki, ne diyeceğimi bilemiyorum.

**Benim için arkadaşlık kutsaldır.
Vatan gibi, bayrak gibi.**

Can'ın evine vardığımızda vakit akşam oluyor. Yolda epeyce oyalanmışız demek. Sarıyer tepelerinde büyükçe bir arsanın içinde, iki katlı bir binanın üst katında oturuyor Can. Arsanın içinden eve toprak bir yol uzanıyor. Binanın önünde birtakım karaltılar görüyorum. İnsan siluetleri gibi. Başımla karanlıktaki görüntüleri işaret ediyorum:

"Alt kattaki komşuların bahçeye çıkmış galiba."

Gülüyor Can.

"Alt katta kimse oturmuyor Başkomiserim. Dubleks bir ev burası. Aşağısı benim heykel atölyem. Gördükleriniz de yaptığım heykeller."

"Doğru ya, bahsetmiştin. Resme, heykele merakım var, demiştin. Ama bu kadar olduğunu sanmıyordum."

Engin gönüllü bir tavırla yanıtlıyor:

"Amatörce bir uğraş. Benimki sadece bir heves... Hiçbir iddiam yok."

İddiam yok, diyor ama farların ışığında görünen heykeller öyle amatörce yapılmışa benzemiyor. Beyaz, siyah, metal renkli bir düzineye yakın heykel, bu bakımsız arsaya adeta bir müze görünümü kazandırıyor. Heykellerin hemen arkasında, evin önünde eski model, yeşil renkli bir Volkswagen var.

"Vosvos da senin mi?"

"Benim, İtalya'dan döndüğüm sene almıştım. Canı isterse çalışır, istemezse çalışmaz."

Elimle benim emektarın direksiyonuna vuruyorum usulca.

"Bizim ihtiyar gibi desene."

"Evet, söyledim ya Başkomiserim, eski eşyalarımı atamıyorum."

Emektarı Volkswagen'in arkasında durduruyorum.

"Buyrun, bir çayımı için Başkomiserim," diyor Can arabadan inerken. "Karnınız açsa size güzel bir omlet yaparım ya da bolonez soslu bir makarna."

Aslında karnım çok aç ama değil yemek yapmak, parmağını oynattığında bile canı yanan bu çocuğa eziyet veremem şimdi.

"Sağ ol Can. Başka zaman inşallah. Yorgunsun, git dinlen, güzel bir uyku çek. Sonra yeriz bolonez soslu makarnanı."

"Bakın söz verdiniz Başkomiserim, sonra bekliyorum makarnaya. Belki Zeynep Hanım ile Ali Komiser de gelir."

Zeynep Hanım derken sesinde hiçbir ima yok, o kadar doğal ki. Demek kıza asılıyor diye düşünürken yanılmışım. Zaten Can asılıyor diye düşünmedim ki, Zeynep âşık oluyor diye kaygılandım. Ama öyle bir durum da yokmuş; Ali ile Zeynep yine kedi köpek gibi didişerek kendilerince flört etmeye başladılar bile.

Vedalaşıp arabamı çıkarırken farların ışığında görünüp kaybolan heykellerin arasından bir karaltı tüylerimi diken diken ediyor. Sanki Malik'i görmüş gibi oluyorum. Hemen frene basıp duruyorum. Atölyesinin önünden bana el sallayan Can da şaşırmış, arabaya yaklaşıyor. El frenini çekip arabadan iniyorum. İner inmez bire bir boyutlarında Malik'in heykeli karşılıyor beni.

"Aziz Pavlus'un heykeli," diyor yanıma gelen Can. "Tahmin edebileceğiniz gibi Malik Amca'yı model olarak kullanmıştım. Malik Amca, Tarsus'a yetkililerle görüşmeye gidecekti. Heykeli orada sergilemeleri için. Kabul etmezler, demiştim, dinlememişti. 'Niye canım, Aziz Pavlus da o toprakların çocuğu değil mi? Merak etme, ben onları ikna ederim,' demişti. Olmadı işte." Tek gözü heykelde, adeta kendi kendine mırıldanır gibi: "Tuhaf değil mi Başkomiserim. Olaylar nasıl gelişirse gelişsin, sonuçta Malik Amca inandığı gibi öldü." Karanlıkta ışıldayan tek gözünü bana dikiyor. "Tıpkı Pavlus gibi. O kılıç, gerçekten de Pavlus'un başını kesen kılıç mıydı bilmiyorum ama Malik Amca da aynı biçimde can verdi."

Alaycı bir ifadeyle bakıyorum:

"Hayrola Can, ne oldu senin şu kuşkucu agnostizmine?"

"Agnostizm yerinde duruyor da Başkomiserim, hayat bazen kafasını karıştırıyor insanın."

"İyi ki karıştırıyor, yoksa dünya çok sıkıcı bir yer olurdu."

Bunları söylerken, gözlerim Pavlus'un arkasındaki başka bir heykele kayıyor. Bu İsa olmalı. Uzun saçlı, iri gözlü, masum yüzlü peygamber. Ama görmeye alıştığımız dinsel resimlerden oldukça farklı bir hava vermiş heykele Can. İsa bir hippiye benziyor. Papatyalardan oluşturulmuş bir bant geniş alnını çevreliyor, yakasız tek parça giysisi dizlerine kadar uzanıyor. Giysisinin sol tarafında, tam kalbin üzerinde bir barış işareti yer alıyor. İsa'nın ince, uzun parmaklarının arasında dört yapraklı yonca şeklinde yapılmış bir haç var.

"İsa ha..." diye mırıldanıyorum hayranlıkla. "Bunu kimin için yaptın?"

"Kimse için değil, içimden öyle geldi."

"Güzel... Valla çok yeteneklisin Can. Aferin sana."

"Teşekkür ederim Başkomiserim."

Dönüş yolu da en az gidiş kadar korkunç. Maslak'tan sonra güzergâhımı değiştiriyorum, çevre yolundan Eyüp'e inip oradan geçiyorum Balat'a. Yine de bir saatimi alıyor. Yolda, Can'ın söylediklerini düşünüyorum. Özellikle de şu yaşamın anlamıyla ilgili soruma verdiği cevabı. "Benim yaşamımın anlamı yok," demişti. Açık yüreklice bir cevap. Aynı soruyu bana sorsalar, ne söylerdim acaba? Aslında benim de yaşamımın bir anlamı yok. Bir zamanlar vardı. Mesleğime inanırdım, adalete. Saf adaletin var olduğunu sanırdım. Evet, bir zamanlar ben yeryüzünde ne kadar kötülük varsa önleyeceğime, ne kadar suçlu varsa hepsiyle başa çıkacağıma inanırdım. Ama boyumun ölçüsünü aldım. Hayat öğretti bana. Hayat, acıyla, kederle, kanla öğretti bana. Yoruldum artık, çok yoruldum. Yalnızca bedenim değil, aklım da yoruldu, ideallerim, tutkularım, duygularım, beni ben yapan ne varsa, hepsi yoruldu. Artık ne kendime, ne devlete, ne teşkilata, ne de insanlara inanabiliyorum. İnanmamak istediğimden değil, onca yaşanan olaydan sonra inanma duygumu yitirdiğimden.

Emektarı evin önüne park eder etmez, kapağı bizim Tekirdağlı Arif'in lokantasına atıyorum. Arif yok.

Karısı hastaymış, erken gitmiş, oğlu Fikret karşılıyor beni. Babası kadar işi bilmese de saygıda kusur etmiyor. Musakka, pilav, yanında salatayla doyuruyoruz karnımızı. Yemekler güzel de, kahve berbat. Fikret hiç anlamıyor kahve pişirmekten. Ne yapalım, kısmet, kahvenin yarısını içip kalkıyorum. Yeniden evin sokağına girdiğimde, bir an gözlerim oturma odanın penceresine kayıyor. Evliliğimizin ilk günlerinde, merkezden çıktığımda, geliyorum diye arardım karımı. Beni bu pencerenin önünde beklerdi. Sofra kurulmuş olurdu, radyoda bir şarkı çalardı. Belki Müzeyyen, belki Hamiyet, belki Zeki Müren söylerdi. Hep böyle olmazdı herhalde ama nedense hep bu anı canlanıyor kafamda. O günlerden kalan en belirgin anı bu demek. Karım Güzide'yi hatırlayınca Evgenia geliyor aklıma. Onu da hâlâ arayamadım. Vakit bulamadığımdan değil, aklımı toparlayamadığımdan, ona tam olarak ne söyleyeceğimi bilemediğimden.

Kıraathanesinin önünden geçerken Tevfik'e yakalanıyorum. "İçeri gel," diye tutturuyor. Balıkçı Necmi ile Kebapçı Fettah'ın tavla maçı varmış. Kaybeden, masadakileri meyhaneye götürecekmiş. Başka zaman olsa zevkle katılırdım. Çok eğlenceli olur bunların atışması ama şu anda ne mavra kaldıracak kafa var bende, ne de dakikalarca kahvede oturacak güç. Tevfik'in elinden kurtulup başka kimseye yakalanmamak için hızlı adımlarla evin yolunu tutuyorum.

Kapıyı açarken, şimdi evin içi nasıl da soğuktur diye düşünmeden edemiyorum. Yoksa biraz kahveye mi takılsaydım? Yok canım, sandalyenin üzerinde uyur kalırdım valla. Hem sonunda dönüp gelmeyecek miyiz buraya? Hemen elektrikli radyatörü çalıştırırım, olur biter. İçeri giriyorum, kapıyı kapatırken bir silahın namlusunu hissediyorum ensemde.

"Merhaba Nevzat. Evine hoş geldin."

Bu sakin sesi duyar duymaz tanıyorum: Cengiz. Kısa bir şaşkınlıktan sonra duruma ayak uydurmaya çalışıyorum:

"Merhaba Cengiz, sen de hoş geldin."

Önce bir kahkaha koyveriyor, ardından, "Bravo Nevzat," diyor, "hemen çıkardın sesimden."

"Ee, kaç zamandır birlikte çalışıyoruz. Bir tek gün mesaiye gelmedin diye unutmak vefasızlık olur."

Ona doğru dönmek istiyorum. Silahın namlusunu enseme bastırıyor.

"Acele etme, önce şu silahından kurtaralım seni. Smith Wesson'du değil mi, altıpatlar."

"Öyleydi, ne taşıdığımı bildiğine göre, nerede taşıdığımı da biliyorsun."

"Biliyorum biliyorum, sen zahmet etme," diyerek elini belime sokuyor. Tabancamı kılıfından çekip çıkarıyor.

"Yedek?"

"Yok... Ama inanmıyorsan..."

"İnanmam mı hiç, ama kusuruma bakmazsan yine de arayacağım."

Tabancasını sol eline geçirerek, sağ eliyle bütün bedenimi tarıyor. Cengiz olmayan silahımı ararken, eve nereden girmiş olabileceğini düşünüyorum. Bulmakta zorlanmıyorum: Arkadaki boşluktan, mutfak penceresini kırarak. Güzide kaç kez demişti şuraya bir demir parmaklık yaptıralım diye. Karının sözünü dinlemez misin, böyle olur işte.

"Haklıymışsın," diyor aramasını tamamlayan Cengiz, "başka silah yok."

Usulca dönüyorum:

"Olmadığını söylemiştim Cengiz," diyorum, pişkin pişkin sırıtan yüzüne bakarak. "Yoksa Timuçin mi demeliyim?"

Sırıtışı dudaklarında donuyor:

"Alay et bakalım Nevzat, alay et. Hayat böyledir işte, bir dönem vazife gereği, güvenliğin için kullandığın takma isimler, gün gelir maytap konusu olur."

"Seni maytap konusu yapan vazifen değil. İşlediğin cinayetler."

"Ben cinayet filan işlemedim," diye çıkışıyor.

"Tabii tabii," diyorum alaycı bir ses tonuyla. Sonra elimle salonu gösteriyorum. "İstersen içeri geçelim, orada daha rahat konuşuruz."

Yeniden esprili yüz ifadesini takınıyor:

"Tamam, biz misafiriz şunun şurasında, ev sahibi nereye isterse oraya geçeriz. Ama saygısızlık etmek de istemem, önden buyur lütfen."

Elinde on dörtlü Beretta olduğu sürece ona itaat edeceğiz mecburen. İyi bir ev sahibi gibi uysalca salona geçiyorum. Yanlış anlayıp da gereksiz yere kurşunu yapıştırmasın diye, "Duvarda elektrik düğmesi var," diyorum, "ışığı açacağım."

"Zahmet olacak, ben açardım ama elim dolu."

Uzanıp elektrik düğmesine dokunuyorum, içerisi aydınlanıyor. Şimdi daha iyi görebiliyorum onu. Üzerinde hâlâ lacivert kaşmir paltosu var.

"Paltoyu değiştirmedin mi? Ben olsam çoktan yakmıştım. Başına o kadar çok iş açtı ki."

"Fırsat olmadı. Hem değiştirsem ne olacak, odamdan iplikçikleri toplamışsın bile."

"Kusura bakma ama öyle oldu." Elimle elektrikli radyatörü gösteriyorum. "Şunu fişe takalım mı, içerisi çok soğuk."

"İyi olur valla. Seni beklerken dondum."

Radyatörün fişini prize takarken, "Keşke çalıştırsaydın Cengiz, yabancı mısın?" diyorum neşeli halimi sürdürmeye çalışarak. "Gelecek elektrik faturası, kırdığın mutfak penceresinin masrafından daha fazla tutmazdı nasıl olsa."

Mahcup bir ifade yerleşiyor yüzüne:

"Kusura bakma Nevzat. Evine böyle girmek istemezdim. Ama başka çarem yoktu. Unuttun mu, ben bir kaçağım."

Divanı işaret ediyorum:

"Bak şuraya oturabilirsin." Sonra da karşısındaki koltuğu gösteriyorum. "Ya da buraya, nereye istersen."

"Ben koltuğu tercih ederim, sen de divana otur."

"Oturmadan önce, çay ya da kahve..."

"Sağ ol, gerçekten iyi bir ev sahibisin. Sadece konuşmak istiyorum."

"Tamam, nasıl istersen."

Divana geçip oturuyorum, Cengiz de karşımdaki koltuğa yerleşiyor. Oturduğu koltuğun yanındaki sehpanın üzerinden bize gülümseyen karım ile kızımın fotoğrafına bakıyor bir an.

"Aslında buraya gelmeyecektim," diyor, "ama bugün evimi ziyaret etmişsin, iadeyi ziyaret etmezsek ayıp olur diye düşündüm." Ciddileşerek yüzüme bakıyor. "Sahi beni evde bulmayı mı umuyordun Nevzat?"

"Hayır, rutin arama, bilirsin. Yapmasak olmazdı. Rahatsız ettiysek özür dilerim, özellikle eşinden çok özür dilerim."

Samimi olduğumu anlıyor:

"Önemli değil. Bizimki biraz tedirgin olmuş haliyle. Ama kibar davranmışsınız, özellikle sen çok özenli davranmışsın, teşekkür ederim."

"Görevimizi yaptık." Alayı, şakayı bırakıp açıkça soruyorum: "Neden teslim olmuyorsun Cengiz?"

"Teslim olmalıyım, değil mi?"

"Böylece kimseyi üzmemiş olursun. Biz de elimizden gelen..."

Birden sertleşiyor, ne esprili hali kalıyor, ne gülümseyen dudakları:

"Bırak bu mavalları Nevzat. Teslim olayım da işimi bitirin, değil mi?"

"Niye böyle düşünüyorsun?"

Elindeki Beretta'yı yüzüme doğru sallıyor:

"Bir de bilmezden geliyorsun. Sabri'yle kafa kafaya verdiniz, defterimi dürecektiniz."

"Paranoyaklaşma Cengiz," diyorum, en az onunki kadar sert bir sesle. "Ne ben senin düşmanınım, ne de Sabri. Şu anda evimde oturup beni tehdit etmeni bile ona borçlusun. Bu kişisel bir mesele değil. Olanları başından itibaren sen de takip ediyorsun. Hem de bana bile çaktırmadan yapıyorsun bunu. Ben bir cinayet soruşturması yürütüyordum, karşıma sen çıktın. Hem de ne çıkış... Birinci dereceden cinayet zanlısı. Benim müdürüm, Malik'i öldüren adam..."

"Malik'in ölümü bir kazaydı," diye kesiyor sözümü. Yüzünde derin bir hayal kırıklığı. "Onu öldürmek istemedim."

"Demek Malik'in evinde olduğunu kabul ediyorsun."

"Evet, oradaydım ama ölümü bir kazaydı."

Bu kez ben kendimi tutamıyorum.

"Yav Cengiz, sen diyorsun?" diye çıkışıyorum. "Adamı merdivenin üstüne yatır, kafasını kıtır kıtır kılıçla kes, sonra da buna kaza de. Buna kim inanır be?"

"İnanması zor ama doğru söylüyorum. Malik kafası kesilmeden önce ölmüştü. Onu sorguya çekiyordum. İtişip kalkıştık, o da kafasını merdivenin demirine çarptı."

"Sen de tuttun kafasını kestin?"

"Ölmüştü Nevzat..." Sesindeki çaresizlik o kadar belirgin ki. "Tamam, yaptığımla gurur duymuyorum... Ama olay tamamen bir kazaydı."

"Senin Malik'in evinde ne işin vardı?"

"Yusuf'u, yani Selim'i onun öldürdüğünü düşünüyordum. Hâlâ da öyle düşünüyorum ya."

"Malik niye öldürsün Yusuf'u?"

"Adam kafadan çatlaktı. Hıristiyanlıkla aklını bozmuştu. Sen de sorguladın, fark etmişsindir, adam kendini Aziz Pavlus sanıyordu."

Aynı ihtimali düşündüğümü hatırlıyorum. Sahte Yusuf cinayeti için ideal bir profil oluşturuyordu Malik. Ne düşündüğümden habersiz olarak sözlerini sürdürüyor Cengiz:

"Selim'in şu elyazması kitabı, Diatesseron'u aldığını biliyordu. Onun için bu büyük bir günah demekti. Muhtemelen Selim'i cezalandırmak için öldürdü."

Buraya kadar güzel de, başka bir cinayet Malik'in katil olma ihtimalini oldukça zayıflatıyor:

"Ya Fatih," diye hatırlatıyorum, "yoksa Mehmet Uncu mu demeliyim?"

Hiç, Mehmet de kim, filan diye inkâra kalkmıyor, hatta meraklanıp soruyor:

"Ne olmuş Mehmet'e?"

Yanıtlamadan önce dikkatle yüzünü inceliyorum, rol mü yapıyor, yoksa arkadaşının öldüğünden haberi yok mu?

"Bilmiyormuş gibi yapma! Adam en az dört gündür ölü..."

"Ciddi mi söylüyorsun?"

Sesi şaşkın, üzüntülü:

"Şaka yapar gibi bir halim mi var?"

Bir süre sesi çıkmıyor. Açık kahverengi gözleri yüzümde, öylece bakıyor. Düşünüyor mu, üzüntüden mi konuşamıyor belli değil. "Ne oldu," diyorum, "sesin kesildi. Malik, kafayı sıyırdığı için Selim'i öldürdü diyelim, Mehmet'i niye öldürsün? Mehmet'in ne Mor Gabriel'le, ne de Diatesseron'la ilgisi vardı. Hıı... söyler misin, Malik neden öldürsün Mehmet'i?"

Bir süre daha ses çıkmıyor Cengiz'den, gözleri hâlâ üzerimde.

"Demek Mehmet de öldürüldü," diye mırıldanıyor sonunda. Sesi o kadar derinden geliyor ki, sanki benimle değil de kendi ruhuyla konuşuyor gibi. "İşte bu çok tuhaf! Malik neden öldürsün ki Mehmet'i?"

Akıl mı yürütüyor, yoksa beni yönlendirmeye mi çalışıyor, anlamak imkânsız. Hiç duraksamadan soruyorum:

"Bu tavırlarla beni etkileyemezsin Cengiz."

"Niye etkilemeye çalışayım seni?"

"Kafamı karıştırmak için. Benim kadar sen de bilirsin bu işleri. Mor Gabriel Manastırı'nın yanındaki mağarada boğulan altı kişiyi, patos makinesinde kıyma yaptığınız zavallı çobanı saymazsak..."

"O cinayetlerin benimle ilgisi yok."

"Senin ilgin olmasa bile Selim ile Mehmet'in öldürülmesi o cinayetlerle ilgili."

Donuk gözleri canlanıyor:

"Nasıl yani, Süryaniler mi işledi bu cinayetleri?"

"Tabii canım," diyorum işi alaya vurarak, "Çoban Yusuf'un zavallı kardeşi Gabriel, gizlice İstanbul'a geldi. Abisi Yusuf'u öldürüp kimliğini alan Selim'i tespit etti, Mehmet'in adresini buldu, sonra da teker teker onları öldürdü... Yahu Cengiz, sen benimle dalga mı geçiyorsun? Ne Süryanisi? Onları sen öldürdün. Tıpkı Malik'i öldürdüğün gibi acımasızca, gözünü kırpmadan."

"Ben arkadaşlarımı öldürmem," diyor Beretta'sını yeniden üzerime çevirerek. "Seni bilmem ama benim için arkadaşlık kutsaldır. Vatan gibi, bayrak gibi."

Bir de böyle konuşmuyorlar mı, cinim tepeme çıkıyor. İşkence ediyorlar, öldürüyorlar, hırsızlık yapıyorlar, uyuşturucu satıyorlar, sonra da çıkıp ne yaptıysak vatan için, millet için, devlet için diyorlar. Cengiz'in suratına, bu lafları ağzına alma diye bağırmak geçiyor içimden ama kontrolümü yitirmemem gerektiğini bildiğim için tutuyorum kendimi. Sabık müdürüm konuşmasını sürdürüyor.

"Onlar için gözümü kırpmadan canımı verirdim. Onları korumak için neleri göze aldığımı biliyor musun sen?"

Nasıl olup da böyle sakin durduğuma kendim de şaşarak yanıtlıyorum onu:

"Keşke yapmasaydın. Zaten yaptığın fedakârlıklar yüzünden öldürmek zorunda kaldın ya arkadaşlarını. Artık Selim'e engel olamıyordun. Özellikle de Kınalı Meryem'le tanıştıktan sonra seni dinlemez olmuştu. 'Diatesseron'u satacağım,' diye tutturmuştu. Bir gün, bir yerde açık verecekti. Ve senin parlak kariyerin bir anda sona erecekti. Bu yüzden öldürdün Selim'i. Tabii, Mehmet'i de geride bırakmak olmazdı. Zaten onun ruh hali de hiç iyi değildi. Akıl sağlığı giderek bozuluyordu. Bir gün, bir yerde konuşacaktı. Belki onunla da kavga etmiştin. Senden ilk kuşkulanan Malik oldu. Ama büyük bir hata yaptı, önce seninle konuşmak istedi. Cinayetlerini yüzüne vurunca da onu öldürdün. O dinsel mesajlar, altı çizilmiş satırlar, kabzası haçtan bıçaklar filan, hepsi de olaya din cinayetleri görünümü vermek içindi. İlk hedefin Malik'ti, o olmayınca şimdi suçu zavallı Süryanilerin üzerine yıkmak istiyorsun."

Gözlerinde derin bir nefret beliriyor yeniden:

"İyi tezgâh," diye tıslıyor. "Açığımı bulunca fırsatı kaçırmadın, hemen senaryoyu yürürlüğe soktun, değil mi? Senin bu kadar hırslı olduğunu bilmezdim Nevzat."

"Ne hırsı Cengiz? Benim hırsım filan yok."

"Hırsın olmasaydı, Malik'in evinde görüldüğümü önce bana anlatırdın."

"Böylece senin cinayetine ortak olurdum."

Öfkeyle bağırıyor:

"Cinayet değil diyorum sana."

"O zaman neden kaçıyorsun?"

"Çünkü cinayeti sen soruşturuyorsun."

"Bana güvenmediğin için mi kaçıyorsun? Benim söylediklerimde yanlış olan ne? Az önce söylediklerim..." Anlamamış, gözlerini kısarak bakıyor. "Yani senin bu cinayetleri işleme nedenlerin."

"O cinayetleri ben işlemedim, diyorum sana."

"Tamam, diyelim ki işlemedin. Ama benim yerime kendini koy, söylediklerim anlamlı gelmiyor mu sana? Şu anda Selim ile Mehmet'in ölümünden yarar sağlayacak tek kişi sensin. Mantıklı değil mi?"

"Mantıklı," diyor ama gözlerindeki nefretin iyice büyüdüğünü fark ediyorum. "Çok mantıklı." Kin yüklü bir sesle konuşmaya başlıyor: "Ayağımı kaydırdıktan sonra Sabri ödül olarak benim yerime seni getirir artık."

Belki böyle konuşmam tehlikeli ama aldırmıyorum. Bu adamın bir hırsız gibi evime girip elinde silah benimle konuşuyor olması zoruma gitmeye başlıyor.

"Papağan gibi tekrarlayıp duruyorsun. Benim hiç kimsenin yerinde gözüm yok. Çekip gidecektim, senin zorunla kaldım burada."

Sesimi yükseltince gerilim ona da geçiyor:

"Palavra," diye doğruluyor oturduğu koltukta, "başından beri benim yerimde gözün vardı. Yükselememenin verdiği açgözlülükle bana çelme taktın. Amacın sırtıma basarak bir yerlere gelmekti."

Adam hem suçlu, hem güçlü, hakaretleri iyice canımı sıkıyor:

"Yükselmek, kariyer gibi hesapları senin gibiler yapar. Hem de arkadaşlarını öldürmeyi bile göze alarak."

Sözlerim onu iyice çıldırtıyor:

"Arkadaşlarımdan bahsetme!" diye bağırıyor.

Umurumda bile değil, nereden incelirse oradan kopsun.

"Niye?" diyorum, "onlardan bahsedince vicdanın mı sızlıyor? Onları nasıl öldürdüğünü mü hatırlıyorsun?"

"Sus! Sus yoksa vururum seni."

İyice basıyorum nasırına:

"Vurursun tabii... Arkadaşlarını vurmaya alıştın nasıl olsa."

"Sen arkadaşım değilsin."

Artık susmam lazım ama içimdeki öfkeye engel olamıyorum:

"Doğru, arkadaşın değilim. Arkadaşın olmam için katil olmam gerekir."

Bu sözler bardağı taşıran son damla oluyor.

"Arkadaşlarımı ağzına alma dedim sana," diyerek üzerime atlıyor. Kendimi korumaya fırsat bulamadan, tabancasının kabzası başıma inmeye başlıyor. Cengiz vururken bağırmayı da sürdürüyor:

"Onlar gerçek birer vatanseverdi. Onlar gerçek birer milliyetçiydi. Onlar gerçek birer kahramandı..."

Gözlerim kararırken, sehpanın üzerindeki çerçeveden hâlâ gülümseyerek bakan karım ile kızımı görüyorum. Keşke karımı dinleyip o demir parmaklığı yaptırsaydım diye geçiriyorum içimden.

Yine düşmanlarını çoğalttın Nevzat.

Yüzümde bir ıslaklık hissediyorum, sol yanağımda ılık bir nefes, gözlerimi açıyorum. Bir çift kahverengi göz şefkatle bana bakıyor. Birden tüylü bir yüz, siyah bir burun görüyorum, korkuyla başımı geri çekiyorum... Hay Allah, bu bizim Bahtiyar yahu! Sokağımızın köpeği, kangal kırması Bahtiyar. Ne işi var onun burada? Birden olanları hatırlıyorum, Cengiz... Hâlâ burada mı o herif? Odanın içine bakınıyorum, masanın üzerindeki çerçeveden bana gülümseyen karım ile kızım dışında kimse yok. Demek gitmiş, üstelik kapıyı açık bırakarak. Dikkatsizlikten mi? Sanmıyorum. Mahalleliye beni rezil etmek için. Usulca doğrulmaya çalışıyorum, midem bulanıyor, başım zonkluyor, sol şakağım hissiz. Elimi uzatıyorum, parmaklarımda bir ıslaklık. Panik içinde elime bakıyorum: Kan. Yeniden doğrulmaya çalışıyorum. Ayağa kalkınca başım dönüyor, düşecek gibi oluyorum. Divanın kenarına tutunuyorum. Baş dönmem geçiyor, silahımı o anda fark ediyorum. Biraz evvel Cengiz'in oturduğu koltuğun üzerinde duruyor. Yaklaşıp alıyorum, açıp bakıyorum, kurşunlar yerinde. O zaman emin oluyorum Cengiz'in evi terk ettiğine. Yine de evdeki odaları tek tek kontrol etmekten kendimi alamıyorum, Bahtiyar da peşimde.

Evde yalnız olduğumu anlayınca Bahtiyar'ı dışarı çıkarıyorum, sonra banyoya geçiyorum, şakağımdaki yara çok derin değil ama başımın arkasında ceviz büyüklüğünde bir şişlik var. Yüzümü yıkıyorum, tentürdiyot, oksijen ve pamukla şakağımdaki yarayı temizliyorum. Bir de kafamdaki şu zonklama olmasa. Ağrı kesici almadan önce Ali'yi arıyorum. Can'ın evinin önüne bir ekip arabası yollamasını söylüyorum. Evime gelmekten çekinmeyen Cengiz, kendisini teşhis eden en önemli tanığı da tehdit etmekten çekinmeyecektir. Bu ani isteğim karşısında kuşkulanıyor Ali:

"Ne oldu Başkomiserim, bir gelişme mi var?" diye soruyor.

Gece vakti çocuğu huzursuz etmenin bir anlamı yok.

"Önemli değil Alicim, yarın anlatırım."

Ardından Can'ı arıyorum, "Birazdan evinin önüne bir ekip arabası gelecek," diyorum.

Der demez endişeleniyor çocuk:

"İhbar filan mı aldınız Başkomiserim?"

"Yok, sadece önlem. Bunlar rutin işlemler."

Telefonu kapadıktan sonra, buzdolabından çıkardığım buz parçacıklarını bir naylon torbaya koyup başımın arkasındaki şişliğin üzerine bastırıyorum. Buzun soğukluğu zonklamayı azaltıyor. Ardından şu sağlam ağrı kesicilerden bir tane içip yatağıma uzanıyorum.

Sabahleyin daha iyi uyanıyorum. Gerçi başım inceden inceye hâlâ ağrıyor ama o korkunç zonklama geçmiş. Sol gözüme kan oturmuş, açıp kaparken batıyor ama idare eder. Yüzümü yıkayıp tıraş oluyorum. Sol şakağımdaki yara yerinin bantlarını değiştirip kendimi sokağa atıyorum. Önce köşedeki camcı Rafet Usta'ya uğruyorum. Anahtarı verip mutfağın camını değiştirmesini rica ediyorum. Bir de bana iyi bir demirci bulmasını söylüyorum, alt kattaki pencerelere parmaklık yaptırmak için. Merkeze giderken yol üstünde bir pastaneye uğrayıp karnımı doyuruyorum. İkinci çaydan sonra yeniden insanlarla uğraşabilecek hale geliyorum.

Merkezde Ali'yi beni beklerken buluyorum. Akşamki olayı öğrenince üzülüyor, geriliyor, o sinirle, "Niye haber vermediniz Başkomiserim?" diye fırça bile atıyor. "Ya Cengiz yeniden gelseydi eve?"

"Niye gelsin Ali, beni öldürmek onun sorununu çözmez ki. Neyse, işimize bakalım. Dosyadaki eksikleri tamamlayalım. Sahi Zeynep nerede?"

"Zeynep mezarlığa gitmiş. Ben de görmedim."

"Hayrola, ne mezarlığı?"

"DNA testi için. Şu Selim Uludere'nin mezarında yatan cesetten DNA alacaklar ya. Gabriel'den aldıklarıyla karşılaştırmak için. Ama Zeynep bize bir not bırakmış. Mehmet Uncu'nun Selim Uludere'yle aynı gün öldürüldüğünü yazıyor notta."

"Demek katilimiz o gün oldukça meşgulmüş," diyorum. "Cinayet günü Cengiz Müdürümüz ne yapıyordu acaba?"

"Adamı yakalamış olsaydık öğrenirdik Başkomiserim... Karısına sorsak?"

"Cevap bile vermez. Ya da yalan söyler. Şimdilik elimizdekilere bakalım. Şu üçünü biraz daha araştıralım."

"Hangi üçünü Başkomiserim?"

"Cengiz ile arkadaşlarını. Mehmet'in evinde bulduğumuz fotoğraf, onların polisliğe başlamadan çok önce arkadaş olduklarını kanıtlıyor. Ne zaman tanışmışlar, nasıl arkadaş olmuşlar, bunları öğrenirsek belki yeni ipuçlarına ulaşırız. Bir de Malik meselesi var. Hâlâ Cengiz ve arkadaşlarının onunla ne tür bir ilişkisi vardı, bilmiyoruz."

"Haklısınız," diye onaylıyor. "Ben şu Malik'in oğluyla bir konuşayım mı o zaman?"

"İyi fikir, Zekeriya'yla bir konuş. Cengiz'i de, sahte Yusuf'u da tanıyordu. Bir de gazetelere bakmak lazım."

"Hangi gazetelere?"

"Eski gazetelere. Şimdi bu adamlar, ülkücü takımından olabilir, milliyetçilik filan. Gençliklerinde bazı olaylara karışmış olmaları da muhtemel. 1980 öncesi gazetelere bakmakta yarar var. Birkaç memuru bu işle görevlendirelim. 1976 ile 12 Eylül 1980 arasındaki gazeteleri tarasınlar. Cengiz Koçan, Selim Uludere, Mehmet Uncu, Malik Karakuş isimlerinin geçtiği bütün haberleri toparlasınlar."

"Tamam Başkomiserim..."

"Bu arada Can'ın koruması sürüyor, değil mi?"

"Sürüyor. Bu sabah okula kadar eşlik etmişler beyefendiye."

"İyi, bir süre yalnız bırakmayalım oğlanı. Cengiz şu sıra kudurmuş gibi, ne yapacağı belli olmaz."

"Siz de dikkat edin ama Başkomiserim. Allah'ın entel lavuğunu koruyalım derken size bir zarar gelmesin."

Ali'nin delişmen gözlerinde derin bir endişe var. Bu çocuk sahiden de seviyor beni. Belki ölmüş babasının yerine koyuyordur. O kadar da değil. Niye olmasın, ben Zeynep'i bazen kızım gibi düşünmüyor muyum? İyi ki Evgenia böyle düşündüğümü bilmiyor. "Zeynep kızın, Ali oğlun, neden aileye ihtiyaç duymadığın anlaşılıyor," derdi hemen. Aslında çok da haksız sayılmaz, zamanımın büyük bölümü bu çocuklarla geçiyor.

Dalgınlaştığımı fark eden Ali, "Ben kalkayım artık Başkomiserim," diyerek ayaklanıyor. "Arkadaşları kütüphaneye yollayıp ben de Zekeriya'ya gideyim."

"Hadi bakalım Alicim, kolay gelsin."

Ali çıkarken cep telefonumu elime alıyorum. Artık Evgenia'yı aramanın zamanı geldi. Gitti mi acaba Yunanistan'a? Gitmiştir.

İnatçıdır, söylediğini yapar. Numarasını tuşluyorum. Ama Evgenia'nın telefonu çalmıyor, onun yerine bir bayan sesi İngilizce bir şeyler söylüyor. Muhtemelen, aradığınız numaraya ulaşılamıyor türünden bir şeyler. Telefonunu kapalı mı tutuyor bu kadın? O kadar öfkelenmiş ki, benimle konuşmak bile istemiyor. İstemezse istemesin, daha ne yapayım, "Gitme, yeniden başlayalım," dedim. Dinlemedi beni. Sıkıntıyla koltuğumda geriye yaslanıyorum. Böyle olmayacak, kendimi işe vermeliyim. Masamın çekmecesini açıp Nusret'ten aldığım dosyayı yeniden gözden geçirmeye çalışıyorum, olmuyor. Aklımı Evgenia'dan alamıyorum. Ne oldu bana? Nereden nüksetti bu Evgenia hastalığı birdenbire? Belki akşamki saldırı yüzünden. Tek başıma evde yıkılıp kaldım öyle. Bir tek Bahtiyar geldi yardımıma, mahallenin sevimli köpeği. Arayıp da yardım isteyeceğim kimsem yoktu. Nasıl yoktu? Ali, Zeynep, teşkilattaki arkadaşlarım. Onlar farklı. Böyle anlarda insan başka bir sıcaklık arıyor. Ne oluyor Nevzat? Çözülüyorsun oğlum, toparla kendini. Hem Evgenia olsaydı, onu da aramazdın; korkutmamak için, belaya bulaştırmamak için. Doğru, bu yüzden değil Evgenia'nın yokluğunu hissetmem... Belki cinayetler çözülmeye başladığından. Öyle ya da böyle, olayda epeyce yol aldık. Boşta kalan akıl sevdiğini ararmış, derler. Amma attım ha, öyle bir laf yok. Ama yanlış da değil, eğer çok önemli bir işin... Aşktan daha önemli bir iş olabilir mi? Olabilir: Cinayet. Yine aynı yere geldik, konumuz aşk ve cinayet. Bunu Evgenia'yla tartışmak isterdim. Hiç iyi bir fikir değil. Hoş, artık Evgenia'yı nerde bulup tartışacaksın. Yok canım, bir süre sonra öfkesi geçer, arar herhalde. Böyle sırtını dönüp gitmek olur mu? Evgenia söz konusuysa, olur. Onun her şeyi yapabileceğine inanırım, sevgisi de, öfkesi de sağlamdır. Gözlerim masanın üzerinde duran cep telefonuma kayıyor. Belki de uyanmamıştır, bir kere daha arasam şunu. Söylediğime kendim de inanmıyorum ama umut insanı aptallaştırıyor işte. Uzanıp alıyorum masanın üzerinden telefonumu, yeniden tuşluyorum. Yine İngilizce konuşan o kadın... Buyur, aldın işte cevabını. Belli ki Evgenia kapatmış telefonunu. Konuşmak istemiyor işte kadın. Bu duruma alışsam iyi olacak. Kendime eziyet etmenin anlamı yok. Söylemesi kolay, yapması zor. Kendimi tutamayıp birkaç kez daha arıyorum. İngilizce konuşan o kadın çıkıyor karşıma hep. Başımdaki ağrı gibi öğleye kadar derinden derine sancıyıp duruyor Evgenia'nın yokluğu.

Öğle yemeği için dışarı çıkıyorum, dönüşte müdürlerden Rasim'le karşılaşıyoruz. Aramız iyidir ama bu kez soğuk davranıyor.

Önce anlamıyorum, sonra düşüyor jeton. Cengiz meselesi. Yaptığım soruşturmayı, teşkilat içi operasyon gibi görüyor, Cengiz'i de sevdiğinden, açıkça bana tavır alıyor. Yine düşmanlarını çoğalttın Nevzat... Çoğalsın, umrumda bile değil, doğruyu yapmış olmanın verdiği huzur, artan birkaç düşmandan çok daha önemli benim için.

Öğleden sonra Zeynep geliyor. Mezardan DNA örneğini almışlar. Selim Uludere'nin yaşayan akrabası yokmuş. Yaşlı bir annesi varmış. Zavallı kadıncağız, oğlunun Midyat'ta patos makinesinde paramparça edildiğini öğrenince kalp krizi geçirip ölmüş. Selim, annesine ölen kişinin kendisi olmadığını anlatmaya fırsat bulamamış anlaşılan ya da güvenlik gereği -muhtemelen de Cengiz'in ikazıyla- bu gerçeği söylemek istememiş. Böylece Selim, altı genç ve o zavallı çobanla birlikte, kendi öz annesinin de ölümüne sebep olmuş. Adamın kendini esrara vurmasının, rüyalarında Mor Gabriel'i görmesinin nedeni anlaşılıyor. İnsan böyle bir suçluluk duygusuyla nasıl yaşayabilir? Cinayet, sadece kurbanın canını almakla kalmıyor, katilin yakasını da bir ömür boyu bırakmıyor.

"DNA'nın sonuçlanması biraz zaman alacak," diyor Zeynep. "Ceset tamamen çürümüş. Dişi üzerinde çalışacaklar. Y kromozomunu araştıracaklar. Böylece Gabriel ile mezardaki kişi arasında bir akrabalık varsa öğreneceğiz."

Aslında ikimiz de sonucu tahmin edebiliyoruz ama kanıtlamak, belgelemek lazım. Zeynep laboratuvara gitmek üzereyken Ali geliyor. Onu görünce gidişini erteliyor bizim kız. Şu Can olayı, bunları yaklaştırdı anlaşılan. Belki Zeynep bir kararın eşiğinden döndü, belki Ali'ye olan duygularını test etme imkânı buldu. Bizim delifişek de Zeynep'i kaybedeceğini anladı. Güzel, benim için sorun yok.

"Ne yazık ki Zekeriya'dan fazla bir şey öğrenemedim Başkomiserim," diyor Ali. "Küçükken babası onun dükkâna gelmesini istemezmiş. Anlaşılır bir şey, adam pis işlerle uğraşıyormuş çünkü. Bu yüzden sahte Yusuf'u, yani Selim Uludere'yi de, Cengiz'i de son yıllarda tanımış. Babasıyla bu adamların nasıl, nerede tanıştıklarını, ne türden bir ilişki içinde olduklarını bilmiyor."

"Yusuf'u gerçek ismiyle mi, yani Selim diye mi biliyor?"

"Hayır, o da ilginç. Yusuf olarak biliyor."

"Ama Malik," diyorum, "Yusuf'u gerçek ismiyle, yani Selim Uludere olarak biliyor olmalı. Çünkü uzun yıllardır tanışıyorlarmış. Muhtemelen Cengiz'i tanıdığından beri."

Ali'nin kafası da Cengiz meselesine takılmış.

"Başka bir tuhaflık da bu. Selim, Malik'in dükkânında sahte isim kullanırken, Cengiz gerçek ismini kullanmaktan çekinmemiş."

"Niye çekinsin ki Alicim," diyor Zeynep. "Cengiz aranan biri değil ki."

"Haklısın... O zaman Malik bunların ne iş çevirdiklerini de biliyordu. Ne tür bir ilişkileri vardı acaba?"

"Ticari bir iş," diye tahminde bulunuyorum, "ucunda para olmalı. Ama bu işin ne olduğunu öğrenmeliyiz. Soruşturmanın karanlıkta kalan parçalarını aydınlatmak için bu zorunlu."

"Bizim sivil memurlardan Turhan ile Haluk'u yolladım," diyor Ali. "Şehir kütüphanesine gittiler. İkisi de uyanıktır. Bugünden itibaren başladılar gazeteleri taramaya."

"İyi yapmışsın," diyorum, "Umarım, işimize yarayacak bir şeyler bulurlar."

Sözlü raporunu tamamlayan Ali, eliyle usulca karnına vuruyor.

"Söylemesi ayıp, ben acayip acıktım. Siz bir şeyler yediniz mi?"

"Ben yemedim," diyor Zeynep.

"Size afiyet olsun çocuklar, ben o işi gördüm."

"İyi o zaman, biz de gidip bir şeyler atıştıralım bari," diyor Ali.

Onlar çıktıktan sonra masamdaki telefon çalıyor. Arayan, giriş kapısındaki görevli:

"Başkomiserim burada Meryem Banaz adında bir hanım var. Sizinle konuşmak istiyor."

Kınalı Meryem! Nerden çıktı bu kadın şimdi? Dur bakalım, anlayacağız.

"Tamam," diyorum görevliye, "gelsin, bekliyorum."

> **"Aşk gibi, sevda gibi /
> huysuz ve tatlı kadın."**

Çok bekletmiyor Meryem, birkaç dakika sonra görünüyor odamın kapısında; hâlâ yas tutuyor olmalı, tepeden tırnağa siyahlar içinde. Siyah, uzun bir manto, siyah bir eşarp, siyah eldivenler.

"Merhaba Meryem Hanım, hoş geldiniz."

Eldivenlerini çıkarıp sıkıyor uzattığım eli.

"Hoş bulduk Nevzat Bey. Böyle apar topar geldiğim için kusuruma bakmayın."

Makyajsız yüzü solgun, huzurunu yitirmiş gözlerinin derinliklerinde bir merak.

"Önemli değil, gelin şöyle oturun."

Mantosunu çıkarıyor, siyah takımıyla kalıyor. Gösterdiğim koltuğa yerleşirken, "Ne içersiniz?" diye soruyorum.

"Sağ olun, hiçbir şey içmeyeceğim. Biliyorum yoğunsunuz, hemen konuya girmek istiyorum."

"Buyrun, sizi dinliyorum."

"Dün geceyarısına doğru biri geldi Nazareth Bar'a. Kimliğini çıkardı. Adı Cengiz Koçan, emniyet müdürü yazıyordu. 'Polisim,' dedi, 'Yusuf'un arkadaşıyım.'

Ne yalan söyleyeyim, günahınızı aldım, onu sizin yolladığınızı sandım.

'Yusuf'un Cengiz adında bir arkadaşı yoktu. Olsaydı bilirdim,' dedim.

'Timuçin diye bahsetmiştir.'

'Timuçin siz misiniz?' dedim.

'Evet, Timuçin benim, görevim gereği Yusuf gerçek ismimi kullanmazdı.'

Şaşırdım, kafam allak bullak oldu.

'Yusuf'u nereden tanıyorsunuz?' diye sordum.

O da bana olanı biteni anlattı. Meğer Yusuf eski bir polismiş. Adı da Selim'miş. Midyat'ta teröristlerle çatışmışlar. Haklarında dava açılmış, bunun üzerine Selim, adını Yusuf diye değiştirmek zorunda kalmış..." Siyah gözlerini onay istercesine yüzüme dikiyor. "Zaten bunları siz de biliyormuşsunuz."

"Evet, biz de öğrendik."

"Cengiz, yani Timuçin olduğunu söyleyen adam, sizin kendisine komplo kurduğunuzu anlattı. O sizin müdürünüzmüş ama siz onun ayağını kaydırmak istiyormuşsunuz. Selim'in ölümünü onun üzerine yıkmak için harekete geçmişsiniz. Oysa katil başka biriymiş. 'Birkaç güne kadar, gerçek katili bulacağım,' dedi. Sadece kendini temize çıkarmak için değil, aynı zamanda arkadaşlarının intikamını almak için de yapacakmış bunu."

"Siz ne dediniz Meryem Hanım?" diye soruyorum.

"Önce ne diyeceğimi bilemedim. Olanları anlamakta güçlük çekiyordum. Tam iki saat konuştuk adamla. Bir sürü soru sordum, hepsinin cevabını verdi."

"Neden yanınıza geldiğini de söyledi mi?"

"Söyledi. Sizden korktuğu için bana gelmiş."

"Benden korktuğu için mi?"

"Öyle söyledi. 'Nevzat, beni yakalayamayacağının farkında, ama size gelip Selim'i benim öldürdüğümü söyleyebilir. Çünkü Selim'in katilini yaşatmayacağınızı biliyor. Böylece Nevzat, pisliğe hiç bulaşmadan beni ortadan kaldırmış olacak. Ama Selim'i ben öldürmedim. Selim, kardeşim gibiydi. Biz çocukluktan beri arkadaştık. Ben Selim ile Mehmet'in abisi gibiydim. Eğer Nevzat size gelir de katil Cengiz derse, sakın inanmayın. Onun gözü yükseklerde. Bunun için her türlü yalanı söyler, her türlü entrikayı çevirir,' dedi. Adam sizden nefret ediyor Nevzat Bey."

"Daha kötüsü," diye mırıldanıyorum, "beni kendisi gibi zannediyor. Kendisi kadar alçak olduğumu düşünüyor."

"Ben de pek inanamadım sözlerine. O yüzden buraya geldim. Selim'in katili gerçekten de Cengiz mi?"

Hiçbir açıklamada bulunmadan koltuğuma yaslanıyorum, ellerimi masanın üzerinde birleştirerek, Meryem'i süzüyorum. Sessiz bir gerilim yayılıyor odaya. Meryem sorusunu yinelemek zorunda kalıyor:

"Bunu bana söylemelisiniz. Eğer katil bu adamsa belki beni de öldürmeyi deneyebilir."

Sessizliğimi sürdürüyorum.

"Neden öyle bakıyorsunuz? Yoksa Cengiz'i öldüreceğimden mi çekiniyorsunuz?"

"Yok, Cengiz'i öldüreceğinizi sanmıyorum. En azından onun cezası kesinleşip teşkilattan atılmadan bunu yapmaya cesaret edemezsiniz. Bingöllü Kadir'i öldürmek başka, ikinci sınıf da olsa bir emniyet müdürünü öldürmek başka."

"O zaman neden gerçeği söylemiyorsunuz?"

"Önce sizin gerçeği anlatmanızı bekliyorum."

Anlamamış gibi gözlerini kırpıştırıyor:

"Hangi gerçeği?"

"Yapmayın Meryem Hanım, hâlâ aynı yalanı söylüyorsunuz."

Kara gözlerde anında bir öfke yalımı beliriyor:

"Ne yalanı?" diye çıkışacak oluyor.

"Sakin olun, ne yalanı olduğunu çok iyi biliyorsunuz."

"Cengiz'in Timuçin denen adam olduğunu bildiğimi mi söylüyorsunuz?"

"Hayır, Timuçin adındaki kişinin Cengiz olduğunu bilmiyordunuz. Ama Yusuf'un gerçek kimliğini biliyordunuz. Onun Selim Uludere olduğunu öğrenmiştiniz. Sizin gibi bir kadının, tanımadığı, geçmişi meçhul biriyle ilişkiye girmesi imkânsız. Sakın böyle olduğunu söylemeyin."

"Ama..."

"Lütfen Meryem Hanım. Bakın ikimiz de aynı âlemin içindeyiz. Farklı taraflarda olabiliriz ama aynı pis havayı soluyoruz, aynı çamurlu, aynı kanlı sokaklarda dolaşıyoruz. O sokaklarda işlerin nasıl yürüdüğünü en az sizin kadar bilirim. O yüzden maval okumayın bana."

Gözlerindeki öfke yumuşuyor, uzlaşmacı bir hal alıyor.

"Eğer Cengiz'in katil olup olmadığını öğrenmek istiyorsanız, önce siz anlatacaksınız," diye açıklıyorum anlaşmanın şartını. "Hem de hiçbir şeyi saklamadan."

Şimdi suskun kalan Meryem. Öylece bakıyor yüzüme:

"Bir sigara içebilir miyim?" diye soruyor.

"İçemezsiniz," diyorum en katı tutumu takınarak. "Kusura bakmayın, burada olmaz. İçecekseniz, dışarı çıkın."

Sinirli bir tavırla bacak bacak üstüne atıyor:

"Tamam Nevzat Bey," diyor sıkıntıyla iç geçirerek, "siz haklısınız. Yusuf'un gerçek kimliğini biliyordum. Ama inanın çok sonra öğrendim. Babamın yakın arkadaşı, Ankaralı Seymen Nuri, bir gün Yusuf ile beni görmüş. Aradı:

'Senin Selim adındaki o polisle ne işin var?' dedi.

Bir yanlışlık olduğunu düşündüm.

'Selim diye birini tanımıyorum,' dedim.

'Nasıl tanımıyorsun? Bugün Yeşilköy'deki restoranda yanındaki adam kimdi?'

'Onun adı Yusuf, dedim saf saf.

'Kızım adam içinize sızmış. O adam polis. Ankara'dan tanıyorum. Adı da Yusuf değil, Selim Uludere. Kovun gitsin herifi.'

Seymen Nuri, bu âlemin en sağlam adamlarından biridir. Beni de kızı gibi sever. Yalan söylemesi için bir neden yok. Bunu anlayınca başımdan aşağıya kaynar sular döküldü. Hemen aradım Yusuf diye bildiğim Selim adındaki sevgilimi.

'Arabadayım,' dedim. 'Canım piknik yapmak istiyor, gelip seni alayım. Şehir dışına çıkalım.'

'Olur, bekliyorum,' dedi.

Yanıma çocuklardan kimseyi almadım. Bu belayı ben açmıştım başımıza, kendim temizlemeliydim.

Selim'i arabaya aldım. Boğaz'ın Karadeniz girişine doğru yola çıktık. Yeterince ıssız bir yere gelince, 'Biraz hava alalım,' diye indik arabadan. Selim'in arkası bana dönük. Karadeniz'in hırçın dalgalarına bakıyor. Silahımı çekip dayadım sırtına:

'Diz çök,' dedim.

Neye uğradığını bilemedi.

'Meryem ne yapıyorsun?' diyecek oldu.

'Kafanı çevirirsen kurşunu yersin,' dedim. 'Diz çök!' Söylediğimi yaptı çaresiz.

'Sen kimsin Yusuf?' diye sordum.

'Nasıl kimim?'

Namluyu kürekkemiklerinin arasına gömdüm:

'Benimle oynama ulan!' diye bağırdım. Gözüm dönmüştü, gerçekten o anda onu öldürmek, bu işi bitirmek istiyordum. 'Adın Selim değil mi ulan? Sen polis değil misin? Benden ne istiyorsun? İçeri mi attıracaksın beni?'

'Tamam,' dedi, 'tamam, benim gerçek adım Selim Uludere. Tamam, eskiden komiserdim. Ama bunun seninle ilgisi yok. Bu bir operasyon değil. Ben de senin gibi kanunsuz yaşayan biriyim.'

İnanmadım, beni aldatmaya çalışıyor diye düşündüm.

'Yalan söyleme!' diye bağırdım. 'Senin amacın beni oyuna getirmek. Benim aracılığımla bizim âlemden bilgi sızdırmak.'

'Değil, vallahi değil,' diyerek olanları anlatmaya başladı. 'Midyat'taki çatışmayı, Yusuf adındaki çobanı anlattı, bir tek Timuçin ile Fatih'in gerçek isimlerini söylemedi. Anlatacakları bitince de, 'Ama beni vurmakta haklısın,' dedi, 'sana bunları ta başından söylemeliydim.'

Ne yapacağımı bilemedim. Aslında onu oracıkta hemen öldürmem gerekiyordu ama yapamadım. Denedim, başaramadım. Siz inanmıyorsunuz Nevzat Bey ama ben Selim'i gerçekten sevmiştim."

Siyah kadife gözleri nemleniyor. Yine Evgenia düşüyor aklıma. Kadınlar bir erkeği sevince ama gerçekten sevince, tuhaf bir güç geliyor üzerlerine. Yıkıcı olduğu kadar yapıcı bir güç; o anda sizi öldürebilirler ya da sizin için gözlerini bile kırpmadan ölüme gidebilirler.

"Onun kimliğini bu yüzden gizledim," diye açıklıyor Meryem. "Selim ölse bile hiç değilse adı lekelenmesin istedim. Kusura bakmayın ama onun gerçek ismini size söyleyemezdim."

"Şu Diatesseron meselesi," diyorum. "Galiba siz kitabın satılmasını istiyormuşsunuz? Aranız Selim'le bu yüzden bozulmuş."

"Aptallık işte. Üç kuruş için canını sıktım, kalbini kırdım. O parayı başka bir yerden bulabilirdim. Kitap elimizin altında, satalım, sorunumuzu çözelim diye düşündüm. Selim'in ruh halini anlayamadım. Malik, şu Hıristiyanlık zırvalarıyla aklını çeliyordu onun. Vicdan azabı duyuyordu. Tuhaf rüyalar görüyordu. Anlayamadım. Ona destek olamadım. Şimdi keşke diyorum ama ne yararı var."

Yanaklarını ıslatan gözyaşlarını çantasından çıkardığı mendille siliyor:

"İşte böyle Nevzat Bey. Sizden sakladıklarım bunlardı. Şimdi her şeyi öğrendiniz."

"Ya Bingöllü Kadir?"

Gözlerinde ihanete uğramış gibi alıngan bir ifade beliriyor:

"Anlaşmamız bu değildi. Konu Selim'di, Bingöllü değil."

"Ama Bingöllü, Selim yüzünden öldü. Onu yanlışlıkla öldürdünüz."

"Öyle oldu diyelim sizi rahatlatacaksa, Bingöllü yanlışlıkla öldü. Ama eğer siz gerçeği anlatmazsanız belki başkaları da yanlışlıkla ölecek."

Meryem'in iması zerre kadar etkilemiyor beni, hatta komik bile buluyorum:

"Böyle giderse, mahkemelerin kapısına kilit vuracağız Meryem Hanım," diye takılıyorum. "İşleri sizin gibiler devralacak."

"Şaka yapmayın Nevzat Bey, ben çok ciddiyim."

"Ben de ciddiyim... Neyse, biz anlaşmamıza dönelim. Söz sözdür. Siz üzerinize düşeni yaptınız, şimdi sıra bende. Şu kadarını söyleyeyim ki, Cengiz'in Selim'i öldürdüğünü kanıtlayabilmiş değiliz. Onun Malik'i öldürdüğünden eminim ama aynı şeyi Selim ile Mehmet cinayeti için söyleyemem. Henüz fotoğraf tamamlanmadı."

"Niye Cengiz'den kuşkulanıyorsunuz o zaman?"

"Çünkü Selim ile Mehmet'in ölümünden yararı olan tek kişi o. Tabii bildiğimiz kadarıyla. Yeni bilgiler, yeni zanlılar yaratabilir. Şimdiden bunu kestirmek zor."

Meryem sözlerimin doğruluğunu anlamak için bir süre yüzüme bakıyor.

"Söylediklerim doğru," diyorum güven dolu bir sesle. "O yüzden yeni bir aptallık yapıp Cengiz'i vurmaya kalkmayın, olur mu? Yine yanlış adamı öldürebilirsiniz."

Sonunda ikna olmuş, toparlanıyor:

"Teşekkür ederim Nevzat Bey. Söyledikleriniz çok faydalı oldu."

"Eminim öyle olmuştur. Cengiz'den pek hoşlanmasam da birinin hayatını kurtarmak güzel bir duygu."

İğnelemelerimi daha fazla dinlemek istemediğinden olacak, kalkıyor Meryem. Ama nezaketi de elden bırakmıyor; izin isteyip elimi sıktıktan sonra çıkıyor odamdan. Meryem'in ardından Ali giriyor içeri. Onu çıkarken görmüş:

"Neler oluyor Başkomiserim? Ne arıyor o cehennem kraliçesi burada?"

O kızıl saçlarıyla sahiden de cehennem kraliçesini andırıyor Meryem. Konuştuklarımızı anlatıyorum.

"Bu kadının böyle elini kolunu sallayarak dolaşmasına izin mi vereceğiz Başkomiserim?" diye isyan ediyor. "Baksanıza, öldürecek birini arıyor."

"Gözaltına alsak ne olacak? Neyle suçlayacağız?"

"Ne bileyim Başkomiserim, yapacak bir şey olmalı."

"Yok Alicim, yapacak hiçbir şey yok. Şimdilik unut Meryem'i, biz işimize bakalım."

İşimize bakalım, diyorum ama bende bugün çalışacak kafa yok. Yalnız kalınca yine Evgenia düşüyor aklıma. Neden böyle oldum ben bugün? Ne oluyor yahu? Nerden çıktı bu Evgenia belası? Elim adeta kendiliğinden cep telefonuna uzanıyor yeniden. Yok, diyerek durduruyorum kendimi, aramayacağım. Tamam, aramayayım ama ya Evgenia Yunanistan'a gitmediyse? Ya hâlâ İstanbul'daysa? Neden olmasın? Belki gitmemiştir. Daha işlerini bitirememiş de olabilir. Bu ihtimal yine yumuşatıyor kararımı, bu kez evinin telefonunu çeviriyorum. Derin derin çalıyor zil, açan kimse yok. Sevincim parladığı gibi çabucak sönüveriyor. Ama kalbim arsızca umut etmeyi sürdürüyor hâlâ. Belki de Tatavla'ya gitmiştir diye düşünüyorum. Tatavla'yı arasam, ya gerçekten Yunanistan'a gittiyse... Komik duruma düşmez miyim? "Evgenia Hanım terk etti ya, Başkomiser Nevzat şimdi ne yapacağını bilemeden her yerde onu arıyor," demezler mi? Durduk yerde Tatavla çalışanlarının diline düşmeyelim şimdi. İyi de, bu kadın gitti mi, gitmedi mi, nasıl öğreneceğiz? Kalkıp Tatavla'ya gitsem, Evgenia'yı görmek için değil, kafa çekmeye. Geçen yaz Yunanistan'a gittiğinde, bir gece arkadaşları Tatavla'ya götürmedim mi? Yine aynısını yaparım. Evet, bu makul işte ama kimi götüreceğim yanımda? Ali'yi götürsem, hatta Zeynep'i de davet etsem... Çok mu yüz göz oluyorum bu çocuklarla? Ne ilgisi var? Üstelik iyi de iş çıkardılar, küçük bir ödül. Hem soruşturma üzerine de konuşuruz. Evet, iyi fikir. Ben bu ikisini Tatavla'ya davet edeyim.

Ne yazık ki Zeynep gelemiyor yemeğe, bu akşam bir akrabalarına gideceklermiş, iptal ederse çok ayıp olurmuş. Ama Ali çok seviniyor davetime. Birlikte gideriz, deyince duraksıyor.

"Şey Başkomiserim, Tatavla'da buluşsak, benim küçük bir işim var da."

"Olur," diyorum, "meyhanede buluşuruz."

Akşam merkezden ayrılırken, Ali'nin Zeynep'le birlikte çıktığını görüyorum. Demek buymuş bizim deli oğlanın küçük işi. Kızı evine bırakacak herhalde.

Yoksa bunlar sevgili oldular da bana mı söylemiyorlar? Sanmıyorum, hangi arada konuşacaklar, ne zaman ilişkiye başlayacaklar? Dört gündür şu cinayet mahalli senin, bu cinayet mahalli benim, koşturup duruyoruz. Ama iki gönül bir olunca zaman da bulunur, mekân da. Eğer öyleyse aferin Ali'ye. Benden becerikli çıktı oğlan. Niye Ali'ye aferin diyorum ki, belki de ilk girişim Zeynep'ten gelmiştir. Bizim kasıntı, gururunu kırıp kızla konuşana kadar Zeynep girmiştir konuya. Her neyse, kim yaptıysa yaptı, iyi olmuş sonuçta.

Tuhaf bir heyecanla giriyorum Tatavla'nın kapısından. İçerisi kalabalık, daha şimdiden masaların çoğu dolmuş. Gözlerim kalabalığın arasında boş yere arıyor Evgenia'yı. Ayakta durmuş bakınırken Şef İhsan'ı görüyorum. Seyirtip geliyor:

"Başkomiserim hoş geldiniz, şeref verdiniz." Geçen gün Evgenia'yla oturduğumuz masayı gösteriyor. "Buyrun, sizi her zamanki yerinize alayım."

"Hoş bulduk İhsan," diyorum, her zaman oturduğum masaya yürürken. "Nasıl gidiyor?"

"Nasıl olsun Başkomiserim, alışmaya çalışıyoruz."

Alışmaya çalışıyoruz, sözleri aslında durumu açıklıyor ama emin olmak için soruyorum:

"Neye alışmaya çalışıyorsunuz?"

Bilmiyor musunuz, der gibi bakıyor gözleri:

"Evgenia Hanım'ın yokluğuna... Yunanistan'a gitti ya..."

"Evet," diyorum yaşadığım hayal kırıklığını gizlemeye çalışarak. "Gitti, değil mi?"

"Sahi Başkomiserim, siz havaalanına gelmediniz."

Çağırmadı ki, diyecek halim yok ya:

"İşler şu ara çok yoğun," diyorum. "Bir cinayet soruşturması... Epeyce karışık bir mesele."

"Siz çözersiniz, elinizden ne kurtuldu ki bugüne kadar."

Öyle ya, elimizden ne kurtuldu ki, suçluları birer birer yakaladık ama bu arada sevdiğimiz insanları kaybettik. Kendimizle ne kadar övünsek yeridir yani. Tabii, bunları söylemiyoruz.

"Bakalım İhsan, olayı çözmek için elimizden geleni yapıyoruz işte."

Ben masaya yerleşirken, "Başka kimse gelecek mi Başkomiserim?" diye soruyor İhsan. "Bir arkadaşım gelecek ama sen rakıyı getir, biraz da beyazpeynir, meze filan. Usul usul başlayalım."

"Emredersiniz Başkomiserim."

Göz açıp kapayıncaya kadar masayı kuruyor İhsan. Beyazpeynirden söğüş tabağına, kış kavunundan lakerdaya, mezelerimi yerleştirdikten sonra, rakımı da kendi elleriyle dolduruyor kadehe. O rakıyı doldururken tereddüt içinde kıvranıyorum. Sonunda bir kez daha hevesim, irademi yeniyor. Yine de temkinliliği elden bırakmıyorum, doğrudan Evgenia'yı sormak yerine, "Şu Girit'teki Tatavla, buradan büyük müymüş?" diye soruyorum.

"Büyükmüş Başkomiserim. Bir saat önce konuştuk Evgenia Hanım'la. Daha önce de birkaç kere aradı zaten."

Yüreğim burkuluyor, benden esirgediği ilgiyi çalışanlarına göstermekten çekinmiyor Evgenia.

"Girit'teki meyhane," diye sürdürüyor İhsan, "buranın iki katıymış. Müşterisi de oldukça fazlaymış. Bizim buradan farklı yürüyormuş işler. Onları öğrenmeye çalışıyormuş Evgenia Hanım."

"Öğrenir," diyorum, "daha kaç gün oldu gideli."

Rakımın üzerine su ekledikten sonra, "Size bir şey söyleyeyim mi Başkomiserim," diyor sanki bir sır verir gibi fısıldayarak. "Evgenia Hanım pek mutlu değil. Çocukluğundan beri tanırım onu. Tatsız geliyordu sesi."

"Umarım yanılıyorsundur İhsan," diyerek rakı kadehine uzanıyorum. "Umarım orada mutlu olur."

İhsan benden daha açık sözlü:

"Olmasın be Başkomiserim. Orada mutlu olursa, geri gelmez. Evgenia Hanım buraya gelsin, burada mutlu olsun. Onsuz tadı yok bu meyhanenin."

Konuşurken yüzünde manidar bir ifade beliriyor. Bunların hepsi olanın bitenin farkında. Allah bilir içten içe, "Kadını yalnız bıraktın, bak çekti gitti," diye beni suçluyorlardır.

"Hadi o zaman," diye kadehimi kaldırıyorum. "Evgenia'nın mutluluğuna, İstanbul ya da Girit, o nerede isterse..."

İhsan, müşterilerle ilgilenmek üzere öteki masalara geçerken meyhanenin içini Müzeyyen Senar'ın o demlenmiş sesi dolduruyor:

"Şarkılar seni söyler / dillerde name adın / aşk gibi, sevda gibi/ huysuz ve tatlı kadın."

Ulan bu puştlar, mahsustan mı çalıyorlar bu şarkıları? Ne bu be! Sanki çektiğimiz yetmezmiş gibi. Hiç sesini çıkarma Nevzat, kabahat sende, kalkar gelir misin Evgenia'nın meyhanesine, olacağı budur işte. Şu Ali de nerede kaldı? Bu düşüncemin yanıtıymış gibi cep telefonum çalmaya başlıyor. Arıyor işte. Eşek herif yeterince gecikti, gelemiyorum, demese bari. Öksüz çocuklar gibi tek başımıza kalmasak masada. Yok Ali değil, ekranda tanımadığım bir numara. Kim acaba?

"Alo?"

"Alo Başkomiserim," diyor ürkmüş, panik içinde bir ses. "Ben Can, kusura bakmayın rahatsız ediyorum."

"Can sen misin? Çıkaramadım bir an."

"Başkomiserim, burada bir tuhaflık var. Evin önündeki ekip arabası gitti. Birkaç kez de evin telefonu çaldı. Açtım, cevap veren olmadı. Belki boşuna endişeleniyorum ama..."

Cengiz diye geçiriyorum aklımdan.

"Tamam Can, geliyorum. Sen kapılarını kilitle, tanımadığın kimseyi de içeri alma. Biz geliyoruz."

"Bekliyorum Başkomiserim."

Can'ın telefonunu kapatıp Ali'yi arıyorum.

"Gelmek üzereyim Başkomiserim," diyor mahcup bir sesle, "yokuşu çıkıyorum."

"Buraya gelme," diyorum, "yemeği Sarıyer'de yiyeceğiz. Kurtuluş Meydanı'nda buluşalım."

Ben Pavlus'u, Ali ise İsa'yı siper alıyor.

Ali'yle buluşup Can'ın Sarıyer'deki evine gidinceye kadar bir saat kaybediyoruz. Evin bulunduğu arsaya yaklaşınca cep telefonundan Can'ı arıyorum. Yanıt veren yok. Bu kötü işte. Acele etsek iyi olacak. Etrafa bakınan Ali şaşkınlıkla söyleniyor:

"Gerçekten de ekip arabası yok. Nereye gitmiş bu salaklar?"

"Cengiz'in marifeti Ali. Anlamadın mı? Adam teşkilatta sevilen biri. Elindeki bütün kozları kullanıyor."

"Başka bir ekip istese miydik?"

"Boş ver, şu anda kime güvenebileceğimi bilmiyorum. Bu işi ikimiz halledebiliriz."

"Ederiz etmesine de Başkomiserim, bu adamların yaptığı şerefsizlik..."

"Takma kafanı, bu ilk değil, son da olmayacak." Yarım bırakılmış bir inşaatın önünü gösteriyorum. "Neyse, bak arabayı şuraya park edelim. Cengiz evdeyse, geldiğimizi fark etmesin."

Söylediğimi yapıyor Ali. Sessizce iniyoruz arabadan. Dışarıda cam gibi bir gece var. Soğuk ama aydınlık bir gece. Kocaman bir dolunay, bizimle birlikte eve doğru yürüyor. Yanımdaki Ali değil de Evgenia olsaydı, bir baskına değil de yemeğe gidiyor olsaydık, bu gümüşten ışık gecemizin romantizm kaynağı olabilirdi ama adım adım peşimizden gelen bu dolunay, şu an bizim için büyük bir tehlike.

"Can'ı bir daha arasak mı Başkomiserim?" diye soruyor Ali.

"Yok, boş yere Cengiz'i uyandırmayalım."

"Cengiz gelmiş midir diyorsunuz?"

"En kötü ihtimali düşünmek lazım."

"Ama belki de Can telefonu duymamıştır. Banyoda ya da tuvalettedir."

Ali bunları anlatırken gözlerim yolun kenarına park edilmiş siyah bir Ford'a takılıyor. Elimle aracın ön camındaki logoyu gösteriyorum.

"Orada ne yazıyor Ali?"

Yardımcım gözlerini kısarak okumaya çalışıyor:

"Araba kiralama şirketinin logosu..."

"Gözümüz aydın, Cengiz gelmiş Alicim."

Silahımı kılıfından çıkarıyorum. Yardımcım da artık soru sormuyor, muhtemel bir çatışma için o da silahını hazırlıyor. Arsaya girmeden önce, yandaki bahçenin çok yüksek olmayan duvarının ardına gizlenerek binayı gösteriyorum.

"Bak Ali, işte ev şurası."

"İkinci katta ışık var Başkomiserim."

"Haklısın, yukarıdalar." Elimle boş arsayı gösteriyorum. "Eve ulaşmak için bu arsadan geçmemiz gerekiyor."

"Yaklaşık beş yüz metrelik bir açık alan," diye mırıldanıyor Ali. "Hızlı davranmalıyız Başkomiserim."

"Evet, hızlı ve sessiz. Ben önden gideceğim, sen

arkadan gelirsin. Hem beni de korumuş olursun. Eve yaklaşınca heykeller göreceksin, şaşırma. Zaten oraya ulaştık mı, işimiz kolay. Heykeller bizi gizler. Ev dubleks, girişi alt kattan. Can'a kapıyı kimseye açmamasını söylemiştim. Yani Cengiz'in eve zili çalarak girdiğini sanmıyorum. Öyle olsaydı, Can bizi arama fırsatı bulabilirdi. Muhtemelen alt kattan girmiştir içeri. Mutfak penceresi, bahçe girişi gibi bir yer bulmuş olmalı. Biz de aynı yerden girebiliriz."

Ali arsayı incelemeyi bırakıp ilgiyle beni dinliyor.

"Gerekmedikçe ateş etmek yok," diye uyarıyorum. "Biliyorsun, bize Cengiz'in ölüsü değil, dirisi lazım."

"Biliyorum Başkomiserim."

"Hadi o zaman, Allah yardımcımız olsun."

"Cep telefonlarını unuttuk."

Haklı, telefonlarımızı kapatıyoruz, olmadık bir zamanda çalıp da, bir çuval inciri berbat etmesinler diye. Artık Cengiz'le yüzleşmeye hazırız.

Duvarın arkasından çıkıp hızla arsaya dalıyorum. Etraf o kadar aydınlık ki, ayaklarımın altından akıp giden toprakta, geçen yazdan kalan kurumuş çakır dikenlerinin taçlarını bile seçebiliyorum. Yani Cengiz kafasını kaldırıp pencereden bakacak olsa, anında görür bizi. Ancak, şansımız yaver gidiyor. Heykellere ulaşıncaya kadar hiçbir sorun yaşamıyoruz. Heykellerin arasına girince duruyoruz; ben Pavlus'u, Ali ise İsa'yı siper alıyor. Evden görüldüğümüze dair ne bir hareket, ne de bir işaret var şimdilik. Ee ne de olsa İsa da, Pavlus da yanımızda, yani bu gece Tanrılar bizimle. Biraz soluklandıktan sonra elimle binanın arka tarafını gösteriyorum. Ali başını sallayarak, anladığını belirtiyor.

Mümkün olduğu kadar heykellerin gölgesinde kalarak evin arkasına ilerliyoruz. Henüz tamamlanmamış iki heykelin arasından alt kata bakıyorum. İçerisi karanlık, hiçbir şey görünmüyor. Eğer Cengiz orada bir yerde pusuya yattıysa, kuş gibi avlar ikimizi de. Avlarsa avlar, artık duracak halimiz yok. Heykellerin arasından süzülüp alt katın yan duvarına atıyorum kendimi, Ali de peşimde. Pencerelerin önüne geldiğimizde eğilerek binanın arkasına kayıyoruz. Evet, yanılmamışım. Arkadaki küçük bahçeden içeri açılan kapının camı kırık. Cengiz önce camı kırmış, sonra elini sokup kapıyı açmış olmalı. Ben de elimi kırık camdan sokup kapının ardındaki anahtarı çeviriyorum. Kapı usulca açılıyor. Artık çok daha sessiz olmalıyız. Dışarıdaki rüzgârla birlikte süzülüyoruz içeriye. Bir süre duvara yaslanıp gözlerimizin karanlığa alışmasını bekliyoruz. İçerdeki eşyaları seçmeye başlayınca, girdiğimiz yerin kiler olduğunu anlıyoruz. Hafif adımlarla kilerden çıkıyoruz. Geniş bir salon açılıyor önümüzde. Islak toprak, küf karışımı bir koku geliyor bir yerlerden. Salonun orta yerinde büyükçe bir tezgâh var, etrafta işlenmemiş mermerler, demir kalıpları, ağzı açık çuvallar, bir sürü ıvır zıvır. Ali omzuma dokunuyor, yukarı çıkan merdiveni gösteriyor. İkimiz de merdivene yaklaşıyoruz. İşte o anda duyuyoruz Can'ın haykırışını.

"Ahh! Hayır, yapma!"

"Dur bakalım!" diyor Cengiz'in o çok iyi tanıdığım sesi. "Hemen bağırmaya başladın. Daha yeni ısınıyoruz. Sabaha kadar buradayız evladım. Gecenin ilerleyen saatlerinde başka sürprizler de olacak. Mesela aşağıya inebiliriz. Oradaki alet edavat çok ilgimi çekti.

Keskiler, kerpetenler, çiviler bile var. Şu İsa'yı çarmıha çaktıkları türden çiviler."

"Yapma, lütfen," diye yalvarıyor Can. "Benden ne istiyorsun?"

"Anlatmanı istiyorum."

Çıplak tende patlayan bir tokat sesi.

"Ahh! Vurma, lütfen vurma! Ne istersen anlatacağım."

"Anlatacaksın tabii..." diyor Cengiz'in acımadan, duygudan yoksun sesi. "Bütün hayatını anlatacaksın. Ananın rahmine düştüğün anı bile öğrenmek istiyorum. Babanın nasıl soluk soluğa kaldığını, annenin nasıl zevk çığlıkları attığını. Bunların hepsini hatırlayacaksın, sonra da uslu uslu bana anlatacaksın."

Öncekinden daha güçlü bir tokat sesi yankılanıyor evin içinde.

"Ahh!"

"Anladın mı Can? Sana kimlerle uğraştığını göstereceğim."

Elimizi çabuk tutsak iyi olacak, yoksa çocuğun canına okuyacak bu hayvan. Yavaşça tırmanmaya başlıyoruz merdivenlerden.

"Demek beni Malik'in evine girerken gördün? Hıı söylesene Can. Neden konuşmuyorsun? Nevzat'a öyle söylemişsin. Yalan mı?"

"Bilmiyorum," diyor Can'ın ürkek, korkmuş sesi, "birini gördüm ama... Dur, yapma..."

Ses yeni bir tokatla kesiliyor, ardından yere düşen bir iskemlenin gürültüsü duyuluyor. Ali'yle birbirimize bakıyoruz, sessizliğimizi koruyup adımlarımızı hızlandırıyoruz.

"Bak düştün işte," diye aşağılamayı sürdürüyor Cengiz, "daha sandalyede oturmayı bile beceremiyorsun, bir de boyundan büyük işlere kalkmışsın."

Merdivenin üst basamağına vardığımızda, Cengiz'i yere düşen Can'ı bağlı olduğu iskemleyle birlikte doğrulturken buluyoruz. Ne yazık ki yüzü merdivene dönük ama Can'ın iskemlesiyle uğraştığından bizi şimdilik göremiyor. Ancak Can hemen fark ediyor bizi. Fark eder etmez de heyecana kapılıyor, iskemlesinde umutla kıpırdanmaya başlıyor. Cengiz öfkeyle başını kaldırıyor:

"Rahat dur!"

İşte o anda görüyor bizi. Hiç paniğe kapılmıyor, sadece dudaklarında yılışık bir gülümseme beliriyor. Silahını çekerek iskemlenin arkasına pusuyor.

"Vay, kimler gelmiş," diyerek çektiği silahı Can'ın başına dayıyor. "Bir adım daha atarsanız, onu öldürürüm."

İkimizin de tabancası Cengiz'in, daha doğrusu Can'ın sandalyesine çevrili, ancak pek şansımız yok. Ama Cengiz'in durumu da o kadar iyi değil.

"Teslim ol Cengiz," diyorum, "buradan çıkman imkânsız."

"Göreceğiz, eğer ben buradan çıkamazsam, siz de çıkamazsınız. Bu entel oğlan ile ikinizden birini götürürüm yanımda." Bir an silahını bana doğrultuyor.

"Mesela seni Nevzat."

Bir adım öne çıkıyor Ali:

"Tetiğe dokunursan, seni delik deşik ederim."

Cengiz, küçümseyen gözlerle süzüyor onu:

"Aa bizim delibozuk da buradaymış! Sahi sen neden Nevzat'ın kıçından ayrılmıyorsun Ali?"

Ali'nin gergin yüzü yumuşuyor, gözlerine neşeli bir ifade yerleşiyor:

"İş büyük çünkü," diyor iyice alaya vurarak. "Emirler yukarıdan geliyor. Çok yukarıdan, çok derinden. Karar değiştirmişler, sizin gibilerin tümünü temizleyeceklermiş teşkilattan. Bunun için de bizi görevlendirdiler. Operasyon biraz uzun sürecek tabii. Ama bittiğinde Nevzat Başkomiserim içişleri bakanı olacak, beni de emniyet genel müdürü yapacak. Bu yüzden birlikteyiz."

Baştan büyük bir ciddiyetle dinleyen Cengiz, sonunda anlıyor Ali'nin kendisiyle dalga geçtiğini.

"Ben öyle duymadım ama. Nevzat, senin öz babanmış. Öteki baban bu yüzden Çocuk Esirgeme Kurumu'na teslim etmiş seni. Hıı, buna ne diyorsun yuva çocuğu?"

"Ne diyecem, kendi hayat hikâyenle benimkini karıştırma derim, orospu çocuğu."

Güçlü bir kahkaha atıyor Cengiz:

"Ne kadar ayıp, insan hiç müdürüne küfreder mi? Bu çocuğu hiç iyi yetiştirememişsin Nevzat. Şu iş bir yatışsın, sizi disipline vereceğim. Tabii sağ kalanınızı." Silahını bu kez Ali'ye çeviriyor. "Yok Nevzat, seni vurmayacağım. Bu yuva çocuğunu vuracağım. Dün akşam anladım, sen kafayı iyice yemişsin. Ölmekten korkmuyorsun. Seni öldürmek iyilik olur. Seni karın ile kızına kavuşturmaya niyetim yok. Ama bu yuva çocuğunu öldürürsem, vicdan azabın ikiye katlanır."

"Aklını başına topla Cengiz," diyorum, yapmayacağını bile bile. "Teslim ol. Suçsuzsan biz de seni destekleriz."

"Sen mi beni destekleyeceksin Nevzat? Ayağını kaydırmaya çalıştığın adamı mı destekleyeceksin?" Sol eliyle arkadan Can'ın başına vuruyor usulca. "Bu zibidiyle birlikte sinsice hazırladığın plandan vaz mı geçeceksin? Başarıya bu kadar yaklaşmışken."

"Sen aklını yitirmişsin Cengiz," diyorum. "Sen hakikaten paranoyaksın. Zaten bu yüzden öldürdün Selim ile Mehmet'i."

Birden öfkeleniyor.

"Selim ile Mehmet'i ben öldürmedim." Elindeki silahın kabzasını sertçe Can'ın başına indiriyor. "Onları bu puşt öldürdü." Can'ın başı öne doğru savruluyor. Cengiz hiç aldırmadan benimle konuşmasını sürdürüyor. "Ama sana niye anlatıyorum ki bunu, zaten biliyorsun. Entrikanı da bunun üzerine kurdun zaten."

"Yanılıyorsun," diyecek oluyorum, artık dinlemiyor. Silahının namlusunu yeniden Can'ın başına dayıyor.

"Bu kadar yeter! Ya basın tetiğe ya da atın silahlarınızı."

"Silahlarımızı atmayacağız. Bunu yapmayacağımızı biliyorsun. Ama seni vurmak da istemiyoruz. Can'ı bırak git."

"Olur, bırakayım siz de beni köpek gibi vurun. Hayır, onu bırakmayacağım. Siz silahlarınızı atacaksınız."

Ali bana dönüyor:

"Böyle olmayacak Başkomiserim. Bu adam, Can'ı nasıl olsa vuracak, basalım kurşunu gitsin."

Blöf mü yapıyor, yoksa ciddi mi, ben bile anlayamıyorum. Gözlerim Can'a kayıyor, burnunun üzerindeki yara açılmış, dudağından akan kan çenesini kızıla boyamış, bedeni yaprak gibi titriyor.

"Hayır Ali, her şey kitabına göre olacak."

"Aferin Nevzat," diyor Cengiz. "İşte sağduyulu bir adam."

"Hiç heveslenme Cengiz, silahları bırakmayacağız. Vurmak istiyorsan vur Can'ı. İşimizi kolaylaştırmış olursun."

"Büyük yanlış yapıyorsunuz," diyor ama sesindeki kararsızlık onu ele veriyor; Can'ı vurmayacak. Bir süre gözleri benim ve Ali'nin üzerinde geziniyor. "Boş yere polis kanı akmasın. Siz bana komplo kurmuş olsanız da benim elim tetiğe gitmiyor. Ama başka çarem kalmazsa yaparım. Biz çekip gideceğiz buradan." Bunları söylerken boşta kalan eliyle de Can'ı sandalyeye bağlayan ipleri çözmeye başlıyor. "Eğer engel olmaya kalkarsanız polis olmanıza bakmam, basarım kurşunu."

İpler çözülünce, "Yavaşça ayağa kalk," diye emrediyor Can'a. "Ters bir hareketini görürsem, gebertirim."

Usulca doğrulan Can'la birlikte ayağa kalkıyor. Şimdi ikisi de ayakta. Rehinesinin gövdesi onu bizden koruyor.

"Çekilin oradan," diye bağırıyor. "Merdivenin önünden çekilin. Çabuk."

Bir an göz göze geliyoruz, eğer üçümüzden biri tetiğe basacak olsa, ortalık kan gölüne dönecek. Ali'nin gözleri bende. Başımla çekilelim diye işaret ediyorum. Ali merdivenin sağına, ben soluna geçerek yolu açıyoruz.

"Hayır! İkiniz de sola geçin."

Duraksadığımızı görünce silahının namlusunu zavallı Can'ın burnunun deliğine dayıyor.

"Ne diyorum size? Duymuyor musunuz? Uçurayım mı kafasını?"

Çaresiz dediğini yerine getiriyoruz.

"Aferin, sonunda müdürünüz olduğumu hatırladınız."

İşleri yolunda gidiyor ya, neşesi yerine geldi alçak herifin. Hafifçe aksayan ayağıyla birlikte Can'ı da sürükleyerek ilerliyor. Merdivenin başına gelince rehinesini sola, yani bize döndürüyor.

"Yan yana ineceğiz merdivenlerden," diyor. "Adımlarına dikkat et Can. Eğer bir yanlış yaparsan..."

Cengiz'in gözleri üzerimizde, silahının namlusu Can'ın boynunda, merdivenden yan yan inmeye başlıyorlar. İnerken de konuşmayı sürdürüyor:

"Tekrar görüştüğümüzde elimde kanıtlar olacak. O zaman ikinizin de anasını sikecem."

İşte bu küfür Ali'yi çileden çıkarıyor, neler olacağına aldırmadan, "Asıl biz senin ananı sikecez," diye bağırarak merdivenlere doğru birkaç adım atıyor. "Orospu çocuğu."

Ali'nin kendisine saldıracağını sanan Cengiz, silahı rehinesinin boynundan çekip Ali'ye doğrultuyor. İşte o anda Can hiç beklemediğim bir davranışta bulunuyor. Başının arkasıyla Cengiz'e kafa atıyor. Cengiz geriye doğru savrulurken tetiğe basıyor. Kurşun bizim Ali'nin başının birkaç santim üzerinden geçerken, Can çevik bir hareketle dönüyor, Cengiz'in kendini toparlamasına fırsat vermeden, onu yakalayıp merdivenlerden aşağıya sürüklüyor. İkisi birden düşmeye başlıyorlar. Ali önde, ben arkada peşlerinden iniyoruz. Aşağı indiğimizde önce Can'ı buluyoruz. Merdivenin dibinde, yerde acı içinde kıvranıyor. Bir kapının açıldığını duyuyoruz. Sesin geldiği yöne bakınca Cengiz'in evin giriş kapısından kaçtığını görüyoruz. Ali hemen peşine düşüyor, ben de arkalarından. Ama merdivenden inerken bileğimi mi incittim ne, ayağımın üzerine bastıkça acıyor. Hızlı hareket edemiyorum. Kapının önüne geldiğimde bir silah patlıyor. Birinin "Ahh," diye bağırdığını duyuyorum. Bu bizim Ali. Dolunayın aydınlığında, elinden akan kanı görüyorum, silahı yerde. Aynı anda Cengiz'i fark ediyorum. O henüz beni görmemiş, Pavlus heykelinin arkasından çıkıyor, silahı Ali'ye çevrili. İkinci kez ateş edecek. Silahımı doğrultuyorum:

"Dur!" diye bağırıyorum.

Cengiz, önce başını çeviriyor, göz göze geliyoruz, sonra silahını doğrultuyor. O anda basıyorum tetiğe. İkimizin silahı da aynı anda patlıyor. Arkamda kırılan bir cam sesi duyuyorum. Cengiz olduğu yerde sendeliyor, sonra Pavlus'un ayaklarının dibine düşüyor. Silahımı hasmımın üzerine tutarak Ali'ye yaklaşıyorum:

"Ali, evladım iyi misin?"

"İyiyim Başkomiserim, iyiyim. Merak etmeyin. Elimden yaralandım sadece. Siz Cengiz'e dikkat edin. Herif yedi canlı. Yine bir iş açmasın başımıza."

Tabancamı bir an bile Cengiz'in üzerinden çekmeden yaklaşıyorum. Kıpırdamadan yatıyor, silahı sağ omzunun hizasına düşmüş. Her ihtimale karşı tabancasını ayağımla uzaklaştırıyorum. Yüzüne Pavlus'un gölgesi düştüğü için göremiyorum. Bir süre izliyorum onu. Evet, hiç hareket yok. Usulca yaklaşıyorum. Ayağından tutup dolunayın ışığına çekiyorum. Çekmenin şiddetinden başı sola düşüyor. Gözleri şaşkınlıkla, ayaklarının dibinde yattığı Pavlus'a dikilmiş, dolunayın ışığıyla aydınlanan alnının ortasında kara bir delik.

Ya kan dökeceksiniz ya da kanınız dökülecek.

Hastane oldukça yoğun, Boğaz'da İngiliz turistleri taşıyan bir minibüs denize uçmuş; yaşlı iki İngiliz boğulmuş, çok sayıda yaralı var. Doktorlar, hastabakıcılar oradan oraya koşuşturuyor. Bu yoğunluğa rağmen bizimle ilgilenecek fırsatı buluyorlar. Aslında Ali'nin de, Can'ın da hayati tehlikesi yok. Kurşun Ali'nin elini sıyırmış, derin bir sıyrık ama tendonları zarar görmemiş. Tedavisini yapıp elini sarıyorlar. Can'ın durumu biraz daha kötü. Düşerken başını çarpmış. Baş dönmesi var, biraz da midesi bulanıyor. Tomografi, film çekiliyor, doktorlar anlamaya çalışıyorlar... Kanama gözükmüyormuş. Yine de kafa travması geçirmesinden korkuyorlar. Yirmi dört saat müşahade altında tutması gerekirmiş. Yüzündeki yaraları tedavi ediyor, serum bağlıyorlar.

Can'ı yalnız bırakmıyoruz. Ne olur ne olmaz; Cengiz'in kimlerle ne ilişkisi var bilmiyoruz, son anda birileri çocuğa zarar vermesin. Ali'yle ikimize yiyecek bir şeyler almak için odadan çıktığımda Sabri arıyor. Sesi panik içinde:

"Neler oluyor Nevzat! Cengiz'i vurduğunu söylüyorlar."

"Ne yazık ki öyle oldu Sabri."

"Eyvah!" diyor. "Demek doğruymuş, bu kötü işte."

"Ben onu vurmasaydım, o bizi vuracaktı. Ali'yi elinden yaraladı, yetişmesem öldürecekti çocuğu."

Sabri umutla soruyor:

"Yani önce o mu ateş etti?"

"Hem de üç kez. Biz sadece kendimizi savunduk."

"Bu iyi..." diyor rahatlayarak. "Yoksa herkes seni polis katili olarak görecekti."

Benim için kaygılandığı filan yok. Bu olayda bizi destekledi ya, kendi başının belaya girmesinden korkuyor. Ama sözlerim onu sakinleştiriyor. Artık bakanlarına, müdürlerine sunabileceği sağlam bir gerekçesi var. Yine de azarlamak için bahane arıyor:

"Neden destek ekip çağırmadınız?"

"Önce ihbarın doğruluğundan emin olmak istedik. Eve gidince de acele etmemiz gerekti. Cengiz yukarıda işkenceye başlamıştı. Vaktinde gitmesek, rehineyi döverek öldürecekti. Adamın yüzünü bir görsen, korkarsın."

Artık üstelemiyor Sabri ama kapatmadan önce, "Müfettiş göndereceğim," diyor, "biliyorsun prosedür. Yerine getirmezsek olmaz."

"Kimi istersen gönderebilirsin. Onlar da aynı şeyi söyleyecekler sana. Olay aynen anlattığım gibi oldu."

Telefonu kapattıktan sonra hastanenin kantininden iki tost yaptırıp Ali'ye kola, kendime ayran alarak odaya dönüyorum. Can yatakta öylece yatmış, açık gözü tavana dikili, koluna bağladıkları serumun bitmesini bekliyor. Ali ise ayakta, sağlam eline aldığı telefonla konuşuyor.

"Yok Zeynepçim," diyor. "Senin gelmene gerek yok. Birileri delilleri filan karartmaya kalkar. Sen olay yerinde kal." Beni fark edince toparlanıyor. "Başkomiserim de iyi. Şu anda yanımda."

"Bana versene," diyorum.

Ali uzatıyor telefonu.

"Alo Zeynep, kızım."

"Başkomiserim, nasılsınız, iyi misiniz?"

Sesi kaygı yüklü.

"İyiyiz Zeynepçim, merak edecek bir şey yok. Üçümüz de iyiyiz. Ali'nin söylediği doğru. Sen orada kalmalısın. Olay yerini terk eden son kişi sen ol. Delil, belge, kovan, mermi çekirdeği, ne varsa hepsinin kaydını tut. Anlıyorsun, değil mi?"

"Anlıyorum Başkomiserim, hiç merak etmeyin."

"Yarın sabah merkezde görüşürüz."

Telefonu Ali'ye uzatırken, bu çocuğu burada niye tutuyorum ki, diye geçiriyorum aklımdan. Can'ın yanında birimiz kalsak yeter. Olay yeri daha önemli, böylece Zeynep'i de yalnız bırakmamış oluruz. Geçen gün onu azarlamama rağmen Şefik'in bana zarar verebileceğini sanmıyorum ya, yine de Ali'yi olay yerine göndersem iyi olacak.

"Alicim, ikimiz burada fazlayız. İyisi mi sen Zeynep'in yanına git."

Hoşuna gidiyor köftehorun ama belli etmek istemiyor.

"Nasıl isterseniz Başkomiserim."

"Ama önce tostunu bitir."

Mütevazı yemeğimizi yerken gülümseyerek başımı sallıyorum.

"Neye niyet, neye kısmet Ali! Güya bu gece kendimize küçük bir ziyafet çekecektik."

"Kusura bakmayın," diyor uzandığı yataktan bizi dinleyen Can. "Gecenizi mahvettim."

Yüzünde kalender bir ifade beliriyor Ali'nin. Can'a ilk kez sevgiyle bakıyor:

"Boş ver, sen olmasan, mahvedecek başka biri çıkardı nasıl olsa. Bizim işimiz bu oğlum."

Minnetle gülümsüyor Can:

"İkinize de teşekkür borçluyum. Hayatımı kurtardınız."

"Sen de hiç fena değilmişsin," diye hayranlıkla mırıldanıyor Ali. "Ben seni hanım evladının biri zannediyordum. Bayağı sıkı herifmişsin. Nasıl savurdun Cengiz'i öyle." Ağzındaki lokmayı çiğnedikten sonra sürdürüyor: "Sonra şapelde patakladığın şu iki oğlan. Sende iş varmış valla."

Ali konuşmayı sürdürürken, gözlerim yatakta yatan genç öğretim üyesine kayıyor. Birden Cengiz'in sözlerini hatırlıyorum: "Onları bu puşt öldürdü," diye öfkeyle ağzından dökülen sözleri. Bir an, gerçek olabilir mi diye geçiyor kafamdan. Yok canım, daha neler, niye öldürsün ki Can onları?

"Antakya'da Daniel Dayımın evinin altında karate salonu vardı," diye açıklıyor Can. "Orada öğrendim dövüşmeyi. Ama kavgadan nefret ederim. Bir insana vurmanın düşüncesi bile korkunç geliyor bana."

Bizimki aynı kanıda değil:

"Öyle deme, bazen gerekiyor. Mesela bu akşam atik davranmasaydın... Bir düşün, Cengiz ne yapıyordu şimdi sana?"

"Sen de haklısın. Sahiden teşekkür borçluyum size."

Yardımcım bana dönüyor, bakışları yumuşamış, adeta nemli:

"Ben de size teşekkür ederim Başkomiserim. Siz de benim hayatımı kurtardınız."

Ayranımdan bir yudum içtikten sonra, "Boş ver be Alicim," diyorum. "Sen de olsan aynısını yapardın."

Onun dostlukla bakan gözlerinin derinliklerinde bir an Cengiz'i görür gibi oluyorum. "Bana ihanet ettin Nevzat," diye fısıldıyor sesi kulaklarıma. "Ali'yi kurtardın ama beni öldürdün."

Cengiz'in hayaletinden kurtulmak için gözlerimi kapıyorum.

"Ne oldu Başkomiserim? İyi misiniz?"

"Başım döndü bir an. Şimdi iyiyim, geçti. Bu kadar heyecan fazla geliyor. Yaşlandık be Ali."

"Durun daha Başkomiserim... Siz ne delikanlıları cebinizden çıkarırsınız."

"O kadar da değil."

"İsterseniz gitmeyeyim, Zeynep halleder nasıl olsa."

"Yok yok, ben iyiyim, kalmana lüzum yok. Bu arada, yarın için sağlam bir ekip bul. Can'ı birkaç gün daha yalnız bırakmayalım."

"Hiç merak etmeyin Başkomiserim. Bizim Tayfun Komiseri ararım. Biliyorsunuz, dürüst adamdır. Hem sizi de çok sever."

"Tayfun iyi fikir. Gerçi, artık kimsenin bize bulaşacağını da pek sanmıyorum ya. Cengiz öldü. Yorgan gitti, kavga bitti. Ama temkinli olmakta fayda var."

Ali gidince ışığı kapatıp ben de öteki yatağa uzanıyorum. İçeriye ayın aydınlığı vuruyor. Can o kadar yorgun ki, sızıp kalmış. Benim için yarı uyur, yarı uyanık, huzursuz bir gece başlıyor.

Gecenin en koyu yerinde, kapının açıldığını duyuyorum. Gözlerimi açıyorum. Koridorun beyaz ışığı karanlığı bölüyor. Bir sedyenin başında üç kişinin gölgesi vuruyor içeriye. Yatağımda doğruluyorum, iki erkek hastabakıcı, tekerlekli bir sedyenin üzerinde bir hasta getiriyorlar. Arkalarında bir doktor. Işık arkadan vurduğu için yüzlerini göremiyorum. Hemen uyarıyorum onları:

"Yanlış geldiniz, bu oda dolu."

"Yanlış gelmedik Nevzat," diyor doktor. Sesi tanıyorum aslında. Biraz daha konuşsa çıkaracağım. Konuşmasına gerek kalmıyor. Odanın kapısı kapanınca arkadaki ışık kesiliyor ve ölümün parlattığı yüzü ortaya çıkıyor: Cengiz. Evet Cengiz bu; alnının ortasındaki kurşun yarası da duruyor, dudaklarındaki o kendinden emin gülümseyiş de. Tüylerim diken diken.

"Şaşırdın mı Nevzat?" Sesinde nefret yok. Sanki sohbet edermişiz gibi konuşuyor. Olaylardan önceki gibi, birbiriyle iyi anlaşan bir ast ile üst gibi. "Hiç şaşırma. Bilmiyor musun, bu dünyada bize ölüm yok. Biz şehidiz Nevzat. Biz bu vatan için şehit düştük. Bu vatan için şehit düşenler hiçbir zaman ölmez."

Cengiz bunları söylerken bakışlarım hastabakıcılara kayıyor. Onları da gözüm ısırıyor bir yerlerden. Sabık müdürüm açıklıyor:

"Tanıyamadın mı? Selim ile Mehmet. Yahut Yavuz ile Fatih... Hak etmiyorsun ama sana yardım etmeye geldik. Töreyle gözünü açmaya, kutsal ışıkla seni aydınlatmaya geldik."

Konuşurken gözleri sedyede yatan hastaya kayıyor. Ben de korkuyla sedyeye bakıyorum. Hastanın üzeri tamamen örtülü. Ancak örtünün ortasında kanla çizilmiş büyük bir haç var. Yukarısı, adamın boynunun bulunduğu bölge ise kıpkırmızı. Sanki kan lekeleri burada yoğunlaşmış. Yoğunlaşmak ne kelime, alttaki adam resmen kanıyor.

"Hâlâ kanıyor," diyor Cengiz, "ama merak etme, sana gerçeği söyleyebilecek gücü var." Birden uzanıp örtüyü çekiyor. Örtünün altından, boynuna iğreti bir şekilde yerleştirilmiş kesik başıyla Malik çıkıyor. Bütün bedeni kan içinde. Nefesim kesilecek gibi oluyor. Ama yaşlı adam, boynundan süzülen kanlara aldırmadan doğruluyor. Başı şimdi düşecek, ayaklarımın dibine yuvarlanacak diye korkuyorum. Başı yuvarlanmıyor, dehşetle çarpılmış yüzüme aldırmadan, Cengiz'in söylediği gibi rahatça konuşmaya başlıyor:

"Bizi İsa Mesih görevlendirdi Nevzat Bey." İsa Mesih derken haç çıkarmayı da ihmal etmiyor. "Bizi Tanrı görevlendirdi." Sesi hırıltılı ama ne söylediği çok iyi anlaşılıyor. "Bizzat İsa Mesih değil, bir aracı, Mor Gabriel... Mor Gabriel'i hatırlıyorsunuz, değil mi? Mor Gabriel getirdi mesajı. Bu ilahi bir proje. İnsanları anlamsız yaşamaktan kurtaracak bir proje. Yaşamının anlamını yitirmiş bir insan, iblisten daha tehlikelidir Nevzat Bey."

"Senin gibi," diyor Cengiz bana bakarak. Hayır, suçlamıyor, anlamamı ister gibi sakin sakin açıklıyor. "Bir zamanlar senin de yaşamının anlamı vardı: Adalet. Sonra bunun hiçbir zaman gerçekleşmeyeceğini öğrendin. Çünkü insanların kötü olduğunu anladın.

Yine de pes etmedin. Adaleti gerçekleştireceğine olan saf inancını sürdürdün. Ta ki karın ile kızın elinden alınıncaya kadar. Bunun bir yararı da olmadı değil. Böylece hayatına yeni bir anlam geldi. Karın ve kızının katilini bulmak, onların intikamını almak. Öfkeyle atıldın kötü insanların üzerine."

"Ne kadar güzel bir anlam," diye mırıldanıyor Malik. Gören de beni kıskanıyor sanacak. "Öfke baldan tatlıdır Nevzat Bey. Ama aynı zamanda yedi büyük günahtan biri."

"En büyük günah bile anlamsız bir yaşamdan iyidir," diyor deminden beri bizi izleyen Selim. O anda fark ediyorum göğsünde hâlâ saplı duran haç kabzalı bıçağı. "Anlamsız yaşayanlar bu dünyayı terk etmeli."

"Ya sev, ya terk et," diyor Mehmet. Hayret, felçten kurtulmuş, ayaklarının üzerinde dimdik duruyor karşımda. Konuşurken onun da kalbine gömülü haç kabzalı bıçak, ritmik bir şekilde sallanıyor. "Ya sev, ya terk et. Ya sev, ya terk et."

"Anlamsız yaşayanlar rüzgârda savrulan bir virüs gibidir," diye yeni bir benzetme yapıyor Cengiz. "Her yerde, herkese bulaşırlar."

"Kesinlikle haklısın eski dostum," diyor Malik, katiline gülümseyerek. "Anlamsızlık, Tanrı'nın inkârıdır. Oysa anlam, yaşamın kaynağıdır, sevincidir, itici gücüdür. Bizi birleştiren de bu. Hepimizin kendimize seçtiği bir anlam var." Matlaşmış gözlerini bana çeviriyor. "Bir tek sizin yok Nevzat Bey." Başıyla Can'ın yatağını gösteriyor. "Bir de şurada yatan günahkârın."

Cengiz'in solgun yüzü araya giriyor:

"Ama ne yazık ki ikinizi birden kurtaramayız. Ya sen, ya o."

"Bizim seçimimiz sizsiniz Nevzat Bey," diyor Malik. "O umutsuz bir vaka." Küçümser bir bakış fırlatıyor Can'a doğru. "Agnostik."

Cengiz elini uzatıp önce Selim'in göğsündeki haç kabzalı bıçağı çıkarıyor, sonra Mehmet'inkini. İki bıçağın kabzalarını bana çeviriyor.

"Al bunları Nevzat. Korkma al. Seni bu bıçaklar kurtaracak."

Kararsızlık içinde baktığımı gören Malik, bakın ne kadar kolay, dercesine bıçakları eline alıyor. Elinde iki bıçağı şöyle bir tarttıktan sonra yeniden bana uzatıyor:

"Alın Nevzat Bey, lütfen alın. İnanın bana, huzura ereceksiniz. Bu dünyanın yükünden bir anda kurtulacak, gerçek dünyanın ışığıyla aydınlanacaksınız. Bu bıçakları alın, ejderhayı öldüren, kahraman Aziz Georgios gibi cesaretle saplayın anlamsızlığı kendine rehber edinen şu günahkârın kalbine."

"Hayır," diyorum, "istemiyorum. Ben kimseyi öldürmek istemiyorum."

Malik'in yüzünde incinmiş bir ifade beliriyor:

"Neden anlamıyorsunuz Nevzat Bey. Kurtuluşunuz için bu şart. Ya kan dökeceksiniz ya da kanınız dökülecek. Kendinizi ötekilerden ayırmanız için, bir kimlik kazanmanız için bu şart. Onları inkâr etmeniz lazım. Kendi öneminizi anlamanız lazım. Bunun en basit yolu da ötekileri geçersiz kılmak, yok saymak, daha iyisi ortadan kaldırmaktır."

"Bu dünyada öldürerek..." diye yeni bir tekerlemeye başlıyor Mehmet, "...öteki dünyada yakarak. Bu dünyada öldürerek, öteki dünyada yakarak."

"Hayır," diyorum, "yapmayacağım, kimseyi öldürmeyeceğim."

"Ama beni öldürdün Nevzat," diyor Cengiz. Haksızlığa uğramış birinin şaşkınlığı içinde. "Alnımın ortasına kurşunu yapıştırmaktan çekinmedin."

"Ben kendimi korudum, kendimi ve Ali'yi."

"Bize başka seçenek bırakmıyorsun," diye söyleniyor Cengiz. "Sana bunu yapmak istemezdim." Umutsuz bakışlarını Malik'e çeviriyor. "Yok Malik Abi, bu beceremeyecek. Ötekini deneyelim."

"Hayır," diyorum, "rahat bırakın onu."

"Yeter artık," diye bağırıyor Cengiz. "Hadi yakalayalım şunu."

Üçü birden üstüme atılıyor. Selim ile Mehmet ellerimi, Cengiz ise ayaklarımı tutuyor. Kurtulmak için çırpınıyorum. Ama o kadar güçlüler ki ne ellerimi, ne ayaklarımı kıpırdatabiliyorum.

"Yapmayın!" diye bağırıyorum. "Dokunmayın bana!"

Bu arada Malik, Can'a yaklaşıyor. Sağ elindeki bıçağın ucunu Can'ın alnına değdiriyor. Bıçağın dokunmasıyla Can gözlerini açıyor. Tuhaf şey, sanki bütün yaraları iyileşmiş, yüzünde tek çizik bile yok. Malik hiçbir şey söylemiyor ona, tıpkı bana uzattığı gibi bıçakları uzatıyor sadece. Hiç itiraz etmiyor Can. Yataktan kalkıp bıçakları alıyor. Sonra adeta bir robot gibi usulca bana doğru gelmeye başlıyor.

"Uyan Can!" diye bağırıyorum. "Uyan, kendine gel."

Ama Can ne uyanıyor, ne de kendine geliyor. Onun yanı sıra yürüyen Malik'in yüzünde kederli bir ifade var.

"Neden korkuyorsun?" diyor bana bakarak. "Korkma. Yaşamayı başaramadın, hiç değilse layıkıyla ölmeyi becer. Hem karın ve kızın seni bekliyor. Onlara kavuşmayı istemiyor musun?"

"Hayır," diye bağırıyorum, "hayır!"

Hiç aldırmıyor Malik; gözlerinde ne acıma var, ne de nefret. Kutsal görevini yerine getiren bir din adamının derin huzuru içinde yüzüme bakıyor. Can ise elindeki iki bıçakla gelip dikiliyor yatağımın yanında. Cengiz, Selim, Mehmet ve Malik gözlerinde aynı tuhaf parıltıyla bana bakıyorlar. Can'ın elleri havaya kalkıyor. Emir veren Malik'in sesi çınlıyor kulaklarımda.

"Haydi evladım, kurtar onu!"

Can elindeki iki bıçağı aynı anda indiriyor üzerime.

"Ahh!" diyerek uyanıyorum.

Gözlerimi açınca Can'ı görüyorum başucumda. Ellerine bakıyorum hemen; yok, bıçak filan yok. En az o da benim kadar korkmuş. Endişeyle büyüyen tek gözü yüzüme dikili:

"Başkomiserim... Başkomiserim..."

Sesi kaygılı, tedirgin.

"Tamam Can," diyorum yatakta doğrulurken, "tamam. Sadece bir rüyaydı."

"Devletin Teröristleri."

Can'ın korunmasını güvenilir bir ekibe bırakır bırakmaz, merkezde alıyorum soluğu. Daha kapıdan adımımı attığım anda sorular başlıyor. Amirlerden müdürlere, başkomiserlerden memurlara kadar, dost düşman herkes dün geceki çatışmayı merak ediyor. Ali benden önce geldiği için, ilk soru dalgasını o karşılamış, iyi ki de karşılamış, bana sadece sonucu anlatmak düşüyor. İlk ateş edenin Cengiz olması, bize yönelik tepkileri hafifletiyor. Rasim Müdür gibi Cengiz'in arkadaşlarının nefretiyse kuşkusuz daha da artıyor, ancak haklılığımız o kadar belli ki, açıkça cephe alamıyorlar. Tabii Sabri'nin beni desteklediğinin bilinmesi de işimizi kolaylaştırıyor. Yine de hem Ali, hem de ben yazılı ifadelerimizi veriyoruz. Bir komiser de Can'ın ifadesini almak üzere hastaneye gönderiliyor.

Odama geçer geçmez, daha sabah kahvesini bile içmeden telefonum çalıyor.

"Sizi bir kadın arıyor Başkomiserim," diyor santraldeki memur.

"Kimmiş?"

"Bir arkadaşınızın karısıymış. 'Çok önemli,' dedi."

"İyi, bağla bakalım."

"Alo," diyor bir kadın sesi. "Başkomiser Nevzat'la mı görüşüyorum?"

"Evet, buyurun, benim. Ben kiminle görüşüyorum?"

"Ben Neslihan, Cengiz'in karısı."

Ne diyeceğimi bilemiyorum, elimde telefon, dilimi yutmuş gibi öylece kalıyorum.

"Cengiz'i siz vurmuşsunuz..."

Oturduğum koltukta eziliyor, yerin dibine geçmek istiyorum.

"Neden konuşmuyorsunuz Nevzat Bey? Öyle söylediler. Yoksa yalan mı, Cengiz'i siz vurmadınız mı?"

Cehennem dedikleri bu olsa gerek. Bu yüzleşmeden kaçış yok.

"Çok üzgünüm..." diyebiliyorum. "Çok üzgünüm. Böyle olsun istemezdim. Önce o ateş etti. Kendimi savunmak zorunda kaldım."

Neslihan'ın bana bağırmasını, hakaret etmesini bekliyorum, sakin bir sesle konuşuyor, fazla sakin.

"Önemli değil Nevzat Bey. Sadece, gözünüz aydın diyecektim, artık iki çocuğunuz var."

Ne demek istediğini anlayamıyorum. Zavallı kadın üzüntüden aklını yitirdi galiba.

"İki çocuğumuz var Nevzat Bey. Babalarını öldürdüğünüze göre, siz bakarsınız artık onlara. Biliyor musunuz Nevzat Bey, sizin için çok üzülmüştüm. Karınızı, kızınızı kaybetmiştiniz. Ne zaman sizi görsem, kederlenirdim. Ama acınızın büyüklüğünü tam anlayamazdım. Size teşekkür ederim, artık anlıyorum. Bana da o acıyı tattırdınız."

Neslihan, dün gece rüyamda Can'ın saplayamadığı bıçakları acımasızca ardı ardına batırıyor bedenime.

"Ben... Ben böyle olsun istemezdim."

"Cengiz, yani vurduğunuz adam, biliyor musunuz, sizi severdi. Bunu daha önce söylemiştim galiba. Ama gerçekten de sizi severdi. Sizin farklı biri olduğunuzu söylerdi. Öyleymişsiniz. Gerçekten farklıymışsınız. Daha sinsi, daha acımasız, daha soğukkanlı." Bir an söyleyeceği sözcüğü bulmakta güçlük çekiyor. "Korkunç, siz korkunç birisiniz Nevzat Bey. Yükselmek için kendi amirini bile öldürmekten çekinmeyen biri..." Sesi boğuklaşmaya, titremeye başlıyor. Artık kendini kontrol edemiyor. "Siz katilsiniz Nevzat Bey. Bunu biliyorsunuz değil mi? Siz kendi çıkarları için benim kocamı öldüren bir katilsiniz. Bir canavar..."

Kapatmıyorum telefonu, sonuna kadar dinliyorum bu üzüntülü kadının hakaretlerini. Dinliyorum, içini boşaltsın diye, dinliyorum öfkesini kussun, biraz rahatlasın diye. Belki böylece daha kolay alışır acıya. Belki daha kolay kabullenir durumu. Kabullenemeyeceğini bile bile dinliyorum onu, kendimi rahatlamak için. Bu hakaretleri fazlasıyla hak ettim ben. Geceden beri düşünmemeye çalışsam da, ben bir insan öldürdüm. Kendimi ya da Ali'yi savunurken bunu yapmış olmam, katil olduğum gerçeğini değiştirmiyor. Kadın doğru söylüyor: Ben Cengiz'le birlikte Neslihan Hanım'ı ve iki çocuğunu da öldürdüm. Cengiz'le birlikte ben, kendimden bir parçayı da öldürdüm. Ölüme biraz daha yaklaştım, ölülerimi biraz daha çoğalttım.

Neslihan Hanım takati tükeninceye kadar hakaret ediyor telefonda, sonra ağlamaya başlıyor hıçkıra hıçkıra, sonra yere düşen telefonun gürültüsü, sonra telefon kendiliğinden kapanıyor. Ama ben, ahize elimde, öylece kalıyorum. Yenilenmiş bir heyecanla odaya giren Ali, beni öyle buluyor; elimde ahize, masanın başında otururken.

"Ne oldu Başkomiserim?"

Ahizeyi gösteriyorum.

"Cengiz'in karısı. Onunla konuştum az önce."

Hemen kavrıyor durumu. Sargılı elini yana açıyor öfkeyle:

"Haksızlık bu ya!" diye söyleniyor. "Ne yapacaktınız Başkomiserim, herifin bizi vurmasına izin mi verecektiniz?"

"İki çocuğu vardı Ali."

"Ne yapalım Başkomiserim? O düşünecekti bunu, pis işlere bulaşmadan önce."

Göz göze geliyoruz, sanki benim büyüğümmüş gibi, "Sizin hiçbir hatanız yok Başkomiserim," diyor. "Sakın böyle düşünmeyin. Cengiz bir suçluydu. Ona yardım etmeyi bile önerdiniz. Gözümün önünde oldu her şey. Adam kabul etmedi."

"Ama sonuçta onu öldürdüm."

"Cengiz'i siz öldürmediniz Başkomiserim, evet onu siz vurdunuz ama o kendi kendini öldürdü."

Aklım, "Ali doğru söylüyor," diyor ama içimdeki şu mendebur ses, inatla karşı çıkıyor: "Bunların hiçbiri senin katil olduğun gerçeğini değiştirmez."

Ali gelip masanın önündeki koltuğa çöküyor.

"Bakın Başkomiserim, belki bana kalpsiz, bencil filan diyeceksiniz ama umurumda değil. Açık konuşacağım. Sizin ölüm haberinizi almak yerine, o kadının yakınmalarını ya da hakaretlerini, yani size ne söylediyse, sonsuza kadar hepsini dinleyebilirim. Yeter ki size bir şey olmasın."

Sadece bakıyorum. Sözlerinin etkili olmadığını gören Ali, "Ne yani," diyor isyan ederek, "o kadının yakınmalarını duymak yerine, benim tabutumun başında ağlamayı mı tercih ederdiniz? Keşke ateş etmeseydiniz o zaman."

"Böyle konuşma Ali," diyorum. "Saçmalıyorsun."

"Kusura bakmayın ama Başkomiserim, asıl saçmalayan sizsiniz."

Böyle giderse birazdan sağlam bir azar yiyeceğiz bundan. Kaşlarımı çatıp elimdeki ahizeyi yerine koyuyorum. Ama Ali kaptırmış bir kere:

"Ne oluyor Başkomiserim size ya? Sanki hayatınızda ilk kez çatışmaya giriyorsunuz. Ne bu hal, yeniyetme polisler gibi."

Sinirden gülmeye başlıyorum, oğlan çok ciddi.

"Niye kendinizi üzüyorsunuz? Ölen her suçlu için dertlenmeye kalkarsak..."

"Keşke yapabilsek," diyorum, "ama yapamayız. İstesek de elimizden gelmez bu."

Hâlâ akıllanmadığımı zanneden Ali, yeniden söyleve başlayacakken, "Tamam," diyorum, "tamam, geçti. İşimize bakalım."

Dikkatle yüzümü inceliyor, içten olduğumu anlayınca, "Ha şöyle Başkomiserim ya," diyor. "İşimize bakalım."

Elindeki zarfı ilk o zaman fark ediyorum. Zarfın içinden birtakım fotokopiler çıkarıp uzatıyor.

"Bunlar ne Ali?"

"Çok seveceksiniz Başkomiserim. Turhan ve Haluk gazete arşivlerinde önemli bilgilere ulaşmışlar."

Uzattığı fotokopileri alırken, şehir kütüphanesine yolladığımız memurlardan bahsettiğini anlıyorum. 1976 ile 1980 arası dönemdeki gazeteleri taramalarını söylemiştik. Fotokopilere bakmadan önce, "Cengiz'le mi ilgili?" diye soruyorum.

"Sadece Cengiz değil, adamların hepsi burada. Hani, Cengiz, Selim, Mehmet ve Malik nereden tanışıyorlar, diyorduk ya. Hepsinin açıklaması burada..."

Önümdeki fotokopilere bakarken, "Ha Başkomiserim, bizim çocuklar dün kütüphanenin kapısında Cengiz'i görmüşler, içeriden çıkıyormuş. Elinde kâğıtlar filan varmış."

"Niye tutuklamamışlar?"

Sanki kendisi sorumluymuş gibi eziliyor:

"Cesaret edememişler herhalde. Adam müdür, bizimkiler de çok genç, kolay değil Başkomiserim. Ama merak etmeyin, ben yine de azarladım onları."

Ali'yi daha fazla sıkıştırmanın anlamı yok. Koca müdür Sabri bile Cengiz'i tutuklayamamışken, iki genç polisi mi suçlayacağız şimdi? Ne arıyordu acaba Cengiz orada? Neyse, önce şunlara bir bakalım da. Elimdeki fotokopi ciddi bir gazetenin 24 Ocak 1980 tarihli nüshasından alınmış. Bir yazı dizisinin ilki. Yazıyı hazırlayan kişi, yıllar sonra faili meçhul bir suikastla yaşamını yitirecek olan, gözünü budaktan sakınmayan, tanınmış bir gazetecimiz. Dizinin başlığı: "Devletin Teröristleri." Başlığın hemen altında bir adamın fotoğrafı var. Geniş bir alın, ince bir yüz, birbirine bitişik kaşlar. Tanıdık geliyor ama çıkaramıyorum.

"Çok değişmiş değil mi Başkomiserim?" diyor Ali.

"Kim bu?"

"Fotoğrafın altında yazıyor."

"Malik Karakuş... Haa bu Malik miymiş? Hiç benzemiyor. Ne kadar değişmiş adam!"

"Ee olacak o kadar. Adam büyük bir ruhani deneyim geçirdi. Adi bir silah kaçakçısından Aziz Pavlus'a dönüştü."

Galiba sonunda gerçek hikâyeyi öğrenebileceğiz. Ama yakın gözlükleri kim bilir nerede?

"Böyle karşımda bilgiç bilgiç sırıttığına göre yazılanları okudun. Anlat da okuma zahmetinden kurtulalım bari."

"Şimdi Başkomiserim, bunlar..."

"Dur, dur bir dakika. Zeynep nerede? O da duysun bunları."

"Gelmek üzeredir Başkomiserim, o da ilginç sonuçlara ulaşmış. Ben yanınıza çıkarken, Adli tıptan gelen raporları toparlıyordu..." demeye kalmıyor, Zeynep kapıda bitiveriyor. Şu Ali serserisinin gözlerindeki ışığa bakın. Anlaşılan bunlar flört aşamasını geçtiler çoktan. Gençlik güzel şey be! Sevmek güzel şey! İçimi keder kaplıyor. Evgenia!.. Onunla hâlâ konuşamadım. Belki de artık hiç konuşamayacağız...

"Merhaba Başkomiserim." Zeynep'in sesiyle kayboluyor zihnimin karanlığında beliren Evgenia'nın aydınlık yüzü. "Otopsi raporlarını aldım. Bazı önemli sonuçlar var."

"Çok iyi Zeynepçim, gel otur. Ali'de de ilginç bilgiler var. Yıllar öncesinin bilgileri. Galiba olayın sonuna geldik. Sanırım artık karanlıkta bir şey kalmayacak."

"Emin değilim Başkomiserim," diyor Zeynep otururken, "kafamı kurcalayan bazı sorular var. Yanıtlayamadığım sorular."

Ne demek istiyor şimdi bu kız? Tam da taşlar yerine otururken, gözden kaçırdığımız ne var?

"Hayrola Zeynep? Ne buldun?"

"Bulgu değil Başkomiserim, bir kuşku, konuşmamız gerek."

Belki de Zeynep'in titiz çalışmasının getirdiği önemsiz detaylardır takıldığı.

"Konuşacağız ama önce Cengiz ile Malik'in ilişkisinden başlayalım. Evet Alicim, neymiş bu olay?"

Fotokopileri önüne çeken Ali, "Bunların ilişkisi yıllar öncesine dayanıyor," diyerek anlatmaya başlıyor. "Yani Malik, polis ifadesinde böyle anlatmış."

Polis ifadesinde lafı biraz manidar çıkıyor.

"Ne demek polis ifadesinde?" diye soruyorum. "Başka yerde anlatmamış mı?"

"Anlatmamış, daha doğrusu ifadesini reddetmiş. Olaya baştan başlasam iyi olacak Başkomiserim. Şimdi bu yazıyı hazırlayan gazeteci, mahkeme tutanaklarından polis ifadelerine kadar birçok belgeye ulaşmış. Yazı dizisini de onlara dayanarak hazırlamış. Kimi insanlarla röportaj yapmış, aralarında Malik'in de bulunduğu kimileri ise konuşmaktan kaçınmış. Zaten Malik polis ifadesinde söylediklerini, 'Gözaltındayken solcu, Pol-Der'li polisler tarafından bana işkence yapıldı,' diyerek savcılıkta ve mahkemede reddetmiş. Ama dükkânının deposunda o kadar çok silah bulunmuş ki, paçayı kurtaramamış. Evet, Malik'in gözaltına alınmasına neden olan olay, bu depo baskınıymış. Onun da hikâyesi matrak. Şimdi hırsızın biri bunun deposuna girmiş. Yükte hafif, pahada ağır ne varsa toplamaya başlamış, o sırada gözüne tabanca dolu bir sandık takılmış. Sandıktaki tabancalardan birini alıp beline sokmuş. Ama şanssızlığa bakın ki, hırsız depodan çıkınca, duvarlara afiş yapıştırırken karşılaşıp çatışmaya başlayan, iki karşıt grubun arasına düşmüş. Salak hırsız kaçamamış, polislere yakalanmış. Polisler bunu solcu sanıp basmışlar dayağı, bu salak da, 'Valla ben solcu değilim, hırsızım,' diyerek gerçeği anlatmış. Bunun üzerine hırsızın girdiği depo basılmış, içeride elli üç adet tabanca, binlerce mermi, iki düzine el bombası ele geçirilmiş. Malik hemen gözaltına alınmış. Polisteki ifadesinde de, bu silahları Suriye'den getirdiğini, alıcısının ise Kıdemli Astsubay Orhan Çimender olduğunu söylemiş. Polis biraz daha zorlayınca, Kıdemli Astsubay Orhan Çimender'in bu silahların bir kısmını Cengiz Koçan, Selim Uludere ve Mehmet Uncu'ya verdiğini itiraf etmiş. Ancak, işte burası çok ilginç, polis ne Kıdemli Astsubay Orhan Çimender'i, ne de öteki üç kişiyi gözaltına almış. Bu kişiler sadece mahkemeye çağrılmış, orada ifadelerine tanık olarak başvurulmuş. Tabii dördü de ithamları reddetmişler. Malik'i Kapalıçarşı'daki dükkândan tanıdıklarını, yanına müşteri olarak gittiklerini söylemişler. Malik de, 'Polis bana işkence yaparak, örgüt arkadaşlarını söyle deyince, tanıdığım bu dört kişinin adını verdim,' diye ifadesini değiştirmiş. Sonuçta, Malik silah kaçakçılığından dolayı on yıl hapis cezasına çarptırılırken bu dörtlü serbest kalmış."

"Şimdi durum anlaşılıyor," diye mırıldanıyorum. "Bunlar ta yıllar öncesinden çeteymiş."

"İyi de, bu adamlar nasıl polis olmuşlar Başkomiserim?" diyor Zeynep. Gözleri hayretle açılmış.

"Bunların hepsi terörist."

"Malik adlarını verdiğinde neden gözaltına alınmadılarsa aynı nedenle," diye açıklıyorum. "Onları koruyan güçler vardı. Devletin içindeki güçler."

Elindeki fotokopileri Zeynep'e gösteren Ali:

"Zaten bu dizinin adı da, 'Devletin Teröristleri.'"

"Çocuklar şu subay," diyorum, "Cengiz, onu da öldürmüş olmasın?"

"Yok Başkomiserim," diyor Ali, "araştırdık, Orhan Çimender eceliyle ölmüş. Üç yıl önce, prostat kanserinden. Ama haklısınız, eğer ölmeseydi, muhtemelen Cengiz onun da defterini dürerdi. Çünkü çetenin şefi Orhan Çimender'miş galiba."

Zeynep oturduğu koltukta huzursuzca kıpırdanıyor:

"Benim konuşmak istediğim de buydu," diyor. "Cengiz'in katil olduğundan emin değilim."

Birden buz gibi bir hava esiyor masada. Ne diyor bu kız? İkimizin de bakışları yüzünde kenetleniyor.

"Adam itiraf etti Zeynep," diyorum. "Gerçi kaza oldu, dedi ama Malik'i öldürdüğünü kabul etti."

"Ben de tam bunu söyleyecektim Başkomiserim. Cengiz, Malik'i öldürmüş olabilir. Sanırım kaza derken de doğru söylüyormuş."

Ali de en az benim kadar şaşkın:

"Nasıl doğru söylüyor Zeynep?" diye karşı çıkıyor, "Olay yerini hepimiz gördük. Adamı yatırıp kesmiş. Böyle kaza mı olur?"

"Sakin ol Ali, ben elimdeki bulgulara dayanarak konuşuyorum. Malik'in otopsi raporları geldi. Başı kesilmeden önce, bir yere çarpmış. Bu çarpmaya bağlı olarak beyin kanaması geçirmiş. Ölümcül bir kanama."

İki erkek, anlamaya çalışıyoruz. Ali her zamanki gibi benden hızlı:

"Nasıl emin olabiliyorsunuz bundan? Ya Malik'in kesilen başı merdivenlerden düşerken kapıya çarpıp da beyin kanaması geçirdiyse."

"Öyle olmamış. Malik'in evine gittiğimde kafamı kurcalayan bir bulguyla karşılaşmıştım. Başın kesildiği yer, şapele inen merdivenlerin üstüydü. Ama üst kata çıkan demir merdivenlerin dibinde kan bulmuştum. Malik'in kafasının kesildiği yerden yukarı çıkan merdivenlerin altına kanın sıçraması olanaksızdı. Sorunun yanıtını bulamamıştım, otopsi raporunu okuyunca anladım. Cengiz ile Malik kavga ettiler. Daha doğrusu Cengiz, Malik'i tartaklıyordu. Yerde düşmüş olan 'Meryem ve Çocuk İsa' ikonası da böyle bir itişmenin olduğunu kanıtlıyor. Sanırım Cengiz, Malik'ten bir şey öğrenmek istiyordu."

"Belki de tehdit ediyordu," diye kendi varsayımını ileri sürüyor Ali.

"Tamam, belki de tehdit ediyordu. İşte bu sırada Malik'i savurdu. Yaşlı adam, başını yukarı çıkan merdivenlerin demirine çarptı. Beyin kanaması geçirerek öldü. Cengiz kısa bir şaşkınlığın ardından, bu ölümü Selim Uludere'yi öldüren katilin üzerine yıkmaya karar verdi. Malik'i tanıdığı için, kendini Pavlus sandığını biliyordu. Cesedi şapele inen merdivenlerin üzerine yatırdı, Romalıların enli kılıcıyla kafasını kesti. İlk cinayetin ritüellerini bildiği için Malik'in kanıyla içerdeki Kutsal Kitap'tan bir satırın altını çizmek istedi. Ancak Selim Uludere cinayetinde hangi bölümün altının çizildiğini hatırlayamadı. O da Malik'in ölümüne anlam verecek bir satır aradı. Buldu da ama Zekarya Peygamber bölümünden değil, Yuhanna'nın yazdığı 'Vahiy'den. Satırı okudunuz: 'Canavar ve onunla birlikte yalancı peygamber tutsak alındı.' Satır, Malik'in durumunu çok iyi anlatıyor. 'Yalancı peygamber' tanımlaması, Malik'in kendisini Pavlus sanmasına bir tepki, ona yönelik bir tür suçlama. Ama Selim Uludere cinayetindeki satırla hiçbir ilgisi yok. Eğer Mehmet Uncu cinayetinde de Zekarya Peygamber'in söylediği sözlerin ikinci satırı yer almasaydı, bu durumda bir gariplik görmeyebilirdik." Zeynep yanında getirdiği belgeleri karıştırıyor. "Bakın, katilin kullandığı bölümde şunlar yazıyordu: 'Uyan, ey kılıç! Çobanıma, yakınıma karşı harekete geç,' diyor her şeye egemen Rab. 'Çobanı vur da koyunlar darmadağın olsun. Ben de elimi küçüklere karşı kaldıracağım. Bütün ülkede,' diyor Rab... paragraf böyle devam ediyor. Katilimiz ilk cinayetinde, yani Selim Uludere'yi öldürdükten sonra, 'Uyan, ey kılıç! Çobanıma, yakınıma karşı harekete geç,' satırının altını çizmiş. İkincisinde ise yani Mehmet Uncu cinayetinde, 'Çobanı vur da koyunlar darmadağın olsun,' diyen satırın altını çiziyor. Ama Malik cinayetinde birden zıplıyor, İncil'in sonundaki Yuhanna'nın yazdığı 'Vahiy'den, 'Canavar ve onunla birlikte yalancı peygamber tutsak alındı,' denilen satıra geçiyor. Üstelik satırların altındaki çizgiler de farklı. Selim Uludere ile Mehmet Uncu cinayetlerinde satırların altı cetvelle çizilmiş gibi düzgündü. Oysa Malik cinayetinde satır elle çizilmiş, üstelik titreyen bir elle..."

Zeynep'in sözleri ilginç, kafamdaki bazı kuşkular yeniden depreştiriyor ama Ali öyle kolay kolay görüşlerini değiştireceğe benzemiyor:

"Olabilir, Cengiz fikir değiştirmiştir belki. Her cinayete anlamlı bir satır bulmaya çalışmıştır. Eğer satırları böyle okursak bir tutarsızlık yok. Selim Uludere için seçtiği satır, 'Uyan, ey kılıç! Çobanıma, yakınıma karşı harekete geç,' diyor. Yani bütün olumsuzlukların çobanın öldürülmesiyle başladığını ima etmek istiyor. Mehmet Uncu'da ise 'Çobanı vur da koyunlar darmadağın olsun,' derken, bu olayın zavallı Yusuf'un ölümüyle bağlantılı olduğunu anlatmak istiyor. Malik'inki ise belli: 'Yalancı peygamber.'"

Böyle bir mantık da yürütülebilir tabii. Ama Zeynep'in söyledikleri daha inandırıcı geliyor bana. Zeynep de inatla varsayımını açıklamayı sürdürüyor zaten:

"Kusura bakma Alicim, biraz zorlama oldu. Yine de söylediklerini kabul edebilirdim ama başka bir farklılık daha var. Mor Gabriel yazısı. Selim Uludere ve Mehmet Uncu cinayetlerinde bulduğumuz iki Kutsal Kitap'ta da sağ tarafta maktullerin kanıyla yazılmış Mor Gabriel yazısı vardı. Ama Malik cinayetindeki Kutsal Kitap'ta Mor Gabriel yazısı yok.

"Unutmuştur," diyor Ali, "ne bileyim, atlamıştır."

Zeynep kararlılıkla açıklıyor:

"Atlamaz. Sen de bilirsin ki, bu işaretler katilin imzası gibidir."

"Belki zaman bulamamıştır," diye diretiyor Ali. "Belki de katilimiz öyle titiz biri değildir. Bu kez üstünkörü atmış imzasını."

"Olabilir tabii ama Selim Uludere ve Mehmet Uncu cinayeti ile Malik'in öldürülmesi arasında belirgin bir üslup farkı var. Olay yerlerini üçümüz de gördük. Selim Uludere ile Mehmet Uncu cinayetlerinde katil son derece titiz çalışmış. Mehmet Uncu'nun dağınık bir evi olmasına rağmen, katilimiz kendi rutinini eksiksiz gerçekleştirmiş. Ama Malik cinayeti bir felaket. Cengiz çok dağınık çalışmış, yere düşen ikonalar, her tarafa sıçrayan kan..."

Zeynep anlatırken, Cengiz'in arabasını otoparka bırakması geliyor aklıma. Gerçekten de Malik'i öldürmeye geldiyse, arabasını otoparka niye bıraksın? Cengiz bu kadar bariz bir hatayı yapacak kadar aptal olabilir mi?

"Hayır," diye sürdürüyor sözlerini Zeynep, "bence bu üç cinayeti aynı kişi işlemedi."

Hayal kırıklığıyla soruyor Ali:

"Yani Cengiz masum mu şimdi? Adamı boş yere mi suçladık?"

"Boş yere değil tabii. Kaza olsun olmasın, Cengiz, Malik'in katiliydi. Ayrıca beş yıl önce öldürülen Çoban Yusuf'u da unutma. O cinayette Selim'le işbirliği yaptı. Cengiz masum biri değildi. Benim söylemek istediğim, Selim Uludere ile Mehmet Uncu'yu başka birinin öldürdüğü. Yani katil hâlâ dışarıda."

Eğer öyleyse, kartları yeniden dağıtmanın zamanı geldi. Yeni bir oyun başlıyor; kazanmak için daha akıllı olmamız, daha sakin olmamız gereken bir oyun. Ama Zeynep'in haklı olabileceğini anlamaya başlayan Ali, sakin olmayı beceremiyor.

"Peki kim o zaman bu katil?" Çaresizlik onu gerginleştiriyor. "Başa mı dönüyoruz yine? Yine gizli bir Hıristiyan tarikatının peşine mi düşeceğiz? Çünkü elimizde zanlı olarak kimse kalmadı."

Zeynep ise Ali'nin aksine son derece sakin:

"Meryem'i unutma. Selim'le aralarının kötü olduğunu biliyoruz. Kadın mali açıdan zor durumdaymış. Daha önce de Selim'i öldürmeyi denediğini biliyoruz."

Meryem'le yaptığımız konuşmayı düşünüyorum, sözlerini hatırlamaya çalışıyorum, yüzünü gözlerimin önüne getiriyorum.

"Sanmıyorum Zeynep," diyorum, "Selim'i ve Mehmet'i Meryem öldürmemiştir. Selim'den yüz bin doları almış zaten. Yani aralarında bir para meselesi olduğundan söz edemeyiz. Daha da önemlisi, Selim'in katili kendisiyse, neden Bingöllü'yü öldürmek istesin?"

"Dikkatleri başka yere çekmek için..."

"Öyle yapacağına, Bingöllü yerine Selim'i öldürtürdü. Tonguç da cinayeti üstleneceğinden, kirli hayatına kaldığı yerden devam ederdi. Yok, onları Meryem öldürmedi." Meryem'in dün buraya geldiğinde söylediği bir şey geliyor aklıma:

"Durun, durun. Meryem dün buraya gelmişti ya, Cengiz'in söylediği bir şeyden bahsetti."

"Ne söylemiş Başkomiserim?" diye atılıyor Ali. "Başka bir isim mi vermiş?"

"Başka bir isim vermemiş ama, 'Birkaç güne kadar gerçek katili bulacağım,' demiş."

"Demek ki Cengiz de katili arıyordu," diye fikir yürütüyor Zeynep. "Bu da Cengiz'in Malik dışındaki iki cinayetten sorumlu olmadığını gösteriyor."

"Tabii ya..." diye ayağa kalkıyor Ali, "Şu kütüphane meselesi. Bizim çocuklar Cengiz'i kütüphaneden çıkarken görmüşler ya, büyük olasılıkla orada katili arıyordu."

Çok mantıklı.

"Hadi o zaman, kalkın gidiyoruz." Anlamamış, ikisi de yüzüme bakıyor.

"Ne bakıyorsunuz, gerçek yakın tarihte gizli. Yakın tarih ise kütüphanede, sabık müdürümüzün araştırdığı gazete sayfalarında."

Balıkçı yaka beyaz kazağının göğsünde, kırmızı bir leke.

Kütüphanenin ahşap kapısından içeri girince, yıllardır duymadığım bir koku karşılıyor bizi. Kâğıtlar ile mürekkebin, karton ile tutkalın, ahşap ile tozun buluşmasından, hepsinin yıllanmasından oluşan bir koku. Babam medeniyetin kokusu, derdi buna. Sadece kütüphanelerde duyabileceğiniz bir koku.

Dışarıdaki kalabalığın, gürültünün tersine, kütüphanenin içinde kesin bir sessizlik, derin bir huzur var. Camide, kilisede, sinagogdaki gibi ama daha aydınlık, öteki dünyadan çok bugüne ait bir huzur. Kütüphane memuru, yüzü sivilceli gençten bir çocuk. Önünde dağ gibi yığılmış kitaplar, onları bilgisayara kaydetmekle meşgul. Masasının önünde dikildiğimizi fark edince, "Buyrun," diyor. Ama gözleri, siz de nereden çıktınız, dercesine sıkıntıyla bakıyor. "Nasıl yardımcı olabilirim?"

Ali kimliğini gösteriyor:

"Polis! Gazete arşivlerine bakmak istiyoruz."

Kütüphaneci, bilgisayardaki işini bırakıp gülümsüyor:

"Yine mi? İki gündür polislerden başımızı alamıyoruz. Yakında bir emniyetçiler köşesi açacağız."

Bunları söylerken gözlerinin Zeynep'e kaymasını engelleyemiyor. Tabii Ali'den kaçmıyor bu.

"Hadi kardeşim!" diye söyleniyor. "Acelemiz var, bize şu arşivlerin yerini göster."

Kütüphaneci bozuluyor ama ne desin, sesini çıkarmadan doğruluyor.

"Tamam, hangi dönemin gazetelerini istiyorsunuz?"

Onca yılın gazetelerini taramaya kalkarsak, akşama kadar buradayız.

"Bir dakika delikanlı," diyorum, "şu dün tek başına gelen, lacivert paltolu polis."

Hemen tanıyor Cengiz'i.

"Emniyet müdürü..."

"Ta kendisi... Onun baktığı gazeteleri istiyoruz. Onları bulabilir misin?"

Yüzüne rahat bir gülümseme yayılıyor:

"Çok şanslısınız Amirim. Buradalar, hâlâ yerine koymadım."

Dönüp arkadaki geniş masaya yöneliyor. Masanın üzerinde dağınık duran, ciltlerin arasından en büyüğünü kaldırıp getiriyor.

"İşte onun baktığı cilt burada. Ama hangi gün, hangi nüshadır, kendiniz bulacaksınız."

"Sağ ol."

Ali, gazete cildini alıyor, hep birlikte arkalarda, kuytu bir masaya yürüyoruz. Ancak yürürken Ali'nin cebindeki telsiz cızırdamaya başlıyor. Önünden geçtiğimiz masada, burnunu kalın kitapların arasına gömmüş, ak saçlı bir adam, başını kaldırıp kınayan bir bakış fırlatıyor bize. Zeynep hiç duraksamadan elini Ali'nin deri paltosunun cebine sokup telsizi çıkarıyor.

"Kapatıyorum Başkomiserim," diyor.

"İyi olur Zeynep."

Masada Ali ile Zeynep yan yana oturuyor, ben çaprazlarına yerleşiyorum. Böylece üçümüz de gazeteleri okuyabileceğiz. Siyah kapağında, sarı yaldızla 1979 - KIŞ yazan cildi açıyor Ali.

"Baş sayfalara bakalım Alicim," diye fısıldıyorum. "Bir cinayet ya da suikast haberi olmalı."

"Tamam Başkomiserim."

"Olayın Cengiz'le ilgili olduğunu nasıl anlayacağız?" diye soruyor Zeynep.

O da benim gibi alçak sesle konuşuyor. Aslında kütüphane sakin sayılır. Az önce rahatsız ettiğimiz yaşlı adamı saymazsak, bizden başka iki masa daha dolu. Onlar da epeyce uzakta kalıyorlar. Yani sesimizi o kadar kısmamıza gerek yok ama nedense Ali de bizim gibi fısıldayarak anlatıyor meramını.

"Belki ismi geçer. Ya da tanıdık başka birini buluruz," diyerek sayfaları çevirmeye başlıyor. O sayfaları çevirdikçe üçümüz birden cinayetle ilgili haber başlıklarını okumaya, fotoğraflarda tanıdık birini bulmaya çalışıyoruz. Üçümüz dediğime bakmayın, aslında bu işi ikisi yapıyor, hem de büyük bir hızla. Ben yakın gözlüklerimin ardından yazıları seçmeye çalışırken, onlar hemen öteki sayfaya geçiveriyorlar. Sonunda ince, uzun parmağını gazetedeki bir haberin üstüne koyuyor Zeynep...

"Dur, dur Ali, bir dakika."

Gösterdiği haberin başlığı üç sütuna manşet atılmış: "Çocuklarının Gözü Önünde Öldürüldüler." Haberin yanındaki fotoğrafta, kapıları açık Murat 124 marka sarı renkli bir otomobil. Otomobilin içinde bir kadın, bir erkek... Adamın kafası direksiyonun üstünde, şakağındaki kan olmasa, uzun bir yolun ardından yorulmuş da uyuyor sanırsınız. Kadının başı ise geriye düşmüş, uzun saçları yaslandığı koltuğa dağılmış, balıkçı yaka beyaz kazağının göğsünde, kırmızı bir leke. Açık kapının önünde bir çocuk. Sarışın, gözlüklü, gördüğüne inanmayan, inanmak istemeyen bir çocuk. Dokuz yaşında ya var, ya yok. Yüzünde dehşet, yüzünde dile getirilmemiş bir çaresizlik. Ali her zamanki tez canlılığıyla:

"Can," diyor, "ya bu bizim entel Can değil mi?"

Zeynep de çoktan teşhis etmiş olmalı ki, yanıt vermek yerine haberden bir bölüm okuyor:

TÖB-DER'li öğretmen Emir Türkgil ile eşi Elizabeth Türkgil, oğulları Can'ın gözleri önünde öldürüldü... Olayın tek görgü tanığı olan küçük Can, katillerin üç kişi olduğunu söyledi. Zanlıların robot resminin çizilmesinde polise yardımcı olan çocuk, katillerden birinin bileğinde bir çilek lekesinin bulunduğunu belirtti...

"Selim'in bileğindeki leke," diye heyecanla mırıldanıyor Ali. "Hani dövme mi, doğum lekesi mi diye tartışmıştık."

"Evet, adli tıpçılara sormuştum, doğum lekesi demişlerdi," diye açıklıyor Zeynep.

"Vay be!" diye söyleniyor Ali. "Can'ın anne babasının katili Selim'miş ha..."

"Sabık müdürümüz Cengiz ile Mehmet'i de unutma," diye ekliyorum.

"Ölüm makinesiymiş adamlar ya," diyor Ali. "Mor Gabriel Manastırı'ndaki altı kişiye gelinceye kadar kim bilir kaç kişinin canına kıymıştır bunlar."

"Bize müdürlük eden adama bakın," diyerek Ali'nin şaşkınlığına katılıyor Zeynep. Son derece ciddi ve üzgün. Yanıtını tam olarak öğrenemediği soruyu yineliyor. "Bu adamlar teşkilata nasıl sızabiliyor?"

Soruyu benim yanıtlamam lazım, yanıtını da biliyorum üstelik. Ama açıklamamın hiçbir yararı olacağını sanmıyorum, o yüzden elimizdeki davaya dönüyorum.

"Ne yazık ki kolayca sızabiliyorlar Zeynepçim." O günün geleceğinden çok da emin olmamama rağmen, "Belki bir gün," diyorum, "bir gün bu adamlardan tümüyle kurtulacağız. Ama anlaşılıyor ki şimdi başka biri uğraşmış onlarla. Bu defa çetin cevize çatmışlar." Ali'nin gözlerinin içine bakıyorum. "Hepimizin küçümsediği entel bir oğlan, defterini dürmüş hepsinin. Hem de bizi bile kandırarak." Şimdi de bakışlarım Zeynep'in yüzünde. "Bizimle oynayarak, hepimizi masum olduğuna inandırarak. Evet, sonunda katilimizi bulduk galiba. Adamımız Can gibi gözüküyor."

Ben, zaten başından beri ondan şüpheleniyordum, demesini, bekliyorum Ali'nin. Hayır, öyle söylemiyor. Sanki Can'a hayranlık duyar gibi mırıldanıyor:

"Takdir etmek lazım, iyi gizledi kendini oğlan."

Şansı yardım etti demek geliyor içimden, eğer Cengiz aptallık yapıp Malik'e saldırmasaydı...

Zeynep'in dalgın sesi dağıtıyor düşüncelerimi.

"Can gibi kültürlü bir adamın intikam almak istemesini hiç anlayamıyorum. Kan davası mı bu? Eğer ailesinin katillerini bulduysa, neden adalete başvurmadı? Neden hayatını mahvediyor, hem de önünde parlak bir gelecek varken..."

"Onu bunu bilmem," diyor Ali, adeta neşeli bir tavırla. "Demek ki katil cinayet işlediği yere geri döner lafı doğruymuş. Selim'in evine ilk gelen Can'dı. Hatta ben de salak gibi, 'Katiller suç işledikleri yere geri dönerler,' diyerek güya onu korkutmaya çalışmıştım. Meğerse herif bizimle oynuyormuş."

Artık bu muhabbete son vermenin zamanı geldi.

"Hadi çocuklar, olay üzerine konuşmaya sonra devam ederiz. Şimdi yapılacak işler var. Alicim, sen hemen şu hastanede koruma görevini yapan polisleri ara. Müşahade süresi biter bitmez, Can'ı merkeze getirsinler. Sonra da şu Mehmet'in evine git, komşulara Can'ın eşkalini sor. Bakalım binaya hiç gelmiş mi. Eve kolayca girdiğine göre, Can ile Mehmet tanışıyor olabilir. Zeynepçim, biz de savcılıktan izin çıkaralım, Can'ın evinde bir arama yapalım. Hiç sanmıyorum ama belki ihmalkârlığına gelip bir kanıt, bir belge, kurbanlarından aldığı bir eşya, ne bileyim, işimize yarayacak bir şeyler bırakmıştır ortalıkta."

Ama öğleden sonra Can'ın evine gidince yanılmadığımı anlıyorum; bir tek ipucu bile bulamıyoruz. Haç kabzalı bıçakları yaptığı demirler atölyede gözümüzün önünde duruyor. Demirleri haça çevirecek çelik makaslar, eğeler, kaynak makinesi, bütün düzenek burada. Ama Can'ın o bıçakları yaptığını kanıtlayan ne bir parça bulabiliyoruz, ne çizilmiş bir model.

Böylesine belirsiz delillerle Can'ı katil diye suçlamak çok zor, hadi suçladık diyelim, cinayetleri işlediğini kanıtlamak imkânsız. Onu gözaltına alsak da savcılık hemen serbest bırakır. Yine de gözaltına alacağız tabii. Bakışından, duruşundan, sesinin tonundan, eksik kalan parçaları tamamlamaya çalışacağız. Ona cinayetleri soracağız, bir itiraf almak için uğraşacağız. Bir işe yarayacak mı bilmiyorum ama uzun uzun konuşacağız onunla.

Ali bizden önce gelmiş merkeze. O daha şanslıymış, Mehmet Uncu'nun yandaki komşusu Sıdıka Teyze, tarif üzerine çıkarmış Can'ın eşkalini. Zaten ismini de biliyormuş. Yusuf'la birlikte gelirlermiş Mehmet'in ziyaretine. Bu da garip, Can niye bile bile kendini deşifre etmiş ki? Mükemmele yakın iki cinayet işleyen biri, bu aptallığı niye yapsın? Niyesi önemli değil, önemli olan bu bilginin elimizde olması. Çünkü Can, böyle birini tanımadığını söylemişti. Ailesinin ölümüyle ilgili gerçeği gizlemesini saymazsak, belki ifadesindeki tek çelişki bu. Doğal olarak bu çelişkinin üzerinde çalışacağız, rakibinin en zayıf bölgesine ardı ardına ağır yumrukları indirmeye çabalayan boksörler gibi.

Ne yazık ki bizde adalet kolay gerçekleşmiyor.

Sorgu odası alacakaranlık. Can, uzun masanın ucuna oturmuş, ben sol yanındaki iskemledeyim, Ali ayakta. Can'ın tam arkasında dikiliyor. Tepedeki lamba, sadece Can'ın başını aydınlatıyor; sarı saçları ışıkta altın gibi parıldıyor, yüzündeki şişler, yara izleri gölgede daha belirgin görünüyor. Tek gözü hâlâ kapalı. Açık gözü kaygıyla bakıyor; gerçekten de kaygılı mı, yoksa muhteşem oyununun yeni bir perdesine mi başlıyor, bunu kestirmek zor. Aslında yaralı yüzü, bitkin bedeni, endişeli tavırlarıyla iki kişiyi ustalıkla öldürmüş bir katilden çok, zavallı, çaresiz bir kurbanı andırıyor. Ama öyle olmadığının farkındayız; çelişkili bir durum, elimizde doğru dürüst bir kanıt bulunmamasına rağmen onun Selim ile Mehmet'i öldürdüğünü biliyoruz. Bilmek ne işe yararsa?

Zeynep sorgu odasının dışında, aramızda bir ayna var. Biz onu göremiyoruz ama o rahatlıkla sorguyu izleyebiliyor. Kaçırdığımız bir ayrıntı olursa, sonra birlikte değerlendireceğiz.

Sorgu odasına girdiğimizden beri ne Ali, ne de ben hiç konuşmadık. Can'ı suskun kalarak suçluyoruz. Çok dayanamıyor:

"Neler oluyor Başkomiserim?" diye soruyor sabırsızca. "Benim burada ne işim var?"

"Sen söyleyeceksin Can, burada ne işin var?"

"Bilmem, hastanedeki polisler getirdiler. Eve gitmek istediğimi söyledim. 'Başkomiser Nevzat, seninle görüşmek istiyor,' dediler."

Ali arkadan eğilerek çenesini Can'ın sağ omzuna koyuyor: "Seni emniyete almaya karar verdik," diye mırıldanıyor kulağına. "Hiç itiraz etme, bunu fazlasıyla hak ettin."

Can anlamamış, başını çevirmeye çalışıyor. Ali sol eliyle onun başını yakalıyor:

"Ama hareket etmek yok. Bu odanın kendine göre kuralları vardır Can... Dur, senin kültür seviyene uygun şekilde anlatayım. Nasıl ki ayda yerçekimi dünyadan daha azsa, bu odada da özgürlük, dışarıdan daha azdır. Öyle istediğin gibi başını sağa sola çeviremezsin. Öyle istediğin gibi yalan söyleyemezsin. Bu odanın dışında yalanlar söyleyebilir, insanları kandırabilir, cinayet bile işleyebilirsin. Hatta iki kişiyi öldürüp cinayetleri başka birinin üzerine yıkmaya da çalışabilirsin."

Can'ın tek gözündeki kaygı büyüyor; durumun ciddiyetinden emin olunca, "Neden söz ediyorsunuz, anlamıyorum," diyor ellerini yana açarak.

Sağ eli sarılı olduğundan, Ali sol eliyle sertçe vuruyor Can'ın eline.

"Ben ne dedim Can? Dinlemiyor musun beni? Bu odada izinsiz hareket etmek yok!"

Can tek gözünü bana çeviriyor:

"Ne oluyor Başkomiserim?" diye yineliyor endişeyle. "Hiçbir şey anlamıyorum, lütfen anlatır mısınız?"

Alıngan bir ifadeyle yüzüne bakıyorum:

"Hâlâ oynuyorsun Can. Ali doğru söylüyor, seni emniyete almaya karar verdik. Çünkü bizi aldatmayı başardın. Kaç gündür bizimle oynuyorsun. Engin gönüllü olma, kolay iş değildir bu. Yetenek ister, aynı zamanda cesaret, aynı zamanda zekâ... Buraya kadar çok iyiydin. Ama bitti artık. Her şeyi anladık Can."

Tek gözündeki şaşkınlık yerini güçlü bir kararlılığa bırakıyor. Hayır, kolay kolay teslim olmayacak bu çocuk.

"Neyi anladınız Başkomiserim?"

"Neyi olacak oğlum," diyor Ali, yanına geçerek. "Sendeki potansiyeli. Şu memlekette yıllardır adam gibi seri katil yok diye hayıflanırdık. Sen buna bir son verdin. Gerçi topu topu iki kişiyi öldürdün ama..."

Can sonunda sinirlenmeye başlıyor:

"Ne diyorsunuz, anlamıyorum!" diye çıkışıyor.

Ali ani bir hareketle uzanıp Can'ın yakasından tutuyor, güçlü bir şekilde sarsıyor.

"Sesini yükseltme!" Sonra yumuşuyor, Can'ın yakasını bırakıyor, sakin sakin sürdürüyor sözlerini. "Ne dedim sana hatırlasana. Bu odada özgürlükler dışarıdakinden daha azdır. Sesini yükseltme özgürlüğü de buna dahil. Yükseltirsen ne olur? O zaman, dün gece kurtardığımız canı kendimiz almak zorunda kalırız. Anlıyor musun?"

Ali'nin dengesiz davranışlarına artık aldırmıyor.

"Anlamıyorum," diye bağırıyor, "ne yapmak istiyorsunuz siz? Açıkça söylesenize, kimi kandırmışım, kimi öldürmüşüm?"

"Hemen söyleyeyim," diyor Ali alaycı tavrını sürdürerek. "Selim Uludere ile Mehmet Uncu'yu... Prostat kanserinden ölmeseydi Kıdemli Astsubay Orhan Çimender'i de öldürecektin. Bizim sabık müdürümüz Cengiz Koçan'a özel bir önem veriyordun. Onunla ilgili başka planların vardı. Cinayetleri onun üzerine yıkmak gibi."

"Bütün bunlar çok saçma. Kusura bakmayın ama siz aklınızı kaçırmışsınız. Neden öldürmek isteyeyim ki bu insanları?"

Can'ın açık gözünün içine bakarak, tane tane açıklıyorum:

"Anneni ve babanı öldürdükleri için."

Yaralı yüzünde yine yalancı bir hayret, umursamıyorum bile.

"Hiç inkâr etme Can, her şeyi biliyoruz. Annen ile baban öldürülürken sen de Murat 124'ün içindeymişsin. Arabanın arka koltuğunda oturuyormuşsun. Gazetede okuduk, bizzat kendi ifaden var. Katillerin üç kişi olduğunu söylüyorsun. Ateş edenlerden birinin sağ bileğinin içinde çilek lekesi varmış..."

Hâlâ anlamamazlıktan geliyor.

"İyi de, bunun Selim'in ya da benim bildiğim adıyla Yusuf Abi'nin öldürülmesiyle ne ilgisi var?"

Sert bir şaplak indiriyor ensesine Ali.

"Yalan yok demedik mi Can... Bak, bir de kendini dövdürüyorsun bana."

"Yalan söylemiyorum... Ne dediğinizi de anlamıyorum. Açıkça söylemiyorsunuz ki..."

Ali yine vurmaya hazırlanıyor, durduruyorum onu. Can'ı işkenceyle konuşturacak halimiz yok.

"Bırak Ali, gel otur şöyle." Korunmak için boynunu içine çeken zanlımıza dönüyorum. "Bak Can, neden bahsettiğimizi çok iyi biliyorsun. Bizi boşuna yorma. Güçlü deliller var elimizde. Bu işten yakanı sıyıramazsın. Kurtuluşun yok. Tek çare bizimle işbirliği yapman. Bu cinayetleri neden işlediğini çok iyi anlıyoruz. İşbirliği yaparsan, biz de sana yardım ederiz."

Geride hiçbir iz bırakmadığından o kadar emin ki, blöfümü yemiyor.

"Neden bahsettiğinizi bilmiyorum. Beni neyle suçladığınızı bile bilmiyorum."

Neler bildiğimizi öğrenmek istiyor. Yoksa bir yerlerde açık mı verdi? Şu anda kafasını kurcalayan soru bu. Elimizdekilerden söz etmeden, olayı çözmüş, bitirmiş bir dedektif edasıyla açıklamaya başlıyorum:

"Dinle o zaman. Senin hikâyeni, ben anlatayım sana. Her şey, Malik'in seni Yusuf'la, yani Selim Uludere'yle tanıştırmasıyla başladı. Daha doğrusu, senin Selim'in kolundaki lekeyi görmenle. Malik'in hiçbir şeyden haberi yoktu tabii. Selim, Mor Gabriel Manastırı'ndan çalınan Diatesseron'un değerini anlamaya çalışıyordu. Çünkü hiçbir işte dikiş tutturamamıştı. Elindeki para, kar suyu gibi eriyor, Cengiz ile Mehmet'in yardımları artık ona yetmiyordu. Şimdilik dayanıyordu, belki bir iki yıl daha dayanabilirdi ama sonra bu kitabı satıp kendine yepyeni bir gelecek kurmayı planlıyordu. Malik'i, yani teröristlik günlerinde onlara silah tedarik eden adamı buldu. Onun eskiden tarihi eser kaçakçılığıyla uğraştığını biliyordu. Selim'i karşısında gören Malik'in mutlu olduğunu sanmıyorum. Yaşlı adam, artık bu işlere bulaşmak istemiyordu.

Ama kendisini de kirli geçmişinden tümüyle kurtaramıyordu. Belki biraz da kollanmak adına yapıyordu bunu. Çünkü Aziz Pavlus olduğuna fena halde inanmıştı. Nüfusunun yüzde doksan dokuzu Müslüman olan bir ülkede, bu sanrı oldukça tehlikeli bir şeydi. Bu nedenle olsa gerek, Cengiz'le de, Selim'le de ilişkisini hep sürdürdü. Ama Selim'in niyetini öğrenen Malik, tuhaf duygular içine girdi. Diatesseron gibi kutsal bir kitabın manastırdan çalınmış olması onu üzüyordu. Aziz Pavlus olarak kendisine yakışan, Diatesseron'u yeniden manastıra teslim etmekti. Bu yüzden, Selim'e bu kitabı satmanın büyük günah olduğunu her fırsatta hatırlatıyordu. Ayrıca Cengiz ile Mehmet de bu kitabı satmamasını öğütleyip duruyorlardı. Başları belaya girmesin, eski defterler açılmasın diye. Zaten Selim'in de o kadar acelesi yoktu. Önce bu kitabın değerini öğrenmek istiyordu. Malik'e bu nedenle gitmişti zaten. Gelin görün ki, Malik'in kafası karışıktı. Ne yapacağına henüz karar verememişti. Topu bir başkasına, yani sana atmaya karar verdi. 'Bu işleri benden daha iyi bilen biri var,' diyerek Selim'i seninle tanıştırdı."

"Buraya kadar anlattıklarınız arasında benimle ilgili olanlar doğru," diyor Can, olumlu anlamda başını sallayarak, "aynen dediğiniz gibi oldu."

Gülümseyerek ben de başımı sallıyorum ama olumsuz anlamda.

"Belki de öyle olmadı, belki de Selim'i ilk gördüğün anda tanımışsındır. İtiraf ettiğinde anlayacağız..."

Gözlerim onun tek gözüyle buluşuyor. Tek göz sırrı dökülmüş bir ayna gibi hiçbir şey yansıtmıyor.

"Evet, böylece Selim'le tanıştın," diyerek anlatmayı sürdürüyorum. "Selim, senin Hıristiyanlık konusunda bilgili olduğunu öğrenince peşini bırakmadı. Diatesseron'u gerçek değerinin altında satmak istemiyordu. Bu arada Malik'in de etkisiyle Hıristiyanlığa gizli bir ilgi de duymuş olabilir. Sana gelince, başlarda Selim'in ilgisinden sıkılmışsındır, çünkü bu iş senin için sadece ekstra para kazanabileceğin küçük çapta bir danışmanlıktı. Ta ki Selim'in sağ bileğinin içindeki çilek lekesini görünceye kadar."

"Yanılıyorsunuz," diye kesiyor sözümü, "ben çilek lekesi filan görmedim..."

"Hadi Can," diyor Ali, "zekâmıza hakaret etme. Selim'le yaklaşık iki yıldır tanışıyormuşsun. Bunun yazı var, kışı var, adam kısa kollu gömlek giyiyor, tişört giyiyor. Bileğindeki lekeyi nasıl görmezsin? Biz adamı bir kere gördük, hemen fark ettik lekeyi."

"Bilmiyorum, gördümse de dikkat etmemişim."

"Bakalım daha dikkat etmediğin neler çıkacak," diye söyleniyorum manidar bir sesle. "O lekeyi görür görmez kuşkulanıyorsun. Selim'in yıllar önce anneni ve babanı öldüren katillerden biri olabileceğini düşünüyorsun."

"Hayır, hiç öyle düşünmedim..."

"Düşünmedin de," diye taşı gediğine koyuyor Ali, "Selim ile arkadaşları, annenin babanın katiliymiş dediğimizde niye şaşırmadın?"

Sanki bunları az önce söylememişim gibi, sanki bunu ilk kez duyuyormuş gibi, "Annemin babamın katili onlar mıymış?" diye soruyor.

Tepkisi o kadar abartılı ki, ben bile gülümsüyorum.

"Yaa onlarmış!" diyor Ali, Can'ı taklit ederek. Ciddileşerek sürdürüyor. "Yapma Can, şimdi de kendi zekâna hakaret ediyorsun. Sabahtan beri konuşulanları anlamadığını söylemeyeceksin, değil mi?"

"Anlamadım tabii. Bir Başkomiserim konuşuyor, bir sen. Beni katil olmakla suçluyorsunuz ama ne dayandığınız sağlam bir gerekçe var, ne de elinizde bir delil."

"Bir değil, bir sürü delil, bir sürü gerekçe var aslında," diyorum sakin bir tavırla. "Bu iki cinayeti senin işlediğin o kadar belirgin ki, savcı duyduğunda en küçük bir tereddüte bile kapılmayacak."

Patlak dudaklarında küstah bir ifade beliriyor:

"Nasıl belirginmiş?"

"Susup da dinlersen anlayacaksın."

Susuyor, çünkü düşüncelerimizi bilmeye ihtiyacı var.

"Çilek lekesini ilk gördüğünde emin olamadın," diye yeniden başlıyorum anlatmaya. "Gizli bir merakla, adının Yusuf olduğunu söyleyen adamı araştırmaya başladın. Bu yüzden, aslında hiçbir ortak yanınız olmamasına rağmen sahte Yusuf'la arkadaş oldun. Sana güvenmesini sağladın. Mardin'e kadar giderek, Diatesseron'un nasıl çalındığını öğrendin, belki de Yusuf Akdağ'ı araştırdın. O bölgeyi çok iyi bildiğini inkâr edecek değilsin herhalde..."

"Niye inkâr edeyim. Oraları çok iyi bilirim. Çok gezdim oralarda. Neyse Başkomiserim, önce anlatacaklarınızı bitirin de açıklayacağım."

"Bulduklarm sezgilerini doğruluyordu. Sağ bileğinde çilek lekesi olan adam, gerçek Yusuf Akdağ değildi. O dönemin gazetelerini okudun, Mor Gabriel Manastırı'ndan çıkarken gözaltına alınıp mağarada boğulan gençlerin hikâyesini, Selim Uludere adındaki komiserin patos makinesinde öldüğünü öğrendin. Selim'i izledin, Cengiz ile Mehmet'e ulaştın. Kıdemli Astsubay Orhan Çimender'i de unutmayalım ama ne yazık ki onu bulduğunda çoktan ölmüştü. Cengiz, Selim ve Mehmet, kod adlarıyla söyleyecek olursak, Timuçin, Yavuz ve Fatih. Böylece aileni öldüren çeteyi açığa çıkarmış oldun."

Can'ın yaralı yüzünde alaycı bir ifade.

"Güzel hikâye, peki onları adalete teslim etmek varken, neden öldürmek isteyeyim? Benim gibi bir adam kan davası güder mi?"

"Güzel soru," diyorum ben de. "Ama bunun cevabını sen zaten vermiştin."

Tek gözünü kısmış, hatırlamaya çalışıyor.

"Seni evine götürürken... Benim arabada konuşuyorduk hani... Yaşamının hiçbir anlamı olmadığından bahsediyordun. Türkiye'ye bu yüzden geldim, diyordun. Anlam bulmak için. Ama bu ülkenin çok acımasız olduğundan söz ettin. Ama tuhaftır, senin yaşamına anlam getiren de bu acımasızlık oldu. Bildiğin yöntemlerle bu ülkede hiçbir sonuç alamayacağını düşündün. Yani bu insanlar benim ailemin katili diye yargıya başvursan, bir şey çıkaramayacağını düşündün. Kısmen haklı olduğunu da söylemeliyim. Ne yazık ki bizde adalet kolay gerçekleşmez. Bu gerçek, seni esinleyen önemli nedenlerden biri oldu. Ve aniden ya da günler boyu düşündükten sonra, katilleri kendin cezalandırmaya karar verdin."

Alaycı bir ifadeyle aydınlanıyor yüzü:

"Böylece yaşamıma bir anlam bulmuş oldum."

"Hiç öyle dalga geçer gibi bakma yüzüme, tam olarak öyle oldu. İtalya'ya giderken belki umut doluydun. Hıristiyanlık ya da İtalya'da aldığın eğitim, belki sana küçükken yaşadığın travmayı unutturmuştu. Ama bu sonsuza kadar sürmeyecekti. Hıristiyanlık konusunda, İtalya'daki hayatında ve ülkeye geri döndüğünde yaşadığın hayal kırıklıkları seni bir boşluğa sürükledi. Tam o noktada Selim'le karşılaştın. Onun ailenin katillerinden biri olduğunu anladın. Küçükken yaşadığın travma yeniden canlandı. Belki de şu anda mutsuz olmanın, hayatının bir anlamı olmamasının nedenini anne babanın ölümüne bağladın. Bütün bunlara yol açan kişilerse Selim, Mehmet ve Cengiz'di. Ve yaşam döngünü adeta geri çevirmek istedin. Evet, bu cinayetlerin nedeni sadece intikam değildi. Kendi yaşamını anlamlandırmak istiyordun. Üstelik böylece yıllardır gerçekleşmeyen adaleti de sağlayacaktın. İşte bu yüzden öldürdün onları. Çok da zor olmadı. Çünkü Selim'in güvenini kazanmıştın. Sadece Selim'i değil, Meryem'i de, Mehmet'i de etkilemeyi başarmıştın. Selim'in esrar içiyor olması işini çok kolaylaştırdı. Hazırlıklarını tamamlayıp evine girdiğinde Selim zaten uçuyordu. Senaryonu çok önceden yazmıştın. Selim'in hep gördüğü rüyaya uygun bir cinayet olacaktı. Oldu da, o sızmış haldeyken, atölyende yaptığın haç saplı bıçağı çıkardın, Selim'in göğsüne iki kere sapladın. Kutsal Kitap'ın kenarına, Mor Gabriel yazdın ve Zekarya Peygamber bölümündeki metinden, 'Uyan ey kılıç! Çobanıma, yakınıma karşı harekete geç,' yazılı satırın altını Selim'in kanıyla çizdin. Aynı gün Mehmet'e gittin. Onu da yine haç saplı bıçakla öldürdün, ellerini de dolaba çiviledin. Kucağına bıraktığın Kutsal Kitap'ın kenarına yine Mor Gabriel yazdın ve yine Zekarya Peygamber bölümündeki metinden, 'Çobanı vur da koyunlar darmadağın olsun,' satırının altını Mehmet'in kanıyla çizdin. Yetmedi, bu mesajı bir de televizyonun üzerine yazdın. Amacın Yusuf'un gerçek kimliğini açığa çıkarmaktı. Bu nedenle Mor Gabriel yazıyor, çobanın adının geçtiği iki satırın altını çiziyordun. Selim'in Mardin'de işlediği cinayetlere dikkatimizi çekmek istiyordun, böylece Cengiz'e ulaşacaktık. Ondan kuşkulanacaktık. Ama bir terslik oldu. Selim'in öldürüldüğünü öğrenen Cengiz, Malik'ten kuşkulandı. Onu konuşturmak için evine gitti. Tartaklarken biraz sert vurdu, zavallı Malik kafasını merdivenin demirine çarparak öldü. O sırada sen kahvede merakla olacakları bekliyordun. Heyecanlandın, eve girmek istedin. Fakat orada yakalandın. Üstelik Malik öldürülmüştü, sen de zanlı gibi görünüyordun. Ama kolayca durumu lehine çevirmeyi başardın. Çünkü doğruyu söylüyordun. Ancak Cengiz, işin içinde başka bir iş olduğunu anlamaya başlamıştı. O, katilin Malik ya da onun çevresindeki Hıristiyan bir mezhep olduğunu sanıyordu. Evime geldiğinde Mehmet'in de öldürüldüğünü öğrenince çok şaşırdı. Çünkü Malik'in Mehmet'i öldürmesi için hiçbir neden yoktu. Bunun üzerine Selim'le ilişkisi olan herkesi tek tek gözden geçirdi, Meryem'in katil olamayacağını anlayınca senin üzerine yoğunlaştı. Hakkında küçük bir araştırma yaptı. Yaptığı araştırmada ilginç bulgulara ulaştı. Sen, yıllar önce öldürdükleri TÖB-DER'li öğretmenin oğluydun. Katil olduğundan artık kuşkusu kalmamıştı. Seni konuşturmak için evine geldi, eğer biz yetişmeseydik belki de konuşturmuştu. Ancak sen yine uyanık davrandın, evinin önündeki korumaların kaybolduğunu görür görmez bizi aradın. Biz de gelip seni kurtardık. Kim bilir nasıl mutlu olmuşsundur. Cengiz'i bize öldürttün, Selim ile Mehmet'i ise kendi ellerinle öldürdün. Sonunda ailenin intikamını almış oldun. Daha da önemlisi, hayatına bir anlam vermiş oldun."

"Keşke yapabilseydim," diyor Can. Tek gözü demir bir leblebi gibi nefretle parıldıyor. "Onlar bin kere hak etmişti ölümü." Ali'ye bakıyor. "Az önce, şu memlekette yıllardır adam gibi seri katil yok, diyordun. Oysa vardı. Üstelik devlet, onları ödüllendirerek polis teşkilatına almıştı. Eminim Cengiz gibi daha onlarcası vardır. Eğer gerçekten seri katillerle uğraşmak istiyorsan, eski dosyalara bir bak. Askeri darbe öncesi dosyalara. Amerikan istihbaratıyla el ele veren derin devletin tezgâhladığı, ülkücülerin doğrudan, bazı silahlı sol örgütlerin de dolaylı olarak rol aldığı dosyalara. O dosyalarda dünyanın en ilginç seri katil vakalarıyla karşılaşacaksın." Tek gözünü yeniden bana çeviriyor. "Size gelince Başkomiserim, biliyorum, dürüst adamsınız. Kendinize göre bir ahlak, bir adalet anlayışınız var. Ama benimle uğraşmayın. Bu boşuna çaba olur. Onları ben öldürmedim. Ne kadar uğraşırsanız uğraşın, bunu kanıtlayamazsınız. Çünkü elinizde hiçbir şey yok."

Ali gergin ama enerjisi söze dönüşemiyor, içi içini yiyerek öylece bakıyor Can'a.

"Var," diye atılıyorum ben, "haçları yaptığın demirleri bulduk atölyende."

"Hadi ama Başkomiserim," diyor kendinden emin sessizce gülerek. Onlardan binlercesi var demir doğrama dükkânlarında. İsteyen herkes alabilir."

"Bize yalan söyledin. Bu da önemli bir kanıttır."

"Ne söylemişim?"

Bir çırpıda sıralayıveriyorum:

"Geçmişini gizledin, soruşturmayı yanlış yönlendirdin."

"Geçmişimi gizlemedim. Ne sorduysanız hepsini anlattım. Yusuf Akdağ'ı, Yusuf Akdağ olarak biliyordum, Selim Uludere olduğunu, onun ailemin katili olduğunu siz söylediniz. Hem de adam öldükten sonra."

"Ya Mehmet'in komşusu Sıdıka Hanım'a ne diyeceksin? Kadın seni teşhis etti."

Hiç paniğe kapılmıyor:

"Normal. Sıdıka Teyze'nin beni tanıması çok normal, çünkü Yusuf Akdağ, beni Mehmet'le tanıştırmıştı. Mehmet'in evine birlikte gider gelirdik. Engellilere yardım etmek insanlık görevi değil midir?"

Sonunda öfkesine yenilen Ali dayanamayıp sert bir tokat patlatıyor Can'ın suratına.

"Yalan söyleme!" diye bağırıyor. "Onu tanımadığını söylemedin mi? Yusuf arkadaşlarından bahsetmezdi demedin mi?"

Ali'nin tokatı, Can'ın dudağındaki yarayı açıyor, çenesine şerit halinde ince bir kan sızıyor. Ama hiç aldırmıyor, pişkin pişkin sırıtarak yanıtlıyor Can:

"Hayır, Mehmet hakkında hiç konuşmadık. Siz bana sadece Fatih diye birini sordunuz. Nereden bileyim Fatih'in Mehmet'in kod adı olduğunu?"

Ali kendini kaybetmek üzere, dişlerini sıkıp Can'a yeniden vurmaya hazırlanıyor. Durduruyorum onu.

"Yapma Ali, bırak."

Öfkeden yüzü kıpkırmızı olan Ali zor zaptediyor kendini. Aslında o da çaresiz olduğumuzun farkında. O yüzden bu kadar öfkeli. Bu entel oğlanın bizi yendiğini düşünüyor. Haklı da ama öfke bir işe yaramaz. Yapmamız gereken tek şey beklemek. Yeni bir delil, yeni bir görgü tanığı buluncaya kadar sabırla beklemek.

Ölümle gerçekleştirilen adalet, ölümü yüceltmekten başka bir işe yaramaz.

Can'ı o gece nezarette tutuyoruz. Ali, Zeynep ve ben saatlerce oturup bulgularımızı, düşüncelerimizi, kanılarımızı ve Can'ın bütün suçlamaları reddeden ifadesini içeren ayrıntılı bir fezleke hazırlıyoruz. Ertesi sabah Ali ile ben, fezlekeyle birlikte Can'ı savcılığa götürüyoruz. Zeynep ise gözden kaçırdığımız bir nokta var mı diye bütün dosyaları toparlayıp yeniden incelemeye başlıyor. Savcı Mümtaz Bey, genç bir adam. Genç ama tuttuğunu koparan bir hukuk adamı. Birkaç davada birlikte çalıştık, hiçbir yanlışını görmedim. Zaten başından beri takip ettiği bu olay onun da merakını uyandırmış. Fezlekeyi okuyor, Can'ın sorgusunu yapıyor. Sonunda kafası iyice karışmış olmalı ki, benimle de görüşmek istiyor. Olanı biteni bütün ayrıntılarıyla anlatıyorum. Ardı ardına sorular soruyor. Notlar alarak, büyük bir dikkatle dinliyor. İki saat kadar sürüyor konuşmamız. Soracakları bitince derinden bir iç geçiriyor:

"Bu adamı tutuklayamayız Nevzat Bey," diyor sıkıntıyla. "Sanırım haklısınız, büyük olasılıkla Selim ile Mehmet'in katili bu şahıs ama elimizde ne bir kanıt var, ne de tanık. Ben tutuklasam bile mahkeme salıverir hemen. O yüzden serbest bırakmak zorundayım. Fakat merak etmeyin, sanık olarak mahkemeye çıkmasını talep edeceğim. Belki bu arada siz yeni belge ya da tanıklara ulaşırsınız."

Savcı Mümtaz'ın odasından çıktığımda yardımcımı Can'ı kapalı tuttuğumuz odanın kapısının önünde buluyorum. Yüzümden olanları anlamış:

"Yırttı değil mi Başkomiserim?"

"Tam değil, sanık olarak yargılanacak ama serbest kalacak."

Tuhaf, çok bozulmuyor Ali.

"Ne yapalım, yargı öyle diyorsa..."

Görevliye odayı açtırıyoruz ama içeriye yalnız giriyorum, çünkü Can'la konuşacaklarım var. Bu raundu o kazandı ama düşündüklerimi öğrenmesini istiyorum. Neden bilmem, belki Malik gibi benim de hâlâ Can'dan umudu kesmememden. Ali'yi yanıma almıyorum, ikide bir lafa karışıp sözlerimi bölmesinden çekiniyorum.

Can'ın tek gözü yüzümde. Öteki gözü de artık biraz aralanmaya başlamış. Akıllı çocuk, o da hemen anlıyor durumu.

"Sonunda masum olduğum kesinleşti, değil mi Başkoımserim?"

"Masum olduğun kesinleşmedi. Çünkü masum değilsin. Nedenlerin ne kadar haklı olursa olsun, sen bir katilsin Can. Bu gerçeği hiçbir şey değiştiremez. Bundan sonra öldürdüğün insanların yüküyle yaşayacaksın..."

Kazandığından emin, küstahlaşmaya başlıyor:

"Yani sizin gibi mi?" diyerek Cengiz'i hatırlatıyor.

"Evet Can, tıpkı benim gibi. Doğru, ben de tıpkı senin gibi bir katilim. Cengiz'i ben öldürdüm. Ama planlamadım, kurgulamadım, olaylar öyle gelişti. Yani Cengiz'i öldürmek istemiyordum. Ne Cengiz'i, ne de başka birini. Çünkü birini öldürürsen, biraz da kendini öldürürsün. Kendi hayatını, kendi ruhunu, kendi masumiyetini. Ölüler tuhaf varlıklardır Can, onları toprağa koyduğumuzda, hatta çürüyüp kemikleri un ufak olduğunda bile aramızda yaşamaya devam ederler. Bir yerlerden düşlerimize sızarlar, hayallerimizi gölgelerler, umutlarımızı karartırlar. O yüzden ben kimseyi öldürmek istemem. Çünkü birini öldürdükten sonra artık yaşamımın eskisi gibi olmayacağını bilirim."

Sözlerimin hiçbir etkisi olmuyor. Yüzündeki sevinç gram eksilmiyor. Ama suskunluğunu korumayı sürdürüyor.

"Boşuna konuşuyorum, değil mi?" diyorum. "Belki de sen eskisi gibi yaşarsın, hatta eskisinden daha huzurlu, daha mutlu... Peki öldürdüğün insanlara benzediğini düşünmüyor musun? Bu ülkeyi yaşanmaz kılan insanlara..."

Yaralı yüzündeki neşe bir an kayboluyor ama sadece bir an.

"Ben kimseye benzemiyorum," diyor tek gözünü zekice kırparak. "Çünkü kimseyi öldürmedim."

"Yalan söylemeyi bırak Can. Öldürdün ama seni tutuklayamıyoruz, çünkü cinayetlerini sinsice işledin. Zekice demiyorum, çünkü zekâ, karanlığa, gizliliğe ihtiyaç duymaz. Gizliliğe, karanlığa ihtiyacı olan zekâlara saygı duymam ben. Onlara sinsilik ya da kurnazlık diyorum... Evet, kazanmış gibi görünüyorsun, savcılık şimdilik seni serbest bırakıyor. Ama şimdilik, çok yakında, inan bana çok yakında, seni yıllarca içeride tutacak delillere ulaşacağız. Bundan emin ol, çünkü mükemmel cinayet yoktur. Mutlaka bir açık vermişsindir. Ve biz o açığı bulacağız."

Can'ın yüzü gölgeleniyor, kuşku tek gözündeki parıltıyı söndürüyor. Acaba elimde bir şey mi var, anlamaya çalışıyor. Ama çok sürmüyor, yeniden toparlıyor kendini:

"Yanılıyorsunuz Başkomiserim, hiçbir şey bulamayacaksınız. Ne bir delil, ne bir tanık, ne de bir ipucu. Çünkü ben kimseyi öldürmedim."

Sözlerim bitiyor, onun ise zaten söyleyecek sözü yok. O konuşarak değil, öldürerek söyledi sözünü. Şimdi ise bir an önce bu dört duvardan kurtulup özgürlüğüne kavuşmak istiyor. Ona eziyet edebilirim, yeniden merkeze götürebilirim, belki bir gece daha tutabilirim ama bunlar hiçbir işe yaramaz. Onu bırakmaktan başka çaremiz yok. Ben de öyle yapıyorum, kelepçelerini çözüyorum, kapıyı açıp yana çekiliyorum.

"Özgürsün Can, gidebilirsin."

"Teşekkür ederim Başkomiserim," diyor. Kapıya yaklaşırken birden duruyor. Tek gözü yüzümde. "Onları gerçekten de ben öldürmüş olsaydım, bana hiç mi hak vermezdiniz?"

Kesin bir ifadeyle başımı sallıyorum.

"Vermezdim, ölümle gerçekleştirilen adalet, ölümü yüceltmekten başka bir işe yaramaz."

Sessizce gülüyor.

"Çok doğru, ben de aynen sizin gibi düşünürdüm."

Kapıdan çıkıyoruz, hayret, Ali ortalıkta yok. Nereye gitti bu çocuk? Can dış kapıya ilerliyor. Ben de yanı sıra yürüyorum. Dış kapının oraya yaklaşınca birden Ali çıkıveriyor önüne. Can hâlâ ondan çekiniyor olacak ki bir iki adım geriliyor. Bizimki ise neşeli:

"Demek yırttın Can Efendi," diyor, "ama bu duyguya çok alıştırma kendini. Yakında yine görüşeceğiz. Aslına bakarsan hiç ayrılmayacağız. Biz çok sevdik seni, bundan böyle hep ensende olacağız."

Ali'yle arasındaki mesafeyi korumaya özen gösteren Can, kapıya doğru bir iki adım atıyor ama takılmadan da duramıyor:

"Aslında, ben de sizi çok sevdim. Akşamları yemeğe gelin. Başkomiserimi de çağırmıştım. Bolonez soslu makarna yaparım size."

"Geliriz aslanım, merak etme. Ama en nefis makarnayı hapisten sonra yaparsın artık."

Can'ın suratı allak bullak oluyor. Yoksa onu bırakmayacak mıyız?

"Korkma oğlum, korkma," diyor Ali, bu küçük, geçici aldatmanın keyfini çıkararak. "Şimdi atmayacağız seni içeri. Sonra diyorum, yeniden yakaladığımızda. Nasıl olsa bir gün düşeceksin avcumuza." Bakışları bana kayıyor. "Gerçi Başkomiserim bıraksa, şimdi de atardık ya. Öyle bir konuştururdum ki seni. Bülbül gibi şakırdın valla. Neyse... Bu da güzel. Tam özgürlüğe alıştığın sırada geleceğiz. Geceyarısı uykunun en derin yerinde, yahut yemeğin tam zevkine varırken ya da sevgilinin eli avcunun içindeyken, belki de öğrencilere ders verirken. Kutsal Kitap'ta yazdığı gibi, 'öldürmeyeceksiniz,' derken... Unutamayacağın bir an olacak yani. Tıpkı bıçağı kurbanının kalbine sapladığın an gibi..."

Can'ın suratı asılıyor, artık neşesini tümüyle yitiriyor. Adımlarını hızlandırarak kapıya yöneliyor.

"Yanılıyorsunuz," diyor, "yanıldığınızı anlayacaksınız..."

"Biz anlayacağımızı anladık Can Efendi," diye sesleniyor Ali arkasından. "Şimdi git, uğurlar olsun. Ama dediğim gibi, yakında yine görüşeceğiz. Hem de çok yakında."

Can aceleyle kapıdan dışarı atıyor kendini. Biz de peşi sıra çıkıyoruz. Dışarı çıkar çıkmaz, Can'ın etrafını saran kalabalığı görüyoruz. Ellerinde fotoğraf makineleri, kameralarıyla bir gazeteci ordusu... Yine içeriden birileri sızdırmış haberi anlaşılan. Biz görünmesek iyi olacak diye düşünürken, kalabalığın arasında Kınalı Meryem'in adamı Tayyar'ın uzun suratını seçer gibi oluyorum. Panik içinde kalabalığa yöneliyorum. Ali'yi uyarmama bile fırsat kalmadan, bir silah ardı ardına üç kez patlıyor. Gazeteci kalabalığı çil yavrusu gibi dağılıyor. Ali'yle silahlarımızı çekip, iri cüssesiyle dağılan kalabalığın ortasında öylece kalan Tayyar'a yöneliyoruz. O da bizi görmüş:

"Teslim... Teslim oluyorum," diyerek silahını bırakıyor.

Tayyar'ı yere yıkıp ellerini arkadan kelepçeliyoruz. Can'ın hareketsiz bedeni Tayyar'ın birkaç metre ötesinde yatıyor. Paltosunun önü açılmış, mavi gömleğinde giderek büyüyen üç kan lekesi. Yanına yaklaşıyorum, tek gözü açık kıpırtılı, dudağında yine kan. Beni fark edince yüzünde acı ama zafer dolu bir gülümseyiş beliriyor.

"Olmadı Başkomiserim," diyor güçlükle fısıldayarak. "Olmadı, bakın beni yine yakalayamadınız."

Yaşamın anlamı insandır
Nevzatçım, insan.

Genzimi yakan koku uyandırdı beni. Bu kokuyu tanıyordum. Yıllarca kapalı kalmış bir kilisenin kokusu. Kilisede yakılan kandillerin, ufalanan taşların, eriyen mermerin, çürüyen ahşabın, yıpranmış sayfaların, küflenen cesetlerin kokusu. Dehşete düşmem gerekirdi ama sadece bakmakla yetindim. Önce bir adam gördüm, divanın üzerinde yatıyordu. Sonra usulca kımıldayan siyah bir leke. Biçimsiz, belirsiz bir leke... Simsiyah bir siluet... Divanda yatan adam da görmüştü lekeyi. Yavaşça doğrulup gülümsedi lekeye.

"Mor Gabriel," diye mırıldandı.

"Mor Gabriel," diye mırıldandım. Ben bu adı nereden duymuştum?

Leke, sessiz adımlarla, adeta uçarak yaklaştı divanda yatan adama. Yaklaşınca insan cismine bürünüverdi. Siyahlar içinde, uzun ak sakallı, aydınlık yüzlü bir insan. Divanda yatan adamın başucuna geldi, kulağına eğildi:

"Beni tanıdın mı?" diye sordu.

"Mor Gabriel," diye mırıldandı divanda yatan adam. "Mor Gabriel," diye mırıldandım ben. Ağzımdan Mor Gabriel sözcüğü dökülürken müziği duydum: Derinden, çok derinden gelen bir ayin müziği. Bilmediğim bir dilde yinelenen tutkulu bir mırıltı, kendinden geçmiş birinin söylediği bir tekerleme. Aynı anda haçı fark ettim. Gümüşten bir haç. Mor Gabriel haçı elinde mi taşıyordu, yoksa göğsünde mi, anlamaya çalışırken, boşluğu ikiye bölen bir parıltı yandı söndü. Göğsünde bir acı hissetti divandaki adam. Göğsümde bir acı hissetim. Parıltı yeniden yandı söndü, acı kayboldu. Divandaki adamın bedenine bir rahatlık yayıldı. Benim bedenime bir rahatlık yayıldı. Ses uzaklaştı, önce odadaki renkler silindi, sonra o siyah leke kayboldu, sonra oda, sonra ışık... Sonra zil sesi. Hiç eksilmeyen, hiç kaybolmayan, ısrarla çalan zil sesi.

Gözlerimi açınca renkler belirginleşiyor, ışık geri geliyor, oda geri geliyor. Ama ne divanda yatan adam var, ne de Mor Gabriel. Oysa zil hâlâ çalmayı sürdürüyor. Yatakta doğruluyorum, burası benim odam, çalan benim telefonum. Gördüğüm rüyanın etkisini zihnimden tamamen silemesem de uzanıp açıyorum telefonu. Arayan Ali.

"Alo Başkomiserim," Sesi bir parça kederli. "Uyandırdım mı?"

Pencereden süzülen gün ışığına bakıyorum.

"Yok Alicim, kalkacaktım zaten. Hayrola, bir şey mi oldu?"

"Can öldü Başkomiserim," diyor, her zamanki gibi pat diye, damdan düşer gibi. "Bir saat önce."

Bunu bekliyorduk aslında, tam üç gündür komadaydı. Vurulduktan sonra hastaneye zor yetiştirdik. Hemen ameliyata aldılar. Üç kurşunu da çıkardılar ama iç organları zarar görmüş. Ameliyattan sonra ayılmadı, tam üç gündür komadaydı. Durumun ümitsiz olduğunu söylemişti doktorlar ama sağlam çocuktu Can, yine de direndi, tam üç gün. Demek sonunda pes etti. Tuhaf şey, üzülüyorum. Can'a mı, kendime mi, hayata mı, bilmiyorum ama derin bir acı genzimi yakıyor.

"Allah rahmet eylesin," diyorum, "kötü biri değildi aslında."

"Allah rahmet eylesin Başkomiserim." Onun sesi de üzgün çıkıyor. "Tanıdığım en ilginç katildi."

Telefonu kapatırken bakışlarım başucumda duran sehpanın üzerindeki fotoğraf çerçevesinden bana gülümseyen karım ile kızıma kayıyor.

"Bir ölü daha çoğaldık," diyorum, "bir ölü daha çaldı kapımızı. Bir ölü daha katıldı aramıza."

Genzimi yakan acı dayanılmaz bir hal alıyor. Keşke ağlayabilsem ama yapamıyorum. Günlerdir içimde büyüyen öfke, günlerdir içimde büyüyen acı, keşke gözyaşı olup aksa diyorum ama akmıyor, akamıyor. İçimdeki acı daha derin bir mutsuzluğa dönüşüyor, daha derin bir kedere, daha derin bir anlamsızlığa. Yataktan kalkmak gelmiyor içimden. Yüzümü yıkamak, tıraş olmak, giyinmek, merkeze gitmek, yeni olayların peşinden koşturmak gelmiyor içimden. Bunlar cehennem azabı benim için. Bütün gün yatakta oturmak istiyorum, kılımı bile kıpırdatmadan. Ama olmuyor, yapamıyorum, zorla da olsa kalkıyorum. Ayaklarımı sürüye sürüye banyoya geçiyorum, yüzümü yıkıyorum, tıraş oluyorum, giyiniyorum. Canım hiçbir şey yemek istememesine rağmen, kahvaltı etmelisin, diyorum kendi kendime. Evde de yiyecek hiçbir şey yok. Tevfik'in

Kıraathanesi'nde yesem. Yok, insanlarla konuşacak halim yok. En iyisi benim emektara atlayıp bir deniz kenarına gitmek. Belki açılırım. İşte tam o anda çalıyor evin telefonu yeniden, tam pardösümü alıp çıkmak üzereyken. Ali olmalı, unuttuğu bir şey var herhalde.

"Evet, Alicim..."

"Nevzat!"

Bu... Bu Evgenia. Bu Evgenia'nın su damlası gibi duru sesi. "Evgenia..." diyorum başka bir sözcük çıkmıyor ağzımdan. O kadar şaşkınım ki, bu telefon o kadar beklenmedik bir şey ki...

"Nevzat, iyi misin?"

"İyiyim Evgenia, sen aradın ya, artık çok iyiyim. Sen nasılsın? Yunanistan'a alışabildin mi?"

"Ben döndüm Nevzat... Havaalanındayım."

"Ne!" diyorum sevinçle. "Havaalanında mısın?"

"Evet, sabah uçağıyla geldim. Yeşilköy'deyim. Gelip beni alır mısın?"

"Tabii... Tabii, bekle hemen geliyorum."

Telefonu kapatırken bir anda kurtuluyorum karanlık düşüncelerin ağırlığından. Evgenia böyledir işte, kâbusa dönmüş gününüzü bir anda mutluluğa çeviriverir. Demek burda, demek döndü. Bensiz yapamadı demek. Pardösümü hızla sırtıma geçiriyorum, tam çıkacakken birden duruyorum. Banyoya giriyorum yeniden, aynada kendime bakıyorum. Şakağımdaki yara iyileşmiş, iki ince çizgi kalmış sadece. Yüzüm yorgun, yüzüm kederden çökmüş ama gözlerimde taptaze bir umut. Beğeniyorum kendimi, eminim Evgenia da beğenecek.

Hayret, bizim emektar bile sorun çıkarmıyor bu sabah, kontak anahtarını çevirir çevirmez başlıyor saat gibi çalışmaya. Hızla atılıyoruz sokaklara ama ah şu İstanbul'un trafiği. Hayatımda hiçbir zaman yapmadığım bir şeyi yapıyorum. Mobil tepe lambasını emektarın üzerine yerleştiriyorum. İstanbullulardan özür dilerim ama bu kez Evgenia'yı bekletmek olmaz. Siren sesini duyan araçlar yana çekilip ellerinden geldiğince yol vermeye çalışıyorlar bana, hatta yolda bir trafik arabası eskortluk bile yapmaya kalkıyor. Sahil yoluna iniyorum, denize paralel uzanan asfaltın üzerinden Evgenia'ya ulaşmaya çalışıyorum. Denize düşen kış güneşi kadar mutlu hissediyorum kendimi ama kara bulutlar henüz tümüyle dağılmadı. Görmek için yanıp tutuştuğum Evgenia'ya giderken bile aklım hâlâ soruşturmanın ayrıntılarında geziniyor. Kendimi bu davadan bir türlü çekip koparamıyorum. Bizim Ali, Can için, "Tanıdığım en ilginç katildi," diyor ya, bu soruşturma da hayatımdaki en ilginç olaydı benim için. Oysa artık karanlıkta tek bir nokta bile kalmadı. Selim Uludere'nin sahte mezarında yatan kişinin Gabriel'in abisi Yusuf Akdağ olduğu DNA testleriyle kanıtlandı. Ancak, mezardan çıkarılan kemik yığınına bakan Gabriel, hayal kırıklığı içerisinde, "Bu benim abim değil. Benim abim Mor Gabriel'in yanında," diyerek cenazeyi almayı reddetti. Zavallı Çoban Yusuf, tıpkı hayatında olduğu gibi ölümünde de yalnız kaldı. Patos makinesinin parçalayamadığı kemikleri kimsesizler mezarlığına gömüldü. Öte yandan, DNA testinin sonuçları Selim Uludere'nin kendi kimliğini gizlemek için bu cinayeti işlediğini kesinleştirdi. Cengiz'in ona yardım ve yataklık ettiği de belirginleşmiş oldu. Malik'i öldüren kişinin Cengiz olduğunun da kanıtlanmasının ardından, Ali ile benim hakkımda açılan soruşturma düştü. Kınalı Meryem ikinci kez cinayete azmettirmekten gözaltına alındı. Savcı Mümtaz, bu kez daha kararlı davrandı. Meryem'i tutuklanması talebiyle sorgu hâkimine sevk etti, ancak bizim cehennem kraliçesi yine delil yetersizliğinden serbest bırakıldı. Belki de Kınalı Meryem'i hiçbir zaman içeri atamayacağız ama o kendi sonunu kendi hazırlayacak. Çünkü karanlıkta koşanlar çabuk düşer; tıpkı babası gibi o da bir gün yeniyetme bir kabadayı tarafından öldürülecek.

Yeşilköy Havaalanı'na girinceye kadar bunları düşünüyorum işte. Benim emektarı Dış Hatlar'ın geliş kapısının önüne bırakıp içeri girdiğimde, Evgenia'yı iki kocaman valizle beklerken buluyorum. Gözleri kapıda. Beni görür görmez aydınlanıyor yüzü. Yeşil gözler buğulanmış, neredeyse tatlı bir söz gibi süzülecek damlalar yanaklarından. Hiçbir şey söylemeden sarılıyorum ona, elbiselerinin altındaki sıcaklığını hissediyorum, istekle çekiyorum kokusunu içime.

"Çok özledim," diye fısıldıyor.

"Çok özledim," diye fısıldıyorum. Bir süre öylece kalıyoruz salonun ortasında. Bir süre boş verip dünyanın ritmine, kendi bedenlerimizin, kendi ruhlarımızın isteğine teslim oluyoruz öylece. Önce ben çözülüyorum, sonra o da bırakıyor beni. Valizlerini benim emektarın bagajına taşıyoruz. Sonra emektara biniyoruz. Evgenia yanıma oturuyor, gözleri hep yüzümde.

"Sen değişmişsin Nevzat," diyor birdenbire. "Sana bir şey olmuş."

Ben birini öldürdüm, demek geçiyor içimden, ben kendi müdürüm Cengiz'i öldürdüm. Yok, şimdi bunu söyleyip günün tadını kaçırmayalım. Ama yaşadıklarımı Evgenia'yla paylaşmamazlık da edemem artık.

"Değiştim," diyorum emektarın burnunu anacaddeye çevirirken, "Hayat üzerine düşünmeye başladım, kendim üzerine. Şu son olay..."

"Süryani cinayeti mi?"

"Evet, Süryani cinayeti. Olayı çözdük aslında ama gördüklerim, öğrendiklerim kendim hakkında düşünmeyi öğretti bana. Bir katil vardı, yaşamın anlamını arayan, bu yüzden cinayetler işleyen. İşte böylece ben de yaşamın anlamını düşünmeye başladım. Tuhaf değil mi? Bunca yıllık meslek hayatımdan sonra bir katilin beni bu denli etkilemesi." Birden başımı ona çeviriyorum. "Evgenia, peki sen ne diyorsun?"

Anlamıyor, merakla yüzüme bakıyor.

"Yani sence yaşamın anlamı nedir?"

Gözlerini yüzümden ayırmadan gülümsüyor:

"Yaşamın anlamı sensin Nevzat," diyor.

Sorumu anlamadığını sanıyorum:

Beni sevdiğin için öyle söylüyorsun, diyecek oluyorum.

"Seni hâlâ sevdiğimi mi zannediyorsun?" diyor.

Hayal kırıklığı içinde, küskün bir çocuk gibi önüme dönüyorum. Hemen uzanıyor:

"Şaka şaka," diyerek yanağıma kocaman bir öpücük konduruyor. "Yaşamın anlamına gelince, evet Nevzat, yaşamın anlamı sensin. Yani insan, bazıları bu anlamı işinde, bazıları aşkında, bazıları dinde buluyor, bazıları politikada, bazıları sanatta, hatta büyük çoğunluk futbolda. Ne bileyim, herkes kendine göre bir anlam yaratıyor işte. Eğer bu insanlar olmasaydı, bu anlamların hiçbiri olmazdı. Öyle değil mi? Yaşamın anlamı insandır Nevzatçım, insan."

Tam o anda önümüzde büyük bir gürültü kopuyor, kırmızı bir kamyonet, siyah bir cipe arkadan bindiriyor. Çok önemli bir kaza değil şükür, ne yaralı var, ne de ölü. Ama cipin sahibi öfkeyle inip küfretmeye başlıyor. Kamyonetin sürücüsünün de ondan geri kalır yanı yok. Kızgın iki boğa gibi giriyorlar birbirlerine. Yol bir anda kapanıyor, insanlar arabalarından inip, kavga edenleri ayırmaya çalışıyorlar. Bağırış çağırış, korna sesleri... Çileye bak, artık en az bir saat buradayız. Benim gibi oturduğu yerden kavgayı izleyen Evgenia'ya dönüyorum yeniden:

"Sahi Evgenia, Türkiye'ye niye döndün?"

Ne yalan söyleyeyim, senin için, demesini bekliyorum ama, "Olmadı işte," diyor, "Isınamadım oralara. Bu kadar kısa sürede mi diyeceksin, valla daha ilk günden dönmeyi düşündüm. Orası benim ülkem değildi Nevzat." Arabanın camından etrafa bakınıyor. "Benim ülkem burası... Ben bu ülke için döndüm." Yüzümdeki şaşkınlığı fark edince açıklıyor. "Evet, burası kirli, burası kalabalık, burası hoyrat. Bu ülkede insanlar çok acımasız, çok kaba, çok bencil. Ama burası benim ülkem Nevzat. Ben burada doğdum, annemin, babamın mezarları burada. Benim işim burada Nevzat. Ve sen... Sen de buradasın. O yüzden döndüm."

Tıpkı Evgenia gibi ben de etrafa bakınıyorum. Güzel bir görüntü yok. Dışarıdaki gürültü artmış, kavga edenleri yatıştıracakları yerde, birkaç kişi daha katılmış arbedeye: korna sesleri, bağırış çağırış, küfürler, çığlık, kıyamet... Ama içimde sıcacık bir duygu.

"Haklısın Evgenia," diyorum, "bu ülke çok acımasız, bu topraklar çok sert, bu toprakların insanları çok hoyrat, bu ülke gerçekten çok acımasız. Ama burası bizim ülkemiz Evgenia, burası bizim toprağımız, bizim vatanımız. Biz burasıyız Evgenia..."

Seçilmiş kaynakça

Altındal, Aytunç, *Yoksul Tanrı Tyanalı Apollonius,* Alfa Yayınları.
Üç İsa, Anahtar Kitaplar Yayınevi.
Başdemir, Kürşat, *Eski Anadolu Tarihsel ve Kültürel Süreklilik,* Kaynak Yayınları.
Bilge, Yakup, *Süryaniler, Anadolu'nun Solan Rengi,* Yeryüzü Yayınları.
Çelik, Mehmet, *Süryani Tarihi I,* Ayraç Yayınevi.
Çıkkı, Murat Fuat, *Naum Faik ve Süryani Rönesansı,* Belge Yayınları.
Floramo, Giovanni, *Gnostizmin Tarihi,* Litera Yayıncılık.
Gündüz, Şinasi, *Pavlus Hıristiyanlığın Mimarı,* Ankara Okulu Yayınları.
İris, Muzaffer, *Bütün Yönleriyle Süryaniler,* Ekol Yayımcılık.
Koluman. Aziz, *Ortadoğu'da Süryanilik Dini-Sosyal-Kültürel Hayat,* Avrasya Stratejik Araştırmalar Merkezi Yayınları.
Kur'an'ı Kerim ve Yüce Meali, Seda Yayınları.
Kutsal Kitap ve Deuterokanonik Kitaplar, Kitabı Mukaddes Şirketi.
Saroyan, William, *Yetmiş Bin Süryani,* Aras Yayıncılık.
Sever, Erol, *Asur Tarihi,* Kaynak Yayınları.
Şimşek, Mehmet, *Süryaniler ve Diyarbakır,* Chiviyazıları Yayınevi.

Wallace, Richard ve **Williams, Wynne,** *Tarsuslu Paulus'un Üç Dünyası,* Homer Kitabevi.

Taşğın, Ahmet; Tanrıverdi, Eyyüp ve **Seyfeli, Canan,** *Süryaniler ve Süryanilik I, II, III,* ve *IV.* ciltler, Orient Yayınları.

Tâvil, Muhammed Emîn Gâlip et-, *Arap Alevilerinin Tarihi,* Chiviyazıları Yayınevi.